顾问／乐黛云　主编／杨乃乔

# 比较文学概论
（第四版）

Introduction to Comparative Literature

北京大学出版社
PEKING UNIVERSITY PRESS

图书在版编目(CIP)数据

比较文学概论:第4版/杨乃乔主编.—4版.—北京:北京大学出版社,2014.1
(博雅大学堂·文学)
ISBN 978-7-301-22257-7

Ⅰ.①比… Ⅱ.①杨… Ⅲ.①比较文学—高等学校—教材 Ⅳ.①I0-03

中国国家版本馆CIP数据核字(2013)第040491号

| | |
|---|---|
| 书　　名 | 比较文学概论(第四版)<br>BIJIAO WENXUE GAILUN(DI-SI BAN) |
| 著作责任者 | 杨乃乔　主编 |
| 责任编辑 | 于海冰 |
| 标准书号 | ISBN 978-7-301-22257-7 |
| 出版发行 | 北京大学出版社 |
| 地　　址 | 北京市海淀区成府路205号　100871 |
| 网　　址 | http://www.pup.cn　新浪微博:@北京大学出版社 |
| 电子邮箱 | 编辑部 pkupw@pup.cn　总编室 zpup@pup.cn |
| 电　　话 | 邮购部 010-62752015　发行部 010-62750672<br>编辑部 010-62753334 |
| 印 刷 者 | 河北吉祥印务有限公司 |
| 经 销 者 | 新华书店 |
| | 650毫米×980毫米　16开本　35.75印张　510千字 |
| | 2002年6月第1版<br>2005年9月第2版　2006年5月第3版<br>2014年1月第4版　2024年6月第7次印刷 |
| 定　　价 | 89.00元 |

未经许可,不得以任何方式复制或抄袭本书之部分或全部内容。
**版权所有,侵权必究**
举报电话:010-62752024　电子邮箱:fd@pup.cn
图书如有印装质量问题,请与出版部联系,电话:010-62756370

# 作者目录

顾　问　乐黛云
主　编　杨乃乔
执笔者　陈戎女　（北京语言大学人文学院）　第一章第一节、第五节
　　　　王柏华　（复旦大学中文系）　第一章第二节
　　　　李清良　（湖南大学岳麓书院）　第一章第三节
　　　　方汉文　（苏州大学文学院）　第一章第四节（第一作者）
　　　　黄　晖　（华中师范大学文学院）　第一章第四节（第二作者）
　　　　杨乃乔　（福建师范大学外国语学院/复旦大学中文系）　第二章第一节、第二节、第三节、第四节与第五节，第八章第一节(2.3.4.)、第二节、第三节、第四节与第五节，第九章第五节（第二作者）
　　　　郭西安　（复旦大学中文系）　第三章第一节
　　　　犹家仲　（广西师范大学文学院）　第三章第二节（第一作者），第五章第四节
　　　　梁丹丹　（中山大学中文系）　第三章第二节（第二作者）
　　　　曹洪洋　（中国矿业大学人文与艺术学院）　第三章第三节
　　　　姜　哲　（沈阳师范大学文学院）　第三章第四节
　　　　顾　钧　（北京外国语大学国际中国文化研究院）　第四章第一节，第五章第三节
　　　　刘佳林　（上海交通大学人文学院）　第四章第二节
　　　　林精华　（首都师范大学比较文学系）　第四章第三节
　　　　代　迅　（厦门大学文学院）　第四章第四节
　　　　杨洪承　（南京师范大学文学院）　第五章第一节
　　　　王志耕　（南开大学文学院）　第五章第二节
　　　　张旭春　（四川外国语学院英语系）　第六章第一节
　　　　陈建华　（华东师范大学中文系）　第六章第二节

孟庆枢　（东北师范大学文学院）　第六章第三节
方　忠　（盐城师范学院文学院）　第六章第四节（第一作者）
李朝柏　（美国辛辛那提大学英语文学系）　第六章第四节（第二作者），第九章第五节（第一作者）
吕　黎　（北京师范大学文学院）　第七章第一节、第二节、第三节
刘耘华　（复旦大学中文系）　第八章第一节（1.）
龙泉明、赵小琪　（武汉大学文学院）　第九章第一节
王　宁　（上海交通大学人文艺术学院）　第九章第二节
罗　钢　（清华大学中文系）　第九章第三节（第一作者）
凌海衡　（华南师范大学外国语学院）　第九章第三节（第二作者）
昂智慧　（南京大学文学院）　第九章第四节

**《比较文学概论》课件制作人与审校人：**
**制作人**　肖　菲　（长春大学文学院中文系）
　　　　　宋学清　（吉林外国语大学中国文学研究院）
　　　　　丁　卓　（吉林外国语大学国际传媒学院中文系）
**审校人**　黄　晚　（福建师范大学文学院）

# 目 录

序言(第四次修订版) ………………………………… 乐黛云(1)

## 第一章 发展论 ……………………………………………… (1)
### 第一节 全球化与比较文学的多元文化语境 ………… (1)
1. 全球化的界定 ……………………………………… (1)
2. 接受或抵制:文化全球化引发的争论 …………… (3)
3. 文化同质与文化多元 ……………………………… (6)

### 第二节 西方比较文学发展史渊源 …………………… (9)
1. 比较文学的萌芽 …………………………………… (9)
2. 比较文学的诞生 …………………………………… (12)
3. 比较文学的学科发展历程 ………………………… (15)

### 第三节 中国比较文学发展史溯源 …………………… (27)
1. 中国古代的比较文学研究 ………………………… (27)
2. 中国比较文学的建立 ……………………………… (31)
3. 中国比较文学的兴盛 ……………………………… (36)

### 第四节 比较文学在 21 世纪文学研究中的发展走向 … (42)
1. 比较文学在未来文学研究中的作用 ……………… (42)
2. 比较文学未来的学科定位 ………………………… (45)

### 第五节 比较文学与文化研究的关系 ………………… (50)
1. 文化研究溯源 ……………………………………… (50)
2. 对文化研究的辨析与批评 ………………………… (54)
3. 定位与发展:比较文学与文化研究 ……………… (56)

## 第二章 本体论 ……………………………………………… (62)
### 第一节 关于"比较"与"文学"两个概念的语言分析 … (62)
1. 从汉语字面上对"比较"产生误读的两种可能性 ……… (62)

  2. 在印欧语系下对"比较"理解的困惑与误读 ………… (66)
  3. 在东西方语境下"文学"被误读的语言修辞原因 ……… (69)
 第二节 比较文学重要概念的介绍及其定义分析 …… (74)
  1. 法国学派关于比较文学概念的定义 ……………… (74)
  2. 美国学派关于比较文学概念的定义 ……………… (79)
 第三节 比较文学的学科特征 …………………………… (86)
  1. 比较文学学科身份的成立在于主体定位 ………… (86)
  2. 比较文学的研究客体:学理关系及其三种类型的意义 …… (89)
  3. 比较文学与"四个跨越"的内在意义链 …………… (96)
 第四节 五种相关学科的概念界分及比较文学的定义 … (100)
  1. 民族文学与国族文学的界分 ………………………… (100)
  2. 总体文学及其两个层面意义的整合 ………………… (104)
  3. 世界文学及其五个层面的理论分析 ………………… (107)
  4. 关于比较文学的定义 ………………………………… (119)
 第五节 比较文学的本体论与方法论 …………………… (125)
  1. 什么是比较文学的本体论? ………………………… (125)
  2. 什么是比较视域? …………………………………… (127)
  3. 比较文学不是文学比较 ……………………………… (132)
  4. 比较视域的内质与可比性原则 ……………………… (138)
  5. 比较文学属于本体论而不属于方法论 ……………… (146)

**第三章 视域论** ……………………………………………… (150)
 第一节 比较视域的基本特征 …………………………… (150)
  1. 视域与比较视域 ……………………………………… (150)
  2. 比较视域的多元性与开放性 ………………………… (153)
  3. 比较文学学者操用比较视域的自觉性 ……………… (157)
 第二节 比较视域中的文学对话 ………………………… (160)
  1. 对话机制及对话平台 ………………………………… (160)
  2. 对话模式研究:互识、互证及互补 …………………… (162)
  3. 对话过程:模仿—过滤—文化阐
    释—新文化样式的创造 …………………………… (165)
 第三节 比较视域中的跨学科研究 ……………………… (167)
  1. 文学创作中的跨学科现象 …………………………… (167)

2. 比较文学的跨学科研究 …………………………… (169)
　　3. 比较文学跨学科研究的规限 ………………………… (173)
　　4. 在全球化语境中走向跨文化对话 …………………… (176)
　第四节　比较视域中的"汉学"研究 ……………………… (181)
　　1. 什么是"汉学"? ……………………………………… (181)
　　2. "汉学"的学科性质——客体与主体双重定位 ……… (183)
　　3. "汉学"与"汉学主义" ………………………………… (187)

第四章　学派论 ……………………………………………… (192)
　第一节　法国学派与影响研究 ……………………………… (192)
　　1. 法国学派的形成与主要理论主张 …………………… (192)
　　2. 影响研究的理论依据和主要内容 …………………… (195)
　第二节　美国学派与平行研究 ……………………………… (202)
　　1. 美国学派的形成及基本主张 ………………………… (202)
　　2. 平行研究的主要内涵、理论根据与具体方法 ……… (206)
　　3. 平行研究应该注意的几个问题 ……………………… (211)
　第三节　俄国学派与历史诗学研究 ………………………… (215)
　　1. 民族性的种种诉求:俄国比较文学发展历程 ……… (215)
　　2. 以历史诗学研究表达民族性诉求:
　　　　俄国比较文学特征 ………………………………… (221)
　第四节　中国学派与阐发研究 ……………………………… (229)
　　1. 中国比较文学研究的特点:跨文化 ………………… (229)
　　2. 中国学派的折中精神 ………………………………… (231)
　　3. 中国学派的阐发研究 ………………………………… (233)
　　4. 中国学派的意义与局限 ……………………………… (237)

第五章　方法论 ……………………………………………… (242)
　第一节　文类学与"形式" ………………………………… (242)
　　1. 比较文学的文类学概述 ……………………………… (242)
　　2. 比较文学的文类学研究对象和研究范围 …………… (244)
　　3. 比较文学的文类学研究个案举要 …………………… (247)
　第二节　主题学与"流变" ………………………………… (251)
　　1. 主题学的成立 ………………………………………… (251)

  2. 主题与母题 …………………………………………（253）
  3. 题材、形象与意象 …………………………………（257）
 第三节 形象学与"他者" ……………………………………（262）
  1. 什么是比较文学形象学？ …………………………（262）
  2. 如何进行比较文学形象学研究……………………（265）
  3. 形象学研究的特点 …………………………………（269）
  4. 形象学研究的前景 …………………………………（270）
 第四节 类型学与"通律" ……………………………………（272）
  1. 类型学研究：学术史问题 …………………………（272）
  2. 类型学的基本理论："借用"与"影响" ……………（274）
  3. 形成类型的两种基本途径 …………………………（278）
  4. 类型学研究的一般理论背景 ………………………（279）
  5. 类型学研究的目标：通律 …………………………（282）

第六章 范例论 ……………………………………………（285）
 第一节 互动：中国文学与欧美文学的比较研究 …………（285）
  1. 比较文学研究中的欧洲中心主义倾向与
   互动研究的意义 ……………………………………（285）
  2. 中国古典诗歌与美国现代诗歌的现代性 …………（288）
  3. 西方浪漫主义和象征主义与中国现代诗歌的现代性 …（294）
  4. 互动研究与比较文学的学科意义 …………………（298）
 第二节 接受：中国文学与俄苏文学的比较研究 …………（299）
  1. 中国对俄国"虚无党小说"的接受 …………………（299）
  2. 中国现代作家对俄苏文学的艺术接受 ……………（303）
  3. 普希金在中国的接受 ………………………………（307）
 第三节 影响：中国文学与日本文学的比较研究 …………（311）
  1. 从日本汉文学看中国对日本文学的影响 …………（311）
  2. 从物语文学看中国对日本文学的影响 ……………（317）
  3. 影响的积淀：中国对日本近代文学的影响 ………（318）
 第四节 身份：海外华文文学与中华母体
   文化的比较研究 ………………………………………（323）
  1. 海外华文文学的文化身份与比较文学研究 ………（323）
  2. 比较：海外华文文学内部的文化差异性 …………（326）

3. 比较文学对海外华文文学的多种研究角度 …………（331）

**第七章　翻译论** ………………………………………（336）
　第一节　翻译研究的名与实 ………………………………（336）
　　1. 什么是翻译？ …………………………………………（336）
　　2. 作为学科的翻译研究 …………………………………（341）
　　3. 翻译研究的历史与现状 ………………………………（345）
　第二节　翻译研究的范围和内涵 …………………………（351）
　　1. 翻译与旅行 ……………………………………………（351）
　　2. 翻译与文化 ……………………………………………（355）
　　3. 翻译与政治 ……………………………………………（358）
　　4. 翻译与哲学 ……………………………………………（362）
　　5. 翻译与性别 ……………………………………………（366）
　第三节　翻译研究的未来 …………………………………（371）
　　1. 比较文学与翻译（文学与研究）………………………（371）
　　2. 翻译研究的未来 ………………………………………（375）

**第八章　诗学论** ………………………………………（381）
　第一节　比较诗学崛起的中西学术背景 …………………（381）
　　1. 比较文学不可遏制地导向比较诗学 …………………（381）
　　2. 西方"poetics"的四个层面意义及误读的可能性 ……（384）
　　3. 中国"诗学"的四个层面意义及误读的可能性 ………（388）
　　4. 关于"poetics"与"诗学"两个概念的汇通性学理分析 …（391）
　第二节　比较诗学与国别文论的学科身份差异性
　　　　　就在于比较视域 ……………………………………（394）
　　1. 对比较诗学产生误读的四种可能性分析 ……………（394）
　　2. 时间与空间：国别文论与学科身份定位 ……………（401）
　　3. 比较学者的视域：比较诗学与学科身份定位 ………（404）
　第三节　比较诗学与互文性 ………………………………（410）
　　1. 汇通性：比较诗学的内在学理原则 …………………（410）
　　2. 比较诗学与互文性等概念的梳理 ……………………（414）
　　3. 互文性的扩大化理解：从比较诗学为
　　　 比较视域下定义 ………………………………………（422）

第四节　他者视域与第三种诗学 ……………………(428)
  1. 他者与异质文化、非我因素三个概念的相关理论 ……(428)
  2. 他者视域及其在比较诗学研究中
    地域政治色彩的淡化 ……………………………(432)
  3. 互为他者的文化相对主义与和而不同的原则 ………(434)
  4. 他者视域与"旁观者清,当局者迷" ………………(436)
  5. 镜与灯:比较诗学研究的双向互惠关系……………(440)
  6. 视域融合、交集理论、重构及
    to make something new ………………………………(447)
第五节　路径与窗口:西方学术语境下的华裔族群
      比较诗学研究 …………………………………(454)
  1. 华裔学者在西方学术语境下
    使用英语展开的比较诗学研究………………………(454)
  2. 刘若愚和艾布拉姆斯:中西诗学体系适配的
    路径与窗口 …………………………………………(459)
  3. 华裔比较诗学研究族群英语著作的两种接受现象 …(467)

**第九章　思潮论** ………………………………………(477)
第一节　接受与过滤:中国现代文学与
      西方现代主义 …………………………………(477)
  1. 现代主义的概念界说 ………………………………(477)
  2. 中国现代文学对西方现代主义接受的动因与实质 …(478)
  3. 中国现代文学对西方现代主义接受的过滤机制……(485)
第二节　影响与重构:后现代主义与中国当代文学……(489)
  1. 建构后现代主义:中国的视角 ……………………(489)
  2. 中国当代的诸种后现代变体 ………………………(492)
  3. 个案研究:先锋小说的后现代话语分析 ……………(494)
  4. 后现代话语在中国语境下的重构…………………(500)
第三节　呼应与阐发:西方马克思主义诗学与
      中国现当代诗学 ………………………………(502)
  1. 西方马克思主义简介 ………………………………(502)
  2. 西方马克思主义诗学对中国现当代诗学的事实影响 …(505)
  3. 西方马克思主义诗学与中国现当代诗学的平行发展 ……(508)

    4. 中国当代诗学对西方马克思主义

       诗学的汇通与阐发 ……………………………………（514）

第四节　对峙与对话：摆脱西方中心主义

       和本土主义 ……………………………………………（516）

    1. 比较文学研究中的自我与他者的关系 ……………（516）

    2. 西方中心主义和本土主义是比较文学的障碍 ………（518）

    3. 对话是比较文学研究的理论方法 …………………（523）

第五节　差异与变体：后殖民批评与宗教文化传统 ……（528）

    1. 后殖民批评崛起的国际学术背景 …………………（528）

    2. 殖民文学与后殖民批评的世界性宗教背景 ………（532）

    3. 赛义德与"东方"的权力 ……………………………（537）

**后记（第四次修订版）** ………………………………………（543）

# Contents

**Preface(Fourth Edition)** ·············· Yue Daiyun (1)

**Part I: History and development** ················ (1)

  Chapter 1: Comparative literature in the context of globalization and the multiculturalism ······ (1)

    1. What is globalization? ····················· (1)
    2. Accept it or reject it: diversified attitudes toward the cultural globalization ············ (3)
    3. Homogeneous culture and multiculturalism ········· (6)

  Chapter 2: A brief history of comparative literature in Europe and the U. S. ·············· (9)

    1. The prehistory of comparative literature ········· (9)
    2. The rise of comparative literature ············ (12)
    3. The milestones of comparative literature ········ (15)

  Chapter 3: A brief history of comparative literature in China ···················· (27)

    1. The comparative study in the pre-modern China ······· (27)
    2. The establishment of comparative literature in China ······ (31)
    3. The flourish of comparative literature in China ······· (36)

  Chapter 4: Comparative literature in the twenty-first century ·············· (42)

    1. The functions of comparative literature in literary study in future ················ (42)
    2. The orientation of comparative literature as a discipline ······ (45)

  Chapter 5: Comparative literature and cultural studies ·················· (50)

1. What is cultural studies? (50)
2. Cultural studies, a criticism (54)
3. Comparative literature and cultural studies (56)

**Part II Ontology** (62)

Chapter 1: What is "comparative" and what is "literature"? (62)
1. "Comparative" and its problems in the context of Chinese (62)
2. "Comparative" and its problems in the context of Indo-European (66)
3. "Literature" and its problems in the context of both East and West (69)

Chapter 2: Terms and definitions (74)
1. From the viewpoint of French School (74)
2. From the viewpoint of American School (79)

Chapter 3: The identities of comparative literature as a discipline (86)
1. It is the self-consciousness of the comparatists which ultimately defines the identity of comparative literature (86)
2. The objects of comparative literary study: the disciplinary principles relationship and the meaning of the three categories (89)
3. The four basic features of comparative literature (96)

Chapter 4: Comparative literature and the related disciplines (100)
1. National literature (100)
2. General literature (104)
3. World literature (107)
4. Comparative literature (119)

Chapter 5: Comparative literature: ontology or methodology? (125)
1. What is the ontology of comparative literature? (125)

2. What are the perspectives of comparative literature? ...... (127)
3. Comparative literature is not comparison of literary works ...... (132)
4. The nature of comparison and the principle of "comparability" ...... (138)
5. Conclusion: comparative literature as an ontology instead of as methodology ...... (146)

**Part III Perspectives** ...... (150)

Chapter 1: The salient features of comparative perspective ...... (150)
1. Perspective and comparative perspective ...... (150)
2. The multiplicity and the openness of comparative perspective ...... (153)
3. The self-consciousness of comparatists ...... (157)

Chapter 2: The literary dialogue in comparative perspectives ...... (160)
1. The paradigm and the platform of dialogue ...... (160)
2. The models of dialogue: from knowing each other to self-defending and to compensate each other ...... (162)
3. The procedures of dialogue: imitation, filtration, cultural understanding, and the creation of a new culture ...... (165)

Chapter 3: Interdisciplinary study in comparative perspectives ...... (167)
1. Interdisciplinary phenomena in literary composition ...... (167)
2. Interdisciplinary study in comparative literature ...... (169)
3. The definition of interdisciplinary study of comparative literature ...... (173)
4. Toward cultural dialogue in the context of Globalization ...... (176)

Chapter 4: Sinology study in comparative perspectives ...... (181)
1. What is Sinology? ...... (181)

2. The dual identity of Sinology as a discipline: the objects of
     Sinology and the self-consciousness of Sinologists ……… (183)
  3. Sinology and Sinologism ………………………………… (187)

**Part IV Schools** ……………………………………………… (192)
  Chapter 1: French School and influence studies …… (192)
    1. The history of French School and its theories ……… (192)
    2. The theories and practice of influence studies ……… (195)
  Chapter 2: American School and analogy studies …… (202)
    1. The history of American School and its theories …… (202)
    2. The theories and practice of analogy studies ………… (206)
    3. Take precautions against several traps
       in analogy studies ………………………………………… (211)
  Chapter 3: Russian School and historical
             poetics studies ……………………………… (215)
    1. Calling for nationality: a brief history of
       Russian School …………………………………………… (215)
    2. The features of Russian School ……………………… (221)
  Chapter 4: Chinese School and explication studies …… (229)
    1. Chinese comparative literary study is
       more trans-cultural ……………………………………… (229)
    2. The eclecticism of Chinese School …………………… (231)
    3. Explication studies ……………………………………… (233)
    4. The insights and limits of Chinese School ………… (237)

**Part V Methodology** ………………………………………… (242)
  Chapter 1: Genology and "forms" ………………………… (242)
    1. What is genology in comparative literature? ……… (242)
    2. The subjects of genology ……………………………… (244)
    3. Case studies …………………………………………… (247)
  Chapter 2: Thematics and "transformation" ………… (251)
    1. The bases of thematics ………………………………… (251)
    2. Themes and motifs ……………………………………… (253)

    3. Subject matter, figure and image ……………… (257)

Chapter 3: Image studies and "otherness" ………… (262)

    1. What is image studies of comparative literature? …… (262)

    2. How to do image studies? …………………… (265)

    3. The features of image studies ………………… (269)

    4. The future for image studies ………………… (270)

Chapter 4: Typology and "rules" …………………… (272)

    1. The academic history of typology studies ………… (272)

    2. The theories of typology: "borrow" and "influence" …… (274)

    3. Two ways to form a type ……………………… (278)

    4. The theoretical background of typology …………… (279)

    5. Typology aiming at "rules" …………………… (282)

**Part VI Examples** ………………………………… (285)

Chapter 1: "Interaction" focusing on the comparative studies between Chinese literature and European-American literature ……………… (285)

    1. Eurocentricism in comparative studies and the introducing of interaction studies ……………… (285)

    2. Classical Chinese poetry and the modernity of contemporary American poetry ……………… (288)

    3. Romantism and symbolism trends in Western literary history and modernity of contemporary Chinese poetry ……………… (294)

    4. The contributions of interaction studies to comparative literature ……………… (298)

Chapter 2: "Reception" focusing on the comparative studies of Chinese literature and Russian literature ……………………… (299)

    1. How China received Russian nihilistic novel? ……… (299)

    2. How contemporary Chinese writers received Russian literary arts? ……………………… (303)

    3. Alexander Pushkin in China ………………… (307)

Chapter 3: "Influence" focusing on the comparative
            studies of Chinese literature and
            Japanese literature ················· (311)
  1. Japanese literature written in the Chinese language ······ (311)
  2. China's influences on Japanese literature focusing
     on Tales (wuyu) ································· (317)
  3. How China influenced modern Japanese literature······ (318)
Chapter 4: "Identity" focusing on the cultural identity
            crisis of foreign Chinese literature ········· (323)
  1. Cultural identity of foreign Chinese literature ········· (323)
  2. Comparison: the cultural differences inside foreign
     Chinese literature ································ (326)
  3. Several comparative approaches to foreign
     Chinese literature ································ (331)

# Part VII Translation ················· (336)

Chapter 1: The name and nature of
            translation studies ················· (336)
  1. What is translation? ································ (336)
  2. Translation studies as a discipline ················· (341)
  3. Translation studies yesterday and today ············· (345)
Chapter 2: The dimensions and meaning of
            translation studies ················· (351)
  1. Translation and travel ································ (351)
  2. Translation and culture ································ (355)
  3. Translation and politics ································ (358)
  4. Translation and philosophy ···························· (362)
  5. Translation and gender ································ (366)
Chapter 3: Translation studies in the future ············· (371)
  1. Comparative literature and translation
     (literature and studies) ································ (371)
  2. Translation studies tomorrow ························· (375)

**Part VIII Poetics** ……………………………………… (381)

Chapter 1: The theoretical background of
    comparative poetics ……………………… (381)
  1. From comparative literature to comparative poetics …… (381)
  2. What is "poetics" in the context of Western culture? …… (384)
  3. What is "poetics" in the context of Chinese culture? …… (388)
  4. The theoretical background of comparative poetics …… (391)

Chapter 2: Comparative perspectives as the identity
    difference between comparative poetics
    and national literature theory …………… (394)
  1. "Comparative poetics" and its problems …………… (394)
  2. The time and space of the objects defines the identity
   of national literature theory …………………………… (401)
  3. The perspectives of the comparatists defines the identity
   of comparative poetics …………………………………… (404)

Chapter 3: Comparative poetics and intertextuality …… (410)
  1. Intercomprehensibility: the theoretical principles of
   comparative poetics ……………………………………… (410)
  2. Intertextuality as thesubjects of comparative poetics …… (414)
  3. The expanded intertextuality: the definition of
   comparative perspectives in comparative poetics …… (422)

Chapter 4: Other perspective and the third poetics …… (428)
  1. Other, heterogeneous culture, and non-ego factor ……… (428)
  2. Other perspective and its impartial openness in
   comparative poetics studies …………………………… (432)
  3. cultural relativism and the principle of "harmony but
   not sameness" …………………………………………… (434)
  4. The third poetics with other perspective ……………… (436)
  5. Mutual illuminations in comparative poetics studies …… (440)
  6. The horizon fusion of the comparatists to
   make something new …………………………………… (447)

Chapter 5: The way and the window: the
           comparative poetics studies of the
           Chinese-American scholars in the
           context of Western academia ............... (454)
  1. The comparative poetics studies in English of the
     Chinese-American scholars in the context
     of Western academia ................................. (454)
  2. James J. Y. Liu and Meyer Howard Abrams: how to
     integrate the systems of Chinese and Western poetics ...... (459)
  3. Two phenomena of receiving the comparative poetics
     studies in English of the Chinese-American scholars ...... (467)

**Part IX Trends** ............................................. (477)
  Chapter 1: Reception and filtration: Modernism from
             West to China ................................. (477)
    1. What is Modernism? ................................. (477)
    2. The background and nature of Chinese modernists'
       reception of West Modernism ....................... (478)
    3. The filtration system of Chinese modernists' reception
       of West Modernism ................................. (485)
  Chapter 2: Influence and reconstruction: Postmodernism
             and contemporary Chinese literature ...... (489)
    1. To construct postmodernism from
       Chinese point of view ............................. (489)
    2. Postmodernism and its different faces in China ......... (492)
    3. Postmodernist discursive analysis in the avant-garde
       novel: a case study ............................... (494)
    4. To reconstruct postmodernism in the context of
       contemporary China ............................... (500)
  Chapter 3: Response and understanding:
             Western Marxist poetics and
             contemporary Chinese poetics ............... (502)
    1. A brief survey of Western Marxist poetics ............ (502)

2. The influences of Western Marxist poetics to
      contemporary Chinese poetics ……………………… (505)
   3. Western Marxist poetics versus contemporary
      Chinese poetics ………………………………………… (508)
   4. How contemporary Chinese poetics absorb and
      reconstruct Western Marxist poetics? ……………… (514)
Chapter 4: Conflict versus dialogue: getting out of the
      Westcentricism and provincialism ……… (516)
   1. Selfness and otherness in comparative literary studies …… (516)
   2. How Westcentricism and provincialism are in the way
      of comparative literature …………………………… (518)
   3. Dialogue is an important perspective for comparative
      literary studies ………………………………………… (523)
Chapter 5: Differences and transformation:
      postcolonial criticism and
      religious cultural tradition ……………… (528)
   1. The international ground of the rise of
      postcolonial criticism ………………………………… (528)
   2. The international religious ground of colonial literature
      and postcolonial criticism …………………………… (532)
   3. Edward W. Said and the "oriental" rights ………… (537)

**Postscript(Fourth Edition)** ……………………………………… (543)

# 序言(第四次修订版)

## 乐黛云

  比较文学是一门跨民族、跨语言、跨文化与跨学科的开放性学科,能够集结全国多所高等院校、科研机构的优秀专家学者共同撰写一部在理论体系上成熟、稳定而实用的《比较文学概论》,这是比较文学界同仁多年的愿望。

  1980年以来,北京大学的季羡林、李赋宁、杨周翰、杨业治与金克木,复旦大学的贾植芳,南京大学的范存忠与赵瑞蕻,南开大学的朱维之,北京外国语大学的王佐良与周珏良以及社会科学院的钱锺书与叶水夫等先生,他们都曾对比较文学研究表现出不同程度的学术兴趣,担任了不同程度的指导工作。从20世纪80年代初到90年代末,比较文学在发展中凸显出一定的先锋性和探索性,也曾引起过不少争议。那个时代撰写的多种比较文学教材反映着当时的学术水平,培养了一代年轻的比较文学爱好者,在高校比较文学教学中呈现出自己无可代替的学术价值。

  当历史进入21世纪后,随着国际学界在全球化态势下所面对的多元文化的发展,以及三十多年来积累的经验和教训,中国比较文学界涌现出了一代新人。他们在学科发展及教学体系上有着自己的思考,并呈现出崭新的面貌,同时在比较文学研究及其学科理论体系的构成方面,他们就许多问题的提出与解决也有着广泛的共识,并推动着比较文学学科理论体系的构建走向了相对的稳定。因此,集结全国高校及业内的优秀专家学者重新撰写一部属于21世纪的《比较文学概论》已是水到渠成、刻不容缓的事情了。

  这部《比较文学概论》的主编由复旦大学中文系比较文学与世

界文学教研室的杨乃乔教授担任。20世纪90年代中期,乃乔曾在北京大学比较文学与比较文化研究所做博士后的科研工作,他曾是中国比较文学博士后流动站接纳的第一名青年学者,他的出站报告,60万字的《悖立与整合:东方儒道诗学与西方诗学的本体论、语言论比较》很快就在文化艺术出版社出版,颇得好评,2001年曾获北京市第六届哲学社会科学优秀成果一等奖。

这部教材从2002年在北京大学出版社出版到今天,已经在国内外高校的比较文学教学中使用了13年。在此期间,这部教材共进行了四次修订、调整及部分章节的重写,可以说,这部教材在学科知识体系的更新方面是与时俱进的。13年来,28所高校与1所科研机构的34位优秀学者先后参加了这部教材各章节的撰写、修订、调整与重写,这个学术过程本身就是中国比较文学界及中国比较文学发展史上的一件大事。作为这部教材的学术顾问,我一直在关注着这部教材撰写、修订、调整与重写的全部过程。

我注意到,参加这部《比较文学概论》教材撰写、修订、调整与重写的学者,几乎都是目前国内外高校从事比较文学及相关方向研究与教学的优秀教授、博士生导师及学科带头人了。在这部教材的撰写、修订、调整与重写过程中,每一位学者所负责的章节不仅与他的学术研究方向有着一致性,并且,他们还注意到把自己的科研与教学经验带入其中。

我认为,集结一批从事比较文学研究与教学的优秀学者,共同撰写一部《比较文学概论》,这是非常重要的;而更重要的是,如何把34位优秀专家学者各自不同的学术观念及教学风格统于一个相对自治的科学体系中,并最终推出一部相对稳定与统一的教材,这是一个极为重要而困难的问题。

据我所知,为了解决这一问题,在这部教材的具体撰写工作启动之前,乃乔就连续召开过两次研讨会,以广泛地征求意见,与会的专家学者也充分地讨论了主编拟定的关于教材的体例,一、二、三级标题及详细撰写的要求等。第一次研讨会后,乃乔遵照与会专家学者所提出的意见,对最初的教材撰写计划作了详细修改,并通过网络把修改过的撰写计划发给全国甚至海外的每一位参撰者,再度公开征求意见,并且,要求所有参撰者必须带着具体的意见来参加第二次研讨会。在第二次研讨会上,参撰者就教材的体例，理论体系的建构，一、二、三级标题的设定，章节的分布，概念的使用，术语及人名的统一，中外原典材料的重新发掘，注释的规范性，书写的语言，全书的字数分配等，提出了详尽的建议。最终在热烈、真诚而极富创意的讨论中，大家就最基本的立足点和教材的撰写规则达成了共识。可以说，这两次研讨会为这部教材的撰写奠定了成功的基础。此后，当每一章节撰写完成并提交后，主编及这个群体的成员刘耘华等都分别对其进行了精心的修改，并立即通过网络发给各位撰写人，反复征求意见，以进行讨论。

　　一部教材在集体的撰写中要取得成功，这不仅需要构建一个相对严谨的、基本的学科理论体系，而且还要求准确地使用一系列能够支撑这个学科理论体系并贯通其中的理论术语，对于由34位优秀学者撰写、修订、调整与重写的教材来说，要做到及做好这一点是极不容易的。可以说，这部教材在此方面所做出的努力是值得称赞的。这部《比较文学概论》基本上做到了在准确、稳定与前沿中介绍比较文学研究的相关学科理论，建立起一套相对准确的学科理论术语体系及其关键词，同时也介绍与分析了大量的中外比较文学研究的个案。总体而言，这部教材学理气脉贯通，前后如同一人所写。

　　最后，我们还是应该提到这部教材严谨、丰富与规范的注释。这些注释不仅从西方原典文献中直接发掘材料，而且也注意到中国古典文献引用的精确性，毫无疑问，这一点给比较文学的学习者提供了一种专业性的学科意识。此外，这部教材的每一章节后面都缀有相应的思考题，这一体例不仅使学生很容易地从本章节中找到教学的重点，找到这些思考题的标准答案从而获得启示，同时也为本科生与研究生的出题、复习与考试提供了方便。

　　编撰一部稳定的、具有学术生命力的《比较文学概论》，参撰者不仅需要很好的中外文学研究视域、很好的外语能力、很好的中外文学史及其相关理论功底，还需要很好的学术人格。值得提及的一点是，这部教材的所有参撰者在前期的讨论中就明确提出，执笔人在自己撰写的章节中，不应刻意吹嘘自己的著作或强调介绍自己的学术观点，同时也不应刻意褒扬自己的师友或贬损不同的学术观点及其执有者。可以说，这部教材的确是在介绍与陈述国内外比较文学界所发生及形成的公共学科理论,所以其在这方面树立了相当良好的学风。

基于以上各点,我认为,在13年来的撰写、修订、调整与重写中,这部教材确实为比较文学学科的发展带来了一番崭新的气象。

# 第一章 发 展 论

## 第一节 全球化与比较文学的多元文化语境

### 1. 全球化的界定

当历史跨入 21 世纪之际,全球化(无论在理论探讨还是现实处境中)已成为不容回避的现象和亟待严肃思考的问题。如果说 20 世纪 80 年代中期知识界对"全球化"这一概念还没有给予足够的重视,到 80 年代后期,它俨然成为了被争相引用又争议颇多的话题,及至今日,全球化几乎已是无须界定且无所不在的口号。

到底何谓全球化(globalization)？当 20 世纪 60 年代该词被收录于《韦氏大词典》和《牛津英语词典》时,全球化还是一个令人感到棘手和无所适从的概念,而现在这种不安已经多多少少消退了。广为流行的全球化概念着重描述的是一个历史的过程,在此过程中各种社会因素和关系在空间上不断扩展,人的行为方式、思想观念以及社会力量的作用表现出洲际(或区域之间)的特点。作为一个历史的或历时的过程,全球化的特征却在于其共时性,具体而言就是空间上的世界压缩(compression)①和地域联结。② 人们最直接的感触,是好像生活在一个空间越来越狭小、联系越来越紧密的麦克卢汉(Mashall McLuhan)所谓的"地球村"(global village)。天

---

① 《全球化:社会理论和全球文化》,[美]罗兰·罗伯森著,梁光严译,上海人民出版社 2000 年版,第 11 页。
② 安东尼·吉登斯对全球化所下的定义是:"世界范围内社会关系的强化,这些关系以一种方式将不同的地方性联系起来,以致地方性事变的形态受到远距离以外发生的事变的影响,反之亦然。"见于[英]安东尼·吉登斯:《现代性的后果》(Anthony Giddens, *The Consequences of Modernity*, Stanford University Press, 1990, p. 64.)。

涯若比邻的空间感觉的改变,主要是自近代以来的科学—技术革新推动的,特别是20世纪后期新的通讯媒介——主要是大众的电子传播媒介和互联网——令人瞩目地成为推动全球化过程的动力。① 全球新闻直播、E-Mail、信息高速公路仿佛已经消融了国家和文化的疆界,使原来的空间和地点的概念失去了实在感。同时,现代媒介还引发了非物质的流动,价值观念的交流变异和政治文化的网络化、透明化。全球地域联结的加强表现在现代的整体世界牵一发而动全身的休戚与共。1997年始于亚洲的金融风暴不到一年的时间影响了全世界的经济。被称作21世纪第一战的美国"9·11事件"和接踵而至的阿富汗战事甚至在更短时间内迅速地造成全球经济增长速度的放缓和世界政治格局的分化与重组,同时引发了全球范围对恐怖主义、战争行为、文明冲突等的激烈论争。经济技术的全球化以及随之而来的思想、观念、意识的快速流通和碰撞,显示我们已进入了一个前所未有的时代。

全球化时代的来临对以语言—地域为界定标准的"民族文学"概念构成了挑战,而比较文学则被放置在一个更加开放的多元文化语境下。众所周知,民族文学是16世纪伴随民族国家的崛起和民族语言的统一而逐渐成形的,所以民族文学带有其独特的地域性、文化的同质性和原生性。比较文学自诞生之日起,其跨民族、跨文化的概念首次对各自为政的、"孤立主义"的民族文学提出了异议:

> 比较文学将从一种国际的视域研究所有的文学,在研究中有意识地把一切文学创作与经验作为一个整体。在这种观念中(这是我的观念),比较文学就与独立于语言学、人种学和政治范围之外的文学研究完全相等。②

---

① 在20世纪60年代麦克卢汉就提出,每种媒介携带的"讯息"都改变了人类想象和活动的规模和形式。参见[加]麦克卢汉:《理解媒介:人的延展》(M. MacLuhan, *Understanding Media*: *The Extensions of Man*, New York: The New American Library, 1964, p.24.)。如果说再考虑到今日遍及全球的互联网对现代生活方方面面的渗透,电子媒介所引发的生存方式和知识生产方式的改变,特别是朝全球一体化方向的改变赫然在目。

② [美]雷纳·韦勒克:《比较文学的名称与实质》(René Wellek, "The Name and Nature of Comparative Literature"),见于[美]雷纳·韦勒克:《鉴别:续批评的诸种概念》(René Wellek, *Discriminations*: *Further Concepts of Criticism*, New Haven and London: Yale University Press, 1970, p.19.)。

比较文学超越了语言和种族的界限,单一的文学语境被双边的、比较的视野所取代,对于更广泛地理解各文学之间的关系有重要意义。民族文学是构成世界文学的原子,而比较文学则可比喻成连接起这些单个的、孤立的原子的血液。全球化的多元文化语境再次使民族这种"想象的社区"和民族文学的构成边界成为问题,同时也给比较文学未来的发展提出了新课题。因此,深入理解全球化造成的文化格局的演变,研究相应的文化策略,对于比较文学研究的未来至关紧要。

## 2. 接受或抵制:文化全球化引发的争论

全球化是一个全方位兴起的现象,对现代社会的各个方面均构成了冲击。从理论层面来考察应该说全球化是一个分层次的概念。它起源于经济全球化,即全球经济的市场化,此后衍生出政治全球化、文化全球化、军事全球化、环境全球化等不一而足。与比较文学在 21 世纪的发展相关的主要是有关文化全球化的讨论。文化全球化的论题涉及文化帝国主义与民族主义(即全球化与本土化)、文化身份与文化认同、精英文化与大众文化、文化同质与文化多元等切到文化自身的讨论。当然,这些互相对立的语词表达的是对全球化截然相反的态度,可粗略地分为是欢迎接受还是拒绝抵制(但实际情况可能远较之复杂)。后一种被称之为逆全球化(deglobalization)的姿态无疑也包裹在全球性话语之中,就此意义而言,在全球化时代不可能有任何退出全球化的策略,同时这也揭示出我们目前所称的全球化是一个长期的、不平衡的、复杂的过程。[①]

文化的挑战被视为全球化的最大挑战,因此在文化全球化过程中,人们最关注的问题是全球化与本国传统文化的关系问题,以及对本土文化如何重新认识和自我理解的问题。一般而言,对于发展中(或弱势)国家的民族主义者而言,全球化几近是帝国主义的代名词,[②]是从外部强加给发展中国家的,是资本主义市场经济

---

① 《全球化:社会理论和全球文化》,[美]罗兰·罗伯森著,梁光严译,上海人民出版社 2000 年版,第 14 页。
② 饶有趣味的是,面对全球化的美国中心意识,甚至欧洲发达国家的学者也持反全球化的论调。参见《全球化是帝国主义的变种》,[英]查尔斯·洛克著,见于《全球化与后殖民批评》,王宁等主编,中央编译出版社 1998 年版,第 43、51 页。

体制(如 WTO 的本质就是资本主义经济体制的全球化)和政治民主制度(以美国民主制为其标志)的扩张与征服。所以在他们眼中,全球化是"西方"现象的代表,与殖民主义、"新世界秩序"有千丝万缕的瓜葛,而文化全球化更显得像是文化霸权主义的蚕食策略,从而引起文化民族主义者呼吁保护本土传统文化,抵制文化全球化。譬如,印度人民党的领导人认为"全球化是对印度的传教进攻、信息进攻和文化进攻",[①]美国流行歌星迈克尔·杰克逊和印度本土的女权主义影片《火》一同被视为威胁了"神圣的印度价值观"而多次遭到攻击。[②]

但值得我们思考的是,是否面对这种所谓的进攻和威胁,印度就可以允许民族主义恶性膨胀,从而频繁进行核试验呢?如果把文化全球化完全等同于本土传统文化和价值的敌人,当然会滋生类似的极端文化民族主义的心态,而狭隘的文化保护主义不利于重新定位本土的文化身份。在文化的交流和传播空前频密的全球化时代,旧的身份逻辑被终结了,任何固定不变、静止绝对的文化身份认同都是不可想象的,无法以新的参照系反观自己。按比较文学所致力建构的比较视域来看,任何一种文化的发展和维持均需要他种文化的存在,"自我"身份的构建离不开"他者",同时"他者"有助于对"自我"的重新阐释和理解。尤其在全球化的语境下,更需要突破国别和本土文化疆界的束缚,以更加灵活开放的态度对待文化身份和文化认同的问题,切忌僵化的二元对立的文化认知模式,如我—他、主—仆、中心—边缘、我们—他们、殖民者—被殖民者、男性—女性等等。

就此而言,可以说全球化给比较文学学科在未来的发展带来了新的机遇。与传统的国族文学研究的单一性和封闭性相比,比较文学的研究框架内纳入了异质的文化因子,可以置换新的视角重新审视和阐释本土文学传统。比较文学跨文化、跨学科的特质使它更适于在流动开放的全球化语境中沟通不同的文化体系,使西方与东方文化可能进行建设性的对话。因此,我们似乎不应该视

---

① 《印度的全球化讨论》,[印]盖尔·奥姆韦德著,见于《全球化压力下的世界文化》,[德]赖纳·特茨拉夫主编,吴志成、韦苏等译,江西人民出版社 2001 年版,第 118 页。
② 同上。

文化全球化为洪水猛兽,反而可以借之使弱势文化、边缘文化被更多的他种文化了解,使"西方中心主义"的世界文化格局为之一变。

文化全球化带来的另一个突出的景观是大众文化携现代传播媒介和网络之势异军突起,使大众文化与精英文化原来已有的紧张更趋激烈。在传统的文化观中,精英—大众文化,或曰高雅—通俗文化的区别可谓泾渭分明,譬如在19世纪英国文人马修·阿诺德(Matthew Arnold)的《文化与无政府状态》一书中就可听到这样的教诲。根据这位据说是第一次使用英文的"comparative literature"这一术语的牛津教授所言,文化是一个时代最好的知识与思想,文化能改造和提升人性。自然,他是从经典文学构筑的精英文化为基点来理解文化。① 由此观之,从精英主义的立场出发,大众文化是一个等级概念,是比严肃文化、高雅文化低一级的文化,高一级的文化对低一级的文化具有支配和统摄的功能。但是,随着后现代主义的出现和全球化程度的深入,传统文化观中的权威和中心的模式逐渐被消解,大众文化演变成了一个类型概念,精英文化和大众文化只是平行的不同类型而已,它们之间不再有等级关系和谁支配谁的问题,"雅俗合流"的景象似乎指日可待。

在对大众文化的研究中,德国法兰克福学派和英国"文化马克思主义"伯明翰学派对其的阐释是相当具有代表性的观点。法兰克福学派(Frankfurt School)的本雅明(Walter Benjamin)、霍克海默(Max Horkheimer)、阿多诺(Theodor W. Adorno)等批判大众文化是资产阶级的国家意识形态、欺骗群众的工具,是一种以标准化、商品化、物化、受操纵的文化工业产品为标志的文化,扼杀了人的精神创造力,削弱了个体意识和批判精神。② 伯明翰学派的理查德·霍加特(Richard Hoggart)、雷蒙·威廉斯(Raymond Williams)、斯图亚特·霍尔(Stuart Hall)认为前者忽视了大众文化内部包含的差异、矛盾和斗争,忽视了大众文化隐含的积极能动的自主性力量。譬如他们分析了英国工人阶级青少年中流行的被视作"反文化"的社会现象(如

---

① [英]阿诺德:《文化与无政府状态》(Matthew Arnold, *Culture and Anarchy*, ed., Samuel Lipman, New Haven: Yale University Press, 1994, p.22. p.29.)。

② 参见《启蒙辩证法(哲学片断)》,[德]霍克海默、阿多诺著,洪佩郁、蔺月峰译,重庆出版社1990年版,第112—158页。

拒绝学校教育、剃光头、飙飞车、嬉皮士风格），提出这些亚文化（subcultures）的出现实质上是对工人阶级"母体文化"的内部矛盾和紧张的一种解决，是重新塑造工人阶级社群传统的努力。所以伯明翰学派的理论立场更强调大众文化的能动性。法兰克福学派和伯明翰学派对大众文化的不同看法，反映出20世纪初中期的知识界对这一日渐呈燎原之势的社会——文化现象的理解和把握。

时至今日，一个普遍的共识是对大众文化不可持简单的肯定或否定态度，既要超越精英主义完全批判的立场，又要超越平民主义完全无批判的立场。大众文化的内涵也相对地确定下来，特指进入到后工业社会时兴起于城市的，以全球化的现代（电子）传媒为介质，大批量生产的，能复制的，以市场消费为导向的，引导大众潜藏的思想意识的当代文化形态。因此，前工业时代自下而上表达民众自然经验的通俗文化和民间文化不等同于消费时代的大众文化，而具有深度思考、终极关怀诉求的精英文化更与商业化、市场化的大众娱乐文化、产业文化格格不入。文化全球化是全球文化大众化的重要契机，其结果是，传统意义上的文学日渐式微，经典文化受到挤压，代之而起的是好莱坞大片、MTV、通俗小说、时尚报刊、网络文学等"快餐文化"。甚至传统的比较文学和经典文学研究也不同程度地受到大众文化以及文化研究的影响和冲击。文化研究者关注的文化"再现"空间是被排除在精英文学——艺术之外的大众文化，他们考察文化文本的生产过程，探究文化中蕴涵的权力关系及其运作机制，其研究方法是跨学科的和超学科的，研究类型不拘一格，非常富于变化和开放性。传统的比较文学以跨国界、跨民族、跨语言为特征，具体的研究仍然聚焦于文学（主要是高雅文学谱系里的）文本的分析，注重细读的功夫。大众文化和文化研究的崛起无可否认地已经对比较文学的研究模式提出了严峻挑战，乃至比较文学又再度陷入"危机"之境地。但"危机"也许正意味着机遇，面对"危机"望而却步、不思改进的话就会使比较文学学科失去生机，所以我们必须调整和突破传统的思维模式和学科结构，扩展研究的对象和范围，才能把"危机"扭为转机。

### 3. 文化同质与文化多元

文化全球化引发的最激烈的争议，无疑是对文化同质与文化多元的思考。全球化既造成了文化的同质和一体,也有促成文化多元并存之功。若无全球化的普及,各种文化仍然只是自为的存在,很难产生相互了解和沟通的需求。正因为全球化,才出现了西方主体性之外的"他者",东方文化才作为一种可与西方相对照的力量出现,文化多元才成为可能。[①] 如今的世界较之以前显得更加斑斓多彩,归功于各文化间相互认识的加深加广。反观老子所说的"小国寡民……邻国相望,鸡犬之声相闻,民至老死,不相往来"的古代素朴状态,[②] 全球化意味着现代世界高度发达的跨国、跨洲的全球文化信息共享(起码理论上是如此),这对于文化之多元的确是一个颇为有利的时机。但另一方面,全球化一向被视为抹杀了文化的差异、制造文化趋同的罪魁祸首而为人所诟病,特别是遭到多元文化主义者的批驳与抵制。多元文化主义强调的是种族上、文化上有差异的族群的独特品质,其观点之基础是文化相对主义和历史主义。多元文化主义忧心忡忡的是,文化全球化是否导致强势文化对弱势文化的吞并、西方文化对非西方文化的变形和妖魔化? 全球化并不等于一切文化可以平起平坐,毋宁说全球文化共享是处于优势的文化给我们制造的一个幻象。针对此,多元文化主义提出保存本土文化的原生性和多边文化的多样性。

但过于狭隘的多元文化主义视野逐步成为滋生文化孤立主义和分离主义的温床,它以保存文化的纯洁和地道为名,以一种不加批判的方式弘扬差异,否认文化之间可能存在的共同兴趣和理解。文化孤立主义画地为牢的做法势必导致原生文化的保持和发展创新之间的矛盾,强求统一与不变的结果只能是扑灭生机,带来自身文化的封闭和衰微。[③] 中外文化交流史的诸多事实已经说明了,就深层次的文化发展而言,异质文化之间的碰撞、交流、挪用、吸收可

---

[①] 金耀基谈到,在西方现代性的扩张过程中是看不到"他者"的,而在全球化过程中却可以看到。参见《文化趋同还是文化多元?》,金耀基、乐黛云著,见于《跨文化对话》,上海文化出版社2000年版,第3辑,第15页。也参见《从传统到现代》,金耀基著,中国人民大学出版社1999年版。

[②] 《老子》,见于《二十二子》,上海古籍出版社1986年缩印浙江书局汇刻本,第8—9页。

[③] 《多元文化发展中的两种危险及文学理论的未来》,乐黛云著,见于《多边文化研究》,北京大学比较文学与比较文化研究所编,新世界出版社2001年版,第1册,第50页。

使双方受益,尽管这种交流并非完全对等,很多时候甚至是一边倒的。但一味排斥他种文化的"闭关锁国"策略却未见得能使边缘和弱势文化保持长久的生命力。也许正是基于对全球化引发的文化同质和文化多元的考虑,人们提出了既涵盖全球、又包含本土的全球地方化(glocalization),即所有全球范围的思想和产品都必须适应当地环境的方式,而那种洞悉全球与本土的辩证关系的思想遂被称作全球地方主义(glocalism)。撇开本土强调全球,或撇开全球只强调本土都忽视了它们所蕴涵的辩证关系,①都是不足取的。这也许是对全球文化是在走向同质化,还是以越来越大的多样性和差异为标志这一问题折中通融的想法。

　　国际比较文学界一直对多元文化主义非常关注,如 2000 年 8 月在南非首都比勒陀利亚举行的国际比较文学学会第十六届年会的中心主题就是多元文化主义时代的文化转型和跨界。对学科的发展而言,我们需要思考的问题是在全球化和多元文化语境下,比较文学如何一如既往地提防霸权主义,如何定位发展,如何发挥其作用。未来真正富有生命力的比较文学研究应当既是跨越国界和文化传统疆界,同时也是跨越学科界限的。当代的比较文学越来越具有开放性和包容性,它利用跨学科、跨文化的特点积极地参与多边的文化交流和对话,加强了世界各地的思想互动。我们可以想象,未来的世界或许既不是文化霸权主义者自以为的一体化世界,也非文化孤立主义力图实现的诸文化各自为政、互不相干的世界,而是比较文学所致力建构的独特性与互补性共存、差异性与沟通性共存的多元化的世界,一个"道并行,不相悖"的和而不同的世界。世界历史的发展趋势不会演变成一种同质化的世界文化,而是充满差异和复杂性的多元"世界体系"。② 全球化给这个多元化世界所提供的无非是一个全球性的文化场景(global cultural scene),一个使各种文化互相看视的平台。

---

　　① 《传统未来的来临:全球化的想象》,[美]欧阳桢著,见于《全球化与后殖民批评》,王宁等主编,中央编译出版社 1998 年版,第 70 页。
　　② [美]伊曼纽尔·沃勒斯坦:《民族的和普遍的:会存在世界文化这种东西吗?》(Immanuel Wallerstein, "The National and the Universal: Can There be Such a Thing as World Culture"),见于[美]安东尼·金:《文化、全球化和世界体系》(Anthony D. King, ed., *Culture, Globalization and the World-System*, Macmillan, 1991, p.96.)。

**思考题:**

1. 如何理解全球化和文化全球化,及其对比较文学的未来发展的意义?
2. 请思考传统文化在全球化的语境下应该如何自我认识和定位?
3. 何谓大众文化,文化全球化与大众文化的关系如何?
4. 你认为全球化的趋势是文化同质还是文化多元,为什么?
5. 请思考比较文学在多元文化主义的语境下有什么样的前景?

**参考书目:**

1. 《多元文化发展中的两种危险及文学理论的未来》,乐黛云著,见于《多边文化研究》,北京大学比较文学与比较文化研究所编,新世界出版社2001年版。
2. 《传统未来的来临:全球化的想象》,[美]欧阳桢著,见于《全球化与后殖民批评》,王宁等主编,中央编译出版社1998年版。
3. 《全球化是帝国主义的变种》,[英]查尔斯·洛克著,见于《全球化与后殖民批评》,王宁等主编,中央编译出版社1998年版。
4. 《全球化:社会理论和全球文化》,[美]罗兰·罗伯森著,梁光严译,上海人民出版社2000年版。

## 第二节　西方比较文学发展史渊源

### 1. 比较文学的萌芽

比较文学作为一门独立的学科诞生于19世纪70年代的欧洲,其标志是学科理论和方法的逐渐确立,学术团体和一批专业研究队伍的涌现,以及专业学术著作和专业刊物的纷纷出版。一百多年来,虽然取得了有目共睹的成绩,比较文学的发展并非一帆风顺,来自外部的误解和质疑,来自内部的反思和自我挑战,使比较文学的发展始终伴随着"危机"和"焦虑",也正是这种独特的危机和焦虑意识使比较文学一直保持其开放的态势,从不拒绝一切新思想、新理论的挑战,并始终保持在学术前沿的位置。

比较文学的诞生非一日之功,在自觉的系统的比较文学研究出现以前,文学领域内的非自觉的零散的比较研究一直存在,其历史几乎跟文学批评和文学研究自身一样长久。一方面,在文学和文化活动中长期以来一直存在着跨民族、跨语言、跨文化、跨学科的现象,另一方面,"比较"是一种基本的思维方式和研究方法。

早在古罗马时期,由于古罗马文学(古拉丁语)有意借鉴和模仿古希腊文学(古希腊语),如维吉尔《埃涅阿斯纪》对荷马史诗的模仿,古罗马作家或理论家自然经常比较两个时代、民族和语言等在文学上的异同。进入中世纪以后,由于共同的宗教信仰(基督教)和共同的语言(拉丁语),欧洲各民族几乎形成了一个文化共同体;中世纪后期,随着神权体系的松动、尘世兴趣和民族意识的增强,各民族语言和文化之间的差异逐渐受到重视。例如但丁(1265—1321)在《论俗语》中,把欧洲文学划分为北、南、东三个部分,并比较了各俗语(即方言)文学之间的异同。

到了中世纪晚期和近代,遍及欧洲的文艺复兴运动,用"人文主义"把欧洲的知识阶层和作家联合起来,他们一方面积极吸收民族文化和民间文化的精华,一方面试图挖掘和"复兴"古代文化(古希腊罗马文化)传统。欧洲各地的学者、作家纷纷拜访意大利,亲近古典文化;各民族之间的文化交流也随之加强,例如德国中世纪民间传说中的浮士德形象很快传入英国,进入剧作家马洛(1564—1593)的作品。可是,在强烈的民族意识和民族自尊心的作用下,各民族之间的比较和古今之间的比较在当时缺乏客观性和历史性,往往停留于品评高下甚至扬此抑彼。

18世纪兴盛于法国的启蒙运动使欧洲各民族之间的接触更加活跃。当时,法国是思想文化的中心,各国纷纷向法国学习,英国和德国也因其优秀的思想文化成就开始受到法国人的瞩目。文学作品的翻译大量涌现,法国启蒙思想家的作品被译成各种文字,传遍欧洲,莎士比亚的戏剧不但被翻译成各国文字,而且占据了各国舞台;作家和作品之间的相互借鉴和影响成为普遍现象,例如,英国理查逊的书信体小说《克莱丽莎》(1747—1748)直接影响了法国卢梭的《新爱洛伊斯》(1762)和德国歌德的《少年维特之烦恼》(1774)。

在这种历史条件下,文学之间的对比研究自然比前代更为丰富,欧洲范围内的思想和文学的超国界说和"文艺共和国"的观念随之出现。例如伏尔泰(1694—1778)在《论史诗》(1727)中说,自文艺复兴以来,欧洲古希腊罗马作家"在某种程度上已将所有的欧洲人联合起来置于他们的支配之下,并为所有各民族创造了一个统一的文艺共和国(Republique des lettres)"。他接着补充说:"在这个共同的领域之中,各个国家引进了各自特殊的欣赏趣味。"①伏尔泰的话高度概括了文艺复兴以来欧洲文学的性质和面貌:一方面,欧洲各民族文学来自同一个母体(古希腊罗马),因此形成了一个统一的共和国;另一方面,各民族又各有特色,因此是有差别的。这个自觉认识为比较文学最终走上舞台奠定了基础。

18世纪的欧洲掀起了"中国热",当时,伏尔泰接触到经马若瑟删节并译成法文的元杂剧《赵氏孤儿》,把它跟欧洲的同类剧作进行了比较,并改编和创作了《中国孤儿》一剧,影响很大。② 东方视野的加入势必为欧洲比较文学的诞生起到推动作用,也为未来比较文学从欧洲文学内部扩展到欧洲之外,并摆脱欧洲中心论,提供了历史基础。不过,18世纪伏尔泰等人的"文艺共和国"观念并没有超出欧洲的范围,世界意义上的"文艺共和国"观念还需要等待两个世纪。

在稍后于伏尔泰时代的德国,比较文学的意识也开始萌生,莱辛(1729—1781)就是一个突出的代表。虽然莱辛尚不具备比较文学的自觉的学科意识,但他在比较文学的影响研究、平行研究和跨学科研究方面都进行了卓有成效的尝试。例如在《汉堡剧评》中,莱辛通过细致的分析和比较,指出古典主义歪曲了亚里士多德的理论,并号召德国作家师法莎士比亚而不是法国古典主义戏剧家。他还具体比较了鬼魂在《哈姆雷特》和伏尔泰《塞密拉密斯》中的不同艺术效果,堪称比较文学的平行研究的一个范例。莱辛的《拉奥孔》还通过比较诗与画(实际是造型艺术)在模仿对象和方式上的不同,进一步反驳了古典主义的艺术趣味,并为他的"市民悲剧"理论奠定

---

① 《论史诗》,[法]伏尔泰著,见于《西方文论选》,伍蠡甫主编,上海译文出版社1979年版,上册,第322页。
② 艾田伯的《中国之欧洲》的第二部(René Etiemble, *L'Europe Chinoise II*, Gillimard, 1989.)对此有着详细考证和研究。

了基础。浪漫主义运动的前驱赫尔德(1744—1803)重视民间文学，尤其注意不同的地域、时代和种族各自的特点，他的《民歌集》把欧洲各民族的民歌收集、汇编在一起，组成了一个名副其实的大合唱。

尽管从文艺复兴以来，欧洲各民族的交流如此频繁，比较的意识已经萌芽，零散的比较批评或研究也时有发生，但总的看来，它们经常仅仅出于一种好奇或一种品评高下的爱好。比较文学的诞生还有待于一个新时代的到来。

## 2. 比较文学的诞生

19世纪浪漫主义思潮在整个欧洲的兴起和发展，再加上革命、战争、作家的流亡等因素的影响，学术和文学的"超国界论"以新的面貌再一次出现。[①] 一方面，外国文学的介绍、接受和研究越来越多，因为研究一国文学再也不能无视它同整个欧洲思潮的关系；另一方面，民族的和民间的文学更加受到重视，例如德国的格林兄弟不但大量搜集整理民间故事、传说和童话，还自觉运用历史比较的方法，探索故事的来源和人物、题材等在各民族间的流传和演化。伴随着"世界文学"概念的出现和世界主义意识的增强，语言、历史、法律、神话、自然科学等领域内的比较研究法的兴起，以及实证主义方法和进化论的盛行，比较文学的诞生指日可待。

19世纪之初，法国流亡作家斯达尔夫人(1776—1817)在《论文学》(1800)中把欧洲文学区分为南方和北方两种类型，并提出文学与地理环境如气候之间的密切关系。她的《论德国》(1801年完稿，1809年出版)被当时的法国保守势力指责为"不忠于法国"，可是，她的作品"帮助法国、英国和德国人民以比较的观点来看待自己的社会及其文艺思想和理论"。[②]《论德国》对法国和比较文学的贡献不仅在于她对德法两国文学所作的比较，还在于她让法国人认识了德国，并因此而重新认识了自己和自己的民族偏见。得益于她流亡的经历，斯达尔夫人能够站在庐山之外，以一个"他者"的视角

---

[①] 关于梵·第根对欧洲各个发展阶段的"超国界说"特点所做的概括，参见《比较文学论》，[法]梵·第根著，戴望舒译，商务印书馆1937年版，第24—26页。

[②] 《十九世纪文学主流》，[丹麦]勃兰兑斯著，张道真译，人民文学出版社1988年版，第1册，第137页。

反观法国。①

德国作家歌德(1749—1832)因最早发出"世界文学"的呼声而在比较文学的发生史上占有重要的一席之地。歌德是一位学识广博、视野开阔的思想家和文学家,他不满足于熟悉德国文学的历史和西方文学的全貌,还热衷于了解欧洲之外的文化,例如诗剧《浮士德》明显吸取了印度《沙恭达罗》的营养。晚年歌德对东方文学尤其是中国文学兴趣更浓,并分别于 1819 年和 1827 年完成了《西东合集》和《中德四季晨昏杂咏》,它们是歌德多年学习东方文化的结晶。1827 年 1 月,歌德第二次阅读中国小说《好逑传》以及《玉娇梨》《花笺记》等,并在与爱克曼的谈话(1月31日)里表达了他对中国文学的赞赏和认识,例如他说,中国人"更明朗、更纯洁、也更合乎道德",他还说,中国的"无数的传奇故事都涉及道德和礼仪",这与法国诗人贝朗瑞(1807—1841)的诗歌形成了"极可注意的对比"。也正是在这次谈话里,歌德明确提出了"世界文学"的概念:

> 我愈来愈深信,诗是人类的共同财产。诗随时随地由成百上千的人创作出来。这个诗人比那个诗人写得好一点,在水面上浮游得久一点,不过如此罢了。……民族文学在现代算不了很大的一回事,世界文学的时代已快来临了。现在每个人都应该出力促使它早日来临。②

20 年之后,马克思和恩格斯从另一个角度提出了"世界文学"的到来及其条件,即国际世界的开拓,也就是说,是经济的国际化最终促成了文化和文学的国际化:

> 资产阶级,由于开拓了世界市场,使一切国家的生产和消费都成为世界性的了……物质的生产是如此,精神的生产也是如此。各民族的精神产品成了公共的财产。民族的片面性和局限性日益成为不可能,于是由许多种民族的文学和地方的文学形成了一种世界的文学。③

在歌德这样的思想家和文学家倡导"世界文学"的同时,还有一批

---

① 在小说《柯丽娜或意大利》(1807)里,斯达尔夫人还塑造了一个热情的女主人公,一直试图纠正两位男主人公(一英国人、一法国人)的民族偏见。

② 《歌德谈话录》,[德]爱克曼辑录,朱光潜译,人民文学出版社 1982 年版,第 113 页。

③ 《共产党宣言》,[德]马克思、恩格斯著,见于《马克思恩格斯选集》,[德]马克思、恩格斯著,人民文学出版社 1972 年版,第 1 册,第 254—255 页。

热情的世界主义者在自觉和不自觉地探索比较文学的道路。

1816年以来出现了若干以"比较文学"为书名的作品选,即各民族作品的选本,例如1825年至1830年两位编辑家、法国教师诺埃尔(François Noël)和拉普拉斯(E. Laplace)把各国文学的选集称为"比较文学教程"。它们虽然不属于比较研究,但展现了一个文学的超级市场,为比较文学研究提供了便利和鼓励。1827年至1830年维尔曼(Abet-François Villemain 1790—1870)在巴黎大学开设比较文学性质的讲座,例如他曾主讲"18世纪法国作家对外国文学和欧洲思想的影响",并出版《比较文学研究》一书。① 1830年安贝尔(Jean-Jacques Ampère,1800—1864)继维尔曼之后,作了名为"各国文学的比较史"的讲座;又于1832年在巴黎大学讲授《论中世纪法国文学同外国文学的关系》。1836年,基内(E. Quinet,1803—1875)在里昂大学作了名为"比较文学"的讲座。1828—1841年期间,维尔曼和安贝尔编撰文学作品选,出版了欧洲文学范围内的研究论文。

上述比较文学的先驱为本学科的诞生开辟了道路,虽然他们的讲座还不是常设性的,他们的比较研究仅停留于一些事实的罗列,他们的研究还缺乏自觉的理论。从19世纪70年代以来,比较文学在欧洲受到越来越多的关注,开始作为一门独立学科走上历史舞台。一般认为,以下一些事件标志着比较文学学科的正式建立:1877年匈牙利学者梅茨尔(Hugo Meltzl de Lomnitz,1846—1908)创办《比较文学学报》(1877—1887);1886年英国学者波斯奈特(Hutcheson Macaulay Posnett)出版专著《比较文学》;1897年法国戴克斯特(Joseph Texte,1865—1900)在里昂大学创办第一个比较文学常设讲座"文艺复兴以来日耳曼文学对法国文学的影响",两年前,他还完成了法国第一部科学的比较文学著作,即他的博士论文《让·雅克·卢梭和文学世界主义之起源》。

在比较文学诞生初期,值得一提的事件还有:1871年意大利桑克蒂斯(Francesco Sanctis)在那不勒斯主持比较文学讲座,俄国"比较文学之父"维谢洛夫斯基(А. Н. Веселовский)在圣彼得堡创

---

① 维尔曼教授因其在比较文学形成之际所做的贡献,被誉为"比较文学之父"。

办总体文学讲座。① 在美国,1871年,查尔斯·沙克福德(Charles Shackford)在康乃尔大学开设"总体文学与比较文学"讲座。1887年至1889年间,查尔斯·盖利(Charles Mills Gayley)在密执安大学开办"比较的文学批评"讲习班;1890年至1891年间,阿瑟·马什(Arthur Marsh)在哈佛大学开办美国第一个比较文学讲座。在法国,从1897—1904年连续出版了贝茨(Louis-Paul Betz)和巴尔登斯伯格(Fernand Baldensperger,1871—1958)的《比较文学目录》,最后一版所收条目已达6000之多,比较文学在这几十年里的发展势头于此可见一斑。1900年夏天,来自不同国家的欧美学者在巴黎举行国际性讨论会,大会把"各国文学的比较史"列入议题,还提出了建立国际比较文学学会的呼吁。

在这些学养深厚、视野开阔的比较学者的推动之下,越来越多的人意识到,全世界的文学,无论从观念上还是从事实上,只要有关联(必然有关联),就应该放在一起来研究。这个原则逐渐贯穿到各大学的文学课堂和学者的实际研究之中,虽然那些大学仍坚持正统的系科分类(没有单独设立"比较文学"课程)。在此期间,一些学者虽然没有使用"比较文学"这样的名称,其实已在从事比较文学的事业,例如丹麦文学史家勃兰兑斯(George Brandes)1871年开设的课程已初具"比较"的精神,他的六卷本《十九世纪文学主流》(1872—1890)一向被公认为比较文学早期的杰出著作。该书打破国别界限,全面考察了欧洲的浪漫主义运动,尤其是各国作家之间在材料和心灵上的沟通和影响。

### 3. 比较文学的学科发展历程

第一,比较文学发展的早期历史。

在比较文学发展史的早期和中期,也就是从19世纪70年代到两次世界大战期间,成就突出和起决定性影响的是法国的一批理论家,如巴尔登斯伯格、梵·第根(Paul Van Tieghem,1871—1948)、伽列(Jean-Marie Carré,1887—1958)和基亚(Marius-François Guyard,1921—2011)等。其中,梵·第根的《比较文学论》(1931)长期以来一

---

① 关于俄国和苏联学者对比较文学的贡献,详见本教材第四章《学派论》第三节《俄国学派与历史诗学研究》。

直是比较文学唯一的入门书。这些学者专心于从事影响研究,注重"事实联系(rapports de fait)"和实证方法,反对把比较文学变成没有影响关系的文学之间的比较(相似和相异之处),在他们看来比较文学就是"国际文学的关系史",是建立全面的文学史的必要补充。得益于"法国学派"以及他们卓有成效的影响研究,①比较文学这门新兴的学科从一开始就建立在一个坚实的基础上,正如巴尔登斯伯格所强调的:

> 仅仅对两个不同的对象同时看上一眼就做比较,仅仅靠记忆和印象的拼凑,靠一些主观臆想把可能游移不定的东西扯在一起来找点类似点,这样的比较决不可能产生论证的明晰性。②

在比较文学诞生之前,在了解和介绍外国文学的时候,这一类随意的零散的鉴赏式比较并不少见,比较文学的任务绝不能满足于此。例如,梵·第根认为,早期浪漫主义作家和理论家如斯达尔夫人和德国的施莱格尔兄弟、格林兄弟等,虽然视野开阔、重视考证工作;可是,由于他们的关注中心或者放在一切文学深处的"神秘的心灵",也就是文学共同的理性的源泉上面,或者放在其他民族的特异之处,即所谓"异国情调"上面,不够注意各民族文学之间的相互接触和沟通,因此也就没有发展成为真正意义上的比较文学(即影响研究)。③

在第一代成熟的法国比较学者看来,在欧洲文学史上存在大量相互影响的事实,不首先研究它们,就无法完善欧洲的全面的文学史,而且,由于实用的缘故,文学研究需要划分为若干区域。他们以积极的态度、严谨的实证方法大力研究欧洲各民族文学之间相互影响的关系,确实必要地补充了国族文学史的研究,也为比较文学开辟和确立了自己的研究领域。更为重要的是,影响研究有助于养成良好的学风,防止比较文学从一开始就落入空泛之谈,以印象和感觉代替严谨的考证和有根据的思考。

---

① 关于"法国学派"的主要代表人物及其主要理论观点和研究成就,详见本教材第四章《学派论》第一节《法国学派与影响研究》。

② 《比较文学:名称与实质》,[法]巴尔登斯伯格著,徐鸿译,见于《比较文学研究译文集》,干永昌等选编,上海译文出版社 1985 年版,第 33 页。

③ 《比较文学论》,[法]梵·第根著,戴望舒译,商务印书馆 1937 年版,第 20—23 页。

第二,"比较文学的危机"及其转向。

第二次世界大战结束以后,国际交往更加活跃,学术界对比较文学的兴趣迅速增长,与此同时,国族文学研究的分工越来越细,使相互沟通的需要更为急迫。比较文学为工作在不同领域的人文学者之间的交流和对话提供了极大的方便。1954年"国际比较文学学会(ICLA)"应运而生,[①]第二年,第一届国际比较文学大会在威尼斯召开,从此以后,全世界有志于从事比较文学的学者有机会聚集在一起分享他们的研究成果,共同讨论比较文学自身的学科理论建设。

1958年国际比较文学学会第二次全会在美国北卡罗来纳大学所在地教堂山举行,有43位欧洲学者前去参加,会议还扩大邀请范围,聚集了大量关注比较文学研究的形形色色的学者。这是美国比较文学学者第一次与欧洲比较文学学者正式会晤。在这次大会上,以美国耶鲁大学教授雷纳·韦勒克(René Wellek)为代表的学者对比较文学近些年的发展状况提出全面质疑并发起有力挑战,引发了学者们长达10年的激烈论争,出版了大量反思和探索学科目标和方法的著作,论战双方最后逐渐达成基本共识。这场争论说明,直到20世纪50年代至60年代,"比较学者仍然处于讨论他们的工作目的以及它所需要的方法的阶段",[②]所以1962年在布达佩斯召开的大会仍把"学科的对象和方法"作为会议的主要议题之一。教堂山会议成为比较文学发展史上的一个标志性事件,以此为起点,比较文学的研究方向发生全面调整,[③]比较文学的研究中心也从欧洲转移到美国。[④]

---

[①] 从50年代以来,各国分会纷纷成立:1954年法国,1954年日本,1960年美国,1968年德国,1969年加拿大,1969年菲律宾,1971年匈牙利,1985年中国。

[②] 《比较文学的目的,方法,规则》,[法]艾田伯著,见于《比较文学研究译文集》,干永昌等选编,上海译文出版社1985年版,第95—100页。《比较文学的目的,方法,规则》是艾田伯《比较不是理由》一书的中文节选,关于艾田伯的这部著作有以下法文版与英文版可参考:René Etiemble, *Comparaison n'est pas raison: La Crise de la littérature comparée* (Paris: Gallimard, 1963.); *The Crisis in Comparative Literature*, tr. G. Joyaux and H. Weisinger (Michigan State University Press, 1966.)。

[③] 1968年以后,"总体文学"在法国占领了传统的"比较文学"的讲台,这种转变与美国学派发起的挑战不无关系。

[④] 关于美国学派的理论观点及其贡献,详见本教材第四章《学派论》第二节《美国学派与平行研究》。

韦勒克的报告题为《比较文学的危机》,他认为比较文学"岌岌可危","其最严重的标志是至今未能确立明确的(distinct)课题和独特的(specific)方法论"。巴尔登斯伯格、梵·第根、伽列和基亚使用的是"一套陈旧过时的方法论",是加在比较文学身上的"包袱","使它一直受制于陈腐的19世纪的唯事实主义(factualism)、唯科学主义(scientism)和历史相对论(historical relativism)"。韦勒克接着指出了这套陈旧的方法论所造成的如下恶果:比较文学的一个初衷是为了打破国族文学研究的孤立主义和19世纪学术研究普遍存在的狭隘的民族主义,可是,梵·第根对"比较文学"和"总体文学"的区分却把比较文学缩小为两国文学之间的"外贸(foreign trade)",只关注翻译、游记、"媒介(intermediaries)"等文学作品之外的东西,"仅仅研究与外国来源和作家声誉有关的材料数据"。而且,法国比较学者仍然没有摆脱民族主义的影响,他们的"爱国主义动机使研究变成了奇怪的记录文化账的体系,希望为自己的民族歌功颂德"。更为重要的是,韦勒克认为"真正的文学研究关心的不是死板的事实(inert facts),而是价值(values)和品质(qualities)",对历史方法的一味偏好,使文学研究只关注"事实联系(factural relations)",把文学自身的美学价值丢到一边,根本背离了文学研究的目标。韦勒克在报告的最后呼吁学者们必须面对"文学性(literariness)"问题,使文学研究成为"人类最高价值的保存者和创造者"。①

"新批评(New Criticism)"New Critics是指美国批评学派的批评家思潮对僵化、保守的实证主义的挑战。在1965年美国比较文学学会大会上,韦勒克描述了包括他本人在内的新批评派的成长及其影响。他说,在20世纪最初几十年,像法国一样,美国大学的

---

① 此段关于韦勒克的引文皆参见[美]雷纳·韦勒克:《比较文学的危机》(René Wellek,"The Crisis of Comparative Literature"),见于[美]雷纳·韦勒克:《批评的诸种概念》(René Wellek, *Concepts of Criticism*, New Haven and London: Yale University Press, 1963, p. 282. pp. 283-284. p. 289. pp. 291-292. pp. 283-284. p. 295.)。在追溯比较文学的发生史时,梵·第根提出,"比较"这两个字需要摆脱"全部美学的含义"、获得"科学的含义"。这个说法暗示出他对文学的美学价值也就是"比较文学"中的"文学"一词的忽视。参见《比较文学论》,[法]梵·第根著,戴望舒译,商务印书馆1937年版,第17页。

英语系也被这种 19 世纪的实证主义所统治,文学和文学批评(包括美国文学和外国文学)基本上被忽视,文学作品仅仅被当作语言学文献来研究。韦勒克强调说,他的批评所针对的"不是一个国家而是一种方法",在法国比较学者之中,也有人一贯反对法国学派的方法,而在美国的比较文学研究中也同样存在这一类问题和缺欠,而且也有人不同意和误解韦勒克的观点。这些现象说明了比较文学学者对于文学理论的最新发展态度有别,或者说他们对新理论的回应有迟有速。

在 1965 年的报告中,韦勒克对 7 年前的教堂山会议这样总结道:

> "人文主义"的真谛是教堂山会议的正题,直到今天,他仍然是比较文学的正题。①

韦勒克用"人文主义"精神提醒学者们不要忘记"理解、阐释和传播文学"的使命,因为在"比较文学"一词中,"文学"的意义和价值远远高于"比较","理解、阐释和传播"最优秀的文学作品和文学艺术的最高价值才是"比较文学"(以及"世界文学")的理想和终极价值之所在。早在《文学理论》一书中,在辨析"民族文学""比较文学""总体文学"等概念时,韦勒克就认为,"总体文学"是一个更好的词,但简单地称为"文学"才是最好的。② 在这里,韦勒克再次提出:"只有摆脱了各种人为的限制,变成简单的文学研究,比较文学才能够而且也一定会兴旺起来。"③

艾田伯和勃洛克(Haskell M. Block)在恢复比较文学研究的"人文主义"精神这一点上与韦勒克相互呼应。在《比较不是理由》

---

① 此段关于韦勒克的观点与引文皆参见[美]雷纳·韦勒克:《今日之比较文学》(René Wellek, "Comparative Literature Today"),见于[美]雷纳·韦勒克:《鉴别:续批评的诸种概念》(René Wellek, *Discriminations: Further Concepts of Criticism*, New Haven and London: Yale University Press,1970, p. 42. pp. 43-48. p. 39.)。

② [美]雷纳·韦勒克、奥斯丁·沃伦:《文学理论》(René Wellek & Austin Warren, *Theory of Literature*. third edition, Harcourt, Brace & World, Inc. , 1956, p. 49.)。

③ [美]雷纳·韦勒克:《比较文学的名称与实质》(René Wellek, "The Name and Nature of Compar-ative literature"),见于[美]雷纳·韦勒克:《鉴别:续批评的诸种概念》(René Wellek, *Discriminations: Further Concepts of Criticism*, New Haven and London: Yale University Press, 1970, p. 20.)。

一书中,艾田伯把理想的比较学者描画为:不但知识广博,受过良好的历史学、社会学等训练,而且具有极为广泛的爱好,是一个有情趣的人,一个文学的"业余爱好者",对文学之美有深切的体会。①而勃洛克则表达了这样的观点:

> 在给比较文学下定义的时候,与其强调它的学科内容或者学科之间的界限,不如强调比较文学家的精神倾向。比较文学主要是一种前景,一种观点,一种坚定的从国际角度从事文学研究的设想。②

可是,不难看出,韦勒克、艾田伯和勃洛克等学者强调比较文学的"文学性"和"精神倾向"的做法,理想性有余,可行性和建设性不足,而且,把比较文学干脆称为"文学"(韦勒克)或"一种观点"(勃洛克),那么比较文学何以成为一门独立的学科?随着时间的发展,这些问题迟早要暴露出来。

第三,"跨世纪的比较文学"及其走向。

在50年代到60年代,比较文学暂时走出了危机,在此期间,比较学者们对本学科的界定相对自信了,而且不断强调超民族性和跨学科性。③ 其中,亨利·雷马克(Henry H. H. Remak)《比较文学的定义和功能》一文在比较文学史上意义重大,④它确立了"平行研究"和跨学科研究在比较文学中的地位。⑤ 雷马克的文章指出了

---

① 《比较文学的目的,方法,规则》,[法]艾田伯著,见于《比较文学研究译文集》,干永昌等选编,上海译文出版社1985年版,第106—108页。

② 《比较文学的新动向》,[美]勃洛克著,见于《比较文学研究译文集》,干永昌等选编,上海译文出版社1985年版,第196页。

③ 该观点可参见[美]伯恩海默:《比较的焦虑》(Charles Bernheimer, "The Anxieties of Comparision"),见于[美]伯恩海默:《多元文化主义时代的比较文学》(Charles Bernheimer ed., *Comparative Literature in the Age of Multiculturalism*, Bailtimore and London: The Johns Hopkins University Press, 1995.),该文为作者为此书所作的《导言》。

④ [美]亨利·雷马克:《比较文学的定义和功用》(Henry H. H. Remak, "Comparative Literature, Its Definition and Function"),见于[美]牛顿·P. 斯多克奈茨、赫斯特·弗伦茨:《比较文学:方法与视域》(Newton P. Stallknecht and Horst Frenz, *Comparative Literature: Method and Perspective*, Southern Illinois University Press, 1961.)。

⑤ 与"跨民族(transnationality)"相比,"超民族(supernationality)"中的"比较"获得了某种解放,视域也更开阔了。

法国学派的第三个缺欠即忽视平行研究的价值。① 为了完善文学研究，只建立全面的文学史还不够，还需要建立全面的文学理论（即比较诗学），为了更好地揭示文学的本质和规律，还必须进行跨学科的研究。与此同时，比较学者感到他们不再需要继续纠缠于学科理论和方法，应该把足够的精力投入到问题之中，也就是实际的文学研究之中了。

60年代末，解构主义异军突起，一直对新理论保持高度敏感的比较文学也被吸引到解构主义上来。整个70年代，比较学者们开始大量阅读尼采、弗洛伊德、马克思的理论，按照伯恩海默（Charles Bernheimer）的描述，一个理论的时代到来了，在那个时代，"方法比问题更重要，焦虑已不再被视为需要治疗的症状，它已成为一个需要体察与分析的文本（text）功能。在全美，比较文学系开始以理论的温床著称，理论开始认同于许多人所认为的理论的最严格的实践，即解构"。② 当时，"美国的一些最好的研究生院把比较文学研究的优先权给了理论而不是文学，给了方法而不是问题"。③ 解构的时代并没有统治多久，1989年解构主义大师希利斯·米勒（J. Hillis Miller）总结说，从1979年以来，文学研究的兴趣中心发生了大规模的转向，从对文学作修辞学式的"内部"研究转为"外部"联系的研究，从新批评的文本细读转移到各种形式的阐释学研究，文学研究似乎又回归到新批评以前的路子上去了。④ 不过，因为经受过新批评的洗礼，这种向文学外部研究的回归不是对过去的简单重复。解构主义之后兴起的各种理论，如女性主义、西方马克思主义、文学解释学、后殖民主义、新历史主义等，都给比较文学增加了新的洞见和视野。

---

① 这一点也使法国比较文学家在追溯学科发展史的时候，不重视和贬低历史上平行研究的成绩。

② ［美］伯恩海默：《比较的焦虑》（Charles Bernheimer, "The Anxieties of Comparision"），见于［美］伯恩海默：《多元文化主义时代的比较文学》（Charles Bernheimer ed., *Comparative Literature in the Age of Multiculturalism*, Bailtimore and London: The Johns Hopkins University Press, 1995, p.4.）。

③ 同上。

④ 参考［美］希利斯·米勒：《文学理论在今天的功能》（Hillis Miller, "The Function of Literary Theory Today"），见于［美］拉尔夫·科恩：《文学理论的未来》（Ralph Cohen ed., *The Future of Literature Theory*, Routledge, 1989.）。

随着比较文学被结构主义以来的一浪接一浪的理论弄得应接不暇,焦虑重新回到比较学者身上。[①] 围绕着比较文学和各种新理论的关系,学者们展开了新一轮的论争。佛克马(Douwe W. Fokkema)教授1982年的论文《比较文学和新范式》极富挑战性,该文回顾了韦勒克1958年在教堂山会议上的报告,总结了它的影响,并提出了尖锐的反驳。佛克马认为韦勒克强调"文学性"的观点只是限制了比较文学研究的兴趣领域,并没有提供一套切实可行的方法,它"不是加强而是削弱了文学的比较研究的基础"。佛克马指明,比较文学不应该排斥理论,相反,"文学的理论化研究(theoretical study of literature)在提供方法论基础的同时,加强和促进了比较研究"。佛克马在该文中明确提出,比较文学的研究对象必须从"文学文本(literature text)"扩展到"文学的交流情况(literary communication-situation)",事实上,只有研究文学的交流情况才能确立文学的"文学性"。佛克马还借用库恩(Thomas S. Kuhn)的范式(paradigm)概念,为比较文学提出了以下四个新范式:(1)文学研究对象的新概念;(2)新方法的引进;(3)重新看待文学研究与科学的相关性;(4)重新看待文学研究的社会合理性(social justification)。基于这些新的范式,佛克马提出:

> 必须严格区分以下两个领域:一是文学的科学研究(the scientific study of literature),一是文学批评(literary criticism)和文学教学(the teaching of literature)。[②]

这个区分试图在维护韦勒克等学者所强调的文学研究的人文主义

---

[①] 90年代中期,美国耶鲁大学比较文学系的主任布鲁克斯(Peter Brooks)坦言承认,虽然他拿到了比较文学的博士学位,可是他对这门学科一直没有把握;只有当他不再为"比较"一词而操心,他才能摆脱部分的焦虑。在1995年的一篇文章中,伯恩海默干脆说,"比较文学有焦虑因子",正是这种"比较的焦虑"使我们的领域充满了活力和自我批评精神。参考[美]伯恩海默:《比较的焦虑》(Charles Bernheimer, "The Anxieties of Comparision"),见于[美]伯恩海默:《多元文化主义时代的比较文学》(Charles Bernheimer ed., *Comparative Literature in the Age of Multiculturalism*, Bailtimore and London: The Johns Hopkins University Press, 1995, p. 2.)。

[②] 此段关于佛克马的引文皆见于[荷]佛克马:《比较文学和新范式》("Comparative Literature and the New Paradigm"),见于《总体文学和比较文学问题》(*Issues in General & Comparative Literature*, Published by Arijit Kumar for Papyrus, 2 Ganendra Mitra Lane, Calcutta 700 004, India, 1987, p. 69. p. 71. pp. 77-78.)。

精神的同时,为比较文学扩大领域、引进新方法和新理论提供了空间。

与佛克马相反,老一辈学者如韦勒克、雷马克、奥尔德里奇(Alfred Owen Aldridge)、乌尔利希·韦斯坦因(Ulrich Weisstein)等也分别在80年代发表论文,提出谨慎对待新理论的态度,例如韦斯坦因在《我们:从何来,是什么,去何方——比较文学的永久危机》一文中认为,新理论没有为比较文学提供什么实质性进展。① 在1985年举行的国际比较文学学会第十二次大会上,两派观点都得到了充分展开。② 据参加了这次大会的杨周翰教授的观察,反对派的观点主要有下列两点:

> 一是新理论不做价值判断,是空谈理论,无补于实际批评。他们维护的是人文主义原则……其次,他们无视理论探讨的长远意义,不承认理论探讨对新思路的开拓。……但是,从大会提交的论文看,绝大多数学者对新文学理论持肯定态度。③

如今,整个世界已经进入"多元文化主义"和"全球化"时代,④在这样一个时代,对于比较文学应该向何处发展,争论更加激烈。1992年美国比较文学学会委托伯恩海默主持了一个十人委员会,讨论学科发展现状,并于1993年提出一份报告,题目为《跨世纪的比较文学》。⑤ 报告指出了比较文学的两个发展方向:一是放弃传统的欧洲中心论,将目光转向全球;二是研究重心由文学转向文化产品或其他话语形式。这份报告引发了一场激烈的论争。⑥

分歧主要集中在第二个方向上,对于第一个方向,学者们大多

---

① 该文的中文译文见《中国比较文学》1998年第2期;又见《新概念、新方法、新探索——当代西方比较文学论文选》,孙景尧选编,漓江出版社1987年版。
② 佛克马以主席的身份在开幕词中明确表达了他的一贯立场:"要强化理论在我们学科中的作用。"
③ 《镜子和七巧板》,杨周翰著,中国社会科学出版社1990年版,第15—16页。
④ 关于"全球化"问题,参考本教材第一章《发展论》第一节《全球化与比较文学的多元文化语境》。
⑤ 此前,美国比较文学学会已在1965年、1975年(被收入伯恩海默:《多元文化主义时代的比较文学》)、1985年(未发表)分别做过类似的报告。
⑥ 该报告以及各方意见都被收入[美]伯恩海默:《多元文化主义时代的比较文学》(Charles Bernheimer ed., *Comparative Literature in the Age of Multiculturalism*, Bailtimore and London: The Johns Hopkins University Press, 1995.)。

没有异议。可是,就在 20 年前,情况还远非如此。梵·第根在他的"比较文学"的定义里明确提出"对东方世界不予考虑",其他欧洲学者虽然承认东方文化的成就,但多数认为西方和东方文化分属两个不同的文学系统,无法进行比较。例如在《比较文学和文学理论》一书中,韦斯坦因就表露了这样的疑虑,他认为:

> 试图在西方和中东或远东的诗歌之间寻找形似性,难以站得住脚。①

比较文学从西方扩展到东方是比较文学发展史上的一件大事,它的意义对于西方和东方同样重大。② 在自觉打破欧洲中心论方面,法国学者艾田伯做出了极大贡献,早在《比较不是理由》一书中,他就发出了把"比较欧洲文学"变成"比较国际文学"的呼声;他的巨著《中国之欧洲》以大量事实证明了中国传统文化对欧洲的影响,这对于破除欧洲中心论的意义自不待言。③ 此外,还有两件可以载入史册的事件:一是 1985 年中国比较文学学会成立,得到许多国际比较文学学者如艾田伯、佛克马的真诚祝贺;二是 1991 年国际比较文学学会第十三次大会在日本举行,这是该学会自 1954 年成立以来第一次在东方国家举行大会,在这次大会上,东西方文化的对话被作为比较文学学者的历史使命而受到前所未有的重视。

欧洲中心论由来已久,事实上它始终与欧洲比较文学发展史如影随形。美国哥伦比亚大学比较文学教授、后殖民主义理论家爱德华·赛义德(Edward W. Said)指出,作为一个研究领域,"比较文学的构成及其初衷是为了超越本民族的单一视域,把眼光投向整体而非本民族文化、文学和历史抱残守缺地提供的那一点点

---

① [美]乌尔利希·韦斯坦因:《比较文学与文学理论》(Ulrich Weisstein, *Comparative Literature and Literary Theory*, Bloomington and London: Indiana University Press, 1973, pp. 7-8.),在《我们从哪里来?我们是谁?我们向哪里去?》一文以及《比较文学与文学理论》一书的中译本(刘象愚译,辽宁人民出版社 1987 年版)序言中,韦斯坦因对他的观点做了修正。

② 虽然有些人只是从理论上支持它,其实缺乏诚意和实际行动。

③ 在"中译本序"中,艾田伯这样写道:"我之所以花费了多少年的心血试图描绘中国之欧洲的面貌……那是因为我们这些往往过分自得的欧洲人,有负于中国,我希望以此来答谢中国,尽管这极其微不足道。"见于《中国之欧洲》,[法]艾田伯著,许均、钱林森译,河南大学出版社 1992 年版,第 4 页。

东西"。① 可是,具有讽刺意味的是,"比较文学研究刚好诞生于欧洲帝国主义的强盛时期,并无可辩驳地与之联系在一起"。② 赛义德以大量令人信服的事实让我们注意到,早期比较学者的跨文化视野是靠当时的殖民主义和帝国主义拓展出来的,用赛义德的话说,"当时的欧洲在对世界发号施令,帝国主义的地图为当时的文化视野提供了通行证";③ 然而满怀浪漫主义和乌托邦理想的比较学者却有意无意地忽视了这一点。当历史发展到今天,面对20世纪80年代末期以来西方出现的一系列新情况,如群众暴动的不断发生、移民问题、难民问题、少数族裔纷纷要求自己的权利等等,赛义德呼吁比较学者清醒地认识到,"陈旧的范畴、严格的分离以及舒坦的自治已经多么过时"。④ 确实,不论是反观比较文学的历史,还是探索比较文学的新方向,尤其是打破欧洲中心论,赛义德的后殖民主义理论都为我们提供了一个不可多得的视角。⑤

对于比较文学向比较文化方向发展,反对意见主要集中在这样两个方面,一是学科建设和发展的可行性,二是如何坚持比较文学的"文学性"。看来,虽然比较文学的面貌日新月异,老问题("我们是谁?我们向哪里去?")仍然没有得到解决,因此也就始终无法摆脱危机和焦虑意识。卡勒(Jonathan Culler)的思考集中在学科实践方面,他首先承认这两个发展方向都是合理的,但他担心,沿着这两个方向发展下去,比较文学的学科范围将被无限扩大、"无所不包"(comprehensiveness),以至取代整个文学院,甚至整个人文科学和社会科学。如果采取了这个无所不包的定义,试图一下子做这么多事情,比较文学系的教学势必面临各种无法解决的难题,而且比较文学作为一门独立学科的身份也将面临更大的危机。⑥ 卡勒

---

① [美]爱德华·W. 赛义德:《文化与帝国主义》(Edward W. Said, *Culture and Imperialism*, New York: A Division of Random House, Inc., 1994, p. 43.).

② Ibid.

③ Ibid., p. 48.

④ Ibid., p. 53.

⑤ 关于后殖民批评的起源、基本内容以及对比较文学的意义,参见本教材第九章《思潮论》第五节《差异与变体:后殖民批评与宗教文化传统》。

⑥ [美]乔纳森·卡勒:《"比较文学"终于名副其实》(Jonathan Culler, "Comparative Literature, at Last!"),见于[美]伯恩海默《多元文化主义时代的比较文学》(Charles Bernheimer ed., *Comparative Literature in the Age of Multiculturalism*, Bailtimore and London: The Johns Hopkins University Press, 1995, pp. 117-118.).

建议把从文学向文化的转向留给国族文学系,让比较文学守住文学这个大本营,成为最广泛意义上的文学研究即跨民族的文学研究,同时也不排斥跨学科的文学研究。其他学者也从各个角度谈到如何扩大文学的研究视野以及如何在文化研究中确保文学性等问题。

如今,这些问题仍在讨论之中,而且很难得出结论,比较文学的危机和焦虑仍然没有彻底解除。可是,正是这种强烈的自我反省意识和不断探求的精神使比较文学获得了勃勃生机,并始终保持在人文学科的前沿。让我们期待所有比较学者以及一切热爱文学和有志于从事文学事业的学者、学生共同探索和塑造比较文学的美好未来。

**思考题:**

1. 在比较文学诞生以前,欧洲历史上表现出哪些比较文学的意识?

2. 第二次世界大战前后比较文学发生了什么样的"危机"?你怎样认识韦勒克对比较文学发展史的贡献?

3. 80年代以来,比较文学的发展现状和未来走向如何?

4. 通过欧洲比较文学发展的历程,描述你对比较文学这门学科的性质和特点的理解。

**参考书目:**

1. 《比较文学论》,[法]梵·第根著,戴望舒译,商务印书馆1937年版。

2. [美]雷纳·韦勒克:《比较文学的危机》(René Wellek, "The Crisis of Comparative Literature"),见于[美]雷纳·韦勒克:《批评的诸种概念》(René Wellek, *Concepts of Criticism*, New Haven and London: Yale University Press, 1963.)。可参考沈于的中文翻译,见于《比较文学译文集》,张隆溪选编,北京大学出版社1982年版。

3. [美]雷纳·韦勒克:《今日之比较文学》(René Wellek, "Comparative Literature Today"),见于[美]雷纳·韦勒克:《鉴别:续批评的诸种概念》(René Wellek, *Discriminations: Further*

*Concepts of Criticism*, New Haven and London, Yale University Press, 1970.)。可参考黄源深的中文翻译,见于《比较文学研究译文集》,干永昌等选编,上海译文出版社1985年版。

4.［荷］佛克马:《比较文学和新范式》("Comparative Literature and the New Paradigm"),见于《总体文学和比较文学问题》(*Issues in General & Comparative Literature*, Published by Arijit Kumar for Papyrus, 2 Ganendra Mitra Lane, Calcutta 700 004, India, 1987.)。

5.［美］伯恩海默:《多元文化主义时代的比较文学》(Charles Bernheimer ed., *Comparative Literature in the Age of Multiculturalism*, Bailtimore and London: The Johns Hopkins University Press, 1995.)。

## 第三节 中国比较文学发展史溯源

### 1. 中国古代的比较文学研究

真正学科意义上的比较文学的诞生,在欧洲是19世纪,在中国则要到20世纪上半叶。当时正值西方学术思想蜂拥而入,中国学者的眼界为之大开:以前闻所未闻者,在国外竟是显学;虽曾触及而未加全面引申者,在西方早已蔚为大观;即使同为注目者,境外学者所思所言亦大为不同。我国学者因之而思振起,遂打破传统学术的原有格局,一批学科相继独立。不过,正如在中国古代虽无"哲学"之名却有哲学之实,虽无"比较文学"之名却也有比较文学之实。就这个意义而言,在中国,比较文学(之实)确可以说是"古已有之",它不属于上述"闻所未闻"一类,而只属于"虽曾触及而未加全面引申"一类。

综观中国的比较文学研究,可以分为"中国古代的比较文学研究""中国比较文学的建立"与"中国比较文学的兴盛"三个阶段来加以具体描述。

有学者认为,在中国,"比较文学这门学科还没有设置之前,已经有两千多年用比较方法来研究文学的实践"。① 譬如,孔子编辑《诗经》,就对当时不同的封建"国家"的诗歌进行比较,认为属于《国风》中的《周南·关雎》是"乐而不淫,哀而不伤",②属于《国风》中的《郑》诗则"淫"而"乱雅乐"。对此观点,多数学者表示不能认同,因为《诗经》中各国国风的内容可能有差别,但恐怕还是属于同一文化系统"。③ 也就是说,孔子的此种比较,虽然跨国家(可能也跨语言),但并没有跨民族、跨文化,也不是跨学科,所以算不上比较文学。

但是,中国的比较文学研究仍可说是滥觞甚早,比较文学研究的出现有赖于两个必要条件,一是必须与外来文化相接触,二是必须具备通识眼光,即能具有一种从国际角度来从事文学研究的立场。中国古人向来强调"通达",反对只从一个固定的视点来看问题,主张只有从多个角度来观照才能看清"庐山真面目"。中国古人常说要"圆鉴""通达""达观",即是此种观念的表现。所以中国画,也不是从一个固定的焦点来透视,而是"仰观俯察""以大视小",从多个焦点来进行"散点透视"。中国古代的学术研究也是如此,常愿从不同的视点来进行"散点透视"。这种观照习惯的缺点是不易形成固定的专业意识,但对于跨民族、跨语言、跨文化、跨国界与跨学科的比较文学来说,却是一种十分难得的先天性优点。因此,只要与外来文化有相对深入的交流与接触,中国人便极易产生一种不期而然的"比较文学"意识与眼光。而中国自秦汉以来,便与西域一带的国家乃至更远的阿拉伯国家有着频繁的接触与交流。

就现有文献来看,最迟在汉代,中国比较文学的萌芽就已正式出现。譬如《史记·大宛列传》记载:

> 安息长老传闻条枝有弱水西王母,而未尝见。④

---

① 《要有独立自主的气派》,朱维之著,见于《中国比较文学》1984年创刊号。
② 《论语注疏》,见于《十三经注疏》,中华书局1980年影印世界书局阮元校刻版,下册,第2468页。
③ 《比较文学:界定、"中国学派"、危机与前途》,杨周翰著,见于《中国比较文学通讯》1988年总第6期,中国比较文学学会、北京大学比较文学与比较文化研究所主办。
④ 《史记》,(汉)司马迁著,中华书局1959年版,第3163—3164页。

"西王母"是中国古代神话中的人物,《山海经》与《穆天子传》等古籍都有记载。司马迁的这则记载是说,在条枝(即今日阿拉伯半岛)一带也有类似的"弱水西王母"的神话传说,因此这条记载可说涉及了比较文学最原始的文献,可以视为中国比较文学的最初萌芽。大约在两汉之际,印度佛教开始传入东土,声势越来越大,且历数百年而不歇,中国文化与印度文化的交流于是日益深入;与此相应,中国的比较文学研究也愈来愈多。

综观整个中国古代的比较文学研究,它具有两个十分明显的特点:一是内容较丰富,其中尤以跨学科研究成就最为突出,二是专业意识极为淡薄。

就比较文学的具体内容而言,在中国古代确是丰富多彩。其一,有翻译研究。东晋时期,佛经译者曾就翻译问题进行了热烈的讨论。道安主张直译,鸠摩罗什则倡导意译,道安的弟子慧远认为无论直译还是意译都有缺点,而主张两者并重。此外,鸠摩罗什有感于梵汉文体不同,转译为难,甚至说:

> 改梵为秦,失其藻蔚,虽得大意,殊隔文体,有似嚼饭与人,非徒失味,乃令呕哕也。①

此种讨论,开启了我国比较文学翻译研究的先河,至今都有理论意义。其二,有阐发研究。西晋时期佛教学者在讲解佛典时,为使信徒易于理解与接受,往往采用中国传统典籍中的一些说法来加以比附与解释,并因此而发展出一度极为流行的"以经中事数,拟配外书"②的"格义"法。③"格义"正是一种最简单的阐发研究。其三,有平行研究。在翻译佛经的过程中,学者们深刻地意识到梵汉文体的不同,于是常像鸠摩罗什那样对梵汉文体"商略同异",④这正是典型的平行研究。慧皎《高僧传·经师论》则更从语言与文体两个角度来明其同、辨其异,⑤尤为较全面的平行研究。唐代学者段

---

① 《高僧传》,(梁)慧皎著,中华书局1992年版,第53页。
② 同上书,第152页。
③ 关于"格义"法,参见《金明馆丛稿初编》,陈寅恪著,生活·读书·新知三联书店2001年版,第167—173页。
④ 《高僧传》,(梁)慧皎著,中华书局1992年版,第53页。
⑤ 同上书,第507页。

成式的《酉阳杂俎》,则多次将中国本土的传说与佛经中类似的说法进行比较研究,如此书《前集·卷一》对中印"月中蟾桂"的传说的比较,《前集·卷十三》将晋人羊祜的转生故事及唐人顾况之子转生的故事与佛教《处胎经》中的说法的比较,[1]也都是典型的平行研究。其四,有影响研究。段成式在《酉阳杂俎·续集·卷四》中明确指出,南朝梁代吴均《续齐谐记》的"阳羡书生"故事渊源于佛教《譬喻经》(即《旧杂譬喻经》),[2]这是极为典型的影响研究。此外,对于中国本土文学作品的历代笺注,凡指出其中典故出自佛典者,亦属于此类影响研究,更准确地说,是中国式的影响研究。

不过,在中国古代各种类型的比较文学研究中,内容最丰富、成就最突出的,应是历代文论中的跨学科研究。古代学者或从音乐角度论文学,或从书画角度论文学,或从哲学、宗教、医学(譬如常以人身之病来论文学之病)、建筑学(譬如叶燮《原诗·内篇上》以如何作室来论如何作诗)等角度来论文学,天文地理,各门学科,几乎无不可以与文学相通。与西方古代相比,这是中国古代比较文学研究最为突出的一个特点。导致此种现象的根本原因在于,中国古人认为,文学与其他学科都是"殊途同归",统属于同一个"道",因而无论是文学研究还是其他科目的研究,都是重通达而不贵专门。

而在这种跨学科比较研究中,内容最多的又是如下两个方面:一是诗与画的比较研究。自唐宋以来,"诗是无形画,画是有形诗"之类的话几乎成了文人学士们的口头禅。至于像苏轼那样,说:

味摩诘之诗,诗中有画;观摩诘之画,画中有诗。[3]

以画意论诗意或以画理论诗理者,更是举不胜举。诸如此类的诗画比较研究,在中国文论中占有非常大的比重。二是诗与禅的比较研究。自唐宋以来,学者们往往好以禅道来论诗道。其中最为著名的是南宋严羽的《沧浪诗话》。在此书《诗辨》篇中严羽用禅宗的果位、派别与境界之分来论中国历代诗歌的高下之别,又将禅道

---

[1] 《酉阳杂俎》,(唐)段成式著,中华书局1981年版,第9—11页,第121页。
[2] 同上书,第235页。
[3] 《书摩诘〈蓝田烟雨图〉》,(宋)苏轼著,《丛书集成初编·东坡题跋》,中华书局1985年版,第94页。

与诗道打通,认为二者的奥妙都在于"妙悟",正是妙悟的浅深决定了学禅与学诗的不同境界。严羽的诗论之所以能在中国文论史上占有十分重要的位置,正得益于他在诗禅之间进行的这种跨学科比较研究。

然而,所有这些内容,古人自己却并不知道叫作"比较文学"研究,更没有想到要建立"比较文学"学科。也就是说,在衡文论艺时,中国古人有求"通"的观照意识,却没有独立的专业意识。所以在西方"比较文学"传入之前,中国学术中不可能产生这门独立的学科,而其固有的比较文学研究实绩也注定只能是虽丰富却零散,不像冰块那样凝结成形从而占有特定的空间,只是像蒸汽一样消融弥漫,似有若无地存在于整体的学术研究之中。所以说,缺乏自觉的专业意识,这是中国古代的比较文学研究的一个重要特色。

建立起专门的学科,显然可以使更多的人拥有自觉的比较意识,从而取得更多样更深入的研究成果。但另一方面,一旦成为专门学科,却又无可避免地不能做到完全"通达"。中国传统学术选择了彻底"打通",故无所谓专业之分学科之别;西方学术则选择了学科的独立,故只能在保持专业界限的基础之上力求有限的"打通"。两种选择虽然不同,却并无高下之分。

## 2. 中国比较文学的建立

"比较文学"学科在现代中国的正式建立,与西方学术的大量传入以及深受西方学术影响的专门人才的大量出现,有着极为密切的关系。

自19世纪下半叶以来,西方文化像潮水一般涌进中国。以往任何一次中外文化交流,在深度与广度上都无法与近代以来的中西文化交流相媲美。于是不可避免地,中西文化与文学的比较研究也愈来愈多。20世纪初期至20年代,中西小说、戏剧、诗歌的比较研究一时成为学术界的热门话题。如梁启超认为,境外"各国政界之日进,则政治小说为功最高焉",中国却缺乏政治小说,"综其大较,不出海盗海淫两端"。[①] 徐念慈则认为,中国小说"深明乎具

---

① 《译印政治小说序》,梁启超著,见于《饮冰室合集》,梁启超著,中华书局1989年版,第3册,第34页。

象理想之道,能使人一读再读即十读百读亦不厌也,而西籍中富此兴味者实鲜"。① 林纾则多利用中国传统文论比较分析中西小说艺术,如将狄更斯的《孝女耐儿传》(今译为《老古玩店》)与《红楼梦》比较,② 又将狄更斯《块肉余生述》(今译为《大卫·科波菲尔》)与《水浒传》作比较。③ 王国维利用叔本华的学说系统分析了《红楼梦》,认为它是"彻头彻尾之悲剧",堪与歌德《浮士德》相媲美。④

对于中西诗歌,梁启超认为:

  (西方诗歌)勿论文藻,即其气魄固已夺人矣。中国事事落他人后,惟文学似差可颉颃西域……然其精深盘郁雄伟博丽之气,尚未足也。⑤

鲁迅认为国外"摩罗派"诗人"立意在反抗,指归在动作",屈原则"多芳菲凄恻之音,而反抗挑战,则终其篇未能见"。⑥ 对于中外戏剧,胡适认为中国戏剧缺乏悲剧观,往往是"美好的团圆",西洋的悲剧观念"乃是医治我们中国那种说谎作伪、意想浅薄的绝妙圣药"。⑦ 又有冰心的《中西戏剧比较》、许地山的《梵剧体例及其在汉剧上的点点滴滴》等文对中外戏剧或作平行研究,或作影响研究。茅盾《中国神话研究 ABC》则运用西方比较神话学派的理论对中外神话的起源、类型、保存等进行了比较研究,开创了现代中国神话研究的新局面。此外,严复、苏曼殊等人又对中国翻译研究的发展作了贡献,特别是严复提出的"信、达、雅"三标准,⑧ 在近现代中国翻译界产生了极为深远的影响。与古代相比,研究成果的数量远逾于前,而且由中印文学比较扩大为中西文学比较,由以跨学科研

---

① 参见《〈小说林〉缘起》,徐念慈著,见于《小说林》1907 年第 1 期。
② 《孝女耐儿传·序》,林纾著,商务印书馆 1907 年版,第 1 页。
③ 《块肉余生述·序》,林纾著,商务印书馆 1981 年版,第 1—2 页。
④ 《〈红楼梦〉评论》,王国维著,见于《王国维遗书·静安文集》,王国维著,上海书店出版社 1983 年影印本。
⑤ 《诗话》,梁启超著,见于《饮冰室合集》,梁启超著,中华书局 1989 年版,第 5 册,第 3 页。
⑥ 《摩罗诗力说》,鲁迅著,见于《鲁迅全集》,鲁迅著,人民文学出版社 1981 年版,第 1 册,第 69 页。
⑦ 《文学进化观与戏剧改良》,胡适著,见于《胡适文集》,胡适著,北京大学出版社 1998 年版,第 2 册,第 122—123 页。
⑧ 《天演论·译例言》,严复著,见于《严复集》,严复著,中华书局 1986 年版,第 5 册,第 1321 页。

究为主发展成以平行研究、影响研究、阐发研究为主。

更为重要的是,此时出现了一批留学归来、学贯中西的大学者,上面提及的梁启超、严复、王国维、鲁迅、胡适与茅盾等人正是其中的代表人物。他们不仅深受西方学术的影响,而且对于西方的学科发展现状有或深或浅的了解,这就使他们慢慢地接触并开始引进西方的"比较文学"。1912年1月2日,正在日本的鲁迅在致许寿裳的信中就已提到法国学者洛里哀(Frederic Loliée)的《比较文学史》。1918年10月,胡适发表的《文学进化观与戏剧改良》明确提出了"比较的文学研究"主张。1919年,章锡琛翻译日本木间久雄的《新文学概论》,其中有一节专门介绍波斯奈特《比较文学》和洛里哀《比较文学史》的主要内容。1920年1月,田汉在一篇文章的附言中也明确提到美国芝加哥大学教授摩尔东(Richard Green Moulton)的《文学之近代研究》(*The Modern Study of Literature*)一书"为研究比较文学者必读之书"。① 同年,正在美国留学的吴宓在《留美学生季刊》上发表《论新文化运动》一文,其中特别介绍了当时颇有影响的法国学派的比较文学观。历史发展到这时,中国的"比较文学"已是呼之欲出了。

中国比较文学学科的正式兴起,正是在20世纪的20年代到30年代。最为突出的标志是比较文学讲座与课程的开设。从美国哈佛大学比较文学系获硕士学位归来的吴宓,积极提倡比较文学,并于1924年在东南大学开设了"中西诗之比较"等讲座,这是中国第一个比较文学讲座。1929年12月,英国剑桥大学教授瑞恰慈(I. A. Richards)应邀于清华大学外文系讲授"比较文学",重点介绍比较文学理论与翻译。这是中国大学中首次正式以"比较文学"为名的课程。清华大学外文系外籍教师翟孟生(P. D. Jameson)又根据瑞恰慈的观点写成了第一本《比较文学》教材。同时,清华大学中文系也开设了"当代比较小说""佛教翻译文学"等具比较文学性质的选修课。除此之外,北京大学、燕京大学、齐鲁大学、复旦大学、中国公学、岭南大学等高校也相继开设了类似的课程。中国的比较文学学科从此正式诞生。

第二个标志是一批研究比较文学理论与方法的著作与论文相

---

① 参见《诗人与劳动》,田汉著,见于《少年中国》1920年第8期。

继出现。1931年,法国比较文学家洛里哀的《比较文学史》由傅东华翻译,这是中国第一本比较文学译著;1937年,法国学派的代表人物梵·第根的《比较文学论》由戴望舒译出。1935年,吴康的《比较文学绪论》一文发表,这是中国学者第一篇关于比较文学理论的论文。此外,陈寅恪于1932年的一篇文章中对牵强附会的比较痛下针砭,认为:

> 盖此种比较研究方法,必须具有历史演变及系统异同之观念。否则古今中外,人天龙鬼,无一不可取以相与比较。①

与此相应,一批高质量的比较文学研究成果陆续问世,其中尤以影响研究与翻译研究的成果最为著名,体现了学科初兴之际难能可贵的求实倾向。

其一,在影响研究方面,陈寅恪关于中印文学关系的系列论文最为突出。如其《三国志曹冲华佗传与佛教故事》一文即指出,②人们熟知的"曹冲称象"故事实源于北魏吉迦夜共昙曜所译《杂宝藏经》卷一"弃志国缘"中有关称象的记载;人们心目中的神医华佗形象,又与佛经中所载神医耆域之事颇为相似。又其《西游记玄奘弟子故事之演变》一文,③不仅指出《西游记》中孙悟空大闹天宫、猪八戒高老庄招亲、流沙河收沙和尚为徒等故事,都源于印度佛教故事,而且又据此"推得故事演变之公例",总结出故事流传的普遍规律。陈寅恪的这类文章,既考证精密,又富理论意义,实可视为影响研究的范例。此外,像陈受颐的《十八世纪欧洲文学里的〈赵氏孤儿〉》《十八世纪欧洲之中国园林》、方重的《十八世纪的英国文学与中国》、陈铨的《中国纯文学对德国文学的影响》等论文,则侧重论述中国文学对西方文学艺术的影响,且都以材料扎实、考证严谨见长,是真正意义上的影响研究。

其二,在翻译研究方面讨论颇热烈,成就亦较丰硕。如茅盾早

---

① 《与刘叔雅论国文试题书》,陈寅恪著,《金明馆丛书二编》,陈寅恪著,生活·读书·新知三联书店2001年版,第252页。
② 《三国志曹冲华佗传与佛教故事》,陈寅恪著,见于《寒柳堂集》,陈寅恪著,上海古籍出版社1980年版,第157—161页。
③ 《西游记玄奘弟子故事之演变》,陈寅恪著,《金明馆丛书二编》,陈寅恪著,生活·读书·新知三联书店2001年版,第217—223页。

就认为,当根据文体的不同选择直译或意译,这都是为了忠于原作,传达其精神:

> 如果把字典中的解释用在译文里,那便是"死译",只可说是不妄改某字在字典中的意义,不能说是吻合原作。①

此后林语堂的《论翻译》一文详细地论述了"忠实、通顺、美好"三标准。② 鲁迅则提倡直译或"硬译",主张译文"宁可译得不顺口",也要尽量保持原作的"洋气"与"风姿"。③

自此之后直到 1949 年,中间虽有抗日战争的影响,中国的比较文学研究却日趋兴盛,不仅仍有影响研究,更有大量的平行研究,还有跨学科研究与阐发研究,并产生了一批高质量的专著,这是以前任何时期都无法比拟的。如梁宗岱的《诗与真》《诗与真二集》,即是 30 年代后期很有影响的两部著作,对德、法两国文学及其代表人物作了介绍、评价与比较研究。特别是其中的《李白与歌德》一文,对中德两位大诗人进行了比较,既明其同,又辨其异,是典型的平行研究。陈铨的《中德文学研究》一书则着力探讨了中国的"纯文学"对德国的"纯文学"的影响,属于典型的影响研究。刘西渭(李健吾)的《咀华集》《咀华二集》与李广田的《诗的艺术》等著作,在品评三四十年代蜚声文坛的中国作家时,常将他们与西方作家作比较,有许多敏锐独到的见解。朱谦之的《中国音乐文学史》与朱维之的《基督教与文学》二书,则注重跨学科研究。此外像杨宪益《零墨新笺》一书对中外文学的相互影响研究,范存忠的系列论文对中国文化与文学对英国作家的影响研究,季羡林的系列论文对中印文学关系的影响研究等等,都是十分突出的成果。

当然,最能代表中国比较文学勃兴之后的骄人成绩的,应推朱光潜的《诗论》(初版于 1942 年,重庆国民图书出版社)与钱锺书的《谈艺录》(初版于 1948 年,上海开明书店)二书。两位学者在知识

---

① 《"直译"与"死译"》,茅盾著,见于《茅盾全集》,茅盾著,人民文学出版社 1989 年版,第 18 册,第 255 页。

② 《论翻译》,林语堂著,见于《林语堂名著全集》,林语堂著,东北师范大学出版社 1994 年版,第 19 册,第 304 页。

③ 《"题未定"草》,鲁迅著,见于《鲁迅全集》,鲁迅著,人民文学出版社 1981 年版,第 352—353 页。

结构上都是博通中外,又都在欧洲受过多年的教育与训练,因此由他们进行比较文学研究真是再适合不过。二书都注重比较诗学的研究,又都侧重于平行研究,并辅以跨学科研究与阐发研究。但在对待中西文化的态度上,二者存在着根本分歧,并由此导致了在基本研究路数上的不同。朱光潜的《诗论》认为,"中国向来只有诗话而无诗学""零碎散乱,不成系统""缺乏科学的精神和方法",因此其基本的研究路数是"用西方诗论来解释中国古典诗歌,用中国诗论来印证西方诗论",①也就是以西为主,既常以"谨严的分析与逻辑的归纳"为其具体方法,又多以西方诗学为其评判标准。

钱锺书的《谈艺录》则认为:

东海西海,心理攸同;南学北学,道术未裂。②

所以其基本的研究路数是"非作调人,稍通骑驿",虽然"颇采'二西'之书",却是为了"供三隅之反",③是在以中为主的基础之上进行双向阐发。与此相应,在著述方式上,朱氏《诗论》采用的正是西方学术中典型的专著形式,而钱氏《谈艺录》则仍采用中国传统的诗话形式。朱钱二书的此种差别,既说明了中国比较文学在其勃兴之际研究成果的多姿多彩,又预示着以后将在不同阶段出现不同的研究路数。

总的说来,自从中国比较文学作为一门独立的学科在现代正式兴起之后,其研究成果无论在深度上还是在广度上,无论在数量上还是在质量上,都远远超过了古代。这正是自觉的学科意识所带来的必然结果。

### 3. 中国比较文学的兴盛

主要由于政治方面的原因,自1949年以后,中国比较文学的研究阵营分成了两大区域,一是大陆,一是港台。直到20世纪80年代至90年代,这两大区域的研究才相互交流并渐呈合一之势。从50年代到70年代,大陆地区的比较文学研究相对沉寂。除了较

---

① 《诗论》,朱光潜著,生活·读书·新知三联书店1998年版,第1页。
② 《谈艺录·序》,钱锺书著,生活·读书·新知三联书店2001年版,第1页。
③ 同上。

多研究俄苏文学对中国文学的影响以及鲁迅作品在国外的流传情况之外,其余方面虽有一些极有分量的论文与著作,与三四十年代的研究成果相比都毫不逊色,但数量毕竟不多。港台地区的比较文学研究虽然发展得相对迅速些,但在60年代中叶以前也基本上乏善可陈。

然而从总体上看,中国比较文学在经历了一段曲折之后却是日趋兴盛,①成果越来越多,声势越来越大,影响也越来越深远。此种兴盛之势主要表现在如下三个方面。

其一,建立了专门从事比较文学研究与专业人才培养的系所,创办了专门的比较文学刊物,成立了各级比较文学学会,并与国际比较文学研究的大潮逐渐接轨合流。

从1967年起,台湾大学正式开设比较文学硕士班课程,1970年又开设比较文学博士班。1970年,淡江学院创办《淡江评论》(Tamkang Review),主要刊载比较文学方面的论文。1973年,台湾比较文学学会成立,以台湾大学外文系主办的《中外文学》为会刊,并于同年加入了国际比较文学学会。1973年至1975年,香港大学相继成立了中文及比较文学研究所、英文研究及比较文学系。1978年,香港中文大学建立了比较文学与翻译中心。同年香港比较文学学会成立,并加入了国际比较文学学会。在此期间,港台地区又多次分别举办与参加了国际比较文学会议。大陆地区相对迟缓一些。1981年,北京大学率先成立了比较文学研究会,出版《北京大学比较文学研究通讯》。此后许多大学都纷纷成立了比较文学研究中心或教研室,从1981年起,全国性的比较文学会议不断举行,1982年以后,则不断参加或举办国际性比较文学会议。1983年北京大学、复旦大学、黑龙江大学、南京大学开始招收比较文学硕士生,90年代之后又有一批高校招收比较文学博士生,1995年北京大学比较文学与比较文化研究所第一次开始招收比较文学博士后。在以北京大学英语系杨周翰、比较文学研究所乐黛云为核

---

① 许多学者认为20世纪七八十年代之后是中国比较文学的"复兴"阶段,我们不取此说。理由有二,一是与40年代的研究相隔毕竟不久,当时许多著名的学者仍然健在,且继续从事比较文学研究,因此就学科发展历史而言,中间二三十年的沉寂只能算是小小的曲折;二是即使在相对沉寂的这段时间中,也仍然有极为深入极有分量的研究成果,只是数量偏少而已。

心的学术群体的大力推动和组织下,中国比较文学走向了学术上的体制化和国际化,其标志是中国比较文学学会于1985年在深圳大学正式成立,并成为国际比较文学学会的分支机构,并以《中国比较文学》为会刊,同年之后,杨周翰与乐黛云先后担任了国际比较文学学会的副会长。从此之后,国际间的交流更加频繁。凡此种种,都表明中国的比较文学已成为国际比较文学的重要组成部分。1998年至2000年首都师范大学与四川大学先后创办比较文学系,尝试招收比较文学方向的本科生,使原来仅在硕士、博士、博士后层面培养高级人才的精英学科落实到本科层面。此后北京大学、中国人民大学等高校虽然没有成立比较文学系,但也开始酝酿在中文系拟招收比较文学方向下的本科生。2006年以来,复旦大学中文系开始详细拟定《复旦大学比较文学与世界文学专业硕士生与博士生精英化培养规划》,并于《中国比较文学》2010年第1期正式刊发,陈思和同时随文撰写了《比较文学与精英化教育》的文章,进一步讨论了比较文学与高等院校精英化教育的人才培养理想与实践等问题。这都反映了比较文学从未有过的兴盛现象。

其二,产生了大量高质量的比较文学研究成果。中华书局1979年出版的钱锺书的巨著《管锥编》,可以视为中国比较文学史上的一座丰碑。此书继续采用《谈艺录》那种典雅的文言诗话形式,围绕《周易正义》《毛诗正义》《左传正义》等中国古代10部重要典籍,引用了800多位外国学者的1400多种著作,结合3000多位古今中外作家的创作,彻底打破时空界限与学科界限,进行了广泛深入的比较研究,往往将中外文学现象与理论进行互补与互证。作者在80年代出版的《七缀集》,则全用活泼醇正的白话写成,同样是不可多得的比较文学精品。钱氏的这些研究成果正是传统学术的求"通"意识与现代学科的比较意识结合得最为完美的典范。

就学术本身而言,此前数十年的沉寂其实是一种蓄势,从三四十年代发源而来的涓涓细流慢慢地都汇成了大江大河。钱锺书的《管锥编》只是首先决堤,撕开一个巨大的裂口,此后便一发而不可收,更大更猛烈的浪潮势不可挡地奔泻而出,一下子便形成了惊涛拍岸、声震天地的壮观景象。所以不难理解,自80年代以来,比较文学的专著与论文集何以如此层出不穷,竟至于在数量上超过了以前所有阶段的总和。北京大学首先推出了四位著名学者的四部著作:宗白华的《美学散步》,季羡林的《中印文化关系史论文集》,金克木的《比较文化论集》,杨周翰的《攻玉集》。1983年台湾东大图书公司又开始出版一套《比较文学丛书》,第一批就计划出11本,包括叶维廉的《比较诗学》,周英雄的《结构主义与中国文学》,郑树森的《中美文学因缘》等。

另外,范存忠的《英国文化论集》,王元化的《文心雕龙创作论》,曾小逸主编的《走向世界文学——中国现代作家与外国文学》,深圳大学比较文学研究所编辑的《东方比较文学论文集》(卢蔚秋)、郁龙余的《中印文学关系源流》、王晓平的《近代中日文学交流史稿》、严绍璗的《中日古代文学的关联》,北京大学的《五四中外文学关系》,复旦大学的《现代中外文学关系史》,王佐良的《论契合——比较文学研究集》(英文),杨宪益的《译余偶拾》,王富仁的《鲁迅前期小说与俄罗斯文学》,赵毅衡的《远游的诗神:中国古典诗歌对美国新诗运动的影响》等等,让人简直如在山荫道中,目不暇接。至于单篇论文就更是多得难以统计。90年代以后的研究成果,尤其难以备述。所有这些论著与论文,或作影响研究,或作平行研究,或作阐发研究,或作跨学科研究,每一方面都有杰出的成果,而且数量都不少。

其三,出现了大量研究比较文学的成果,编辑了多种比较文学教材,建立"比较文学中国学派"的要求日趋强烈。

这一时期对比较文学的研究,首先表现为充分讨论建立比较文学的意义,介绍比较文学的基本知识,并因此出版了许多著作、论文集与教材。这方面的论文主要有:张心沧的《介绍比较文学》,袁鹤翔的《略谈比较文学——回顾、现状与展望》,周伟民的《简说比较文学》,杨周翰的《比较文学与文学史》,李赋宁的《什么是比较文学》,季羡林的《漫谈比较文学史》,赵毅衡的《是该设立比较文学学科的时候了》,谢天振的《漫谈比较文学》,贾植芳的《中国比较文学研究的过去、现在与将来》,乐黛云的《比较文学"名"与"实"》,等等。主要的著作或论文集有:古添洪、陈慧桦的《比较文学的垦拓在台湾》,王润华的《比较文学理论集》,郑树森的《文学理论与比较文学》,朱维之、方平等人的《比较文学论文集》,张隆溪、温儒敏编选的《比较文学论文集》,干永昌、廖鸿钧、倪蕊琴选编的《比较文学研究译文集》,刘介民编选的《比较文学译文选》,周发祥的《中外比较文学译文集》、温儒敏编选的《中西比较文学论集》,等等;此外像基亚的《比较文学》,大冢幸男的《比较文学原理》,韦斯坦因的《比较文学与文学理论》等著作也相继译出。主要的教材则有:卢康华、孙景尧的《比较文学导论》,陈挺的《比较文学简编》,乐黛云的《比较文学原理》及其主编的《中西比较文学教程》,陈惇、刘象愚的《比较文学概论》,陈惇主编的《比较文学》,张铁夫、刘耘华主编的《新编比较文学教程》,乐黛云主编的《比较文学原理新编》、梁工主编的《比较文学概观》,孟昭毅的《比较文学通论》,杨乃乔主编的《比较文学概论》等。

但更为主要的内容还是探讨中国比较文学的研究方法,并进而讨论是否应该建立以及如何建立"比较文学中国学派"的问题。

众所周知,在国际比较文学界最为流行的研究方法,是以法国学派为代表的影响研究和以美国学派为代表的平行研究。相对而言,当代中国学者更为钟爱平行研究。但是正如叶维廉所说:

> 在欧洲文化系统里……所进行的比较文学,比较易于寻出"共同的文学规律"和"共同的美学据点"。①

而在中西文学比较中,由于文化背景、价值观念以及审美趣味等等很不相同,所以,与美国学派的平行研究注重求同不一样,中国学者在平行研究中则更强调同中之异。袁鹤翔明确表示:"故而我们做中西文学比较工作,不是只求'类同'的研究,也要做因环境、时代、民族习惯、种族文化等等因素引起的不同的文学思想表达的研究。"②叶维廉也认为:"我们必须放弃死守一个模子的固执。我们必须从两个模子同时进行,而且必须寻根探因,必须从其本身的文化立场去看,然后加以比较加以对比,始可得到两者的面貌。"③可以看出,正是从一开始就敏锐感受到中西文化的相对差异与相对隔绝,当代中国学者在影响研究与平行研究中更倾向于选择平行研究,而在平行研究中又更倾向于求异而不只是求同。但比较文

---

① 参见《比较诗学》,叶维廉著,台湾东大图书公司1983年版,第2页。
② 参见《中西比较文学定义的探讨》,袁鹤翔著,见于《中外文学》1975年第4卷第3期。
③ 参见《中国古典文学比较研究·前言》,叶维廉著,台湾黎明文化事业公司1977年版。

学的任务毕竟不只是求异,它也该求同;所谓异,只能是同中之异,若是全异全不相侔则必将丧失"可比性"而不成其为研究。于是在1976年台湾学者创造性地提出了"阐发法",也就是"援用西方文学理论与方法并加以考验调整以用之于中国文学之研究"的方法。①"阐发法"其实就是一种求同的比较文学方法,不过此种求同,乃是求中国文学同于西方理论。显然,它与上述平行研究中强调中西文化的差异是相矛盾的。以钱锺书为代表的大陆学者则更倾向于"双向阐发"法。钱锺书的《谈艺录》尤其《管锥编》就是主张运用"双向阐发"法所取得的最为突出的成绩。自90年代以来,此种"双向阐发"法就更为许多学者所认同。"双向阐发"不同于"单向阐发"的根本之处就在于以一种平等的立场来看待中西文化与文学。

从在平行研究中强调求异再到"双向阐发"法的认同,比较文学的中国特色越来越鲜明。因此,随着研究方法的探讨日益深入,"比较文学中国学派"的呼声也越来越响。1976年,古添洪、陈慧桦在提倡"阐发法"时即已提出了"比较文学中的中国派"的口号。美国学者李达三(John J. Deeney)在1977年发表的《比较文学中国学派》一文以及1978年出版的《比较文学研究之新方向》一书中,更是全面系统地论述了"比较文学中国学派"的内涵、意义、作用、目标等问题。此后,港台与大陆学者于此有更多的热烈讨论。由于在第四章《学派论》的第四节《中国学派与阐发研究》专门讨论这一问题,此处就不再更多陈述。

总之,当代的中国比较文学已是越来越兴盛,而且还将有更大的发展空间、更广阔的发展前景。至此,比较文学在中国终于从一棵幼芽长成一株参天大树了。

**思考题:**

　　1. 中国比较文学的发展历史可以大致分为几个阶段?

　　2. 并无"比较文学"之名的中国学术为什么又有事实上的比较文学研究?

　　3. 中国比较文学的最早萌芽可以追溯到什么时代?中国古代

---

① 参见《比较文学的垦拓在台湾·序》,古添洪、陈慧桦著,台湾东大图书公司1976年版。

比较文学研究的主要特色是什么?

4. 作为一门独立学科的比较文学,为什么能在中国现代正式出现?

5. 中国比较文学正式建立的突出标志是什么?

6. 中国当代比较文学的旺盛之势主要有哪些具体表现?

7. 简述钱锺书在中国比较文学发展史上的贡献。

**参考书目:**

1.《比较文学中国学派》,[美]李达三著,见于《中外比较文学的里程碑》,李达三、罗钢主编,人民文学出版社1997年版。

2.《1949—2000中外文学比较史》(上下卷),朱栋霖主编,凤凰出版传媒集团江苏教育出版社2009年版。

## 第四节 比较文学在21世纪文学研究中的发展走向

### 1. 比较文学在未来文学研究中的作用

从上一节我们已经了解到,中国的比较文学在20世纪初就已经萌芽,30年代曾一度兴盛,后来经过一段低潮之后,70年代末又开始崛起。重新崛起的比较文学研究呈现出前所未有的发展势头,不仅有大量的研究成果迅速问世,而且与国际比较文学界的学术交流也日益增加,学术氛围渐趋浓厚,于是,敏锐的学者著文指出:

> 种种迹象表明:在国内,比较文学作为一门单独学科正式诞生的时刻已经临近。①

《读书》杂志社还在北京就促进比较文学这一学科的发展组织了专门的座谈会。一些著名的老一辈比较文学学者也纷纷撰文,对这一学科的发展寄予厚望:钱锺书告诫研究者要注意比较文学与文学比较的严格界分;季羡林认为从事比较文学研究至少要精通两种语言,努力探索具有规律性的文学现象;朱光潜指出比较文学研

---

① 《是该设立比较文学学科的时候了》,赵毅衡著,见于《读书》1980年第12期,第103页。

究要进行纵和横的比较,既要重视传统,又要重视各民族之间的相互影响。

正是由于一大批学者的积极倡导和身体力行,中国比较文学作为一门独立的学科逐渐步入正轨,而且迅速汇入到国际比较文学研究的历史洪流中。这一时期,可以说是中国比较文学趋向高潮并进而走向稳步发展的历史时期,它不仅拥有了一支独立并具有相当实力的教学科研队伍,问世了一大批较高水平的科研成果,而且已经走向了世界——中国比较文学以其独具的学术姿态出现于国际论坛,在国际学术交流中扮演了不可或缺的角色。

一些西方的学者敏锐地觉察到过去比较文学研究的局限和以西方为中心的发展走向,从而提出,只有东方世界比较文学的崛起进而开展东西方文学的比较研究,才能全面地研究文学的各类问题。因此中国比较文学事业的迅速发展使他们深受鼓舞。前国际比较文学学会会长佛克马在中国比较文学学会成立大会的讲话中说道:"国际比较文学学会需要中国同行的支持,以维持并提高文学研究的国际标准。"[1]他在1988年于慕尼黑召开的国际比较文学学会第十二次大会的开幕词中,又一次高度评价了中国比较文学复兴的深远意义,他说:

> 我们学会近期的一件大事是中国比较文学学会于1985年秋季成立。中国人在历经数载文化隔绝后对文学的比较研究和理论研究的兴趣,是预示人类复兴和人类自我弥补的潜力的最有希望的征兆之一。[2]

近二十多年来,比较文学研究取得了令世人瞩目的伟大成就,正如季羡林在中国比较文学学会成立开幕词中所说:"比较文学在世界上已经成为一门'显学'。"[3]

可以说,比较文学之所以在80年代迅速崛起并成为一门"显学",是因为它顺应了世界文化互相交流、互相对话的历史趋势。

---

[1] 《祝贺与希望——在中国比较文学学会成立大会上的讲话》,[荷]佛克马著,见于《中国比较文学年鉴》,北京大学比较文学研究所编,北京大学出版社1987年版,第41页。

[2] 参见《中国比较文学通讯》1988年第3期,中国比较文学学会、北京大学比较文学与比较文化研究所主办,第1页。

[3] 《中国比较文学年鉴:1986》,北京大学比较文学研究所编,北京大学出版社1987年版,第28页。

有文化交流,才有各民族文学之间的互相联系、互相影响;有文化交流,才能提供比较研究的参照系;有文化交流,才能诱发比较研究的意识。随着20世纪交通工具和传播媒体的发达、全球化的影响与冲击、国际交往的频繁,文化交流已经在世界范围内广泛深入地进行,而且成为影响各国文学发展的重要因素。在此情形下,一元视角下的文学研究已远不敷足用。从比较文学的比较视域出发研究各国文学之间的相互交流与影响,越来越成为一种必然的历史潮流,成为21世纪文学研究的主流趋势。可以预测,未来的比较文学研究必须积极认识文化交流的丰富性、复杂性,辨析不同文化之间的传递方式,探究文化传播中文学价值与形式的变化与重构过程。

另外,针对目前世界文化格局中愈演愈烈的文化或文明冲突,我们看到,比较文学恰恰是致力于不同文化体系的文学之间的相互理解,提倡不同文化体系之间的相互尊重与宽容,主张通过平等对话的方式来探讨人类共同面对的问题。比较文学研究的生命力就在于其克服以自我为中心的文化本质主义,主张与异己的、异质的文化进行对话与交流。所以,对话是比较文学研究的应有之义,正如巴赫金所说:

> 在文化领域内,外在性是理解的最强有力的杠杆。异种文化只有在他种文化的眼中,才得以更充分和更深刻地揭示自己(然而并不是全部,因为还会有其他文化的到来,它们将会看到和理解更多的东西)……在两种文化发生对话和相遇的情况之下,它们既不会彼此融合,也不会相互混同,各自都会保持自己的统一性和开放性的完整性,然而它们却相互丰富起来。①

国别或民族文学研究中的一元视角容易导致独尊己国文化,或因不了解他者文化而引发不同文化间的误解。而提倡对话与了解的比较文学为避免灾难性的文化冲突提供了恰当的研究视野,使异质文化之间的关系向着积极建构性的方向发展。在对话的过程中,大家都必须以世界文学为语境,在比较之中重新认识自己和"他者"的文学与文化。可以说,没有互为他者的文化参照,没有从多元视角对自身的深入认识,也就没有不同文化之间的互识、互补

---

① 《巴赫金论文两篇·言辞美学》,[苏]巴赫金著,刘宁译,见于《世界文学》1999年第5期,第221页。

和互证,当然也不会有新文化的生成。

因此,为了避免文化冲突,实现文化间的沟通和理解,就必须通过对话来解决人类在文学乃至文化方面所遭遇的共同问题。作为对话中介的比较文学,其重要性非但没有因世界文化的日趋多元化而减弱,反而在跨异质文化的比较中进一步发挥着不可替代的作用,以平等的对话达到人类文化和谐共处的理想。21世纪文学研究的发展需要一种打破传统界限并具有开阔视野的研究,比较文学正以其开放性、边缘性和综合性的特点恰逢其时地成为文学研究中的显学。可见,比较文学的迅速发展是时代的需要与历史的必然,正如季羡林所言:这种发展是合乎规律的,顺乎世界潮流的,沛然不能抗御的。

## 2. 比较文学未来的学科定位

在比较文学一百多年的发展历程中,因为这一学科的边缘性和开放性,它也曾引起人们对其存在方式和合法性的怀疑,经历过多次严峻的挑战甚至生存的危机。早在20世纪之初,意大利著名美学家克罗齐(Benedetto Croce)就认为:

> 比较方法不过是一种研究的方法,无助于划定一种研究领域的界限。对一切研究领域来说,比较方法是普遍的,但其本身并不表示什么意义。……这种方法的使用十分普遍(有时是大范围,通常则是小范围内),无论对一般意义上的文学或对文学研究中任何一种可能的研究程序,这种方法并没有它的独特、特别之处。……看不出有什么可能把比较文学变成一个专业。①

美国学者韦勒克在1970年也指出:

> "比较文学"这一术语引起了如此多的争论,而对其解释又有如此大的分歧,误解更频频发生……"比较文学"始终是一个备受争论的学科与概念。②

---

① 《中西比较文学理论》,[美]约翰·迪尼著,刘介民译,学苑出版社1990年版,第143—145页。

② [美]雷纳·韦勒克:《比较文学的名称与实质》(René Wellek, "The Name and Nature of Comparative Literature"),见于[美]雷纳·韦勒克:《鉴别:续批评的诸种概念》(René Wellek, *Discriminations: Further Concepts of Criticism*, New Haven and London: Yale University Press, 1970, p. 1.)。

20世纪后半叶以来,比较文学逐步进入东方和一些第三世界国家,并迅速地在这些地方得到长足的发展。但与此同时,这门学科依然受到来自其他学科领域的挑战,使人们对全球化时代比较文学的未来前景感到忧心忡忡。有些学者认为,面对各种后现代理论以及近几年来异军突起的文化研究的挑战,比较文学的末日已经来临。另一些长期从事比较文学和文学理论研究的学者则认为,比较文学的范围正在扩大,其疆界变得越来越模糊,其作用和地位在某种程度上正逐步被比较文化和文化研究取代。还有一些人则认为,由于比较文学的研究对象和范围不甚确定,它的学科地位势必被一般的文学研究所取代,如此等等。

其实上述观点大多源于对比较文学赖以存在的比较研究方法的质疑:既然21世纪的文学研究都离不开国际性的学术视野,一切文学研究内部似乎都包含着比较文学的方法,那么比较文学学科的独立性便不复存在。其中就有论者从朱光潜对比较文学的看法引申开去,得出了"比较文学消亡论":

> 今天比较文学所特别强调的内容,在明天必将成为每个文学研究者理应具备的起码素质。在这种情况下,比较文学必将逐渐走向被取代、被消融的道路,即比较文学将消融在各类具体的文学研究,如古典文学、现代文学、当代文学、文学理论或小说研究、诗歌研究之中……在未来的发展中,比较文学作为一门学科已经完成自己的历史使命,它的名称和定义只能作为纪念品而保存在历史的记忆里。①

这是一种对比较文学学科的最普遍的误解。首先,我们必须承认,在比较文学研究中确实包含着比较方法。比较是确定事物同异关系的思维方式,比较的主要类型是求同与求异。这种方法在寻求跨文化的文学共同规律或者确认本民族文学特色等方面都是不可缺少的。比较文学自身的发展史也表明,在其不同历史阶段、不同研究类型的实践中,大量存在着运用比较方法的例证。

其次,更重要的是,比较文学研究又不仅仅是采用比较方法的文学研究。基亚曾说:

---

① 《比较文学消亡论——从朱光潜对比较文学的看法谈起》,钱念孙著,见于《文学评论》1990年第3期,第96—97页。

> 比较文学就是国际文学的关系史,比较文学工作者站在语言的或民族的边缘,注视着两种或多种文学之间的题材、思想、书籍或感情方面的彼此渗透。因此,他的工作方法就要与其研究内容的多样性相适应。①

这段话清楚地告诉我们,比较的方法绝对不能一网打尽比较文学的所有研究方法。尽管在"平行研究"这一研究类型中,比较方法的运用十分广泛,但是倡导平行研究的美国学者与注重影响研究的法国学者一样,也否认比较文学仅仅是采用比较方法的文学研究。例如,韦勒克要求比较文学研究必须面对"文学艺术的本质这一美学核心问题"。② 在本教材第二章《本体论》对"比较文学"中的"比较"一词的梳理中,我们会更清晰地认识到,比较文学不在于"比较",而在于"汇通"。

最后,当下的文学研究不能也不应该离开其他民族或者国家的文学作参照系,但这并不意味着所有的文学学科都把重点放在文学的跨民族、跨文化之上。换言之,比较文学学科决然不同于采用比较方法的其他文学研究,比较文学并不仅仅因为它运用了比较方法才成为一门独立的学科,它具有自己特定的研究领域和特定的理论立场。作为跨民族、跨语言、跨文化和跨学科的文学研究,比较文学的研究方法超越了形式上的异同类比,而包括了多种不同的文学研究方法,从而展现各种文学的特征和它们之间的辩证联系。比较文学在发展中不断超越比较方法的事实也有力地说明了这一点。一言以蔽之,比较文学的"比较"属于本体论意义上的比较视域,而不仅仅属于方法论;作为一种学术视域,"比较"是对两个民族文学关系或文学与其他相关学科关系的一种内在的汇通性透视,而非是在日常用语上把它误解为一种表面类比的方法。所以,"比较"虽然成为许多学科进行学术研究的方法,但这并不能取代比较文学,反而更加确立了比较文学与比较诗学在当下与未来学术界日趋国际化景观下的主流地位。

---

① 《比较文学》,[法]基亚著,颜保译,北京大学出版社 1983 年版,第 4 页。
② [美]雷纳·韦勒克:《比较文学的危机》(René Wellek, "The Crisis of Comparative Literature"),见于[美]雷纳·韦勒克:《批评的诸种概念》(René Wellek, *Concepts of Criticism*, New Haven and London: Yale University Press, 1963, p. 293.)。

在此基础上，我们更清醒地认识到，比较文学在平等对话的前提下进行具体问题研究的重要性和迫切性。我们必须摆脱传统研究中内容形式的比附和阐释的方法，必须对固有的文化中心论或者文化相对论的观念进行调整。我们需要确立不同文化体系之间互动互惠的意识，改变一味追求共识、同一性的思维模式，调整传统的文学价值体系，重新确定文学的文化身份。

长期以来，国内外学者对比较文学学科定位一直众说纷纭，在未来的文学研究发展中到底应该怎样为这一学科定位呢？这可以说是20世纪90年代以来学界一直在关注、思考的问题。乐黛云指出：

> 比较文学的快速发展与当前全球文化的发展态势有关。在经济、科技全球化的不可逆转的趋势下，如何保持文化的多元发展，促进不同文化间的沟通和理解是人类共同面临的迫切问题。要解决这一问题，最重要的就是要推进不同文化间的宽容和理解，既反对文化霸权主义，又反对文化孤立主义。一方面要努力从他种文化吸取营养；另一方面，又要从与他种文化的比照中，认识和克服自己的弱点，尽量将自己的特长贡献于解决人类的共同问题。同时，在全球化趋势的推动下，人类思维方式有了很大改变，越来越琐细且相互隔离的分科研究框架正在被突破。因此跨文化和跨学科研究成为当前一个十分重要的学科热点。
>
> 比较文学，作为"跨文化与跨学科的文学研究"，显然处于21世纪跨文化研究的前沿。因为文学在各种文化中都有自己发展的历史，它涉及人类的感情和心灵，在不同文化中有着较多的共同层面，最容易引起不同文化和不同学科之间人们的相互理解、相互欣赏和心灵共鸣，所以也最有利于发扬人类文化的多样性，改进人类文化生态和人文环境，避免灾难性的文化冲突以致武装冲突。比较文学这一学科虽然已有近一个世纪的历史，但过去多局限在以希腊和希伯来为基础的西方文化体系中，对非西方文化则往往采取征服或蔑视的态度。全球化时代提出文化多元化问题以来，这一情况有了极大的改变。西方文化需要一个完全不同的"他者"作为参照系来重新认识和更新自己；过去处于边缘，备受压抑的非西方文化也需要在与西方文化的平等交流中实现自身文化的现代化并向前发展，而文学与其他学科之间的交叉研究也正是日新月异。可以断言，在新的世纪里，西方与非西方之间的跨文化文学研究和文学与其他学科相连的跨学科文学研究势必大大超越前一世纪的比较文学，

从而开辟比较文学的新纪元。①

中国的比较文学工作者非常清醒地意识到,比较文学经过一百多年的发展,到今天已经蔚为大观,成为显学,但它仍然是希望与危机同在、机遇与挑战并存的。比较文学要想获得进一步的发展,就必须有一个准确的定位,确定其在整个人文社会科学和自然科学体系中的坐标。这种定位是一种发展中的动态定位,而非某种僵化的教条。在其不同的历史发展阶段,比较文学也是随着学科边界的不断扩大而相应调整其学科位置的,定位与发展是相互制约、相互促进的关系。

21世纪的比较文学研究,既要树立一种文化全球化与多元文化意识并重的文化观念,又要成为人类精神相互对话和沟通的语境和操作平台。当我们瞻望比较文学在未来文学研究中的发展走向时,不禁会回想起勃洛克在1969年就已提出的观点:

> 当前没有任何一个文学研究领域能比比较文学更引起人们的兴趣或有更加远大的前途;任何领域都不会比比较文学提出更严的要求或更加令人眷恋。②

走过了一个多世纪的比较文学,作为一门独立的学科,已无可置疑地得到了国内、国际学术界的首肯,在自身发展过程中它实际上已扮演了一个不可或缺的文学与文化中介与交流媒体的角色。世界范围内的文化碰撞、文化交流过程,都在作自觉或不自觉的比较、鉴别,而比较文学研究在这个过程中,以其自身独特的方法与思路,让人们既认识了自己——本国本民族的文学与文化,又认识了"他者"——他国他民族的文学与文化,甚至还可以在此基础上把握世界文学的共同走向与共通规律,这是国别或民族文学研究所无法企及的。因此,我们完全有理由乐观地预见,比较文学在文化交流日益频繁的21世纪将有更大的学术空间,对世界文学和人类文明将会作出更大的贡献。正如乐黛云所指出的:"比较文学这一学科不是岌岌可危,而是面临着更远大,更辉煌的发展。中国比较

---

① 《跨文化之桥·前言》,乐黛云著,北京大学出版社2002年版,第1—2页。
② 《比较文学的新动向》,[美]勃洛克著,见于《比较文学研究译文集》,干永昌等选编,上海译文出版社1985年版,第206页。

文学界已作好各方面的准备,迎接这一伟大新阶段的到来。"①

**思考题:**

1. 世界文化的多元化发展是否会削弱比较文学在文学研究中的作用与意义?

2. 比较文学在21世纪的文学研究中应该有什么样的学科定位和发展?

**参考书目:**

1.《是该设立比较文学学科的时候了》,赵毅衡著,见于《读书》1980年第12期。

2.《祝贺与希望——在中国比较文学学会成立大会上的讲话》,[荷]佛克马著,见于《中国比较文学年鉴:1986》,北京大学比较文学研究所编,北京大学出版社1987年版。

3.《比较文学的国际性和民族性》,乐黛云著,见于《中国比较文学》1996年第4期。

4.《跨文化之桥》,乐黛云著,北京大学出版社2002年版。

5.《中国文学中的世界性因素》,陈思和著,复旦大学出版社2011年版。

## 第五节 比较文学与文化研究的关系

### 1. 文化研究溯源

从20世纪80年代以来,对比较文学的发展构成最大影响和威胁的无疑是文化研究的兴起。虽然以大众文化文本为主要研究对象的文化研究不搞纯粹的文学研究,但它在诸多方面与跨学科、跨文化的比较文学有异曲同工之妙,甚至有相当多的文化研究被涵盖在比较文学系科之内,而一些文化研究者本身就是比较文学学者。

---

① 《比较文学的国际性和民族性》,乐黛云著,见于《中国比较文学》1996年第4期,第13页。

作为一种思想资源,文化研究(Cultural Studies)大致是第二次世界大战后在英国逐步兴起,尔后扩展到美国和其他西方国家的一种学术思潮和知识传统。英国的文化研究(或称文化马克思主义)是从一个特定的流派,即伯明翰学派成长而来。伯明翰学派是英国学界的左派,他们希望寻找一种新的革命的可能性,就把注意力放到了社群文化和工人青少年的亚文化及各种流行文化中,这是知识界第一次把目光投向大众文化,把它作为一个新的研究对象纳入到研究视野里。1963年理查德·霍加特创建了伯明翰大学"当代文化研究中心"(CCCS),该中心的宗旨是研究"文化形式、文化实践和文化机构及其与社会和社会变迁的关系",对于大众文化的正本清源和理论建树作出了卓越的贡献。该中心的建立为文化研究在英国学术体制内部找到一个立足点,自此以后,文化研究在英国获得了长足的发展。80年代,这种研究思路和方法传到美国后研究范围被扩大和丰富,形成多元发展的趋势,产生了惊人的影响力。英国的文化研究者主要是"新左派",他们对阶级、流行文化、亚文化等问题感兴趣,而美国的文化研究者则左右两派兼容并蓄,其研究没有那么突出的政治批判倾向,他们借助于女性主义批评、多元文化论、后殖民理论,发展出女性研究、黑人研究、电影研究、传播研究、文化社会学等研究类型,使其成为跨学科、准学科的文化研究。后来文化研究经过澳洲,再经由中国台湾、香港地区传入中国内地(大陆),中国过去没有这个意义上的文化研究,只有文学批评和文艺学的文化批评,但文化研究的内容显然要广泛得多。① 这种思想资源历经全球范围的"理论旅行"影响了整个20世纪后期的学术研究。从50年代末期英国马克思主义学者的倡导算起,文化研究已经历了40多年的发展。

"文化研究"这个术语如同"比较文学"一样,颇易引起争议,因为它涵盖的范围相当大,其中不乏观点各异、立场相互冲突的研究,并且,当文化研究进入不同的学术体制和语境时它自身也不断变化。"文化研究"的称谓只能说是较为灵活的、权宜之计的一种用法。但尽管如此,正如托尼·本内特(Tony Bennett)所说,这些

---

① 国内对大众文化和文化研究关注的开始,可参见《读书》1997年第2期的专题讨论。

研究有一个共同的倾向,即:

> 从它们与权力关系的错综缠结、以及这种关系内部的角度,共同致力于审察文化实践。①

文化研究是后现代主义之后最为活跃的学术发展类型,也是一个最富于变化,最难于以传统学科意识定位的知识领域,这大抵是因为"文化研究的开放性和理论的多样性,其反思性的甚至是自我意识的倾向,而尤其重要的是批判的重要性"。② 即便说文化研究并非无中生有,可以追踪其历史遗产继承的话,那么它也是对启蒙时代以来的主要人文主义观念的一种重新审视、商榷和阐释,尤其是在当代氛围下对其不断加以批判。所以,文化研究决无意重复旧的思想观念,它致力于打造新的理论基地,有时甚至不惜与传统的知识前提划清界限。所以,文化研究不仅跨学科,在本质上它甚至采取积极主动的反学科姿态——这样一个特征确保它与传统学科的关系处于持续的不稳定状态,似乎文化研究从不情愿成为诸学科之一员。

在研究方法上,文化研究也提倡一种跨学科、超学科、反学科的态度,没有一种明确的、属于它自己的方法论。文化研究把文化分析与其他研究方式,诸如结构社会学、人类学、心理学、文本分析相结合。譬如众所周知的伯明翰学派的民族志(ethnography)方法,就是来源于人类学考察异族文化的实地调查研究方法,它要求研究者亲身进入一个特定群体的文化内部,在其中长期生活,从而自内而外地展示该文化的意义和行为。至于文学研究中推崇的文本细读方法,尽管文化研究对此并不反对和禁止,但也不是其必需。文化研究反倒对文本细读分析方法背后暗藏的思想意识提出了质疑,文学研究中的文本分析承载着一种信念——即文本是作为完全自我确定的、独立的对象而被正确理解的,这样一种文本是

---

① [英]托尼·本内特:《将政策纳入文化研究》(Tony Bennett, "Putting Policy into Cultural Studies"),见于[美]劳伦斯·格罗斯伯格等:《文化研究》(Lawrence Grossberg, Cary Nelson & Paula A. Treichler, eds., *Cultural Studies*, New York: Routledge, 1992, p. 23.)。

② 《究竟什么是文化研究》,[美]理查德·约翰生著,见于《文化研究读本》,罗钢、刘象愚主编,中国社会科学出版社2000年版,第3页。

值得分析的。

对文化研究来说,这样的信念不过是一种偏见,因为,在特定语境下,什么样的问题是值得追问的和怎样去追问,都不是确凿无疑的事情,所以没有什么方法是被授予特权的,没有什么方法可以让人信心十足地放心使用,但也没有哪种方法可以被立即取缔而束之高阁。文本分析、符号学、解构、民族志、访谈、心理分析、内容分析、民意调查——这些方法均可为文化研究所用,但是,是加以批判地使用。文化研究对文学研究方法的反思和颠覆,其实已经预示出比较文学与文化研究之间必定会爆发争论。

一般而言,文化研究并非指称传统意义上的精英文化研究,而指的是当代非精英文化以及大众文化研究。文化研究的主要研究模式有三种,基于生产的研究、基于文本的研究和对活生生的文化的研究。具体的研究类型则有,以研究后殖民写作话语为主的种族研究或族裔研究(race studies),以研究女性批评和写作话语为主的性别研究(gender studies),以指向东方和第三世界政治、经济、历史等多学科和多领域综合考察的区域研究(area studies),此外还应加上考察影视传媒的生产和消费的大众传媒研究(media studies)。总括之,文化研究关注边缘性的研究领域,如妇女和少数族裔的作品,"非学术性"的内容,如电视节目、流行音乐、幽默小品,乃至以前被视为禁忌的"性"的论题。

文化研究主要描述"文本"和"话语"(即文化实践)在人类日常生活和社会构成之内产生、插入和运作的方式,以复制、抗争乃至改造现存的权力结构。文化研究是一种具有非边缘化、解地域化和消解中心等特征的学术话语和理论思潮。譬如它非常重视被主流文化排斥的边缘文化、弱势群体和亚文化,关注文化中蕴涵的权力关系及其运作机制,保持与社会密切的互动关系。在解释和分析大大小小的社会文化实体时,文化研究将"话语"(discourse)提高到了优先的地位,从而丰富了对文化的探讨和运用。就其实际的研究而言,文化研究诉诸理论框架时大多是具体的个案研究,而不像过去的精英主义立场要全部地解决问题。文化研究的结果虽然有诸多分歧,其理论立场及取向也不尽相同,但毕竟已经勾勒出一幅有关后工业社会的新的文化图景。

## 2. 对文化研究的辨析与批评

顾名思义,文化研究即是研究文化。但选择哪一种文化进入研究视野,标识出了研究主体的文化立场。"文化"在文化研究中以两种主要的相互交叉的形式出现。一方面,文化的聚焦点是象征性再现、文本、修辞、话语。另一方面,文化概念实际上包含人类生活的所有方面,即文化是一种整体的生活方式。这种文化观实际上是一个逐渐演变的结果。英国右翼的文学批评家利维斯(F. R. Leavis)在其1930年发表的论著《大众文明与少数人文化》中视文化为少数人的专利,独尊英国文学的伟大传统,大众文化则被认为是商业化的低劣文化。雷蒙·威廉斯不同意利维斯的文化观,认为他忽略了制度、风俗、习惯等在文化中的地位。威廉斯提出了奠定文化研究基石的文化之"社会"定义,该定义认为:

> 文化是对一种特殊生活方式的描述,这种描述不仅表现艺术和学问中的某些价值和意义,而且也表现制度和日常行为中的某些意义和价值。①

所以,在威廉斯看来,文化分析就是阐明一种特殊生活方式和文化或隐含的、或外显的意义和价值,对其他非社会性的文化定义认为根本不是文化的东西进行分析,诸如生产组织、家庭结构、制度结构、社会成员的交流方式等等。文化生产的诸种形式都需要放到跟其他文化实践、跟社会和历史结构的关系中予以考察。所以,在文化研究的传统中,文化既被理解为一种生活方式——囊括观念、态度、语言、实践、制度和权力结构,又包括一系列文化实践——艺术形式、文本、经典、建筑、大众商品等等。文学和艺术只是文化的社会传播形式之一种,虽然在传统意义上它们被视为高雅文化备受重视,但文化研究者没有给予它们这种特权,他们关注的文化再现空间更多的则是精英文学—艺术之外的大众文化。文化研究信奉文化乃是再现(representation)的观念,对女性、同性恋者、"土著"民族、少数族裔、下层阶级和身份集团的"再现"使文化研究越

---

① 《文化分析》,[英]雷蒙·威廉斯著,见于《文化研究读本》,罗钢、刘象愚主编,中国社会科学出版社2000年版,第125页。

来越明显地成为创造再现空间的一个学科场所。

　　细观文化研究的文化概念,我们可以理解为什么文化研究越来越对精英文学研究意味着挑战。文化研究考察大众文化并非在于要揭露其道德上的腐朽、美学上的贫乏、政治上的意识形态化。归根结底,文化研究不是一种审美性的文学批评,而是重在完成其政治使命,即揭开大众文化形式和实践中意识形态的机制。① 大众文化实质上是一种政治参与姿态,所以文化研究对之的分析重点并不落脚在美学或人文方面。"文化"之于文化研究不仅是体现社会生活方式的载体,更意味着一种政治性;而大众性则是文化研究的一个必然焦点和追求,它当然是反精英的。故而,文化研究的视野里自然就没有大众文化和精英文化的低俗与高雅之分,它不会立足于精英主义立场格外垂青于高雅文学,也不会对大众文化持居高临下的贬损态度。在全球化和后现代主义的影响下,文化研究还具有鲜明的意识形态批判性和消解中心特征,重视分析文化产品中的政治策略。譬如,文化研究根据其"边缘—中心论"的逻辑,偏重于分析所有声称是"边缘性"事物的价值,所以我们看到许多文化研究的论著都冠以"边缘性""在边缘"或"跨越边界"等字眼。而对边缘事物的关注必然会对高雅文学研究提出重新区分经典与非经典,乃至重构文学史的问题。

　　但文化研究也并非没有自己的问题。开放的文化研究几乎没有什么学科的规定性和自身的一致性,这种流动性和未完成性却恰恰是它历来为人所称道的地方。文化研究之所以被称作解地域化的场所,正是在于它反对学科体制化,并以此为解决问题之道。然而,目前文化研究的发展越来越以新的方式被商品化和制度化,作为一个制度化的场地,它被重新刻上了自己一贯反对的那些学术和学科的礼仪规则。如前所述,文化研究是在评价和规范大众文化的驱使下诞生于英国的,但工人阶级政治上的团结并非其关注焦点。而美国的文化研究则早已把兴趣转向大众媒体、消费资本主义和身份政治,并且这种研究方式正在向全球传播,形成美利

---

① 《大众文化与"转向葛兰西"》,[英]托尼·本内特著,见于《大众文化研究》,陆扬、王毅选编,上海三联书店2001年版,第59—63页。

坚式的文化研究和文化研究的美利坚化。① 对于美国文化研究中这种专业化和制度化的遍地开花,斯图亚特·霍尔不无警示之意地称之为"一个极端危险的时刻"。② 文化研究自身的嬗变引起的一个后果是,我们对它谈得越多,越不清楚自己在谈什么。于是,文化研究者似乎面临着跟当初比较文学者试图界定其学科性时相同的困境,美国学者劳伦斯·格罗斯伯格（Lawrence Grossberg）认为：

> 我们这些致力于"文化研究"的人发现自己既想界定和捍卫它的特定性,同时却绝不想看到任何界定行动把正在进行的文化研究史挡在外面。必须说,这是一种非某个简单的断言就可以解决的真正的二难处境。③

对文化研究的评价一直是毁誉参半,赞同和提倡者认为它是一个充满活力的、多地区生长的、多学科的场所,反对者则斥之为一种寄生现象,是毁灭文化的刺耳杂音。英美的文化研究的兴起,是理解现代社会—文化的形成过程的一种努力:工业化、现代化、城市化、大众传播媒介的流行、知识群体的瓦解、全球经济和大众文化的形成,这些普泛的历史发展状态在不同的民族国家呈现出不同的面貌,也导致产生了不同形态的文化研究。文化研究不仅是对这些事件编年史式的记录,也雄心勃勃地参与、甚至干预到其中,顺理成章地,文化研究者也不再把自己视为提供一种论述的学者,而是在政治上积极的参与者。

### 3. 定位与发展:比较文学与文化研究

在全球化和多元文化的语境下,当今的文化和文学研究的一个无法回避的发展趋势就是文化研究的崛起和文学研究的衰落。

---

① 《文化研究与公民社会》,[美]乔治·于蒂斯著,见于《全球化症候》,王逢振主编,天津社会科学出版社 2001 年版,第 156—157 页。

② [英]斯图亚特·霍尔:《文化研究及其理论遗产》(Stuart Hall, "Cultural Studies and its Theoretical Legacies"),见于[美]劳伦斯·格罗斯伯格等:《文化研究》(Lawrence Grossberg, Cary Nelson & Paula A. Treichler, eds., *Cultural Studies*, New York: Routledge, 1992, p.285.)。

③ 《文化研究的流通》,[美]劳伦斯·格罗斯伯格著,见于《文化研究读本》,罗钢、刘象愚主编,中国社会科学出版社 2000 年版,第 67 页。

文化研究的兴起,在某种意义上代表了人文学者对所谓纯粹的经典文学研究的不满。高高在上的象牙塔式的精英文学研究愈来愈成为少数人把玩的古董,与社会严重脱节。文学研究一方面不屑于与大众文化为伍,另一方面又无法对当代社会文化现象作出有说服力的阐释。一些人文学者意识到精英文学研究处境的尴尬,尔后把注意力投向与社会密切相关的大众文化现象,力图摆脱文学研究的困境,以开放性的文化研究来干预社会现况,带动全球文化思潮的变革。

自20世纪80年代以来,大众文化研究大有要取代经典文学研究之势,造成了二者之间的冲突与交锋。在比较文学领域内直接凸现了这一冲突的,就是90年代美国比较文学界围绕1993年伯恩海默报告《跨世纪的比较文学》展开的争论。由于这次争论涉及对比较文学的学科专业标准的定位和未来的发展走向,所以也引起了国际和中国比较文学界对比较文学和文化研究关系的关注和讨论。

美国的文化研究主要是文学理论和"身份政治"的一种结合,借助文学理论的阐释方法,把文学文本当作阐释文化活动的载体和隐喻,它关心的不是文本的内容,而是文学文本是如何生产出来的、为什么会这样产生出来。所以不难理解,为什么行内的这场争论在美国学界(而非在英国)爆发,为什么文化研究争夺文学研究的地盘反而导致了比较文学对自身发展危机的反省。伯恩海默报告批判了传统的比较文学研究的欧洲中心主义视角,并把它归咎于比较文学对民族身份、语言身份的聚焦,因此"比较文学研究欲图强化民族国家——即以本民族语言作为其自然基础的想象的社区——的身份认同"。[①] 该报告宣称在多元文化主义的时代要扩展比较的空间,提倡对文学进行语境化(contextualizing)方式的研究,即把文学置于被扩展了的话语、文化、意识形态、种族、性别等诸领域,这自然与过去按照作家、国别、时代和文类为领域进行的

---

[①] 《伯恩海默报告(1993):世纪之交的比较文学》("The Bernheimer Report, 1993: Comparative Literature at the Turn of the Century"),见于[美]伯恩海默:《多元文化主义时代的比较文学》(Charles Bernheimer, ed., *Comparative Literature in the Age of Multiculturalism*, Baltimore and London: The Johns Hopkins University Press, 1995, p. 40.)。

传统文学研究有天壤之别。进而,伯恩海默报告提出:

"文学"这个词可能再也不足以涵盖我们的研究对象了。①

也正是如此,在比较文学的教学和科研中"文学现象不再是我们学科关注的唯一焦点了"等等后来招致非议的说法。②

总体上看,伯恩海默报告根据近年来文学批评典范的变革,比较文学向文化研究靠拢的趋势,明确提出比较文学应抛弃欧洲中心主义,坚持全球的文化多元主义。并且,比较文学不应该只聚焦于文学作品,要扩展到对其他文化文本的研究。

无可置疑,伯恩海默报告及其支持者是主张比较文学转向文化研究的,尽管报告也提及比较文学"不要和那个领域混为一谈",但二者的亲缘关系是他乐于承认并强调的。而反对者认为1993年报告好像要放弃真正意义上的文学研究形式(虽然伯恩海默后来在争论文集的导言《比较的焦虑》中反复否认这一点),他们认为比较文学和文学研究不应该有这样的转向,理由是,文化研究从外部处理文学的方法实质上使审美价值政治化、意识形态化,从而导致美学领域的特殊性和文学固有的文学性的丧失。反对该报告的比较学者认为不能放弃比较文学一向所秉持的对文学的独特关注和其精英立场,比较文学的必然基础仍旧是研究"文学性",精英文学仍然是大学教育的根基。文化研究的前提是将各种文化话语视为文本,对之进行分析批评,但如果学生们没有接触过文学经典,缺乏文学文本细读和分析的训练,他们如何能判断和评析五花八门、良莠不齐的文化文本呢?所以反对者以为,不惟比较文学,连文化研究也应该植根于对文学文本,特别是对经典文学的解读上。

这场讨论暴露出比较文学在传统的高雅文学影响下学科的西方—欧洲中心论趋势,由于西方高雅文学研究排斥妇女和非西方的作家,并假定只有精英白种男人的人类经验和文学表达才值得

---

① 《伯恩海默报告(1993):世纪之交的比较文学》("The Bernheimer Report, 1993: Comparative Literature at the Turn of the Century"),见于[美]伯恩海默:《多元文化主义时代的比较文学》(Charles Bernheimer, ed., *Comparative Literature in the Age of Multiculturalism*, Baltimore and London: The Johns Hopkins University Press, 1995, p. 41.)。

② 同上。

作系统研究,所以从多元文化主义的视角观之,传统的比较文学研究非常缺乏对女性文学、非西方的边缘文学的关注。比较文学渴望阐明对于人类状况的各种变化的文学性表现,所以它无疑应该把目光转向全球,纠正原来的欧洲中心主义的偏向。这一点是持不同观点的讨论双方达成的一个共识,也是整个比较文学界在东西比较文学的发展大趋势下形成的学科意识。此外更重要的,这场讨论表现出比较文学业内的人文学者在应对大众文化和文化研究的挑战时的自我反思。不管它是反映了文学研究的"向外转"趋势,还是比较文学自身的"认同危机",都涉及比较文学在多元文化语境下的定位和发展问题。

而对这一问题的思索首先就面临着如何看待比较文学与文化研究的关系?文化研究到底是比较文学的最佳出路,还是导致比较文学的生存危机、使其走向衰落的一条死胡同?文化研究包括对文化概念的理论探讨,对文学从文化视角的研究,以及直接指向当代大众文化现象的批判性分析等等。与比较文学相关的文化研究主要是对文学现象和其他话语关系的文化学研究,比如对文学文本的社会生产语境和市场流通机制的研究。文学亦是一种历史的建构,从与其他话语(性别、族裔、阶级等)的关系中研究文学,可以弥补传统文学研究的盲点,应该说是必不可少的。由于文化研究注重当代活跃多变的大众文化现象,有助于比较文学在高雅文学的传统之外把那些未曾注意、但有意义的研究对象引入研究的视野,从而将比较文学研究置于一个更为广阔的跨文化语境之下。但是,正如文化研究学者对于不假思索地一笔勾销精英文化和大众文化的界线抱有警惕一样,比较文学学者也不应完全抹杀传统的文学经典的价值。比较文学对文化研究的借鉴意味着,我们可能会放弃一部分的文学研究自主性,但这种放弃应该以对文学性的优先考虑为出发点。另外,文化研究所运用的多学科、多维度的方法也可以启发跨学科的比较文学研究,比较文学虽然以文学研究为己任,但研究的方法和角度可以是多姿多彩的。我们可以最大限度地借用文化研究中经受了诸多考验的比较研究方法,这与比较文学的跨文化、跨学科特征并不矛盾。

但是,文化研究不一定是比较性质的,文化研究也并不等同于比较文学,比较文学未来的发展领域不会被文化研究完全吞并。

对于比较文学与文化研究的关系,米歇尔·里法泰尔(Michael Riffaterre)在其论文《论比较文学与文化研究的互补性》中的提法也许是较为中肯实际的,"我认为本学科的未来不在于部分地或全部地与文化研究相融合,而在于对它们各自研究任务的重新分配,并且把两种研究方法定义为互补的而不是两极对立的"。① 比较文学和文化研究的互补性恰恰在于它们各自有不同的研究任务,由于文学不能简化为文化命题的直接体现,文学就依然是比较文学的知识基础。或许正如谢夫莱尔(Yves Chevrel)所说,文化研究并不代表着比较研究的未来路线,特别不是一种排他性的路线,但是它肯定能让比较文学受益匪浅。②

比较文学研究在目前面临的危机使我们必须重新思考和肯定文学的意义,以期为文学研究打开新的局面。同时要清醒地认识到,文化研究内部展开的一些讨论已远远地走在了我们的前面,这是它处于当今学术话语的前沿和富有生命力的原因之一。比较文学若想在第三个千年展现出新的生机,既不能放弃文学研究的独特性盲目地跟随泛文化现象,也要善于汲取其他学科的学术成就。

**思考题:**

1. 请简述"文化研究"的历史渊源。

2. 文化研究有什么样的学科特征?比较文学研究的方法与文化研究采用的方法有什么不同?

3. 什么是文化研究的"文化"概念,为什么它导致了大众文化对精英文化的挑战?

4. 请思考文化研究的得与失。

5. 比较文学与文化研究的关系如何?请以伯恩海默报告为例,思考比较文学如何应对文化研究提出的挑战,对未来的学科发

---

① [美]米歇尔·里法泰尔:《论比较文学与文化研究的互补性》(Michael Riffaterre, "On the Complementarity of Comparative Literature and Cultural Studies"),见于[美]伯恩海默:《多元文化主义时代的比较文学》(Charles Bernheimer, ed., *Comparative Literature in the Age of Multiculturalism*, Baltimore and London: The Johns Hopkins University Press, 1995, p.67.)。

② 《比较文学方法论及新世纪发展前景》,[法]谢夫莱尔著,见于《中国比较文学》2000年第4期,第120页。

展作出恰当的定位。

**参考书目：**

1.《从比较文学到比较文化》，谢天振著，见于《中国比较文学》1996 年第 3 期。

2.《究竟什么是文化研究》，[美]理查德·约翰生著，见于《文化研究读本》，罗钢、刘象愚主编，中国社会科学出版社 2000 年版。

3. [美]伯恩海默：《多元文化主义时代的比较文学》(Charles Bernheimer, ed., *Comparative Literature in the Age of Multiculturalism*, The Johns Hopkins University Press, 1995.)。

# 第二章 本体论

## 第一节 关于"比较"与"文学"两个概念的语言分析

### 1. 从汉语字面上对"比较"产生误读的两种可能性

"什么是比较文学?"近两百多年来,国际比较文学界对这一概念的设问与回答一直处在争议之中。在《比较文学的名称与实质》一文中,雷纳·韦勒克(René Wellek)曾对比较文学这一概念的最初使用做过一次反思:"1816 年,两位编辑家诺埃尔(François Noël)和拉普拉斯(E. Laplace)出版了一系列法国文学、古典文学和英国文学的选集,这一选集的扉页使用了一个不同以往的没有使用过的、也没有解释的标题:《比较文学教程》(*Cours de Littérature Comparée*)。"①需要指出的是,诺埃尔和拉普拉斯虽然第一次提出比较文学这个词语,但并没有把"比较文学"这个词语作为一种相对独立及相对自觉的学科概念来使用。1829 年,维尔曼(Abet-François Villemain)在巴黎大学开设命题为《18 世纪法国作家对外国文学和欧洲思想的影响》的讲座,再度多次使用比较文学这个概念,一般国际学术界把维尔曼此次讲座关于比较文学概念的使用认定为比较文学在学科意义上的萌芽与开始。1886 年,英国学者波斯奈特(H. M. Posnett)推出了世界上第一部以"比较文学"命名的比较文学理论专著——《比较文学》,用基亚的话说:

---

① [美]雷纳·韦勒克:《比较文学的名称与实质》(René Wellek, "The Name and Nature of Comparative Literature"),见于[美]雷纳·韦勒克:《鉴别:续批评的诸种概念》(René Wellek, *Discriminations: Further Concepts of Criticism*, New Haven and London: Yale University Press, 1970, p. 10.).

它"标志着比较文学的时代已经正式开始"。① 国际比较文学界往往以波斯奈特的《比较文学》的推出来标明比较文学这一门学科走向了自觉。也就是说,我们应该把诺埃尔和拉普拉斯所使用的比较文学仅仅作为一个词语来认定,而把维尔曼在讲座上使用的比较文学作为一个萌芽的学科概念来认定,把波斯奈特所命名的比较文学作为一个自觉的学科概念来认定。

从这三个层面对比较文学这一术语做出的时段及内涵上的划分,对我们把握这一学科的发展是非常重要的,因为在日常用语上对比较文学的理解与在学科概念上对比较文学的理解有着重要的差异性。此后,随着比较文学研究的进一步拓展以及这一学科在自身内部理论体系中的调整与规范,各国学者不断地以自己的思考与研究推动着这一学科在性质的定义上走向相对的成熟化与规范化。

然而,在这里我们必须承认这样一个事实,较之于在国际文化视野下成立的民族文学、国族文学、总体文学与世界文学这四个学科概念,也较之于在本土民族文化视野下成立的中国古代文学、中国现代文学与中国当代文学这三个学科概念,比较文学的确是一个在字面上易于引起误读而产生争议的学科概念。法国巴黎第四大学比较文学中心主任彼埃尔·布吕奈尔(Pierre Brunel)在《什么是比较文学》这一读本中,就把"比较文学"称之为一个"有缺陷的词":

> "比较文学"是一个有缺陷的词,同时也和"文学史""政治经济学"一样是必要的词。"你们比较什么样的文学呢?"人们经常听到这样的诘问,既然这个词为大多数人自发地理解,乍看起来又符合逻辑,而且为法国一些大学所沿用。②

从日常用语的语义逻辑上来看,比较文学这个词语与维尔曼、波斯奈特在学科概念层面上对它的学理化使用有着一定的差异性。

比较文学不是原创于中国本土汉语语境的学术概念,这个概念是东方中国学者从西方欧洲学术界那里接受过来的。在中国现

---

① 《比较文学》,[法]基亚著,颜保译,北京大学出版社1983年版,第2页。
② 《什么是比较文学》,[法]布吕奈尔、比叔瓦、卢梭著,葛雷、张连奎译,北京大学出版社1989年版,第15页。

代学术史上,一般地认为,傅东华于1931年在翻译法国学者洛里哀(Frederic Loliée)的《比较文学史》一书时,第一次把法语"littérature comparée"翻译为汉语"比较文学"。在这里,我们首先应该对以汉语书写的比较文学做一次语言上的释义,以便初学者能够进一步准确地对这一概念进行学理上的理解与把握。

按照比较文学的汉语字面意义来解释,比较文学作为一个组合的概念,是一个偏正词组;从词性上来分析,"文学"是名词,而"比较"则是一个形容词;从语法修辞上来分析,"文学"作为名词是一个被形容词"比较"所修饰的中心词。在这样一种分析的层面上,如果仅从比较文学这一概念的语法修辞上再做一般常人理解的细读,比较文学在字面上的意义往往被释义为"比较的文学"。当然,这种理解在误读的意义上已经偏离了比较文学这一学科规范的本体论意义。

那么,在中国汉语学术界,对比较文学的理解为什么会偏离这一学科的本体论意义而产生误读呢?

症结之一在于,就算我们在字面的意义上把比较文学释义为"比较的文学",在日常用语的意义上这是准确的,那么,我们又能够从"比较的文学"这一意义结构中提取怎样一种学科的含义呢?什么是"比较的文学"?不要说布吕奈尔把法语"littérature comparée"称之为一个"有缺陷的词",在我们看来,汉语"比较的文学"在表明学科的意义上也是一个"有缺陷的词",这个词语在学科意义的传达上很含混,因为作为一种学科概念的内涵,"比较的文学"的确让人很费解,很容易引起人们在日常用语上望文生义的误读。正如布吕奈尔所言:"说它("littérature comparée")是有缺陷的词,因为它很含混。"①

其次,症结之二在于,在比较文学这一概念的字面上还存在着一种误读的可能性,即"比较"往往被释义为动词作为谓语,"文学"被释义为名词作为宾语,这样把比较文学释义为一个动宾词组;然后,再度遵循汉语的语用习惯,用一个介词"对"把宾语"文学"前置,于是把比较文学误读为"对文学比较"。在现代汉语语境下,

---

① 《什么是比较文学》,[法]布吕奈尔、比叔瓦、卢梭著,葛雷、张连奎译,北京大学出版社1989年版,第15页。

"比较文学"为什么会产生种种偏离这一学科本体论意义的误解,其原因更多在于这两种语言释义的误读结果。上述两种症结都可能把比较文学误读为文学比较。

在掌握比较文学这一学科的基本原理时,必须注意无论是在学术界内部还是在学术界外部,的确存在着对比较文学这一学科概念望文生义的理解,并且这种理解作为一种误读及在误读之下产生的文学比较,对比较文学这一学科的规范性发展有着很大的负面影响。例如,把在表面上一眼看上去具有相似性的中外作家、作品、人物形象及叙事情节进行类比,正是由于对比较文学这个学科概念给予字面上的误读,所以会经常发生这种现象。

下面三例个案是应该值得我们思考的。在关于性的叙事情节上,把中国明代兰陵笑笑生的《金瓶梅》与英国作家戴维·劳伦斯的《查特莱夫人的情人》进行表面上的相似性类比;在家族女性爱情悲剧描写的表面上,把曹禺戏剧《雷雨》与列夫·托尔斯泰小说《安娜·卡列尼娜》两部作品进行比较,把繁漪与安娜这两位人物形象从她们各自所属的文化背景中抽象出来,进行相似性类比;在英年早逝这一相似的表面上,把中国中唐的李贺(790—816)与英国19世纪的济慈(John Keats,1795—1821)这两位时代迥异的诗人置放在一起进行类比。① 从某种程度上来说,上述三例个案不是说完全不可以带入比较文学的领域中进行研究,但是,如果研究主体仅从中外文学现象的表面上求取相似之处进行类比、比附,没有把自己的研究视域透入与汇通到中外文学现象的深处,去寻求两者之间的关系性、内在性、深度性、汇通性与体系性,这种文学的比较——类比因过于简单和机械,既没有研究的学术价值,也无法在学理上说明比较文学这一学科的视域、界限与意义。

把比较文学在字面的意义上误读为文学比较,这需要从高等院校的教学与科研两个方面逐渐地给予纠正和规范,因为在中国汉语学术界比较文学毕竟是一门崛起的需要被普遍而深入了解的年轻学科。其实这种误读现象不仅存在于当下中国汉语比较文学界,即使在国际比较文学界也是一种由来已久的现象。1921年,法

---

① 中国中唐诗人李贺生于790年,卒于816年,27岁病逝;英国19世纪诗人济慈生于1795年,卒于1821年,25岁病逝。

国的比较文学研究大师巴尔登斯伯格(Fernand Baldensperger)曾在《比较文学:名称与实质》一文中申明:

> 仅仅对两个不同的对象同时看上一眼就作比较,仅仅靠记忆和印象的拼凑,靠一些主观臆想把可能游移不定的东西扯在一起来找类似点,这样的比较决不可能产生论证的明晰性。①

在中国汉语语境下,把比较文学在字面的意义上误读为文学比较,其原因大都是出于上述两种症结,所以正确地理解比较文学这一学科概念的字面意义及其本体论内涵,对于掌握这一学科的基础原理和规范的学科意识是至关重要的。需要指明的是,如果说在学术界内部还存在着对比较文学这一学科概念的误读,那么在学术界外部,这种误读现象的存在就更为普泛了;因此,较之于在民族文学或国族文学视野下成立的中国古代文学与中国现当代文学,这也是比较文学更容易遭受误解而产生争议的主要原因之一。需要说明的是,民族文学或国族文学也可以被统称为国族文学。

### 2. 在印欧语系下对"比较"理解的困惑与误读

比较文学是从西方接受过来的一个学科概念,其实在西方欧美国家,比较文学也一直面临着被学术界内部与学术界外部所误读的困惑与争议。在《我们:从何来,是什么,去何方——比较文学的永久危机》这篇文章的开始,美国印第安纳大学比较文学教授乌尔利希·韦斯坦因(Ulrich Weisstein)曾引用两位学者L.库柏和A.基亚的话来诘难比较文学,从而引起学术界对比较文学之危机的思考。L.库柏认为:"'比较文学'这一虚设术语经不起真正推敲……你还不如称土豆为'比较土豆'或果壳为'比较果壳'来得更好";②A.基亚认为:"我们何时与如何去自杀?先莫慌,……让我

---

① 《比较文学:名称与实质》,[法]巴尔登斯伯格著,见于《比较文学研究译文集》,干永昌等编选,上海译文出版社1985年版,第33页。该文是巴尔登斯伯格在《比较文学评论》的创刊号上发表的文章。

② 《我们:从何来,是什么,去何方——比较文学的永久危机》,[美]乌尔利希·韦斯坦因著,见于《新概念·新方法·新探索——当代西方比较文学论文选》,孙景尧选编,漓江出版社1987年版,第22页。

们作为比较学者活下去,但不要另谋出路,而应更多地从自身内部去觅生。"①从学科理论建设的视角来评价,L.库柏和 A.基亚对比较文学所引起的误读之诘难在表述上不免有些偏激,但他们的确在陈述着一个于印欧语系下所存在的事实:在西方学术界,"比较文学"这一虚设术语也经不起真正的推敲,但是要求比较学者们不应该放弃,应该从比较文学的内部去寻找原因。

　　法国是比较文学的发祥地,我国学者对比较文学这个概念的翻译与接受除了法语外,也是从英语那里译介过来的。在《比较文学与文学理论》一书中,韦斯坦因讨论比较文学在英国的发展史认为:"'比较文学'(comparative literature)这一术语借鉴了法语的 littérature comparée,显然是马修·阿诺德(Matthew Arnold)在海勒姆的《概论》出版 10 年之后创造出来的。阿诺德一直呼吁要解除对文学研究的限制,因此,他成为把比较文学引入英国功不可没的人。"②在这里,如果我们对比较文学的英语概念——"comparative literature"做一次语言分析,不难见出,把"comparative literature"翻译为比较文学,在字面的意义上是准确的,因为英语"comparative literature"也是一个偏正词组。"literature"是一个名词,"comparative"是一个形容词以用来修饰"literature"这个中心词的。在字面上,从英语"comparative literature"这个概念上所提取的意义也是"比较

---

① 《我们:从何来,是什么,去何方——比较文学的永久危机》,[美]乌尔利希·韦斯坦因著,见于《新概念·新方法·新探索——当代西方比较文学论文选》,孙景尧选编,漓江出版社 1987 年版,第 22 页。原文关于这两条材料的出处为:L.库柏,《教育中的试验》艾萨卡编,康乃尔大学出版社 1943 年版,第 75 页;A.基亚,《比较文学和一般文学年鉴》1958 年第 7 期,第 5 页。

② [美]乌尔利希·韦斯坦因:《比较文学与文学理论》(Ulrich Weisstein, *Comparative Literature and Literary Theory*, Bloomington and London: Indiana University Press, 1973, p.221.)。韦勒克在《比较文学的名称与实质》一文中也提到阿诺德在英语语境下第一次使用"比较文学"这一概念:"这里有一个重要的观念要明确地表述,把'比较的'与'文学'结合起来使用,似乎第一次出现在马修·阿诺德(Matthew Arnold)在 1848 年所写的一封信中。他在这封信中说:'现在非常明确的是,虽然近五十年来比较文学在教育中已经引起人们对它的关注,但在某种意义上英格兰却落后于欧洲大陆。'"[美]雷纳·韦勒克:《比较文学的名称与实质》(René Wellek, "The Name and Nature of Comparative literature"),见于[美]雷纳·韦勒克:《鉴别:续批评的诸种概念》(René Wellek, *Discriminations: Further Concepts of Criticism*, New Haven and London: Yale University Press, 1970, pp.2-3.)。

的文学"。也就是说,在比较文学的英语概念那里也存在着容易使人望文生义的困惑。所不同的是,在英语"comparative literature"这个概念的字面上,其误读的可能性比汉语比较文学少一个层面,人们无法像汉语比较文学这一概念那样,把"比较"误读为动词,从而把比较文学误读为一个动宾词组,直接提取"对文学进行比较"的歧义。但是在某种程度上,"comparative literature"还被误读成了"文学比较"。

在这里,我们有必要走进法国比较文学研究者的教材中去,去看视一下法国学者对印欧语系下比较文学种种语言表述所分析的困惑,这样有助于我们对比较文学这一学科概念、学科意识及学科界限的规范性把握。彼埃尔·布吕奈尔的《什么是比较文学》一书是法国高校比较文学系科师生的必读教材,彼埃尔·布吕奈尔曾就比较文学这一概念的欧洲多种语言给出一个集合的介绍与分析:

> ……"比较文学"确定了体现于文学研究之中的人类精神的一种持久的面貌,确定了词汇学上的这个小怪物创造出来之前的一种需要。
> 说它是有缺陷的词,因为它很含混;而说它是必要的,因为它的使用已很有些年头。它能否让位给一个比较不令人困惑和比较不神秘的词呢?然而提出来的所有代替它的词都显得过长或过于抽象,因而不能成立。很多种语言都遇到同样的困难,它们都模仿法语:letteratura comparata(意大利语),literature comparada(西班牙语),hikaku bungaku(日语)。英语有 comparative literature(比较的文学"littérature comparative",这是利特雷所希望的用语),德语还要复杂:vergleichende Literaturwissenschaft("文学的比较的科学"),在这里,现在分词强调行动,即方法,则损害了积极的目标;顺便说明一下,这个词的变种vergleichende Leteraturgeschichte "比较的文学的历史",纯属十九世纪的事);荷兰语 vergelijkende literaturwetenschap 是从德文仿制出来的。不必再一一从头说起了:这个词获得了公民权。①

从布吕奈尔对意大利语、西班牙语、英语、德语及荷兰语关于比较文学表述的集释可以见出,在印欧语系那里,比较文学也是一个有

---

① 《什么是比较文学》,[法]布吕奈尔、比叔瓦、卢梭著,葛雷、张连奎译,北京大学出版社 1989 年版,第 15—16 页。

缺陷且含混的概念术语。比较文学是东方中国学人从西方拿来的一门学科,并使其逐渐应顺了中国汉语学界文化背景而得以发展。我们把汉语比较文学这一概念在字面上提取意义的困惑还原给西方,主要是为了说明汉语比较文学从字面上可能提取意义的误读与困惑,也是这个概念在印欧语系下的本然所属,这一现象并不完全是东方中国汉语比较文学界本身的错误。

其实,即使在印欧语系下由于语言形态的细微不同,关于"比较"的理解还有着很大的差异性。中国学者李赋宁在《什么是比较文学》一文中也曾就法语、意大利语、德语与英语作了清晰的界分。①

### 3. 在东西方语境下"文学"被误读的语言修辞原因

上述我们着重讨论了比较文学的"比较"这个词语在东西方语境下容易使初学者产生误读的语言修辞原因。下面我们需要着重讨论比较文学的"文学"这个概念在东西方语境下也容易被初学者误读的语言修辞原因。

对于最初接触或学习比较文学这一学科的人来说,对比较文学这一学科概念会产生误读的原因,还在于没有明确地把"文学"或"literature"这两个词语在本学科特定的语境下所含有的意义传达出来。

第一、比较文学作为一门学科是在两个相关的层面上成立自身学理意义的,即文学研究层面、文学研究与文化研究的交叉层面。但是,初入门者往往停留在日常用语或学术界对文学的一般理解上,所以从比较文学的"文学"这一概念中提取意义时,往往不是很准确。在日常用语或学术界对"文学"这个词语的一般理解层面上,无论是汉语"文学"还是英语"literature",这两个词语的产生最初都有着比较宽泛的涵盖面。而人们在对一个词语的阅读与理解时,往往是无法割断产生与使用这个词语的历时性文化传统和共时性文化语境的。

在中外文化传统中,"文学"这个词语的内涵与外延曾经是很宽泛的。在东方先秦诸子那里,《论语·先进》就已经使用"文学"

---

① 参见《什么是比较文学》,李赋宁著,见于《国外文学》1981 年第 1 期。

这一词语：

> 德行：颜渊、闵子骞、冉伯牛、仲弓。言语：宰我、子贡。政事：冉有、季路。文学：子游、子夏。①

按照宋代理学家朱熹《论语集注》所解："弟子因孔子之言，记此十人，而并目其所长，分为四科。孔子教人各因其材，于此可见"，②此处"文学"是指孔子兴办教育时所分列出的四门学科之一，再遵照宋代注释家邢昺疏的引申一步解释，此处"文学"是言指"文章博学"的意思："若文章博学，则有子游、子夏二人也。"③韦勒克在《比较文学的名称与实质》一文中对西方欧洲早期的文学内涵也进行了追问：

> 早期拉丁文中的"文学"(literatura)只是希腊语 grammatike 的翻译，它的意思有时是指一种阅读和写作的知识，有时甚至是指一种铭文或字母表本身。④

> 然而在早期的英文用法中，"文学"的含义是"学问"(learning)和"文化的修养"，特别是关于拉丁文的知识。⑤

在中外文化传统的早期，由于文学在学科和审美的观念上还处在朦胧与朴素的形态中，因此文学是一个具有大文化形态的非常宽泛的词语，我们可以把它理解为"大文学"，这一时期的文学还不是一个在学科意识上有着相对自觉性、独立性和纯粹审美的概念。在中国古代文学观念的发展历程中，文学这一词语在历代学者的文学性行为与文学行为的推动下，一直不断地在调整其意义的外延与内涵，这一词语在中国古代文学史的流变中作为一个能指，曾

---

① 《论语注疏》，见于《十三经注疏》，中华书局1980年影印世界书局阮元校刻本，下册，第2498页。
② 《论语集注》，见于《四书五经》，中国书店1985年据世界书局本影印，上册，第44页。
③ 《论语注疏》，见于《十三经注疏》，中华书局1980年影印世界书局阮元校刻本，下册，第2498页。
④ [美]雷纳·韦勒克：《比较文学的名称与实质》(René Wellek, "The Name and Nature of Comparative Literature")，见于[美]雷纳·韦勒克：《鉴别：续批评的诸种概念》(René Wellek, *Discriminations: Further Concepts of Criticism*, New Haven and London: Yale University Press, 1970, p. 4.)。
⑤ Ibid.

涵盖过文章博学、学科门类、儒家学说、文献典籍、学术性著作、文学作品(如诗歌、散文、小说、戏剧等纯文学)种种非审美与审美的文化形态。《新韦伯斯特国际大百科全书》对"literature"这一概念也做过反思,在欧洲文学发展的历程中,"literature"作为能指曾涵盖过知识、文献、小说、戏剧、传记、诗歌、民间传说、艺术、科学及社会事件之资料等内涵,也是一个具有大文化背景的非常宽泛的概念。①

到清代学者刘熙载于《艺概·文概》对文学这一词语描述时,文学经过漫长的发展历程,已基本定型在审美的意识形态释义层面上了:"儒学、史学、玄学、文学,见《宋书·雷次宗传》。大抵儒学本《礼》,荀子是也;史学本《书》与《春秋》,司马迁是也;玄学本《易》,庄子是也;文学本《诗》,屈原是也。后世作者,取涂弗越此矣。"②在中外文化发展的深层结构中,文学共同经历了一个从大文学到纯文学(belles-lettres)之专业化的蜕变历程。韦勒克在反思比较文学的名称与实质时也追溯了文学的发展:"'文学'这个词在使用上指称所有的文学作品,这是我们所说的多种意义之一,这种用法在18世纪很快就被民族化和本土化了。它被运用到法国、德国、意大利和威尼斯文学,几乎同时,这个术语经常失去原先广泛的含义,变成狭义的文学,即我们今天所言称的'想象的文学'、诗歌和想象的、虚构的散文。"③韦勒克所言称的"广义的文学"就是我们所说的"大文学",其所言称的"狭义的文学"即是我们所说的"纯文学"。

在中外文学发展史上,文学的内涵与外延已随着学科意识的职业化大大缩小,仅限于指涉审美意识形态的文学创作及文学作品了,即纯文学。因此,如果我们首先从中国古代文学史或文学原理等其他学科那里获取了关于文学这一概念的前理解(pre-understanding),带着这种前理解再走进比较文学空间,就不一定

---

① 参见《新韦伯斯特国际大百科全书》(*The New Webster's International Encyclopedia* Trident Press, 1998, p.641.)。

② 《艺概》,(清)刘熙载,上海古籍出版社1978年版,第36页。

③ [美]雷纳·韦勒克:《比较文学的名称与实质》(René Wellek, "The Name and Nature of Comparative Literature"),见于[美]雷纳·韦勒克:《鉴别:续批评的诸种概念》(René Wellek, *Discriminations: Further Concepts of Criticism*, New Haven and London: Yale University Press, 1970, pp.5-6.)。

能够从比较文学的字面上获取与这一学科性质相吻合的理解。其实,这一困惑在英语"literature"的字面意义提取上,也是如此。这就是韦勒克在讨论比较文学的名称与实质时,为什么借伏尔泰在《哲学辞典》中关于文学的定义,指出"伏尔泰把'文学'与'纯文学'(la belle littérature)加以区别"。①

第二,准确地讲,比较文学的"文学"既不是指宽泛的"大文学",也不是指"纯文学",而是指文学研究。综上所述,首先,比较文学在学科概念上把文学创作及文学作品排除在外,只是纯粹的文学研究;这种文学研究不同于国族文学研究,是在跨民族、跨语言、跨文化、跨国界与跨学科的意义上完成的。其次,从目前国际与国内比较文学研究正在发展的主流态势来看,比较文学正在从文学研究向文化研究的领域扩展,因为随着当下全球经济一体化的倾向及后工业文明高科技电子传媒对整个地球村的覆盖,东西方文化对话与交流的频度愈发的加快,所以比较文学的研究视野透过审美的文学形式,分析、讨论东西方文学背后的文化交流与文化对话,已成为重要而有效的研究走向。并且对文学现象的读解与剖析也要求研究主体深入到产生文学现象的文化大背景中,去挖掘更为深刻的材料价值内涵、美学价值内涵与阐释价值内涵。因此在比较文学领域中,文学研究与文化研究有着相当密切的交叉性。有些学者认为比较文学的文学研究有一种向文化研究"泛化"的倾向而远离"文学",其实,在本学科的特定视域下,比较文学的"文学"研究必须扩展和深化到一定程度上的文化研究领域中去完成自身的工作,我们从金丝燕的博士论文的命题《文学接受与文化过滤:中国对法国象征主义诗歌的接受》就可以感受到这种学科意识。② 从21世纪以来国际比较文学发展的态势来看,比较文学

---

① [美]雷纳·韦勒克:《比较文学的名称与实质》(René Wellek,"The Name and Nature of Comparative Literature"),见于[美]雷纳·韦勒克:《鉴别:续批评的诸种概念》(René Wellek, *Discriminations: Further Concepts of Criticism*, New Haven and London: Yale University Press, 1970, p.9.)。韦勒克在此句中所表述的"文学"是指与"纯文学"相对立的"大文学"概念。

② 金丝燕为法国巴黎索尔邦(Sorbonne)大学(巴黎四大)比较文学博士。《文学接受与文化过滤:中国对法国象征主义诗歌的接受》是她的博士论文中的一个部分,由中国人民大学出版社1994年出版。

研究走向文化研究已成为一个重要的研究方向。

因此,比较文学的文学研究是不同于民族文学研究或国族文学研究的,其他文学研究方向对文学这一概念的理解往往已经形成了自身特定的研究视域,并有着自身的研究范围与学科边界,倘若用其他文学研究方向的研究视域来理解或要求比较文学,这样必然因对"文学"这一概念的不同需要和不同定义,而引起对比较文学这一学科方向的不同误解与争议。

上述我们对"比较"与"文学"这两个概念进行了语言分析,不难见出,比较文学这一学科概念的字面意义与这一学科的研究性质是有一定差异性的,的确名不副实。关于这种现象,除了比较文学这一学科内部在发展中所存在的种种历史原因之外,对比较文学这一学科在字面上的误读,其也往往来自于这一学科的外部原因。从学科发展史上来讲,比较文学这个概念虽然在字面上名不副实,然而作为一个学科一旦成立,并且建立了近两百年的学术发展史,我们就应该在学术界约定俗成的定义下,透过字面的意义去准确地理解这一学科概念的内涵,这样才可以把握比较文学。

**思考题:**

1. 思考比较文学的"比较"这个词语在东西方语境下容易使初学者产生误读的语言修辞原因。

2. 思考比较文学的"文学"这个概念在东西方语境下容易被初学者误读的语言修辞原因。

3. 请对"比较"和"文学"这两个概念进行语法修辞上的分析,指出把"比较文学"误读为"文学比较"的原因。

4. 为什么正确地理解比较文学这一学科概念的字面意义,对掌握这一学科的基础原理和规范的学科意识是至关重要的?

5. 为什么说汉语"比较文学"从字面上提取意义的误读与困惑,也是这个概念在印欧语系下的本然所属,其并不完全是东方汉语比较文学界本身的错误?

**参考书目:**

1.《比较文学:名称与实质》,[法]巴尔登斯伯格著,见于《比较文学研究译文集》,干永昌等编选,上海译文出版社1985年版。

2.《我们:从何来,是什么,去何方——比较文学的永久危机》,[美]乌尔利希·韦斯坦因著,见于《新概念·新方法·新探索——当代西方比较文学论文选》,孙景尧选编,漓江出版社1987年版。

3.《什么是比较文学》,李赋宁著,见于《国外文学》1981年第1期。

## 第二节 比较文学重要概念的介绍及其定义分析

### 1. 法国学派关于比较文学概念的定义

我们从语言修辞的视角阐释了"比较"与"文学"这两个概念在比较文学这一学科领域中自身含有的学理意义。那么,怎样给比较文学下定义呢?我们在这里不应该直接给出这个概念的定义,应该分析比较文学发展史上重要学者对这一概念在不同历史时期及不同学术语境下所给出的不同定义,这样才有利于初学者从发展与开放的视域对比较文学做学理意义上的把握。因为,在比较文学发展史上,因文化所属的地域不同、学派不同,对比较文学这一学科的定义有着相当的差异性,并且争议相当激烈。

叶燮在《原诗·内篇》曾就诗的发展有过一句精致的短言:"诗始于《三百篇》,而规模体具于汉。……其学无穷,其理日出。乃知诗之为道,未有一日不相续相禅而或息者也。"①在这一表述中,"道"是指理念,扩而展之地说,诗的理念随着时代的发展而发展。以古鉴今,比较文学这一学科的理念在差异性与争议性中的存在也是正常的,是合乎历史发展逻辑的。的确,比较文学崛起之后应顺着时代的脉律在发展,其自身学科意识的逐渐完善正是在差异性与争议性中走向成熟的,并在20世纪末开始表现出归向学科意识趋同的总体迹象。这种趋同迹象说明交流在加大、世界在缩小,世纪转折前后的中外学者在普遍主义的视域下基本上就比较文学的学科概念、学科意识与学科界限可以达成一个相互可以接受的宏观默契。近些年来,中外学者在比较文学的学科概念上求同存异,这也是他们可以多次在国际比较文学研讨会的名义下共同走

---

① 《原诗》,(清)叶燮著,霍松林校注,人民文学出版社1979年版,第3页。

到一起来的学术文化背景。

法国是比较文学的创生地,我们对国际学术界关于比较文学定义的追溯,应该首先到法国学者那里去开展我们的反思。在法国学派中,较早给出相对完整定义的学者是梵·第根。梵·第根在《比较文学论》中认为:

> 真正的"比较文学"的特质,正如一切历史科学的特质一样,是把尽可能多的来源不同的事实采纳在一起,以便充分地把每一个事实加以解释;是扩大认识的基础,以便找到尽可能多的种种结果的原因。总之,"比较"这两个字应该摆脱了全部美学的含义,而取得一个科学的含义的。而那对于用不同的语言文字写的两种或许多种书籍、场面、主题或文章等所有的同点和异点的考察,只是那使我们可以发现一种影响,一种假借,以及其他等等,并因而使我们可以局部地用一个作品解释另一个作品的必然的出发点而已。①

准确地讲,梵·第根在这里关于"比较文学的特质"的定义,在学术语言的表述上具有一定的描述性。因为对一个概念的界说应该使用定义性语言而不是描述性语言。但是,我们已经可以从中提取梵·第根关于比较文学定义的五个层面的重要理论特征:1. 比较文学研究应该基于来源不同事实的采纳;2. 比较文学拒斥没有事实联系的纯粹的美学评价;3. 比较文学研究是跨两种语言以上完成的;4. 比较文学是研究不同语境下之文学现象的共同性与差异性;5. 归根结底比较文学是影响研究。梵·第根关于比较文学的描述性定义表明了法国学派于研究方法论上对比较文学的基本要求,需要补充一点的是,梵·第根关于比较文学的定义也是为了促进法国民族文学史的研究,因为当时的法国民族文学在影响与接受两个层面与其他民族文学有着历史的往来与互动。

在这里,让我们对梵·第根及其法国学派的研究方法做一次总体意义上的分析,以便把握其重要的理论特征。梵·第根主张比较文学研究基于来源不同的事实采纳,在方法论上要求比较文学研究必须是在文献学与考据学的实证主义基础上展开的,这一

---

① 《比较文学论》,[法]梵·第根著,戴望舒译,商务印书馆 1937 年版,第 17—18 页。当时戴望舒在《比较文学论》一书把作者名"P. Van Tieghem"翻译为"提格亨",现按当下学术界约定俗成,重标作者名为"梵·第根"。

点反映了当时法国学派受法国哲学家孔德(Auguste Comte)实证主义哲学的影响。例如,把英国诗人拜伦与俄罗斯诗人普希金同时带入到比较文学领域中进行研究时,关于这两位诗人及其作品的比较研究必须是在影响的材料实证上展开的,即一方是放送者,一方是接受者,并且这种放送与接受的经过路线作为影响要在材料上能够被实证。也就是说,在梵·第根定义的比较文学的概念下,拜伦与普希金的比较研究能否成立,在于两者之间是否有直接的文献事实联系,并能否找得到在实证上可以被发现的具体材料,否则就不能够成立。也正是在这个意义上,梵·第根关于比较文学的定义把没有事实联系的纯粹美学评价拒斥于比较文学研究之外了。

法国学派的影响研究崇尚文献与考据,在方法论上与中国清代乾嘉学派崇尚的经学或朴学有着共同的研究性质,所不同的是乾嘉学派是在中国本土之国族文学研究意义上成立自己的考据方法,而法国学派崇尚的材料实证是在跨越两种语言以上的语际文化之间所完成的文献研究。还有一个最重要的差异是法国学派的实证主义建基于当时欧洲科学主义的发展,即科学的求证方法把文学研究带向了唯历史主义的实证,而清代乾嘉学派的实证主义是在学术思想上屈服于清代封建话语权力之文字狱的结果。可以说,跨语言研究是梵·第根从文献实证对比较文学进行定义,以其区分国族文学研究的一个关键。

需要指明的是,一门学科的成熟迹象必然呈现在这一学科定义的不断发展中。梵·第根的定义在伽列(J. M. Carré)那里被进一步得到了丰富。伽列在为基亚《比较文学》第一版所作的《序言》中,曾给比较文学下过一个定义:

> 比较文学是文学史的一支;它研究拜伦与普希金、歌德与卡莱尔、瓦尔特·司各特与维尼之间,在属于一种以上文学背景的不同作品、不同构思以至不同作家的生平之间所曾存在过的跨国度的精神交往与事实联系。[1]

---

[1] 《〈比较文学〉初版序言》,[法] J. M. 伽列著,见于《比较文学研究资料》,北京师范大学中文系比较文学研究组选编,北京师范大学出版社 1986 年版,第 43 页。"伽列"(J. M. Carré)也被其他学者在不同的译文中翻译为"卡雷"或"加雷",本教材统一为"伽列"。

伽列的定义并不见得比梵·第根全面,但是,伽列更为明确地指出了比较文学隶属于文学史。需要引起初学者注意的是,在这一定义中,伽列即把比较文学从文学创作及文学作品中界分了出来,以说明比较文学在学科意识及学科界限上归属文学研究。因为,文学研究在学理上含文学史、文学批评与文学理论三个层面,即如韦勒克所言:"文学研究中的三个主要分支——文学史、文学理论和文学批评——是互相包容的,正如民族文学研究不可能脱离文学的整体研究一样。"①也就是说,"比较文学"的"文学"既不是指宽泛的"大文学",也不是指"纯文学",仅是指文学研究;确切地说,此处文学研究仅仅指涉文学史这个层面。并且,这种文学研究的对象是"国际间的精神关系",这种国际间的精神关系必须是能够被文献与考据所证明了的材料事实联系。

需要进一步分析的是,什么是国际间的精神关系?文学是显现在话语中的审美意识形态,是一种审美的精神现象。不同国族的作家栖居于各自的文化语境下进行文学创作,当他们的文学行动与文学视域跨越了本土的语言、文化,与他者语言、文化产生了互动的影响与接受时,两种语言、两种文化与两种民族之间的文学交流就结构成了国际间的精神关系。所以,国际间的精神关系特指不同语境下作家跨语言、跨民族、跨文化与跨国界的文学交流关系。在伽列看来,比较文学的"比较"就在于研究国际间的文学交流关系。关于这一点,基亚在《比较文学》的第二章《对象与方法》给予进一步的明确:

> 我们曾说过,比较文学就是国际文学的关系史。比较文学工作者站在语言的或民族的边缘,注视着两种或多种文学之间在题材、思想、书籍或感情方面的彼此渗透。因此,他的工作方法就要与其研究内容的多样性相适应。②

如果说,在伽列的定义那里,比较文学还被强调在文学史的维度上,而

---

① [美]雷纳·韦勒克:《比较文学的名称与实质》(René Wellek, "The Name and Nature of Comparative Literature"),见于[美]雷纳·韦勒克:《鉴别:续批评的诸种概念》(René Wellek, *Discriminations: Further Concepts of Criticism*, New Haven and London: Yale University Press, 1970, p. 20.)。

② 《比较文学》,[法]基亚著,颜保译,北京大学出版社1983年版,第4页。

在基亚的定义这里,比较文学已经被明确定义为国际文学关系史了。

法国学术界曾是比较文学研究的重镇,从我们对法国比较文学界三位重要学者关于比较文学定义的综述来看,法国学派的定义拥有他们自身研究的特点,但也正是在其自身的研究特点中表现出研究视域的局限性。

第一,法国学派把比较文学定义为国际文学关系史,一方面强调了比较文学不同于国族文学,其学科的研究特点在于跨语言、跨民族、跨文化与跨国界的开放性;但是,另一方面在强调"比较文学是国际文学关系史"的表述下,法国学派潜藏着一种以法国为中心的文化沙文主义倾向。因为法国学派定义的比较文学研究,在具体的操作方法上,主张把自己作为文化或文学影响的放送者,进而从材料上求证出"经过路线",以研究其他周边民族文学或国族文学对自身的接受。法国学派关于比较文学的定义的确突破了国族文学的研究界线,呈现出一种国际学术视域的开放性,但是,在这种开放性中却透露出一种封闭的民族主义心理,在这里我们也可以触摸到法国曾作为一个老牌殖民主义国家其文化扩张心理在比较文学研究中的折射。

第二,从一方面来分析,梵·第根及法国学派拒绝把美学作为一种方法论带入比较文学的研究中去,严格地讲,这的确有效地清理了从表面上的相似性对两种不同语言文化背景下作家、作品同时进行硬性类比的文学比较,表现出一种严谨的学术风格。如我们从文献实证的考据研究中国古代文学与日本小说《源氏物语》之间影响与接受的关系,无疑,这种视角是法国学派定义下的比较文学所主张的一种研究典范,学术界对此没有争议。但是,我们仅从美学的视角抽象地对中国小说《红楼梦》与日本小说《源氏物语》进行表面上相似性的类比,在人物形象、情节叙事等方面寻求现象上的类似性,如果操作不恰当,这种类比很可能落入拉郎配的硬性比较中,其结果是把比较文学误置于文学比较中了。从另一方面来分析,梵·第根及法国学派拒绝把美学作为一种方法论带入比较文学的研究,这也大大缩小了比较文学的研究视域,实际上,也否定了比较文学研究从美学的高度对两种不同语言文化背景下没有事实关系的作家、作品同时进行汇通性价值批评的可能性。这无疑是一种偏执。

在这里需要说明的是,法国学派之所以偏重从文学史的角度给比较文学下定义,这与法国学派在哲学的层面上崇尚唯事实主义(factualism)、唯科学主义(scientism)与唯历史主义(historicism)有着密切的学缘关系。因为,不同于文学批评与文学理论从美学的思辨维度拓开自己的价值阐释,文学史的研究与建构更要求研究主体从文学发展的事实与材料来完成文献学与考据学意义上的研究与描述。

**2. 美国学派关于比较文学概念的定义**

任何一门人文学科在基本原理上给自身的学科概念下定义时,都应该寻求一个相对客观、科学与自洽的语言表达式,比较文学不同于在本土文化语境下展开的国族文学研究,其作为一门国际性学科在这一点上就显得更为重要且更为困难了。比较文学定义的给出更需要真正延展到国际学术的宏观视域下,从而体现出相对的客观性、科学性与自洽性。尤其到了第二次世界大战之后,随着国际学术界对话、交流的频度加快,法国学派的定义愈发表现出明显的地域性及狭隘性,以至于无法满足国际比较文学界在发展中关于比较文学这一学科定义的公共要求。这就是美国学者韦勒克1958年在《比较文学的危机》一文中所指出的:"我认为巴尔登斯伯格、梵·第根、伽列和基亚提出的纲领声明还没有解决这个基本任务。他们把陈旧的方法论强加于比较文学研究,把比较文学置放于19世纪唯事实主义、唯学科主义和唯历史相对论的死亡之手。"①这篇文章以精深的论战性表现了美国学者第一次直面法国学派的挑战,堪称初学者了解美国学派的经典文章,但是,韦勒克在这篇文章中并没有给比较文学下一个严格的定义。1962年美国学界出版了第一部比较文学论文集《比较文学的方法和观点》,该论文集载有美国印第安纳大学教授亨利·雷马克(Henry H. H. Remak)《比较文学的定义和功用》("Comparative Literature, Its

---

① [美]雷纳·韦勒克:《比较文学的危机》(René Wellek, "The Crisis of Comparative Literature"),见于[美]雷纳·韦勒克:《批评的诸种概念》(René Wellek, *Concepts of Criticism*, New Haven and London: Yale University Press, 1963, p.282.)。

Definition and Function")一文,雷马克在这篇文章中阐明了美国学派的观点,对比较文学给出了自己的定义:

> 比较文学是超出一个特定国家(country)界限之外的文学研究,一方面研究文学与其他知识、信仰领域之间的种种关系(relationships),另一方面包括艺术(绘画、雕塑、建筑、音乐)、哲学、历史、社会科学(如政治、经济、社会学)、科学、宗教等等。简而言之,比较文学是一国文学与另一国或多国文学的比较,是文学与人类其他表现领域的比较。①

从比较文学定义的发展史来看,雷马克的这个定义较之于法国学派有着相当的差异性。

第一,雷马克认定比较文学是文学研究。从表象上来看,雷马克在这一观点上似乎与法国学派是打通的,但是,从雷马克在这篇文章中的进一步论述来分析,他在言称比较文学是文学研究时,其中潜含着自己的另一种理解:"如果影响研究在范围上仅贯注于查找与证明一种影响的存在,那么这种影响研究可能遮蔽更重要的艺术理解和评价的问题",②他所言称的文学研究不是指涉文学史,而是指涉文学批评与文学理论。我们在上述曾指明,文学研究涵盖文学史、文学批评与文学理论三个学理层面。法国学派与美国学派在表面上同时把比较文学定义为文学研究时,恰恰在文学研究的内部又走向分道扬镳。法国学派把比较文学定义到文学研究的文学史层面上,在方法论上崇尚文献学与考据学;而美国学派把比较文学定义到文学研究的文学批评与文学理论层面上,在方法论上崇尚美学与文学批评,在这一方法论上,美国学派对法国学派的批评有着自身明确的理论,韦勒克认为:"比较文学不能只限定在文学史中而把文学批评与当代文学排除在外。"③而在《比较文学

---

① [美]亨利·雷马克:《比较文学的定义和功用》(Henry H. H. Remak, "Comparative Literature, Its Definition and Function"),见于[美]牛顿·P. 斯多克奈茨、赫斯特·弗伦茨:《比较文学:方法与视域》(Newton P. Stallknecht and Horst Frenz, *Comparative Literature: Method and Perspective*, Southern Illinois University Press, 1961, p. 3.)。

② Ibid.

③ [美]雷纳·韦勒克:《比较文学的名称与实质》(René Wellek, "The Name and Nature of Comparative Literature"),见于[美]雷纳·韦勒克:《鉴别:续批评的诸种概念》(René Wellek, *Discriminations: Further Concepts of Criticism*, New Haven and London: Yale University Press, 1970, p. 20.)。

与文学理论》一书中,韦斯坦因的表述则更有相当的代表性:"如果文学研究降格为一种纯粹的材料堆砌,那就丧失了它的神圣性,因此文学作品的美学特征就不再被看重了。"①对于初学者来说,理解这一点很关键,因为只有理解了双方在文学研究内部的分庭抗礼,才可能更准确地理解美国学派怎样以平行研究来区别于法国学派的影响研究。

第二,雷马克认为比较文学研究是跨越两种国家文学以上而完成的,因为比较文学是"超出一国范围之外"的文学研究。关于这一点,雷马克与法国学派似乎是打通的。但是必须指明的是,雷马克关于"超出一国范围之外"的提法在学理上不是完全准确的。因为国家是一个政治地域概念,跨国家并不等于跨民族、跨语言与跨文化。从国家发展史来看,美国是一个由世界多国移民整合的新兴国家,由于特定的国家组成结构,在这方地域上,国家意识远远重于民族意识;其实我们可以理解,雷马克在这种思维惯性下企图以"超出一国范围之外"的国家概念来界说比较文学的跨民族、跨语言与跨文化的研究性质,但在学理上不准确。关于这个问题,我们在下面介绍"民族文学""国族文学"与解释"五个跨越"时将集中讨论。

第三,雷马克的定义与法国学派最大的差异性在于明确地把比较文学研究的界限延展到其他相关的学科中去,认为比较文学研究文学与其他知识与信仰领域之间的关系,这样大大地拓宽了比较文学的研究视域。学科之间的交叉研究被称之为科际整合(interdiscipline)。因此在科际整合的理论视域下,追寻文学与艺术、哲学、宗教、心理学等其他学科之间的关系所交叉的共性,成为比较文学跨学科研究的一个重要方法论。

严格地讲,雷马克的定义没有在全面的意义上说明美国学派对于比较文学所赋予的意义,1970年韦勒克在另外一篇文章《比较文学的名称与实质》中对比较文学这一概念的定义进行了丰富:

> 比较文学将从一种国际的视域研究所有的文学,在研究中有意识地

---

① [美]乌尔利希·韦斯坦因:《比较文学与文学理论》(Ulrich Weisstein, *Comparative Literature and Literary Theory*, Bloomington and London: Indiana University Press, 1973, p.4.)。

把一切文学创作与经验作为一个整体。在这种观念中(这是我的观念),比较文学就与独立于语言学、人种学和政治范围之外的文学研究完全相等。比较文学不能够限定于一种方法,在比较文学的话语中除了比较之外,还可以有描写、特征陈述、转写、叙述、解释、评价等。比较也不能仅仅局限在历史的事实联系中。正如最近语言学家的经验向文学研究者表明的那样,比较的价值既存在于事实联系的影响研究中,也存在于毫无历史关系的语言现象或类型的平行比较中。①

我们注意到,韦勒克的定义与梵·第根关于"比较文学的特质"的定义一样,在学术语言的表述上也具有一定的描述性。但是,我们可以从中提取韦勒克关于比较文学定义的五个层面的重要理论特征:1.比较文学研究应该从国际学术视域研究所有的文学;2.比较文学属于文学研究;3.比较文学应该自觉地把文学创作与经验作为一个整体来研究;4.比较文学不局限于有事实联系的影响研究,应该从美学与批评的高度对毫无历史关系的文学现象进行类型的平行比较研究,追问两者之间的美学价值关系;5.在法国学派影响研究的文献与考据方法之外,具体给出了平行研究的方法:描写、重点陈述、转述、叙述、解释与评价等。

如果把梵·第根与韦勒克两位重要学者关于比较文学的描述性定义置放在比较的视域中,对法国学派与美国学派进行双向的汇通性透视,我们可以总纳出一个共通点,两者把比较文学定位在从"国际学术视域"进行"文学研究"这两点上,是达成共识的。当然在"国际学术视域"这一概念下包含着跨语言、跨民族、跨文化与跨国界四个层面的意义。如果我们假借上述梵·第根的定义所言:比较文学是"对于用不同的语言文字写的两种或许多种书籍、场面、主题或文章等所有的同点和异点的考察",在这里我们可以给出一个转喻性的评价:其实这种共识也是在法国学派与美国学派之差异性(异点)中保留的共同性(同点)。由此可见,从"国际学术视域"进行"文学研究"这一理论特征,是比较文学在国际学术界被公认且不可撼动的内质之一。那么,法国学派与美国学派在比

---

① [美]雷纳·韦勒克:《比较文学的名称与实质》(René Wellek, "The Name and Nature of Comparative literature"),见于[美]雷纳·韦勒克:《鉴别:续批评的诸种概念》(René Wellek, *Discriminations*: *Further Concepts of Criticism*, New Haven and London: Yale University Press, 1970, p.19.)。

较文学定义方面所持有的最大争议在于:法国学派主张影响研究,美国学派主张平行研究;法国学派的理论背景是孔德的实证主义,实证主义要求把文学现象还原为具体的文献材料,美国学派的理论背景是英美新批评,新批评要求把文学视为一个自洽的美学价值系统;梵·第根主张比较文学研究拒斥美学,以凸显比较文学研究的实证性与科学性,以削弱其文学性与审美性,韦勒克和雷马克虽然并没有直接提及美学,但是他们主张把文学批评作为比较文学研究的主流方法,这样就凸显了比较文学研究的文学性与审美性,所以在美国学派的比较文学研究观念中,美学与文学批评成为从抽象的价值判断高度同时对不同国族文学进行体系化研究的方法论。另外,美国学派还提出了超越文学领域之外的跨学科研究,主张研究文学与其他相关学科之间的学理性关系。

其实,在学科发展史上,每一门学科在自身内部都经历了崛起、发展、争议、整合与成熟的历程,在这一点上比较文学与其他学科是一样的。法国学派与美国学派就比较文学学科概念定义之间的争议的确呈现出相当大的学术张力;但是,随着比较文学研究者在国际学术空间中的进一步对话与沟通,法美两派就比较文学概念的定义在研究视域上也逐渐呈现出一种相互接受的整合迹象。法国学者布吕奈尔在《什么是比较文学》一书中首先给出"比较文学是有条理的艺术,是对类似、亲族和影响关系的研究"的表述,[1]但他又认为"比较文学是从历史、批评和哲学的角度,对不同语言间或不同文化间的文学现象进行的分析性描述、条理性和区别性对比和综合性说明,目的是为了更好地理解作为人类精神的特殊功能的文学",[2]布吕奈尔最终还是接受了把批评与哲学的理论视域及价值判断带入比较文学研究。美国学者唐纳德·A.吉布斯在给比较文学下定义时,把法国学派与美国学派打通,整合出一个崭新的表述:

  比较文学就是超越了单一的民族文学范围的文学研究,而它主要关心的是不同的文学之间的实际联系:它们的起源、影响,传播媒介等,始

---

[1] 《什么是比较文学》,[法]布吕奈尔、比叔瓦、卢梭著,葛雷、张连奎译,北京大学出版社1989年版,第228页。

[2] 同上书,第229页。

> 终围着关系这个题目。然而比较文学也包含这样一种内容:对互相之间毫无联系的文学进行比较。①

严格地讲,从比较文学的学科国际性来定位,不同于民族文学或国族文学的是,比较文学应该是一门秉有相对宽容性与敞开性的学科,在这种相对宽容的敞开中又有自身相对严谨的学理体系;然而比较文学绝对不能够因为它的国际性、宽容性与敞开性而丧失它的学科边界及学科理论,成为谁来都行、怎么都行的文学比较;只有严肃比较文学的学科性质,比较文学才可能成为一方具有学术规范的国际公共学术研究领域,以接纳来自各民族文化背景下操用各种语言的比较文学研究者。

严格地讲,任何一本作为学科基本原理的教材对本学科概念下定义时,都应该首先从学科概念定义的发展史角度做一次追溯与反思,这对初学者从更深的层面上深入浅出地把握本学科的概念有着重要的方法论意义。在比较文学发展史上,中国学派、苏联学者与日本学者就比较文学概念的定义也有着重要的表述,但从总体上来考察,他们的定义及其理论建构还是建基于法国学派与美国学派而完成的,②美国学者李达三(John J. Deeney)在《比较文学中国学派》一文曾指明:"受到中国古代哲学的启示,中国学派采取的是不偏不倚的态度。它是针对目前盛行的两种比较文学学派——法国学派与美国学派——而起的一种变通之道。"③我们认为李达三的表述是中肯的、准确的,举一反三,苏联学者与日本学者也是如此。

**思考题:**

1. 简述法国学派关于比较文学概念定义的基本理论、学术背景及局限性。

---

① 《阿布拉姆斯艺术四要素与中国古代文论》,[美]唐纳德·A.吉布斯著,龚文庠译,见于《比较文学译文集》,张隆溪选编,北京大学出版社1982年版,第205页。

② 俄苏学者与日本学者等关于比较文学概念的定义也有着自己的理论,但是从总体上来看,他们的理论也是建基于法国学派与美国学派之上的,因此在这里我们将不再把他们的定义提出来做专门的理论分析。

③ 《比较文学中国学派》,[美]李达三著,见于《中外比较文学的里程碑》,李达三、罗钢主编,人民文学出版社1997年版,第4页。

2. 简述美国学派关于比较文学概念定义的基本理论、学术背景及局限性。

3. 法国学派与美国学派都把比较文学定义到文学研究的层面上,但这两大学派在文学研究的内部又表现出怎样的差异性?

4. 简述法国学派与美国学派关于比较文学概念定义的共通性与差异性。

**参考书目:**

1. 《比较文学论》,[法]梵·第根著,戴望舒译,商务印书馆1937年版。

2. [美]亨利·雷马克:《比较文学的定义和功用》(Henry H. H. Remak, "Comparative Literature, Its Definition and Function"),见于[美]牛顿·P. 斯多克奈茨、赫斯特·弗伦茨:《比较文学:方法与视域》( Newton P. Stallknecht and Horst Frenz, *Comparative Literature*：*Method and Perspective*, Southern Illinois University Press, 1961.),可参考张隆溪的中文翻译,见于《比较文学文集》,张隆溪选编,北京大学出版社1982年版。

3. [美]雷纳·韦勒克:《比较文学的危机》(René Wellek, "The Crisis of Comparative Literature"),见于[美]雷纳·韦勒克:《批评的诸种概念》(René Wellek, *Concepts of Criticism*, New Haven and London：Yale University Press, 1963.),可参考沈于的中文翻译,见于《比较文学文集》,张隆溪选编,北京大学出版社1982年版。

4. [美]雷纳·韦勒克:《比较文学的名称与实质》(René Wellek, "The Name and Nature of Comparative Literature"),见于[美]雷纳·韦勒克:《鉴别:续批评的诸种概念》(René Wellek, *Discriminations*：*Further Concepts of Criticism*, New Haven and London：Yale University Press, 1970.),可参考黄源深的中文翻译,见于《比较文学研究译文集》,干永昌等选编,上海译文出版社1985年版。

5. 《什么是比较文学》,[法]布吕奈尔、比叔瓦、卢梭著,葛雷、张连奎译,北京大学出版社1989年版。

6. [美]乌尔利希·韦斯坦因:《比较文学与文学理论》(Ulrich

Weisstein, *Comparative Literature and Literary Theory*, Bloomington and London: Indiana University Press, 1973.)。也可以参考刘象愚的中文翻译本《比较文学与文学理论》,辽宁人民出版社1987年版。

## 第三节 比较文学的学科特征

### 1. 比较文学学科身份的成立在于主体定位

在上面一节中,我们对法国学派与美国学派关于比较文学概念的不同定义进行了理论上的总纳性分析,这一总纳性分析主要是为了我们在汉语语境下给比较文学下定义做背景上的铺垫。下面在逻辑上我们应该递进一步了解的是:比较文学的学科特征。

如果把比较文学与民族文学或国族文学作一次汇通性透视的话,我们可以给出这样一个比较的理论表达式:比较文学学科身份的成立在于主体定位,这是比较文学的学科特征之一,而国族文学学科身份的成立在于客体定位。

首先,让我们从对国族文学在学科身份上成立的客体定位做一次阐释,为简便而准确地理解比较文学学科身份成立的主体定位铺垫一个参照背景。民族文学是从一个民族共同的血缘观念来成立其学科身份的,如汉族文学、藏族文学与乌克兰族文学等,国族文学是从一个国家共同的政治地域观念来成立其学科身份的,如中国文学、美国文学与苏联文学等,这些多民族组成的国家,严格地讲,民族文学与国族文学是两个不同的学科概念。从学理与定义上来剖解,这两个不同的学科概念作为能指,它们所指称的文学现象——所指,作为学科身份的成立是由客体本身存在的时间与空间条件所定位的。

文学研究包含研究主体与研究客体两个方面,研究主体是指从事学术研究的学者,研究客体是指从事学术研究之学者所研究的对象,如中国文学、英国文学等与汉族文学、藏族文学等。文学研究之所以定位于民族文学或国族文学,完全是依凭该学科自身在历史上客观存在的时空条件而成立的。比如中国文学在中国历史的时间坐标系上经历了从上古到当下五千年的发展史,又是由发生与栖居于中国地理空间中的历代作家、作品、思潮与流派所构成;中国是一个多民族国家,中国文学这个概念应该属于国族文学,较之于比较文学所不同的是,中国文学作为研究客体其所存在的时间与空间是该学科在国族文学身份上赖以成立且定位的客观条件,其不以研究主体的介入而改变其学科身份。民族文学也是如此,如藏族文学的学科身份也由它自身发展所经历的时空条件所定位。通过上述分析,我们可以明确,民族文学与国族文学在学科身份上的成立是完全基于研究客体而定位的。

而比较文学在学科身份上的成立恰恰是基于研究主体而定位的。因为比较文学研究者作为研究主体,他们所面对的研究客体不是这种一元的、纯粹的民族文学或国族文学,可以统称为国族文学,而是介于两种国族文学之间或介于文学与其他学科之间的二元关系。关于这一点,梵·第根在《比较文学论》中言称的非常清楚:

> 地道的比较文学最通常研究着那些只在两个因子间的"二元的"关系;这些因子或者是作品,或者是作家,或者是作品或人的集团;这些关系则是关于艺术作品的实质或内容的。①

这种二元关系是依据主体——研究者对两种语言文学之间或文学与其他学科之间的汇通性比较研究而成立的,这种二元关系不可能在客观上完全从属于两种语言文学之间的任何一方,也不可能在客观上完全隶属于文学与其他学科两者之间的任何一方。因此,主体的介入对双方学理关系的追寻有着重要的决定性意义。

1980年,乐黛云在《北京大学学报》第三期发表了《尼采与中国现代文学》一文,这篇文章是"文革"结束以后,最早以自觉的比较文学研究视域讨论西方与中国现代文学之关系的典范文章。在这篇文章中,乐黛云透视了西方尼采与中国现代作家鲁迅、茅盾、郭沫若之间影响与接受的学理关系。乐黛云认为,在中国现代文学史上,尼采最早是被作为文学家而译介到中国来的,尼采在中国文学界的影响比其在中国哲学界的影响要深远得多。乐黛云在文章中具体论述了尼采与鲁迅之间的关系:"鲁迅与尼采思想上的联系

---

① 《比较文学论》,[法]梵·第根著,戴望舒译,商务印书馆1937年版,第202页。

是显而易见的,把鲁迅贸然概括为'托尼学说,魏晋文章',尊为'中国的尼采'固然不对,但无视这种联系,或把这种联系说成是出于鲁迅的错误或弱点或不幸,认为尼采对鲁迅只能是消极或反动影响,甚至把鲁迅与尼采分明一致的地方也说成是对尼采的批判,这也并不符合历史事实。"①

如果乐黛云没有作为一位研究主体而同时介入尼采与鲁迅,没有以自身的汇通性比较研究整合双方的学理关系,仅孤立地从一元的视角分别来研究国族文学意义上的尼采与鲁迅,那么,尼采与鲁迅仍是在国族文学研究的领域中成立各自的身份。这篇文章是乐黛云在1980年所撰写的,这篇文章之所以能够成为那个时代比较文学研究方向下的开拓性文章,为中国现代文学研究提供了一个崭新的国际性视域,就在于研究主体带着比较视域对双方之间学理关系进行了汇通性的追问。也就是说,乐黛云作为比较文学研究的主体,她所面对的研究客体不再是国族文学意义上的尼采或鲁迅了,而是两者之间的二元学理关系,这种二元学理关系是由于主体定位而成立的。

由于高校中文系与外语系的本科生在读期间对文学现象及文学史的接受,基本上是在国族文学的学科身份下完成的,因此能够从学科视域上明晰这一点,对于准确地把握比较文学的学科意识与学科身份来说是非常重要的。一旦把握到了准确的比较文学的学科意识与学科身份,再度看视以下学者在他们的讲座、专著与文章中给出的命题,我们所收获的意义就不再是那种一元的国族文学的学术感觉了,如法国学者戴克斯特(Joseph Texte)的学术讲座《文艺复兴以来日耳曼文学对法国文学的影响》,法国学者巴尔登斯伯格的著作《歌德在法国》,中国学者宗白华的文章《中国诗画中所表现的空间意识》,中国学者范存忠的文章《〈赵氏孤儿〉杂剧在启蒙时期的英国》、中国学者严绍璗的文章《日本古代小说的产生与中国文学的关联》与中国学者周英雄的文章《憃教官与李尔

---

① 《尼采与中国现代文学》,乐黛云著,见于《当代名家学术思想文库·乐黛云卷》,乐黛云著,北方联合出版传媒(集团)股份有限公司万卷出版公司2010年版,第240页。

王》。① 从这些命题上,我们可以感受到命题者在两种国族文学之间或文学与其他学科两者之间捕捉到的学理关系的张力,以及这种学理关系张力因研究主体的介入,所超越民族文学、国族文学和单一学科的态势。当然这种张力必须是建构在双方共同的学理关系之间的。

**2. 比较文学的研究客体:学理关系及其三种类型的意义**

上述我们曾说明,文学研究包含研究主体与研究客体两个方面,研究客体是指从事学术研究之学者所研究的对象,如中国文学与汉族文学等。从法国学派与美国学派诸种关于比较文学定义的材料来汇考,从比较文学学科身份的成立在于主体定位的理论来证明,我们应该明确,比较文学研究的客体是介于两种国族文学之间的学理关系,或是介于文学与其他相关学科之间的学理关系。这是比较文学的学科特征之二。

在这里,我们不妨从法国学派实证的角度就这个理论问题给出一个材料的集合。法国学者梵·第根认为比较文学的研究客体是各国文学之间的关系:

> 比较文学的对象是本质地研究各国文学作品的相互关系。②

法国学者卡雷认为比较文学的研究客体是国际间作家作品的精神与事实关系:

> 它(比较文学)研究……属于一种以上文学背景的不同作品、不同构思以至不同作家的生平之间所曾存在过的跨国度的精神交往与事实联系。③

我们在上一节曾对"国际间的精神关系"给出一个解释:国际间的精神关系特指不同语境下作家跨语言、跨民族、跨文化与跨国界的文学交流关系。法国学者基亚认为比较文学的研究客体是国际文学关系史:

---

① "槽教官"全名为《槽教官爱女不受报,穷庠生助师得令终》,见于明人凌濛初《二刻拍案惊奇》卷二六。
② 《比较文学论》,[法]梵·第根著,戴望舒译,商务印书馆1937年版,第61页。
③ 《〈比较文学〉初版序言》,[法]卡雷著,见于《比较文学研究资料》,北京师范大学中文系比较文学研究组选编,北京师范大学出版社1986年版,第43页。

> 比较文学就是国际文学关系史。①

美国学者雷马克认为比较文学研究的客体还包括文学与其他学科领域之间的关系:"比较文学是超出一个特定国家(country)界限之外的文学研究,一方面研究文学与其他知识、信仰领域之间的种种关系(relationships),另一方面包括艺术(绘画、雕塑、建筑、音乐)、哲学、历史、社会科学(如政治、经济、社会学)、科学、宗教等等。"②美国学者韦勒克认为比较文学的研究客体不局限于事实联系,应该从美学与批评的高度对毫无历史关系的文学现象进行类型的平行比较研究,追问二元之间的美学价值关系:

> 比较也不能仅仅局限在历史的事实联系中。正如最近语言学家的经验向文学研究者表明的那样,比较的价值既存在于事实联系的影响研究中,也存在于毫无历史关系的语言现象或类型的平行比较中。③
>
> 比较文学在反对孤立地研究民族文学史的错误方面具有极大的价值:显然,那种连贯的西方文学传统是由错综复杂的相互联系的文学关系(interelation)所构成的观念才是正确的(已有大量事实证明此观点)。④

苏联学者日尔蒙斯基在苏联特定的学术语境下把比较文学释义为"历史—比较文艺学",也认定比较文学研究的客体是国际联系与国际关系:

> 历史—比较文艺学是文学史的一个分支,它研究国际联系与国际关系,研究世界各国文艺现象的相同点与不同点。文学事实相同一方面可能出于社会和各民族文化发展相同,另一方面则可能出于各民族之间的

---

① 《比较文学》,[法]基亚著,颜保译,北京大学出版社 1983 年版,第 4 页。
② [美]亨利·雷马克:《比较文学的定义和功用》(Henry H. H. Remak, "Comparative Literature, Its Definition and Function"),见于[美]牛顿·P. 斯多克奈茨、赫斯特·弗伦茨:《比较文学:方法与视域》(Newton P. Stallknecht and Horst Frenz, Comparative Literature: Method and Perspective, Southern Illinois University Press, 1961, p. 3.)。
③ [美]雷纳·韦勒克:《比较文学的名称与实质》(René Wellek, "The Name and Nature of Comparative literature"),见于[美]雷纳·韦勒克:《鉴别:续批评的诸种概念》(René Wellek, Discriminations: Further Concepts of Criticism, New Haven and London: Yale University Press,1970, p. 19.)。
④ [美]雷纳·韦勒克:《比较文学的危机》(René Wellek, "The Crisis of Comparative Literature"),见于[美]雷纳·韦勒克:《批评的诸种概念》(René Wellek, Concepts of Criticism, New Haven and London: Yale University Press,1963, pp. 282-283.)。

> 文化接触与文学接触;相应地区分为:文学过程的类型学的类似和"文学联系和影响",通常两者相互作用,但不应将它们混为一谈。①

关于这些集合的材料在上一节和本节我们已经给出了理论上的分析。简而括之,比较文学研究的客体是"关系",这一点在国际比较文学界已经得到了认同。

需要说明的是,在这个理论表达式中客体这个概念,其不应该从通常哲学的角度来释义为客观存在的物体,客体这个概念是相对于比较文学研究主体这一概念成立的,是指称比较文学的研究对象——关系。在这里我们为什么不启用"对象"这个词语,因为"对象"这个词语过于口语化,缺少专业术语的理论性,并且也无法与"主体"这个概念形成理论上的逻辑对应。

我们把比较文学研究的客体定义为是介于两种国族文学之间的学理关系,或是介于文学与其他相关学科之间的学理关系,这仅仅是向初学者介绍关于比较文学研究客体之理论的第一步。下面还需要递进一步介绍的是,比较文学的研究客体——关系,还应该涵盖三种不同的类型:材料事实关系、美学价值关系与学科交叉关系。这三种不同类型的学理关系是依凭学派理论的不同而划定的。

第一,材料事实关系。材料事实关系是法国学派在影响研究的方法论上所倡导的。梵·第根认为"整个比较文学研究的目的,是在于刻划出'经过路线',刻划出有什么文学的东西被移到语言学的疆界之外这件事实"。② 法国学派在比较文学的具体研究中主张从文学影响的起点考证放送国的放送者,从文学接受的到达点考证接受国的接受者,然后从两者之间的事实材料考证经过路线,再从经过路线追踪传递者;总之两种国族文学之间的影响与接受,这种二元关系必须由建基于文献学与考据学之上的材料事实来证明,并且这种事实关系的考证要精细到"某一作家、某一作品或某

---

① 《论历史—比较文艺学》,[苏]日尔蒙斯基撰,该篇短文为苏联1978年版《大百科全书》中的一个词条,见于《比较文学研究资料》,北京师范大学中文系比较文学研究组选编,北京师范大学出版社1986年版,第84—85页。

② 《比较文学论》,[法]梵·第根著,戴望舒译,商务印书馆1937年版,第74页。

一页,某一思想或某一情感",①"这种在一个放送者和一个接受者之间的二元关系之证实(有时还有一个传递者的指示)在本身是有兴趣的,使人更清楚地认识了或者是出发点,或者特别是到达点。"②这种铁证如山的材料事实关系在学理上就是比较文学所研究的客体。

法国学派的影响研究主要是通过文献以实证法国文学对周边国族文学的影响,表现出一种法国中心主义的情结,所以我们在这里更愿意列举另外一个案例,以说明影响研究的基本路数,即比较文学界通过文献来实证法国汉学界与中国古代诗歌之间所发生的接受与影响之关系。19世纪后半期,法国汉学家德里文侯爵(Le Marquis d'Hervey de Saint Denys)第一次把汉语唐诗翻译为法文,1862年在巴黎出版了法译本《唐诗》,并且,德里文为这部法译本《唐诗》撰写了一个序言《中国的诗歌艺术和韵律》,以法国汉学家的视域来介绍与论述中国古代诗歌;同时,德里文在他的序言中,还提及了法国另外一位汉学家毕欧(Edouard Constant Biot)讨论中国《诗经》的观点,1838年,毕欧曾在《北方杂志》撰文,认为中国的《诗经》是东亚中国为法国提供的一幅出色的风俗画,认为《诗经》有着古拙朴实的审美情趣,并为法国读者讲述了古代中国的早期民俗风情。

第二,美学价值关系。美学价值关系是美国学派在平行研究的方法论上所倡导的。如果说法国学派重文献与考据,那么美国学派重理论与批评。美国学派把在历史上没有材料事实关系的两种国族文学看视为人类审美文化的有机整体,在这个整体中存在着共同的价值结构,主张主体的比较研究深入到这个整体的价值结构中去,以追寻两者之间的共同美学价值关系。韦勒克认为比较文学研究的价值既存在于有材料事实联系的影响研究中,也存在于毫无材料事实关系的文学现象或类型的平行研究中:"对中国的、朝鲜的、缅甸的和波斯的叙事方法或者抒情形式的研究,与伏尔泰的《中国孤儿》这例同东方偶然接触之后产生的作品的影响研

---

① 《比较文学论》,[法]梵·第根著,戴望舒译,商务印书馆1937年版,第64页。
② 同上书,第202页。

究同样重要。"①再如从比较诗学研究的层面上来看视,中国经学思想史中的公羊学诠释学与海德格尔、伽达默尔的存在论诠释学,其两者之间没有任何具体的历史联系;但是,在不同语境与不同历史时期所发生的这两种诠释学思想,他们各自就诠释主体的创造性诠释论述恰恰有着共同的观点;在诠释学的思想与理论上,两者都把理解与解释看视为诠释主体为自己营造的一方生存境遇,因此这两种诠释学在理论与美学的价值上的确有着共同性。我们可以对这两者展开汇通性比较研究。

人类的种族、语言与文化是多元的,但人类的思维、情感、心理与审美等则呈现出人性的共通之处,这就使不同民族、不同国别与不同语言文学艺术表现出超越时空的审美价值相似性。所以在没有材料事实关系的两种民族文学之间或两种国族文学之间的共同美学价值关系,于学理上也就成为比较文学所研究的客体。

第三,学科交叉关系。学科交叉关系在比较文学定义中的完整提出最早见于美国学者亨利·雷马克。其实,人类在思维、情感、心理与审美等方面呈现出人性的共通性,这不仅表现在不同国族文学之间,也表现在不同学科之间。《诗可以怨》是钱锺书讨论比较诗学的一篇典范文章,钱锺书在这篇文章中指出:"我们讲西洋,讲近代,也不知不觉中会远及中国,上溯古代。人文科学的各个对象彼此系连,交互映发,不但跨越国界,衔接时代,而且贯串着不同的学科。"②其实,从全球的整体视点来看,人类文化是一个自稳自足的大系统,学科与学科之间的专业划分形成了这个大系统之下的无数子系统,并且互为对象,美国学者欧文·拉兹洛(Ervin Lasslo)在《系统、结构与经验》一书中认为:"其中每一个系统的环路必需在某些方面对其对象来说是'开放的'",③因此子系统之间

---

① [美]雷纳·韦勒克:《比较文学的名称与实质》(René Wellek, "The Name and Nature of Comparative Literature"),见于[美]雷纳·韦勒克:《鉴别:续批评的诸种概念》(René Wellek, *Discriminations: Further Concepts of Criticism*, New Haven and London: Yale University Press, 1970, pp. 19-20.)。

② 《诗可以怨》,钱锺书著,见于《钱锺书集·七缀集》,钱锺书著,生活·读书·新知三联书店 2001 年版,第 150 页。

③ 《系统、结构与经验》,[美]欧文·拉兹洛著,上海译文出版社 1987 年版,第 126 页。

最终无法回避学科的边缘性交叉,学科之间的交叉研究被称之为科际整合。文学与其他艺术门类、文学与心理学、文学与宗教、文学与历史、文学与哲学、文学与科学,有着在系统与结构上不可切断的学理关系,即学科交叉关系。这种文学与其他学科之间的学理性亲缘关系也是比较文学所研究的客体。

需要强调的是,对于初学比较文学者来说,下述有两个关键点是需要把握的。

第一,从这三种学理关系来正确地理解比较文学的学科性质、学科界限与学科视域是非常重要的。因为正是这三种学理关系作为比较文学研究的客体把比较文学在学科性质上与民族文学研究、国族文学研究与世界文学研究等学科区分开来。我们在比较文学的基本理论上把握住了这三种学理关系,也就明确了比较文学研究的客体;反过来说,明确了比较文学的研究客体,也就明确了自己作为比较文学研究主体的学术身份及应该秉有的比较文学的学术视域与学术立场。

从总体的角度来看,无论是比较文学的法国学派、美国学派、中国学派还是俄苏学派等,他们对比较文学研究之具体研究的展开,应该是以这三种学理关系为研究客体,否则他们的文学研究行为就没有与比较文学的学科性质、学科界限与学科视域接轨,那就不再是比较文学了。需要说明的是,中国学派的阐发研究与俄苏学派的历史诗学研究,在研究客体上与美国学派的美学价值关系接轨有着相似性,这三者都力主在没有事实关系的异质文化之间追寻共同的美学原则与价值标准。

第二,在具体的比较文学研究行为中,这三种学理关系作为文学研究的客体也可以转换为三种不同的研究方法。以材料事实关系为研究客体,在方法论上与其配套的是文献学与考据学;以美学价值关系为研究客体,在方法论上与其配套的是理论与批评;以学科交叉关系为研究客体,在方法论上与其配套的是科际整合。具体的比较文学研究或比较诗学研究既可以从单一的方法论来展开,也可以同时从两种或三种综合的方法论来展开,然而无论怎样,比较视域是比较文学研究主体及比较文学学科安身立命的本体。

我们可以对以下四个典范比较文学研究个案,自己进行展开性分析。

1. 中国学者范存忠的《〈赵氏孤儿〉杂剧在启蒙时期的英国》作为法国学派影响研究方法的典范文章,是以单一的材料事实关系为客体展开研究的,作者以详尽的材料考据陈述了这部杂剧从18世纪初的古代中国,经过译介于法国再转译于英国的经过路线。

2. 美国学者唐纳德·A.吉布斯在《阿布拉姆斯艺术四要素与中国古代文论》一文中,把阿布拉姆斯关于艺术的四要素作为放大镜,来透视中国古代文论,从而寻找东西方文论中的共同审美价值取向,这是一篇典范的以双边美学价值关系为研究客体的比较诗学论文。

3. 美籍华裔学者叶维廉的《从比较的方法论中国诗的视境》是一篇以跨学科的交叉关系为研究客体的典范文章,作者把自己的研究目标定位在中国古代诗歌的视觉意境与电影蒙太奇理论这两种跨学科的交叉关系上,指出中国古代诗歌在语法构成中所形成的视觉意境——视境类似爱森斯坦(Sergei M. Eisenstein)所运用的蒙太奇——两个不同镜头的并置是整体的有机创造而唤起第三层繁复的形象,中国诗的视境也是整体的有机创造,而不是一个镜头与另一个镜头简单相加的总和。

4. 中国学者钱锺书的《读〈拉奥孔〉》是一篇同时以上述三种关系为研究客体的比较诗学典范文章,作者在这篇文章中既注重材料事实关系的考证,又把中国古代画论与西方画论中相融的内在美学价值关系汇通为一个整体,同时又以东方中国古代诗歌与文学、诗论与文论为透镜,去看视、解析西方理论家莱辛的《拉奥孔》,讨论诗歌与绘画两种学科之间的内在比喻关系及诗中有画、画中有诗的内在亲缘维系。

从上述四位中外学者撰写的关于比较文学与比较诗学的典范文章来总纳,我们不仅能够了解比较文学的学科特征、学科界限、学科视域与研究客体究竟是怎样的,还可以了解从事比较文学研究的确需要相当深厚的文献考据功底、精致的理论思辨能力和开放的跨学科研究视域。最后需要简单提及的是,我们在强调比较文学研究的规范性时,总是谈到比较文学的可比性原则,这三种学理关系就是比较文学研究可比性中的几项重要规约之一;也就是说,如果比较文学研究的客体游离了这三种学理关系,那就很难在学科的意义上被称之为比较文学了。

### 3. 比较文学与"四个跨越"的内在意义链

比较文学的"四个跨越"是指跨民族、跨语言、跨文化与跨学科,也有一些比较文学教材把跨国界也列入其中,称之为"五个跨越",但考虑到跨国界在逻辑上可以被跨民族所替代,因此我们在这里还是主张"四个跨越"。较之于民族文学研究与国族文学研究所不同的是,这"四个跨越"是比较文学在具体的研究中所表现出来的重要学科特色。这也是比较文学的学科特征之三。

我们要指出的是,在这"四个跨越"中跨民族与跨学科是最为重要的。

第一,跨民族是衡量比较文学研究成立的重要标识。我们强调民族文学是比较文学研究展开的基础,因为从民族学与文化人类学的角度来审视,每一个民族所秉有的语言与文化是唯一性的,是一个民族区别于另一个民族的两种最基本的生存标识。文学研究的视域一旦跨越了民族的界限,就必然跨越了语言与文化的界限,于是文学研究主体的视域便可能维系在两个民族文学之间的关系上,跨民族、跨语言与跨文化是连接在一条意义链上的。可以说,文学研究主体的视域只要跨越了民族界限,比较文学研究就可能成立。注意在这里我们说"可能成立",没有说"一定成立",因为这里还涉及比较文学研究的比较视域、可比性原则、体系性及能否汇通等等一系列问题。

第二,跨语言是衡量比较文学研究成立的标识。文学是语言的艺术,语言是文学沟通创作主体与阅读主体的媒介,民族之间与文化之间的最主要分水岭又在于语言的差异,民族文学之间的影响与接受也是通过语言来完成的。一般来讲,比较文学研究跨越了两种语言之上,也就跨越了民族与文化。但是不跨语言,比较文学研究也可以成立。如加拿大文学、美国文学、澳大利亚文学与英国文学同用英语撰写,虽然不跨语言但是由于在某种程度上跨越了国界、文化与民族,这四个国家的文学仍然可以进行比较研究。又如海外华文文学的写作虽然操用的是汉语,但由于写作是在外域民族、外域国家与外域文化背景下展开的,我们可以把汉语写作的海外华文文学与中国本土汉语写作的中国文学进行汇通性比较研究。

第三,跨文化是衡量比较文学研究成立的标识。人文科学界对文化的定义非常多,至今为止中外学者给文化所下的定义已有一百多种。学术界及比较文学界往往也从不同的系统角度来圈定文化的外延,如东方文化系统、西方文化系统、基督教文化系统、佛教文化系统、儒家文化系统、道家文化系统、民族文化系统,因此文化这个概念的确过于庞杂。

在跨东方西方文化系统下展开的比较文学研究,一定跨越了民族与语言。但是欧洲一些民族和国家在信仰上共同隶属基督教文化系统,那么对这些民族和国家的文学进行双向的比较研究,虽然同属一种宗教信仰文化系统下,但这种比较研究也跨越了民族、语言,比较文学在这里同样可以成立。如法国文学与德国文学同属于欧洲基督教文化体系下,但法德文学比较研究是建基于两种不同民族、不同语言与不同文化之间的关系而展开的。为减少文化这一概念在比较文学界使用的混乱,我们应该强调比较文学的跨文化研究,应该主要限定在"民族文化"这一基础上展开,所以与其说跨民族文化,还不如说跨民族。

第四,跨国界是衡量比较文学研究成立的重要标识,但不是唯一性标识。我们曾介绍了美国学者雷马克关于比较文学研究是在跨国界与跨学科两个层面意义上展开的观点:"比较文学是超出一个特定国家(country)界限之外的文学研究","比较文学是一国文学与另一国或多国文学的比较,是文学与人类其他表现领域的比较"。① 这里需要指明的是,雷马克关于比较文学是在跨国界的层面上成立自身的学科特征,在理论逻辑上不自洽。我们注意到雷马克在这里明确使用的是"country"这个词语,而没有使用"nation"。在英语语境下"nation"同时拥有"国家"与"民族"两个层面意义,对于由一个民族构成的国家,如法国、德国,跨国界就是跨民族,但是对于统一于一个国家下的多民族文学进行比较研究,这

---

① [美]亨利·雷马克:《比较文学的定义和功用》(Henry H. H. Remak, "Comparative Literature, Its Definition and Function"),见于[美]牛顿·P. 斯多克奈茨、赫斯特·弗伦茨:《比较文学:方法与视域》(Newton P. Stallknecht and Horst Frenz, *Comparative Literature: Method and Perspective*, Southern Illinois University Press, 1961, p. 3.)。

也属于比较文学研究范围之内,如把汉族文学与藏族文学进行比较研究。并且统一于一个国家下的两个民族仍保留着自己独立的语言与文化。也就是说,比较文学不在跨国界的情况下,同样可以完成跨民族、跨语言与跨文化的多元研究。

在这个意义上,我们可以看到,对于比较文学研究来说"跨民族"比"跨国界"更为重要,民族是一个恒定的血缘观念,而国家是一个在历史上因为战争、政治与经济等种种原因在变动的概念,并且文学的审美个性色彩更在于民族性而不是在于国家性。比如东德与西德是因为历史原因而分隔为两个国家的一个民族,在这里,跨国界并不等于跨民族,因此对东德与西德的文学进行比较研究不是比较文学研究的主旨。总而言之,不跨国界,比较文学研究可以成立;跨了国界,比较文学研究不一定成立;但只要跨民族,比较文学研究就可以成立。所以我们认为可以把"跨国界"略去不谈,但初学者必须了解跨国界的意义。

第五,跨学科是衡量比较文学研究成立的重要标识。比较文学的跨学科研究是美国学者雷马克在《比较文学的定义和功用》一文中提出来的,他明确地把比较文学研究的界限延展到其他相关的学科中去,认为比较文学可以研究文学与其他知识、信仰领域之间的关系,这样大大地拓宽了比较文学的研究视域。80年代以来,随着科际整合理论的进一步提出及交叉边缘学科研究的崛起,至今为止,追寻文学与艺术、哲学、宗教、心理学等其他学科之间的关系所交叉的共同规律,成为比较文学跨学科研究的一个重要方法论。毫无疑问,跨学科研究大大拓宽了比较文学的研究视域,这最终也使比较文学研究走向了视域更为开阔的文化研究。

比较文学的跨学科研究也有着自身的学理要求,表现为三个规限。首先,和文学做交叉比较研究的这个领域,其必须是一个与文学相关的、独立的学科,并且这个学科有着自己的系统性。其次,跨学科研究必须是把双向知识汇通后,在比较研究的视域与思考中形成一个融会贯通的自洽体系,这个自洽的体系最终呈现在研究成果中,形成汇通双方又不同于双方的第三种学术立场。再次,文学与相关学科的比较研究,也必须是在跨民族、跨语言与跨文化的条件下才可以成立。如中国古代文学研究者所讨论的《诗经》及其入乐的问题,其还是属于国族文学研究,而不属于比较文学研究;然而,如果中国古代文学研究者所讨论的唐诗及其入乐的问题,其关于音乐来源的文献考据与研究涉及了汉族以外西域及相关外来民族的音乐现象,这种研究即可以定义为比较文学了。

我们讨论了比较文学与"四个跨越"的内在意义链,从这里我们可以见出在"四个跨越"中跨民族与跨学科是最为重要的,并且在这两个跨越中选择了一项,比较文学研究即可能成立。但是我们绝不是说,因此只要跨越这两项中的其中一项,比较文学研究就一定成立,因为衡量比较文学研究能否成立的因素还要涉及比较视域、可比性原则、体系性及能否汇通等等一系列问题。

**思考题:**

1. 举例说明比较文学学科身份的成立在于主体定位,而民族文学或国族文学学科身份的成立在于客体定位。
2. 请举例说明什么是材料事实关系、美学价值关系、学科交叉关系。
3. 比较文学研究的客体是什么?请举例论述。
4. 请简述比较文学研究客体的三种学理关系。
5. 怎样理解比较文学研究"四个跨越"的内在意义链?
6. 为什么说在比较文学研究中跨民族与跨学科是两个重要标识?
7. 请思考比较文学跨学科研究的三个规限。

**参考书目:**

1. 《〈比较文学〉初版序言》,[法]伽列著,见于《比较文学研究资料》,北京师范大学中文系比较文学研究组选编,北京师范大学出版社1986年版。
2. [美]亨利·雷马克:《比较文学的定义和功用》(Henry H. H. Remak, "Comparative Literature, Its Definition and Function"),见于[美]牛顿·P.斯多克奈茨、赫斯特·弗伦茨:《比较文学:方法与视域》(Newton P. Stallknecht and Horst Frenz, *Comparative Literature: Method and Perspective*, Southern Illinois University Press, 1961.)。可参考张隆溪的中文翻译,见于《比较文学文集》,张隆溪选编,北京大学出版社1982年版。

3. [美]雷纳·韦勒克:《比较文学的名称与实质》(René Wellek, "The Name and Nature of Comparative Literature"),见于[美]雷纳·韦勒克:《鉴别:续批评的诸种概念》(René Wellek, *Discriminations: Further Concepts of Criticism*, New Haven and London: Yale University Press,1970.),可参考黄源深的中文翻译,见于《比较文学研究译文集》,干永昌等选编,上海译文出版社1985年版。

4.《比较文学》,[法]基亚著,颜保译,北京大学出版社1983年版。

## 第四节 五种相关学科的概念界分及比较文学的定义

### 1. 民族文学与国族文学的界分

比较文学的学科意识还可以从比较文学与其他四种相关学科概念的参照中澄明出来。在比较文学的发展历程中,有五个重要概念一直被国际比较文学界所提及、使用。它们就是比较文学(comparative literature)、民族文学(national literature)、国族文学(national literature)、总体文学(general literature)与世界文学(world literature)。

在比较文学的讲授过程中,有不少初学者经过一段时间的教材阅读与专业学习还是无法获取对比较文学这一学科性质的明确了解,总觉得比较文学这一学科的概念与界限很模糊,无法在比较文学基本原理的学习过程中捕获到准确与自觉的学科视域,甚至可能得出这样一种迷误的错觉:比较文学不学也罢,越学越模糊。

问题之一在于,国内高校中文系与外语系的学生在一至四年级所开设的文学基础课程大都是单向度视域与单向度语境的国族文学或民族文学,如中国古代文学、中国现代文学、中国当代文学、英国文学、法国文学、德国文学、美国文学、俄苏文学、日本文学与印度文学等。① 他们在这些民族文学或国族文学的知识把握中已经适应了一

---

① 即便是把英国文学、法国文学、德国文学、美国文学、俄苏文学、日本文学与印度文学等带入世界文学这一概念下在中文系讲授,上述每一门类民族文学或国族文学还是在单一的视域下完成的,并且教材编写与讲授都是在汉语语境下展开的。

元的、单向度的文学知识接受与思考,当他们突然进入比较文学这种全球化意识、多元文化语境的开放状态中,可能会在短期内不适应,并且捕获不到比较文学这一开放学科意识的学理性。

问题之二在于,多少年来由于比较文学研究强调自身的学科开放意识,也在一定的程度上忽略了自身学科基本理论建设的严密性、逻辑性与规整性,当然比较文学这一学科较之于其他学科也比较年轻,本身还处在自身理论体系的发展性建构中,这也为初学者明确地把握比较文学的学科意识与学科界限设置了一定的困难。

鉴于上述两个原因,我们在比较文学的基本原理上讨论民族文学、国族文学、世界文学与总体文学等学科概念的外延与内涵,并且把这种讨论作为给比较文学下定义的参照背景,这对于进一步明确比较文学的学科特征、学科意识和学科界限有着重要的学理意义。

在比较文学领域的诸种概念中,"national literature"(法文为"littérature nationale")这个概念是非常重要的,以往翻译过来的国外比较文学教材和国内用汉语撰写的比较文学教材,大都把这个概念翻译为国族文学。什么是国族文学?国族文学是以一个国家共同的政治区域观念所定义的文学现象,如中国文学、日本文学、英国文学与美国文学等等。从这个概念使用的心理习惯上我们可以见出,这一概念的汉语使用者习惯于国内学术界以国家的政治区域性来区别文学的学科界限。

在这里我们需要澄清的是,如果把"national literature"这个概念在汉语语境下仅仅翻译为国族文学,这样会给比较文学原理的构建与理解带来许多不必要的误读。因为在英语"national"和法语"nationale"同时拥有"国家的"与"民族的"两个层面的意义,由于英国与法国都是单一民族构成的国家,那么在英、法语境下使用"national literature"和"littérature nationale"这个概念时,国族文学与民族文学这两个层面的意义应该是同时出场的。在单一民族构成的国家中,国族文学就是民族文学,民族文学也就是国族文学,可以互为指称,在这里,民族、语言、文化与国家这四个概念是整合在一条意义链上成立的。如果我们把研究视域置放在两个不同的"national literature"之间相互影响接受的关系上,或者置放在两者之间的审美价值关系上,这就是比较文学研究,因此比较文学研究跨民族、跨语言、跨文化与跨国家的特点也就凸显出来了。

但问题在于,中国是一个由多民族构成的国家,如果把"national literature"仅仅翻译为国族文学,而放弃这个概念本身同时含有的民族文学这一层面的意义,把国族文学这个概念置放在汉语比较文学界使用时,就容易产生学科概念在逻辑意义上的混淆。从汉语的字面上来看,国族文学这个概念的构词意图是以国家的概念来"区别"文学的界限。东汉许慎在《说文》中曰:"别,分解也",清代段玉裁注:"别,分别、离别皆是也。"①

上述我们曾说明,"四个跨越"是比较文学的学科特征之一。对于在政治区域上统一于一个国家之下的多种民族文学来说,这些民族文学在语言、文化上仍保留着自己鲜明的民族个性,如中国政治区域下的藏族文学、蒙古族文学与朝鲜族文学等,又如苏联国家政治区域下的俄罗斯文学、乌克兰文学与白俄罗斯文学等。所以对于统一于一个国家政治区域下的多种民族文学来说,当我们用"national literature"来指称他们时,只能把这一概念翻译为民族文学,而不能够翻译为国族文学。也就是说,当我们把"national literature"这个概念引入中国汉语比较文学界使用时,"national literature"就无法把民族、语言、文化与国家这四个概念整合在一条意义链上,因为在这里国家与民族无法契合为同一个概念,并且在这里国家与语言、文化也不是同一个概念,在中国"国家"这个概念下同时存在着汉语与汉文化,藏语与藏文化,蒙语与蒙文化等等诸种多元人文现象。需要说明的是,隶属于一个国家之下的多种民族文学,由于他们之间的语言、文化与民族个性的不同,两者之间的影响接受关系和审美价值关系也是比较文学研究的客体,如汉藏比较文学研究、汉蒙比较文学研究等。什么是民族文学?不同于国族文学的是,民族文学是从一个民族共同的血缘观念来定义的文学现象,在这里族际语言与族际文化的个性有着重要的意义。

在汉语比较文学研究语境下,民族文学这个概念的理论有效性大于国族文学。对于从事比较文学研究的学者来说,必须要拥有两种、两种以上很好的民族文学基础及其相对应的语言能力,正

---

① 《说文解字注》,[汉]许慎撰,(清)段玉裁注,上海古籍出版社1981年影印经韵楼藏版,第164页。

如梵·第根在《比较文学论》中所言:"懂得好几种语言是不够的,还应该懂得好几国的文学。"①首先是对本土民族文学知识结构及其语言能力的积累,其次是对一门外域民族文学知识结构及其语言能力的掌握,王国维、胡适、鲁迅、辜鸿铭、陈寅恪、吴宓、朱光潜、钱锺书与季羡林等能够被称之为学贯中外的比较文学研究大师,他们都是在中外民族文学及两种以上语言的汇通中完成自己的跨文化学术研究的。我们为什么强调比较文学研究者首先积累本土民族文学的知识结构及语言能力,再使自己的比较研究视域从本土跨向外域?倘若一位中国本土的比较文学学者抛开自己多年积累的本土民族文学知识结构及语言能力,去研究英国文学与意大利文学之间的诸种文化关系,那不是隔靴搔痒,就是给研究者提出极高的要求。

以下我们再提出五个要点请比较文学研究初学者注意。

第一,在研究单一民族的国家文学时,或在研究两个以上单一民族国家文学之间的关系时,可以把"national literature"翻译为国族文学来使用,在这里国族文学也就是民族文学。

第二,在研究一个国家的多民族文学时,或研究一个由多民族构成的国家之文学与其他国家、民族文学之间的关系时,应该把"national literature"翻译为民族文学来使用。关于第一点与第二点的区分很重要,如在比较文学的领域中进行东亚文学研究,在朝鲜国家本土发生的朝鲜文学既是国族文学又是民族文学,但栖居在中国本土的朝鲜族所创作的朝鲜文学只能够被指称为民族文学。

第三,由于中国是多民族国家,在中国汉语比较文学界,应该把"national literature"翻译为民族文学作为术语来使用,否则"national literature"这个概念的二重意义同时出场,在中国汉语学术界缺少有效使用的学术语境,也会引起学科概念在逻辑上的混乱。

第四,新中国成立以来国内出版的有关比较文学方面的翻译材料几乎都把"national literature"翻译为国族文学,因此初学者在阅读这些材料时务必注意,"national literature"在特定文本语境下的意义究竟应该翻译为国族文学还是民族文学。韦勒克于《比较

---

① 《比较文学论》,[法]梵·第根著,戴望舒译,商务印书馆1937年版,第70页。

文学的名称与实质》一文中的最后总结性表述在汉语比较文学界往往被这样翻译:"比较文学当然需要克服民族偏见(national prejudices)和地方主义,但这并不意味着可以否定或缩小不同民族传统(national traditions)的存在和活力。我们需要民族文学(national literature),也需要总体文学;既需要文学史,也需要文艺评论;我们需要只有比较文学才能达到的广阔视野。"①这里的"民族文学"在汉语语境下显然不能够被翻译为"国族文学",否则在学理上不通。

第五,本教材在介绍与讲述比较文学原理凡涉及"national literature"这一概念时,考虑到汉语比较文学界统一于一个国家下的多民族文化语境,把其分别翻译为两个不同的概念来使用:即民族文学或国族文学,因为在汉语学术界,民族文学与国族文学应该是两个不同的概念,国族文学这个概念的外延大于民族文学。这也是本教材为什么把民族文学与国族文学并提的原因。可以说,对民族文学与国族文学这两个概念的梳理有助于我们深化对比较文学学科意识的把握。当然,在某种一定的学术语境下,我们也可以把"national literature"翻译为国族文学(国族文学与民族文学),作为一个方便的术语而使用。

## 2. 总体文学及其两个层面意义的整合

在比较文学领域的诸种概念中,"general literature"这个概念也是经常被使用的,以往翻译过来的国外比较文学教材和国内用汉语撰写的比较文学教材,均把这个概念翻译为总体文学。西方

---

① 《比较文学的名称与实质》,[美]雷纳·韦勒克著,见于《比较文学研究译文集》,干永昌等编选,上海译文出版社1985年版,第158页。关于韦勒克这一段表述的原文如下:"Comparative literature surely wants to overcome national prejudices and provincialisms but does not therefore ignore or minimize the existence and vitality of the different national traditions. We must beware of false and unnecessary choices: we need both national and general literature, we need both literary history and criticism, and we need the wide perspective which only comparative literature can give."〔[美]雷纳·韦勒克:《比较文学的名称与实质》(René Wellek, "The Name and Nature of Comparative literature"),见于[美]雷纳·韦勒克:《鉴别:续批评的诸种概念》(René Wellek, *Discriminations: Further Concepts of Criticism*, New Haven and London: Yale University Press, 1970, p. 36.)〕

比较文学界对这个概念的定义比较模糊,从我们现在所掌握的材料来分析,总体文学这个概念应该有两个层面的意义在同时使用。

第一,总体文学是以三种以上的民族文学或国族文学(总称国族文学)为研究客体的,即如法国学者梵·第根在《比较文学论·总体文学》一章中所指明的:"凡同时地属于许多国文学的文学性的事实,均属于总体文学的领域之中。"①但这一点并不是总体文学成立的唯一标识,梵·第根就总体文学还给出过另外一个相关的解释:

> 总体文学(一般文学)是与国族文学(各本国文学、民族文学)以及比较文学有别的。这是关于文学本身的美学上的或心理学上的研究,和文学之史的发展是无关的。"总体"文学史也不就是"世界"文学史。它只要站在一个相当宽大的国际的观点上,便可以研究那些最短的时期中的最有限制的命题。这是空间的伸展,又可以说是地理上的扩张——这是它的特点。②

根据梵·第根的解释来分析,在历史时空的观念上,总体文学研究的客体是发生在一段历史短期的横断面上限制于一种命题下的多个民族与多个国家的共同文学现象,即梵·第根所言:"它(总体文学)可以研究的文学事实很多很多,其本质又很不同。这有时是一种国际的影响:彼特拉克主义、伏尔泰主义、卢梭主义、拜伦主义、托尔斯泰主义、纪德主义……;有时是一种更广泛的思想、情感或艺术之潮流:人文主义、古典主义、纯理性主义、浪漫主义、感伤主义、自然主义、象征主义……;有时是一种艺术或风格的共有形式:十四行诗体、古典主义悲剧、浪漫派戏剧、田园小说、刻画、为艺术而艺术,以及其他等等。"③可见,总体文学强调国际上对波及多个民族或多个国家一种文学思潮研究的历史共时性,而不强调历史

---

① 《比较文学论》,[法]梵·第根著,戴望舒译,商务印书馆1937年版,第208页。
② 《比较文学论》,[法]梵·第根著,戴望舒译,商务印书馆1937年版,第206—207页。当时戴望舒在这部译著中把"总体文学"翻译为"一般文学",把"国族文学"翻译为"各本国文学",现遵照当下比较文学界的约定俗成,我们还是换用"总体文学"与"国族文学"。其实在这里,"国族文学"也可以翻译为"民族文学",括号中的"民族文学"是本章撰写者附加说明的。在本教材中,我们也把"民族文学"与"国族文学"统称为"国族文学"。
③ 《比较文学论》,[法]梵·第根著,商务印书馆1937年版,第208—209页。由于戴望舒在此处翻译的一系列概念有着那时代的术语色彩,如"贝特拉尔格主义、服尔泰主义、卢骚主义等",在此处引文中本章撰写者对原译进行了相应的调整。

的历时性。梵·第根所列举的种种"主义"的确是在历史短期的共时性上同时发生于多个民族与多个国家地理空间中的共同文学思潮。

第二,在法国学者梵·第根之后,美国学者韦勒克就总体文学这个概念的内涵曾给予补充。韦勒克认为:总体文学是指称诗学或文学理论:

> "总体文学"这个术语可能更可取,但它也有着一些缺点。总体文学原来被用于意指诗学或文学理论和文学原则。在近几十年里,保罗·梵·第根(Paul Van Tieghem)曾试图把这个术语形成一个与"比较文学"相参照的特殊概念。根据他的理论,比较文学研究两种或多种文学之间的相互关系,而"总体文学"研究超越民族界限的那些文学运动和文学风尚。①

需要说明的是,在西方文学界,源起于亚里士多德的诗学,指的就是文艺理论,在文艺理论这个概念下含文学批评、文学理论与美学等。其实,韦勒克的这一解释在法国学者梵·第根那里也有着共识:"这(总体文学)是关于文学本身的美学上的或心理学上的研究。"在这里梵·第根又把美学与心理学突显了出来。所以在第二个意义层面上,总体文学又指称文学批评、文学理论、诗学或美学。② 由于诗学在术语上有着较大的外延,简而言之,总体文学在概念的内涵上接近于诗学。

如果我们仔细分析关于法国学者与美国学者对总体文学的解释,我们可以发现,这两个层面的解释有着内在的意义联系。梵·第根在上述解释中所指明的种种"主义",恰恰都是种种文学现象在历史的短期共时性上波及多个民族与多个国家所形成的共同文学思潮与共同文学流派,如彼特拉克主义、伏尔泰主义、卢梭主义、拜伦主义等,又如人文主义、古典主义、纯理性主义、浪漫主义等。这些共同的文学现象在空间上伸展、在地理上扩张已经波及了多

---

① [美]雷纳·韦勒克、奥斯汀·沃伦:《总体文学、比较文学和民族文学》(René Wellek & Austin Warren, "General, Comparative, and National Literature"),见于[美]雷纳·韦勒克、奥斯汀·沃伦:《文学原理》(René Wellek & Austin Warren, *Theory of Literature*, Penguin Books, 1976, p.49.)。

② 从心理学的视域对文学现象进行批评和研究,这样一种批评与研究视域也从属于文学批评、文学理论、诗学或美学。

个民族与多个国家,形成了共同的理论思潮与共同的理论流派,已经从一种纯粹的文学作品的层面整合、升华到文学批评、文学理论、诗学与美学的高度被研究,简而言之,就是升华到诗学的高度被研究。

理解了这两个层面的内在意义联系,我们不妨给总体文学整合出一个定义:什么是总体文学? 总体文学是以三种以上的国族文学为研究客体,并且这一研究客体在历史短期的共时性上表现为在多个民族与多个国家所形成的共同文学思潮与共同文学流派,这些共同的文学思潮与共同的文学流派随着在空间上的伸展、在地理上的扩张,已从纯粹的文学作品层面整合、升华到文学批评、文学理论、诗学与美学的高度被研究,这就是总体文学。从另外一个角度来解释,总体文学就是比较诗学。

在概念上我们了解了总体文学的定义,反思在西方 60、70 年代发生并于 80、90 年代波及中国的诸种理论及其背后的文学思潮,如后结构主义、后现代主义、解构主义、后殖民主义、新历史主义、女性主义及文化研究等,从全球化的视域来说,这些理论及其背后的文学思潮属于总体文学研究的客体,或者说是比较诗学研究的客体。只是国内学术界一直对总体文学这个概念缺少明晰的解释与定义,以至这个概念在中国汉语学术界失去了有效的学理使用价值,这是很可惜的。

### 3. 世界文学及其五个层面的理论分析

什么是世界文学? 世界文学作为一个术语是歌德 1827 年在评论他自己的剧本《塔索》的法译本时最早提出的。综述国内外比较文学理论对这个概念的定义,世界文学所包含的意义共有五个层面。在《总体文学、比较文学和民族文学》一文中,美国学者雷纳·韦勒克关于世界文学有一段经典论述,这段经典论述在国内汉语比较文学界影响很大,所以在这里我们首先把韦勒克的这段经典论述引出来,让初学者直接面对原典:

> "世界文学"是从歌德的"Weltliteratur"翻译过来的,也许有些不必要的夸大其词,它意味着应该研究从新西兰到冰岛的全部五大洲文学。其实歌德并没有这个意思。歌德用"世界文学"来指称所有的文学将合而为一的一个时代。这是一种要把所有的文学统一起来形成一个伟大

的综合体的理想,每一个民族在这个世界性的音乐会上将演奏着自己的旋律。但是歌德自己注意到这是一个非常遥远的理想,也注意到没有任何一个民族愿意放弃它的个性。今天我们甚至可能距离这样一种融合的状态更加遥远了,并且我们会声称我们不希望民族文学的多样性消失。"世界文学"也经常被用于第三种意思,它可以意指种种经典著作的伟大宝库,如荷马、但丁、塞万提斯、莎士比亚和歌德,他们誉满全球,流芳千古。因此"世界文学"既成为"名著"的同义词,也成为一种文学作品选的同义词,这种文学作品选在批评和教学方面有着它的公认性,但这些"名著"和"文学作品选"几乎不能够满足这样的学者,如果他准备了解整个山脉,或者不做这个比喻,他要了解全部的历史和变化,他就不能够把自己局限于这些高大的山峰。①

在西方比较文学研究界,世界文学这个概念有着争议性。美国学者克劳迪奥·纪延(Claudio Guillén)在《世界文学》(Weltliteratur)一文中指出:"世界文学这个术语是极为模糊的,在一种较为肯定的方式上我们应该说,这个术语过于宽泛,所以容易引起更多的误解。"②需要强调的是,韦勒克这段关于世界文学的论述,是基于欧美比较文学界对世界文学这个术语进行讨论的整体背景下所给出的,但是他的论述比较突出他自己的个性化,因此并没有完整地展现出这个背景。如果我们把韦勒克的论述从这个背景中孤立出来,不去了解欧美比较文学界对这个术语讨论的整体理论,我们在某种程度上会误读韦勒克及误读世界文学这个概念。

克劳迪奥·纪延在《比较文学的挑战》(*The Challenge of Comparative Literature*)一书收有他的《世界文学》一文,在这篇文章中,纪延对欧美比较文学界关于世界文学的讨论有一个详尽综合性的理解。在 21 世纪全球化的时代,哈佛大学比较文学系教授大卫·达姆罗什(David Damrosch)在《什么是世界文学?》(*What Is World Literature?*)一书中也就世界文学给出了自己的

---

① [美]雷纳·韦勒克、奥斯汀·沃伦:《总体文学、比较文学和民族文学》(René Wellek & Austin Warren, "General, Comparative, and National Literature"),见于[美]雷纳·韦勒克、奥斯汀·沃伦:《文学原理》(René Wellek & Austin Warren, *Theory of Literature*, Penguin Books, 1976, p.49.)。

② [美]克劳迪奥·纪延:《世界文学》(Claudio Guillén, "Weltliteratur"),见于[美]克劳迪奥·纪延《比较文学的挑战》(Claudio Guillén, *The Challenge of Comparative Literature*, Harvard University Press, 1993, p.38.)。

理解与定义。我们认为把歌德、纪延、韦勒克与达姆罗什等关于世界文学的理解与解释整合于一体,这样整体介绍的关于世界文学的多种定义才是全面且准确的。

世界文学这个概念曾在以下五个层面上获有过自己的学术内涵及定义。

在第一种层面意义上,世界文学这个概念是在宏观的意义上客观地、综合地、总体地指称五大洲的所有文学。在这里,世界文学是一个被放大了的、整体的"大文学"概念,用纪延的表述说:在这个概念的层面上,"文学本身是全世界的(worldwide)……只有在整体上是全世界的文学才能够被认为是文学"。① 如中国文学、日本文学、印度文学、韩国文学、英国文学、美国文学、新西兰文学、西印度群岛文学、南非文学、埃及文学、美国非洲裔文学、冰岛文学等等。

在这个层面上,世界文学这个概念所指称的外延与内涵仅仅是在量上的总体性集合,没有表述的情感色彩,用韦勒克的话说:"它意味着应该研究从新西兰到冰岛的全部五大洲文学。"

在第二种层面意义上,世界文学这个概念在外延与内涵上被缩小到专指欧洲文学。严格地讲,这个层面意义上定义的世界文学,在韦勒克的论述中被作为一个有争议的但又是常识性的问题而被忽略,这个概念在欧洲比较文学界和文学批评界曾被广泛使用。在这里,世界文学实际上专门用来描述欧洲文学在本土之外的疆域被阅读与欣赏所产生的影响,因此在这个概念的使用上体现出法国学派影响研究的那种文化记账式的欧洲中心主义倾向。以往某些欧洲学者在强调本国文学对外域文学的影响时,在一种强式文化的傲慢中把自己的本土文学称之为世界文学,自认为他们的文学对其他国族文学有着巨大的影响,是世界性的,他们是见多识广的世界主义者(cosmopolitan),也因此他们在另一种表达的词语中把他们的文学称之为"cosmopolitan literature"(世界文学)。所以在这样一种理论话语的使用上,世界文学带有一种强烈的欧

---

① [美]克劳迪奥·纪延:《世界文学》(Claudio Guillén, "Weltliteratur"),见于[美]克劳迪奥·纪延:《比较文学的挑战》(Claudio Guillén, *The Challenge of Comparative Literature*, Harvard University Press, 1993, p. 38.)。

洲中心主义色彩或西方中心主义色彩。

欧洲学者费迪南德·布吕纳季耶(Ferdinand Brunetiére)在对欧洲文学进行评价时即认为:"这些伟大的文学作品,在它们与种种其他文学已经产生联系的范围内,并且这种联系与遭遇在程度上已经有了明显的结果,才能够属于我们。"① 实际上,多年来在欧美比较文学界内部对这样一种欧洲文学即世界文学的评价一直有着反对之声,克劳迪奥·纪延在《世界文学》一文中即对布吕纳季耶给予抵抗性的回应:"说到底,他(费迪南德·布吕纳季耶)所言谈的欧洲文学,不要让我们称其为世界文学。"② 在《文化与帝国主义》一书中,赛义德从后殖民批评的视角讨论比较文学与世界文学的关系时,曾指明了从20世纪初以来世界文学这一概念被欧洲独占的倾向:

> 歌德关于"世界文学"的想法——作为一个概念,是在大师著作的概念与所有世界文学的一种价值综合之间随意提出来的。这个概念对于20世纪早期的比较文学专业学者来说,是非常重要的。但是,正如我所认为的,世界文学这一概念的实践意义和敞开的思想意识在于,只要文学与文化被关注,欧洲就是领路人及影响的主体。③

需要强调的是,欧洲学者在这一层面意义上所言称的世界文学,往往被国内比较文学界在教学与科研上所忽略,或者给予默认。这样给世界文学这一概念的五个层面界分带来不少麻烦。

在第三种层面意义上,世界文学这个概念是指称在全人类文学史上获取世界声誉的大师性作家之作品,用纪延的话说:"世界文学还有第三种被公认的与第二种概念截然相反的意义,即被限定于第一流的、顶级作家的作品。"④ 韦勒克所说的"'世界文学'也

---

① [美]克劳迪奥·纪延:《世界文学》(Claudio Guillén, "Weltliteratur"),见于[美]克劳迪奥·纪延:《比较文学的挑战》(Claudio Guillén, *The Challenge of Comparative Literature*, Harvard University Press, 1993, p. 38.)。

② Ibid.

③ [美]爱德华·W. 赛义德:《文化与帝国主义》(Edward W. Said, *Culture and Imperialism*, New York: A Division of Random House, Inc., 1994, p. 45.)。

④ [美]克劳迪奥·纪延:《世界文学》(Claudio Guillén, "Weltliteratur"),见于[美]克劳迪奥·纪延:《比较文学的挑战》(Claudio Guillén, *The Challenge of Comparative Literature*, Harvard University Press, 1993, p. 39.)。

经常被用于第三种意思,它可以意指种种经典著作的伟大宝库",其指的就是这一层面的意义。讲到这里,我们就可以判断出,在韦勒克上述的论述中,他已经把那种狭隘的欧洲中心主义的世界文学概念省略提及。

我们在西方人韦勒克上述所给出的例子之外,再援引一些文豪巨匠及其作品来说明。如屈原的《离骚》,曹雪芹的《红楼梦》,紫式部的《源氏物语》,泰戈尔的《吉檀迦利》,荷马的《伊利亚特》与《奥德赛》,巴尔扎克的《人间喜剧》、列夫·托尔斯泰的《战争与和平》,肖洛霍夫的《静静的顿河》,海明威的《老人与海》,加西亚·马尔克斯的《百年孤独》等。这些作家的作品是在世界文豪巨匠的评价席上被阅读者与研究者敬重,并且永恒地镌刻于人类文学史的丰碑上,让后来者不可企及。在这个意义上,他们的灿烂与辉煌不仅属于哺育他们的民族和国家,还是一笔由时间来检验的属于全人类、全世界的共同文学遗产,因此他们的作品是"世界文学"。雷马克认为:"'世界文学'也暗示着一种时间的因素。世界声誉的获得通常需要时间。'世界文学'往往只包括由经时间检验而证明其伟大的文学。所以'世界文学'这个术语一般很少包括当代文学……"① 用韦勒克的话说,"'世界文学'既成为'名著'的同义词",这里的"名著"就是指称那些属于全世界的文豪巨匠的大师性经典,它的确很少有当代性。关于世界文学在经典的意义上不指称当代文学及其作者,达姆罗什在重新讨论世界文学这个概念时,也给予了充分的注意。

在第四种层面意义上,世界文学这个概念是 1827 年德国大文豪歌德在一种诗性的文学理想中所提出的:"世界文学的时代已快来临","每个人都应该出力促使它早日来临。"② 在歌德的憧憬中,世界文学在这里指称把各个民族、各种语言、各个国家及各种文化背景区域下的文学统一起来,整合为一个全人类伟大的文学综合体,并且在这一层面的世界文学概念上充满了和平,其没有主流文

---

① [美]亨利·雷马克:《比较文学的定义和功用》(Henry H. H. Remak, "Comparative Literature, Its Definition and Function"),见于[美]牛顿·P. 斯多克奈茨、赫斯特·弗伦茨:《比较文学:方法与视域》(Newton P. Stallknecht and Horst Frenz, *Comparative Literature: Method and Perspective*, Southern Illinois University Press, 1961, p.12.)。

② 《歌德谈话录》,[德]歌德著,朱光潜译,人民文学出版社 1982 年版,第 113 页。

学及二、三流文学之分。从西方欧美基督教文化传统的视点来看,歌德赋予世界文学的理想充盈着一种普世主义(universalism)精神;从中国儒家文化传统的视点来看,歌德的这一世界文学定义洋溢着一种天下平等的大同主义理想:"大道之行也,天下为公,选贤与能,讲信修睦。故人不独亲其亲,不独子其子。使老有所终,壮有所用,幼有所长,矜(鳏)寡孤独废疾者皆有所养,男有分,女有归。……是谓大同。"①郑玄注:"同,犹和也、平也。"②在这里需要提及的是,西方比较文学界在讨论歌德的"Weltliteratur"(world literature)这一概念时,总是用"cosmopolitan literature"来替换,从英语的辞源上来追问,"Cosmopolitanism"即是世界大同主义。

但是,从韦勒克的评述"每一个民族在这个世界性的音乐会上将演奏着自己的旋律","没有任何一个民族愿意放弃它的个性"来分析,歌德关于世界文学的诗意性定义只是一位诗人在和平的憧憬中完成的理想性表述,较之于第一个层面的世界文学定义,歌德所描述的世界文学不再是一种纯粹秉有综合性的、总体性的客观文学现象指称,用韦勒克的话来说:"这是一个非常遥远的理想。"所以我们不应该把它带入比较文学基本原理或文学基本原理中,不应该把它作为一个客观的、有效的批评概念来使用。在外国语学院的外国文学课程讲授与中文系的世界文学课程讲授中,歌德所描述的世界文学也应该被认同为一种文学理想表达的修辞,而不是一个行之有效的学术术语。两位美国学者汉斯-乔茨姆·舒尔茨(Hans-Joachim Schulz),菲利普·H. 雷(Phillip H. Rhein)在《歌德:关于世界文学概念的论文节选》('Johann W. Von Goethe Some Passages Pertaining to the Concept of World Literature')一章的《导言》中指出:

  歌德(Goethe)的术语"世界文学"经常被误解(misunderstood)。这个术语与"世界文学"种种规范的历史记载没有多少关系,同时与国际上文学的大师性作品和所有伟大文学中的普遍主旨没有多少关系,也与那

---

① 《礼记正义》,见于《十三经注疏》,中华书局 1980 年影印世界书局阮元校刻本,下册,第 1414 页。

② 同上。

已经发挥国际影响的作品没有多少关系。①

因为,世界上的作家作品不可能放弃他们民族生存的个性来趋同于一种绝对普世的、大同的文学理想。如果国族文学之间的审美价值差异性消失,而趋向于毫无个性的"普世"与"大同",比较文学也就随之消亡而不存在了。我们不希望国族文学之间的差异性消失,因为无论从世界文学还是从比较文学的视域来看,"和而不同"才是人类文学、人类文化与人类文明的发展走向。康乃尔大学学者沃尔特·科恩(Walter Cohen)在《世界文学的概论》中也强调:"更重要的是,世界文学不乞灵于东西方意识形态的消失。"②

在第五种意义层面上,21世纪全球化时代关于世界文学的概念是哈佛大学比较文学系教授大卫·达姆罗什提出的。

2003年,达姆罗什出版了《什么是世界文学?》这部著作,在这部著作的《结论:世界与时间之无涯》一章中的首句,达姆罗什给出了"什么是世界文学?"的设问:"什么是世界文学?在定义中,我把这部书像一篇文章那样构想为一个证明,以追寻与说明当下我们视域中的诸种作品及能够达向这些作品的某些路径。我详细讨论了其中大部分文本,这些文本曾经使我困扰了多年,似乎也特别使我联想起关于传播、翻译与创作的那些讨论。在这个过程中,一如爱克曼给予我们'他'的歌德那样,我也给予了你们我的世界文学,或至少一个具有代表性的关于世界文学的横截面……"③

达姆罗什在这里所提及的作品或文本就是他在这部著作中所讨论的具有世界文学性质的书写,他认为现在的世界给我们呈现

---

① [美]汉斯-乔茨姆·舒尔茨、菲利普·H. 雷:《歌德:关于世界文学概念的论文节选》(Hans-Joachim Schulz & Phillip H. Rhein, "Johann W. Von Goethe Some Passages Pertaining to the Concept of World Literature"),见于[美]汉斯-乔茨姆·舒尔茨、菲利普·H. 雷:《比较文学:早期论文选》(Hans-Joachim Schulz, Phillip H. Rhein, *Comparative Literature: The Early Years An Anthology of Essays*, The University of North Carolina Press, 1973, p. 3.)。

② [美]沃尔特·科恩:《世界文学的概念》(Walter Cohen, "The Concept of World Literature"),见于[美]科尼利亚·N. 摩尔、雷蒙德·A. 穆迪《东西方比较文学:传统与走向》(Cornelia N. Moore & Raymond A. Moody, *Comparative Literature East and West: Traditions and Trends*, University of Hawaii Press, 1989, p. 4.)。

③ [美]大卫·达姆罗什:《什么是世界文学?》(David Damrosch, *What Is World Literature?*, Princeton University Press, 2003, p. 281.)。

的是一个多元变化的样态,以至于我们应该对任何表述的逻辑,任何单一的构架给予质疑,他认为:"今天世界文学的一个主要特征是它的变化性(variability):不同的读者将被不同的文本星群(constellation of texts)所萦绕。"①达姆罗什以三重定义的方法给全球化时代的世界文学下了一个著名的定义:

> 在全部的变化性中,家族相似性(family resemblances)能够于今天正在传播的世界文学的不同形式中被发现,其多种呈现模式让我集中于世界、文本与读者提出了一个三重定义:
> 1. 世界文学是不同民族文学的椭圆折射(elliptical refraction)。
> 2. 世界文学是在翻译中获益的书写。
> 3. 世界文学不是一套文本经典而是一种阅读方式(a mode of reading):一种超然相远地与我们自身时空之外的那些世界进行交流的方式。②

在全球化时代,为具有变化性的世界文学寻找家族相似性是达姆罗什下定义的重要策略。

第一,达姆罗什认为作为具有世界文学性质的作品一定是处在语际传播的流动过程中,世界文学即是民族文学走出本土在语际传播以产生影响的椭圆折射。关于"椭圆折射",达姆罗什有一个自己的解释:"我把椭圆折射的想象作为一种方便的隐喻而提出。"③达姆罗什在这部著作的第一章《吉尔迦美什的探索》中举例论证了这一点。

《吉尔迦美什》是源自于四大古文明之一的美索不达米亚的文学作品,这部史诗是在苏美尔时期的第三乌尔王朝(公元前 2150 年—公元前 2000 年)用楔形文字写成的,在后世一直流传到古巴比伦时期,在公元前 2000 年的早期,出现了最早的阿卡德版本;然而,这部史诗在后世流传的 2000 年中又出了多种版本,其中共包括了 4 种语言(阿卡德语、古巴比伦语、胡里安语和赫梯语)。因此,这部史诗成为人类历史上最早的具有世界文学性质的文学作品,语际传播是这部作品成为世界文学的一个重要因素。《被埋葬的书:吉尔伽美什史诗的失传与重新发现》一书集中呈现了达姆罗

---

① [美]大卫·达姆罗什:《什么是世界文学?》(David Damrosch, *What Is World Literature?*, Princeton University Press, 2003, p.281.)。
② Ibid.
③ Ibid., p.283.

什的观点:"椭圆折射"即是民族文学在语际传播中走向世界文学的重要因素之一。"椭圆折射"强调了民族文学在语际传播中走向世界文学时所产生的双重性质,即在影响和接受两个维度上,源语文化与目标语文化在交汇中呈现出相同或不同的认知价值取向。

第二,达姆罗什认为翻译在民族文学于语际传播中走向世界文学起到了重要的推动作用。总体地讲,每一个民族所秉有的语言是唯一性的,语言是一个民族区别于另一个民族的最基本的生存标识。因此,翻译推动了民族文学从源语文化向目标语文化传播,使其成为具有世界性多种语言阅读性质的作品。不仅如此,达姆罗什认为,翻译在一个民族文学走向世界文学的语际传播中具有审美价值的拣选性,如果一个民族的文学作品在翻译中有所失落,那么这些失落的作品正因为缺少世界文学的性质而只能存留在本民族的文化语境中,而那些借助于翻译跨越语际走出本民族的文学作品,其在文化身份与审美的普世价值上则成为了世界文学。如莫言的作品《红高粱家族》《丰乳肥臀》《酒国》与《蛙》等被翻译为英语、法语与俄语等多种语言,其跨越了语际成为被多种语言读者阅读的世界文学作品,也从而有机会获得了2012年的诺贝尔文学奖。

严格地讲,倘若莫言的作品没有被瑞典文翻译家陈安娜(Anna Gustafsson)、英文翻译家葛浩文(Howard Goldblatt)与意大利文翻译家李莎(Patrizia Liberati)等给予成功的翻译,莫言是很难有机会获得诺贝尔文学奖的。需要说明的是,翻译是改写,关于这一点我们将在介绍翻译研究时给予进一步的讨论。可以说,许多非英语及非瑞典语的民族文学作品,其之所以能够获得诺贝尔文学奖,这与翻译有着密切的逻辑关系。高行健的《灵山》曾被翻译为瑞典文、法文与英文等多种语言,瑞典翻译家马悦然(Nils Göran David Malmqvist)是斯德哥尔摩大学东方语言学院中文系的汉学教授,正是他在翻译方面所投入的努力使得高行健终身受益。

劳伦斯·韦努蒂(Lawrence Venuti)是美国坦普尔大学安德森人文学院的著名翻译家与翻译理论教授,在2010年发表的《翻译研究与世界文学》一文中,韦努蒂也强调翻译推动了民族文学走向世界文学,并认为如果没有翻译就没有世界文学。因此在某种意义上我们也可以认为,世界文学就是翻译文学。的确,世界文学是在翻译中获益的国际性书写。2012年12月10日,莫言在瑞典首都斯德哥尔摩音乐厅领受诺贝尔文学奖证书、奖章及奖金时,他邀请一批优秀的翻译家共同参加,说明莫言也清醒地认识到这一点,并表现出文学家对翻译家应有的尊重。翻译把国族文学推向了世界文学,因此也成为比较文学研究的客体。

第三,达姆罗什认为世界文学不再是一套固定不变的经典,如我们上述在第三种层面意义上所提及的那些大师性经典。达姆罗什把世界文学解释为一种阅读方式,这是一种隐喻的表达,其强调了民族文学借助翻译走出本土语境及被其他多种语言的读者所正在阅读的当代性。

不同于上述四个层面对世界文学的理解与定义,达姆罗什在讨论世界文学与全球化时代的性质时,强调了当代文学作品进入世界文学观念的可能性与重要性。达姆罗什指出以往美国学界在编选"世界文学读本"时,总是把欧洲文学经典认同为世界文学给予选入;而对于非西方文学作品与女性作家的作品,其中一部分"世界文学读本"则完全不选入。可以说,选家的眼光代表了一个时代的国家、民族与区域对世界文学认同的身份与立场。在以往关于世界文学的观念中,一是西方学界仅承认欧洲文学作品,表现出一种欧洲中心主义的倾向,二是仅承认在过去的人类文学史上获取世界声誉的大师性经典。

在《21世纪的比较文学》一文中,达姆罗什曾引用了瑞士比较文学学者沃纳·弗里德里希(Werner Friederich)在1960年发表的一篇文章《我们计划的完整性》,以此对具有西方中心主义倾向的世界文学观念进行了批评。弗里德里希在这篇文章中指出:世界文学"这样一个专横的术语造成了一所好大学的不应容忍的肤浅和偏见,然而除此之外,这个术语的使用也破坏了公共关系,冒犯了全球半数以上的人口。……有时,在那些轻率的时代,我认为我们应该把我们的研究叫作北大西洋公约组织的文学——甚至这个称呼也是奢侈的,因为我们通常仅仅涉及15个北大西洋公约国四分之一的国家。"①对以往具有西方中心主义的世界文学观念,达姆

---

① [瑞士]沃纳·弗里德里希:《我们计划的完整性》(Werner Friederich, "On the Integrity of Our Planning"),见于[美]哈斯克尔·布洛克:《世界文学的教学》(Haskell Bloch, *The Teaching of World Literature*, ed., University of North Carolina Press, 1960, pp.14-15.)。

罗什持有一种批评的立场：

> 世界文学经常在三种方法之一或更多的面向上被看视：作为一种被设定的"古典"作品，作为一种逐步形成的"杰作"之经典，或作为世界的多元"窗口"。①

同时，他又认为世界文学不再是由一套固定不变的古典作品或经典作品所限定的概念，在全球化时代，世界文学应该是对传播于语际的各个民族文学的投射，是看视世界的多元窗口。

另外，由于达姆罗什强调了翻译推动民族文学在语际传播而走向世界文学，那么翻译怎样的文学作品也取决于当下目标语读者群的审美趣味，所以一部分当代文学作品也因此被读者、译者与出版者操控而进入了世界文学。

总而言之，达姆罗什关于世界文学的定义，改变了上述四个层面对世界文学下定义的观念：一是强调全球化时代世界文学观念中的传播、翻译与阅读方式的重要性；二是解构了以往世界文学观念中的西方中心主义色彩；三是改变了以往崇尚一成不变之经典的世界文学观念，认为退出语际传播的经典也就不再是世界文学了；四是改变了世界文学不接受当代文学的陈规，世界文学这个观念也因为各个民族当代文学的传播、翻译与阅读而鲜活了起来，近年来，来自于不同国家、民族与区域获诺贝尔文学奖的当代文学作品就证明了这一点。

也正是如此，达姆罗什所定义的这种"比邻而居"和"通家之好"的世界文学就是比较文学研究的客体；说到底，世界文学就是比较文学。

在这里，我们顺便介绍一下区域研究与比较文学研究之间的关系。在国际学界，比较文学作为一个学科有着很强的国际政治性，西方本土的比较文学研究者总是居高临下地把第三世界民族的文学研究定义为"区域研究"（area studies），从而在学科的名称上就削弱了第三世界文学研究的独立性、民族性与世界性。一如加亚特里·C. 斯皮瓦克（Gayatri C. Spivak）在《一个学科的死亡》

---

① ［美］大卫·达姆罗什：《什么是世界文学？》（David Damrosch, *What Is World Literature?*, Princeton University Press, 2003, p. 15.）。

(*Death of a Discipline*)中所言:"区域研究与外国的'区域'有着关联,比较文学是由西方欧洲的'民族'所构成的,'区域'与'民族'之间的区别从一开始就影响着比较文学。"①斯皮瓦克在这里所言的"外国的'区域'"指的就是第三世界的民族,第三世界的文学研究往往被归属为区域研究,没有被视为民族文学研究,而西方世界的文学研究是民族文学研究,并且他们的民族文学研究才是比较文学研究与世界文学研究。客观地讲,第三世界的民族文学研究应该属于比较文学研究与世界文学研究的领域,不应该被西方比较文学研究者贬损地称之为区域研究。

当然,达姆罗什所给出的关于世界文学的定义也存在一些思考的误区。如民族文学的主体不尽然是以那些已经被翻译为其他语言的文学为代表,因为就一个民族文学的总量与主体来看,翻译为其他语言的文学作品毕竟是少数,且不一定是最优秀的文学作品。达姆罗什关于世界文学的定义,以翻译而间离了一个民族的文学,导致了民族文学内部产生了不平等的分离,使民族文学内部产生了中心与边缘的差异性,那些被翻译为其他语言的文学作品成为民族文学的中心作品,而那些没有被翻译的文学作品则成为民族文学的边缘作品。

安德烈·勒菲弗尔(André Lefevere)是翻译研究"操控学派"的代表人物,他明确地提出翻译是对源语文本的改写——"rewriting",认为翻译是译者受控于目标语诗学形态(poetology)与意识形态(ideology)的操纵从而完成的改写。因此,世界文学是借助于翻译所完成的源语与目标语的整合,而那些滞留在本土的民族文学永远保持着源语文本与源语读者之间的互动审美关系,所以其永远是民族文学。严格地讲,每一个民族文学的总体都是世界文学的一个部分。

综上所述,世界文学共含有五个层面的意义:总量上的世界文学,欧洲中心主义的世界文学,作为经典的世界文学,歌德理想中的世界文学及借助翻译在语际传播、折射与阅读的世界文学。如果我们把这五个层面作为一个参照系,更可以见出比较文学这一学科面对世界文学时其自身拥有的特色。

---

① [美]加亚特里·C.斯皮瓦克:《一个学科的死亡》(Gayatri Chakravorty Spivak, *Death of a Discipline*, New York: Columbia University Press, 2003, p.8.)。

## 4. 关于比较文学的定义

在比较文学原理的介绍中,我们给民族文学、国族文学、总体文学与世界文学下了定义,这不仅仅是为了说明、界分这四种概念本身的理论内涵,而更在于把这四种概念作为一种澄明的理论背景,进一步为比较文学这一概念下定义而营造有效的参照系。由于比较文学研究在视域和界限上的相对开放性,许多初学者在理解比较文学这个学科定义时总是处在一种难以把握的状态中,我们认为,关键问题之一就是没有在学科意识上明晰地把比较文学与上述四种概念界分开来,再给予分别与共同的理解。

综上所述,我们已经知道,民族文学研究或国族文学研究是以一种民族文学或一种国家文学为研究客体的,作为学科的成立,国族文学研究是依凭文学现象本身在历史上存在的客观时空条件所定位,即客体定位,所以它们的研究视域与研究语境是单向度的、一元的。比较文学研究的客体是两种民族文学之间或两种国族文学之间的关系,作为学科的成立是在于研究主体定位,所以比较文学的研究视域与研究语境是双向度的、二元的。总体文学是以三种以上的国族文学为研究客体的,其注重在历史横断面的共时性上对波及各个民族与各个国家的共同文学思潮与共同文学流派进行研究。而世界文学这个概念则在五个层面的意义指称总量上的世界文学,欧洲中心主义的世界文学,作为经典的世界文学、歌德理想中的世界文学及借助翻译在语际传播、折射与阅读的世界文学。

思考到这里,上述四种概念的理论内涵我们已经介绍清楚了。但初学者在概念的理解上往往容易混淆比较文学与总体文学,因为比较文学与国族文学之间的差异性是显而易见的,比较文学与世界文学之间的差异性是显而易见的,总体文学与世界文学之间的差异性也是显而易见的。

这里需要强调的是,仅在法国比较文学发展史上,对于比较文学研究的客体——关系,一直有着两类不同的说法。法国学者梵·第根认为:"地道的比较文学最通常研究着那些只在两个因子间的'二元的'关系。"[①]美国学者韦勒克援引法国学者巴尔登斯伯

---

[①] 《比较文学论》,[法]梵·第根著,戴望舒译,商务印书馆1937年版,第202页。

格的观点:"'比较文学'的另一种含义限定于对两种或多种文学之间的关系之研究。这种用法是由活跃的法国《比较文学评论》学派所奠定的,这一学派的首要人物即是已故的巴尔登斯伯格。"①

其实,较为宽容地说,比较文学研究的关系既可以定位在两种国族文学之间,也可以定位在多种国族文学之间。但需要说明的是,我们主张比较文学研究的客体——关系,一般应该定位在两种国族文学之间;因为一旦比较文学研究的客体扩展到多种文学关系之间,这势必加大了对研究主体——比较文学研究者在语言及知识结构上的要求,并且这一要求也不是一般比较文学研究者所可以做得到的,当然在国际比较文学界也有做得很成功的学者。所以,我们说比较文学研究的客体——关系是二元的(双向度)或多元的(多向度),这在理论上均可以成立。

我们说,比较文学的研究客体——关系可以是多元的,但这并不等于说比较文学就是总体文学,以至于两者之间没有学科界限的区分。往往初学者的困惑也就在于此:比较文学与总体文学有什么区别?在长期的比较文学教学与科研过程中,我们发现,如果我们对这一困惑不做出鉴别,初学者还是不可能对比较文学这一学科的概念获取明晰的理解。

国族文学是比较文学研究展开的基础,比较文学是在两种国族文学之间或是在文学与其他学科之间寻找三种类型的学理关系:事实材料关系、美学价值关系和学科交叉关系。比较文学即使是在三种以上国族文学之间寻找事实材料关系或美学价值关系,也没有总体文学研究在历史时间的共时性上所提出的限定。比较文学研究可以在两种或三种以上国族文学几千年的发展历程上寻找双方或三方以上共同的文学关系。美国普林斯顿大学比较文学研究者浦安迪(Andrew Plaks)的文章《中西长篇小说文类之重探》,在讨论中西小说相同的审美价值关系时,不仅反思了中国文学的漫长传统,还清理了从希腊史诗到中世纪与文艺复兴的漫长

---

① [美]雷纳·韦勒克、奥斯汀·沃伦:《总体文学、比较文学和民族文学》(René Wellek & Austin Warren, "General, Comparative, and National Literature"),见于[美]雷纳·韦勒克、奥斯汀·沃伦:《文学原理》(René Wellek & Austin Warren, *Theory of Literature*, Penguin Books, 1976, p.47.)。

历史。但是,总体文学研究虽然涉及三种以上国族文学的共同现象,但仅限于作为一种理论化的文学思潮或文学流派在文学发展史几十年或十几年短期内发生的文学现象,如上述梵·第根所言。

其实,比较文学与总体文学在学科意识上的确有着一定的共同性与交叉性,如两门学科的研究视域与研究语境都是多向度的、多元的,都涉及三种以上国族文学,但两者之间的差异性也是显而易见的。我们在此给出比较文学与总体文学之间的差异性,这对于初学者在一种参照中明确比较文学的学科特性有着重要的意义。比较文学研究在学科意识上自觉地强调两种或三种以上国族文学之间的关系,自觉地强调研究主体"四个跨越"的比较视域及其汇通,比较文学作为一门学科的成立在于主体定位,并且比较文学研究在历史的时间与空间上不受限制,有着历史的纵深感,可以在文学与诗学两个层面上展开;而总体文学研究不在学科意识上自觉地强调三种以上国族文学之间的关系,只把它们作为一种共同现象研究,不强调研究主体"四个跨越"的比较视域及其汇通,因此总体文学的成立仍在于客体定位(这一点与民族文学或国族文学一样),并且总体文学在研究的历史共时性上受到时间的限制,仅是在一个历史时期的横断面上展开,其研究的层面又局限于诗学。

一言以蔽之,我们可以在比较文学的视角下讨论后现代主义思潮与全球化的问题,也可以在总体文学的视角下讨论后现代主义思潮与全球化的问题,两者所面对现象客体可以是共同的,得出的结论可以是大同小异的,但比较文学与总体文学在学科界限上拥有的共同性与交叉性,在比较文学这里是自觉的强调与突出,而在总体文学那里没有自觉的强调与突出。这正是两种学科意识的不同。理解这一点可以说是非常重要的。

还有一个问题是教师在讲授比较文学和学生在学习比较文学时所碰到的困惑。这种困惑是在两个层面上体现出来的。

第一,从过去来看,近代以来那批在国外学成归国的留学生,他们不仅有着厚重的国学功底,也有着很高的西学水平,如王国维、胡适、鲁迅、辜鸿铭、陈寅恪、吴宓、朱光潜、钱锺书、季羡林等。他们的知识结构可谓是学贯中外与学贯古今。由于中外学术文化在他们的知识结构中积淀为极好的学养以及他们的多种语言能力,他们的思考与研究从他们的笔下流出,自觉不自觉地融入在炉火纯青般的汇通中,中外古今在这里打通,没有隔膜之感。如王国维的《〈红楼梦〉评论》、胡适的《〈西游记〉考证》、鲁迅的《摩罗诗力说》、陈寅恪的《〈三国志〉曹操华佗与印度故事》、吴宓的《荷马史诗与中国文学比较》、朱光潜的《诗论》、钱锺书的《谈艺录》、季羡林的《中国文学在德国》等。那么,他们的研究在学科上归类的话,究竟是国族文学研究还是比较文学研究?这是一部分初学者在对比较文学原理进行更深入一步理解时常常提出的设问。从这个设问可以见出,他们是在努力整理自己对比较文学学科界限的明晰把握。

的确,在汉语比较文学界,我们所列举出的能够被称之为比较文学研究大师的,就是上述这些学者,他们的一些研究成果就是比较文学研究领域中的典范文本。在比较文学的理论上,我们应该这样解释,他们学贯中外与学贯古今的学养使他们在自身的文学研究中,自觉而不自觉地把中外文化汇通在一起而形成厚重的比较文学范本;这种"自觉而不自觉的汇通"是大师性学者所秉有的一种极高的学术境界,他们不需要刻意地强调比较的方法,因此,我们认为这些大师性学者"自觉而不自觉的汇通"较之于普通的比较文学研究者所自觉强调的比较文学研究方法是两种不同的境界。所以我们可以把这些比较文学研究大师们在民族文学或国族文学命题下研究的成果称之为比较文学的典范,也可以把这些比较文学典范称之为秉有良好比较文学视域的国族文学研究。

第二,从当下来看,正如我们在第一章《发展论》的第一节《全球化与多元文化语境》所讨论的,21世纪以来的高科技通讯技术——大众传播媒介和互联网——令人瞩目地成为推动全球化过程的动力。全球新闻直播、E-Mail、信息高速公路的介入已经开始消融了民族、国家和文化的疆界,大量的关于西方文学批评与西方文化理论的信息被传播、译介到中国本土学术界,并在某种程度上渗透到中国古代文学、中国古代文论与中国现当代文学的研究中。当然这种"渗透"表现在具体的研究文本中,有的恰到好处且相当汇通,有的不成功且相当隔膜。比如有的中国古代文学研究者在讨论中国古代文学史上的弃妇形象时,把西方女性批评的理论恰到好处地汇入,形成一个相对自洽的研究体系;有的中国古代文论研究者在梳理中国古代文学批评史上"诗学"这一范畴的发展时,把西方关于诗学的思考恰到好处地作为参照背景,形成一个相对自洽的理论体系;至于现当代中国文学研究把西方的学术视域、学术信息与学术方法恰到好处地汇入,以形成相对自洽研究体系的现象那就更多了。

那么对于这种恰到好处的汇通性研究来说,原本在国族文学学科意义上成立的学术研究,在某种程度的接受与影响上与西方学术思潮有着密不可分的关系,不再是在一种纯粹的单一学术语境和单一文化背景下展开的了,这究竟是比较文学研究还是民族文学研究或国族文学研究?并且面临着全球化的国际社会背景,中国本土学术界也不可能把自己封闭在一种纯粹单一的学术语境和单一的文化背景下。我们还采取上述的回答,我们可以把他们在国族文学命题下汇通很好的成果称之为比较文学的典范,也可以把这些称之为比较文学典范的文本,认定为秉有良好比较文学视域的国族文学研究。

近几十年以来,学科与学科之间的交叉性越来越大,因此新兴学科的产生越来越多。跨民族、跨语言、跨文化与跨学科的比较研究视域,不应该仅是比较文学这一学科所专属,也应该是民族文学、国族文学、总体文学与世界文学研究的方法论之一。只是在比较文学这里,一切是在体系化的理论上所自觉执行而已。正如物理与化学的交叉产生物理化学,生物与化学的交叉产生生物化学,心理学与美学的交叉产生心理美学;这两种学科之间的确有着某种共同性,但并不因为两种学科之间所秉有的某种共同性而导致两种学科在概念的外延逻辑上无法成立,也不应该因此说两种学科之间就没有自身的学科界限。但话又说回来,正因为两种学科之间有着交叉与共性,学科界限在一定程度上的不可区分性也是存在着的,并且也是可以理解的:一言以蔽之,比较文学的研究视域不仅属于比较文学在学科意识上安身立命的本体论,也是其他学科展开研究的方法论。

思考到这里,我们可以参照上述基本原理讨论的背景为比较文学下定义了。什么是比较文学?

比较文学是以跨民族、跨语言、跨文化与跨学科为比较视域而展开的文学研究,在学科的成立上以研究主体的比较视域为安身立命的本体,因此强调研究主体的定位,同时比较文学把学科的研究客体定位于国族文学之间与文学及其他学科之间的三种关系：材料事实关系、美学价值关系与学科交叉关系，并在开放与多元的文学研究中追寻体系化的汇通。

在这里我们采用多句组合的命题方法为比较文学这一概念下定义。关于这一定义中"以'四个跨越'为比较视域""比较视域为比较文学在学科上安身立命的本体""比较文学研究追寻体系化的汇通"三个问题，我们将在下面章节展开讨论。

**思考题：**

1. 什么是国族文学？
2. 什么是民族文学？
3. 思考关于国族文学与民族文学的界分对理解比较文学的重要性。
4. 什么是总体文学？
5. 怎样理解总体文学及其两个层面意义的整合？
6. 什么是世界文学？
7. 怎样理解世界文学及其五个层面的内涵？
8. 怎样理解区域研究与比较文学研究之间的关系？
9. 什么是比较文学？
10. 怎样理解比较文学与总体文学在学科意识上的共同性与差异性？
11. 为什么说对国族文学、民族文学、总体文学与世界文学进行细致地界分，有助于我们对比较文学有着明晰的理解？

**参考书目：**

1. 《比较文学论》，[法]梵·第根著，戴望舒译，商务印书馆1937年版。
2. 《歌德谈话录》，[德]歌德著，朱光潜译，人民文学出版社1982年版。
3. [美]雷纳·韦勒克、奥斯汀·沃伦:《总体文学、比较文学和民族文学》(René Wellek & Austin Warren, "General, Comparative, and National Literature")，见于[美]雷纳·韦勒克、奥斯汀·沃伦:《文学原理》(René Wellek & Austin Warren, *Theory of Literature*,

Penguin Books,1976.),可参见中文本《文学理论》,韦勒克、沃伦著,刘象愚等译,生活·读书·新知三联书店1984年版。

4. [美]克劳迪奥·纪延:《世界文学》(Claudio Guillén, "Weltliteratur"),见于[美]克劳迪奥·纪延:《比较文学的挑战》(Claudio Guillén, *The Challenge of Comparative Literature*, Harvard University Press,1993.)。

5. [美]汉斯-乔茨姆·舒尔茨、菲利普·H.雷:《歌德:关于世界文学概念的论文节选》(Hans-Joachim Schulz & Phillip H. Rhein, "Johann W. Von Goethe Some Passages Pertaining to the Concept of World Literature"),见于[美]汉斯-乔茨姆·舒尔茨、菲利普·H.雷:《比较文学:早期论文选》(Hans-Joachim Schulz, Phillip H. Rhein, *Comparative Literature: The Early Years An Anthology of Essays*, The University of North Carolina Press,1973.)。

6. [美]沃尔特·科恩:《世界文学的概念》(Walter Cohen, "The Concept of World Literature"),见于[美]科尼利亚·N.摩尔、雷蒙德·A.穆迪:《东西方比较文学:传统与走向》(Cornelia N. Moore & Raymond A. Moody, *Comparative Literature East and West: Traditions and Trends*, University of Hawaii Press,1989.)。

7. [美]大卫·达姆罗什:《什么是世界文学?》(David Damrosch, *What Is World Literature?*, Princeton University Press,2003.)。

## 第五节 比较文学的本体论与方法论

### 1. 什么是比较文学的本体论?

在前面四节我们详细介绍、讨论了比较文学的诸项基本概念,最后我们应该以思考这样一个问题作为本章的总结:比较文学是本体论而不是方法论。应该说,关于这个问题的思考与回答对我们进一步了解、把握相对完整的比较文学基本原理有着重要的意义,并且对建立相对明确的比较文学学科意识也有着根本的意义。

什么是比较文学的本体论?对这个设问的回答,我们必须首先设问什么是"本体"和"本体论"？从对本体论的基本理论把握来拓展我们关于比较文学学科理论的思考。

对"本体"这个术语的追问,学界可以溯源到希腊文"ousia","ousia"是"einai"的名词形式,其意义相当于英文的"being"——"存在"。在古希腊智者时代,巴门尼德就提出"being"是宇宙的本源,即本体。"本体论"这个概念是17世纪开始在西方哲学界使用的,其德文书写是"Ontologie",英文书写是"ontology"。"ontology"是指关于研究"being"——"存在"的一门学问,确切地说,本体论是指从哲学的高度研究宇宙万物创生的基点——本源——终极存在的学问。在这里,"基点""本源""终极"与"本体"都是相互可以替换的同义概念。

简而言之,哲学家与理论家都可以在本体论的思考上去猜想宇宙万物的起源与生成,为宇宙设定一个具有普遍逻辑规定性的本体范畴,以解释万物生成的原因;实际上,他们也是把这个本体范畴作为自己的思想所安身立命的基点,从而在这个基点上建构起一个理论体系。需要强调的是,这个理论体系的基点、本源、终极就是他们所设定的那个本体范畴。中西哲人在本体论上为宇宙万物所设定的本体范畴可以有不同的命名,如中国古代哲人老子的"道"（Tao）与古希腊哲人柏拉图的"Idea"（理念）,老子与柏拉图分别认为宇宙万物是从"道"或"理念"中派生出来的,同时,他们也分别在"道"与"理念"这两个本体范畴上构建起自己解释宇宙万物创生的理论体系。

我们介绍了本体与本体论的基本原理后,需要递进一步说明的是,在20世纪以来的中西文学理论话语中,许多理论家往往把本体与本体论这两个概念及其相关理论思考从哲学那里借用过来,以讨论文学理论体系构建的基点、本源、终极或本体的问题,即在"什么是文学"的设问中,追问文学得以安身立命的基点或本体的问题。因为一种理论的构成必须要形成一个相对完整的体系,在这个相对完整的理论体系构建中必然要有一个逻辑的基点、本源、终极或本体,如老子哲学体系的本体是"道",柏拉图哲学体系的本体是"理念"。在讲授比较文学概论这门课程时,我们必须要给比较文学研究这门学科构建一个相对完整的学科理论体系,为这个学科理论体系构建一个安身立命的基点——本体,以总结这门学科理论体系的合理性与科学性。

达姆罗什的《什么是世界文学?》作为世界文学学科理论建构的读本也是如此。达姆罗什就是力图在一个相对完整的学科理论体系上为世界文学下定义,以此为他所理解的全球化时代的世界文学寻找一个自洽(self-consistent)且得以安身立命的基点——本体,这个本体就是由三个有着共同逻辑关系的概念所构成的:传播、翻译与阅读模式。而我们认为,在21世纪的全球化时代,比较文学在相对自洽的学科理论体系建构上得以安身立命的本体就是比较视域。

一言以蔽之,比较文学研究作为一门学科成立的基点——本体就是比较视域。简言之,比较视域就是比较文学的本体。

## 2. 什么是比较视域?

比较文学研究在学术研究的视域上具有一定的开放性,但我们不认为开放性是比较文学这一学科的唯一特征,其实,开放性也逐渐成为当下中国古代文学研究、中国现当代文学研究与世界文学研究等其他学科所拥有的一般特征了,所以超越一定的学理限度一味地强调比较文学的开放性,这必然导致比较文学的研究以及对比较文学的理解会成为没有边界而走向涣散的学科。因此在比较文学的基本原理介绍中为比较文学研究者划出一个相对明确的学科意识是非常重要的。

在本章的第三节,我们曾介绍了民族文学和国族文学作为学科的成立在于客体定位,而比较文学作为学科的成立在于主体定位,在比较文学的研究中,研究主体以"四个跨越"为比较视域的内涵,把"三种关系"作为研究客体。"三种关系"之所以可以成为比较文学的研究客体,这完全取决于研究主体的比较视域。如果比较文学研究主体在其视域内部没有展开"四个跨越",那么研究客体的"三种关系"也就不可能成立;所以,不同于国族文学研究的是,比较文学研究在学科成立的理论上非常强调主体性,这种主体性即是比较文学研究主体的比较视域。

比较视域的英文书写是"comparative perspective",这个概念在西方有关比较文学理论和比较文学研究的读本中经常被强调。

第一,让我们对"视域"做一次语言上的释义。在英语语境下,

"perspective"这个概念是在"透视法""透视图""远景""视野""视角""观点""看法""观察""展望""眼力"等这样一个内在的逻辑意义链上使其意义出场的,我们总纳了上述全部相关意义后,把"perspective"翻译为"视域"。对于从事比较文学研究的学者来说,我们要求大家在使用这个概念时,能够从汉语书写的"视域"这个概念中,提取英语"perspective"所含有的全部相关意义。实际上,当比较文学研究者对两种国族文学或文学与其他相关学科进行跨越研究时,就是以自己的材料占有与学术思考对双方进行内在的透视,以寻找两者之间的材料事实关系、美学价值关系与学科交叉关系,所以"视域"已经超越了它在日常用语中的一般意义,在比较文学这里,视域是指一种语际间多元透视的研究视野或研究眼光,我们把它总称为"视域"。比较文学研究较之于国族文学研究来说,其最大的差异就是研究眼光不一样,即研究视域不一样。

当比较文学研究者操用这样一种视域对两种国族文学或文学与其他相关学科进行透视时,实际上,这就是一种语际的与深度的汇通研究,也就是比较研究。规范地说,在学理上,这就是比较文学在学科意识上所强调的比较,也就是说,比较是一种语际的汇通性研究视域。比较文学的"比较"一定要被理解为"汇通"。在本章的第一节《关于"比较"与"文学"两个概念的语言分析》中,我们曾对"比较"可能被误读的情况做了语言的释义,需要在这里接着说明的是,我们不能从日常用语的层面对比较文学的"比较"进行浅表与字面上的理解。法国比较文学研究大师巴尔登斯伯格拒绝对两种不同的文学现象同时看上一眼就从表面上对其进行东拉西扯的类比。

在汉语中,"比"有两种基本意义涉及比较文学原理的建构。

先让我们来分析"比"的第一种基本意义。东汉许慎在《说文》中言:"比,密也。"[1]"比"在"密"的层面意义是"亲近"的意思。《宋本玉篇·比部》言:"比,近也,亲也。"[2]《论语·里仁》言:"君子之于

---

[1] 《说文解字注》,(东汉)许慎著,(清)段玉裁注,上海古籍出版社1981年影印经韵楼藏版,第386页。

[2] 《宋本玉篇》,(南朝梁)顾野王著,中国书店1983年影印张氏泽存堂本,第512页。

天下也,无适也,无莫也,义之与比",①邢疏:"比,亲也。"②"比"又从"亲近"引申为"合"、"亲合",《礼记·射义》:"其容体比于礼,其节比于乐",③陆德明释文:"比,同亲合也。"④"比"再从"亲合"引申为"和"、"和谐",《宋本广韵·脂韵》言:"比,和也",⑤《管子·五辅》载:"为人弟者,比顺以敬",⑥房玄龄注:"比,和。"⑦需要注意的是,"比"在"密"的原初意义上引申为"亲近""亲合"与"和谐"等,这样一条意义链正契合比较视域对两种国族文学关系或文学与其他相关学科关系进行透视所获取的亲合意义。这里所言说的亲合意义,就是双方的共同关系。

在规范的学理意义上,比较文学研究要求研究主体的视域把两种国族文学或文学与其他相关学科进行汇通,在这种汇通的视域中透视地追寻双方结构体系中的内在共同性。这种共同性就是双方之间的内在共同关系,这种共同关系可以分为三种:一是事实材料关系,以比较视域在研究中透视与发现,紫式部与白居易两者之间的事实材料关系,因为日本紫式部的《源氏物语》在创作材料中直接受到了中国白居易《白氏文集》的影响。二是审美价值关系,以比较视域在研究中透视与发现莫言与加西亚·马尔克斯两位作家之间的共同审美价值关系;中国莫言创作了小说《红高粱家族》《食草家族》《酒国》《丰乳肥臀》与《蛙》等,这些作品用魔幻般的现实主义将民间故事、历史和现代融为一体;哥伦比亚的作家马尔克斯创作了《百年孤独》,在对拉丁美洲的神话故事、宗教典故、民间传说进行融合中,这部小说编织出遭遇现实与想象未来的曲折离奇情节,其呈现出魔幻现实主义的写作风格;虽然这两位作家未曾有过直接的接触,但是,两者之间却有着共同与亲近的审美

---

① 《论语注疏》,见于《十三经注疏》,中华书局1980年影印世界书局阮元校刻版,下册,第2471页。
② 同上。
③ 《礼记正义》,见于《十三经注疏》,中华书局1980年影印世界书局阮元校刻版,下册,第1687页。
④ 《经典释文》,(唐)陆德明撰,上海古籍出版社1984年影印宋刻本,第860页。
⑤ 《宋本广韵》,(宋)陈彭年著,中国书店1982年影印张氏泽存堂本,第32页。
⑥ 《管子》,见于《二十二子》,上海古籍出版社1986年缩印浙江书局汇刻本,第104页。
⑦ 《字汇》,(明)梅膺祚著,上海辞书出版社1991年版,第236页。

价值关系。三是学科交叉关系,以比较视域在研究中透视与发现相关两种学科之间的交叉关系,《中国晚明与欧洲文学:明末耶稣会古典型证道故事考诠》是中国台湾学者李奭学的一部重要比较文学研究著作,这部著作在比较文学的跨学科研究视域中,透视、考证与追问了中西文化语际间宗教与文学之间的相互影响关系。

在《寻求跨越中西文化的共同文学规律》一文中,叶维廉主张比较文学研究应该在汇通的透视中,把中西两种文化美学传统进行互照、互对、互比与互识,以印证双方共同的美学基础(common aesthetic grounds),叶维廉所说的"互照、互对、互比与互识"即是指称源自于比较视域的内在透视。这实际上就以比较视域在双向的透视中寻求中西文化内在的共同性。关于这种共同性,我们也可以换用另外一个术语来指称:即汇通性。

的确,从国际比较文学发展史的历程上来看,无论是法国学派、美国学派、俄苏学派、还是中国学派,那些成功的比较文学研究范本均是在这样的比较视域中以纯正的、深度的、汇通的跨文化、跨学科研究以获得学术界的尊重。用钱锺书的话来说,就是"打通"。当然比较文学研究不仅在于求其同,也在于存其异,如钱锺书所言:

> 事实上,比较不仅在求其同,也在存其异,即所谓"对比文学"(contrastive literature)。正是在明辨异同的过程中,我们可以认识中西文学传统各自的特点。[1]

其实,比较文学首先是在异质文化背景下展开研究的,如果各个国族文学之间本身就没有文化差异性,比较文学也不可能成立,也不可能在语际的双向透视视域中寻求中外异质文化内在的共同性与差异性。

让我们来分析"比"的第二种基本意义。"比"在古汉语中的第二种基本意义就相当于现代汉语的"比较"。《朱子语类》卷十九言:"先看一段,次看二段,将两段比较孰得孰失,孰是孰非。"[2]这里"比"的第二种基本意义就是我们在日常用语中所操用的"比较"。

---

[1] 《钱锺书谈比较文学与"文学比较"》,张隆溪著,见于《读书》1981年第10期,第137页。

[2] 《朱子语类》,(宋)朱熹撰,(宋)黎靖德编,中华书局1994年版,第2册,第441页。

让我们来看一下关于"比较"的现代汉语释义。《现代汉语词典》:"比较"是"就两种或两种以上同类的事物辨别异同或高下"。① 《汉语大词典》:"比较"是"根据一定标准,在两种或两种以上有某种联系的事物间,辨别高下、异同"。② 这两部词典关于"比较"的释义与宋代朱熹使用的"比较"在意义上完全一致。人们在这个层面上对"比"与"比较"的理解、使用在日常生活中是最为普泛的,一些初涉比较文学的学者往往从这一字面上提取意义,去理解比较文学,最终导致对比较文学产生望文生义的误解,认为比较文学就是把两种文学现象拿过来进行对比、类比或比一比,如朱熹所言:"先看一段,次看二段,将两段比较",然后指出表面上的"孰得孰失,孰是孰非""辨别异同或高下"或"辨别高下、异同",结果把"比较文学"(comparative literature)误读为"文学比较"(comparison of literature)。需要强调的是,把中外文学或中外诗学作一种简单的高下比较,是没有学术意义的。

必须强调的是,这是人们从日常用语"比较"的字面上提取意义对比较文学这一学科所产生的望文生义的最大误读。

综上所述,"比较"这个术语在比较文学的学科场域中有其专业意义,我们不能从日常用语的角度对其进行望文生义的误读。"比较"在第一种基本意义上所引申出的意义链契合于"视域"的内在透视与汇通,"视域"是比较文学研究主体对两种国族文学关系或文学与其他相关学科关系的一种内在透视,这种透视的性质就是一种汇通性比较,因此在比较文学的专业语境下"比较"与"视域"在同义互训的基础上整合为"比较视域",从而构成比较文学研究安身立命的基点——本体。美国哥伦比亚大学比较文学教授赛义德在《差异的经验》("Discrepant Experience")一文正是在这个意义上强调比较文学就在于获取一种超越自己民族的视域——"perspective":

> 毕竟比较文学的建立和早期目的是获取一种超越自己民族的视域(perspective),以此去看视整体的某些部分而不是由自己的文化、文学与

---

① 《现代汉语词典》,中国社会科学院语言研究所词典编辑室编,商务印书馆2016年版,第67页。

② 《汉语大词典》,罗竹风主编,汉语大词典出版社1994年版,第5册,第268页。

历史所提供的具有防御性的那一点碎片。①

应该从赛义德的论述中看出,"视域"就是比较文学安身立命的本体。

所以,比较视域作为本体是一位成功的比较文学研究者必备的学养,比较文学研究所安身立命的比较视域是一位比较文学研究者自身学贯中外与学贯古今的学养所构成的。我们注意到,在中国近现代学术史上曾以大师身份留下足迹的学者,他们都是优秀的从事比较研究的学者,如王国维、陈寅恪、辜鸿铭、汤用彤、冯友兰、朱光潜、宗白华、钱锺书、季羡林,支撑他们研究视域的基点即是他们所拥有的学贯中外与学贯古今的知识结构,以及一两门以上娴熟的外语阅读与写作能力。

什么是比较视域?比较视域是比较文学在学科成立上安身立命的本体,是比较文学研究主体在两种国族文学关系之间或文学与其他相关学科关系之间的深度透视,这种透视是跨越两种以上国族文学的内在汇通,也是跨越文学与其他相关学科知识结构的内在汇通,因此"四个跨越"必然成为比较视域的基本内涵,其中跨民族与跨学科是比较视域中的两个最基本要素,在具体的研究过程中,由于比较视域的展开,使"三种关系"成为比较文学研究的客体。

### 3. 比较文学不是文学比较

由于一些学者从日常用语的视角误读"比较",没有对比较文学的学理获取正确的把握,又缺憾比较文学研究展开的本体视域——比较视域,所以比较文学界面临的最大困惑就是"比较文学"被误读为"文学比较"的问题。这个问题是东西方学术界共同存在的现象。1951年,法国学者伽列在基亚所著《比较文学》一书的初版序言中声明:

> 比较文学不是文学比较。问题并不在于将高乃依与拉辛、伏尔泰与卢梭等人的旧辞藻之间的平行现象简单地搬到外国文学的领域中去。

---

① [美]爱德华·W. 赛义德:《文化与帝国主义》(Edward W. Said, *Culture and Imperialism*, New York: A Division of Random House, Inc., 1994, p.43.)。

我们不大喜欢不厌其烦地探讨丁尼生与缪塞、狄更斯与都德等等之间有什么相似与相异之处。①

在中国近现代学术史上,陈寅恪是学贯中外与学贯古今的大师型学者,他曾撰写过《与刘叔雅论国文试题书》一文,对在汉语语境下就这种"文学比较"的穿凿附会现象提出过自己真知灼见的看法:

> 西晋之世,僧徒有竺法雅者,取内典外书以相拟配,名曰:"格义"("格义"详见拙著《支愍度学说考》),实为赤县神州附会中西学说之初祖,即以今日中国文学系之中外文学比较一类之课程言,亦只能就白乐天等在中国及日本之文学上,或佛教故事在印度及中国文学上之影响演变等问题,互相比较研究,方符合比较研究之真谛。盖此种比较研究方法,必须具有历史演变及系统异同之观念,否则古今中外,人天龙鬼,无一不可取以相与比较。荷马可比屈原,孔子可比歌德,穿凿附会,怪诞百出,莫可追诘,更无所谓研究之可言矣。②

"比较文学"不是"文学比较",这是比较文学课程在高等院校进行教学时必须被重点强调的。把"比较文学"误读为"文学比较"的问题,不仅在高校比较文学教学中存在,在中外学术界的研究中也同样存在。伽列反对以高乃依比拉辛,拒绝以伏尔泰比卢梭;陈寅恪拒绝以荷马比屈原,反对以孔子比歌德,这不是没有道理的。实际上,许多汇通中外与汇通古今的比较文学与比较诗学研究之典范文章,无论是在命题还是内容上很少有或根本就没有"比较"两个字,如王国维的《〈红楼梦〉评论》,鲁迅的《摩罗诗力说》,宗白华《论中西画法的渊源与基础》,钱锺书的《中国诗与中国画》,陈世骧的《中国诗学与禅学》、叶嘉莹的《从西方文论看中国词学》与欧阳桢的《诗学中的两极范式:中西方文学的前提》等。比较文学研究从20世纪80年代在中国大陆崛起以来,为什么在早期出现了许多从表现上进行硬性类比的"文学比较"的文章?为什么多次遭到学术界的质疑,关键问题就在于一些初学比较文学研究的学者在日常用语的"比较"意义上误解了比较文学。

---

① 《〈比较文学〉初版序言》,[法]伽列著,见于《比较文学研究资料》,北京师范大学中文系比较文学研究组选编,北京师范大学出版社1986年版,第42—43页。

② 《与刘叔雅论国文试题书》,陈寅恪著,《金明馆丛稿二编》,陈寅恪著,生活·读书·新知三联书店2001年版,第252页。

那么，较之于比较文学，文学比较又有怎样的学术误区呢？对于初涉比较文学研究领域的学者来说，这是一种应该了解的、重要的学术眼光。往往我们在讲授比较文学基本原理时总是从正面说明比较文学，而忽视从反面的角度指出文学比较的学术误区。其实进一步了解文学比较的学术误区对初学者把握比较文学的学理规范有着重要的参照意义。

如上述所言，文学比较一定是从"比"的第二种基本意义即日常用语的"比较"来理解比较文学的，因此往往从表面上把一眼看上去似乎相同的文学现象进行硬性的罗列与类比。在此我们举出三个例子来说明这一现象。

第一，把中国古代诗人李贺（790—816）与英国近代诗人济慈（1795—1821）进行硬性的类比。从法国学派的实证主义影响研究来要求，对李贺与济慈进行比较研究的可能性是没有的，因为李贺与济慈的生卒年代相去甚远，还没有任何实证材料在迹象上说明西方后逝的济慈拜读过东方前逝的李贺的作品，因此在诗歌创作及审美风格上济慈一定没有直接接受过李贺的影响，所以法国学派追寻的事实材料关系在这里无法成立，无法成为比较文学研究的客体。

那么，对于这种没有直接影响与接受关系的东西方两位诗人的类比，文学比较者往往是从表面上寻找双方的类似性进行拼贴，李贺病逝时年仅27岁，济慈病逝时年仅25岁，由于英年早逝是这两位东西方诗人最大的类同点，因此两位诗人在短暂的创作中所表现出来的各自的浪漫主义色彩，即成为文学比较者抓住不放的类似原则。我们需要指出的是，这种从表面上进行硬性类比的文学比较研究，缺少研究的学理深度及学术说服力。

第二，对托尔斯泰小说《安娜·卡列尼娜》中的安娜与曹禺戏剧《雷雨》中的繁漪这两个女性形象进行表面上同异的硬性比较。这种表面上类同的硬性比较理由在于，因为安娜与繁漪同是女性，她们俩各自都有一个富庶且有着相当社会地位的家庭，但是，她们又都有一个给她们支撑脸面但又极度缺乏爱情的丈夫；她们都有冲破这个家庭追寻爱情自由的渴望，并且她们都大胆地冲出了家庭的阴影找到了自己的情人，然而最终又被自己所钟爱的情人抛弃。

如上所言,法国学派所追寻的事实材料关系在这里也无法成立,因为至今为止,也没有任何实证材料在迹象上说明曹禺在塑造繁漪这个人物形象时直接受到托尔斯泰笔下安娜的影响。文学比较不仅可以罗列两种民族文学作品之间表面上的类似性,还可以从表面上罗列安娜与繁漪这两个女性人物之间及其背景的差异性。安娜的丈夫卡列宁是一位上层社会的官僚,繁漪的丈夫周朴园是一位封建色彩浓厚的资本家;卡列宁的冷漠是伪善的冷漠,周朴园的冷漠是残酷的冷漠;安娜要冲出的是一个贵族家庭,繁漪要冲出的是一个封建专制家庭;安娜是具有个性解放色彩的资产阶级贵族女性,繁漪是具有个性解放色彩的封建阶级富家女性;安娜的形象美丽,她总是以一种迷人心魄的眼光凝视着第三者,繁漪的形象苦涩,她总是以一种病态般的忧郁伺机叩问第三者的心灵。甚至,我们还可以把两位第三者渥伦斯基与周萍进行表面上同异性的罗列等等。这是一种典型的文学比较,是在"X加Y"的模式中寻找双方表面的同异点,安娜是"X",繁漪是"Y"。

在这里,关于安娜与繁漪的文学比较,从表面上看不仅跨越了民族——中国文学与俄罗斯文学,并且也跨越了学科——小说与戏剧,然而由于这种文学比较没有把比较视域作为研究展开的本体,仅是对两种文学现象进行表面上同异的罗列,所以这样的"比较"缺少内在的汇通、整合及深度,只能够被定义为两种文学现象之间表面类同的"比附"。所以,跨民族与跨学科不是衡量比较文学能否成立的唯一标准,我们还要注意研究主体是否真正拥有一种学贯中外与学贯古今的比较视域,研究主体是否立足于这个本体上,对两种国族文学或文学与其他相关学科进行汇通性研究。

第三,把中国古代诗学与西方古代诗学进行表面上的横向硬性比较。比较诗学是当下比较文学发展中的一个重要研究方向,但是,如果缺憾规范的比较视域,比较诗学也就会被降解为诗学比较。比如把东西方文论发展的历史切断,进行断代的、表面的横向硬性比附,把德谟克利特与墨子的表面现象进行横向的同异比附,把毕达哥拉斯的"和谐"与孔子推崇的"和而不同"之"和"进行同异比附等。法国学派追寻的事实材料关系在这里也无法成立,我们同意可以从美国学派所主张的美学关系来对中外诗学及其相关范畴进行比较研究,但是,这种比较研究应该是对双方进行深度性的与汇通性的透视，最终以形成一个体系化的具有普世性的第三种诗学立场。

上述三个文学比较的例子是具有典型性的。美国学派、俄苏学派与中国学派都认同对没有事实材料关系的两种国族文学或文学与其他学科进行比较研究，追寻一种跨民族与跨学科的抽象的审美价值关系。我们不是反对对李贺与济慈、安娜与繁漪、两汉文论与古罗马文论等进行跨民族与跨学科的比较文学研究，关键在于这种研究必须把比较视域作为研究展开的本体，必须把研究的视域透视到中外文学与中外诗学的内在深层结构中去，在一种汇通的体系中追问双方审美价值关系的共同性或共通性。

我们可以把中外文学史上所有英年早逝的诗人整合起来，从他们短暂、辉煌的生命与创作历程中追问一种早逝天才诗人的共通创作心理机制，以及汇通地、体系化地研究这种创作心理机制在几千年来人类诗歌发展史上所形成的普遍审美类型。我们也可以把中外文学史上表现在不同历史阶段、不同国族文学与不同艺术形式中的"安娜"与"繁漪"形象整合起来，以比较视域为研究本体，对表现在中国文学史与外国文学史上"始乱终弃"的悲剧女性形象给予共通性的体系化研究，寻找已婚年轻女性为追寻爱情自由冲破家庭而最终被弃的悲剧性文学主题。我们还可以把中国儒家经学与西方基督教神学的漫长历史打通，在人类宗教的共通性上，以比较视域透视经学与神学所呈现出来的通律性的道德伦理观，及双方的诠释学思想。

中国台湾比较文学研究者周英雄也曾举例，就文学比较把表面的"皮毛"进行"比较"谈出自己的看法："乍看之下，《二刻拍案》与《李尔王》的情节有许多相像之处：都是描写一父三女之间的冲突，父亲把家产转手给女儿，但却换得无所终老的下场。基本上探讨的都是两代之间的恩怨，父慈而子不孝，以及所引起的最终报应。如果我们把这种'皮毛'的比较当作一种比较文学研究，那这种比较就非常肤浅而且无意义；因为光就父亲与三个女儿之间的关系，作饾饤的排比，成果显然将是浅陋而无法深入的，因此我们应该就这表面的共通点，进一步将两个主题，放进各自不同的文化系统，再就这两个不同的符号后所代表的文化系统加以比较，以观察两者有何异同之处,甚至进而窥测广义的文学社会意义。"①

在《钱锺书谈比较文学与"文学比较"》一文中,张隆溪也曾提到钱锺书对比较文学的一个精辟的看法:

> 钱锺书先生借用法国已故比较学者伽列(J. M. Carré)的话说:"比较文学不等于文学比较"(La littérature comparée n'est pas la comparaison littéraire)。意思是说,我们必须把作为一门人文学科的比较文学与纯属臆断、东拉西扯的牵强比附区别开来。由于没有明确比较文学的概念,有人抽取一些表面上有某种相似之处的中外文学作品加以比较,既无理论的阐发,又没有什么深入的结论,为比较而比较,这种"文学比较"是没有什么意义的。②

的确,正如钱锺书所说文学比较是没有什么意义的。理由在于:第一,文学比较仅从表面的皮毛上对两种文学或文学与其他相关学科进行类比,容易生拉硬扯、牵强附会,其结论过于生硬而简单,并且会产生一些学术结论上的笑话。第二,文学比较不可能把比较视域作为研究工作安身立命的本体,因此无法追寻到中外文学结构内部的共同规律,因此所推出的结论没有普世性,缺少说服力;并且文学比较也缺少比较视域对中外文学进行内在汇通的体系化,表现为一种结论上的武断与零散。第三,由于文学比较缺少学理上的科学性,它的随意性太大,因此"拉郎配""乱点鸳鸯谱"与"风马牛不相及"的现象经常出现,这不仅没有研究的学术价值,而且也扰乱了比较文学研究的正常学术视域。

1997年法国巴黎第三大学比较文学学院院长巴柔(D. H. Pageaux)在北京大学开设比较文学讲座时,有的学者提问比较文学究竟"比较"什么?巴柔以一种诙谐陈述出一位真正的比较文学研究者地道的职业感觉:我们什么也不比较,幸亏我们什么也不比较。

的确,比较文学不在于"比较",而在于"汇通"。一位地道的、职业的比较文学研究者在于把自己的研究工作在本体论上定位于

---

① 《懵教官与李尔王》,周英雄著,见于《结构主义与中国文学》,周英雄著,东大图书公司1983年版,第190—191页。

② 《钱锺书谈比较文学与"文学比较"》,张隆溪著,见于《读书》1981年第10期,第137页。

比较视域,对两种国族文学或文学与其他相关学科进行体系化的内在汇通。所以判断一篇文章、一部著作是否在学科上属于比较文学,不在于这篇文章、这部著作是否在命题及内容中使用了"比较"两字,而在于判定研究主体是否把比较视域作为研究展开的本体,是否对他所研究的两种国族文学或文学与其他相关学科进行了体系化的、内在性的汇通。如吴宓的《〈红楼梦〉新谈》、朱光潜的《诗论》、钱锺书的《通感》、杨周翰的《攻玉集》、叶嘉莹的《从西方文论看中国词学》等,我们无法直接从这些文章和著作的命题上提取"比较"两字,但这些文章、著作都是比较文学研究的典范文本。反之,在命题与内容上频繁使用"比较"两字的文章和著作,其并非在学科规范上合乎于比较文学,很可能是文学比较。艾田伯在《比较不是理由》一文中主张把法国学派的历史实证与美国学派的美学批评两种方法整合起来,这一表述受到中西比较文学界众多学者的喝彩,但是艾田伯的精彩之处更在于,在"比较不是理由"的口号下,让比较文学研究者领悟到从日常用语的字面上提取的"比较"意义的确不是比较文学成立的理由。

此外,对一位比较文学研究者身份的判定,也不在于他(她)是否是在西方欧美或东方中国的名牌大学获取过比较文学专业的硕士、博士与博士后身份,关键在于他(她)所撰写的文章与著作有没有把学贯中外、学贯古今的比较视域作为研究工作展开的本体,有没有学贯中外、学贯古今的深厚学术功力把两种国族文学或文学与其他相关学科进行体系化的、内在性的汇通。其实,在上述学者中只有吴宓是美国哈佛大学比较文学系毕业的硕士,其他学者并不是专业学习比较文学出身的,但是,由于他们学贯中外、学贯古今的深厚学养,从他们学术视域中所看到的就是对古今中外的汇通,这是一种自然而然地流露,没有刻意地追求。所以他们命中注定是中国汉语比较文学界的著名代表人物。

### 4. 比较视域的内质与可比性原则

比较视域对比较文学在学科成立的基点上呈现出重要的意义,正是比较视域在本体论上把比较文学研究与国族文学研究界分开来,所以比较视域是比较文学这一学科安身立命的本体。那么,究竟应该怎样理解比较视域的内质?我们在这里给出一个总结性分析以便初学者把握。

第一,"一个本体"与"两个学贯"。

比较视域是比较文学研究主体拥有的一种重要的学术能力和学术眼光,它是由研究主体多年对中外古今文化营养的刻苦汲取及在自身知识结构中的厚重积累而形成的,比较视域内质的最高层面用八个字来概述就是"学贯中外"与"学贯古今"。在中国近现代学术史上,王国维、胡适、鲁迅、辜鸿铭、陈寅恪、吴宓、朱光潜、钱锺书、季羡林等,他们之所以能够被称之为比较文学研究大师,无不是在"两个学贯"上建构起自己的学术眼光,所以比较视域也是比较文学研究者的学养所在。每当我们提及比较文学安身立命的"一个本体"时,指的就是比较视域。

这就要求从事比较文学研究的学者应该注意自身东西方学养的积累,一篇成功的比较文学研究文章或一部成功的比较文学研究著作,都是研究主体积累于自身比较视域中的中外古今学养在研究文本中的学术化显现。当然,我们不可能苛求当代每一位比较文学研究者都可能达到上述那些大师所拥有的"两个学贯",但是,刻苦汲取中外文化营养、积累厚重的中外知识结构以形成主体自身的比较视域,向"两个学贯"接近,这是每一位从事比较文学研究的学者所应该努力的。初唐学者孔颖达言"颐者,颐养也"。[①] 我们认为,比较视域的形成、颐养对于比较文学研究者来说是一生的艰苦历程,这也决定比较文学虽然是当下全球化时代的国际主流学科,但绝对不能做短期的炒作。

第二,"三个关系"与"四个跨越"。

由于"两个学贯"是比较文学"一个本体"——比较视域的最高内质,因此"三个关系"与"四个跨越"也必然成为比较视域内质的重要因素。在本章第三节,我们讨论了"比较文学的研究客体:学理关系及其三种类型的意义",我们曾说明比较文学正是把材料事实关系、美学价值关系与学科交叉关系作为研究客体,才得以使自身在学科上与民族文学或国族文学区分开来。当然在具体的比较文学研究中,一篇文章能够把一个"关系"作为自己研究的客体,这

---

[①] 《周易正义》,见于《十三经注疏》,中华书局1980年影印世界书局阮元校刻版,上册,第40页。

样就有展开比较研究的可能性,如果一篇比较文学研究的文章既是跨学科关系的,又同时可能把双方的材料事实关系与美学价值关系带入其中,这样的视域更为开阔,也更有说服力,如钱锺书的文章《读〈拉奥孔〉》。

需要强调的是,虽然"三个关系"是比较文学研究的客体,但"三个关系"是依凭于研究主体的比较视域而成立的,所以从根本的意义上来看,"三个关系"还是属于比较视域的内质,是比较视域内在的"三个关系"在研究过程中外化出来,成为比较文学研究的客体,如果一位学者没有比较视域,或他的研究视域中本身就缺乏内在的"三个关系",作为研究客体的"三个关系"还是无法成立。"四个跨越"也是如此,是比较视域的重要内质之一,如果一位文学研究者在其学术视域的内部没有跨民族、跨语言、跨文化或跨学科,那么"三个关系"也无法作为客体成立,这样的文学研究还是一元视角的民族文学研究或国族文学研究。我们说为什么比较文学学科身份的成立在于主体定位,民族文学或国族文学学科身份的成立在于客体定位,原因就在这里。一般初涉比较文学者很容易把"三个关系"与"四个跨越"理解为比较文学研究操用的一种外在的方法论,这样的理解是不正确的。在根本的意义上,我们应该把"三个关系"与"四个跨越"视为研究主体积淀在自身知识结构中的学术能力和学术眼光的一个部分,在比较文学研究的整体过程中,虽然"三个关系"与"四个跨越"最终表现为客观现象,但这是研究主体比较视域内质的外化显现。

第三,"汇通性"与"体系化"。

比较视域是比较文学研究展开的"一个本体",而"两个学贯""三个关系""四个跨越"是比较视域的内质,这就决定"两个学贯""三个关系""四个跨越"不是流于表面的,而是中外文化与学术知识积淀于主体知识结构中的内在汇通性与体系化,这种内在的汇通性与体系化既是比较视域的内质,又推动着比较视域的形成。

比较文学研究者对两个民族文学之间关系的汇通性研究,虽然最终体现在研究成果的文本上,但首先是在主体自身知识结构内部完成的。当我们赞赏、慨叹钱锺书把东西方文化及学术知识在《通感》《诗可以怨》与《中国诗与中国画》的文本中汇通得那么自洽时,我们应该认识到这种汇通首先是在研究主体知识结构的内部完成的,这三篇文章仅是钱锺书把东西方文化及学术知识在自身知识结构中咀嚼、消化、汇通后,通过自身的学术行动把其外化、文本化,显现为一种文本形式,即比较文学研究。钱锺书在给郑朝宗的信中认为他本人的文学研究就是"打通",把中国文学与外国文学打通,把中国诗词与小说打通。这里的"打通"就是"汇通",是在比较视域——主体知识结构内部的"打通"。

从阐释学的理论上讲,研究主体要获取一种纯正的比较视域,必须对纳入自身知识结构的中外文化及学术知识进行咀嚼、消化,在咀嚼、消化中对其重组使其体系化,这种咀嚼、消化也是中外文化及学术知识在主体知识结构中进行对话、阐释与互动的过程,最后的重组即意味着汇通与体系化的可能,以形成汇通与整合中外文化的具有普世性的第三种学术立场。所以,我们认为比较文学研究是第三种学术立场。

比较视域的内在汇通性与体系化也决定比较文学不是在表面上寻找相似的文学比较。王国维在《人间词话》中认为:"词以境界为最上,有境界则自成高格,自有名句。"[①]我们不妨把"境界"这个术语挪移到比较文学的研究领域来,比较文学研究也有自身的境界,这个境界就是中外文化与学术知识在主体知识结构中汇通、体系化所形成的比较视域,即王国维所言的"意与境浑"。在这里"浑"就是"汇通"。在王国维的美学思想中,"境界"与"意境"是两个略有不同的概念,我们还是把境界用于比较文学研究。王国维曾用"隔"与"不隔"来区分意境的高下,我们在这里用"隔"与"不隔"来区分比较文学研究境界的高下。以比较视域为本体的、真正汇通的比较文学研究的确拥有一种很高的境界,中外文化与学术知识在这里是体系化的,是"不隔"的;而文学比较缺憾中外文化与学术知识的汇通性及体系化,没有境界,所以让人读上去感到"隔"。王国维认为有"诗人之境界"与"常人之境界"之分,我们认为有"比较文学之境"与"文学比较之境"的区分,前者是内在的自然流露,后者是外表的硬性类比和拼凑。

汇通是比较视域的重要品质,那些比较文学研究大师们正是

---

① 《人间词话》,王国维著,见于《蕙风词话·人间词话》,况周颐著,王幼安校订;王国维著,徐调孚、周振甫注,王幼安校订,人民文学出版社1998年版,第191页。

拥有东西方学养汇通的比较视域,在比较文学的研究中他们可能做到"清水出芙蓉,天然去雕饰"①"羚羊挂角,无迹可求",②比附、类比与人为拼凑的痕迹在这里荡然无存。虽然这种境界是少数大师性学者才可以达到的,但应该是我们当代比较文学研究者努力追求的目标。

汇通性的背后就是体系化。我们对国内外优秀的比较文学研究成果进行拣选后,发现这些研究成果都拥有自身相对完整的思想体系,即跨民族与跨学科的东西方知识在这里不再是硬性的拼凑,而是一种完满的、有机结合后的次序化。比较文学研究成果形成后能否拥有这种次序化的体系是非常重要的,国际比较文学界有许多学者都在强调这一点。雷马克认为以莎士比亚戏剧研究为例来说明这一点:

> 一篇关于莎士比亚戏剧的历史材料来源的论文(除非它的重点在另一国之上),只有把史学与文学作为研究的主要两极,只有对历史事实或历史记载及其在文学方面的采用进行体系化的比较和评价,并且体系化地取得了适用于文学和历史双方要求的结论,这篇论文才是"比较文学"。③

杨周翰也认为比较文学研究应该在意识的自觉上追求系统性:"比较是表述文学发展、评论作家作品不可避免的方法,我们在评论作家、叙述历史时,总是有意无意进行比较,我们应当提倡有意识的、系统的、科学的比较。"④这里的系统性指的就是体系化,主体在比较视域中使中外文化与学术知识进行互动、对话、阐释与汇通,寻找共同的"文心"与"诗心",然后体系化地整合出一种新的思想,即"to make something new",即第三种学术立场。如果中外文化与

---

① 《经乱离后天恩流夜郎忆旧游书怀赠江夏韦太守良宰》,(唐)李白撰,见于《全唐诗》,上海古籍出版社 1986 年据康熙扬州诗局本剪贴影印,上册,第 400 页。
② 《沧浪诗话校笺》,(宋)严羽著,张健校笺,上海古籍出版社 2012 年版,第 157 页。
③ [美]亨利·雷马克:《比较文学的定义和功用》(Henry H. H. Remak, "Comparative Literature, Its Definition and Function"),见于[美]牛顿·P. 斯多克奈茨、赫斯特·弗伦茨:《比较文学:方法与视域》(Newton P. Stallknecht & Horst Frenz, *Comparative Literature: Method and Perspective*, Southern Illinois University Press, 1961, p. 9.)。
④ 《攻玉集》,杨周翰著,北京大学出版社 1983 年版,第 14 页。

学术知识在研究主体的视域中没有汇通，其呈现在研究文本中必然是零散、破碎与拼凑的，因此其不仅缺少整体感而且没有体系化，也不会产生一种新的思想。

罗素对西方经院哲学家弗兰西斯教团的罗吉尔·培根有过这样一个评价："他的学识是百科全书式的，但却缺乏体系性。"①我们认为，优秀的比较文学研究者的学识不仅应该是百科全书式的，而且他的研究成果应该是有体系性的。

第四，可比性原则及其要求的相对性。

把握比较文学研究的可比性原则对于比较文学的学科建设和从事比较文学研究的学者来说是非常重要的，可比性原则是衡量比较文学学科规范的尺度。有些教材把其称之为可比性，因为比较文学的可比性是由其一系列的内在原则所组成，所以我们还是把其称之为可比性原则。

可比性原则与比较视域的内质有着密切的联系，可以说，比较视域的四个层面内质就是可比性原则的全部。我们提及比较文学的可比性原则这个术语时，往往是在两种情况下使用的，第一，在比较文学研究的初始阶段进行选题时，往往要判断所选的命题是否具有可比性，如"李贺与济慈的美学价值关系比较研究"；第二，对一部完成的研究成果进行比较文学学科名义下的可比性判断，如钱锺书的《谈艺录》。需要说明的是，无论是对一个还未展开研究的命题进行可比性判断，还是对一个已完成的研究成果进行可比性判断，都不能只直接从命题的字面上提取是否具有可比性的结论。以往的比较文学原理主张把事实材料关系、美学价值关系与学科交叉关系作为讨论一个命题或一个成果是否具有可比性的唯一标准，我们认为这是不够的。因为仅把"三个关系"作为衡量可比性的唯一尺度，很可能导致表面上的误判，把文学比较混同于比较文学。"李贺与济慈的美学价值关系比较研究"在命题的字面上可以满足"三个关系"之一，但从研究主体的知识结构内部来看，这一命题未必具有比较文学研究的可比性，《谈艺录》在命题的字面上并不能够满足"三个关系"，但从作者的知识结构和研究视域来看，这是一部比较文学研究的典范文本。

---

① 《西方哲学史》，[英]罗素著，商务印书馆1996年版，上卷，第563页。

衡量比较文学研究的可比性，应该以研究主体的比较视域为本体，把比较文学研究作为一个将要发生的或已经发生的整体过程带入进去给予判断，所谓整体过程包括比较文学研究主体、知识背景与研究成果。第一，要衡量研究主体是否拥有比较视域，是否可能把比较视域作为研究展开的本体，如果研究主体缺憾比较视域或没有把比较视域带入，就不可能形成比较文学研究。这是"一个本体"原则。第二，研究主体围绕着他所选定的比较文学研究命题，是否尽可能地拥有相关的古今中外学术知识的积累，命题选择正确，如果缺少相关东西方学术知识的积累，这个命题也不可能做好。这是"两个学贯"原则。第三，研究主体能否在自己的知识结构内部把握事实材料关系、美学价值关系与学科交叉关系，而不是把"三个关系"流于表面的比附与拼凑。这是"三个关系"原则。第四，主体的研究视域能否在自己的知识结构内部完成跨民族、跨语言、跨文化与跨学科，而不是把"四个跨越"流于表面的类比与拼凑。这是"四个跨越"原则。第五，研究主体能否在自身的研究视域中把围绕命题所积累的中外古今知识进行咀嚼、消化、汇通与重组。这是"汇通性"原则。第六，在研究主体比较视域中汇通的中外古今知识形成研究文本后，能否在学术思想上相对体系化，从而建构自己的一个自洽的新的学术观点。这是"体系化"原则。

比较视域作为比较文学研究的"一个本体"是统领可比性第二原则至第六原则的基点，可比性的第二原则至第六原则也是支撑比较视域在本体论上成立的内质。这六个原则浑然一体构成了比较文学的可比性原则。需要说明的是，可比性原则的设定主要是为了进一步明晰比较文学的学科意识，也是为初涉比较文学研究者提供一种相对明确把握比较文学的准则。从比较文学可比性原则来看，比较文学的确是一门精英的学科，正如法国学者布吕奈尔在《什么是比较文学》一书中所言：

> 人们可以在法国的几个讲坛上用金光闪闪的字母刻上让·法布尔（Jean Fabre）的这句话："比较文学是一个加冕的学科。"①

---

① 《什么是比较文学》，[法]布吕奈尔、比叔瓦、卢梭著，葛雷、张连奎译，北京大学出版社 1989 年版，第 28 页。

的确,比较文学是一个加冕的学科,比较文学提出了相当高品质的学术要求。但是,可比性原则在具体的应用中应该有着一定的相对性,这种相对性表现在以下两个方面。

第一,可比性原则是从那些优秀的比较文学研究者的学术视域、知识结构及研究成果中总结出来的,对于初涉比较文学研究者和普通比较文学研究者来说,我们不可能要求他们的学术视域、知识结构与研究成果完全满足可比性原则的六个方面。但是,可比性原则给他们提供了区别比较文学与文学比较之是非的相关学理,也同时为他们的比较文学学习与研究设定了努力奋进的标准。

第二,由于比较文学是一门具有国际性的主流学科,因此对不同国族语境下和不同学术文化背景下推出的比较文学研究成果,可比性原则也表现出衡量标准的相对性。比如在比较诗学的研究中,对"中国古典诗学的本体范畴与西方古典诗学的本体范畴"进行比较研究,根据可比性原则,我们当然希望这一研究成果及其研究主体的学术视域所涉及的知识和解决的问题,在西方古典诗学方面能够与西方学术界多年所积累的学术水平接轨,在中国古典诗学方面能够与中国学术界多年所积累的学术水平接轨,但实际上人在有限的生命时段中很难做到这一点。因为语言的差异性及学术文化的差异性对两种知识的厚重积累设置了相当大的难度。所以可比性原则的相对性在这里就显得很重要了。

如2003年,宇文所安曾在中国出版过一部翻译过来的英汉双语著作《中国文论:英译与评论》,这是一部优秀的比较诗学著作。宇文所安是哈佛大学著名的比较文学研究教授,在这部著作中,我们可以见出他作为美国本土学者在西方诗学观念下思考的娴熟性,同时,他也在最大的可能性上把西方诗学的观念汇通于中国古代诗学的语境中去,对中国古代诗学与西方诗学进行了相对汇通意义上的研究。他作为一位来自于异质文化语境的美国优秀学者,他的研究视域为从事中国古代诗学研究的本土学者给出了巨大的启示;然而,宇文所安关于中国古代诗学的知识,其较之于中国本土从事中国古代文学批评研究的学者还是有着一定的差异性,但宇文所安依然是一位优秀的国际性比较文学研究者。因此,我们在这里特别强调可比性原则的相对性。

我们应该就比较文学研究成果及其研究主体所属的民族身

份、语言身份、文化身份、国别身份或学科身份对其进行可比性原则的相对性衡量。再如美国普林斯顿大学比较文学系教授厄尔·迈纳(孟而康)的《比较诗学》一书,这部专著所涉猎和解决的西方诗学问题在当时是走在欧美学术界前沿的,其所涉猎和解决的东方诗学问题,从东方中国学术界、日本学界多年积累的研究水平来分析是比较浅的,然而,这种水平已经达到了当时欧美学术界对东方诗学研究所达到的最高水平。反过来,我们也可以说,对于中国学者在汉语语境下用中文撰写的比较文学专著,我们不强求其所涉猎和解决的关于欧美文学的问题与欧美学界的研究前沿接轨,我们应该要求其达到中国学界努力与西方学界接轨的研究前沿水平,这样就很好了;如在汉语语境下,中国学者所从事的莎士比亚戏剧研究、乔伊斯流亡美学的研究、卡夫卡小说的空间意识研究与加拿大作家玛格丽特·劳伦斯作品研究时,一般地讲,他们的介绍与研究较难达到西方学界原语语境下的前沿水平,但是,能够达到中国汉语语境下努力与西方接轨的最高学术水平,这样就很好了。

当然,一部比较文学或比较诗学专著的出版,其所解决的东西方文学或诗学问题能够同时与东西方学术界的研究前沿接轨,那是最好不过的了。

我们所强调的可比性原则的相对性,其实践意义也就在这里,否则可比性原则会成为使比较文学研究者望而却步的理论障碍。

### 5. 比较文学属于本体论而不属于方法论

任何一门学科的发展都不可能是先有定义再发展,而是学科的发展在不断的调整中完善着自身的性质,逐渐地给出一个自洽的科学定义。人文学科研究的四大论为本体论(ontology)、认识论(epistemology)、价值论(axiology)与方法论(methodology),本体论最重要,所以被排序在最前,方法论在最后。我们已经理解了,在日常用语的"比较"意义上,不能把比较文学理解为是对两种国族文学或文学与其他相关学科进行表面的类比,比较作为一种学术视域是研究主体对两个国族文学关系或文学与其他相关学科关系的一种内在的汇通性透视,是比较文学在学科成立上安身立命的本体,这就决定比较文学属于本体论而不是方法论。

我们说比较文学的"比较"不属于方法论,主要是为了回避把比较文学在日常用语上误读为一种表面类比的方法。一些初涉比较文学的学者往往会把比较文学望文生义地理解为一种研究方法,认为比较文学就是对两种文学现象及其作家进行"比一比",也可能这两种文学现象及其作家还是一种国族文学语境下的同时代作家,如鲁迅与郁达夫都是留日的浙江著名作家,因此把鲁迅与郁达夫进行"比一比",认为这种"比一比"——"比较"是文学研究的一种方法论。

我们必须承认一些比较文学教科书在其后面所列出的许多关于比较文学与比较诗学研究的文章与著作,无论是在命题上还是在论述中,其中有一部分是把"比较"作为一种纯粹外在的类比方法来使用的。也就是说,在识别一篇文章或一部著作是否在学科上归属于比较文学或比较诗学,不在于其是否在命题上和论述中使用了"比较"二字,而在于文章或著作是否能够把比较视域作为研究工作展开的本体,是否能够把东西方文学进行内在的汇通和体系化。从我们在上述所介绍的比较基本原理来看,比较文学的比较的确应该是一种汇通性研究的学术视域,而不是一种外在的类比方法——"比一比",所以有许多学者认为比较文学是一门没有起好名字的学科。

在理论上明确"比较"在比较文学研究中不是一种简单的方法,这一点是非常重要的。这样不仅有助于初涉比较文学研究者对比较文学进行正确的理解,也有助于对比较文学与文学比较进行学理上的区别。意大利著名美学家克罗齐(Benedetto Croce)曾经就把"比较"错误地理解为比较文学的方法论,以至这样一位拥有国际名望的学者对比较文学产生了错误的理解:

> 比较方法不过是一种研究的方法,无助于划定一种研究领域的界限。对一切研究领域来说,比较方法是普通的,但其本身并不表示什么意义。……这种方法的使用十分普遍(有时是大范围,通常则是小范围),无论对一般意义上的文学或对文学研究中任何一种可能的研究程序,这种方法并没有它的独到、特别之处。……看不出有什么可能把比较文学变成一个专业。①

---

① 《中西比较文学理论》,[美]约翰·迪尼著,刘介民译,学苑出版社1990年版,第143—145页。

其实，克罗齐及文学比较者的失误就在于把比较认同为一种纯粹外在的类比方法，以至于忽视了把比较认同为主体的一种研究视域，进而忽视了把比较视域认同为比较文学在学科上安身立命的本体。

我们认同比较文学属于本体论，不是说在比较文学研究中没有方法论，如本教材在第四章所讨论"法国学派及影响研究""美国学派及平行研究"与"中国学派及阐发研究"，在第五章所讨论的"文类学与形式""主题学与流变""形象学与他者"及"类型学与通律"等都是比较文学在研究中所采用的不同方法。但是，这些不同的比较文学研究方法必须是立足于比较文学的本体——比较视域上展开的，因此我们再三强调，在比较文学研究中，上述方法论从属于本体论。

最后我们还需要强调的是，比较视域作为优秀文学研究者的学养，往往也被许多从事民族文学研究或国族文学研究的学者自觉不自觉地带入他们的研究中，对于这些优秀的从事国族文学研究的学者来说，比较视域也潜在地成为他们在学术研究上安身立命的本体。总之，因此在特定的学术语境下，我们可以扩而展之地给出具有引申意义链的三种意义相同的表述：比较视域是比较文学这一学科安身立命的本体，比较文学的"比较"属于本体论而不属于方法论，比较文学研究的安身立命是本体论而不是方法论。

**思考题：**

1. 什么是比较文学本体论？为什么要建立比较文学本体论？
2. 比较文学的本体是什么？
3. 什么是比较视域？怎样理解"视域"的内涵？
4. 怎样理解"比"的两种基本意义？
5. 怎样理解"比较"与"视域"的同义互训？
6. 为什么说比较视域作为本体是一位成功的比较文学研究者必备的学养？
7. 怎样理解比较文学不是文学比较？
8. 怎样理解比较文学不在于"比较"而在于"汇通"？
9. 怎样理解文学比较"X加Y"的硬性类比模式。
10. 一个本体、两个学贯、三个关系、四个跨越、汇通性、体系化。

11. 怎样理解比较视域的内质?

12. 怎样理解比较文学研究的汇通性在于研究成果的体系化?

13. 怎样理解可比性原则及其相对性?

14. 为什么说法国学者布吕奈尔在《什么是比较文学》一书中认为比较文学是一门加冕的学科?

15. 为什么说比较文学是本体论而不是方法论?

16. 怎样理解意大利美学家克罗齐把比较文学的"比较"理解为方法论的错误?

17. 怎样理解"文类学""主题学""形象学"与"类型学"等是比较文学研究的方法论,并且怎样理解在比较文学研究中方法论从属本体论?

**参考书目:**

1.《钱锺书谈比较文学与"文学比较"》,张隆溪著,见于《读书》1981年第10期。

2. [美]爱德华·W. 赛义德:《文化与帝国主义》(Edward W. Said, *Culture and Imperialism*, New York: A Division of Random House, Inc., 1994.)。

3.《什么是比较文学》,[法]布吕奈尔、比叔瓦、卢梭著,葛雷、张连奎译,北京大学出版社1989年版。

# 第三章 视域论

## 第一节 比较视域的基本特征

### 1. 视域与比较视域

前面我们已经介绍了比较视域的基本含义及其内质,这一章我们将更多地结合多种研究实例来继续讨论比较文学研究中的"视域"这一极为关键的概念。

从"视域"——"perspective"这个术语的字面意义来看,无论是中文还是英文,两者都具有很强的隐喻意味,其首先是指主体在观看对象的姿态中所采用的视角与眼光。一方面,主体的观看方式与角度必然是受主体自身知识、文化、信仰与情感等诸多因素混杂制约的结果;另一方面,对象也不可能绝对孤立地显现其自身,而必然是依赖于一定的历史、文化与社会背景,与其他文化现象处于某种或隐或显的比对中,所以才可能向主体显现自身的特点。因此,视域一词本身就潜在地具有混杂、比对与交互融合的内涵。

如斯皮瓦克受邀来中国某大学开设讲座,聆听讲座的中国学者会调用自己视域中的相关知识作为前理解,对斯皮瓦克的性别、族裔、国籍、学术身份、论文著作、文化观念、学术价值观等做出综合性的判断,如女性学者、印裔美籍、哥伦比亚大学比较文学教授、解构主义理论的翻译者与传播者、西方宗主国及殖民文化的抵抗者、印度文明的守护者、弗雷德里克·杰姆逊(Fredric Jameson)及西方后现代主义的批评者、女权主义者、后殖民批评者、《三个女性文本与帝国主义批判》"亚细亚生产方式"及文化研究者、区域研究、性别研究、种族研究、其文章修辞的批判性与犀利性、演讲的雄辩性、其理论对第三世界及其中国学界的影响、她是否可以代表第三世界言说等等。

正如英国当代著名艺术批评家约翰·伯格(John Berger)在《观看之道》(Ways of Seeing)一书中所指明的那样:"我们从不单单只注视一件事物,我们总是在审度诸种事物与我们自身的关系。"①因此,文学研究活动中的视域问题是复杂的、也是多元的。

在文学研究的过程中,研究主体对研究客体及其文化背景的思考,总是带着当下的生存境遇与知识背景去加以看视和阅读,文学研究往往是以强调恢复研究对象的原初意义为旨归的行为,然而这种强调在某种程度上具有片面性;实际上,文学研究是研究主体的生命世界与研究客体的生命世界之间双方的精神性沟通,而这种沟通最终是以研究主体对研究客体及其文化背景的理解与解释为主导的,从而形成了研究主体的学术价值判断与学术结论,这种判断与结论正是在具有比较意蕴的研究视域中形成的。例如,中国现代文学评论家夏志清在悼念老友陈世骧的文章中,就曾这样表述上个世纪三四十年代一批杰出的中国人文研究学者所经历的相似学术轨迹:

> 世骧在北大想是读外文系的,因为中文系的学生往往不容易把英文学好,而外文系的学生从小对国学有很深的根底的,人数不少,最显著的例子当然是钱锺书。……钱锺书虽然博闻强记,治西洋文学造诣特高,但最后还是致力于中国旧诗的研究,这好像是治西洋文学的中国学者的命运:不论人在中国、外国,到头来很少没有不改治中国文学的。比世骧早一辈的朱光潜,虽然多少年来在武大、北大教英诗,发表的文章大多数也是讨论中国诗的。世骧同朱光潜在治学上有基本相似的地方:即是他们对美学、对带哲学意味的文艺批评、文艺理论特感兴趣。②

如果说带着深厚的国学根底习西洋学术,而后又转治中国文学,这样的学术轨迹带有特定历史时期极强的时代印迹的话;那么,对西方文化及其学术传统中的批评与理论感兴趣,并将之整合带入对中国文学的研究中,在很大程度上也是汇通于中西文化之间的人

---

① [英]约翰·伯格著:《观看之道》(John Berger, Ways of Seeing, London: Penguin Books, 1972, p.9.)。

② 参见《悼念陈世骧并试论其治学之成就》,夏志清著,见于《陈世骧文存》,陈世骧著,辽宁教育出版社1998年版。

文学者所做出的自觉选择。这种以中西古今融合的学术眼光,对中国文学做出跨语言、跨民族、跨文化及跨学科的汇通性研究,也标示着这批学人成为中国比较文学研究早期的开拓者与践履者。研究主体的视域本身就是以多层次、多要素混杂融合的状态存在,这是由主体的基本生存境遇所决定的,也就是我们所论述过的,"比较"绝然不是日常生活用语中的"比一比",比较文学研究的"比较"是"汇通",从这个意义上说,"视域"应当具有"比较的"与"汇通的"意蕴,只是有的研究主体对此有着更清晰、更鲜明及更自觉的学科意识,有的研究主体却对此不假思量,甚至对中外汇通的学术视域进行下意识的抵制,认为只有对文学研究的视域进行唯民族主义的"人工提纯",这样的研究才是纯粹的与专一的。实际上,几千年来,不同民族、国家与区域的文化始终在碰撞与交融中相互影响、渗透与融合;而殊不知,文学研究的原教旨主义与文化单边主义不仅是不必要的,在事实上也是不可能的,尤其在当下多元文化交汇的全球化时代,其更是如此。

随着时代发展,人文学科领域的学者越来越清楚地意识到,注重比较视域的意义对于学术研究的迫切性。法国当代著名哲学家、汉学家弗朗索瓦·于连(François Jullien)在其代表作《道德奠基:孟子与启蒙哲人的对话》(*Fonder la morale: Dialogue de Mencius avec un philosophe des Lumieres*)中,就曾特别指出具有跨越性质的"比较"对于提出新的学术论题、拓深人文研究的重要意义:"……若《孟子》没有一个外部的参照,可能会显得毫无意义(许多汉学家即持此观点),因为它看上去是那样浅显,令任何疑问都无从入手;同时它又是那样深刻地影响了中国之传统(至少自公元11世纪起),以至于完全融入了中国文明内部的根本观念——亦即是其根本之偏见,只是它已被过好地消化掉而由内怎么也无法发现,如果由外部来读解,则它又会重新变成哲学问题。"[①]

更为广泛地来看,在当代西方哲学、宗教学、古典学、人类学、历史学、政治学与心理学等众多研究领域,比较视域已经越来越被认同为研究者所需要甚至必备的学术品格,并被频繁地运用于具

---

[①] 《道德奠基:孟子与启蒙哲人的对话》,[法]弗朗索瓦·于连著,宋刚译,北京大学出版社2002年版,第14页。

体的研究实践中。

我们来看以下两个近年来发生的例子。马赛尔·德蒂安(Marcel Detienne)是法国高等社会科学研究院教授,也是古典学巴黎学派的代表人物之一,著有《希腊人与我们:古希腊比较人类学》(*The Greeks and Us: A Comparative Anthropology of Ancient Greece*)一书,杰弗里·劳埃德爵士(Geoffrey Lloyd)是英国剑桥大学历史学家,著有《认知的多种变化:人类思维统一性与多样性之反思》(*Cognitive Variations: Reflections on the Unity and Diversity of the Human Mind*),这两部著作在中西方古典学、历史学与人类学界先后产生了重要的影响。而仅从其标题上我们就可以窥见,当代人文研究学者开始进一步重视研究视域所具备的"比较"意蕴,从而有意识地跨越了科际、语际、国际等传统学术研究的边界,在学术研究的视域上给出了互文性思考与汇通性整合。德蒂安甚至在上述著作的《前言》中给出一个颇具深意的表述,即这种研究实践是一种"有意识地具有实验性的比较主义"(deliberately experimental comparativism)。[①] 可以说,在学术研究中充分地重视比较视域,这正在成为一种重要的学术立场与主导方向。

## 2. 比较视域的多元性与开放性

显而易见,人文研究学者已经日益清晰地认识到比较视域的重要性和必然性,那么,比较视域具有怎样突出的特征呢?

第一,比较视域具有多元性的特点,这是由文化多元的社会历史事实所决定的,也是由学术研究拓深与发展的趋势所决定的。人们已经普遍地承认:文化,或者文明,是作为复数(plural)而非作为单数(singular)存在的,这是不争的历史事实。人类文明自身就具有高度的丰富性与复杂性:古代苏美尔文明、古埃及文明、古代中国文明、古印度文明、伊斯兰文明、基督教文明等等均是如此,这些文明不仅相互之间具有异质性,同时在这些文明的内部,也存在着复杂

---

① [法]马赛尔·德蒂安:《希腊人与我们:古希腊比较人类学》(Marcel Detienne, "Foreword" in *The Greeks and Us: A Comparative Anthropology of Ancient Greece*, trans. Janet Lloyd, Cambridge: Polity Press, 2007, p. 13.)。

的层面和多样性。萨缪尔·亨廷顿(Samuel P. Huntington, 1927—2008)是美国当代政治学家,曾撰写了在国际学界产生重大影响的著作《文明的冲突与世界秩序的重建》(*The Clash of Civilizations and the Remaking of World Order*),在这部著作中他提出:"文明既根据一些共同的客观因素来界定,如语言、历史、宗教、习俗、体制,也根据人们主观的自我认同来界定。人们的认同有各个层面:一个罗马居民可能以不同的强度把自己界定为罗马人、意大利人、天主教徒、基督教徒、欧洲人、西方人。"①在一个特定的社会空间中,由于种族、阶级、性别、家庭、教育、思想信仰及伦理价值观念等不同,从而形成了文化的多元共存,这种现象古已有之。

文化不仅是多元的,而且是密切相互联系的。美国康乃奈尔大学荣休教授马丁·贝尔纳(Martin Gardiner Bernal,1937—2013)的鸿篇巨制《黑色的雅典娜——古典文明的亚非根源》(*Black Athena:The Afroasiatic Roots of Classical Civilization*)一经面世,就在国际学界乃至整个文化界掀起了轩然大波。作者通过翔实全面的史料分析,力图论证,欧洲人所引以为傲的希腊古典文明之根实际上是来源于非洲文化和闪米特文化,贝尔纳得出一个惊世结论:雅典娜是黑色的。无论贝尔纳的结论是否正确,他毕竟以大量语汇、神话、科技、艺术、建筑相关的论据显示出非洲文明对古希腊文明的渗入与影响。②

20世纪60年代以降,随着后现代工业文明的崛起、科学技术的飞速发展、国际互联网的普及、交通及各种电子媒介的便捷,经济、政治、工业生产等诸种建制相应产生了分化与重构,这一切均推动着文学研究不断地突破单一架构,跨越了学科边界,与其他学科领域及其相关研究支域发生着交往、互动与关联。比较文学的科际整合也从与哲学、宗教、历史、艺术等学科的传统交集领域拓

---

① 《文明的冲突与世界秩序的重建》,[美]萨缪尔·亨廷顿著,周琪等译,新华出版社1998年版,第26页。

② 参见[美]马丁·贝尔纳:《黑色的雅典娜——古典文明的亚非根源》(Martin Gardiner Bernal, *Black Athena:The Afroasiatic Roots of Classical Civilization*, New Jersey:Rutgers University Press.)。同时参看《黑色的雅典娜——最近关于西方文明起源的论争》,刘禾著,见于《读书》1992年第2期。

展出去,并进一步产生了更为细致的分化,如文学与后现代主义研究、文学与东方学研究、文学与后殖民主义研究、文学与种族研究、文学与区域研究、文学与新历史主义研究、文学与女性主义研究、文学与性别研究、文学与离散研究、海外华文文学研究、海外华裔文学研究、文学人类学研究、文学与翻译研究、文学与语言学研究、文学与符号学研究、文学与诠释学研究、文学与民俗学研究、文学与科技研究、文学与生态批评研究、文学与文化研究、文学与新媒体研究、文学与网络语言研究、文学与赛博空间(Cyberspace)研究、文学与视觉艺术研究、文学与流行音乐研究、文学与电影研究等等,这些方向都是近年来逐步兴起并卓有成效的研究实践空间。例如,2013 年 7 月,在巴黎举行的第 20 届国际比较文学年会上,"数码文学"(Digital Literatures)就成为独立的工作坊主题之一,该主题呼吁来自"图书科学、神经心理学、媒介科学与艺术史等领域的研究者,与比较文学的学者们一起",共同探讨新兴媒体对传统文本样态、阅读方式,乃至文学概念本身所带来的冲击与影响。[①]而在此之前,2010 年于首尔召开的第 19 届国际比较文学年会上,"在超文本时代定位文学"(Locating Literature in the Hypertextual Age)更是作为一项重要的大会专题被推出,大会公告如是表明:"比较文学必须体现一种在超文本时代的复杂文化中共存的新方法。随着超文本的出现,尖端科技大有改换文本文化的传统概念之势。"[②]

毋庸讳言,对文化多元性的强调,不仅仅基于历史社会现实和人文研究的必需,其更有可能是在表达一种意识形态和政治理念的诉求。上文提及的贝尔纳就曾明确表示,他写作《黑色的雅典娜》的动因之一,就是要对持有种族和文明偏见的欧洲中心论学者予以迎头痛击。甚至在某些跨学科研究的背后,也不无隐藏着某种学科意识形态与话语权力分配主张的潜在动机。需要说明的是,作为比较文学研究安身立命之本体的比较视域,应当是对包括多种立场、多种角度、多种身份、多种认同、多种方法等等在内的多

---

① 参见第 20 届国际比较文学年会官方公告:http://icla-ailc-2013.paris-sorbonne.fr/images/site/20120410_15414208_13ailc_digital_literatures.pdf。

② 参见第 19 届国际比较文学年会公告:http://bulletin.ailc-icla.org/ICLA2010.pdf。

元化与多样性,持有开放与容纳的学术眼光与学术姿态,从而导向立足于"四个跨越"和"三个关系"所进行的汇通性、体系化的研究实践。

第二,比较视域具有开放性的特点,这与上述多元性是密切相关的,也是由其主体定位的基本立场所决定的。正是由于比较文学研究主体的视域是不断变化调整的,持续向诸种多元化和多样性敞开的,研究主体才能突破既定且单一的思维模式和传统且封闭的研究范式,也敢于质疑和挑战学术研究的习见与俗见,对作家作品及相关文学现象做出崭新的观察与当代的诠释。钱锺书在《中国固有的文学批评的一个特点》一文中,就曾对某些有关东西方文化特征的言论加以反思:"(这种近似)东西文化特征的问题,给学者们弄得烂污了。我们常听说,某东西代表道地的东方化,某东西代表真正的西方化;其实那个东西,往往名符其实,亦东亦西。"① 例如,他认为章学诚谈先秦著作时指出的所谓"言公"现象,实际上在西方中世纪也很突出。在文中,钱锺书尖锐地批评道:

> 所谓国粹或洋货,往往并非中国或西洋文化的特别标识,一般受过高等教育的野蛮人还未摆脱五十年前中国维新变法,出版《学究新谈》、《文明小史》时的心理状态,说到新便想到西洋,说到西洋便想到新,好像西洋历史文物,跟他老人家一样的新见世面,具有这种心眼来看文化史,当然处处都见得是特点了。②

钱锺书的批判当然是尖锐的,甚至颇显尖刻,但同时也是用心良苦的。此文发表于 1937 年,这一年钱锺书从英国牛津大学毕业,获得副博士(B. Litt)学位。正是因为钱锺书获有向中西方文化传统开放的比较视域,他才能够看出一些已被作为"公理"对待的经典习见之问题,才能给出具有学理依据和学术价值的新的洞见。

比较视域的开放性还体现于,研究主体不断将新的知识背景、新的观念、新的进路合理地整合与运用到学术观察和实践中去,在跨界的互动性与汇通性学术试验中寻求研究推进的可能性。新近由耶

---

① 《中国固有的文学批评的一个特点》,钱锺书著,见于《写在人生边上·人生边上的边上·石语》,钱锺书著,生活·读书·新知三联书店 2002 年版,第 116 页。

② 同上书,第 117 页。

鲁大学孙康宜和哈佛大学宇文所安(Stephen Owen)主编的《剑桥中国文学史》(*The Cambridge History of Chinese Literature*)一书,[①]汇集了 17 位美国当代知名的汉学家参与编撰,突出了与以往中国本土学界关于中国文学史编写大不相同的问题意识、写作思路与写作修辞。参编者中包括宇文所安、孙康宜、柯马丁(Martin Kern)、康达维(David Knechtges)、田晓菲、艾朗诺(Ronald Egan)、奚如谷(Stephen H. West))、李惠仪、商伟、伊维德(Wilt L. Idema)与王德威等国际文学研究领域已经熟知的学者,他们当中既有来自于美国本土成长并接受教育的西方知识分子,也有来自于中国大陆、香港与台湾等地前往海外深造的华裔学人,这一学术编撰团队的构成本身就具有相当程度的开放性、多元性与国际性,不同学者的学术旨趣、研究视域与表述风格,以及他们操用英语对中国文学史的撰写,也使得这部著作在事实上成为一部承载着鲜明比较文学研究特色的学术成果。

### 3. 比较文学学者操用比较视域的自觉性

如果说视域本身就潜含着汇通性比较的内质,文化又是多元而且普遍联系互渗的,这使得很多学科领域的学者都会涉及比较研究的工作。例如,从事民族文学或国族文学研究的学者,他们在进行自己专业领域的研究时,往往涉足研究对象的材料事实关系、美学价值关系或学科交叉关系,因此他们的研究也完全可能具有跨民族、跨语言、跨文化或跨学科的性质,此时,他们在事实上已经走到了比较文学研究的空间中来,操用比较视域来看视和探讨研究对象了。但是,与这种随着研究对象的关联方和辐射面扩展而逐步走向比较文学研究不同的是,从事比较文学研究的学者,从一开始就应该自觉坚守比较视域的跨界立场与学科去边界化的根本属性,比较文学学者对自己所操用的比较视域有着清醒的自觉意识和清晰的自我认知。我们还是需要再一次强调:比较文学不是对文学进行表象上的生硬比较,其研究主体具有汇通性的比较视

---

[①] 参见[美]孙康宜、宇文所安主编:《剑桥中国文学史》(Kang-i Sun Chang and Stephen Owen eds., *The Cambridge History of Chinese Literature*, Cambridge: Cambridge University Press, 2010.)。

域,这是比较文学研究学者安身立命的本体。

上述所提到的早期从事比较文学研究的学者陈世骧,在加州大学伯克利分校东方语文学系执教期间,主讲中国古典文学和中西比较文学,后协助筹建该校的比较文学系。陈世骧作为一个具有突出"互文"思考品格的学者,就尤为重视学术实践的跨界与汇通,夏志清称其"除了是有美学、哲学训练的文学批评家外,(世骧)也是翻译能手,对字义语源特别有兴趣的汉学家"。① 然而,这种对于比较视域的自觉操用意识在当时保守的学术界是并不被广泛认可的,夏志清这样叙述陈世骧的研究路数在早期所受到的抵抗与排斥:"因为他论文中包罗的学问广,往往两面不讨好:搞文艺批评的觉得他太留意古字的含义……老派汉学家觉得他在考据训诂的文章里加了些西洋理论、西洋术语,也怪讨厌。"② 夏志清以陈世骧所作《"想尔"老子〈道经〉敦煌残卷论证》一文为例,表明"世骧不是不会写使一般汉学家读后心里感到舒服的文章",而是"不情愿这样做",因其"觉得研究中国文学,不借鉴西洋文艺批评和西洋文艺多方面的成就,是不可能的"。③ 这番表述,不仅使我们对老一辈学者的学术品质与精神再次萌生敬意,也对我们筹划与反思当下的学术图景颇具启迪。

比较文学学者对比较视域的自觉操用还体现在,他们将有关比较文学这一学科的体系化理论内化为研究实践的指导原则,时刻以此来进行自我要求和自我检视。从比较文学诞生之初的影响研究模式,到美国学者提出的平行研究模式,再到后来比较文学不可遏制地导向比较诗学及当下所趋向的文化研究,比较文学这门学科始终经受着质疑、挑战和危机,这种现象的产生既有来自于学科外界对比较文学学科理论及其观念的不了解,也有来自于比较文学学科内部的诸种不足,正如张隆溪在评论2004年美国比较文学学会(ACLA)报告中所指出的那样:

---

① 《悼念陈世骧并试论其治学之成就》,夏志清著,见于《陈世骧文存》,陈世骧著,辽宁教育出版社1998年版。
② 同上。
③ 同上。

> 比较文学可能是所有人文研究领域格外具有自我意识（self-conscious）的，这个学科总是看似处于某种危机之中，但我并没有那种身份认同的自我怀疑所带来的悲观主义，也不怎么相信那些关于比较文学之不可能或是比较文学之终结的论断是真的。证明我们学科合法性的最好方式就是去切切实实地做这种比较研究的工作，并且把它做好。①

正是因为从事比较文学研究的学者操用比较视域时所具有的这种特殊的自觉性和实践性，比较文学研究才一次又一次在危机中获得突破、重生与发展。

以上我们介绍了比较视域的基本特征，接下来，就让我们结合具体的研究领域来进一步阐述比较视域的丰厚内涵。

**思考题：**

1. 如何理解视域潜在地具有比较的意蕴？
2. 结合实例试述比较视域的多元性与开放性。
3. 怎样理解比较视域的自觉性对于比较文学研究学者的特殊意义？

**参考书目：**

1. ［美］伯恩海默：《多元文化时代的比较文学》（Charles Bernheimer, ed., *Comparative Literature in the Age of Multiculturalism*, Baltimore and London：The Johns Hopkins University Press, 1995.）。

2. ［美］苏源熙：《全球化时代的比较文学》（Haun Saussy, ed., *Comparative Literature in an Age of Globalization*, Baltimore：The Johns Hopkins University Press, 2006.）。

3. 《文化相对主义与比较文学》，乐黛云撰，见于《跨文化之桥》，乐黛云著，北京大学出版社2002年版。

---

① 张隆溪著：《从外部来思考——对2004年ACLA报告的评论》，见于［美］苏源熙编：《全球化时代的比较文学》（Zhang Longxi, "Penser d'un dehors: Notes on the 2004 ACLA Report", in Haun Saussy, ed., *Comparative Literature in an Age of Globalization*, Baltimore：The Johns Hopkins University Press, 2006, p.235.）。

## 第二节  比较视域中的文学对话

### 1. 对话机制及对话平台

比较视域中的对话机制及对话平台要解决的问题是：在比较视域中对话是如何发生的？对话的规律为何？以及对话者之间的相互关系如何？

文学对话发生在两种或两种以上的国族文学相互接触的过程中。从人类历史看，国族文学相互间的接触、理解、吸收及排斥都是不可避免的，我们以法国学派所擅长的影响研究为例。法国学派所关注的是两个国家文学之间或两个民族文学之间的影响与接受的问题，具体地讲，影响者与接受者之间有着相互制约的张力，并不是说一个国家或民族的文学输出性影响对接受者有着单方面的制约性，文学的接受者也起着重要的作用。钟玲是中国台湾比较文学研究者，也是当代著名的女诗人，她在《美国诗与中国梦》一书中探讨了中国文化对20世纪美国诗歌的深远影响，对此钟玲分析了大量例证，然而她认为庞德（Ezra Pound）、雷克斯罗斯（Kenneth Rexroth）与史耐德（Gary Snyder）等美国现代诗人对于中国文化的接受不是在一个被动的过程中完成的，而是美国诗人在自我文化认同与自我形象塑造过程所完成的主动接受与主动创造；在这一过程中，中国文学及其思想经历了文化输出后的西化与变形。① 我们认为，文学影响中的这种相互制约的张力是文学对话的基本特征。

比较文学的发展没有停留在最初的影响研究范式，而是不断地超越文化界限与学科界限，呈现出其多元而开放的学科特征。王国维是近代国学大师，他的《〈红楼梦〉评论》是中西文学比较研究的开山之作。在这部论著中，王国维启用了德国哲学家叔本华的思想，对《红楼梦》的小说主旨、美学精神及伦理学精神进行了跨

---

① 《美国诗与中国梦——美国现代诗里的中国文化模式》，钟玲著，广西师范大学出版社2003年版。详见该书的第四章"中国思想之吸收及转化"与第五章"人物模式之吸收及变形"。

文化的阐发。尽管叔本华的哲学思想对于曹雪芹的小说《红楼梦》并不存在实际的影响,但是两者却在主体的研究视域中进行了对话,并且收获了双方之间的汇通与融合。可以说,这一论著既从文学的角度对叔本华的哲学思想进行了丰富,同时,也从哲学的深度为《红楼梦》的文学研究带来了崭新的视角。再如,王靖献借鉴西方口传诗学理论,对《诗经》中反复出现的重要套语及主题的美学意蕴进行了阐发,以此推动了两者之间的碰撞与融合,这种碰撞与融合即是两种不同文化之间的对话;①刘禾启用后殖民理论的视角,对美国传教士明恩溥与鲁迅的小说《阿Q正传》之间的影响关系进行了透视,以此推动了后殖民理论、明恩溥与鲁迅三方之间的对话,形成了文学研究的多元视域——比较视域。② 在学术界,类似的个案不胜枚举,它们既彰显了比较视域乃是比较文学这一学科安身立命的本体,也证明了在对话中所形成的汇通与融合是文学、文化自身发展中的必然规律,而比较文学研究即是要在学科理论上自觉地不断加深对这一规律的认识。

何为对话平台?对话平台是不同的国族文学接触、碰撞与融合得以进行的某种空间,这种接触、碰撞与融合是一种对话的方式。在日常的对话中,对话的平台是指人们对话的共同话题,多元文化中的文学对话平台也是指共同关心的文学问题或话语层面。比较文学所关注的文学问题或话语层面必然是呈现为多元形态,从学科史来看,比较视域中的文学研究曾经出现过多种平台,如影响研究的平台、平行研究的平台、阐发研究的平台、跨学科研究及文化研究的平台等。比较文学研究最初关注的是一种文学现象与

---

① 王靖献:《钟与鼓:〈诗经〉作为口头诗歌传统的套语创作》(C. H. Wang, *The Bell and the Drum: Shih Ching as Formulaic Poetry in an Oral Tradition*, University of California Press,1974.)。王靖献是美国华裔比较文学研究者,他在该著作中将西方口传史诗理论加以修正并将其运用于中国抒情诗传统,对《诗经》中的诸如"昔我往矣""我心伤悲""忧心悄悄"等诗句的套语创作及"泛舟"等主题进行了比较研究。口传诗学的套语理论又称"帕里-洛德理论",20世纪30—40年代由美国哈佛大学古典学教授米尔曼·帕里(Milman Parry)与其学生阿尔伯特·贝茨·洛德(Albert B. Lord)创立,最初用于荷马史诗与斯拉夫史诗的比较研究,后推广为一种跨文化的比较研究方法。

② 刘禾:《跨语际实践:文学、民族文化与被翻译的现代性——中国(1900—1937)》(Lydia H. Liu, *Translingual Practice: Literature, National Culture, and Translated Modernity—China*, 1900-1937, Stanford University Press, 1995, pp. 45-76.)。

另一种文学之间存在的各种关系。例如,萨福(Sappho)是古希腊著名的女诗人,生活在公元前7世纪至公元前6世纪,被柏拉图推崇为"第十位文艺女神",她炽烈动人的爱情残篇以及她的生平传说为后世文学带来无尽的灵感与遐想;古罗马的奥维德、意大利的薄伽丘、法国诗人波德莱尔、美国诗人庞德、中国诗人邵洵美、海子等都曾书写过萨福题材的作品或受到萨福的影响。可以说,上述作家在自己的文学创作中对萨福的接受、记忆与书写,即是在自己创作的审美心理中与萨福进行对话,从而形成了两者之间的互文。而在影响研究的平台上,比较文学研究者考察萨福这一题材在后世不同时代与不同国族文学中的流传与接受情况,这又形成了比较文学研究者与萨福、上述作家三方之间的对话,从而形成了三者之间的互文及多元文化的融合。①

而平行研究、跨学科研究及今天的文化研究,其关注的是隐藏在不同国族文学背后、文学与其他学科及文化现象背后的共同机制,在寻找对人类文学及文化共同解释的同时,还寻求不同国族文学及其文化之间的相互利用与共同发展。例如,我们可以在诠释学的理论视域下,对中国儒家经典《诗经》的诠释传统与基督教经典中的《旧约·雅歌》的诠释传统展开平行研究,这一平行研究推动了中国经学诠释学与西方基督教诠释学两者之间的对话与融合;我们也可以从文化人类学的视角对莫言的《生死疲劳》、马尔克斯的《百年孤独》等魔幻现实主义作品进行寻根式的阐发,这一阐发是比较文学研究者以文化人类学促成了莫言与马尔克斯在文学创作与理论之间的交汇,最终形成了莫言、马尔克斯与比较文学研究者三方之间的对话与融合。可以说平行研究、跨学科研究及文化研究也包含了不同国族文化之间的互识、互证与互补,这种互识、互证与互补构成了比较文学研究的重要学术视域。

### 2. 对话模式研究:互识、互证及互补

互识有相互认识与自我认识两种含义,其中自我认识指通过

---

① 有关萨福的歌诗及与萨福相关的历代诗文参见"萨福":一个欧美文学传统的生成》,田晓菲编译,生活·读书·新知三联书店2003年版;又参见《古希腊女诗人萨福在中国的译介及其影响》,刘群著,见于《中国比较文学》2012年第4期。

对象而认识自身,比较文学研究一开始就包含着相互认识的本质意义。比较文学研究最初在法国隶属于文学史领域,比较视域的多元性颠覆了在孤立的语境下对单一国族文学史进行研究的方法论,从而揭示出国族文学在发展与演变的过程中不断地影响与接受周边国族文化与文学的事实,开始赋予了文学史研究以百川归海的性质。

梵·第根在《比较文学论》一书中认为:

> 如果我们在涉猎法国文学的时候,把我们的注意力集中于它和别国文学的接触,那时我们便会立刻见到这些接触的频繁以及重要了。那如我们上文所叙述的文学史,必须不断地专注于那些影响、模仿和假借。不能研究"七星诗社"而不说龙沙、都·伯莱,以及其他诗人之得力于希腊、拉丁、意大利诸诗人之处。如果碰到蒙田,那时他便当说他是熟读古人之书,饱学深思,得益于普鲁塔克和塞内加。在文艺复兴时代以及其后的两个古典世纪,法国的全部诗歌和一部分散文,都是浸润于希腊、罗马的古色古香之中的。①

同样,当我们研究中国文学史时,从比较视域的角度看,也会发现中国文学从其周边国族文学获取了大量的灵感及相关文化元素。如王国维在《宋元戏曲考》中述及了中国戏剧在发展初期受到的异域文化的影响:

> 盖魏、齐、周三朝,皆以外族入主中国,其与西域诸国交通频繁,龟兹、天竺、康国、安国等乐皆于此时入中国。而龟兹乐则自隋唐以来,相承用之,以迄于今。此时外国戏剧,当与之俱入中国,如《旧唐书·音乐志》所载《拨头》一戏,其最著之例也。②

再如,中国文学通过佛教大量借鉴印度文学已经是人所皆知的事实,像六朝的志怪小说、唐代的传奇文与变文,其体裁与内容都受到了印度佛教文学的影响;③禅宗作为印度禅法在中国的本土化,其思想也深刻影响了隋唐以后中国诗歌与辞章的意境。在比较视域的观照下,对一个国族文学中的异质文化元素进行跨语言、跨

---

① 《比较文学论》,[法]梵·第根著,戴望舒译,商务印书馆1937年版,第9页。
② 《宋元戏曲考》,王国维著,见于《王国维文学论著三种》,王国维著,商务印书馆2001年版,第64页。
③ 《中印文化交流史》,季羡林著,新华出版社1993年版,第94—98页。

民族、跨文化与跨学科的追本溯源,从而搭建起双方或三方的多元对话平台,这样无疑可以推动我们在全球化时代对文学进行研究所走向的广度与深度。

比较文学研究即是一种跨语言、跨民族、跨文化与跨学科的对话现象。文学的对话既发生在同一文化的内部,也发生在异质文化之间。在《近东和中国民间故事研究》一文中,美国学者 W. 埃伯哈德讨论了近东地域民间故事与中国东南沿海一带流传的民间故事之间的联系,在他的比较文学研究中,W. 埃伯哈德推出了三个结论:"(一)东亚本土的民间故事,大多见之于中国古典文学;(二)印度民间故事,从公元1世纪起随佛教经(由)中亚传入中国;(三)只在中国东南沿海流传的民间故事,14世纪之前的中国文学作品未曾涉及;这些故事源出于近东。"[1]

这一研究最起码有以下几方面的认识意义:首先,中国文学与近东文学之间在历史上存在过事实联系;其次,中国文学所接受的影响不仅仅局限于中国文化的近邻,相反它与伊斯兰文化的关系可以在一个十分广阔的空间中去恢复与重建;再次,今天我们所说的中国文化,其实是一个不断吸收它的周边文化来丰富自身和发展自身的文化。这一研究揭示出了中国文化长期与其他文化进行对话的事实。

在对话中,不同的文学与文化之间可以实现互补。中国文学发展史上的小说起源于中国本土文化,但其先后吸收了佛教的讲经及欧洲的小说经验,才形成了今天我们所见到的现代小说样式。又如,程颐与程颢是宋代著名的理学家,在儒学面临危机的境遇下,他们取佛老之精华,在《周易》《大学》《中庸》等儒家经典的再度诠释中建立起可以与佛老相抗衡的理论体系,其学说体现了本土文化与外域文化之间的调和与互补,这种调和与互补体现了那个时代的文化对话原则。再如,我们在当代的文学研究中,借鉴现代西方文艺理论对古代文学理论的现代转换,以赋予其这个时代的诠释意义,这也是在中西文学与文化的对话中所实现的调和与互补的过程。比较文学研究正是在多元文化与文学的对话中透视与

---

[1] 《近东和中国民间故事研究》,[美]W. 埃伯哈德著,见于《中外比较文学译文集》,周发祥编,中国文联出版公司1988年版,第35页。

寻找人类文化之间的普世性与差异性。

### 3. 对话过程：模仿—过滤—文化阐释—新文化样式的创造

任何两种或多种文化的对话都经历了接触、模仿、过滤与阐释及最终创造出新文化模式的过程。这一切都是在比较视域中进行与完成的。

文化接触即是两种或多种文化的碰撞及相遇。世界上各种各样的国家、民族与区域文化，最初都是在各自的本土上发展起来的。虽然文化得以形成的环境是相对隔绝的，但是，作为文化载体的人是始终流动着的，当一个文化群落中的人与另一文化群落中的人相遇时，不同文化的接触就发生了。文化的相遇有多种多样的方式，比如通过战争、宗教活动、商业活动以及今天的正式的文化交往等。

不同文化相遇所产生的结果会有多种可能性，比较文学研究首先关注的是当两种文化相遇后产生的相互模仿的情况。通常情况下，一种文化对另一种文化的模仿或文化间的相互模仿表明的是对异质文化价值的认同，并且希望将异质文化纳入自身，也可以说是对异质文化的接受。如我国魏晋南北朝直至隋唐时期，佛教盛行，许多佛教经典相继被翻译过来，当然同时也出现了许多伪经典。佘树声总结这种情况时认为：

> 疑伪经的出现同适应中国信徒有关，如《宝东经》将泰山信仰同佛教的地狱报应杂糅在一起。疑伪经的出现还同道佛之间的相互渗透有关，如伪《四天王经》关于人的寿命长短，系受习过神祇根据一个人生时罪恶轻重所作的判定观点的影响。另一原因是同统治者的特定需要有关，如由十沙门伪撰的《大云经》盛言神皇受命之事，显然是为武则天的篡唐服务。[①]

又如，古罗马文学是在对古希腊文学大量模仿的基础上发展起来的。在文艺复兴时期，欧洲各民族语言与文学的建立也得益于它们对于古典文化的发掘、模仿与融汇出新。模仿首先表明的是对价值的认同，并通过一种异质的文化来确证自身。这是一种文化的接受性对话。

---

① 《国学导引》，佘树声著，三秦出版社1997年版，第192—193页。

文化过滤表明的是一种文化依据自身的价值标准对另一种文化进行的选择性解释。文化过滤除受自身文化价值标准的影响外，还受到当时的文学与文化语境的影响。例如，中国当代诗歌对俄国诗人马雅可夫斯基的诗的接受，表明了当时特殊的政治因素在文化接受过程中所起到的过滤作用。马雅可夫斯基的诗除了大量对社会主义建设的歌颂外，也有大量对社会主义建设中出现的丑恶现象的讽刺与批判；然而在中国50年代与60年代"极左思潮"盛行的年代里，不允许人们批评社会主义建设过程中所出现的错误现象，因此，中国这一时期的诗歌尽管借鉴了马雅可夫斯基的诗的形式，却对他的诗歌所表现的讽刺性与批判性内容进行了过滤。又如，寒山子是中国唐代的一位隐逸诗人，在中国正统的文学史中并不具有显赫的地位，但在20世纪50年代，"寒山诗"经由美国诗人史奈德的英译，漂洋过海来到美国，很快成为"垮掉的一代"（The Beat Generation）青年热衷的偶像。值得注意的是，史奈德在《敲打集与寒山诗》(*Riprap and Cold Mountain Poems*) 中译介的寒山诗共有24首，所选择的都是有关寒岩与禅境的，却没有选择寒山诗中占有一定比重的佛教义理诗与劝世诗，这与美国当时深层生态学的兴起与禅宗风行的文化语境有很大关联。从比较视域看视，史奈德对寒山诗的选择也必然呈现出一种文化的过滤现象。这是两个文化过滤性对话的典型例子。

跨文化阐释所生成的意义文本与其阐释对象之间既有一致之处，又有不同之处，它是主体在视域融合之下生成的新的意义文本。在考察跨文化的阐释过程时，我们不仅要关注阐释对象的种种条件，更重要的是需要认真分析阐释主体自身的条件及其对意义生成的重要作用。

例如，在中国现当代文学对西方文学的接受过程中，中国国内的外国文学教科书通常把雪莱放在比拜伦更重要的位置上，认为拜伦的作品更多地体现了资产阶级的不彻底性和妥协性，而雪莱的作品则具有社会主义思想倾向。同样我们对法国文学中的罗曼·罗兰的重视胜过对雨果的重视。而在西方，人们对拜伦及雨果的重视胜过对雪莱及罗曼·罗兰的重视。欧洲文学在中国文学视域中的意义与在欧洲文学自身视域中的意义并不完全一致。这是因为阐释主体的前理解，中国特殊的意识形态决定了中国文学对欧洲文学的选择及其意义文本的形成。

又如,杨周翰是著名的比较文学学者、西方文学史家,他的《弥尔顿的悼亡诗》是中国比较文学研究早期的典范作品。在这篇论文中,杨周翰把弥尔顿的一首悼念亡妻的十四行诗置于中西比较的视域中,对这首诗与《诗经·邶风·绿衣》《诗经·唐风·葛生》及其以降的中国古典悼亡诗传统进行了对话式的比较研究,旨在说明双方在文学表现形式上的异同,并引发了对于悼亡诗这样一种特殊文学品类的思考。① 可以说,杨周翰对于中西方悼亡诗交汇之处的抉发,是研究主体对中西方文化与学术知识进行互动与汇通后的整合,其生成的文本是一种具有当下诠释意义的新文本(to make something new),也是比较文学研究的具有对话性质的互文本。

**思考题:**

1. 简述比较文学研究中文化对话机制及对话平台的基本含义。
2. 简述比较文学研究中文化对话的基本过程及意义。
3. 在比较文学原理介绍中我们了解的双向阐释对文化发展有何重要意义?

**参考书目:**

1. 《以特色和独创主动进入世界文化对话》,乐黛云著,见于《跨文化之桥》,乐黛云著,北京大学出版社2002年版。

## 第三节 比较视域中的跨学科研究

### 1. 文学创作中的跨学科现象

跨学科研究是比较文学的一个重要研究方向,这也是比较视域构成的一个重要维度,在这里,我们先从文学创作的层面来分析

---

① 参见《弥尔顿的悼亡诗——兼论中国文学史里的悼亡诗》,杨周翰著,见于《北京大学学报》1984年第6期;又参见《中西悼亡诗》,杨周翰著,王宁译,见于《外国文学评论》1989年第1期,原标题为"Dao-Wang Shi: The Poet Lamenting the Death of His Wife",于1987年6月在日本东京大学国际比较文学讨论会上宣读。

比较文学跨学科研究的必然性。

一般来讲,文学的审美表现形式被定义为诗歌、小说、戏剧和散文这四种基本样式,然而文学创作并不是严格按照这样四种基本"类型"(genre)进行的,中外文学史上丰富的文学创作现象表明,文学创作本身借由与其他艺术门类乃至其他学科的交叉互渗,从而产生了普遍的跨界现象。

英国作家萨尔曼·拉什迪(Salman Rushdie)以小说创作闻名于世,他曾在20世纪90年代末写过一篇名为《再次为小说一辩》("In Defence of the Novel, Yet Again")的文章,针对所谓"小说已死"的观念提出了他自己的看法:

> 一点儿也不错,小说就是斯坦纳教授所切盼的那种"杂种形式"。它既是社会调查,又是想象力的产物,同时也是自白书。它既穿越了知识的边界,又穿越了地形的边界。……里萨尔德·卡普辛斯基(Ryszard Kapuscinski)关于海尔·塞拉西(Haile Selassie)的宏大著作——《皇帝》(The Emperor)就体现了这种富有创造力的事实与虚构之间的模糊。由汤姆·乌尔夫(Tom Wolfe)及其他人在美国发展起来的所谓"新新闻学"(New Journalism)就是一种窃取小说外衣的直接尝试,在乌尔夫本人的《要么时髦死,要么吓死人:广告追梦人》(Radical Chic ε Mau-Mauing: the Flak Catchers)或是《英雄品质》(The Right Stuff)这类作品中,这种尝试取得了令人信服的成功。"旅行写作"的范畴已经扩展开,从而把深邃的文化沉思录之类的作品也包含在内:例如克劳迪奥·马格里斯(Claudio Magris)的《多瑙河》,或尼尔·阿施尔森(Neal Ascherson)的《黑海》。在才华横溢的非虚构杰作如罗贝托·卡拉索(Roberto Calasso)的《卡德摩斯与和谐的结合》(The Marriage of Cadmus and Harmony)面前,在这本书中,对希腊神话的重新检视与最好的小说一样,既满足了读者的紧张感又刺激了他们脑力的兴奋,人们只能为一种新的充满想象力的随笔式作品的出现,或者,更进一步说,为狄德罗或蒙田的百科全书式的嬉戏之作的回归,而喝彩了。小说能够对这些发展表示欢迎,丝毫没有感觉到受了威胁。在这方面,小说为我们所有人都留有空间。①

---

① [英]萨尔曼·拉什迪:《再次为小说一辩》(Salman Rushdie, "In Defence of the Novel, Yet Again"),见于[英]萨尔曼·拉什迪著:《越界:1992—2002 非小说选集》(Salman Rushdie, Step Across This Line: Collected Non-Fiction 1992—2002, London: Vintage Random House, 2003, p. 103.)。

拉什迪在文中所展现的这种景象,就是对当代小说创作与历史、新闻、游记、神话、随笔甚至广告等其他"类型"和学科产生跨界现象的典型描述。

其实,不仅小说创作具备拉什迪文中所说的那种"杂种形式",一切文学创作都具有混血的品质。众所周知,20世纪初在俄国出现了以马雅可夫斯基为代表的未来派诗歌,其在创作中不仅从建筑艺术提取了诸多的灵感,甚至提倡使用拟声词、数学记号、音乐记号等元素作为审美意象。1950年,伯特兰·罗素(Bertrand Russell)荣获诺贝尔文学奖,其获奖作品是《婚姻与道德》,这部作品直接体现了文学创作与哲学的互文跨界。不仅如此,在中外文学史上,某些哲学经典同时也就是文学经典,比如柏拉图书写的那些以苏格拉底为主角的对话,以及充满瑰丽想象的《庄子》等。在某些特定时期,文学创作渗透着哲学思考的感召,如西方戏剧经历了从浪漫主义、自然主义、现实主义、象征主义、表现主义直至荒诞派、存在主义的发展,在这个历程中,其分别接受了与其同时代相应哲学思潮的影响。

与哲学的情况相类似,某些宗教经典也被文学史作为文学经典包括在内,如《圣经》和《古兰经》中的不少篇章。在世界范围内,文学经典与历史经典也有相当程度的交集,如中国的《史记》与《资治通鉴》等其中某些篇章也被选入中国古代文学史中讲述,其有着丰富的文学性与审美性。在电影与电视发展到一定程度以后,出现了影视文学这种样式,又如网络文学也是文学创作跨界于国际互联网后而因此得名。可以说,文学创作本身就体现了一种开放的、多元的跨界视域。

从21世纪这样一个全球化的多元文化时代来看,当下的文学研究者如果依然固执于研究的文化单边主义与原教旨主义,不能够主动且自觉地面对文学创作与其他学科跨界互渗而展现的开放性与包容性,那么借用拉什迪的话来说:他将无法为自己留有一个生存的空间。因此,从比较视域展开对文学的跨界研究,规避文化部落主义也是历史的必然。

### 2. 比较文学的跨学科研究

面对上述文学创作中出现的跨界现象,文学研究必然要依凭相关学科所提供的知识结构、话语体系、思维模式与操作方法等，以形成文学研究者的多元视域，这就是比较文学研究的学科本质。事实上，在两千多年来的中外文学研究传统中，文学的问题从来都是在与哲学、宗教、历史、艺术等其他学科的跨界思考中得到呈现的。以下我们仅列举文学与哲学、宗教、艺术三个方面的典范来说明这一点，以便读者可以举一反三。

第一，文学与哲学。在西方，关于文学的论述最早可追溯至古希腊的两位哲学家柏拉图和亚里士多德，他们都是从各自的哲学立场出发，从而完成了对文学问题的讨论。随着西方哲学思潮的发展，学者对文学的批评也是依凭其同期的哲学背景，从而形成他们的文学理论构建，如现代主义文学理论、现象学文学理论、存在主义文学理论、后现代主义文学理论与解构主义文学理论等，从某种程度上讲，从一部西方文学理论史几乎可以看出西方哲学史发展的踪迹。

另一方面，文学不是单向地、被动地接受哲学的渗透，它也为哲学的发展提供了文化现象与社会材料的支持，甚至是理论依据。米兰·昆德拉(Milan Kundera)曾经谈道：

> 小说在弗洛伊德之前就知道了潜意识，在马克思之前就知道了阶级斗争，在现象学者们之前就实践了现象学。①

如果我们透过柏拉图、亚里士多德、弗洛伊德主义、马克思主义、现象学、存在主义、解构主义等哲学视域来透视相关文学的问题，透过儒、道、释的哲学视域来透视相关文学研究中的作家作品，不难发现文学现象中本然也存在着上述哲学思想的潜在元素，文学与哲学之间的互视也进一步丰富了对哲学的研究。

《〈红楼梦〉评论》是中国学术史上第一篇真正意义上的比较文学研究典范，王国维以康德与叔本华的哲学为理论基础，来探索《红楼梦》的悲剧美学价值观，同时《红楼梦》的思想也丰富与推动了康德与叔本华的哲学在中国的传播。

陈晓明是中国当代文学研究者，他的博士论文《解构的踪迹：

---

① 《小说的艺术》，[捷]米兰·昆德拉著，孟湄译，生活·读书·新知三联书店1995年版，第30页。

历史、话语与主体》在研究的视域中自觉地引入了西方解构主义等哲学理论,对新时期的朦胧诗、伤痕文学、寻根文学、马原的叙述圈套、余华的先锋派文学及孙甘露等当代中国小说实验群体进行了跨界思考。因此,他的中国当代文学研究已经进入了具有跨学科性质的比较文学研究视域,并以此推动了中国当代文学研究的世界性进程,使中国当代文学研究与比较文学研究接轨,正如他自己所言:"正是基于这种立场,我设想通过对解构主义的理解和运用来找到充实当代理论和批评的途径——也许这充其量不过是一个艰难的入口处。"① 中国现当代文学批评的理论话语,大都是从西方哲学那里接受过来的,因此优秀的中国现当代文学研究者应该有着自觉的跨界立场与比较视域,所以他们同时也是一位优秀的比较文学研究者,并呈现出其研究视域中的世界性。

第二,文学与宗教。在宗教盛行的年代,宗教希望把文学作为一种可资利用的工具,来扩大自身的影响,如在西方有专门为宗教服务的赞美诗与奇迹剧、圣迹剧和道德剧之类的教会文学,在东方有专门表达佛理的诗歌以及借助故事宣讲佛教教义的变文和俗讲等,这种跨界的文化现象其宗教色彩显然要浓于文学。当学界把这种跨界的文化现象作为文学研究对象时,宗教因素无论如何不可回避。还有一些作品,如但丁的《神曲》和弥尔顿的《失乐园》等,我们当然可以把它们视为完全的文学作品,仅从纯文学的角度进行研究;但是由于这些作品在题材、主题、语言、结构和思想等方面与宗教有着紧密的逻辑关系,对其进行文学与宗教的跨学科研究也是必然。

更为重要的是,宗教不仅是一种意识形态,还是一种文化现象。文学研究作为文化理解的一种特定模式,无论过去还是现在都必然涉及宗教因素。如果我们将宗教视域引入文学研究,原来在单一文学视域下做出的解释和得出的结论就极有可能发生变化,有时甚至会出现合理性危机。如我们过去习惯将《威尼斯商人》看作一出喜剧,认为莎士比亚通过高超的戏剧才能,巧妙地设计和安排了对剧中人物高利贷商人夏洛克的无情奚落;然而随着对相关宗教因素的分析,我们认识到安东尼奥等人和夏洛克之间

---

① 《解构的踪迹:历史、话语与主体》,陈晓明著,中国社会科学出版社1994年版,第1页。

的冲突背后潜藏着基督教对异教的一种偏见,这种偏见刻意以基督教的友爱、奉献和宽恕来反衬异教(犹太教)的残忍、贪婪和恶毒。这种以宗教的视域所完成的跨界研究,其不仅改变了学界当初对夏洛克的评价,使这个角色获得同情和理解,而且同时虚化了这部剧作的喜剧类型,使它具有正剧甚至悲剧的色彩。

第三、文学与艺术。从艺术起源的角度来看,文学和音乐、舞蹈、绘画、雕塑、建筑等不同艺术门类之间本来就存在着亲缘关系。在中国古代文学艺术发生的早期,《诗经》与音乐、舞蹈是同源的,《墨子·公孟》载:"诵诗三百,弦诗三百,歌诗三百,舞诗三百",[①]《诗大序》又载:"诗者,志之所之也。在心为志,发言为诗。情动于中而形于言,言之不足,故嗟叹之,嗟叹之不足,故永歌之,永歌之不足,不知手之舞之,足之蹈之也。"[②]对诗乐舞进行同源性研究,这很容易让我们看到在人类文化早期相互共生的原始思维与综合性审美意象。文学与其他艺术门类虽然各自具有不同的发展历史和不同的审美表现形式,但是它们都凭借形象思维抒发情感,在主题内容、审美价值等方面分享艺术的普遍特性;通过文学与其他艺术门类的跨学科研究,我们一方面可以不断深化对艺术本质的认识,另一方面反过来又可以加深对文学自身的理解。

闻一多早年是新月派诗人的代表人物之一。他在《诗的格律》中指出,"诗的实力不独包括音乐的美(音节),绘画的美(辞藻),并且还有建筑的美(节的匀称和句的均齐)",[③]从而将音乐美、绘画美、建筑美设定为新月派新格律诗的基本主张。如果我们以闻一多的诗为研究对象,那么势必需要研究主体把握音乐、绘画和建筑等相关领域的知识。由于闻一多从小热衷于美术,后又从清华大学入美国芝加哥美术学院、珂泉科罗拉多大学和纽约艺术学院留学接受系统的西洋美术教育,研究主体对闻一多诗歌的研究尤其需要具有美术的背景。请看他的一首小诗《火柴》:

---

[①] 《墨子》,见于《二十二子》,上海古籍出版社1986年缩印浙江书局汇刻本,第267页。

[②] 《毛诗正义》,见于《十三经注疏》,中华书局1980年影印世界书局阮元校刻版,上册,第269—270页。

[③] 《诗的格律》,闻一多著,见于《闻一多全集》,闻一多著,湖北人民出版社1993年版,第二册,第141页。

> 这些都是君王底
> 樱桃艳嘴的小歌童:
> 有的唱出一颗灿烂的明星,
> 唱不出的,都拆成两片枯骨。①

闻一多有很多像《火柴》这样的诗作,如果我们对色彩不具备接近美术专业的敏感度,那么对他诗歌的理解将大打折扣。

### 3. 比较文学跨学科研究的规限

我们将跨学科研究视为比较文学的一个重要方向,相对于国族文学而言,比较文学凭借跨学科研究形成了多元的研究视域与开放的学科边界,因此比较文学的跨学科研究需要设定内在的学理规限,以避免产生什么都可以"比一比"的混乱现象。具体规限表现为三个方面。

规限一,比较文学跨学科研究是指文学与其他一个或者多个独立且具有相对完整知识体系的学科之间所进行的跨界研究。

我们需要强调的是,无论文学在跨界中与任何一门相关学科进行比较研究,其中所涉及的学科(discipline)应该是一门具有相对完整知识体系的独立学科,如哲学、宗教、艺术、历史学、心理学、语言学、社会学、人类学、传播学、民俗学、翻译研究、文化研究等。因此文学研究可以跨入其中任何一门学科,以形成比较视域下的跨学科研究。多年来,中外学界在这方面所积累下来的典范科研成果是很多的,如钱锺书的《中国诗与中国画》《读〈拉奥孔〉》与伍蠡甫的《试论画中有诗》,这三篇文章涉及了文学与绘画之间的对话;如钱锺书的《通感》与美国学者里恩·艾德尔(Leon Edel)的《文学与心理学》,这两篇文章涉及了文学与心理学之间的汇通;在比较文学研究的方法论上,上述五篇文章属于美国学派的平行研究;又如陈寅恪的《西游记玄奘弟子故事之演变》与钱仲联的《佛教与中国古代文学的关系》,这两篇文章涉及了中国古代文学与印度佛教及其民俗学之间的跨国文献考据;在比较文学研究方法论上,上述两篇文章属于法国学派的跨国文献考据与梳理。这都是具有启

---

① 《火柴》,闻一多著,见于《闻一多全集》,闻一多著,湖北人民出版社1993年版,第一册,第84页。

示性的比较文学跨学科研究的典范文章。

文学研究本身是一门具有完整知识体系的学科,只有两个具有完整知识体系的独立学科进行跨界的平等对话,进行体系性知识的互视、汇通与比较,才有益于跨学科研究的展开,否则特别容易把比较文学研究导向"比较文学是个筐,乱七八糟往里装"的窘境。比较文学不是"文学比较",比较文学更不是随意可以与人类社会的任何一种现象进行无原则与无边界的"跨界比较"。如果对方不是一门具有完整知识体系的独立学科,那么我们就不建议把其纳入跨学科研究中作为一个平等对话的对象,因为两者之间缺少平等的可比性;如果硬性纳入,其特别容易引起比较文学研究在学科理论上所带来的混乱与争议,如文学与快餐文化的"比较"、文学与手机文化的"比较"、文学与消费时代的"比较"等。

规限二,关于比较文学的跨学科研究,研究主体必须要在文学与相关学科之间进行材料与理论的汇通研究,以形成一个持有第三种立场的、具有相对完整体系的研究结论,如钱锺书的比较诗学文章《通感》即是如此。钱锺书把西方的心理学与语言学作为自己讨论中西文学现象中通感生成的背景视域,以大量的个案分析了中西诗文中关于视觉、听觉、触觉、嗅觉与味觉五种感觉之间的打通或交通。

关于中国古代诗歌,钱锺书列举了宋祁《玉楼春》的"红杏枝头春意闹",晏几道《临江仙》的"风吹梅蕊闹,雨细杏花香",毛滂《浣溪纱》的"水北烟寒雪似梅,水南梅闹雪千堆",黄庭坚《次韵公秉、子由十六夜忆清虚》的"车驰马骤灯方闹,地静人闲月自妍"等诗句;关于西方文学及相关理论,钱锺书列举了拉丁语以及近代西语常说的"黑暗的嗓音"(vox fusca)、"皎白的嗓音"(voce bianca)等,还列举了布松纽(C. Bousoño)在《诗歌语言的理论》(Teoria de la expresion poética)一书中的论述:"西方语言用"大声叫吵的""呼然作响的"(loud, criard, chiassoso, chillón, knall)指称太鲜明或强烈的颜色。"①总纳而言,钱锺书指出,视觉的色彩在诗中可以启用描述听觉的修辞而形象地表达出来,如以一个表达听觉的"闹"字

---

① 《通感》,钱锺书著,见于《七缀集》,钱锺书著,生活·读书·新知三联书店 2001 年版,第 73 页。

来描述视觉对鲜明色彩的感受,同时还指出:"用心理学或语言学的术语来说,这是'通感'(synaesthesia)或'感觉挪移'的例子。"①最终在《通感》这篇文章的结语处,钱锺书给出了一个具有相对完整体系的结论:

> 在日常经验里,视觉、听觉、触觉、嗅觉、味觉往往可以彼此打通或交通,眼、耳、舌、鼻、身各个官能的领域可以不分界限。颜色似乎会有温度,声音似乎会有形象,冷暖似乎会有重量,气味似乎会有体质。诸如嗅觉、视觉、听觉在审美的心理上是可以相通的。②

这个结论是钱锺书以他的比较视域跨界于西方心理学、语言学与中外诗文之间所汇通与总纳出的第三种诗学,是在中西汇通中所构建的具有相对完整体系之结论的第三种立场。

严格地讲,一项优秀的文学研究成果(文章或专著)都应该承载着研究者对问题进行文献整理与理论思考所建构的具有相对完整体系的结论,国族文学研究如此,比较文学研究更需要强调如此。因为,比较文学在比较视域、学科边界、语言操用与学术信息等方面更为宽阔、多元、艰深与复杂,再加上比较文学特别容易在字面上被误读为"文学比较",以误导初学者在中外文学故事的表象上寻找表面的相似性与差异性,进行表面的、碎片的、描述的、硬性的、肤浅的"比一比",而这种"文学比较"无法生成具有相对完整体系结论;所以,尤其是比较文学研究在跨向文学之外的另一种或多种相关学科时,我们特别强调其比较视域与研究结论在第三种知识结构立场上所呈现出来的汇通性、完整性、深度性与体系性,也就是钱锺书所说的能否对文学与其他学科之间进行"打通"或"交通",而我们所讨论的比较文学研究的汇通性与可比性,也恰恰就在比较文学研究者能否给出具有相对完整体系的结论中呈现出来。说到底,这还是比较文学研究者的眼光及其背后的知识结构与汇通性问题,即比较视域的问题;当然,这种具有第三种立场的相对完整体系的比较文学研究结论,无法使用具体的数字去做量化的统计,但是,具有学贯中外与学贯古今之学养的优秀比较文

---

① 《通感》,钱锺书著,见于《七缀集》,钱锺书著,生活·读书·新知三联书店 2001 年版,第 73 页。
② 同上。

学研究者一眼即可以判断出来。

规限三,比较文学跨学科研究必须以跨民族、跨语言与跨文化为前提,这一点很重要。

如从中国古代文学研究的角度讨论先秦诗乐舞同源性的问题,或讨论汉乐府、唐诗、宋词入乐及其与音乐的关系问题,这都非常重要且有学术价值的选题;但是,由于这些选题在研究视域上没有跨民族、跨语言与跨文化,所以我们不把其归纳到比较文学研究的领域,又如学界单纯讨论中国古代诗文与文人水墨画的选题也是如此;然而如果我们讨论汉唐时期中土诗歌及其音乐对周边西域其他民族音乐元素的接受,这种研究视域就进入了比较文学的跨学科研究。

给比较文学跨学科研究以典范启示的是钱锺书的《中国诗与中国画》这篇文章。从文章命题上看,钱锺书好像只是在讨论中国古代文学艺术传统上中国诗文与中国绘画同源性的问题,如钱锺书引孔武仲《宗伯集》分卷一《东坡居士画怪石赋》所言:"文者无形之画,画者有形之文,二者异迹而同趣",又引张舜民《画墁集》分卷一《跋百之诗画》所言:"诗是无形画,画是有形诗。"[①]而实质上,钱锺书论述这个问题的视域在跨界中涉及了西方相关的学科及知识体系:如西方美术史及达·芬奇、鲁本斯、雷姆勃朗特,西方文学批评及西塞罗、莱辛、伏尔泰,西方中世纪经院哲学,西方哲学及休谟、康德,西方文学史及莎士比亚、歌德、海涅、哈代等,钱锺书是把上述西方相关学科及知识体系作为比较视域来透视、研究中国古代诗文与绘画的同源性问题的;因此,这篇文章的研究视域不仅是跨学科的,也更是跨民族、跨语言与跨文化的,所以这是一篇准确且地道的比较诗学研究的典范文章。

### 4. 在全球化语境中走向跨文化对话

比较文学的跨学科研究由于是在要求四个跨越的背景上完成的,这势必大大拓宽了比较文学的研究视域——比较视域,同时也拓宽了比较文学这个学科的研究边界。关于比较文学从跨学科研

---

① 《中国诗与中国画》,钱锺书著,见于《七缀集》,钱锺书著,生活·读书·新知三联书店 2001 年版,第 6 页。

究走向跨文化对话的态势,美国比较文学学会于1993年公布的第三篇"学科标准报告"(即所谓"伯恩海默报告")已明确地提到：

> 面对学科实践之间日益明显的相互渗透(porosity),以往那种认为公布一套标准即足以界定一个学科的观念已然瓦解。当然,采用传统比较模式的被公认为有价值的研究成果仍在不断涌现。可是那些模式属于一个早在1975年就已感到受到围攻以及需要维护的学科。今天,比较的空间已经将以下这些内容包含在内：各种艺术产品之间的比较(对它们的研究通常原本由不同学科来承担);不同学科各种文化建构之间的比较;西方文化传统与非西方文化传统之间的比较(无论高雅文化还是大众文化均有涉及);殖民地人民在被殖民之前和之后的文化产品之间的比较;不同性别解释之间的比较(它们对女性特质和男性特质做出明确解释),或者不同性取向之间的比较(它们对正常人和同性恋提出明确界定);种族和民族的不同表意模式之间的比较;在意义的解释学层面上的表达,与对意义的生产和传播模式的唯物主义分析之间的比较;而且还不止于此。上述这些将文学语境扩展至话语、文化、意识形态、种族以及性别等领域的做法,与依据作者、国别、时代以及文学各个门类等所开展的旧有的文学研究模式相比,是如此不同,以至于"文学"这个术语已不再能对我们的研究对象加以充分的描述。①

展现在我们眼前的这种"比较"的内容不断扩大的景象,正是对比较文学跨学科研究特性发展趋势的具体描述。的确,比较文学把自己的研究视域超越了文学这种单一领域,事实上,比较视域中的"文学研究"已然成为整个文化生产领域内的一种具体的跨界对话实践模式。正如乔纳森·卡勒(Jonathan Culler)在《论解构》一书的《序言》中所言:"(近来)文学理论著作,我们且不管它们对文学解释起到了什么作用,在一个虽然未被命名但是经常被简称为'理论'的领域内与其他文字保持了一种密切且极其重要的相关性。"②

---

① 《伯恩海默报告(1993):世纪之交的比较文学》("The Bernheimer Report,1993: Comparative Literature at the Turn of the Century"),见于[美]查尔斯·伯恩海默编《多元文化时代的比较文学》(ed. Charles Bernheimer, *Comparative Literature in the Age of Multiculturalism*, Baltimore and London: The Johns Hopkins University Press, 1995, pp. 41-42.)。

② [美]乔纳森·卡勒:《论解构:结构主义之后的理论和批判》(Jonathan Culler, *On Deconstruction: Theory and Criticism after Structuralism*, New York: Cornell University Press, 1982, p. 8.)。

乔纳森·卡勒接着论述道:在理查德·罗蒂看来,"这类文字既不是对文学作品相对优点做出的评价,也不是思想史或道德哲学、认识论、社会预言书,而是属于一个将所有这些类型混合在一起的新的文类"。① 这种类型混合的"新的文类"无疑正是当下比较文学跨学科研究所采取的一种主要形式,这也证明了比较视域其中拥有的前沿性学科特质所在。

由于比较文学始终对文学研究跨向其他相关学科怀有高度的敏感和兴趣,因此全球化时代的比较文学研究者一直能够把这个学科保持在人文学科研究领域的前沿,从而持有一种多元化文化的国际性比较视域。事实上,在全球化时代,从比较文学研究走向文化研究或跨文化研究,也成为一种国际学术发展的主流趋向,无论这个趋向有着怎样的时代性与争议性,海内外有许多大学的比较文学专业已经在与时俱进地顺应这一主流趋向,对本专业的学科命名进行了调整,如北京大学比较文学研究所于1992年更名为比较文学与比较文化研究所,台湾辅仁大学比较文学研究所与翻译学研究所、语言学研究所合并,于2010年8月1日正式成立跨文化研究所等。

以下我们再介绍一个关于具有西方中心主义之比较视域批判的问题。2003年,斯皮瓦克发表了《一个学科的死亡》的长文,对上个世纪国际比较文学的西方中心主义及其比较视域进行了批判。斯皮瓦克指出由于西方凭借其实力优势和权力机制完全掌控了全球化的进程,出现在国际比较文学研究视域与话语体系中的跨文化研究,其主要或只是意味着西方"宗主国"向第三世界"边缘国"的单方面跨越,所以她主张,为了使比较文学跨文化内涵得到真正的落实,国际比较文学必须拥有平等的研究视域,提倡一种"去政治化"的"星球性"(planetarity)视域以取代西方中心主义的"全球化"(globalization)视域。② 在我们看来,斯皮瓦克通过这本小册子所宣布的不是比较文学这门学科的死亡,也不是比较文学"跨界"的死亡,而是宣布了具有西方中心主义那种傲慢与偏见的、陈旧的

---

① [美]乔纳森·卡勒:《论解构:结构主义之后的理论和批判》(Jonathan Culler, *On Deconstruction: Theory and Criticism after Structuralism*, New York: Cornell University Press, 1982, p.8.)。

② 参见[美]加亚特里·C. 斯皮瓦克:《一个学科的死亡》(Gayatri Chakravorty Spivak, *Death of a Discipline*, New York: Columbia University Press, 2003.)。

比较文学观念的死亡，也正是如此，国际比较文学才可能在涅槃中获得走向多元文化平等对话的新生。

在这里，我们沿着斯皮瓦克讨论的比较文学学科理论问题走下去，从而继续思考另外一种现象，比较文学的比较视域因跨民族、跨语言、跨文化与跨学科的扩大，最终导致学科边界的扩大，从而走向假象性消失。从学科理论上来讲，学科边界的消失也意味着一个学科走向死亡，因为从国族文学研究来看，每一种国族文学研究都有着自己相对严格的学科边界，如中国古代文学、中国现代文学、英国古典文学、美国当代现代文学等；而恰恰比较文学的学科意识与国族文学的学科意识是不一样的，比较文学的研究视域在扩大，其学科边界在向其他相关学科渗透以形成学科之间的交集，这正是比较文学的学科本质特征。我们为什么说比较文学的学科边界扩大是一种假象性消失，因为所有国族文学及相关学科的边界都可能成为比较文学的学科边界，而比较文学这种假象性"死亡"正是在涅槃中获得了新生，从某种意义上来讲，所有跨民族、跨语言、跨文化与跨学科的文学研究都可以被认同为比较文学。我们注意到，近二十年来，国内外的学术研讨会已经呈现出这种态势，来自于不同国家、民族与区域的学者，他们操用不同的语言，就一个问题或多个问题带着自己不同研究学科及方向的论文走到一起来，以"互识""互证"与"互补"的视域进行对话，大家在相互的欣赏中进行相互的争论与相互的启示。

2011年8月9日至11日，中国比较文学学会"第10届年会暨国际学术研讨会"曾在复旦大学和上海师范大学举行，此届年会的讨论主题是"当代比较文学与方法论建构"，围绕这一主题，大会设定16个工作议题和圆桌会议议题，具体为：1.回归文学性：作为文学研究的比较文学；2.中外比较诗学；3.中外文学关系；4.比较文学与翻译研究；5.世界文学经典的跨文化诠释；6.流散文学与海外华人文学；7.比较文学视野下的海外中国学；8.文学与宗教；9.文学人类学；10.中国比较文学三十年及教学研究；11.东亚文学关系研究；12.中华多民族文学关系研究；13.新媒体与文学书写；14.城市：观念、历史与文学再现；15.文学期刊的作用与现状；16.青年学者论坛。我们从上述16个议题就可以看出当下国际学术研究的主流趋势。

最后需要强调的是,由于比较文学的研究视域和学科边界的扩大与交集,所以这个学科特别需要准确的、严格的学科理论和学科意识给予规限,以维护比较文学这个学科的健康性发展,否则比较文学会成为什么都可以囊括的"杂混"而被学界所诟病。

**思考题:**
1. 请举例阐述中外文学创作中的跨学科现象。
2. 请举例分析一篇或一部文学与相关学科跨界研究的优秀学术成果。
3. 请结合比较文学研究的反正实例说明比较文学跨学科研究三个规限的重要性。
4. 怎样理解比较文学跨学科研究最后必须形成一个具有相对完整体系的结论。
5. 请根据本节所介绍的跨学科研究规限与方法,试着列举十个以上文学与相关学科跨界研究的论文选题,论文选题要落实到具体的研究问题上。
6. 请根据本节所介绍的跨学科研究方法与规限,试着撰写一篇文学与相关学科跨界研究的论文。
7. 请阐述比较文学在全球化语境中走向跨文化对话的学术背景及趋势。

**参考书目:**
1. 《西游记玄奘弟子故事之演变》,陈寅恪著,见于《金明馆丛稿二编》,陈寅恪著,生活·读书·新知三联书店2001年版。
2. 《中国诗与中国画》《读〈拉奥孔〉》《通感》,钱锺书著,见于《七缀集》,钱锺书著,生活·读书·新知三联书店2001年版。
3. 《中国哲学与中国文学之关系》,唐君毅著,见于《中西哲学思想之比较研究集》,台湾正中书局1943年版。
4. 《佛教与中国古代文学的关系》,钱仲联著,见于《比较文学研究资料》,北京师范大学中文系比较文学研究组选编,北京师范大学出版社1986年版。
5. 《伯恩海默报告(1993):世纪之交的比较文学》("The Bernheimer Report, 1993: Comparative Literature at the Turn of

the Century"),见于[美]查尔斯·伯恩海默:《多元文化时代的比较文学》(Charles Bernheimer, ed., *Comparative Literature in the Age of Multiculturalism*, Baltimore and London: The Johns Hopkins University Press, 1995.).

6. [美]加亚特里·C. 斯皮瓦克:《一个学科的死亡》(Gayatri Chakravorty Spivak, *Death of a Discipline*, New York: Columbia University Press, 2003.).

## 第四节 比较视域中的"汉学"研究

### 1. 什么是"汉学"?

在第一章《发展论》的第二节《西方比较文学发展史渊源》中,我们曾提到过欧洲在18世纪所掀起的"中国热"。而"中国热"的形成,实际上与"传教士汉学"对中国古代文学及古代典籍的翻译与研究直接相关。近年来,随着"孔子学院"在世界各地的创办,汉语学习与"汉学"研究持续升温。因此,从比较文学的角度,对"汉学"的发展历史和学科性质予以阐明,特别有助于敞开比较文学自身的研究视域。

众所周知,"汉学"是英文"Sinology"或法文/德文"Sinologie"的译名。① 然而,"汉学"一词并非为译名所造,而是汉语中本有的词汇。其意义大体有二:其一、"汉"为"汉民族"之"汉",即汉民族或中原地区的知识文化,其以"儒学"为核心,并与少数民族的"蕃学"相对;其二、"汉"为"汉代"之"汉",指"汉代经学",其与"宋学"(即"宋代经学")相对,清儒标榜"汉学",以矫宋儒空疏之弊,遂有"汉学""宋学"之分。② 而这一意义上的"汉学",亦可称之为"朴学"。若依"汉学"一词在汉语中发展演变的历史而言,作为译名的

---

① 方维规认为,汉语中与"Sinology"相对应的"汉学"概念,应源于江户时代的日本,其与"兰学"相对,即经荷兰人传入日本的"洋学"。(参见《"汉学"和"汉学主义"刍议》,方维规著,见于《读书》2012年第2期,第9页。)

② 波兰学者魏思齐(Zbigniew Wesołowski)指出,在日占时期的台湾,"汉学"也指为抗拒日本化而对汉字及中国文学等方面的学习。(参见《美国汉学研究的概况》,[波]魏思齐,见于《汉学研究通讯》2007年第2期,第30页。)

"汉学"理应居于上述两种意义之后;但是,在当下的学术语境之中,"汉学"的"后起之义"无疑占据了主导地位。

"Sinology"一词由"Sino—"和"—ology"组合而成:"Sino—"源于希腊语"Σίναι"和拉丁语"Sinæ",就是指"中国"的意思;① 而"—ology"在这类构词法中的意义通常为"科学""知识"或"学问"。二者合诸一处,其意义大体为"有关中国的知识或学问"。在 1882—1883 年出版的《皇家英语词典》(*The Imperial Dictionary of the English Language*)中,已经收录了"Sinology"的词条,其对该词的释义为"关于汉语及相关主题的知识领域"。② 此外,这一词条还提示读者参见"Sinologue"的意义内涵,"Sinologue"即"汉学家",主要是指"对中国语言、文学、历史等方面进行研究的学者"。③ 其实,"Sinologue"还有一个同义词"Sinologist",该词在英语中的出现相对较早,至少可以追溯至法裔语言学家、哲学家迪蓬索(Peter Stephen Duponceau,1760—1844),他在 1816 年 7 月 31 日写给美国传教士赫克韦尔德(John Heckewelder,1743—1823)的信中曾明确使用了"Sinologist"一词。④

除了上述意义之外,"汉学"还内在地标示出其自身的研究主体,即中国以外的学者。所以,汉语学界为了强调这一研究主体,亦将"Sinology"翻译为"国际汉学""世界汉学"或"海外汉学"。⑤ 如果是中国学者对中国古代文化所进行的研究,我们一般称之为"国学"。"国学"一词虽可说是"古已有之",⑥但作为与"西学"相对

---

① 参见《牛津英语词典》(*The Oxford English Dictionary*,vol. XV,Ser-Soosy,Oxford:Clarendon Press,2<sup>nd</sup> ed. ,1989,p. 538. )。

② [英]奥格尔维、安南代尔:《皇家英语词典》(John Ogilvie and Charles Annandale,*The Imperial Dictionary of the English Language*,vol. IV,London:Blackie & Son,1883,p. 90. )。

③ 同上。

④ [美]迪蓬索:《信件 16》(Peter Stephen Duponceau, "Letter XVI"),见于《美国哲学学会历史与文学委员会会报》(*Transactions of the Historical and Literary Committee of the American Philosophical Society*,vol. I,1819,p. 400. )。

⑤ 随着"Sinology"一词的广泛使用,我们也应该将日本、朝鲜、越南等国对中国文化的研究纳入其中,然而,由于篇幅所限,我们在此仅重点论述西方汉学。

⑥ "国学"原指中国古代的最高学府。参见《周礼·春官·乐师》:"乐师掌国学之政,以教国子小舞。"(《周礼注疏》,见于《十三经注疏》,中华书局 1980 年影印世界书局阮元校刻本,上册,第 793 页。)

而言的知识体系,其应肇始于晚清。① 此外,以"汉学"作为"Sinology"的译名,并非毫无争议。由于"汉学"之"汉"在内涵和外延上确有模糊之处,因此有些学者提出用"中国学"或"华学"的译名来代替"汉学"。然而,"汉学"亦与"比较文学"相似,虽是一个"有缺陷的词",但其流布甚广,业已成为一个约定俗成的"必要的词"。所以,我们实际上既无法也不可能用其他的译名将其完全替换。

## 2."汉学"的学科性质——客体与主体双重定位

一般认为,西方"汉学"在学科意义上的建立,是以法国汉学家雷慕沙(Jean-Pierre Abel-Rémusat,1788—1832)于 1814 年担任法兰西学院开设的"汉文与鞑靼文、满文语言文学讲座"(la chaire de langue et littérature chinoises et tartares-mandchoues)第一任教授为标志的。其实,这也是西方"汉学"由"传教士汉学"开始向"学院汉学"转变的标志。当然,若要追溯西方"汉学"的历史,我们至少应该提到柏朗嘉宾(John of Plano Carpini,1182—1252)的《蒙古纪行》(*Ystoria Mongalorum*)和鲁布鲁克(William of Rubruck,1220—1293)的《东行纪》(*Itinerarium fratris Willielmi de Rubruquis de ordine fratrum Minorum, Galli, Anno gratia 1253 ad partes Orientales*)。这两部书分别成书于 13 世纪的 40 和 50 年代,记录了蒙元及周边地区的文化、信仰、地理、风俗和战争等情况,早于《马可·波罗游记》(*Le devisement du monde*)半个世纪左右。然而,这时的所谓"汉学",仅止于"游历见闻"而已,更适合作为研究对象而非研究本身。

真正对欧洲文化产生重要影响的,应该归于天主教耶稣会士在中国本土的传教活动。由于以利玛窦(Matteo Ricci,1552—1610)为首的耶稣会士采用调和基督教与儒家思想的"适应策略"(accommodationism),所以引起其内部及其他修会的不满,后逐渐

---

① 梁启超在《论中国学术思想变迁之大势》一文中曾言道:"近顷悲观者流,见新学小生之吐弃国学,惧国学之从此而消灭。吾不此之惧也。但使外学之输入者果昌,则其间接之影响,必使吾国学别添活气,吾敢断言也。"(见于《新民丛报》1904 年第 3 期第 10 号,第 34 页。)此处的"国学"与"新学""外学"相对,而二者实际上即为"西学"。

演变为著名的"礼仪之争"。在此期间,耶稣会不断派人回到欧洲为自己的传教策略辩护,而这种辩护在客观上必然要大量涉及中国文化,尤其是儒家典籍的翻译与诠释。在这一过程中有两部译著最具代表性,一部是由比利时人柏应理(Philippe Couplet,1623—1693)主持编译的《中国哲学家孔夫子,或以拉丁语表述中国人的智慧》(Confucius sinarum philosophus, sive scientia sinensis latine exposita),1687 年出版于法国巴黎。该书包括《大学》《中庸》和《论语》的拉丁语译文及译者们撰写或编译的一些资料。另一部是《中国六经》(Sinensis imperii libri classici sex),由同为比利时人的卫方济(François Noël,1651—1729)用拉丁语译出,1711 年在布拉格出版。《中国六经》中除了"四书"之外,还包括《孝经》及朱熹所编的《小学》。卫方济翻译该书之时,正值"礼仪之争"最为关键之际,其捍卫"中国礼仪"的目的颇为明显。因此,耶稣会士的传教、护教行为为"汉学"进入欧洲打开了重要通道,在莱布尼茨、沃尔夫和伏尔泰等人的思想中,我们也可以清晰地看到这种影响的踪迹。然而,经过耶稣会士所传播的"中国文化"或"中国思想",实际上,只是间接地满足了"启蒙时代"的欧洲对于一个非基督教的、伦理型国家的期待,对于一个"哲王"统治的政治结构的想象性诉求。所以,18 世纪的"中国热"必定难以持久,一个"繁荣、稳定"的东方古国迅速被"愚昧、落后"所取代。

  19 世纪"中国形象"的急剧下降,固然有清政府日趋衰落的原因,但更与"工业革命"后西方世界"海外扩张"的经济欲求直接相关。这种负面形象虽与"中国热"形成了强烈的反差,但其想象性建构的内在机制却并未发生本质性改变。而这一时期的传教士主体也已由耶稣会士转变为新教传教士,然而,由于中国本土思想(尤其是儒家思想)过于强大,很多传教士仍然不得不采用"适应策略"。例如,著名的英国传教士理雅各(James Legge,1815—1897)曾反复申明:"中国经典中的'帝'与'上帝'就是 God—our God—the true God。"[①]而且,在翻译儒家经典时,他确实将其中的某些

---

[①] [英]理雅各:《儒教与基督教的关系》(James Legge, *Confucianism in Relation to Christianity*, Shanghai: Kelley & Welsh; London: Trübner & Co., 1877, p. 3.)。

"帝"或"上帝"译成了"God"。① 为了证明这一观点,理雅各广泛列举了中国古代文献、辞书中的相关材料,甚至还包括明代皇帝敬拜"皇天上帝"的祷文。② 然而,这些证据无论再丰富也根本不值一驳,中国古人根本不可能拥有西方人的"上帝"观念。其实,理雅各是想通过对儒家经典的翻译与诠释,以基督教的"God"观念替换掉中国人本有的"上帝"观念。而且,现在看来这种替换至少在语词的层面上是成功的,当今的中国人在提到"上帝"之时,还会有多少人知道这是中国古代典籍中早已存在的词汇呢?

与耶稣会士相同,新教传教士的"汉学"实际上也是发生在中国本土及周边地区。只有在传教结束之后,很多传教士汉学家才有机会转变为学院汉学家。英国的第一个汉学教职由伦敦大学于1837年设立,其担任者即曾为"英华书院"院长的传教士基德(Samuel Kidd,1799—1843)。理雅各于1873年返回英国,1876年开始担任牛津大学第一任汉学教授。另一位英国传教士苏慧廉(William Edward Soothill,1861—1935)也是在回国后的1920年,才开始担任牛津大学的汉学教授一职。如前所述,法国汉学的学科建制始于1814年,比英国早二十多年,也早于欧洲其他各国。除雷慕沙之外,法国还陆续涌现出儒莲(Stanislas Julien,1797?—1873)、顾赛芬(Séraphin Couvreur,1835—1919)、沙畹(Édouard Chavannes,1865—1918)、伯希和(Paul Pelliot,1878—1945)、葛兰言(Marcel Granet,1884—1940)等国际知名的汉学家。时至今日,法国仍然是欧洲汉学的研究中心。

美国的第一位汉学教授是曾在驻华使馆工作多年的卫三畏(Samuel Wells Williams,1812—1884),1877年受聘于耶鲁大学。不过,直至第二次世界大战以前的美国汉学,其多受欧洲汉学之影响,以中国古代文化研究为主。但在战后,出于了解政治、经济和军事对手的需要,美国开始以"区域研究"(Area Studies)重新组合

---

① 如理雅各将《尚书·舜典》"肆类于上帝"中的"上帝"译为"God",参见[英]理雅各:《中国经典》(James Legge, *The Chinese Classics*, vol. 3, Hong Kong: Hong Kong University Press, 1960, pp. 33-34.)。

② 参见[英]海伦·伊迪丝·莱格:《理雅各:传教士与学者》(Helen Edith Legge, *James Legge: Missionary and Scholar*, London: The Religious Tract Society, 1905, pp. 68-74.)。

其人文与社会科学。新中国的成立以及朝鲜战争,迫使美国在区域研究的模式之下大力展开对中国的研究,所谓的"中国学"(Chinese Studies)也应运而生。学界普遍认为,哈佛大学中国史专家费正清(John King Fairbank,1907—1991)正是这一"学科"的开创者。总体而言,美国的"中国学"以"当代中国"(Contemporary China)为主要对象,以"社会学"的方法进行"跨学科研究"(更多地涉及政治、经济、科技、军事等领域),并且特别注重研究的"实际效用"。表面而言,美国"中国学"似乎开创了一种不同于欧洲传统汉学的"研究范式";然而,实际情况却并非如此。

首先,"当代中国"研究并非美国"中国学"的专利,欧洲"汉学"虽主要以中国传统文化为研究对象,但是现当代中国的历史、政治、文学等方面也早已进入其研究视域。其次,社会学的方法也不足以成为一门"新"的学科得以确立的基础。而跨学科研究原本就是"汉学"的一大特点,这也是由其研究对象本身所决定的。以中国传统经学为例,其中文学、历史、哲学、伦理、天文、地理、术数等等本来就是"交叉混生"的。因此,与其将美国"中国学"作为一门新的学科,不如将其视为"汉学"在"区域研究"下的某种"变体"。而且,从前文的词源分析可知,"Sinology"就是有关中国的知识或研究,即"中国学"。因此,美国的"中国学"不免有标己之"新"以立"异"于"汉学"之嫌。[①] 需要提及的是,当下学界对"Sinology"与"Chinese Studies"又做了细致的界分,前者被称之为传统汉学,而后者被称之为现代汉学。汉学的研究边界与东方学(Orientalism)有着交集且又有着差异性,东方学的研究边界涵盖了亚洲和北非地区的宗教、哲学、历史、经济、战争、语言、民俗、文学与艺术等现象。

在对西方"汉学"的发展历程进行了简单的回顾之后,我们还需进一步从学理上明确"汉学"的学科性质。从"汉学"的命名本身来看,我们无疑应该将其视为"客体定位"。然而,由于其对研究主体(非中国学者)的特殊规定,又必然使其自身具有"主体定位"的特点。与"比较文学"的研究主体相似,"汉学"的研究主体也是通

---

① 参见《"汉学"和"汉学主义"刍议》,方维规著,见于《读书》2012年第2期,第8—10页。

过语言的学习(现代汉语和古代汉语),进而敞开自身的"研究视域"。而且,这一"研究视域"也同样是以"跨民族""跨语言""跨文化""跨学科"这"四个跨越"作为其结构性内涵,所以在习惯上,我们把"汉学"也称之为"国际汉学"。而"国际汉学"与"比较文学"的重要区别则在于,前者如同于东方学一样,其首要的和最终的关注点并不一定被置放于"文学"和"文学性"之上。尽管如此,"国际汉学"由于其研究主体的特殊性,仍然使其内在地具有"比较文学"的性质,东方学也是如此;因此,我们完全有理由将"汉学"称之为"客体与主体双重定位"的学科。在国际学界,汉学、东方学与比较文学这三门学科虽然都有着自己的学科定义,然而,三者之间又有着潜移默化和不可或缺的交集性,它们有着共通的、敞开的国际性研究视域。

### 3. "汉学"与"汉学主义"

2013年,美国达拉斯德州大学华裔学者顾明栋出版了有关"汉学主义"(Sinologism)的重要著作,即《汉学主义:取舍于东方主义与后殖民主义》(*Sinologism: An Alternative to Orientalism and Postcolonialism*)一书。在该书中,顾明栋首先将"Sinologism"在西方学界的使用追溯至1998年。[①] 在该年出版的两部学术著作中,作者都新造了"Sinologism"这一术语。这两部著作分别为:澳大利亚学者鲍勃·霍奇(Bob Hodge,1940—    )与华裔学者雷金庆(Kam Louie)合著的《中国语言与文化的政治学》(*The Politics of Chinese Language and Culture*)及华裔学者夏瑞春(Adrian Hsia,1938—2010)所著的《中国性:17、18世纪欧洲文学对于中国的建构》(*Chinesia: The European Construction of China in the Literature of the 17th and 18th Centuries*)。在上述著作中,三位学者都将"Sinologism"一词的创造与爱德华·赛义德(Edward W. Said,1935—2003)的《东方学》(*Orientalism*)一书相联系。该书强调"东方学"所谓的"东方"(主要指近东、中东和北非)只不过是"西

---

① 顾明栋:《汉学主义:取舍于东方主义与后殖民主义》(Ming Dong Gu, *Sinologism: An Alternative to Orientalism and Postcolonialism*, London: Routledge, 2013, p.5.)。

方"话语的有意建构而已,其目的是为了满足殖民主义在政治、经济等方面的诸多欲求。同样,对于"汉学"中存在的"汉学主义"的反思,亦是以西方对于"中国"的"话语建构"及其背后的"权力运作"为前提的。然而,在这同一前提之下,上述两部著作却恰好代表了"汉学主义"的两种主要理论倾向。

霍奇与雷金庆在其著作中指出,"汉学主义"作为一种"话语"和一系列中国研究的知识与假设,有助于我们更好地理解学术分科中知识与权力的相互关系。① 同时,两位学者也注意到,中国从未被真正地殖民,所以"汉学主义"话语运作的模式必定与"东方主义"大为不同。因此,他们认为:

> 汉学主义不仅仅是西方学术话语权力的作用,也是中国自身政治进程的作用。②

两位学者通过符号学、批评语言学(critical linguistics)、话语理论来解读各种中国文化文本(包括传统和现代小说、文学批评、报纸杂志、电影与流行文化等),进而在中西方学术政治的共同作用之下分析其中的话语模式与话语建构。

相对而言,夏瑞春在其著作中所界定的"汉学主义"则显得较为激进,其"后殖民主义"的色彩也更为强烈。在他看来,17、18世纪欧洲思想家和文学家笔下的中国形象均是其"建筑计划"的一部分,而其完成结构也就是所谓的"中国性"(Chinesia)。归根结底,"中国性"就是西方为了满足自身的需要而对"中国"所进行的加工、变形与建构。所以,夏瑞春甚至认为"汉学主义"的提出比赛义德所描述的"东方主义"更为准确。③ 不过,顾明栋本人对"汉学主义"的理论界定明显与霍奇、雷金庆更为接近,而与夏瑞春有所不同。他认为"汉学主义"并不是"另一种形式的东方主义",因为其不像东方主义那样完全是由西方创造的知识产品,而是"中西方联

---

① [澳]鲍勃·霍奇、雷金庆:《中国语言与文化的政治学》(Bob Hodge and Kam Louie, *The Politics of Chinese Language and Culture*, London: Routledge, 1998, p.13.)。
② 同上。
③ [德]夏瑞春:《中国性:17、18世纪欧洲文学对于中国的建构》(Adrian Hsia, *Chinesia: The European Construction of China in the Literature of the 17th and 18th Centuries*, Tübingen: Niemeyer, 1998, p.7.)。

合承担的知识产业"。①

此外,特别值得一提的是,早在1995年发表的《萨伊德的〈东方主义〉与西方的汉学研究》一文中,现执教于美国乔治梅森大学的华裔学者张宽就已经将汉学研究中的"话语权力"问题与"东方主义"进行了比照性研究。与后来的某些学者相同,张宽也首先认为汉学研究的情况比较特殊,不能一概套用"东方主义"的模式。② 当然,他还是举出了两个重要的例子来表明"权力"对于汉学"学术话语"的"规训"作用。第一个就是前文曾提到过的费正清,其在"麦卡锡时代"受过整肃,表面上也似乎较为同情中国革命。然而,费正清在1946年就已正式受雇于美国中央情报局,而且他坚持以"冲击—反应"模式来解释中国近现代史,这也充分暴露了其"西方中心主义"的历史观。其实,无论是"汉学主义"还是"东方主义",二者都与"西方中心主义"有着极深的渊源。而在比较文学的早期,"西方中心主义"也极大地限制了比较文学的学科视域,很多著名的比较文学学者都将"西方文学"等同于"世界文学",因而完全无视"亚非文学"的存在。第二个例子是夏志清的《中国现代小说史》,在该书成书期间夏志清曾供职于美国蒙特利海军语言学院,领取军方的薪俸。因此,其对中国现代作家的评价立场恐难不受其背后之"权力"的影响。③ 其实,当下学界对"汉学主义"进行讨论的主要问题,在张宽的这篇论文中已多有涉及。只是,当时他并未沿着"东方主义"的逻辑而使用"汉学主义"的概念,这诚然与其所言汉学研究的"特殊性"有关。

总之,"汉学主义"最为人所诟病之处即为西方权力对于学术话语的无形操控,以及西方世界对于中国的想象性或对象化诉求。然而,对于"汉学主义"而言,问题的关键似乎并不在于"西方关于中国的认识是否正确",而是在于"这一认识是如何形成的"和"这

---

① 顾明栋:《汉学主义:取舍于东方主义与后殖民主义》(Ming Dong Gu, *Sinologism: An Alternative to Orientalism and Postcolonialism*, London: Routledge, 2013, p.5.)。

② 《萨伊德的〈东方主义〉与西方的汉学研究》,张宽著,见于《瞭望》新闻周刊1995年第27期,第36页。

③ 同上书,第37页。

一认识所产生的影响和作用"。① 难道在中国学者所从事的国学研究中就不存在任何形式的"想象"与"虚构"吗？此外,由于汉学家"研究视域"的"多重跨越性"(与比较文学学者相似),其"身份"也并非始终如一的"清晰、连贯","未必没有微妙的游移"。② 而且,这种"游移"有时竟是如此巨大,理雅各在《中国经典》1861 年版第一卷"绪论"中对孔子的评价不高："我希望我没有不公正地对待他(孔子),但在对其性格和观点做了长时间的研究之后,我无法将其视为一个伟大的人物。"③然而,在《中国经典》1893 年版中,理雅各却将孔子称作圣人：

> 但是我现在必须离开这位圣人(孔子)。我希望我没有不公正地对待他；我对他的性格和观点研究得越多,对他的评价也就越高。④

这种巨大的反差,既说明了理雅各在新教传教士和中国经典翻译者与诠释者之间的"身份游移",同时也反映出中国经典及其背后的中国文化绝非"僵死"的研究客体。因此,究竟是理雅各翻译和诠释着中国经典,还是中国经典成就和塑造着理雅各,这一点我们似乎很难说得清楚。确实,"汉学中存在汉学主义,但汉学不是汉学主义"；⑤同样,比较文学中存在西方中心主义,但比较文学不是西方中心主义；也同样,东方学研究中也不应该存在着西方的东方主义。

**思考题：**

1. 如何定义"汉学"？
2. 试述"汉学"在学科定位上的特点。
3. 试述"汉学主义"与"东方主义"的关系。

---

① 《关于"汉学主义"的几点思考》,耿幼壮著,见于《跨文化对话》2011 年第 28 辑,第 247 页。

② 《汉学及其"主义"中的身份游移》,杨慧林著,见于《读书》2012 年第 2 期,第 5 页。

③ [英]理雅各：《中国经典》(James Legge, *The Chinese Classics*, vol. I, Hong Kong: At the Author's; London: Trübner & Co., 1861, p.113.)。

④ [英]理雅各：《中国经典》(James Legge, *The Chinese Classics*, vol. I, Oxford: The Clarendon Press, 1893, p.111.)。

⑤ 《"汉学"和"汉学主义"刍议》,方维规著,见于《读书》2012 年第 2 期,第 14 页。

4. 怎样理解"汉学"研究中的"汉学主义"?

5. 请查找相关材料,思考一下比较文学、汉学与东方学三门学科之间的共通性与差异性。

**参考书目:**

1.《萨伊德〈东方主义〉与西方的汉学研究》,张宽著,见于《瞭望》新闻周刊 1995 年第 27 期。

2.《美国汉学研究的概况》,[波]魏思齐著,见于《汉学研究通讯》2007 年第 2 期。

3.《从法国汉学到国际汉学》,[法]若瑟·佛莱什著,见于《法国中国学的历史与现状》,[法]戴仁编,耿昇译,上海辞书出版社 2010 年版。

4.《关于"汉学主义"的几点思考》,耿幼壮著,见于《跨文化对话》2011 年第 28 辑。

5.《汉学及其"主义"中的身份游移》,杨慧林著,见于《读书》2012 年第 2 期。

6.《"汉学"和"汉学主义"刍议》,方维规著,见于《读书》2012 年第 2 期。

7. [澳]鲍勃·霍奇、雷金庆:《中国语言与文化的政治学》(Bob Hodge and Kam Louie, *The Politics of Chinese Language and Culture*, London: Routledge, 1998.)。

8. [德]夏瑞春:《中国性:17、18 世纪欧洲文学对于中国的建构》(Adrian Hsia, *Chinesia: The European Construction of China in the Literature of the 17th and 18th Centuries*, Tübingen: Niemeyer, 1998.)。

9. 顾明栋:《汉学主义:取舍于东方主义与后殖民主义》(Ming Dong Gu, *Sinologism: An Alternative to Orientalism and Postcolonialism*, London: Routledge, 2013.)。

# 第四章 学派论

## 第一节 法国学派与影响研究

### 1. 法国学派的形成与主要理论主张

　　法国学派是第一个比较文学学派。这一学派的许多著名学者,如维尔曼、巴尔登斯伯格、梵·第根等等,都为比较文学学科的建立与发展做出了这样或那样的贡献,之所以将他们归为一派,原因不在于他们都是法国人,而在于他们都提倡一种以事实联系为基础的影响研究,因此法国学派又被称为"影响研究学派"。

　　1829 年,维尔曼曾把自己的一部著作称为《比较文学研究》;1830 年,安贝尔在巴黎大学开设名为"各国文学的比较史"的课程;1836 年,基内将他在里昂大学主持的讲座命名为"比较文学";除了他们几位以外,其他一些学者也曾开设讲座或撰写论文。但是,直到 19 世纪 80 年代以前,这些讲座都不是经常性的。而就论文来说,大多数也只是停留在罗列不同国家文学史实的水平上。然而尽管如此,这些比较文学先驱者们的工作已向人们昭示:比较文学是一个与国族文学完全不同的新的学术领域。

　　戴克斯特在这一新领域的成就是具有开创性的,1895 年他完成了博士论文《让·雅克·卢梭和文学世界主义之起源》。论文在全面考察卢梭前后英国文学对法国文学影响的基础上,着重探讨了卢梭为促进法国文学接受外来影响所做的贡献。尽管这部著作在今天看来难免粗糙,但它却是第一次用实证主义的方法科学地论述了文学史上的重大问题,为此后的法国学派树立了榜样。除完成了一部具有开创意义的论文外,戴克斯特还于 1897 年在里昂大学开设了比较文学讲座"文艺复兴以来日耳曼文学对法国文学的影响"。这个讲座是第一个经常性的讲座,以后一直没有中断。此后从19世纪末至20世纪30年代,法国不少大学相继开设了正式的比较文学讲座,它们是:巴黎大学(1910)、斯特拉斯堡大学(1919)、法兰西学院(1925)。1930年,巴黎大学又成立了"近代比较文学研究院"。从此,比较文学在法国大学里站稳了阵脚,法国学派的出现也就顺理成章了。

种种理由表明,法国学派是在20世纪20年代开始形成的。因为在这一时期,法国学者的研究方法和学术观点上升成为系统化的理论。同时,他们的研究工作在国际上得到了普遍承认,许多国家的学者到法国来从事研究工作或攻读学位,或者在自己的国家里按照法国学者的方法进行研究工作,法国实际上成了全世界比较文学的中心。

法国学派的形成是和巴尔登斯伯格的工作分不开的。作为戴克斯特的学生,巴尔登斯伯格发扬光大了老师的事业。他的研究范围更加广泛,涉及外国文学影响法国文学的方方面面。同时,他的方法更加严密,材料更加充分。他曾花五年多的时间查阅、分析1770—1880年间在法国出版的主要报纸、杂志和书籍,以此掌握这一时期各种言论的动向。他的许多重要著作都是在这个基础上写成的,其中有:《歌德在法国》(1904)、《文学史研究》(1907)、《1787—1815年间法国流亡贵族中的思想动向》(1925)、《巴尔扎克作品中的外国倾向》(1927)等。另外,巴尔登斯伯格还增补了他的前辈学者贝茨的《比较文学目录》(1899),使之从原先的三千条增加到六千多条,这部于1904年出版的新目录清理了此前几乎所有的比较文学著作(书籍和论文),为此后的学者提供了巨大的便利。巴尔登斯伯格的学术成就为他赢得了世界声誉,也为法国学派赢得了世界声誉。除了学术研究之外,巴尔登斯伯格还在多所大学主持或开设过比较文学讲座,并于1921年和阿扎尔(Paul Hazard,1878—1944)一起创办了《比较文学杂志》。该杂志刊登了大量反映法国学者观点的文章,成了法国学派的喉舌。

巴尔登斯伯格虽然发表过一些关于比较文学理论问题的观点,但比较零散。第一个系统阐述法国学派观点的是梵·第根。在出版于1931年的《比较文学论》一书中,梵·第根详细地探讨了比较文学的研究范围、内容和方法,总结了比较文学发展的历史和理论。他认

为比较文学应该研究国与国之间文学作品的相互借鉴、相互影响的关系,找出文学影响的途径。他说:

> 真正的"比较文学"的特质,正如一切历史科学的特质一样,是把尽可能多的来源不同的事实采纳在一起,以便充分地把每一个事实加以解释;是扩大认识的基础,以便找到尽可能多的种种结果的原因。①

这就在理论上为影响研究探讨各种文学间的事实联系,排斥没有直接关系的类同研究奠定了基础。这一观点也反映了当时比较文学研究的实际情况:法国学者和其他国家的学者们主要是采取实证的方法,研究和考证两国之间作家与作家、作家与作品、作品与作品之间的关系。

继承和发展了梵·第根的理论,确定法国学派体系的是伽列和基亚。1951年基亚的《比较文学》出版时,伽列为该书写了一篇纲领性的序言,他认为比较文学不是文学的比较,它研究的是关系,是事实联系。所以在伽列看来,比较学者不应该探讨"丁尼生与缪塞、狄更斯与都德"之间的相似与相异之处,而是应当研究"拜伦与普希金、歌德与卡莱尔、司各特与维尼"这些确实互相影响的作家之间的种种联系。②

基亚的《比较文学》更进一步地明确了该学派对比较文学的定义和影响研究的方法。基亚的定义是:

> 比较文学是国际文学关系史。比较学者跨越语言或民族的界限,注视着两种或多种文学之间在题材、思想、书籍或情感方面的彼此渗透。③

这一定义最清楚不过地说明了法国学派对比较文学的看法:它的归属是"国际文学关系";它的研究对象与范围是不同民族文学和各国作家之间的相互关系;它的研究方法是强调事实联系的实证主义方法。

法国学派的形成有其内在的逻辑,但同时它也是历史的产物。19世纪法国的实证主义哲学对它的影响是不容忽视的。这一哲学

---

① 《比较文学论》,[法]梵·第根著,戴望舒译,商务印书馆1937年版,第17页。
② 《〈比较文学〉初版序言》,[法]伽列著,见于《比较文学研究资料》,北京师范大学中文系比较文学研究组选编,北京师范大学出版社1986年版,第43页。
③ 《比较文学》,[法]基亚著,颜保译,北京大学出版社1983年版,第4页。

的创始人孔德认为:人类的知识只限于现象之间的相互关系,现象背后不存在任何绝对的东西,所以科学和哲学研究的任务就是考证事实以及它们之间的联系。孔德哲学从19世纪50年代开始在法国知识界得到广泛的传播,并渗透到意识形态的各个领域,同样也影响了这个时期的文学研究。在这样的背景下,法国的比较学者从一开始就强调影响研究,他们往往从渊源、借代、模仿、改编等方面去考察作家作品之间的联系,并力图用实际材料证明这种关系是确实存在的事实联系。

法国学派对比较文学的贡献无疑是巨大的,但同时它的局限性也相当明显。首先,法国学派没有走出"欧洲中心论"的藩篱,研究范围局限在欧洲文学内部。同时,对影响的强调也在另一个层面上局限了法国学派的视野——没有渊源关系的作家作品被排除在学者们的考察范围之外。其次,法国学派强调事实联系,但这种联系并不总是能够获取的,影响也并不总是能够明确把握的,法国学派有时会陷入烦琐考证的泥淖。所有这些局限性都预示了美国学派的兴起,以及平行研究、形象学研究等方法的出现。①

## 2. 影响研究的理论依据和主要内容

法国学派所提倡的影响研究是比较文学最早的研究方法,后来则成为最主要的研究方法之一。这一方法的理论依据在于,各国文学的发展都不是孤立的,而是相互影响的。以欧洲为例,历史上各国之间大规模的文学交流就至少有三次:文艺复兴时期、启蒙运动时期、浪漫主义运动时期。就中国文学来看,它的发展也不是封闭的;如果说中国文学在古代主要更多受到印度文学影响的话,近代以来则置身于欧美文学的广泛影响之中。而中国文学自古以来对周边民族文学的深刻影响则是有目共睹的事实。这是从大的方面来说。从个别的作家来讲,他的创作也绝不可能是完全独立的,前代的作家可能影响他,外国的作家同样可能影响他。前者一直是国族文学研究的内容,而后者则成了比较文学研究的起点。从历史上看,各国发展比较文学最先完成的工作之一,都是研究本

---

① 关于比较文学史上对法国学派的批评,参见本教材第一章《发展论》第二节《西方比较文学发展史溯源》。

国作家与外国作家的相互影响,清理本国文学与外国文学的相互关系。

  影响研究的对象既然是不同民族文学与不同国家作家之间的相互关系,它的研究内容就不难确认。梵·第根认为,任何一个影响研究都必须沿着"放送者""传递者""接受者"这条路线追根溯源。具体说来,从"放送者"出发,研究一部作品、一位作家、一种文体或一种民族文学在外国的影响,这种研究被梵·第根称为"誉舆学";从"接受者"出发,探讨一位作家或一部作品接受了哪些外国作家作品的影响,这被称为"渊源学";从"传递者"出发,研究影响是通过什么媒介和手段发生的,即"媒介学"。① 可见,一个完整的影响研究就应该包括上述三个方面,详细讨论如下。

  第一,誉舆学。誉舆学是从影响的发送角度所进行的研究,它包括四个方面:一是集团对集团的影响,二是集团对个体的影响,三是个体对集团的影响,四是个体对个体的影响。

  集团对集团的影响是指一国文学对另一国文学的影响。比如法国文学对德国文学的影响,中国文学对日本文学的影响。这种影响可能是以文学运动和文学思潮的形式产生的。如17世纪诞生于法国的古典主义文学思潮,几乎影响了当时的整个欧洲文学。就俄国而言,18世纪上半叶就产生了以康捷米尔、苏玛罗科夫为代表的俄国古典主义。他们遵循法国古典主义的一些基本法则,推崇古代希腊罗马文学、尊重理性、压抑感情、强调三一律、要求语言典雅等。研究各国之间的文学思潮、文学运动的流传和影响,无疑会使人们更好地认识世界文学史上许多带有普遍意义的现象。集团对集团的影响还可以是以作家、作品的形式产生的。熟悉中国小说的人会发现,中国唐前小说,像六朝的志人志怪故事,一般都是很短的,每篇只讲一个故事,从头到尾平铺直叙。但是到了唐初,却出现了像王度《古镜记》这样的小说,许多小故事由一个主要故事穿在一起。这种体裁对中国来说是陌生的。根据季羡林的考察,他很可能受到了印度史诗《摩诃婆罗多》和民间故事集《五卷

---

① 参阅《比较文学论》,[法]梵·第根著,戴望舒译,商务印书馆1937年版,第64—65、136、170、182页。

书》等的影响。①

集团对个体的影响是指一国文学对一个异国作家的影响。中国文学曾影响了许多日本作家,芥川龙之介就是其中之一。研究者发现,芥川的许多重要作品都借用了中国古典文学的题材。《杜子春》扩展了唐李复言的《杜子春传》,《奇遇》改编自《剪灯新话》中的《渭塘奇遇记》,《仙人》源于《聊斋志异》卷四的《鼠戏》一篇,而《尾生的信义》则取材于战国时鲁国人尾生坚守信约的典故。② 确实,中国文学构成了芥川创作中取之不尽的源头。

个体对集团的影响是指一个作家对一国的众多作家的影响。1814年司各特的《威弗莱小说丛书》问世后,在法国引起了轰动,模仿之作纷纷出笼。在这样的氛围中,大仲马和雨果分别写出了《三个火枪手》和《巴黎圣母院》。③ 以中国作家为例,20世纪初中国文坛相继出现了一大批反映争取恋爱自由、个性独立、妇女解放,反对传统礼教和封建道德的小说,如胡适的《终生大事》、鲁迅的《伤逝》、茅盾的《创造》等,这些小说在题材上均受到过挪威戏剧家易卜生《玩偶之家》的影响。

个体对个体的影响是指个别作家作品之间的影响。相比于以上三种研究,这是最容易把握的。但值得注意的是,我们不能因为一个作家读过另一个作家的作品,就轻易地说前者受到后者的影响。影响的存在应当用一个更加精确的标准来衡量,这一标准是:

> 一位作家和他的艺术作品,如果显示出某种外来的效果,而这种效果又是他的本国文学传统和他本人的发展无法解释的,那么,我们可以说这位作家受到了外国作家的影响。④

否则,就不能构成影响关系。

除上面这四种发生在文学领域中的直接影响之外,还存在着

---

① 参见《印度文学在中国》,季羡林著,见于《比较文学与民间文学》,季羡林著,北京大学出版社1991年版,第101—117页。
② 参见《近代中日文学交流史稿》,王晓平著,湖南文艺出版社1987年版,第345—366页。
③ 参见《十九世纪文学主流》,[丹麦]勃兰兑斯著,李宗杰译,人民文学出版社1997年版,第5册,第55—61页。
④ 《文学借鉴与比较文学研究》,[美]约瑟夫·T.肖著,见于《比较文学研究资料》,北京师范大学中文系比较文学研究组选编,北京师范大学出版社1986年版,第119页。

众多的非文学的间接影响。例如心理学家弗洛伊德的学说就对20世纪的西方文学产生了广泛影响。

第二,渊源学。渊源学是从"接受者"出发,去追索"发送者"。渊源按其表现形态可分为三种:印象的渊源、口头的渊源、书面的渊源。

所谓印象是指作家旅居国外时所得到的感受。如歌德曾两次漫游意大利(1786—1788,1790),在这期间他接触了丰富多彩的人民生活,研究了古代的艺术遗迹,逐渐从"狂飙突进"运动中解脱出来,走向了古典主义。口头的渊源是一种不见诸文字的渊源。一个偶然听到的故事、一次谈话,有时会成为一位作家的某段文章、某一本书,甚至全部著作的基础。这种口头渊源的探讨(包括印象渊源的探讨)的困难之处在于,它几乎无法运用文学内部研究的种种手段,而不得不完全借助作家的生平、日记、回忆、书信等等外部佐证。这样的外部佐证对于研究第三种渊源——书面的渊源也是必要的,虽然不像研究前两种时那样不可或缺,但可以作为一种有益的帮助。

我们发现,文学史上的一些作家乐于承认他们所受的外国文学的影响,为我们从事书面的渊源研究留下了种种的线索。比如歌德就在与爱克曼的谈话中承认《浮士德》的序曲是模仿《旧约》中的《约伯记》,[①]而郭沫若说他的《凤凰涅槃》《晨安》《地球,我的母亲》等诗作是在惠特曼的影响下写成的。[②]当然对那些讳莫如深、闭口不谈自己所受外来影响的作家,我们只有通过研究作品来定夺了。

书面的渊源大量存在、被研究得也最多。从小处着手,可以研究一部作品的主题、思想、情节、人物以及细节的渊源。从大处着眼,它可以研究一个作家所受到的全部外国文学的影响。前者被称为"孤立的渊源",后者被称为"集体的渊源"。

任何作家的创作都不是完全独立的。一个作家在接受了另一种文学的影响之后,表现在他个人的创作上,可能会出现各种各样

---

[①] 《歌德谈话录》,[德]爱克曼辑录,朱光潜译,人民文学出版社1982年版,第56页。

[②] 《创造十年》,郭沫若著,现代书局1932年版,第78页。

的情况。但简单说来,可以归结为两种:模仿与革新。

模仿是指作家以外国的某作家或某作品为依据来从事创作,在自己的新作中留有不少原作的痕迹。故事情节可以模仿,奥尼尔创作于1931年的戏剧三部曲《哀悼》,其整个情节套用了古希腊戏剧家埃斯库罗斯的三部曲《奥瑞斯特亚》。结构可以模仿,李健吾1926年发表的短篇小说《关家的末裔》,在结构上明显模仿了爱伦·坡《厄舍屋的倒塌》。人物形象也可以模仿,胡适等学者认为,孙悟空形象的原型是印度史诗《罗摩衍那》中的神猴哈奴曼。① 另外,意象也可以模仿,例如庞德的名诗"人群中出现的这些脸庞/潮湿黝黑树枝上的花瓣",②在意象上就借用了"玉容寂寞泪阑干,梨花一枝春带雨"这句唐诗。③ 比喻的模仿也是常见的现象,卞之琳在《归》一诗中曾写下这样的句子:

    伸向黄昏去的路像一段灰心。④

这显然是模仿艾略特在《阿尔弗雷德·普罗弗洛克的情歌》中的著名比喻:

    街巷接着街巷像一场用心诡诈冗长乏味的辩论/要把你引向一个令人困惑的问题……⑤

当然,世界各国有成就的作家总是在借鉴、吸收外国文学的基础上进行革新和创造,从而为世界文学宝库增添财富的。即使在人们认为模仿色彩最重的古罗马文学中也是如此。古罗马最著名的英雄史诗——维吉尔的《埃涅阿斯纪》就是一个例子。作品的前六卷模仿《奥德赛》,写特洛伊王子埃涅阿斯在海上漂流的故事;后六卷模仿《伊利亚特》,写埃涅阿斯在意大利同图尔努斯争夺王位的战争。但是埃涅阿斯却不是荷马史诗里英雄人物的翻版:他不像阿

---

① 《胡适古典文学研究论集》,胡适著,上海古籍出版社1988年版,第902页。
② [美]庞德:《庞德诗选·在地铁站》(Ezra Pound, "In a Station of the Metro" in *Ezra Pound: Selected Poems*, London & Boston: Faber & Faber, 1977, p.53.)。
③ 《长恨歌》,(唐)白居易著,见于《全唐诗》,上海古籍出版社1986年据康熙扬州诗局本影印,下册,第1075页。
④ 《鱼目集》,卞之琳著,文化生活出版社1935年版,第13页。
⑤ [美]艾略特:《诗集1909—1962》(T. S. Eliot, *Collected Poems 1909—1962*, London: Faber and Faber Limited, 1974, p.13.)。

喀琉斯那样为了一个女俘而意气用事,他也不像奥德修斯那样只是为了个人目的而历尽艰险,他的一举一动都服从于建立一个新国家的神圣使命。在埃涅阿斯身上体现了维吉尔所期望的爱国主义和英雄主义。另外,《埃涅阿斯纪》语言工整、精练而雕琢,与朴素、自然而生动的荷马史诗大不相同,成为脱离口头文学传统的"文人史诗"的奠基作品。它对后世但丁的《神曲》和弥尔顿的《失乐园》等史诗都产生了深远影响。

第三,媒介学。媒介可分为三种:个人媒介、环境媒介、文字媒介。

个人媒介又可分为三类:"接受者"国家中的个人媒介者、"放送者"国家中的个人媒介者和第三国中的个人媒介者。这些媒介者都致力于将一国的文学翻译介绍到另一国去。环境媒介则指文学社团、文学沙龙、国际会议、官方的机构以及开放的城市等,它们在各国的文学交流中都扮演着非常重要的媒介作用。

文字媒介是媒介学研究的重点。它主要指译文。从文学史上来看,完全通过阅读原著而接受外国文学影响的作家是相当少的。即使有的作家外文很好,他也只能精通一两门,而不可能去读所有作品的原文。特别是大作家,他们涉猎的范围总是很广,如鲁迅读过的作家就至少包括:果戈理、契诃夫、迦尔洵、安特莱夫、阿尔志跋绥夫、爱罗先珂、陀思妥耶夫斯基、普希金、托尔斯泰、裴多菲、密茨凯维支、易卜生、拜伦、雪莱、厨川白村、有岛武郎、夏目漱石,可谓转益多师,所以要求他们去读所有作品的原文是不现实的。实际上,大多数作家并非是直接接触外国文学,而是通过这样或那样的间接途径,其中最重要的途径当然是译作。

译作的情况相当复杂,固然有直接从原文翻译的,也有通过第三国的文字转译的,另外还有节译、编译、译述、误译、漏译等等情况。再者,译者的水平也有高下之分,这就使译本的情况更加复杂。但无论是哪一种情况,即使是达到"化境"的翻译——如奥·威·施莱格尔译莎士比亚或傅雷译巴尔扎克,都不能等同于原作。对译作的研究构成了考察影响媒介的最重要内容。

这里仅举一例。法国作家小仲马的《茶花女》曾对多部晚清中国小说产生影响,如钟心清的《新茶花》、何诹的《碎琴楼》、徐枕亚的《玉梨魂》等。为了研究这些小说是如何模仿、又是如何改造原作的,我们就不能绕过《茶花女》的中译本,因为这几位作者都是通过中译本来了解这个爱情故事的。学者们的研究表明,林纾的译本《巴黎茶花女遗事》不仅删去了马克(玛格丽特)之妹的补述部分,而且译文语言也比较"晦涩、生涩"。① 这些都不能不影响这三位不看原文的模仿者。

通过以上的介绍,我们不难发现,影响研究的基础是广泛地收集各种相关的材料。材料收集是任何研究的开端,也是一个学者的基本功。所以,从影响研究入手进入比较文学,对于初涉比较文学者来说不失为一个好的途径。

**思考题:**

1. 法国学派的贡献与局限在哪里?
2. 影响研究的理论依据是什么?
3. 以一篇影响研究的论文为例,说明影响研究包括哪几个方面?

**参考书目:**

1.《比较文学的法国学派和美国学派》,[美]亨利·雷马克著,见于《比较文学研究资料》,北京师范大学中文系比较文学研究组选编,北京师范大学出版社1986年版。

2.《比较文学论》,[法]梵·第根著,戴望舒译,商务印书馆1937年版。

3.《比较文学》,[法]马·法·基亚著,颜保译,北京大学出版社1983年版。

4.《文学接受与文化过滤:中国对法国象征主义诗歌的接受》,金丝燕著,中国人民大学出版社1994年版。

---

① 参见《20世纪中国小说史》,陈平原著,北京大学出版社1989年版,第1册,第58页。《旧文四篇》,钱锺书著,上海古籍出版社1979年版,第86页。

## 第二节 美国学派与平行研究

### 1. 美国学派的形成及基本主张

如果说法国学派及影响研究注重考察各种文学现象的实证关系,那么美国学派及平行研究强调的则是没有明确的渊源关系的文学、文化现象之间的研究。美国学派拓宽了比较文学研究的领域,突出了文学的本位意识和对审美价值的关注,但同时也容易导致研究范围上的泛化倾向。一些从事平行研究的研究者在关于文学相似性的类比方面时常带有主观印象的色彩,从而使得该学派甚至整个比较文学学科有时会遭到人们的质疑和诟病。

从历史上看,美国的比较文学研究早在19世纪后期就已经开始,但作为具有明确而相对统一的理论主张的美国学派,其出现则是20世纪50—60年代的事。

1871年,美国一位牧师查尔斯·沙克福德在康乃尔大学开设了"总体文学与比较文学"的讲座,这是美国比较文学史上第一个重要事件。1887—1889年间,查尔斯·盖利在密执安大学开办"比较的文学批评"讲习班;1890—1891年间,阿瑟·马什在哈佛大学举办美国第一个比较文学讲座,这些都有助于促进美国比较文学学科的建立。盖利1894年还在致《日暮》杂志的一封信中讨论了比较文学问题,并希望能够建立相关的学会组织,这也许是美国第一篇公开谈论比较文学的文章。此后,马什在1896年于波士顿召开的现代语言协会大会上宣读了一篇论文,对比较文学作了初步的界定。

值得注意的是,美国比较文学的开拓者们已经在他们的阐述中表现出了一种不同于欧洲学者的理论立场。查尔斯·盖利在1903年的一篇题为《什么是比较文学》的文章中指出,比较文学应该被视为"不折不扣"的文学理论,而不应沾染过多的政治色彩;比较文学的研究应将重点放在心理学、人类学、语言学、社会科学、宗教和艺术等与文学的关系方面。因此,苏珊·巴斯奈特(Susan Bassnett)说:

(美国学派)虽然受新批评的影响很大,但它可以追溯得更早一些,它植根于19世纪的一些早期论述之中。①

1899年,哥伦比亚大学成立了比较文学系。1903年,第一本英文比较文学杂志《比较文学学报》问世。1904年,哈佛大学的比较文学系宣告成立,斯科菲尔德(H. C. Schofield)任系主任15年之久,并主编了一套比较文学研究丛书。1912年,查尔斯·盖利在加州大学建立了比较文学系。这些历史事实表明,作为一个学科,比较文学已经在20世纪初叶的美国建立了起来。但是,第一次世界大战前后,美国的比较文学却开始衰落。直到40年代之前,虽然偶有一些微弱的呼声,但整个学科基本上处于停滞不前的状态。

1942年,在哥伦比亚大学教授阿瑟·克里斯蒂(Arthur Christy)的呼吁与倡导下,"全国英语教师协会"设立了"比较文学委员会",由克里斯蒂创刊的《比较文学通讯》也于同年问世。另一位比较文学的闯将沃纳·弗里德里希(Werner Friederich)也在1945年提出关于比较文学课程改革的设想。1949年,《比较文学》在俄勒冈大学创刊。1952年,《比较文学和总体文学年鉴》创刊。1960年,"美国比较文学学会"成立。可以说,从40年代末、50年代开始,美国的比较文学进入了繁荣时期,真正的美国学派也随之确立起来。

美国学派的主要代表人物是韦勒克、雷马克、奥尔德里奇、列文(Harry Levin)等,他们在批判法国学派的基础上逐步建立了自己的理论体系。

韦勒克1953年曾发表《比较文学的概念》一文,对法国学派提出批评。② 1958年,在美国北卡罗来纳大学所在地教堂山召开的第二届国际比较文学会议上,韦勒克作了题为《比较文学的危机》的学术报告,该文被称为是美国学派的理论宣言,揭开了美国学派理论建构的帷幕。韦勒克认为,法国学派对"比较"文学和"总体"文学的界限划分是一种人为臆断之举;他们仅仅限于考证两种文学之间的相互联系,这是将比较文学变成文学"外贸"的材料铺排;法国学派的影响研究还包含了一种民族主义的文化优越感,是"记

---

① [美]苏珊·巴斯奈特:《比较文学:批判性的导论》(Susan Bassnett, *Comparative Literature: A Critical Introduction*, Blackwell Publishers, 1993, pp. 32-33.)

② 参考第一章《发展论》第一节《全球化与比较文学的多元文化语境》的有关论述。

文化账"的做法。韦勒克主张比较文学学者应该自由地研究各种文学问题,而且"真正的文学学术研究关注的不是死板的事实,而是价值和质量",也就是文学艺术的本质——"文学性",因为在韦勒克看来:

> 艺术品绝不仅仅是来源和影响的总和;它们是一个个整体。①

只有把文学史、文学批评和文学理论综合在一起,比较文学研究才会像艺术本身一样,成为人类最高价值的保存者和创造者。韦勒克的报告标志着美国学派的诞生。其他学者如哈利·列文、奥尔德里奇和雷马克等人坚定地站在韦勒克一边,他们先后撰文批判法国学派脱离文学属性的研究方法和狭隘的民族主义观念,主张比较文学要走向国际化。

雷马克的《比较文学的定义和功用》(1962)进一步明确地提出了该学派关于比较文学的定义和平行研究的方法。雷马克的定义是:

> 比较文学是超出一个特定国家(country)界限的文学研究,也是文学与其他知识和信仰领域之间的关系(relationship)的研究,这些知识和信仰领域包括艺术(如绘画、雕塑、建筑、音乐)、哲学、历史、社会科学(如政治学、经济学、社会学)、自然科学、宗教等。简言之,比较文学是一国文学与另一国或多国文学的比较,是文学与人类其他表现领域的比较。②

雷马克的定义包括两层意思:第一,比较文学是超出国界的文学研究;第二,比较文学是跨越学科门类的文学研究,这是"美国学派"与"法国学派"的根本区别之所在。法国学派也是主张不同国家之间文学的比较研究的,但雷马克认为,法国人一味强调"可靠性"和实证,这种观点未免显得陈腐,它忽视了文学本位意识,从而把文

---

① [美]雷纳·韦勒克:《比较文学的危机》(René Wellek, "The Crisis of Comparative Literature"),见于[美]雷纳·韦勒克:《批评的诸种概念》(René Wellek, *Concepts of Criticism*, New Hanven and London: Yale University Press, 1963, p. 285.)。

② [美]亨利·雷马克:《比较文学的定义和功用》(Henry H. H. Remak, "Comparative Literature, Its Definition and Function"),见于[美]牛顿·P. 斯多克奈茨、赫斯特·弗伦茨:《比较文学:方法与视域》(Newton P. Stallknecht and Horst Frenz, *Comparative Literature: Method and Perspective*, Southern Illinois University Press, 1961, p. 3.)。

学研究变成了材料史。雷马克认为,即使是影响研究也要注重艺术理解和评价,而比较文学不仅仅是"影响文学",因此"赫尔德与狄德罗、诺瓦利斯与夏多勃里昂、缪塞与海涅、巴尔扎克与狄更斯、《白鲸》与《浮士德》、霍桑的《罗杰·马尔文的葬礼》与德罗斯特-许尔索夫的《犹太人的山毛榉》、哈代与霍普特曼、阿佐林与阿那托里·法朗士、巴罗哈与司汤达、哈姆松与约诺、托马斯·曼与纪德,不管他们之间是否有影响或有多大影响,都是卓然可比的"。①

为了防止不同学科之间的比较变成包罗万象的杂烩,雷马克指出:

> 一篇关于莎士比亚戏剧的历史材料来源的论文(除非它的重点在另一国之上),只有把史学与文学作为研究的主要两极,只有对历史事实或历史记载及其在文学方面的采用进行体系化的比较和评价,并且体系化地取得了适用于文学和历史双方要求的结论,这篇论文才是"比较文学"。②

也就是说,研究莎士比亚的历史材料来源,必须把文学和史学各自看作两极的独立学科,研究巴尔扎克与金钱的关系,必须把金钱看作明确的金融体系,这样才是比较文学的内容。同样,奥尔德里奇也强调跨民族、跨学科的比较研究,提倡没有影响关系的"纯粹比较",其中包括作品的异同研究,也包括作品的对比研究。

美国历史的特殊性和文化的多元性是该学派得以建立的现实前提。短暂的历史使得美国文学很难具有像欧洲文学那样巨大的影响,因此美国学者对平行比较的兴趣自然会超过对影响研究的兴趣;美国文化虽然广受欧洲文化的影响,但它同时又是多元的、兼容并蓄的,因此也更能够在理论层面上平等地关注"欧洲中心"之外的文化。法国学派是实证主义和唯科学主义影响下的产物,而美国学派则基本上是以新批评作为自己的理论武器的,韦勒克本人就是新批评的理论中坚。新批评主张对文学进行内部研究,

---

① [美]亨利·雷马克:《比较文学的定义和功用》(Henry H. H. Remak, "Comparative Literature, Its Definition and Function"),见于[美]牛顿·P. 斯多克奈茨、赫斯特·弗伦茨:《比较文学:方法与视域》(Newton P. Stallknecht and Horst Frenz, *Comparative Literature: Method and Perspective*, Southern Illinois University Press, 1961, pp. 2-3.)。

② 同上书,第9页。

这恰好与法国学派强调一个作家、作品与另一个作家、作品及诸如政治、宗教、艺术等其他外部因素的影响联系相对立。雷马克认为：

> 美国比较学派实质性的主张在于：使文学研究得以合理地存在的主要依据是文学作品，所有的研究都必须导致对那个作品的更好的理解。①

而法国学派关注的只是文学的边缘性问题，是对文学文本的忽视。美国学派强调的跨学科研究看似与法国学派关注作品与政治、宗教等门类的外部联系相一致，其实它们之间存在着本质区别，前者始终以文学为中心，后者则把文学消融在其他学科之中了。最后，美国学派的形成也与早期美国比较文学学者的努力相关联，这一点前文已有论述。

值得注意的是，在法国学派和美国学派之间，也有人取中间立场，例如乌尔利希·韦斯坦因一方面反对法国学派，把文学研究降格为材料的堆砌，忽视美学价值的阐发，使得文学研究丧失了应有的尊严；另一方面，他在赞同美国学派宽广的胸怀和视野的同时，对"把文学的平行研究扩大到两个包含不同文明的现象之间仍然迟疑不决"，②希望不要放弃学术研究可靠性的坚实基础。韦斯坦因的顾虑在某种意义上说明了美国学派的不足，正是由于学者们对两个学派持有审慎的态度，才最终导致后来对学派之争的超越。

## 2. 平行研究的主要内涵、理论根据与具体方法

作为美国学派极力倡导的研究方法，平行研究是指将那些没有明确直接的影响关系的两个或多个不同文化背景的文学现象进行类比或对比，研究其同异，以加深对研究对象的认识和理解，归纳文学的通则或模式。平行研究还包括对文学与其他学科如哲

---

① 《比较文学的法国学派和美国学派》，[美]亨利·雷马克著，见于《比较文学研究资料》，北京师范大学中文系比较文学研究组选编，北京师范大学出版社1986年版，第70页。

② [美]乌尔利希·韦斯坦因：《比较文学与文学理论》(Ulrich Weisstein, *Comparative Literature and Literary Theory*, Bloomington and London: Indiana University Press, 1973, p. 7.)。

学、宗教、心理学等之间的比较研究,这些内容已经在第三章《视域论》第三节《比较视域中的跨学科研究》具体展开。

钱锺书曾经指出:

> 比较文学的最终目的在于帮助我们认识总体文学乃至人类文化的基本规律,所以中西文学超出实际联系范围的平行研究不仅是可能的,而且是极有价值的。这种比较惟其是在不同文化系统的背景上进行,所以得出的结论具有普遍意义。①

平行研究的理论前提是不同的国家、民族、时代的文学存在着共同的文学规律,这使文学具有了"可比性"。人类社会虽然千差万别,但人类的基本生活需求、情感、心理和思维结构等等却有许多共通之处,这就使得反映与表现它们的文学具有了超越时空的相似性。平行研究关注的是"文学性"和作品的美学价值,尽管在艺术主张、美学观念、审美趣味等方面不同的文化之间存在许多差异,但人类毕竟有着许多相同或相似的审美标准;从艺术起源的角度看,不同的民族都有相似的发生发展轨迹,即都是从神话这一最初的浑融体不断分离独立出来的;此外,弗洛伊德把艺术创造看作被压抑的性本能的升华,荣格、弗莱等人则把文学界定为是对反复出现的集体意象——原型的表现,这些都为平行研究提供了文学理论的依据。

当文学现象的相似性表现在古典文学之中时,平行研究越发显示出它的优势。这些现象在时空方面没有明确的渊源联系,因此用法国学派的实证方法无法解释其类同的原因。对这种因为偶然因素而产生的类同现象,俄国比较文学理论的先驱维谢诺夫斯基提出了"平行回现论"(或译"发展阶段论")的说法,以后日尔蒙斯基进一步加以发展完善。这种理论认为,人类存在着"共同想象",它超越时空,使得毫无借贷关系的文学现象有着相似之处,因此无须在事实联系上强行寻找根据。"平行回现论"是对平行相似的客观文学现象的概括,它反过来又为平行研究提供了理论支持。

平行研究可以是主题、题材、情节、人物、文体风格、艺术手法及其他形式问题的比较研究,也可以是作家作品、文学类型、思潮

---

① 《钱锺书谈比较文学与"文学比较"》,张隆溪著,见于《读书》1981年第10期,第135页。

流派等的比较研究,所以就研究范围而言它的领域是广阔的。

虽然不同国别、民族中的作家有着不同的文化背景,但他们常常会面对同样的生存问题,对这些问题的思考构成了文学主题上的相似性,通过比较这些相似,我们能够加深彼此间的沟通和了解,加深对各种生存问题的认识。生命短暂而宇宙长存,面对这种生存困境,东西方诗人都有各自的艺术表达,这里既反映了他们对存在之谜的思考,也表现出了不同的人生态度,如果详细考察不同国家的诗人作品中的这些主题,无疑会深化我们的认识。爱情与义务的冲突、个体与群体的冲突也是人类一种普遍性的生存境遇。不同的民族都有青年人为了个人爱情和幸福而与家族、封建势力相抗争的故事,表现了新生力量的艰难成长,我们可以围绕这个主题对莎士比亚的《罗密欧与朱丽叶》、朝鲜的《春香传》和中国的《孔雀东南飞》《梁山伯与祝英台》《西厢记》《红楼梦》等展开平行研究。

题材的异同比较也是平行研究的一个重要内容。中外文学有许多"画中人"的题材,如果戈理的《肖像》、王尔德的《道连·格雷的画像》、我国唐朝杜荀鹤《松窗杂记》里记载的赵颜与真真的故事、《聊斋志异》中"画壁"的故事等,这些故事都以"画中人"为题材,他们具有超自然的生命力,有些甚至走进现实生活世界。比较不同作家对这些题材的异同处理,既有助于认识作家相同或不同的创作心理,也有助于认识具有普遍意义的创作规律。另外,所谓"灰阑记"的故事题材也在不同国家的文学中反复出现。这种故事一般是两个女子共争一个亲生子,判官提议划一个圆圈(即灰阑),谁将孩子从圈内拽出,孩子就归谁。生母不愿伤子,往往放弃抉择,由此可以断定真伪。《旧约全书·列王记》中曾经记载所罗门用类似方法断案的故事,《古兰经》、佛经也有相似的故事,我国元代作家李行道的杂剧《灰阑记》也采用了这个故事题材。对它们进行细密的比较,既能够发现许多共同点,也会发现许多不同点。

中外文学作品中有许多相似的情节。上面提到的《松窗杂记》里的"画中人"的故事情节与希腊神话中的皮格玛利翁的故事情节类似:主人公爱上一个虚幻的艺术形象,这个形象具有了生命,主人公与艺术形象婚配生子。另外,西方文学中也有类似中国《白蛇传》的故事:一个名叫李西亚斯的希腊人遇到一个美妇人,青年人原本非常理智,却因为妇人的美而堕入情网,并欣然与之成婚,婚宴上，一位宾客发现该女子是蛇变的，女子求他不要声张，来客最终还是揭露了真相，最后妇人和她的房屋等全部消失。英国诗人济慈根据这个故事写了一首诗《蕾米亚》，并点明这个故事的象征意义：即情感与理智的冲突，最后冰冷的理智摧毁了炽热的情感。① 把这些相似的情节作对照研究，可以验证人类共通的情感和追求，如对艺术品的热爱，对被压制的感情的颂扬等。

性格相似、遭遇大致相同的人物形象是平行研究经常性的题目。"文学是人学"，几乎所有民族的文学都始终把形象塑造看作艺术创作的重要内容，这些形象是特定时代、特定环境的产物，是作家探索人性的中介，是共性特征和个性特征的结合。因此，阿Q与堂吉诃德、杨贵妃与埃及女王克莉奥佩特拉、《二刻拍案惊奇》中的高愚溪与李尔王等都可以进行比较。② 但是，上述三种选题及相似的研究一定要注意汇通性与可比性，否则会落入硬性类比的窠臼。

在本教材第二章《本体论》第五节《比较文学的本体论与方法论》的第三段《比较文学不是文学比较》中，我们指出，对没有事实材料关系的两种民族文学或文学与其他学科进行比较研究时，必须把比较视域作为研究展开的本体，必须把研究的视域透视到东西方文学的内在深层结构中去，在一种汇通的体系中追问双方审美价值关系的共通性。西方文学中还有一类特殊的人物群像，他们被称为"外省来的年轻人"，《红与黑》中的于连、《高老头》中的拉斯蒂涅、《幻灭》中的吕西安、《了不起的盖茨比》中的盖茨比等都属于这种文学类型，他们出身贫贱却心气高傲，外貌俊美又怀有强烈的野心，凭借外部的力量他们爬得很高，但大多数人最终以惨败甚至毁灭收场。对这类形象的平行比较既有助于深化对单个形象的认识，对理解成长过程中的年轻人也有很大帮助。③

---

① 参见《〈白蛇传〉与〈蕾米亚〉》，颜元叔著，见于《中西比较文学论集》，温儒敏编，北京大学出版社1988年版。

② 参见《阿Q和堂吉诃德形象的比较研究》，秦家琪、陆协新著，见于《比较文学研究资料》，北京师范大学中文系比较文学研究组选编，北京师范大学出版社1986年版。《倾国倾城——杨贵妃与埃及女王形象比较》，方平著，见于《文艺研究》1985年第2期。《槽教官与李尔王》，周英雄著，见于《中国比较文学论集》，温儒敏编，北京大学出版社1988年版。

③ 参见《"外省来的年轻人"》，[美]A.K.羌达著，杨绮译，见于《文艺理论研究》1986年第4期。

文体也是平行比较的一个对象。我们可以把中世纪各国的英雄史诗如法国的《罗兰之歌》、德国的《尼伯龙根之歌》、西班牙的《熙德之歌》和俄罗斯的《伊戈尔远征记》放在一起比较,辨析它们在对民间文学进行继承时表现出的同异特征。我们也可以比较荷马史诗和中国的弹词在谋篇布局、语体风格等方面的近似之处。①

从叙事手法看,中外文学有许多相似之处可以比较。叙事学里有一种"跨层"叙事的手法,即小说的写作者以真人形象出现在他虚构的故事之中。如在《红楼梦》里,曹雪芹披阅的"石头记"竟然出现了贾雨村向空空道人推荐曹雪芹之事。在博尔赫斯的小说《死镜》中,巴尔特阅读博尔赫斯的小说,小说的内容是巴尔特要在下午6时被定时炸弹炸死,最后,巴尔特果然被炸死。这些就是不同的叙述层次之间的跨越。比较这种手法对理解作家的叙事态度、世界观等都有帮助。我们还可以把不同作家的心理描写手法作平行比较,比如同是意识流作家,乔伊斯、伍尔芙、福克纳在具体的运用方面就会表现出各自的个性特征,通过比较,我们既能够把握作家的个性风格,也能够对意识流形成更加全面的认识。

不同民族创造的相似的文学类型如诗歌、小说、戏剧、传记文学等也是平行研究的对象。可以比较各自的文类观念、形式特征、叙事样式、结构形态以及内部诸构成要素,还可以对诸如十四行诗和中国古代的律诗、不同国家的流浪汉体小说、书信体小说、悲喜剧等进行对比研究。文类研究还包括一种缺类研究,即一种文类为什么一国有而另一国无,这应该说是平行研究开拓出来的一个新的研究领域。

思潮流派也可以进行比较。例如,为了准确把握19世纪浪漫主义文学在各国发展的具体形态和特征,我们可以对德、法、英等国的浪漫主义运动进行平行比较,从而归纳出浪漫主义的总体特征。

当然还可以对文学作品中的各种意象、情境等进行平行研究,这里不再举例说明。关于文学理论方面的比较我们将在第八章《诗学论》中展开。

---

① 吴宓曾建议用弹词体翻译荷马史诗,参见《希腊文学史》,吴宓著,见于《学衡》1923年第13、14期。

### 3. 平行研究应该注意的几个问题

平行研究为跨文化的文学现象的比较提供了广阔的空间,但由于在具体的实践中一些研究者对它缺乏深刻的理解,对"可比性"的认识模糊不清,从而导致简单比附、"以西释中"和"X＋Y"等比较普遍的问题。因此,在从事平行研究时,我们需要大胆假设,更需要小心求证、周密分析,才不至于落入简单异同论的窠臼。在这方面尤其要注意以下几点。

第一,明确切入点,限定问题范围。平行研究要有一个相对明确的切入点,要把问题提到一定的范围里,这样才能够比较集中深入地讨论研究对象的异同问题。堂吉诃德是一个有着广泛影响的人物形象,我们当然可以从影响的角度对该形象在不同时代、不同国度的接受和流变情况进行研究;但如果要对一些与他有关的文学形象进行平行研究,我们就必须把重点落实到一些具体问题上。哈利·列文的《吉诃德原则:塞万提斯与其他小说家》称得上是一个范例。列文讨论的是一个文学典型的多种变体,这些变体可能是《堂吉诃德》影响的结果,但列文认为,对研究者而言,"我们应该把关注中心更多地放在塞万提斯所发现的基本程序及该程序的广泛运用上,而不是放在塞万提斯所产生的一系列直接影响上"。①他用"堂吉诃德原则"加以概括,从而为他对大量的堂吉诃德式形象进行平行比较确立了切入点。列文的研究把问题提到了一定的范围,他用人类精神生活中经常存在的浪漫代替现实的原则来确定研究的中心,这就避免了平行研究流于宽泛无边的倾向。

第二,透过表面现象,深入辨析同异。黑格尔说:

> 假如一个人能看出当前即显而易见的差别,譬如,能区别一支笔与一头骆驼,我们不会说这人有了不起的聪明。同样,另一方面,一个人能比较两个近似的东西,如橡树与槐树,或寺院与教堂,而知其相似,我们也不能说他有很高的比较能力。我们所要求的,是要能看出异中之同和

---

① [美]哈利·列文:《吉诃德原则:塞万提斯与其他小说家》(Harry Levin, "The Quixotic Principle: Cervantes and other Novelists"),见于[美]哈利·列文:《比较的根基》(Harry Levin, *Grounds for Comparision*, Harvard University Press, 1972, p. 235.)。

同中之异。①

每部作品表现的基本人性是"同",特定的文化因素、个人风格则是"异",我们既要善于发现明显的异同,也要留心同中之异和异中之同。具体到文学现象,同是戏剧作家,汤显祖和莎士比亚之间的相同点是很多的,将他们放在一起比较,我们应努力发现其不同点;阿Q和堂吉诃德,两个文学形象大异其趣,但仔细比较,我们也会发现他们的许多相似点。同异的分析不能停留于表面的相似点和不同点的罗列,应该深入到研究对象所处的特定的文化背景、写作语境当中去,揭示异同现象后面的哲学、历史、社会、文化、个人身世等方面的深层原因,这样才有助于加深对研究对象的认识,也才能够真正摆脱"为比较而比较"的陷阱。钱锺书曾经指出,平行研究者要把"作品的比较和产生作品的文化传统、社会背景、时代心理和作者个人心理等等因素综合起来加以考虑",②才能真正在比较中发现同异的深层规律。

试举例进一步阐述之。杨绛曾把李渔的戏剧结构论和亚里士多德的悲剧结构论作了比较,发现双方都强调戏剧结构的整一,但深入研究后发现,李渔所说的整一是根据我国的戏剧传统总结出来的经验,而亚里士多德的整一则以古希腊的戏剧传统为依托,两者表面相似,性质却不同。具体地说,亚里士多德所说的戏剧结构在时间、地点上都较为集中,而中国传统戏剧结构的时间和地点则是变动不居的。所以我国的戏剧结构不符合亚里士多德的戏剧结构,而接近于他所说的史诗的结构。③可见,虽然在概念和基本含义上二者是相似的,实质上却有非常大的差异,如果不能深入研究,就会被表象所迷惑。

第三,突破认知"模子",实现超越与汇通。在不同国别的文学现象之间进行比较,需要有一种汇通的能力,否则会容易陷入叶维廉所说的"模子"之中。我们的心智活动、认知判断都有意无意以

---

① 《小逻辑》,[德]黑格尔著,贺麟译,商务印书馆1980年版,第253页。
② 《钱锺书谈比较文学与"文学比较"》,张隆溪著,见于《读书》1981年第10期,第137页。
③ 参见《李渔论戏剧结构》,杨绛著,见于《春泥集》,杨绛著,上海文艺出版社1979年版。

一种"模子"为起点。鱼没有见过人,它会以它本身的"模子"想象人;同样,在进行平行比较时,研究者也会受各种认知"模子"的制约,从而对比较的对象进行曲解。比如,在把屈原和西方浪漫主义作家、李商隐和唯美主义作家进行比较时,我们容易用浪漫主义、唯美主义文学的既成概念模式来解释屈原、李商隐。

此外,不同国家或民族中相似的文类形式(比如史诗、韵律诗、小说、悲喜剧)、文学流派等的比较也同样会出现以一方阐释另一方的现象。为了避免这种问题的发生,我们就必须具备汇通的能力,要能够不受成见的约束,以一种同情心去努力接近异类文化系统中的对象,将它放在该系统中去历史地、辩证地详细考察,然后再把这些要素与比较的另一方进行对照分析,这样才能发现真正有价值的规律,得出有启发意义的结论。叶维廉说:

> 要寻求"共相",我们必须放弃死守一个"模子"的固执。我们必须要从两个"模子"同时进行,而且必须寻根探固,必须从其本身的文化立场去看,然后加以比较加以对比,始可得到两者的面貌。①

换言之,平行研究本身是一种跨文化研究,而研究者的观念也应该是跨越性的。

第四,坚持文学本位,明确学科界限。平行研究应该始终以文学为本位,从而确保比较文学的学科特点。我们所说的文学本位是指,我们研究的出发点和归宿都是文学,我们可以比较文学和其他学科门类之间的关系,但这种比较必须有助于我们进一步理解文学现象。因此,如果讨论《红楼梦》里的服饰和曹雪芹再现生活真实的艺术本领,这属于比较文学中的跨学科研究,但如果讨论《红楼梦》里的药方以说明当时的医疗水平,那就不属于比较文学。

总之,只有坚持本体论的学科意识、科学严谨的研究态度和求实求新的研究精神,才能正确地运用平行研究的方法。

**思考题:**

1. 什么是美国学派?它与法国学派的主要区别是什么?

---

① 《寻求跨中西文化的共同文学规律——叶维廉比较文学论文选》,温儒敏、李细尧编,北京大学出版社1987年版,第11页。

2. 什么是平行研究？试以一篇平行研究论文为例，分析其得失成败的表现及原因。

3. 平行研究要注意哪些问题？

**参考书目：**

1. ［美］亨利·雷马克:《比较文学的定义和功用》(Henry H. H. Remak, "Comparative Literature, Its Definition and Function")，见于［美］牛顿·P. 斯多克奈茨、赫斯特·弗伦茨:《比较文学:方法与视域》(Newton P. Stallknecht and Horst Frenz, *Comparative Literature: Method and Perspective*, Southern Illinois University Press, 1961.)，可参见中文译文《比较文学的功能与定义》［美］亨利·雷马克著，见于《比较文学研究资料》，北京师范大学中文系比较文学研究组选编，北京师范大学出版社 1986 年版。

2. 《比较文学的法国学派和美国学派》，［美］亨利·雷马克著，见于《比较文学研究资料》，北京师范大学中文系比较文学研究组选编，北京师范大学出版社 1986 年版。

3. ［美］雷纳·韦勒克《比较文学的危机》(René Wellek, "The Crisis of Comparative Literature")，见于［美］雷纳·韦勒克《批评的诸种概念》(René Wellek, *Concepts of Criticism*, New Hanven and London: Yale University Press, 1963, p. 285.)，可参见中文译文《比较文学的危机》，［美］雷纳·韦勒克著，见于《比较文学研究资料》，北京师范大学中文系比较文学研究组选编，北京师范大学出版社 1986 年版。

4. ［美］雷纳·韦勒克:《比较文学的名称与实质》(René Wellek, "The Name and Nature of Comparative Literature")，见于［美］雷纳·韦勒克:《鉴别:续批评的诸种概念》(René Wellek, *Discriminations: Further Concepts of Criticism*, Yale University Press, 1970, p. 20.)，可参见中文译文《比较文学的名称与实质》［美］雷纳·韦勒克著，见于《比较文学研究资料》，北京师范大学中文系比较文学研究组选编，北京师范大学出版社 1986 年版。

5. ［美］苏珊·巴斯奈特:《比较文学:批评性导论》(Susan Bassnett, *Comparative Literature: A Critical Introduction*, Blackwell Publishers, 1993.)。

## 第三节 俄国学派与历史诗学研究

### 1. 民族性的种种诉求：俄国比较文学发展历程

在俄国,比较文学作为一门学科被命名为"比较文艺学"(сравнительное литературоведение),又可称为比较诗学(сравнительная поэтика)。① 它创建于19世纪末,而作为一种方法和意识从18世纪就开始存在了。这种情形是由俄国独特的民族性结构所决定的,而民族性结构又反过来深刻影响了这门学科在俄国的发展历程,也培育了比较文学的俄国式特征,即它既不是俄罗斯帝国意识形态在学术领域的扩展,也并非纯思辨性的学术研究,而是与俄罗斯民族认同相关的人文学科。

比较文学能在俄国产生和发展起来,是俄罗斯知识界对俄国身份归属问题探究的一种自然延伸。我们知道,俄罗斯在发展为跨亚欧大陆的帝国的同时,也不断重组其文明,从而使得标志着俄国身份的斯拉夫文明被复杂化,这就给俄国人带来了民族认同的困难。于是,自彼得大帝启动面向欧洲的改革以来,也就开始了知识界思考俄罗斯民族性问题的历程,而且具体思考时一定要置于东西方语境中。由此,出现了一批以比较视域透视俄国民族身份问题的杰作,如斯拉夫派理论家基列耶夫斯基(И. В. Киреевский,1806—1856)的《论欧洲教育的性质及其与俄国教育的关系》(1852)、泛斯拉夫主义理论家丹尼列夫斯基(Н. Данилевский,1822—1885)的《俄罗斯与欧洲》(1869)、根基派批评家斯特拉霍夫(Н. Страхов,1828—1896)的《与西方为敌》(1880—1883)、著名诗人丘特且夫(Ф. Тютчев,1803—1873)的《俄罗斯与德国》(1873)等,这些经典连同杰出思想家弗·索洛维约夫(Вл. Соловьев,1853—1900)的《俄罗斯民族问题·俄罗斯与欧洲》(1883—1888)、《与东

---

① 俄国比较文学之父亚历山大·维谢洛夫斯基1887年在《比较文学新杂志》(новый журнал по сравнительной литературе)上就提出了比较诗学(сравнительная поэтика)概念。参见[苏]日尔蒙斯基:《比较文艺学:东方与西方》(В. Жирмунский,*Сравнительное литературоведение. Восток и запад.* Ленинград: Наука, 1979, С. 105.)。

方为敌》(1891)、《拜占庭文化与俄国》(1896)等,一次次地震动了俄国知识界。相应的,这种通过与他者进行比较以阐释俄国问题的做法,逐渐成长为知识界认识俄罗斯问题的惯例。而这种情形显然有利于促进俄国比较文学的形成,同时也决定了俄国比较文学带有相当的民族性考量和地域性特征。

不仅如此,东正教文明与俄国斯拉夫传统的逐渐有机融合,发展成为左右着俄国大多数居民生活方式的主体性精神,并渗透于文学艺术和人文学术研究中,进而使得"俄罗斯文化乃一种综合性文化。俄罗斯艺术家不可能也不应该成为'专家'……在俄罗斯,正如绘画、音乐、散文、诗歌是不可分离的那样,哲学、宗教、社会舆论乃至政治不仅不能与前者分离,而且它们彼此之间也紧密相连。它们汇合一体,就产生了一股强大的洪流,传承着民族文化的珍宝"。① 也就是说,在俄国,文学艺术并不是纯粹审美性的、人文学术研究也并非纯思辨性的。而这种打破文类或学科限制描述"俄罗斯问题"的惯例,也使 18 世纪以来知识界研究俄国文化问题并不遵守西方学科分类规则,进而导致文学研究在俄国是跨文体跨文类的,如俄国比较文学之父亚历山大·维谢洛夫斯基(1838—1906)就认定文学史是表现在哲学、宗教和诗歌运动中并用语言固定下来的文化思想史,而不是对一份散落在编年史中的文学事实清单进行美学评论和道德评价。②

在这两种视野下审视俄国文学发展问题,知识界大多会选择比较和综合分析方法。而这样认识本土文学也吻合俄国文学发展的实际,也容易看出发展过程中的问题所在。按普希金之说:

> 自从康捷米尔(1708—1744)以来,法国文学对正在形成中的我国文学经常有着直接或间接的影响。在我们的时代,它也应该引起反响……诗歌至今未受法国影响,而与德国诗歌日益接近,并且骄傲地保持着自己的独立性,不为读者的趣味和要求所左右。③

---

① [俄]《勃洛克两卷本文集》第 2 卷(А. Блок, Сочинения в двух томах, 2. М. Гос. изда. худо. литер., 1955. С. 362-363.)。

② 《维谢洛夫斯基青年时代日记》(Из юношеских дневников А. Вселовского. Пг.: Academia, 1921, С. 112.)。

③ 《普希金文集》,[俄]普希金著,张铁夫等译,人民文学出版社 1995 年版,第 7 卷,第 57—67 页。

西方文化对俄国的深刻影响,促进了具有现代文体意义的俄国文学的形成,也培养了俄国知识界在比较视域下认识文学和寻求本土文学发展之路的意识,如著名作家苏马罗科夫(А. Сумароков,1717—1777)针对18世纪俄国文学创作中明显的西化趋向,发表轰动一时之文《论消除俄语中的外来语》,而诗人茹科夫斯基(1783—1825)自称"重视德国诗歌……通过对它的模仿、借鉴,使德国诗歌切近俄国诗歌而被消化吸收",[①]特别是维亚泽姆斯基公爵(П. Вяземский,1792—1878)之力作《论普希金的中篇小说〈高加索的俘虏〉》(1822)较早地提出了普希金创作中的"拜伦主义"问题,及时警示诗人有意识培养民族主义的审美倾向。诸如此类,不一而足。

不仅如此,思想家恰达耶夫(1794—1856)的《哲学书简》(1828—1936)透过比较视野提出惊世骇俗的观点,即与东西方相比,历史上的俄国对人类进步几乎未产生实际作用。是否赞同这种说法,导致俄国知识界在19世纪30年代后期分化为西欧派和斯拉夫派,而且分化主要是在文学论争中进行的,如西欧派的别林斯基在成名作《文学的幻想》(1834)中称:

> 在欧洲,古典主义不过是文学上的天主教,在俄国只是欧洲回声的微弱余响。在普希金时期,我们重新感觉了、重新思索了和重新体验了欧洲整个智能生活。这回声是经过波罗的海传达给我们的。我们重新判断了、重新争论了一切,把一切据为己有,但自己没有培养、抚育、创造出什么,他人替我们忙过了,我们只是坐享其成:这便是我们的成功无比迅速,同时又无比脆弱的原因。[②]

在《关于俄国文学的感想和意见》(1846)中,别林斯基又如是说道,俄国文学一度以抄袭西方样本自傲,到了普希金和果戈理时代文学才感觉到自己的力量,从学生变成了大师,不再模仿西方而面向俄国生活和现实。[③] 同样,屠格涅夫、赫尔岑、史学家格拉诺夫斯基

---

① [俄]茹科夫斯基:《美学与批评》(В. Жуковский, Эстетика и критика. Москва: Худож. Лит., 1985, С. 324.)。

② 《别林斯基文学论文选》,[俄]别林斯基著,满涛、辛未艾译,上海译文出版社2000年版,第69—71页。

③ 《别林斯基选集》,[俄]别林斯基著,满涛译,时代出版社1952年版,第2卷,第168页。

等西欧派人士,都先后主张要以西方文化改变俄国文学的贫弱状况。至于以比较意识表达民族性诉求,也是斯拉夫派的普遍选择,如著名理论家霍米亚科夫(А. Хомяков,1804—1860)在《外国人关于俄国人的意见》(1845)和《俄国人关于外国人的意见》(1846)等力作中,强烈批评俄国崇拜西欧之风,强调要充分估计到对西欧顶礼膜拜的后果,进而在《论俄国能否出现自己的文艺学》(1847)中运用影响研究方法,分析"自然派"深受西方理性主义思潮影响之不足,认为满足于从西欧引进虚假的知识去认识俄国现实问题,那将是对真正俄国的忽略。如此之论,也得到基列耶夫斯基和康·阿克萨科夫等斯拉夫派其他重要学人的认同。伴随着西方现代文明暴露的弊病越来越多、俄国文学的民族性特征在现代化进程中日渐突出,这两派的争论也产生了积极结果,即如何提升俄罗斯民族性在欧洲乃至世界范围内的普遍意义,成为社会共同关注的课题。可以说,这种民族意识和比较视野,构成了后来比较文学在俄国发展起来的基础。

　　这种用比较方法认识俄国文学的历程,在19世纪后期人文学术研究趋于成熟、学院派学术制度形成之时,终于催生了学科意义上的俄国比较文学:1870年亚·维谢洛夫斯基在彼得堡大学所开设的"总体文学"课(курс"всеобщая литература"),即是严谨规范的"比较文学"。[①] 而且,这种学术创新很快波及学术界,如曾发表过《基督教对斯拉夫语的影响》(1848)的神话学派奠基人布斯拉耶夫(Ф. Буслаев,1818—1897)在此时出版杰作《迁徙的中篇小说》(1874),对同一种题材或主题的民间文学和书面文学在不同国家或民族的叙述中之异同问题进行实证性分析,发现许多文学情节常常是在东西方不同民族之间移动的,而且欧洲民间文学不少母题可能大多起源于东方;而比较神话学派代表性人物阿法纳西耶夫(А. Афанасьев,1826—1871)推出百万言巨著《斯拉夫人艺术创作中的自然观:试论斯拉夫传说和信仰与其他亲属民族神话故事的比较研究》(1866—1869),运用比较语言学和比较神话学方法分析世界民族神话的差别,认为随着语言的地域分化,在漫长的历史

---

① [苏]日尔蒙斯基:《比较文艺学:东方与西方》(В. Жирмунский, *Сравнительное литературоведение. Восток и запад*. Ленинград:Наука,1979,С.103.)。

变迁中用语言传承的神话也就逐渐远离了原始意义,被后人的用语赋予新的含义;同样,科学院院士佩平(А. Пыпин,1833—1904)及时出版《斯拉夫各族文学史》(1879),采用比较诗学方法整体叙述斯拉夫各族文学发展历程和相互关系,类似于把总体文学具体化为总体斯拉夫文学;特别是,亚·维谢洛夫斯基的兄弟阿列克谢·维谢洛夫斯基(1843—1918)之作《西方对现代俄罗斯文学的影响》(1883),通过对法、英、俄和东方诸国文学的诗学研究,发现正是西方文学对俄国文学的积极影响,才使俄国文学在18—19世纪获得了进步,并促成俄国文学成为世界文学的一部分。诸如此类的扎实研究,促成了比较文学在俄国建立伊始就取得了重大成就。

而比较文学作为一门学科一旦在俄国建立起来,并没有像苏联其他人文学科和社会科学那样,随着意识形态变化或废或立,而是相对保持着稳定的发展趋势,苏联比较文学大师日尔蒙斯基的著述历程表明了这些:1924年出版其博士学位论文《拜伦与普希金》,1936年在《苏联科学院通报》上连续发表《比较文学与文学影响问题》《作为比较文学问题的俄国与西方文学之关系》《斯拉夫各民族史诗创作与叙事文学的比较研究问题》等重要文章,1937年推出力作《俄国文学史上的歌德》和《普希金与西方文学》,冷战期间发表了《作为比较文学研究问题的东西方文学关系》(1946)、《论东西方文学关系问题》(1947)、《民俗学的比较历史研究》(1958)、《对文学进行比较历史研究问题》(1960)等杰作,1967年参加在贝尔格莱德召开的第五届国际比较文学大会并发表演讲《作为国际现象的文学潮流》,1970年参加在波尔多召开的国际比较文学学会第六届大会并发表演讲《作为比较文学研究对象的中世纪文学问题》。这些论著和演讲已成为国际比较文学经典文献,它们的学术质量和产生背景对我们切实估价苏联比较文学的成效是很有意义的。

当然,比较文学在苏联时期的发展有自己的特色。众所周知,苏俄建立伊始与西方国家关系就紧张,不久又在意识形态上强化了与西方的对抗,在建立社会主义现实主义理论体系的名义下,先后严厉批判形式主义理论和文学研究中的世界主义倾向,进而以诗学为主体的俄国比较文学被代之为苏联文学关系/联系(литературная связь)研究;同时,因苏联试图成为反资本主义阵营的中心,便有意识重视研究东欧和东方国家的文化问题。这样一来,就为文学关系研究提供了目的性和可操作性,如 1959 年科学院高尔基世界文学研究所举行"各民族文学间相互联系和互相影响"大型学术研讨会,对韦勒克的《比较文学的危机》和美国平行研究进行意识形态式解读,在研究方法上,比较文学的诗学研究传统转向文学关系的事实研究,但不拒绝了解西方比较文学进展。① 这种情况持续到 70 年代后期,在这期间出现了大量文学关系研究的成果。随着社会进步,这种关系研究就越来越显示出局限性,外加冷战趋于缓和,于 70 年代末恢复比较文学研究;1976 年科学院语言文学部为了纪念国际斯拉夫研究协会主席 M. 阿列克谢耶夫院士诞辰 80 周年,由著名学者布什明(А. Бушмин)主编论文集《文学的比较研究》,深入讨论"外国人看俄国和俄国文学""俄国对外国文学的接受""文学理论上的联系""作家的国际关系"等问题;1983 年 M. 阿列克谢耶夫的《比较文学研究》被整理出版。而且,苏联比较文学这种发展历程孕育出康拉德(Н. Конрад,1891—1970)和 M. 阿列克谢耶夫等重要学者:前者出版了震动当时苏联学术界的论文集《东方与西方》(1966),该作大大促进了苏联比较文学研究的思想解放,而后者以《莎士比亚与俄国文化》《司各特与〈伊戈尔远征记〉》《伏尔泰与 18 世纪俄罗斯文化》《19 世纪俄国的伏尔泰接受史》等推进了苏联比较文学,显示出与西方比较文学的差别。甚至正因为存在着比较文学,在一定程度上弥补了苏联人文学科的不足,如苏联文艺学关于"母题"/"主题"的研究,得力于沿着维谢洛夫斯基、普洛普(В. Я. Пропп,1895—1970)等人的比较文学之路行进,从比较文学那儿找到了资源,使得苏联文艺学遗产至今仍有其价值。② 而且,这种不因为制度变化而尊重学术传统的做法,在近十年来比较文学研究中也得到了延续。

因为民族身份确认问题在后冷战时代变得更为重要,因而俄

---

① 1961 年科学院出版社推出了同名会议论文集(взаимосвязи и взаимодействие национальных литератур),其中涅乌帕科耶娃的《美国比较文学方法论及其与反动社会学和美学上的联系》和 Р. 萨马林的《国外文学比较研究之现状》等表明苏联对欧美比较文学的进展很熟悉。

② [俄]西兰吉耶夫:《俄国文艺学中的母题理论之生成》(И. Силантьев, *Становление Теории мотива в русском литературоведение* // Russian Literature [Holland],3/2001.)。

国比较文学在20世纪至21世纪之交超越了经济萧条和政治动荡的局势而持续发展着。学院派和苏联时代的比较文学研究经典得到了整理出版或再版,如尤·洛特曼教授(1922—1993)生前以符号学研究俄国社会进步与法国文化影响的杰作《俄罗斯文学与启蒙主义文化》被莫斯科"联合人文出版社"(1998)推出;还产生了一批很有分量的比较文学和文化研究丛刊,诸如彼得堡大学主办的《俄罗斯与西方》、莫斯科大学主办的《俄罗斯与西方:文化对话》、科学院哲学研究所主持的《俄罗斯与欧洲》等;同时大量引进西方比较文学研究成果,如"当代西方俄罗斯学"和"科学文库"两套著名丛书收录了 M.阿里特舍勒的《俄罗斯的司各特时代》、A.克劳斯的《18世纪大不列颠的俄罗斯人》、H.科内尔的《乔伊斯与俄罗斯》、E.德丽亚科娃的《赫尔岑在西方:在希望、荣誉和退却的迷宫里》、E.克鲁斯的《道德意识的革命:1890—1914年俄国文学中的尼采》等,这些推进了比较文学研究稳健发展。

总之,俄国比较文学发展历程显示出独特的民族性诉求:是认识俄罗斯民族性问题的基本策略,也是俄国学院派实践建构民族诗学目标的重要学术场域,还是苏联时代对抗西方并表达俄国是东方阵营之中心的思想阵地,从而成为当代俄国重新确认民族身份的经典方法。

**2. 以历史诗学研究表达民族性诉求:俄国比较文学特征**

比较文学在俄国的这种发展历程,促成了俄国比较文学的基本特征。

首先,试图通过文学研究确立俄罗斯文化在俄罗斯帝国境内的权威性和作为帝国主体文化的合法性,是俄国比较文学的重要目的所在。因为俄国是一个多民族和种族的帝国,而俄罗斯斯拉夫文学、中亚穆斯林文学、远东和西伯利亚的地方文学等所用语言和发展历程不同,于是研究俄罗斯文学与这些族裔文学之关系成为重要课题。埃里温大学推出的《俄罗斯-亚美尼亚文学关系:研究与资料》(1977)很有代表性:该作探讨俄罗斯文学与亚美尼亚文化之关系问题,包括 A.萨基扬的《亚美尼亚语言中的屠格涅夫〈散文诗〉的翻译问题》、E.阿列克萨扬的《契诃夫的戏剧革新与亚美尼亚的心理剧》、H.冈察尔的《安德烈·别雷的游记散文及特写〈亚美尼亚〉》等。这种试图确认俄罗斯文学如何影响其他族裔文学的研究导向,同样是 H. 科卢基克娃的《俄罗斯人民与乌克兰人民之间的文学联系》(1954)、M. 费季索夫的《俄罗斯与哈萨克斯坦在文学上的联系(1830—1850)》(1956)等的共同特征。至于大量关于俄罗斯与高加索、波罗的海、阿塞拜疆、格鲁吉亚等各(加盟共和国)民族之间的文学关系研究论著,也基本如此。这些在当时是文学关系研究,在苏联解体后意外成了经典的影响研究。也就是说,俄国打破了比较文学一定要跨国界的限制,而且这种突破乃俄国民族性构成的复杂地理因素和文明结构使然。这种并非俄国仅有的文学关系研究,如在印度的文学研究中也存在着类似现象,事实上开拓了比较文学研究领域,这不是没有方法论意义的:一方面俄国在不同语境下的文学关系研究,实际上都是这种以俄罗斯为中心的文学关系研究在空间上的扩展,因而苏联著名的文学理论家库列绍夫强调,"苏联文艺学要特别重视本土文学与其他文学之间形成的历史性联系,这对确定俄国文学的民族特性、揭示世界文学发展进程的专门规律,是非常必要的";①另一方面对解决民族化进程中的文化融合问题也很有价值,因为随着全球化进程,一个国家容纳不同语言、肤色、族裔的人群的现象会越来越普遍,如何认识新移民的民族认同问题(如美国华人的身份问题),显然可以采用类似的研究模式,这给我们进一步关注未来比较文学研究的主体、立场、身份等问题提出了很多启示。

不仅如此,作为斯拉夫系统中的成员,俄国尚需要辨析自身在这个文明圈中的民族特性和身份问题,而这类问题的严重性在任何时候都始终存在着,而且这类问题的解决远不是依靠意识形态和武力所能奏效的。于是,研究俄国(苏联)与斯拉夫各民族国家在文学文化间的关系,成为俄国比较文学研究的另一个重要选题。学院派很多重要理论成果就是立足于对斯拉夫各民族文化的比较研究,苏联时期对这个课题更加重视:科学院斯拉夫和巴尔干问题研究所的集体之作《比较文学与 20 世纪俄国—波兰文学关系》

---

① [苏]库列绍夫:《19 世纪上半叶俄国与西欧在文学上的联系》(В. Кулешов, *Литературные связи России и западной европы в xix вкка первая половина*. Москва: МГУ, 1977, С. 5-6.)。

(1989),根据波兰—俄国属于同一族群和语言体系、彼此历史和民族文化传统相交织等因素,探究两国文化间相互联系如何源远流长、两种不同的文化包含着怎样的共性,在此基础上讨论诸如"民族文化传统与社会主义文化统一性""俄国—波兰的艺术价值、文化交流和跨文学联系""19—20世纪之交波兰浪漫主义与俄国文坛""波兰社会主义文学中的人文主义与苏联文学"等问题。①

这种比较文学研究存有明显的功利性目的:苏联通过突出斯拉夫语境下的文明共同性和俄国文化在其中的资源优势,重新建构俄国文学史上的斯拉夫观和民族观、构筑斯拉夫民族一体性和俄国在这个一体性中的文化优先性的神话,无论是科学院的集体成果《20世纪俄国与保加利亚文学关系》(1964)、《捷克与俄国在文学和文化历史上的接触》(1985)、《俄国与捷克斯洛伐克的文学关系(18—19世纪之交)》(1968)、《俄国与南斯拉夫文学关系》(1975)等,还是M.阿列克谢耶夫主编的《斯拉夫国家与俄国文学》(1973)、B.巴斯卡科夫主编的《斯拉夫各族人民的文学联系》(1988)等,这些斯拉夫文学关系研究,都试图缓解、掩盖俄国与斯拉夫共同体之间的矛盾。

然而,俄国不仅仅是一个斯拉夫民族国家。自公元988年开始接受基督教尤其是18世纪彼得大帝改革所开启的现代化运动以来,俄国不断被纳入了欧洲范畴,现代俄国基本上是在西方影响下成长起来的,而俄罗斯民族性问题又是在这种压力下孕育出来的。于是,俄国发展与西方文化之关系成为三个世纪以来知识界最关注的论题,俄国文学与西方文学之间的关系问题自然也成为比较文学又一重要问题。无论是主流理论家和活跃的批评家,还是学院派的学者,对俄国文学和西方文化之关系问题都很关注,如日尔蒙斯基在《拜伦与普希金》和《普希金与西方》中讨论俄国文学如何"借用"西方文化问题:

  普希金被诗人拜伦所深深感动。在这个意义上,普希金从拜伦那儿学到了什么呢?从自己老师的诗歌中他"借用"了什么?又如何使借用

---

① [苏]霍列夫主编:《比较文学与20世纪俄国—波兰文学关系》(Отв. ред. В. Хорев, Сравнительное литературоведение и русско-польские литературные связи в xx веке. Москва: Наука, 1989.)。

适合于自己的趣味和才华的独特个性呢？……他借用的不是思想,而是母题——影响到艺术形象的母题,更不是思想体系。①

这种通过研究俄国与西方文学关系问题,以挖掘俄国文化的独特性价值、提升俄国比较文学研究的世界性意义、以学术实绩表达民族性诉求的传统等,在苏联演化成学术研究的意识形态行为,诸如《俄国与西欧的文学联系》(1977)和《文学关系与文学进程》(1986)等著名论文集、A.尼科留金的《俄国与美国之间的文学关系》(1981)、E.济科娃和Ю.曼等人的《别林斯基与西方文学》(1990)等著作,显示出苏联如何警惕和批判西方文化对俄国文学的入侵,或者对抗性解读西方文化对俄国文学发展的积极意义,强调俄国文学发展的独立性。

而苏联改革和解体以来,因不断卷入全球化过程,因而改变了苏联那种审视俄国与西方文学关系的做法,并使俄国与西方文学的关系研究自然上升到影响研究水平上来,成为俄国比较文学实践中最富有创造性的研究领域,当代著名学者伏亚契斯拉夫·伊万诺夫的力作《俄国文学与西方》和《普希金与西方》(1999)说明了这种变化;维谢洛夫斯基那种强调创造性借用和客观影响的研究理论在此得到了具体实践,呈现出18世纪以来俄国文学成长过程、普希金的西方性特点及西方影响下民族意识的生成过程。特别是,还扩展了研究范围,扩大到俄国与西方之间的文化影响与借用,并在俄国文化与古希腊罗马文化、拜占庭(和东正教)、德国文化(包括德国古典哲学、马克思主义和尼采)等重大关系问题的研究上取得了突破性进展,出现了诸如克内贝尔(Г. С. Кнабе)的《俄罗斯的古希腊文化》(2000)和弗罗洛夫(Э. Д. Фролов)的《俄罗斯的古希腊学史》(1999)、利塔夫林院士选编两大部汇集百年俄国拜占庭文明研究的最重要学术成果《俄罗斯学者所解说的拜占庭文明》(1999)、涅博利辛(С. А. Небольсон)的《普希金与欧洲传统》(1999)等论著。在俄国文学与西方关系这一论题上,三百年变化幅度很大,但张扬俄国民族性价值的宗旨则始终没有变。

当然,俄国比较文学切切实实地打破了研究空间上的欧洲中

---

① [苏]日尔蒙斯基:《拜伦与普希金 普希金与西方文学》(В. Жирмкнский, *Байрон и Пушкин. Пушкин и западные литературы*. Ленинград, 1978. С. 23.)。

心论、研究价值观上的西方中心主义之藩篱,切实把东方文学纳入其中。俄国文明构成的跨欧亚大陆、文化身份兼东西方性,导致俄国学术界重视东方学研究,学院派的成功是得力于对东方的发现和对东方学研究成果的运用,例如维谢洛夫斯基的博士学位论文《斯拉夫人关于所罗门和基托乌斯拉夫的故事与西方关于莫洛夫和马林的传奇》(1872),按蒙古传本研究已经失传的古印度超日王故事,并对照西方关于亚瑟王故事的拉丁文版本和拜占庭—斯拉夫关于所罗门故事的版本,发现拜占庭在东西方文学交流中的中介作用,从而说明文学影响范围是能超出同一种文化圈的。而自20世纪60年代以来,美国平行研究学派极力扩张西方价值观,导致试图成为东方阵营中心的苏联就更注意东方文学问题,如康拉德在《传统东方学及其新任务》(1965)中指出,东方学研究的历史任务是要克服欧洲中心论(европоцентризм),[①]其《东方与西方》渗透着强烈的反西方中心论意识,例如把中国唐代称为文艺复兴,并由此讨论王维、李白、杜甫以及韩愈与中国文艺复兴、中国文艺复兴时期的哲学等,这显然是试图通过凸现东方文学的巨大成就以对抗西方中心论的欧洲文艺复兴之说。不仅如此,还打破西方比较文学限定的时空界限而扩展到中世纪,日尔蒙斯基在《作为比较文学研究对象的中世纪文学》中声称,"如果把比较文学作为欧美从文艺复兴到现在的文学史研究,那么我们就会永远停留在欧洲资产阶级文学的狭小历史范围内,会把这一社会的审美标准视为整个文学艺术的永恒不变的标准",并批评梵·第根关于中世纪文学研究所反映的肤浅而狭隘的观点,[②]因而他关于《斯拉夫各民族史诗创作与史诗比较研究问题》就突破斯拉夫语境而涉及东西方很多国家,在时间上那当然包容了中世纪。康拉德也主张比较文学要包括中世纪,认为这时期东方文学尤其是中国"变文"创作繁荣(包括佛教题材、纯中国的非佛教题材、由佛教中介把印度民间创作与中国民间创作合在一起的题材等)、西方与阿拉伯文学间关

---

① [苏]康拉德:《西方与东方》(Н. Конрад, *Запад и восток*. Москва: Главная редакция восточной литературы, 1966. С. 26.)。

② 《苏联科学院通报》(Известие АН СССР ОЛЯ, №3/1971.)。

系等问题特别值得研究。① 这种研究在苏联解体后得到了延续,诸如高尔基世界文学研究所 H. 维什涅夫斯卡娅和 E. 济科娃合作的《西方即西方,东方即东方:新时代英国-印度文学关系史论》(1996),研究 18 世纪英国戏剧中的东方主题、启蒙主义对东方的兴趣与英国对印度的殖民化进程、印度与西方的文化联系、吉卜林的东西方与新浪漫主义哲学等一系列重要问题。

事实上,俄国比较文学远不只是通过上述种种研究实践显示出历史诗学方法论,它还成功建构了极有学术价值的历史诗学(историческая поэтика)理论。众所周知,西方文学理论是建立在对古希腊罗马古典作品的阅读和总结基础上的,或者说从柏拉图以来的西方文学理论,并不是依据每个具体时代的文学现实进程或特定的文学现象建构出来的,主要是形成于对古典文本的重新阅读,并不断诠释或修正前人对古典理论的认识的过程中。这种情形,一方面导致文学理论在西方具有稳定的传统延续性,另一方面也使得西方古典理论对人文学术研究有强大的影响力,以至于比较文学的基本理论和概念也没能超越西方文学理论。而维谢洛夫斯基的历史诗学研究则不同,他要探讨的是不同民族价值观念的继承与发展、传统与现代等具体的表现形式问题,而且把这种研究落实在集中体现这一矛盾的文学和审美观念领域。如此一来,对各民族的文学起源与发展、同一题材在各民族中的变迁、一个作家创作观念或文体风格的变化等文学进程中的具体问题,以及叙事、抒情和戏剧三大文体的历史沿革问题等,他不是依据西方既有的诗学观念下判断的,而是对各时代的文学叙述或情感表达方式、语言运用等具体现象,进行客观的历史描述和切实的归纳、比较、分析,很有根据地辨析不同时代的叙述方式和语言策略是如何推动文体变化或审美变革的。② 这种历史诗学研究难度很大,但对理解文学和审美变化问题很有成效,例如对文学情节的演化、诗人的

---

① [苏]康拉德:《现代比较文学问题》(Н. Конрад, Проблемы современного сравнительного литературоведения //Известие АН СССР ОЛЯ, №4/1959.)。他在这方面的研究也相当成功,推出了《波里比阿(公元前约 200—公元前约 120)与司马迁》(比较古希腊的《全史》与中国的《史记》)、《历史学上的"中世纪"》(比较东西方中世纪文化景观)等。

② 参见《亚·维谢洛夫斯基的〈历史诗学〉》,刘宁,载《世界文学》1997 年第 6 期。

地位和社会功能、诗学语言发展等归纳研究,能切实显示出新审美观的出现是以修正传统叙述方式为前提的,这便是审美变革或艺术革新。① 亚·维谢洛夫斯基的总体文学研究正是立足于这种"历史诗学"基础上的:总体文学史要研究各民族文学的共同点,总体文学并非各民族国家文学的总和,而是经比较过滤之后的各国文学发展的历史过程。这种理论的提出并被实践得力于他是一位知识如此丰厚的专家,即在中世纪文学和民俗学、意大利文艺复兴时期文学、拉丁—日耳曼语文学、俄国和斯拉夫语言文学、俄国浪漫主义等研究领域,无不卓有成就。由此,他把各民族文学置于世界文学和文化语境下考量的研究方法,肯定是能充分阐明各民族文学特点的。② 正因为有这一理论作为基础,苏联比较文学研究尽管有意识形态倾向和强烈的民族性要求,但因代表性学者在具体方法论上受历史诗学传统影响,从而在比较文学实践方面取得了很大成就,如日尔蒙斯基关于比较文学的基本判断(比较文学是对世界文学框架下的民族文学的审视,并探讨文化发展和历史进步中的历史过程统一性和不同民族间的文化相互影响问题),③基本上受益于历史诗学研究。

总之,俄国比较文学把18世纪以来俄国知识分子透过比较视野印象式判断俄国与西方之间的文化关系问题学术化和理论化了,从而更深刻地表达着民族性诉求;因为文明结构和意识形态原因,俄国一直注重对境内少数族群、周边地区(加盟共和国独联体)、斯拉夫文明圈、东西方国家的文化和文学问题研究,因而其比较文学研究基础雄厚,并以关系研究为特色,成为国际比较文学界否定欧洲中心论的强有力声音,并顺应了战后民族独立解放运动潮流;独特地确定了比较文学研究体系,即对历史上彼此有共同性的两种或若干种文学现象的研究、对各国文学进行比较类型学研究、以历史诗学研究不同国家文学之间的联系等。但是,比较文学

---

① 参见《历史诗学》,[俄]亚·维谢洛夫斯基著,刘宁译,百花文艺出版社2003年版。

② [苏]日尔蒙斯基:《比较文艺学:东方与西方》(В. Жирмунский, *Сравнительное литературоведение. Восток и запад.* Ленинград:Наука, 1979, С. 106-136.)。

③ [苏]日尔蒙斯基:《论东西方文学关系问题》(В. Жирмунский, К вопросу о литературных отношениях восток и запада, *Вестник ЛГУ*, №4/1947.)。

研究原本就是要突破民族视野的限制,把本土民族文学纳入世界文学范畴,研究不同民族文学发展中共通或相近的问题,以寻找世界文学发展的普遍性或特殊性的问题,而俄国比较文学研究却不断放大俄国价值观的普世性意义,在学科意识上变成了对俄罗斯文学民族性的探讨、在方法论上转化为对俄罗斯文学民族身份进行确认的技术行为,并以提升俄国文学的普遍性意义为目的,从而延伸出不断刷新俄罗斯形象的学术导向。这种民族性诉求,使得俄国比较文学的价值被现实化和地域化,因而尽管在具体论题研究上很有成就,却又限制了其大部分成果顺利融入世界比较文学的进程。

**思考题:**

1. 简要叙述19世纪末俄国学院派对比较文学发展的贡献。
2. 你如何看待俄国比较文学在苏联时期的发展?
3. 论俄国比较文学的特点。
4. 论述日尔蒙斯基在比较文学研究上的贡献。
5. 你能够说明历史诗学与比较文学的关系吗?

**参考书目:**

1. 《历史诗学》,[俄]亚·维谢洛夫斯基著,刘宁译,百花文艺出版社2003年版。
2. 《对文学进行历史比较研究的问题》和《文学流派是国际性现象》,[苏]日尔蒙斯基著,倪蕊琴译,载《比较文学研究译文集》,干永昌等编选,上海译文出版社1985年版。
3. [苏]日尔蒙斯基:《比较文艺学:东方与西方》(B. Жирмунский, *Сравнительное литературоведение. Восток и запад*. Ленинград: Наука, 1979.)。
4. [苏]康拉德:《西方与东方》(Н. Конрад, *Запад и восток*. Москва: Главная редакция восточной литературы, 1966.)。

## 第四节　中国学派与阐发研究

### 1. 中国比较文学研究的特点：跨文化

中国比较文学研究最重要的特点是跨文化。西方比较文学研究是在西方同质文化的圈子里发生和发展起来的，并且由于在近代世界格局中非欧美国家和地区的从属地位，使"欧洲中心论"一直占据着统治地位，西方学者在很长的时期里并未意识到异质文化之间开展文学比较研究的重要意义，他们不仅认为这没有什么不妥之处，而且怀疑异质文化之间开展比较文学研究的可能性。其实，这种做法不仅有悖于比较文学学科的基本宗旨，而且妨碍了比较文学发展成为真正的国际性学科。

和西方比较文学显著不同的是，在西方影响下发展起来的中国比较文学研究，由于比较文学学科是从西方传入，这使中国学者具有特殊的国际学术视域。同时，灾难深重的祖国又赋予中国学者以强烈的民族文学意识，因而中国比较文学从一开始就跨越了中西文化的辽阔地域和复杂多样的文化内涵，在异质文化之间的剧烈冲突与相互交融中展开。以朱光潜、钱锺书等人为代表的一批优秀的中国学者，背负中国文学的深厚传统，远涉重洋到西方求学，自然而然地注意到了中西文学跨文化的比较研究，试图把这种比较引向建立跨越中西文学的共同诗学结论，这是过去的西方学者没有或很少做过的事情，为中国比较文学研究打上了鲜明的民族烙印。

与此相关的是，由于中国在历史上受到以佛教为代表的古印度文化的深刻影响，在近代又受到日本文化的深刻影响，以及中国在历史上作为东亚古代文明中心向周边邻国的文化辐射，这又使中国学者的比较文学研究带有另一个鲜明的地缘性特点，即重视东方各国文学之间的比较研究，在中国和印度、中国和日本之间的比较文学研究做了大量卓有成效的工作，在中国和韩国之间及中国与东南亚各国之间的比较文学研究也正在稳步推进。

由于第二次世界大战以来国际政治与经济格局的重大变化，传统的殖民主义体系土崩瓦解，第三世界国家在国际政治舞台上迅速崛起,以及东方国家经济的逐步发达和政治地位的稳步上升,随着中西之间比较文学研究的逐步展开,跨文化研究对西方学者也产生了明显影响,西方国家也已经开始注意到跨越东西文化的研究,在西方学界比较文学以及语言学的教学与研究中,都把跨文化的阅读和翻译(Cross-cultural Practices of Reading and Interpreting)作为最重要的内容之一。前国际比较文学学会会长佛克马等著名的西方比较文学研究者都充分认识到了开展东西比较文学研究的重要性,美国学者厄尔·迈纳的《比较诗学》从"文类"角度切入,试图建立跨越中西的诗学体系,被认为是西方学者在这方面的重要成果之一。

但是,传统的"欧洲中心论"的影响并不容易消除,事实上,以美国为首的西方国家在今天仍然处于世界政治、经济与文化的中心地位,东西方的文化传统与语言符号之间的巨大差异,种种复杂的历史与现实因素,都使西方学者能直接介入东西方的异质文化研究者仍是极少数和个别,而中国恰恰是一个具有悠久文化传统和众多人口的东方大国,中国历史上所创造的文学艺术曾经璀璨夺目,当今的中国又向世界敞开了大门,中国比较文学研究已经成为世界比较文学领域中最活跃的力量之一,这些因素的综合作用,使国际比较文学界自然而然把希望寄托在以中国为代表的中、日、韩和印度等东方国家的学者身上。

早在70年代,在中国香港执教的美国学者李达三就将中西比较文学视为比较文学发展的新方向,并竭力倡导建立比较文学中国学派。国际比较文学界已经意识到,如果没有中国的积极参与,比较文学研究就不可能成为真正的国际性学科,因此他们对中国比较文学极为关注。中国内地的比较文学在经过50—70年代特殊历史条件下的沉寂后,80年代在乐黛云等著名学者的大力推动下再次复兴,并成为中国人文社会科学领域的一门"显学",这实际上标志着东方比较文学的崛起,使国际比较文学界深受鼓舞。1985年中国比较文学学会成立,当时的国际比较文学学会会长佛克马指出:

> 国际比较文学学会非常需要中国同行的支持,以维持并提高文学研

究的国际标准。①

事实上,比较文学在中国的兴起、发展及正在建立中的比较文学中国学派,已经构成了当今世界比较文学领域最重要的事件之一。美国学者、前国际比较文学学会会长厄尔·迈纳在《比较诗学·中文版前言》一文中也满怀希望和激情地说道:

> 在北京会议上,几位中国同事问了这样一个问题:"能否存在比较文学的中国学派?"在最初几天,这一问题究竟意味着什么还并不明了,而且我还迟疑着未置可否,唯恐引起攻击。答案当然是中国人完全有必要从事中国的比较文学研究,不管它是否可称为一个学派。这一回答在下述实践中已被确认,那就是 1985 年深圳会议上中国比较文学学会的成立。从那时起,中国的比较文学研究如兰花般绽放,而且强有力的友谊纽带已将中国学者与许多国家的同事牢牢联系起来。②

## 2. 中国学派的折中精神

在比较文学的历史发展过程中,以研究各国文学的事实联系为主的法国学派,和突破这种事实联系的美国学派,曾经产生过激烈的争论。作为跨越中西文化的中国比较文学研究,也作为比较文学自欧美到东亚大陆的连续性历史发展,中国学者对于争论已久并且各自具有鲜明特色的法国学派和美国学派,应当采取什么样的态度呢?中国学者作出了自己的独特选择,这可以用比较文学中国学派的创始人之一李达三的观点来阐明。

古老的中国哲学以具有"和而不同"③"执两用中"④"过犹不及"⑤的朴素辩证思维传统而饮誉世界。李达三根据中国哲学的固

---

① 《祝贺与希望——在中国比较文学学会成立大会上的讲话》,[荷] 佛克马著,见于《中国比较文学年鉴》,北京大学出版社 1987 年版,第 41 页。
② 《比较诗学》,[美] 厄尔·迈纳著,王宇根等译,中央编译出版社 1998 年版,第Ⅰ—Ⅱ页。
③ 《论语注疏》,见于《十三经注疏》中华书局 1980 年影印世界书局阮元校刻版,下册,第 2508 页。
④ 这个观点出自《中庸》:"舜好问而察迩言,隐恶而扬善,执其两端,而用其中于民",见于《四书五经·中庸章句集注》,(宋)朱熹著,中国书店据世界书局本影印,上册,第 12 页。
⑤ 《论语注疏》,见于《十三经注疏》中华书局 1980 年影印世界书局阮元校刻版,下册,第 2499 页。

有传统和比较文学的历史发展经验提出,中国学派实乃中庸学派,它遵循东方所特有的折中精神:

> 受到中国古代哲学的启示,中国学派采取的是不偏不倚的态度。它是针对目前盛行的两种比较文学学派——法国学派和美国学派——而起的一种变通之道。中国学派对于比较文学在西方发展的历史具有充分的了解,因此它不独承认上述两种学派所拥有的优点,并且加以吸收和利用。但在另一方面,它设法避免两派既有的偏失,以东方特有的折中精神,中国学派循着中庸之道前进。①

这构成了中国比较文学研究的第二个基本特点,即不是强调而是淡化世界比较文学研究中的学派差异,使之具有广泛的包容性,自觉意识到各种方法和学派之间并没有不可逾越的鸿沟。

中国学者广泛使用了法国学派的影响研究和美国学派的平行研究及跨学科研究等诸种方法。在新世纪的今天,回眸中国比较文学研究,我们可以这样讲,中国学者在比较文学研究的实践过程中,使用最广泛,运用最成功的,依然是传统的影响研究法和平行研究法,这是为世界比较文学研究所公认的已经完善和成熟并且仍然行之有效的方法,这也是中国老一辈比较文学研究者所流传下来的优秀传统。

一般来说,在研究直接受到西方文学影响而发生和发展起来的中国现代当代文学领域,由于事实上的联系已经发生,所以中国学者更多的是使用了法国学派的影响研究法。瞿秋白的《〈俄罗斯名家短篇小说集〉序》和冯雪峰的《鲁迅和俄罗斯文学的关系及鲁迅创作的独立特色》,就是运用比较文学中影响研究方法,探讨中国文学接受俄罗斯文学影响及其原因的优秀论著,特别是后一篇文章列举了许多事实,来说明鲁迅所受到的作为中国现代文学的"导师和朋友"的俄罗斯文学的影响,并揭示了鲁迅受到这种影响的原因。即以20世纪70年代末以来中国大陆的比较文学研究而论,曾小逸主编的《走向世界文学——中国现代作家与外国文学》(湖南人民出版社1985年版),书中收录了叶子铭、王富仁、陈平原等一大批中青年学者研究中国现代作家受到外国文学影响的著

---

① 《比较文学中国学派》,[美]李达三著,见于《中外比较文学的里程碑》,[美]李达三、罗钢主编,人民文学出版社1997年版,第4页。

述,这实际上是"文革"后的中国学者在现代文学领域运用影响研究方法所取得的学术成果的一次集中展示。

在涉及中西古典文学比较研究领域,由于事实上的联系并没有发生,所以基本上是使用美国学派的平行研究方法,钱锺书的《诗可以怨》和朱光潜《中西诗在情趣上的比较》就是国内比较文学界公认的平行研究的杰出典范。前者是一篇比较诗学的论文,从中西文学理论的广泛比较中,令人信服地确立了"诗可以怨"即艺术的否定性原则,后者则从中西诗歌的爱情观比较入手,进入到深层的中西文化心理比较的层面,从文学差别进入文化差别。宗白华的《中国诗画所表现的空间意识》与钱锺书的《中国诗与中国画》则是中国学者所作的跨学科研究的典范论述。和当今中国学界不同的是,这些前辈的学界大师一般都是很谨慎地从一些具体的细小问题入手,似乎并不奢望建立能够囊括中西乃至世界的共同文学理论体系,更不热衷于生产美学和艺术理论的普遍原理,这也许能够给我们当前的比较文学特别是比较诗学研究的越来越趋于宏大叙事而出现的某种理论偏失以某种启示。

钱锺书的《谈艺录》从许多具体的文学现象入手,由于涉及的大多是中西古典文学和古典诗学问题,因此主要是采用了平行研究的方法,并广泛涉及了哲学、历史学、心理学、文化人类学等诸多学科领域,探幽烛微,阐发了许多跨越中西文学的共同诗心与文心,受到海内外学界的一致推崇而成为中国比较文学研究的经典著作。而在当今的文学批评走向文化批评的潮流中,在以影视为中心的大众文学研究中,在美学与文学基本理论的研究中,则更多地使用了跨学科的研究方法,在文学与哲学、经济学等领域之间流动穿梭,一大批中青年学者采用跨学科的研究方法取得了引人注目的学术成果。

### 3. 中国学派的阐发研究

中西比较文学研究是一个前人从未涉及的崭新领域,一旦中国学者步入了这个领域后,就有可能在实践中摸索和形成具有自己鲜明民族特色的研究方法。事实果然如此,在国内外学术界,最引人注目和为学界所公认的就是中国学者创造的"阐发法"。

中国比较文学研究有着漫长的学术实践,至少可以追溯到清末的梁启超。梁启超写于1898年的《译印政治小说序》可以算作是中国最早的比较文学论述之一。这篇著名论文中,通过对西方政治小说和中国传统小说的比较研究,他得出了如下结论:中国传统小说"自《虞初》以来,佳制盖鲜,述英雄则规画《水浒》,道男女则步武《红楼》。综其大较,不出诲淫诲盗两端。陈陈相因,涂涂递附,故大方之家,每不屑道焉"。①

在中西比较的视野中来对中国古典小说的评价,这是一个复杂的学术课题,由于当时中国对西方文学的了解甚少,所以梁启超作出了不正确的结论,这既包含了以西方标准作为绝对价值来审判中国文学的最初苗头,实际上也初步向后人预示了跨文化的中西比较文学所要经历的艰难困苦。

王国维是中国文学研究从古典向现代转换过程中的里程碑式的人物,这时中国与各国列强之间的交往已经逐渐频繁,中国学界也开始对西方有了更多的了解,中西文学的比较研究也开始向着定型化的方向发展,逐步具有了自己的鲜明方法论特色。这种特色集中体现在王国维的《〈红楼梦〉评论》一文中,现在一般认为,王国维于1904年发表《〈红楼梦〉评论》,开创了中国现代文学研究的一种主流样态而具有标志性意义。

作为第一次用西方文论话语体系来全面和完整地评论一部中国古典文学作品的文章,《〈红楼梦〉评论》带有明显的试验性。它用来自西方的叔本华思想来评论《红楼梦》,由于"叔本华置诗歌于美术之顶点,又置悲剧于诗歌之顶点",②故悲剧在文艺上最具美学的价值,《红楼梦》就是如此。此书"以生活为炉,苦痛为炭,而铸其解脱之鼎",③"《红楼梦》者,悲剧中之悲剧也。其美学上之价值,即存乎此",④因而此书不愧为"宇宙之大著述",人们都要"企踵而欢迎"了。⑤

王国维这种强烈的以西释中色彩,显示了他进行中西文论汇通

---

① 《译印政治小说序》,梁启超著,见于《饮冰室合集》,梁启超著,中华书局1989年版,第1册,第34页。
② 《王国维文学论著三种》,王国维著,商务印书馆2001年版,第17页。
③ 同上书,第11页。
④ 同上书,第17页。
⑤ 同上书,第24页。

尝试中的一种初期稚拙状态,陈寅恪在《王静安先生遗书序》中指出:

> 详绎遗书,其学术内容及治学方法,殆可举三目以概括之者。……三曰取外来之观念,与固有之材料互相参证。凡属于文艺批评及小说戏曲之作,如《红楼梦评论》及《宋元戏曲考》、《唐宋大曲考》等是也。①

言简意赅地指出了王国维这种方法论的本质特征。

应当承认,包括中国和西方在内的全人类的生活方式和文学经验,的确有相互联系和内在统一的一面,把中国和西方看作彼此互不相容的僵硬对立的二元对立思维模式是错误的。但是,我们也必须看到不同国家民族的生活方式和文学经验存在着个性与差异,因此不能忽视另一种理论偏向。学界相关学者认为,就王国维来说,他在写作《〈红楼梦〉评论》的过程中,实质上是不自觉地把《红楼梦》作为论证西方文论有效性的理论注脚,这种文论思维模式对中国现代文论与批评产生了极为广泛的影响,甚至可以说是提供了一种学术范式,在中国现代文艺思想史上长盛不衰,中国比较文学研究中普遍流行的"阐发法"所导致的失误就是如此。

可以明确地讲,《〈红楼梦〉评论》的问世,已经确定性地奠定和包含了后来台湾和香港学者所倡导的作为比较文学中国学派的"阐发法"的雏形。20世纪70年代以来,经过台湾、香港学者的倡导和大陆学者的大力鼓吹,比较文学中国学派成为世界比较文学研究中一面引人注目的旗帜,而阐发法则被认为是比较文学中国学派的方法论基础。1976年,台湾东大图书公司出版了古添洪、陈慧桦(陈鹏翔)编著的《比较文学的垦拓在台湾》,两位编者在《序》中,比较了法国学派和美国学派的特色以后,试图提出一种可以将两派互补的研究方法,也就是中国学者独创的阐发研究,编者写道:

> 在晚近中西间的文学比较中,又显示出一种新的研究途径。我国文学,丰富含蓄;但对于研究文学的方法,却缺乏系统性,缺乏既能深探本原又能平实可辨的理论;故晚近受西方文学训练的中国学者,回头研究中国古典或近代文学时,即援用西方的理论与方法,以开发中国文学的

---

① 《王国维遗书·序一》,陈寅恪著,见于《王国维遗书》,王国维著,上海古籍书店据商务印书馆1940年版影印,第1册,第1页。

宝藏。由于这援用西方的理论与方法,即涉及西方文学,而其援用也往往加以调整,即对原理论与方法作一考验,作一修正,故此种文学研究亦可目之为比较文学研究。我们不妨大胆地宣言说,这援用西方文学理论与方法并加以考验、调整以用之于中国文学的研究,是比较文学中的中国学派。①

这是相隔半个世纪后,台湾和香港学者对中国学者在跨越中西比较的文学研究过程中,独创的研究方法即"阐发法"所作的学术实践和理论升华,使中国比较文学研究有了自己鲜明的方法论特色和坚实的理论支撑,具有强烈的可操作性,并在此基础上提出了"比较文学中国学派"的概念,产生了广泛和深刻的影响。可以这样讲,"阐发法"把中国丰富的文学资源引入了世界文学的宏大视野,是中国比较文学进入国际比较文学的可靠桥梁。

中国比较文学研究中援引西方文学理论,来阐发中国文学现象,这是历史的必然。因为从"五四"新文学开始,作为和文言文相适应的中国古代文论,便停留在已经凝固了的中国古代文学领域。这样,阐发在西方文学直接影响下产生的新文学的任务,自然由西方文学理论来承担,进而扩展到整个中国文学研究领域。阐发法的基本含义是以西方文学理论来评论中国文学创作实践,这是一种简便易行、具有强烈的可操作性的方法,也是中国古典文学批评在面临"五四"以后的白话新文学已经失效时,所必然采取的一种补救方法。因为需要异域文学理论来填补这个理论资源的真空,这具有强大的现实合理性,也是20世纪中国文学研究的逻辑使然。

古添洪和陈慧桦认为"对于研究文学的方法,却缺乏系统性,缺乏既能深探本原又能平实可辨的理论"的观点,受到一些大陆学者的批评。其实,他们的看法与事实是基本吻合的,并且也有不少大陆学者与古添洪、陈慧桦二位持大致相同的看法。同时,20世纪是理论批评的世纪,西方各种各样的文学批评理论风起云涌,令人应接不暇,这构成了20世纪西方文学研究的一道独特风景线,这

---

① 《比较文学的垦拓在台湾·序》,古添洪、陈慧桦著,见于《中国比较文学学科理论的垦拓——台港学者论文选》,黄维樑、曹顺庆编,北京大学出版社1998年版,第178—179页。

必然对中国学者的中西文学比较研究产生强大影响。阐发研究的运用之所以蔚为大观,正是中国比较文学在积极参与和融入世界比较文学的过程中,不可避免地受到现代西方文学研究理论化转向影响的必然结果。

阐发研究也有着自己的显著弱点,如学界许多人所批评的那样,把中国文学生吞活剥,成为西方文学理论的注脚。但这只是现象,原因并不在于像这些批评者所说的那样,是单向阐发或以西释中。它的真正弊端在于,对于任何研究而言,研究方法对于研究对象,都不应该像包装纸和糖果之间的关系一样。也就是说,研究方法不应当是外在的和强加的,而应当是从研究对象自身中成长和发展起来的。在具体的文学研究中,最重要的始终是研究者在阅读原始材料的过程中所形成的独特的感悟,一如严羽所言:"惟悟乃为当行,乃为本色",①没有也不可能有一种包罗万象和一劳永逸的方法。因而把阐发研究笼统地作为中国比较文学的基本方法,搞"理论先行",不管是双向还是多向,都是不理想的。基于同样的理由,指望笼统地以中国古典文学理论取而代之也是不妥的。从我们目前的研究状况和理论思考来看,中国学者要想发展出能够容括中国比较文学研究的较为成熟和理想的独创性研究方法,还需要时间。阐发研究没有也不可能包容中国比较文学研究的全部,杨周翰认为:

> 我国早期学者多用外来的方法和理论来阐发中国文学,卓有成效。这个途径我觉得应当算做"中国学派"的一个特点……②

这个评价至今依然是准确的。

## 4. 中国学派的意义与局限

中国比较文学研究的崛起具有重要意义,它带着中国文学独特的自身经验和传统跨入世界比较文学领域,使国际比较文学研究走出了过去法国学派和美国学派囿于同质的西方文化的地域圈子,在很大程度上打破了西方中心主义,使比较文学成为真正意义

---

① 《沧浪诗话校释》,(宋)严羽著,郭绍虞校释,人民文学出版社1961年版,第12页。
② 《镜子与七巧板》,杨周翰著,中国社会科学出版社1990年版,第8页。

上的国际范围的比较文学,跨文化和阐发法是中国学者对世界比较文学研究在研究范式上作出的重要贡献。

中国比较文学从自己的历史资源与现实需要出发开展研究,逐渐在比较诗学、阐发研究、东方文学比较和比较文化等领域形成了自己的特色和优势,丰富了传统比较文学的内涵,对比较文学原有的学科范式构成了挑战与超越。特别是跨越中西之间的异质诗学体系之间的比较研究,将极大地丰富文学理论的内涵,有可能寻找到世界文学的共同规律,并逐渐弄清具有互补性的中西文学的特色与差异。以中西文学比较研究为代表的东西方比较文学研究,不仅已经成为比较文学的一个研究热点,而且事实上也已经成为当今世界比较文学的重要发展方向之一。

建立和发展比较文学中国学派已经成为中国比较文学界的一股强大呼声与力量,众多的研究者不断加入这个领域的研究之中。从历史上看,中国文学具有悠久而灿烂的传统,并产生过钱锺书、朱光潜、宗白华等一大批杰出的比较文学研究者;从现实来看,中国人口众多,即使不是现在也会即将拥有世界上最庞大的比较文学研究队伍,人们有理由期望这个古老东方大国重新焕发青春,为世界比较文学研究作出较大贡献。中外学界普遍认为,比较文学在中国的产生、复兴和发展,是中国文学参与和融入世界文学洪流的最重要的桥梁。同时,不少学者满怀信心地展望,由于中国的加入,将有可能建立跨越中西的一般诗学(common poetics),即建立世界范围内的共同文学理论。作为比较文学中国学派的创始人之一的台湾学者古添洪说得好:

> 中西比较文学却是我国学者的用武之地,是我国文学"再"发言的最好桥梁;透过中西文学实际的相互接触、影响、接受、阐发、比较,透过中西文学类似或共同的母题、主题、形式、文类、潮流,透过以中西文学为基础而建构出来的同时顾及"同"与"异"的一般诗学,应是最丰富、最有效、最当代的"中国文学"的"再"发言吧!这个"再"发言,在某意义上,也是中国文学的现代化与国际化,也是中国文学继续发展的方向与动力。①

---

① 《中国学派与台湾比较文学界的当前走向》,古添洪著,见于《中国比较文学学科理论的垦拓——台港学者论文选》,黄维樑、曹顺庆编,北京大学出版社1998年版,第175—178页。

这是就中国比较文学发展对中国文学和世界比较文学的重要意义所做的精辟而又简明的阐述。

就中国比较文学的现实发展来观察,还有这样一些亟待解决的问题。

首先,阐发研究实际上乃是在平行研究基础上衍生和发展起来的一种研究方法,在本质上仍然没有超越美国学派所倡导的平行研究的范围。目前作为显示中国比较文学独创性鲜明特点的比较文学研究方法,在具体的研究实践中主要还停留在阐发法理解和运用上,许多研究仍然没有超越阐发法的范围,还缺乏更丰富的学术实践的支撑。同时,这种方法无论是在理论阐述还是实际运用中,都还存在着许多难以解决的问题,如它往往以中国文学材料作为西方文学理论的注脚,就屡屡受到学界抨击,因此它能否作为中国学派的基石,这还是一个存在着许多争议的学术课题。作为中国学者带有鲜明独创性的方法,除了阐发法之外,我们所呼唤的多种方法,不少仍停留在理论演绎与理想愿望的层面,远未得到学界公认,还有赖于在更为丰富的学术实践中探索新的观念与方法。

其次,一个学派是否能够真正成其为学派,不是可以自封的,而是需要学界的广泛公认。一种学派通常都是由别人来概括,比较文学中的法国学派和美国学派就是这样,而比较文学中国学派除李达三这样的个别西方人之外,都是由中国人自己命名和提倡,由中国大陆和台湾的学者在发布理论宣言和主张,而不是国际比较文学界所作出的承认和概括,实际上至少在目前尚未得到国外公认。国际比较文学界对此怀疑者有之,观望者有之,否定者有之,始终未予承认,甚至这种情况在国内学界也不同程度地存在着。

再次,国内外学界还存在着这种观点,即认为现在已进入全球化阶段,各国之间的文学互动性显著增强,中国已经错过了建立学派的历史阶段,现在再提倡建立自己的学派是历史的错位,因而很难再建立自己的学派。因此,中国比较文学是否已经真正成为国际比较文学的一个学派,还有待于对中国比较文学研究实践的进一步检验和国际比较文学界的认可,不是中国人自己发几个宣言和呼吁就可以算数的。

按照李达三在《比较文学中国学派》一文中的观点,中国学派的第一个目标是：

> 在自己本国的文学中，无论是理论方面或实践方面，找出特具"民族性"的东西，加以发扬光大，以充实世界文学。①

中国学者在比较文学研究中要发展中国学派，首先就在于它是关于中国的学派，即向国际比较文学领域提供中国文学的民族性、区域性和地方性的知识，这些知识中包括了中国的古代文学知识，但更应当包括当今中国文学新的知识。也就是说，中西比较文学研究不仅要面向已经凝固了的中国古代文学，而且更应该面对当今中国活生生的、流动的文艺现象，在此基础上抽象出适合当今中国的新的文学知识，而这恰恰是我们的一个薄弱环节。

可比性的寻求，也应该是在由当今中国文艺现实所提供的重大问题上切入，在中外文学所关心的共同话题中展开，中国学派之根，只能在当今中国的文学创作实践之中去寻找。中国比较文学研究的一个显著弱点在于，近略远详，普遍忽视对当前中国现实文艺生活中重大问题的关注和研究，对中国当前文学现象反应迟钝，难以对中国文学创作实践的最新挑战作出及时的回应，这是我们无法提升出更为丰富的比较文学中国学派的学科理论的原因。归根到底，任何思想都只能植根于现实本身，中国比较文学研究也是如此。阐发法的弱点正在于此，主张以中国本土的古代文学理论取而代之的缺陷同样也在于此。

**思考题：**
1. 简述中国比较文学研究的跨文化特点。
2. 中国比较文学的基本精神是什么？
3. 什么是阐发法？
4. 谈谈中国比较文学研究的意义与局限。

**参考书目**
1. 《比较文学的垦拓在台湾》，古添洪、陈慧桦编，台北东大图

---

① 《比较文学中国学派》，[美]李达三著，见于《中外比较文学的里程碑》，[美]李达三、罗钢主编，人民文学出版社1997年版，第5页。

书公司1976年版。

2.《比较文学中国学派》,[美]李达三著,见于《中外比较文学的里程碑》,[美]李达三、罗钢主编,人民文学出版社1997年版。

3.《比较文学:界限、"中国学派"、危机和前途》,杨周翰著,见于《镜子与七巧板》,杨周翰著,中国社会科学出版社1990年版。

4.《中外文学比较的里程碑》,[美]李达三、罗钢编,人民文学出版社1997年版。

5.《中国比较文学学科理论的垦拓》,黄维樑、曹顺庆编,北京大学出版社1998年版。

# 第五章 方法论

## 第一节 文类学与"形式"

### 1. 比较文学的文类学概述

比较文学的文类学一词(英文 Genology,法文 génologie)是从法文"genre"演变而来。在"genre"的原意中,与文类学有关的意思主要有三种:文学艺术的种类、体裁;风格、态度;趣味、口味。在文艺理论里,人们一般把"文类"概念置放在文学的"形式"要素之中。

"形式"(eidos/form)在西方文化语境中是一个极为关键的概念,无论古希腊的柏拉图、亚里士多德,还是后来的康德、黑格尔,都把这个概念当作其思想体系的核心。在镜式语言观(认为语言像一面镜子一样,能够忠实地再现和传递对事物本质的认识)的背景下,"形式"逐渐演变成与"内容"相对而言的一个概念,在这里,"形式"沦为传载"内容"的手段、工具、媒介。现在,一般的文学概论都是在这层意义上使用"形式"概念。依据这种层次上的概念,"形式"便不足以成为区分各种文类的基本依据,因为人们既可以根据"形式"因素(语言、节奏、韵律等)来划分各种文类,同样,也可以用"内容"因素(题材、形象、主题等)来确定各种文类的划分标准。特定文类的形成具有与之相应的历史文化特性,因为在不同的文化语境里,人们往往是以自身民族文化的特点来对各种文类做出区分和界定的,这样一来,文类的划分标准就必然会十分驳杂,而且以往不同文化对于文类问题的思考常常是在孤立和隔绝的状态下分别进行的,故思考的结果也大不一样。在西方文论中,有以题材划分的,如历史小说、武侠小说;有以内容划分的,如教育小说、哲理小说;有以形象模式划分的,如骑士小说、流浪汉小说,还有以价值态度、创作方式、作品的知识容量等等为标准的划分。①再以中国文学的文体概念为例。曹丕的《典论·论文》所云"盖奏议宜雅,书论宜理,铭诔尚实,诗赋欲丽",②是以文体风格为标准,后来陆机的《文赋》、挚虞的《文章流别论》、刘勰的《文心雕龙》等又有各自不同的文类划分和文体特征的定义。

比较文学的文类学强调各国文学之间相互依赖、相互影响或相互反照的关系,打破了文类问题的孤立和封闭的局面,它要求研究者在跨民族、跨语言、跨文化和跨学科的视域中去考察各种文类的特征、文类的划分标准、文类的流传演变等问题。法国比较学者梵·第根率先提出,"艺术形式的外国影响"可以分为"文体和作风"两大类,他认为"只有比较文学家的探讨能够阐明",为什么某一种外来的文体在一个时期或一个国家被热心地移植,而在其他国家却没有生根。③ 虽然,梵·第根早在1931年就提醒学者们注意文体、体裁、风格的流传和跨越国界的相互关系,但是,这一研究却没有得到当时比较文学研究者应有的重视。文类学研究是伴随着形式主义批评和比较文学的平行研究的崛起而得到大发展的,美国学者韦勒克和沃伦在《文学理论》一书中辟出"文体和文体学"与"文学的类型"二章对此进行了专门探讨,不仅明确指出文学类型史是文学史中最有前途的领域,而且对文体、文类有了自己的独特认识。韦勒克和沃伦认为:

> 文学类型的理论是一个关于秩序的原则,它把文学和文学史加以分类时,不是以时间或地域(如时代或民族语言等)为标准,而是以特定的文学上的组织或结构类型为标准。④

上述"特殊的文学上的组织或结构类型"就是一种"形式",因此,他们认为:"总的来说,我们的类型概念应该倾向于形式主义的

---

① 参见《艺术形态学》,[苏]莫·卡冈著,凌继尧、金亚娜译,生活·读书·新知三联书店1986年版。
② 《典论·论文》,(魏)曹丕撰,见于《全上古三代秦汉三国六朝文》,[清]严可均校辑,中华书局1958年影印版,第2册,第1098页。
③ 《比较文学论》,[法]梵·第根著,戴望舒译,商务印书馆1937年版,第77—82页。
④ [美]雷纳·韦勒克、奥斯丁·沃伦:《文学理论》(René Wellek & Austin Warren, *Theory of Literature*, Penguin Books, 1986, p.226.)。

那一边。"① 这个"形式"的概念,不是单纯指传统意义上与内容相对应的那个外在"形式"。在韦勒克和沃伦看来,作为文类之划分标准的"形式"具有两种形态:"一是外在形式(如特殊的格律或结构等),一是内在形式(如态度、语气、目的、未经提炼的题材和读者群等)",②所以,"形式主义"的文类学应当具有独特的内涵,它既不是仅仅由体裁样式划分的,也不是仅仅由题材、态度来决定的,它本身是一个整合的概念。这种主张文学研究的核心在于"形式"的观念大大促进了比较文学文类学的发展步伐,不仅使得在有机整体观支配下对不同文类的跨民族、跨语言、跨文化和跨学科理论整合日益化为现实,而且这一做法还反过来促进了传统影响研究层面的文类学研究的不断深化与拓展。

### 2. 比较文学的文类学研究对象和研究范围

在民族文学的视野中,文类研究的对象主要包括文类的划分问题、划分的标准、文类的自身特点、文类与风格、文类的变化发展及其衍化原因等方面。比较文学的文类学研究则是在跨民族、跨语言、跨文化和跨学科的视域下对文类问题的探讨,故其研究的对象既包括上述各个层面的问题,同时还包括某一文类的跨国界流传演变现象和"缺类"现象,这就是说,相比于民族文学的文类研究,比较文学的文类学在对象和范围上要更加宽泛和复杂。具体说来,比较文学的文类学一方面是指在平行研究层面对文类的各种问题(包括"缺类"现象)进行跨民族、跨语言、跨文化甚至跨学科的理论整合,以寻求不同文类之间的相通性和相异性,另一方面是指在影响研究层面对某些文类的跨国界流传、变异以及文类之间的相互影响事实进行追源溯流的清理考辨。这些研究主要体现在下述几个方面。

第一,对于文学分类及其分类标准的比较研究。文学作品样式划分的标准,在不同的文化语境中差异性是很大的。以中国文学为例,现在流行的有两种分法:三分法,即文学的抒情类、叙事

---

① [美]雷纳·韦勒克、奥斯丁·沃伦:《文学理论》(René Wellek & Austin Warren, *Theory of Literature*, Penguin Books, 1986, p.226.)。

② 同上。

类、戏剧类；四分法，即小说、诗歌、戏剧、散文。实际上，它们都是在"五四"新文学运动时期世界文学影响下形成的文类概念。中国传统的文体标类繁杂，并缺乏严格的规范，在从《诗大序》到《典论》《文赋》再到《文心雕龙》的古代文论中，文体演变的历史和文学概念本身的不确定性带来了文体划分的模糊和混乱。中国传统文类划分范围泛化，非文学的文体归入较多，这是其一。其二，排除了小说、戏曲等一些文体。

相比之下，西方文学对文学的分类要简单得多，由柏拉图和亚里士多德奠定基础的三分法一直是其最主要的分类方法。在西方文学史上，柏拉图第一次把文学分为三种：

> 诗歌和故事共有两种体裁：一种完全通过模仿，就是你所说的悲剧与戏剧；另外一种是诗人表达自己情感的，你可以看到酒神赞美歌大体都是这种抒情诗体。第三种是二者并用，可以在史诗以及其他诗体里找到。①

亚里士多德则根据模仿的媒介不同、模仿的对象不同和模仿的方式不同把"诗"分为三类，进一步奠定了三分法的理论基础。古代中国的"文"和古希腊的"诗"差别很大，因此在分类上表现出不同的特点，这些特点各有千秋，不必、也无法作硬性的高下评断。

近代以来，尤其"五四"以来，中国文学的文类纳入了世界文学的轨道，现代中国第一部新文学史的作者王哲甫，在解释新文学六个方面内容时，对新文学体裁样式的认定就完全依据了西方文类的划分标准。②

比较文学的文类划分研究必须注意这样三方面的内容：一是文类划分在不同的民族和国家文学中的差异性是普遍存在的。二是在不同文化中的文类划分意识及其具体表现又是具有相对一致性的。三是近、现代中西方文类概念，已经属于比较文学文类学的范畴。其最大的变化是，文类划分标准越来越体现了中西方文学理论的交融渗透特点，文学体裁形式的整体划分原则日益趋于开放。

---

① 《理想国》，[古希腊]柏拉图著，郭斌和、张竹明译，商务印书馆1996年版，第96—97页。

② 《中国新文学运动史》，王哲甫著，杰成印书局(北平)1933年版，第13—14页。

第二,对于各种文类自身特点的比较研究。各种文类一旦定型,便具有稳定的结构以及与之相应的特点。由于文类的种类繁多,相互之间又相互交叉重叠,所以这种研究极其复杂。"缺类"现象是这类研究中的一个特殊情况,它是从相反方面肯定不同文化、民族中独特文学形式存在的独特性与合理性,并且为了解潜藏在"缺类"现象之后的深层历史文化背景提供了一个良好的视角。

总之,考察不同民族文化的文学文类及其特点是文类学研究的一个重点,其目标则正如美国比较文学研究者约斯特所言:

> 以经验为根据的类型与形式的研究之功用,首先就在于协调各种语言的作品,使它们彼此更为接近,或将它们彼此对照,以便使人不但能更好地领会它们在历史进程中的意图与含义,而且能更好地理解文学的构成。①

第三,对于文类与风格的研究。风格在文学作品中的表现形式是美学的、民族的、时代的。文学作品给予读者整体艺术氛围、艺术信息以及独特的艺术感受,往往正是一种在阅读过程传递给读者的独特审美情趣和美学格调,这就是风格在文学创作和文学阅读所能够具有的最大意义。因此,文学风格最集中地体现了文学的精神与形式,也是创作个体的自觉或不自觉的最高追求。比较文学文类学对文类与风格的研究,就是在特定文类与特定风格相互关联的维度上对作家作品及其美学追求进行跨民族、跨语言、跨文化的探讨,这种研究实际上也是相当复杂的。此外,风格还与文学作品内在语言、结构、格调等都有密切联系,所以风格研究在比较文学文类学里同样需要做高度的理论整合。特定的文类往往具有特定的风格要求,所以一旦掌握了某种文类的特点,也就有助于我们掌握与之相应的风格特点;反之亦然。因此,韦勒克和沃伦指出:

> 如果我们能够描述一部作品或某位作家的风格,那么,毫无疑问我们也能描述一组作品和一类文学作品的风格:哥特式小说、伊丽莎白时代的戏剧、玄学派诗歌;我们也能够分辨风格类型,诸如 17 世纪散文中

---

① 《比较文学导论》,[美]约斯特著,廖鸿钧等译,湖南文艺出版社 1988 年版,第 171 页。

的巴罗克风格；我们甚至还能进一步概括一个时代或一个文学运动的风格。①

除了上述研究之外，还有对某一体裁形式的跨国界演变的研究，如美国学者约斯特对十四行诗和教育小说在欧洲的流传和变异的研究；②对中西文类观的单向或双向阐发的研究，如王国维的《〈红楼梦〉评论》就是以叔本华的悲剧观来对《红楼梦》进行阐发研究，等等。

### 3. 比较文学的文类学研究个案举要

从比较文学的文类学理论到中外文类比较研究，是一种清理和认识的必然，但是，实际操作的实践性活动，在比较文学研究中是相当复杂的。文类对象、范围和形态的多样性和整合性，及其比较文学学科的边缘交叉性，都决定了文类学的研究必须具备更为广阔的视域与综合比较的驾驭能力。这里仅取小说、诗歌、散文、戏剧传统四大文类中各自某一方面进行案例举隅，以获得文类研究的范式。

第一，中西长篇小说文类比较管窥。首先应该看到，中国的史书和民间故事，西方的史诗和罗曼司（romance）文学这些长篇叙事文体，与后来的长篇小说概念是有根本性差别的。长篇小说往往以内容特色成为一种独立的叙事文体，强调忠于"现实生活"，以结构组织、人物塑造、内容虚实等作为识别文类的基点。这些中西又有某些相似相近之处。从中外叙事学角度具体的比较，美国学者浦安迪在《中西长篇小说文类之比较》一文中有自己的理解，他认为就长篇小说的内在结构和人物来说，中西文学虽有差异但仍可以归为同一类。③ 其比较研究的步骤如下。

首先，长篇小说的诞生背景，在欧洲当时与都市化、商业化、印刷术等社会经济的历史背景都有相当密切的联系，而长篇小说就

---

① [美]雷纳·韦勒克、奥斯丁·沃伦：《文学理论》（René Wellek & Austin Warren, *Theory of Literature*, Penguin Books, 1986, p.184.）。

② 参见《比较文学导论》，[美]约斯特著，廖鸿钧等译，湖南文艺出版社1988年版，第172—196页。

③ 参见《中西长篇小说文类之比较》，[美]浦安迪著，见于《中外比较文学的里程碑》，李达三、罗钢主编，人民文学出版社1997年版，第316—332页。

明末白话小说的迅速发展而言,也实有赖于坊间印刷术的普及和读者群的扩大。另外,中西的小说都采用比较自由的语言媒体;长篇小说都含有一种知人论世的哲理,较多体现下层文人的艺术传统。

其次,中西长篇小说都对人类生活的经验世界进行描摹性写实,表现为运用各种技巧凸显作品的现实感。同时,小说家为了摆脱追求客观现实世界而陷入生活艺术的尴尬,进而转入生命、精神深层的探索。西方意识的探索成为20世纪长篇小说的中心主题。明清中国长篇小说逐渐出现现实与梦境的分野、个人与集体的思想意识的冲突等问题,虚构的各类人物形象也就出现了。再看叙事的手法,西方的自传形式成为现代小说的一大潮流,中国长篇小说在清代也开始向自传式发展,还有反讽反语,以及小说家如何透过小说的形式而揭示出人类经验世界的多样多变性。

再次,长篇小说的自由形式形成了批评的视域,成为小说文类的主要识别。无论中国还是西方都借小说批评的方式重建一个新的世界观。我们传统的因果报应,主张人性善恶难定。而西方相当长的批判现实主义思潮,反映在小说尤其长篇小说中也十分明显。浦安迪除了将中西长篇小说文类的同一性进行了比较分析,还对小说的结构、人物,以及叙事性文学的某一特征等做了文类方面的比较研究。其成果在比较文学小说文类研究中具有代表性。

第二,中外诗歌文类比较研究简介。在中国文学传统中诗歌有着最高的地位。春秋时代,孔子就说过"不学诗,无以言",[①]此后,诗在中国文学中不仅排名第一,而且成为文学的主导。直至近代受外来文学的影响,诗的文学正宗位置才有所动摇。柏拉图将当时的史诗认定为,只是诗人情绪的表现没有定向。诗不可能具有像中国《诗经》那样治国理家的作用。中国近现代的新诗发展成为现代人精神情绪的载体之一,其价值与功能明显接受了西方诗学的理念。在这样整体历史的视角下,比较文学的诗歌文类研究,其范围、对象是十分广泛的,并且是在文类学中研究最为活跃的形式之一。其中诗体、诗风、诗意,以及结构、手法、技巧等等,都是文类比较的基本切入点。

---

① 《论语注疏》,见于《十三经注疏》中华书局1979年影印世界书局阮元校刻本,下册,第2522页。

比如,叶维廉较早就有《中国古典诗和英美诗中山水美感意识的演变》的长篇论文,侧重从审美意识的角度探讨中外山水诗在不同文化传统中的表现方式及诗人的主体活动现象。还有叶奚密的《自然诗诗歌结构的比较研究》《中国现代诗十四行初探》,傅乐天的《中国与欧洲的风景诗》,普实克的《中国与西方的史学和诗史》,孙筑瑾的《汉英诗歌中作为感情表现的景物描写》,朱光潜的《中西诗在情趣上的比较》等论文。可以说,它们是在诗歌文类研究中比较突出的成果,许多已成为一种角度的研究范例。整体而言,诗文类的多维透视、比较研究,既使诗歌的特征获得了深入探讨,又使得诗歌研究逐渐走向诗学研究领域。

第三,戏剧文类的比较研究。在中外戏剧的比较研究中,关于悲剧的文类讨论是最早被研究者关注的,因为,中国古代文论中没有悲剧艺术特征的介绍和归理,甚至也没有系统的戏剧研究;相反,在西方文学理论、文学史中悲剧的概念和作品都较为完整丰富,所以,这一文类不仅成为研究的热点,而且往往作为文类学的"缺类"研究的典型案例。

悲剧也不只是体裁的划分标准的问题,它在文类学的视野里更是整合的文化研究概念。戏剧文类比较是因为"戏剧思维的惯例与价值尺度往往因时因地而异,文化语言、种族环境、风俗制度等等因素,都会造成不同的戏剧形式,从而为比较戏剧研究提供了诠释的语境与依据"。① 文化历史条件的不同、民族性格的差异,最能够在戏剧形式中形成不同特征,所以,戏剧比较,特别是悲剧的比较成为中国学者较早探讨的问题。例如,1926 年冰心就发表了《中西戏剧之比较》的学术报告,其中第一个问题就是探讨悲剧的文化异同。1927 年朱光潜的博士论文《悲剧心理学》,也是分析中西戏剧的悲剧概念和理论界定。1935 年钱锺书也发表了题为《中国古典戏剧中的悲剧》的文章。此后更多的中外学者参与了这一问题的讨论,西方学者以此不断充实亚里士多德的"悲剧"定义,而中国研究者则多数对"悲剧"持否定态度。当然,也有较多论文重在探询悲剧的品格、美学精神及戏剧表现的独特方式等。

更有细致的戏剧作品个案比较,其目的在于寻求出中国戏剧

---

① 《比较戏剧学》,周宁著,上海社会科学院出版社 1993 年版,第 2 页。

或悲剧的独特性。如陆润棠的《悲剧文类分法与中国古典戏剧》、刘炳祥的《元杂剧中的难情剧与悲剧》、《〈窦娥冤〉是悲剧论》等论文。黄美序就是通过"十一部中西悲剧的比较",像《美狄亚》和《赵氏孤儿》、《罗密欧与朱丽叶》和《孔雀东南飞》、《哀杰克斯》和《霸王别姬》等具体作品的分析,阐释自己的悲剧理念,并以此说明中国悲剧的特征。这些文章从作品实际出发,论述既有一定的合理性又开拓了中国的戏剧理论。

第四,散文的文类研究。较之上述文类,散文最具有中国文体的独特性。比如"汉赋"的形式,在外文中就很难有贴切和准确的名称翻译。一直到"五四"以后,为表达现代人的精神情绪,我们才开始注意到西方的散文文体。这种文学形式用来描述某些片段的生活事件,表达作者的思想感情,篇幅一般不长,形式自由,不一定具有完整的故事,语言不受韵律的拘束,可以抒情,可以叙事,也可以发表议论,甚或三者兼而有之。尤其英国的"Essay"与我们气脉相通的地方甚多。

早在国际比较文学学会第七次大会上,美国学者恩斯特·沃尔夫就提交了《西方对30年代中国散文的影响》一文,谈了现代中国散文如何在外来影响下对传统散文进行更新。后来,国内学者张梦阳的《中国晚明小品与英国浪漫派随笔》一文,又就文体的形式和内容等四个方面阐述了中西散文内在共通性的渊源关系。① 所以,散文文类研究在某种意义上就是在不同文化里对其文类特征和变更的寻找。散文的自由和不拘一格,决定了更大文化范围的联系和相互影响,其文类研究的空间更为广阔。

**思考题:**

1. 什么是比较文学的文类学研究?
2. 比较文学的文类划分内容有哪些方面?
3. 文类学研究的范围和对象有哪些?举例说明。

---

① 参见《中外散文比较与展望》,中国散文理论研究会编,福建教育出版社1996年版。

**参考书目：**

1.《中西长篇小说文类之比较》，[美]浦安迪著，见于《中外比较文学的里程碑》，李达三、罗钢主编，人民文学出版社1997年版，第316—332页。

2.《中西文学类型比较史》，李万钧著，海峡文艺出版社1995年版。

## 第二节　主题学与"流变"

### 1. 主题学的成立

主题学是比较文学的一个门类，顾名思义，是对于主题的比较研究。即，研究主题跨文化之间的流变。其实，俄国文学界关于主题问题之研究由来已久，而且很有成就。早在1919年日尔蒙斯基在《诗学任务》中就涉及这个问题，他说：

> 我们是根据诗歌语言，即附着于艺术功能的语言来考察诗学问题的。同诸如主题学（тематика）部分的修辞学和结构部分的修辞学并列的诗学本质现象（狭义上的诗性语言学说），是否与此矛盾呢？……在诗歌中，主题选择本身是服务于艺术任务即诗学方法的。[①]

那么，什么是主题呢？一般来说，主题就是对事件的归纳、概括和抽象。人类在文明的发展过程中，会形成某些基于生存需要的道德规范和价值尺度，人们据此来创造和看待生活事件，并进一步使这些规范和尺度得以定型。在现实生活中，由于种种阻碍性原因的存在而使这些规范和尺度难以贯彻，因此它们就呈现于文学幻想之中，成为我们所说的主题。诸如"惩恶扬善""歌颂英雄""向往和平"等，便是"主题"。然而，在主题学领域中，研究对象除了某种抽象价值观或对事件的概括，即主题和母题外，也包括题材、意象、形象等。因为这些因素与一部作品主题的确定是密切相关

---

① [苏]日尔蒙斯基：《诗学任务》(В. Жирмунский, Задачи поэтика // Жизнь искусства. 1919, с. 313.)。

的,因此我们把对这些因素的比较研究也归入主题学范畴之内。

一种主题可以是由某一个民族的文学中源起,然后向其他民族的文学中流传,但更多的情况则是不同民族的文学中保存着共同的主题。主题存在的以上两种方式就给比较文学研究提供了基础。

同一个主题在流传演变的过程中会发生种种形态的变化,会以不同的艺术表达方式得以呈现,演绎为多种多样的艺术作品,或者说借助于多种多样的艺术作品而存在,从而使得主题本身成为隐在的结构。它在不同民族文化的语境之下可以呈现为风格、形态、功能迥异的类型,从而为比较文学的研究提供阐释空间。

主题学原本不是比较文学的一个门类,它的出现是在民俗学的研究当中,因为在一般的层面上,作为民俗学研究对象的民间故事较为明显地体现出主题的相通性,和同类主题的迁移演变的特性。后来主题研究被纳入一般文学研究领域,对于主题的研究作为文学研究的特定角度成为一个特定门类。但主题学进入比较文学的学科领域则经历了许多争议。

意大利著名的美学家克罗齐就反对所谓主题学研究,因为他认为这种研究是"旧批评最喜欢的题材"。[①]克罗齐是站在自己的美学立场上来看待主题研究的,显然,他认为主题研究必然是涉及归纳、抽象活动的"概念"研究,而艺术表现与概念是矛盾的。而代表新批评派立场的美国理论家韦勒克则把主题学视为"历时"研究的外部研究,对其持排斥态度,他认为这不过是把艺术作品的某一特性分离出来加以历史化而已,与真正的"文学性"并不相干。韦勒克认为:

> 有人会期望这类研究能把许多主题和母题(themes and motifs)的历史研究加以分类,如分类为哈姆雷特或唐璜或漂泊的犹太人等;但是实际上这些是不同的问题,就同一个故事的不同叙述间并没有像格律和措词那样的必然联系和连续性。比如,要探索文学中所有以苏格兰玛丽皇后的悲剧为题材不同作品,将是一个很好的政治观点史方面的重要问题,当然,顺带地也将阐明文学鉴赏观点在历史上的变化,甚至悲剧概念

---

① 参见《什么是比较文学》,[法]布吕奈尔、比叔瓦、卢梭著,葛雷、张连奎译,北京大学出版社1989年版,第167页。

的变化。但是,这种探索本身并没有真正的一贯性和辩证性。它提不出任何问题,当然也就提不出批判性的问题。材料史(Stoffgeschichte)最不足以称之为文学史。①

对文本的内部研究是新批评派的唯一研究对象,而主题研究必然涉及文本以外的内容,从而超出文学研究的范畴,成为非文学的研究。这正是主题学受到质疑的根本原因所在。

但是,正如为主题学进行辩护的美国学者哈利·列文所说的,新批评的盛行使得"批评家们的观察力因此而变得敏锐了,同时,却也变得更加狭隘了"。②今天人们已经充分意识到,主题研究不仅是一般文学研究必不可少的一个门类,而且对于比较文学来说,它也是一个大有可为的领域。

## 2. 主题与母题

较之一般文学的主题研究,比较文学的主题学研究范围相对广泛。其中最重要的是主题与母题。

我们会注意到,前面所引韦勒克的话中出现了"主题和母题(themes and motifs)"的概念,这两个概念是主题学研究中的核心概念。

在主题学的研究过程中,学者们发现,在主题之中存在着不同的层次,首先注意到这一问题的是俄国的形式主义理论家,他们是在致力于把叙事分解至最小单位时提出这一问题的。形式主义者的前驱、被称为"俄国比较文学之父"的亚·维谢洛夫斯基就用母题(мотив)这一术语来表示最小的叙事单位,他的定义是:"我们说的母题,就是社会发展早期人们形象地说明自己所思考的或日常生活中所遇到的各种问题的最简单单位。"③托马舍夫斯基在他的《文学理论·诗学》一书中对主题与母题的关系做了如下表述:

---

① [美]雷纳·韦勒克、奥斯丁·沃伦:《文学理论》(René Wellek & Austin Warren, *Theory of Literature*, Penguin Books, 1986, p. 260.)。

② 《主题学与文学批评》,[美]哈利·列文著,廖世奇译,见于《比较文学原理·附录三》,乐黛云著,湖南文艺出版社1988年版,第259—260页。

③ 参见《诗学》,[法]托多罗夫,见于《结构—符号学文艺学》,[俄]波利亚科夫编,佟景韩译,文化艺术出版社1994年版,第74页。

> 主题是某种统一。它由若干微小的按一定次序排列的主题成分构成……主题的概念就是对作品的词汇材料进行汇总、连缀的概念。①

也就是说,主题是可以分解的,而"完成了把作品分解为若干主题部分的过程,最后我们得到的是不可分解的部分,主题材料的最小剖分部分。如'夜幕降临','拉斯科尔尼科夫打死了老太婆','主人公死了','信已收到'等等。作品不可分解部分的主题叫作母题。就实质而言每个句子都拥有自己的母题"。②

其实,关于主题与母题的看法多种多样,托马舍夫斯基论及母题学和主题学时还有一段经典的陈述:"在艺术表达中,由意义上结合起来的某些独立语句,其结果是创造出由思想或主题的共同性联结起来的某种结构。主题(谈论的某种话题)就是作品的种种独立要素之意义的统一。我们可以讨论整个作品的主题,亦可以讨论作品中各个独立部分的主题。用包含意义的语言写成的每一部作品都拥有主题。只有杜撰的作品才没有主题,因为它不过是某些诗歌流派的内在试验性创造活动而已……在主题选择中上述现象起着重要作用,就像这个主题即将映入读者眼帘一样",③而"构成特定作品的主题的母题系统,应该具有某种艺术上的统一。如果母题或情节的综合体不足以与作品'相匹配',如果读者感觉到该母题综合体和整个作品的关系不满意,那么就意味着该母题综合体游离于作品之外"。④ 我们从这一陈述均可以获取一些启示。

但我们倾向于认为,主题是一种概括的判断(包含了价值或情感倾向),而母题的含义则主要有两种:一是如托马舍夫斯基所说,是指"叙事句"的最小基本单位。如"蛇妖抢劫公主",就是一个母题。按照法国理论家托多罗夫的说法,这种叙事句必然包括两个部分,即"行动者和谓语"。⑤它不能再分解。二是维谢洛夫斯基所

---

① [苏]托马舍夫斯基:《文学理论·诗学》(Томашевский Б Теория литературы. Bradda books LTD., 1971, c.136.).

② Ibid., c.137.

③ Ibid., c.176.

④ Ibid., c.191.

⑤ 《诗学》,[法]托多罗夫著,见于《结构—符号学文艺学》,[俄]波利亚科夫编,佟景韩译,文化艺术出版社1994年版,第75页。

说的,它是我们思考问题、解决问题所使用的最小的意义单元,如"生死""战争""嫉妒""骄傲""季节""秋天"等等。只有当这些最小的意义单元与主题构成了直接而密切的关联之时,它们才能被称为母题,如"腐尸""坟墓""骷髅"的母题之于波德莱尔的《恶之花》,"漂泊""本能""死亡"的母题之于中西方的现代主义诗歌。但是,母题毕竟还未成为主题,其与主题的不同之处在于,它们本身不包含明确的价值判断,没有强烈的情感倾向,也未曾提升到提出问题、解决问题的高度。实际上,主题是作家以特定的思想立场、人生态度、审美情趣对生活事件加以倾向性的介入之后才产生的,在这种倾向性的介入之中,由于作家具有上述特定的思想立场、人生态度和审美情趣,所以他对母题的采纳常常是有所选择的。他把母题置于特定的场景之中,对母题进行组合、重构,使之具体化,从而将其提升为主题。

主题是一种高度的综合判断,它可以是一个叙事句,也可以是复合句,但都应带有价值判断。如果是单个叙事句,则它与母题的区别在于,这一判断句中应有表示价值取向的附加成分。也就是说,它不应是一个单纯的叙事句,而应是一个除了"行动者和谓语"外还有附加成分的复杂句式,如"正义(终将)战胜邪恶""做恶者(必然)遭到惩罚"等。正如韦斯坦因引用德国人库尔提乌斯所说的:

> 主题是涉及一个人对世界独特看法的最重要因素。一位诗人的主题范围,是其对于生活所赋予的他所处的特定环境的独特反映目录。主题是一个主观范畴,是一个心理学常数,是诗人与生俱来的。[1]

因此,我们对主题和母题所做的区分是:母题是对事件的最简归纳,主题则是一种价值判断;母题具有客观性,主题具有主观性;母题是一个基本叙事句,主题是一个复杂句式;主题是在母题的归纳之上进行的价值判断,因此,一般说来,母题是一种常项,主题则是变量。

我们通过伊索寓言《农夫和蛇》的故事来看主题和母题的区

---

[1] [美]乌尔利希·韦斯坦因:《比较文学与文学理论》(Ulrich Weisstein, *Comparative Literature and Literary Theory*, Bloomington and London: Indiana University Press, 1973, p.126.)。

别。这个故事有着若干情节段落：蛇被冻僵、农夫救蛇、蛇醒来、蛇咬农夫、农夫死去。但这些情节可以做一个最简化的归纳，即一言以蔽之就是讲一个农夫被蛇咬的故事，那么，这里的母题就是"农夫被蛇咬"。它只是对情节的概括，而不包含情感因素和价值判断。但由这个母题可以抽绎出不同的主题，如，"怜惜恶人应受恶报"，或"即使恶人遭难也不应对他怜惜"，或"恶人的本性并不因受到怜惜而改变"。由此可见，母题受到故事情节的制约，它没有随意性，任何人只要遵循简约化原则，就可归纳出同样的母题。但主题则因视角、语境的不同而具有广泛的阐释余地，不同民族文学中对同样的母题甚至可以阐发出完全相反的主题。如"一个男人和多个女人"的母题，拜伦笔下的唐璜风流倜傥，借助于广阔的生活背景，作者把一个个故事描写得轻松动人，歌颂的是人性的解放，讽刺的是恶浊的社会；而中国《金瓶梅》中的西门庆虽然也风流，但在他身上体现的是士绅阶层生活的奢靡与罪恶，作者在这一母题上抽绎的主题是"戒淫"。

我们说，从文化发展史的意义上说母题是一个常项，即什克洛夫斯基在《40年：论电影》(1965)中所声称的："我把通常的情节结构称之为母题学(мотивировка)。在更广泛的意义上，'母题学'这个概念在我们形态学流派(морфологическая школа)中指的是艺术结构中所有内容上的定义。在艺术结构中，母题学是次要现象"；①而主题则是变量，即同样一种叙事基本结构成分，在不同的时代，随着文化的迁徙和观念的嬗变，它所呈现的主题会不断发生变化。如在希伯来神话和希腊神话中都有"主母反告"的故事，前者是说约瑟被卖到埃及人家里，主母当主人不在家时求欢于约瑟，约瑟不从，反被主母诬告而受罚；后者是说雅典王忒修斯之妻费德尔向忒前妻之子希波吕托斯求欢，遭拒后自缢，留遗书反诬希波吕托斯不轨，忒修斯诅咒希致其死亡。此类故事无疑是产生于母系社会解体、父系社会成熟时期，表现出男性对女人作为主妇地位的亵渎意识。法国古典主义时期拉辛以此种题材写成的悲剧《费德尔》从主题上承袭并强化了这种意识。但20世纪俄国著名女诗人茨维塔

---

① [苏]维克托·什克洛夫斯基：《40年：论电影》(В. Школовский, за 40 лет. Статьи окино. М.,1965,с.32.）。

耶娃写了一首同名长诗,却对费德尔的处境表达了充分的同情与哀悼,相反,却刻意强调了忒修斯的残暴和希波吕托斯的冷漠。茨维塔耶娃没有对故事的主要情节进行改造,即保留了母题的原初形态,但却借助于费德尔的乳母的视角渲染了费德尔的苦闷与无助,从而成功地改变了基于这一母题的传统主题。显然,这正是 20 世纪消解男权中心的时代意识的一种体现。

### 3. 题材、形象与意象

除了主题和母题,主题学研究还包括题材研究、典型形象研究及意象研究等。

题材其实也就是主题或母题所赖以寄身的事件。主题学范畴内的题材专指在民族文化间具有共通性的典型事件。题材研究主要考察一种题材在不同文化语境中的流传演变或者某种类似的题材在不同文化语境中表现形态的异同。

题材研究中应用最多的是神话题材研究。因为神话是一个民族文化的原始存储器,在探讨两种文化差异的时候,不可离开神话的比较研究。而神话研究也离不开题材的研究。法国结构主义人类学家列维-施特劳斯说:"在不同地区收集到的神话显示出惊人的相似性……神话同语言的其他部分一样,是由构成单位组成的。这些构成单位首先需要在语言结构中正常发挥作用的那些单位,即音素、词素以及义素。但是神话中的构成单位不同于语言中的构成单位,就像语言中的构成单位之间也不尽相同一样;神话中的构成单位更高级、更复杂。因此,我们将它们称为大构成单位",[①]"每一个大构成单位都由一种关系构成"。[②] 其实,这里施特劳斯所说的,可以视同为主题学研究中的题材。人类的早期生存境遇有许多相通之处,因此神话中就保存了许多相似的题材;同样,由于历史情境的差异,在不同民族中产生的神话也存在着题材处理及价值观方面的差异。正是这种相似和差异导致了各民族文化的相通和相异。

---

[①] 《结构人类学》,[法]列维-施特劳斯著,陆晓禾等译,文化艺术出版社 1991 年版,第 44 页。

[②] 同上书,第 47 页。

比如"大洪水"题材。在世界各重要神话体系中都有关于大洪水的描述,中国的鲧和大禹治水是家喻户晓的故事,其中鲧盗息壤被处死、腹中生大禹、大禹妻变石头、石裂而生启等情节则是这一题材中的关系成分;另如在希伯来神话中,有耶和华上帝为惩罚世人之恶而发洪水的故事,诺亚方舟是这一题材中的关系成分;在希腊神话中则有主神宙斯为惩罚普罗米修斯盗火种而发洪水淹没人类的故事,其中普罗米修斯之子与其兄弟之女扔石块以再造人类的情节则是这一题材的关系成分。在这些神话题材中,隐含着一个共同的母题,即生命的诞生与延续。但三种神话在处理这一题材过程中的价值取向则存在着重大差异。在中国神话中,代表人类利益的鲧禹父子始终和神处于绝对对立的状态,鲧盗息壤的结果是自身遭到惩罚,禹为了治水竟三过家门而不入,因此这个神话故事的总体风格是忧患与悲壮。在希腊神话中,代表人类利益的普罗米修斯虽然也受到惩罚,但这种惩罚以一个象征性的情节削弱了它的尖锐性,那就是他被罚永远钉在高加索山上,而实际上他只是在身上拴了一块高加索山上的石头而已,而且丢石块变为人的情节也增添了故事的游戏色彩,所以,这个神话故事的总体风格是宽容与轻松。在希伯来神话中,上帝在发动大洪水时,并不想彻底毁灭人类,而是因为诺亚是个义人,便赋予他延续人类生命的使命,因此,这个故事的总体风格是伦理与理智。当然,就这一题材还可以从多种角度去加以比较,从而获得更多的阐释。

民间故事题材也是主题学研究的重要对象。民间文学可以说是一切文学的母体,在民间文学中保存着所有文学的基本结构。俄国的普罗普就是因对民间故事功能的研究而奠定了叙事学的基础。在不同民族地区,民间故事的产生却往往有着相同的土壤。因为在官方意识形态较少控制的下层社会,保留着基本的生存环境,就此而言,在民间文学中也存在着各民族相通的价值观和艺术构成。较之进入消费领域的主流意识形态文学或高雅文学,民间文学较少受到政治语境及社会经济发展程度的制约,因此,它像神话一样,在世界各国的民间文学中存在题材的惊人相似。除了从这些相似的题材中做出比较之外,单是就这些题材进行发掘整理就是比较文学中一个大有可为的领域。如季羡林在 20 世纪 40 年代就做过许多这方面的工作,其重要成果如《一个故事的演变》《柳宗元〈黔之驴〉取材来源考》《关于葫芦神话》等。① 这样的工作看起来没有重大发现,但却是扎扎实实的题材研究。《柳宗元〈黔之驴〉取材来源考》这篇文章只有几千字,却涉及了梵文、巴利文、英文和法文材料,可见真正的题材研究并不容易做。

除了题材,我们把典型的人物形象也归入主题学研究的范围。

典型人物形象大致上可分为两种,一种是原型形象,一种是类型形象。

原型形象一般是指保存于神话或传说中具有民族特性的人物形象。显然,这种形象研究与原型批评紧密联系。加拿大批评家诺思洛普·弗莱曾在对圣经进行研究时提出过一些具有原型意义的形象,如耶稣(弥赛亚)、中介新娘、恶魔母亲等。② 其实神话中具有某些特定功能的人物都在流传过程中成为原型形象,并且这些原型形象在不同的民族文学中具有相似的呈现以及价值取向的变异。如所谓"中介新娘",指堕落并获救赎的女性形象,她在基督教文化圈内的文学中都有体现,如法国文学中的包法利夫人、俄国文学中的安娜·卡列尼娜。在这两种形象中都体现着"堕落—救赎"的结构,但在"堕落"的形态和"救赎"的功能上都存在着重大的差异。包法利夫人的堕落带有背弃上帝的意味,而安娜的堕落则带有"爱"的趋向,包法利夫人的救赎行为(自杀)在功能上并未实现救赎,而安娜的自杀虽然足以实现救赎,但却并不是她自愿选择的救赎方式。那么,在这同一原型的变体身上呈现出的差异则说明,虽然同是在基督教文化圈内,但法国的人文主义传统与俄国的东正教传统已使这一原型在文学中的呈现发生功能和价值上的偏离。

类型形象一般指的是某种性格与个性。像嫉妒者、吝啬者、多余人、进取者等可列入此类。例如多余人,它本身其实隐含着一个主题和结构,即,个人在与社会的冲突中放弃责任。就此而言,多余人就不仅是为俄国文学所特有,在其他民族的文学中同样存在。如中国20世纪初的文学中就出现过一系列此类形象,如鲁迅《在酒楼上》中的吕纬甫,茅盾《幻灭》中的章静,郁达夫《沉沦》中的沉

---

① 以上文章均见于《比较文学与民间文学》,季羡林著,北京大学出版社1991年版。
② 参见《伟大的代码——圣经与文学》,[加]诺思洛普·弗莱著,郝振益等译,北京大学出版社1998年版。

沦者、《秋柳》中的于质夫,甚至叶圣陶《倪焕之》中的倪焕之,均属此类。但就这种放弃责任的个性的形成机制来说,在中俄文学中却有着不同的条件。从俄国多余人的禁欲表现来看,它呈现出非世俗化的倾向,这也就是说,它的形成有着某种宗教文化的原因;而中国的多余人(郁达夫称之为"零余者")则更多苦闷而无法解脱的特性,这主要是时代与社会环境的压抑所造成的,因此,这种"多余"性更多的是入世不成、出世也不成的现实困境的产物。从上面的分析可以看出,类型形象实际上往往与具有价值判断的主题相关,只不过以一种形象为轴心而已。

在主题学中还有一个重要的部分:意象研究。

意象(image)就是当人在以审美理想观照事物时意识中所呈现的形象,也就是"意中之象"。美国理论家韦勒克、沃伦认为:

> 在心理学中,"意象"一词意味着对过去的感觉或直觉经验的精神重现或回忆,而并不一定诉诸视觉。①

也就是说,意象不仅是视觉形象,还包括触觉、听觉、通感形象等等。意象严格说来就是一种符号,一种蕴含了个人审美情趣和文化倾向的表现符号。动物、植物等可见物可以成为意象,声音、气味等也可以成为意象。如鲁迅的小说《祝福》中在开头和结尾都反复提到灰色的空中那爆竹的震响和"幽微的火药香",它们已不是简单的环境描写,而是成为一种意象。

意象存在着多种层次,其中最主要的是文化意象和个人意象。

文化意象由于初民生存环境的相似而具有相似性,它们在历代的文学中都不同程度地成为具有深层意义的主导意象,如水、火、太阳、月亮、海洋等等。当然,不同民族的人对这些意象的文化态度也不同。此外,意象在民族间也有着明显的差异性。如在中国,龙、凤、鹤等动物在文学中就成为具有民族特色的意象,它们分别体现着权威、力量、喜庆、吉祥等意义,因此可以说,这些动物形象是一种"意向性获得",即它们是呈现在中国人的审美意识中的形象。而在西方文学中即使出现了这些动物形象,它们也不会成

---

① [美]雷纳・韦勒克、奥斯丁・沃伦:《文学理论》(René Wellek & Austin Warren, *Theory of Literature*, Penguin Books, 1986, p.186.)。

为"意象",或者即使成为意象,也是另外的意象。

实际上,每个作家在进行创作的时候都有自己的意象,而且往往会形成一个意象体系。因为文学就其本质而言是对现实的审美观照,意象的统一或对比就是营造艺术氛围的基本手段。尤其是在诗歌中,意象的并置和叠加乃是必不可少的形式,这些意象以隐喻的形态传达出作者的情感与意识。诺思洛普·弗莱认为:"反复出现的或最频繁重复的意象构成了基调,而一些变异不居的、插曲性的和孤立的意象则从属于这个基调,它们共同组成了一个等级结构,批评所发现的这样一个等级结构是同诗歌本身各部分的实际关系相近似的。每一首诗都有其特殊的意象系列,它犹如光谱,是由其文类的要求,其作者的偏爱和无数其他因素所决定的。例如,在《麦克白》中,血和失眠的意象具有涉及主题的重要性,这对于一出写暗杀和悔恨的悲剧来说是非常自然的。"[①] 也就是说,意象与主题也是紧密相连的。从比较文学的角度而言,通过对同一主题不同意象或同一意象不同主题的研究,去考察作家的文化心理、审美倾向、艺术表现等内容,就是意象研究的目的所在。例如同样是"西风"形象,在雪莱和杜甫的笔下就分别呈现为不同的意象。在雪莱那里,西风是力量的象征,而在杜甫那里,西风则寄寓着无限的乡愁。在这种差异之中也就隐藏着两个民族审美情趣发展史的差异。

在主题学领域,还有学者提出其他的研究角度,如情境、套语等。实际上,这些概念往往都与主题联系在一起,不过是有所侧重而已,因此可不必作为单独的门类。

总之,正如结构主义对语言所做出的分析一样,主题学把文学也分为表层结构和深层结构。一个方面,表层结构是我们所看到的差异,而在深层结构上它们存在着同质;另一方面,表层结构是我们所看到的相似,而在深层结构上它们存在着差异;更为常见的是表层结构的差异隐藏着深层结构的差异。主题学的根本目的是通过表层结构的比较,发现深层结构的意义。

---

① 《批评的剖析》,[加]诺思洛普·弗莱著,陈慧等译,百花文艺出版社1998年版,第80页。

**思考题：**

1. 什么是主题和母题？二者的区别在哪里？
2. 请阐述主题学中的题材、典型和意象研究的特点。

**参考书目：**

1. 《主题学与文学批评》，[美]哈利·列文著，廖世奇译，见于《比较文学原理·附录三》，乐黛云著，湖南文艺出版社1988年版。

2. 《比较文学与民间文学》，季羡林著，北京大学出版社1991年版。

3. 《主题》，[苏]鲍里斯·托马舍夫斯基著，姜俊锋译，见于《俄国形式主义文论选》，[苏]什克洛夫斯基等著，方珊等译，生活·读书·新知三联书店1989年版。

## 第三节 形象学与"他者"

### 1. 什么是比较文学形象学？

形象研究在文学研究中由来已久，比如研究一部小说中的男女主人公的形象。比较文学形象学与一般意义上的形象研究的差异在于，它研究的是"他者"的形象，即"对一部作品、一种文学中异国形象的研究"，①如"近代中国文学中的西方形象""伏尔泰笔下的中国形象"等。所以，它的研究领域不再局限于国族文学的范围之内，而是在事实联系的基础上所进行的跨语言、跨文化甚至跨学科的研究。而比较文学研究的特色就在于它的跨越性，所以形象学很早就成为比较文学的研究领域，它几乎是与比较文学这个学科同时发生的。

在19世纪，法国首创了比较文学研究，同时也开创了以事实联系为基础的影响研究。但是，学者们在进行影响研究的时候，逐渐发现影响有时是很难确指的。一个作家的创作与他所阅读和接

---

① 《从文化形象到集体想象物》，[法]巴柔著，见于《比较文学形象学》，孟华主编，北京大学出版社2001年版，第118页。

受的外国文学之间并不总是能够用事实来阐明。在实证方法渐趋呆滞的情况下,法国比较文学学者伽列明确提出了形象学的研究原则,他指出,在研究事实的联系时不应拘泥于考证,而应当注重研究"各民族间的、各种游记、想象间的相互诠释"。① 这样,他实际上把研究一国文学中的外国形象问题置于事实联系研究的中心。他虽然没有明确提出"形象学"这个词,但已提出了形象学研究的基本原则。其后,他的学生基亚又把这一主张进一步归结为:

> 不再追寻一些使人产生错觉的总体影响,而是力求更好地理解在个人和集体意识中,那些主要的民族神话是怎样被制作出来,又是怎样生存的。②

显然,两位学者都充分意识到了"异国形象"在一定程度上代表了本民族对异国文化的看法,折射出了异国文化在本国介绍、传播、影响、诠释的情况。正是为了给当时已趋呆滞的实证方法注入活力,同时也为了使传统的国际文学关系研究更具可操作性,他们才大力倡导、开拓形象研究这一层面。正如基亚所说:"影响问题往往是不可估量的,相似之处只是偶然的,人们可以按照一定的方法,准确地把在一定时期内一个国家的某个形象或某些形象的流传情况描绘出来。"③在总结前辈学者观点的基础上,当代法国比较文学学者莫哈更明确地界定了比较文学形象学的研究对象:"它是异国的形象,是出自一个民族(社会、文化)的形象,最后,是由一个作家特殊感受所创作出的形象。"④可见,比较文学所研究的形象都是三层意义上的形象,在这三层定义背后蕴藏着当代形象学对传统形象学的革新。

传统形象学重视研究形象的真实与否,换言之,形象与"他者"的差距。当代形象学却更强调对作家主体的研究,研究他是如何塑造"他者"形象的。这一转变与当代形象学对想象理论的借鉴有

---

① [法]伽列:《〈比较文学〉序言》(Jean-Marie Carré, Avant-propos à La Littérature comparée, PUF, 1951, p. 6.)。
② 《比较文学》,[法]基亚著,颜保译,北京大学出版社1983年版,第106页。
③ 同上书,第113—114页。
④ 《试论文学形象学的研究史及方法论》,[法]莫哈著,见于《比较文学形象学》,孟华主编,北京大学出版社2001年版,第25页。

关。法国当代哲学家保罗·利科在《从文本到行动》一书中,对各种想象理论做了研究,并根据想象物与客体在场或缺席的关系定位了两种极端理论,它们的代表人物分别是休谟和萨特。按照休谟的理论,想象物"归诸于感知,从在场弱化的意义上说,它只是感知的痕迹";而根据萨特的理论,想象物"基本上根据缺席和不在场来构思"。利科把休谟的理论称为再现式想象,而把萨特的称为创造性想象。[1] 把这两种理论运用到形象学研究中来,前者就使人把异国形象视作人们所感知的那个异国的复制品;而后者则将现实中的异国降为次要地位,认为作品中的异国形象主要不是被感知的,而是被作者创造或再创造出来的。追寻着西方思想发展的轨迹,当代形象学明显倾向于萨特的理论,而背离休谟的理论。既然认为想象是创造式的,而非再现式的,研究的重点便转移到了形象的创造者——想象主体一方。当然,传统的关于形象真伪程度的辨别并不因此就不再需要,只是它不再是形象学研究的主要内容。

当代形象学在强调主体创造性的同时,也强调了这一创造性的更广阔的来源,即作家所从属的文化。这样,形象不仅被看作作家个人的创作,它更被看作一种文化对另一种文化的言说。莫哈指出,尽管他对形象学的定义是三点,但"事实上,所有具学术价值的形象学研究一般都注重第二点,即注重研究创造出了形象的文化"。[2] 莫哈的阐述再次表明,形象学对"他者"的研究不能只局限在作家作品,而必须伸展到历史、社会、文化等诸多方面。它不仅是跨语言、跨文化的,也是跨学科的。形象学研究的目的不仅在于揭示一个作家,更在于揭示一种文化在言说"他者"时所特有的规律、原则和惯例。

为了达到这个目的,就必须在更广阔的背景下研究"他者"形象,这就引出了形象学研究的第二个重要概念——社会集体想象物。这一概念是当代形象学从法国年鉴史学派那里借鉴来的,它指的是全社会对一个异国社会文化整体所做的阐释。这一阐释与作为个人的作家的阐释之间必然存在着各种各样的关系。考察这

---

[1] 参阅[法]保罗·利科:《从文本到行动》(Paul Ricoeur, *Du texte à l'action*, Paris: Seuil, 1986, pp. 215-216.)。

[2] 《试论文学形象学的研究史及方法论》,[法]莫哈著,见于《比较文学形象学》,孟华主编,北京大学出版社 2001 年版,第 26 页。

种关系是形象学研究的主要内容,也是主要手段,正如莫哈所说:

> 分析形象采用的方法依托于形象与集体想象物的关系。①

具体说来,就是考察作家在写每部作品时的处境和创作方法,以便证实哪些是个性化的表现,哪些是源自集体描述的形象。

## 2. 如何进行比较文学形象学研究

比较文学形象学研究可以分为文本外部研究和内部研究两部分。外部研究又可以分为三部分。

首先必须研究在作家创作的那个年代整个社会对异国的看法,也就是研究形象是如何社会化的。这一研究基本上在文学文本之外进行,它要求研究者尽可能多地去掌握与文学形象平行的、同时代的证据:报刊、副文学、图片、电影、漫画等,也就是说勾勒出一个"社会集体想象物",并以此为背景来分析和研究文学形象,看它在多大程度上符合或背离了社会集体想象。例如钱锺书在研究了17、18世纪英国文学中的中国后认为:英国在17世纪就对中国表现出热情,在18世纪这种对中国的好感在老百姓的生活中还在继续,特别是对中国物品的喜好;但是在文学领域,情况却与实际生活相反,对中国的反感日益加重。钱锺书在此也就顺便讨论了文学与生活的关系问题,认为可分为三类:文学或复制、或逃避、或批评生活。由此他得出结论:18世纪英国文学在中国的题材上是属于第三类的。② 一般来说,那些背离了社会集体想象的文本是更值得关注的。正如莫哈所说:

> 一个形象最大的创新力,即它的文学性,存在于使其脱离集体描述总和(因而也就是因袭传统、约定俗成的描述)的距离中。③

在这种情况下,就作家来说,他的创造力和想象力得到了充分的发

---

① 《试论文学形象学的研究史及方法论》,[法]莫哈著,见于《比较文学形象学》,孟华主编,北京大学出版社2001年版,第24页。

② 参阅钱锺书:《十七、十八世纪英国文学中的中国》( Ch'ien Chung-shu, "China in the English Literature of the Seventeenth and Eighteenth Centuries", *Quarterly Bulletin of Chinese Bibliography*, new series, Vol. II, Nos. 1-2, pp.7-8.)。

③ 《试论文学形象学的研究史及方法论》,[法]莫哈著,见于《比较文学形象学》,孟华主编,北京大学出版社2001年版,第29页。

挥,而就文本来说,它对于集体想象的反作用也表现得最为明显。

无论异国形象与社会集体想象之间是什么关系,它都与作家的创作有关。作为外部研究的作家研究包括以下内容。

第一,作家有关异国的信息来源,是亲自到过异国还是利用二手材料。如果是后者,需要特别指出的是,除了书面的文字材料外,物质文化层面的东西也很重要。比如中国的茶叶、丝绸、园林就对形成17、18世纪欧洲人的中国观起了非常重要的作用。

第二,作家创作时的感情、想象和心理因素。这些因素细微而复杂,必须仔细鉴别。钱锺书在分析笛福的反华倾向时指出,原因之一在于笛福作为一个"不信奉英国国教者"(Dissenter),肯定不愿意相信天主教耶稣会对中国的赞美,故反其道而行之。[①]

第三,一项不容忽视的研究是,作家所描写的异国与现实中真正的异国到底是什么关系,是真实的再现呢？还是带有不同程度的美化或丑化？以西方世界的中国形象为例,从《马可·波罗游记》到卡尔维诺描述马可·波罗与忽必烈对话的小说作品《看不见的城市》(1972),几百年来西方作家笔下具体的中国形象是五颜六色,变动不居的,活像一条令人难以捉摸的"变色龙"。英国学者雷蒙·道森在其《中国变色龙》一书中,系统地分析和总结了欧洲中国形象的历史演变,让我们清楚地看到中国这条"变色龙"几个世纪以来在人们心目中的种种变化。然而,这些变化与中国实际的历史发展并不是一一对应的,它在很大程度上是出于那些阐释中国的人自身的需要。所以作者在导论部分做了这样的总结:"欧洲人对中国的观念在某些时期发生了天翻地覆的变化。有趣的是,这些变化与其说反映了中国社会的变迁,不如说更多地反映了欧洲知识史的进展。因而,构成本书框架的是观察者的历史,而不是被观察对象的历史。"[②]张隆溪在考察了更大范围内的西方的中国形象后也指出:

> 西方心目中的中国是在历史过程中形成的形象,代表着不同于西方

---

① 参阅钱锺书:《十七、十八世纪英国文学中的中国》( Ch'ien Chung-shu, "China in the English Literature of the Seventeenth and Eighteenth Centuries", *Quarterly Bulletin of Chinese Bibliography*, new series, Vol. II, Nos. 1-2, p. 14.)。

② 《中国变色龙》,[英]雷蒙·道森著,常绍民等译,时事出版社1999年版,第16页。

的价值观念,这不同可以是好,也可以是坏。在不同时期,中国、印度、非洲和中东都起过对衬西方的作用,或者是作为理想化的乌托邦、诱人和充满异国风味的梦境,或者作为永远停滞、精神上盲目无知的国土。①

总之,西方的中国形象与中国的实际情况很少是吻合的。

从以上的内容我们可以看出,形象学研究需要做大量的文本外部研究,具体说来就是文学社会学的研究。这一倾向曾经引起一些学者的不满。20世纪60年代,在有关比较文学"危机"的争论中,形象学研究也遭到了不少严厉的批评。美国学者韦勒克和法国学者艾田伯都以此类研究更接近历史或者思想史而非文学研究为理由加以否定。韦勒克在《比较文学的危机》一文中认为:

> 把比较文学的领域一下子扩大到包含对民族幻想的研究,这种尝试不能令人信服。②

确实,形象学研究的这一部分工作不是纯粹意义上的文学研究,但是比较文学研究从来就不局限在文学范围之内。这些反对意见恰恰从反面印证了形象学作为比较文学研究本身具有的特性——跨学科性。从另一个方面讲,形象学在做大量文本外部研究的同时,并不排斥文本内部研究。实际上,一个真正的和完整的比较文学形象学研究是两者并重的。

比较文学形象学的文本内部研究可以分为三个部分。

第一是词汇。它们是构成"他者"形象的原始成分,对此我们应进行鉴别。比如法国思想家巴尔特在1974年访问中国后有如下描述:"中国很平静……民众来来往往,劳动,喝茶或独自做操,没有戏剧,没有噪音,没有矫揉造作,总之没有歇斯底里。"③这个看似中性的评价实际上是赞美性的,因为熟悉巴尔特的人都知道,"没有歇斯底里"是他对人对事的最高评价。

---

① 《非我的神话》,张隆溪著,见于《文化类同与文化利用·附录》,[美]史景迁著,北京大学出版社1990年版,第217页。

② [美]雷纳·韦勒克:《比较文学的危机》(René Wellek, "The Crisis of Comparative Literature"),见于[美]雷纳·韦勒克:《批评的诸种概念》(René Wellek, *Concepts of Criticism*, New Haven and London: Yale University Press, 1963, p.284.)。

③ 《法国"如是派"对中国的理想化误读》,车槿山著,见于《迈向比较文学新阶段》,曹顺庆主编,四川人民出版社2000年版,第383页。

除了研究一个文本中出现的词汇外,还应特别关注那些在多个文本中反复出现的词汇,比如"洋鬼子"就是一个在近代中国文学中频繁出现的词汇。对这类词汇出现频率和规律的研究是十分有意义和价值的。事实上,这一部分研究往往与套话研究相互关联。

首先有必要对"套话"这一词语作一次语言层面上的释义,去透视该词背后负载着怎样的深层含义。在《试论他者"套话"的时间性》一文中,孟华曾给出过这样的学理性表述:"'套话'一词是西文'stéréotype'的汉译。该词原指印刷业中使用的'铅版',后被转借到思想领域,指称那些一成不变的框框、老俗套。"[①]如西方人指称非洲人的"黑鬼"等。套话历经时间的积淀,凝聚了强烈的感情色彩和丰富的历史内容,成为了解异国异族形象的重要媒介。以"黄祸"此一套话为例,它19世纪出现于欧洲并在20世纪的欧洲被普遍使用。此一套话的所指为包括蒙古、日本、中国等在内的黄皮肤的东亚各民族。一个"黄"字,指涉了亚洲人的肤色特征;一个"祸"字透露出西方人对亚洲人的深层心理内涵。进而言之,此一套话将西方人对亚洲人的轻蔑、仇视、恐惧以及惊异等诸种复杂的情感演绎得淋漓尽致。又如中国人常常把西方人称之为"大鼻子",把俄罗斯人称之为"老毛子"等。

第二是等级关系。保罗·利科、萨特等的想象诗学认为,作为一种想象性的形象塑造就其本质而言乃是创生性的,而非再现性的。依据这样的逻辑推演,形象学研究的重点不应在于追问形象塑造本身是否真实,而在于是否能够寻觅出异质形象身上所折射出来的心理倾向、价值评判等等。在这样一种深度的开掘之中,我们会发现"我"与"他者"之间隐藏着一种怎样的等级关系。具体说来,可以从时间、空间和人物体系来着手进行研究。比如当我们研究西方文学中的第三世界形象时,我们常常发现,第三世界总是被描写成传统的、农业的、附属的,与此相对应的是现代的、工业化的和处于支配地位的西方。而这种描写背后隐藏的是文明与野蛮、成熟与幼稚的尖锐对立。

---

[①] 《试论他者"套话"的时间性》,孟华著,见于《文化传递与文学形象》,乐黛云、张辉主编,北京大学出版社1999年版,第197页。

第三是故事情节。在这里,形象往往是一个故事。故事情节可以是各种各样的,但是那些具有某种规律性的应当引起我们的注意。比如在19世纪的西方文学中,常常出现中国女人疯狂爱上欧洲男子的情节。这些故事的象征意义不难确认:中国人受到优秀的西方文明的诱惑。①

以上我们分别介绍了形象学的外部与内部研究,但这只是为了论述方便起见。在实际的研究中,这两者是不能够截然分开的,而是必须有效地结合在一起。

### 3. 形象学研究的特点

第一,形象学研究的实证性。形象学属于国际文学关系研究,此类研究的特点是注重事实联系。众所周知,比较文学从一开始就十分重视"旅游者",把他们作为事实联系的重要研究对象。而"旅游者"们流传下来的游记则普遍记录了异国的"形象",这就使对形象的研究从一开始就包含在传统的国际文学关系的研究中。后来,伽列和基亚之所以大力倡导和开拓形象研究,不是为了摆脱这一传统的研究方法,而是为了给它提供一种更具操作性的切入点。到了当代,形象学研究虽然对传统进行了许多变革,但是它研究的终极目标并没有改变:通过对一国文学中异国形象的研究,探讨"我"与"他者"、"本土"与"异域"间的文学、文化关系,因而它仍然隶属于国际文学关系研究的范畴,使用的也主要是实证的方法。形象学的实证特色主要体现在它对异国形象的渊源及流变的探讨上。如果不做大量的原始资料准备,下一步的论述就会缺少基础,一旦基础发生动摇,整个论述就会站不住脚。所以形象学研究必须建立在原典实证的基础上,必须做到言之有据。

第二,形象学研究的总体性。每一个具体文学形象的创造者固然是作家个人,但个人都生活在社会中,个人意识脱离不了集体无意识的樊笼,由此产生的形象与历史、社会、文化语境必然有着密切的关系。因此形象学研究不能使阅读简单化,一定要从文本中走出来,要重视研究文学作品生产、传播、接受的条件,同样也要

---

① 参阅《19世纪西方文学中的中国形象》,[法]米丽耶·德特利著,见于《比较文学形象学》,孟华主编,北京大学出版社2001年版,第253页。

注重一切用来写作、生活、思维的文化材料。总之,要注重形象学研究的总体性。但同时我们也必须反对将研究领域无限扩大的倾向,反对过分使用历史和文化分析来研究文学文本。比较文学形象学的研究应当坚持文学特色,而不至于成为一种变相的历史或社会学的研究。在这一点上,传统的国族文学中的形象研究对比较文学形象学的研究有辅助和借鉴作用。

### 4. 形象学研究的前景

形象学研究在 21 世纪多元文化的时代将有广阔的发展前景,为什么这么说呢?回顾历史,我们发现,文学史上那些在表现和描写异国方面成就较大的作家,都几乎是受到异国文化影响的。我们以描写中国的作家为例。比如法国作家谢阁兰,他通过在华期间大量阅读中国典籍达到了很高的汉学造诣,并在道家、佛教、易学、阴阳五行说中找到了许多与自己思想共鸣的地方。正是在中国文化多方面的熏陶和启示下,谢氏的文学创作进入了最富有成果的阶段。其中最能代表他文学成就的《碑》,也最好地体现了中国文化对他创作的影响。[①] 在古代交通不便的情况下,通过阅读来了解异国及其文化的例子同样不少。伏尔泰是最典型的代表。根据有的学者的研究,伏氏通过对儒家经典的研读,对孔子以"仁"为本的思想达到了深刻的体认,具体体现在他根据元杂剧改写的《中国孤儿》一剧中。[②]

就美国作家而言,受到中国文化影响的同样为数不少,仅举其中几位就有超验主义者梭罗、新诗运动的主将庞德、20 世纪 30 年代的戏剧大师奥尼尔等。他们无疑都是研究"中国形象"非常好的题目。然而尽管他们笔下的中国形象各不相同,但是对他们的研究仍然属于同一种类型。因为无论是伏尔泰还是谢阁兰,抑或是梭罗还是庞德,本国文化还是占据了他们思想的中心,没有出现两种文化并驾齐驱,异国文化甚至占据主导的情况。历史上可能除

---

① 参阅《中西文化交流史上的丰碑——谈谢阁兰和他的〈碑〉》,秦海鹰著,见于《碑》,谢阁兰著,车槿山、秦海鹰译注,生活·读书·新知三联书店 1993 年版,第 4 页。

② 参阅《伏尔泰与孔子》,孟华著,新华出版社 1993 年版,第 131—147 页。

了19世纪初的法国流亡作家①和20世纪初的俄罗斯流亡作家外，已有的形象学研究所处理的大部分是这类作家。

然而，随着全球化的进一步深入，不同文化人群之间的交流会越来越频繁，各种文化之间的对话也会进一步加强。在这样的语境下，我们有理由相信，同时受两种文化甚至多种文化影响的作家会越来越多。他们的作品应当成为未来形象学研究的重点。因为这些作品中的"形象"必将是多种文化共同作用的结果，通过研究这些形象，我们可能对不同文化之间进行更好的比较。

再者，由于这些作品包含有多种文化因素，它们对于促进"世界文学"时代的到来②将具有重要的意义。从这个意义上讲，这些文本就不仅是形象学研究的重点，更可能成为整个比较文学研究的重点。因为根据一位德国学者的看法，比较文学的目的就是"把歌德在1827年就表达过的一个思想变为科学的现实"。③ 如果是这样，那么形象学研究将在整个比较文学的学科中获得更加广阔的发展天地。

**思考题：**
1. 比较文学形象学的研究对象是什么？
2. 如何进行比较文学形象学研究？
3. 比较文学形象学研究的特点是什么？

**参考书目：**
1.《文化传递与文学形象》，乐黛云等主编，北京大学出版社1999年版。

---

① 勃兰兑斯在《流亡文学》一书中写道："而受外国环境影响最深的，是那些由于这些事件遭到流放甚至终生流亡的人。对于出国征战的人来说，外国精神的影响只是浮光掠影，而对这些流亡者来说，却是深刻持久的。"（见于《19世纪文学主流》[丹麦]勃兰兑斯著，张道真译，人民文学出版社1997年版，第1册，第3页。）

② 歌德在1827年1月31日谈道："民族文学在现代算不了很大的一回事，世界文学的时代已快来临了。现在每个人都应该出力促使它早日来临。"（见于《歌德谈话录》，[德]爱克曼辑录，朱光潜译，人民文学出版社1982年版，第113页。）

③《比较文学的内容、研究方法和目的》，[德]霍斯特·吕迪格著，见于《比较文学译文集》，张隆溪选编，北京大学出版社1982年版，第21页。

2.《形象学研究要注重总体性与综合性》,孟华著,《中国比较文学》2000年第4期。

3.《比较文学形象学》,孟华主编,北京大学出版社2001年版。

4. 孟华:《中日文学中的西方人意象》(Meng Hua, et al, eds., *Image of Westerners in Chinese and Japanese Literature*. Rodopi B. V. Amsterdam-Atlanta, GA, 2000.)。

## 第四节 类型学与"通律"

### 1. 类型学研究:学术史问题

一提到类型学(typology)研究,我们就会把它与俄国比较文学研究的实践联系在一起。苏联著名比较文学专家康拉德就公开主张:

> 比较文学可以理解为对民族国家中的文学现象进行比较类型研究(сравнительно-типологическое изучение)。①

而且这一说法是有维谢洛夫斯基的研究实践和日尔蒙斯基的理论为依据的。不过,在俄国学者的类型学研究形成之前,已经有学者运用这种方法进行文学研究了。在德国,1854年M. 霍甫特在柏林科学院的就职演说中就声称,通过对古希腊罗马世界的对照和类比,能更清楚地和生动地认识德国的古代;自己通过对类似现象的观察来解释史诗的实质和历史,这些实质和历史的解释,若用片面的观察是不可能的。曾于1885年在柏林大学讲授"诗学"并有《诗学》一书传世而被引为德国"历史诗学"奠基人之一的W. 舒勒尔,曾赞扬M. 霍甫特的"类型学"观照方式,认为他关于荷马史诗和《尼伯龙根之歌》的平行研究,为比较文学研究开了先河。

1890年,W. 威茨在其《从比较文学观点看莎士比亚》一文中认为,比较文学应该通过对类似现象之间的相互比较,深入到每一种个别现象最内在的本质中去,并发现造成"类似和差异"的规律。

---

① [苏]康拉德:《西方与东方》(Н. Конрад, Проблемы современного сравнительного литературоведения // Запад и восток. Москва: Главная редакция восточной литературы, 1966. c. 309.)。

这位德国比较学者还在上个世纪末就不满足于追寻文学主题、题材等的影响及流变的轨迹这类最初流行的研究方法，而力求去揭示出文学现象各自的特性及其本质规律，使比较文学有一定的理论品格。这里已经隐约勾勒出类型学研究的缘起及与过去比较文学研究的关系，但这还不是自觉意义上的类型学研究，真正意义上的类型学研究还是应该从俄国的比较文学研究说起。

维谢洛夫斯基早年在彼得堡主持总体文学讲座，晚年致力于历史诗学的研究。他借鉴并发展了欧洲比较文学研究的理论方法，建立了具有俄国特色的历史比较文艺学。他未完成的著作《历史诗学》（习惯于简称"比较诗学三章"）集中体现了他的比较文学思想。贯穿于该书的基本观点是，社会历史发展制约着文学的发展，文学发展的规律与历史规律相一致，而人类历史发展具有某种程度上的结构相似性，因而文学发展及对其研究进行比较历史类型研究成为可能。① 维谢洛夫斯基这一历史诗学理论为日后俄国比较类型学研究奠定了基础。

日尔蒙斯基继承了维谢洛夫斯基关于人类社会发展的一致性的理论，认为：

> 我们可以而且应该把社会历史过程的同一阶段上发生的类似的文学现象进行比较，不必考虑这些现象之间是否存在着直接的相互关系。②

日尔蒙斯基实际上提出了俄国比较文学研究的类型学观点，同时他认为类型学的相似并不排斥具体的影响，文学现象的类似和相互之间的具体影响二者密切相关，都是比较文学研究的对象。在俄苏比较文学领域甚至文艺学中，类型学研究几乎是普遍存在的，康拉德、M. 阿克列谢耶夫、赫拉普钦科等人的学术成就正是得力于对类型学研究的开拓。

科学院院士赫拉普钦科（M. Храпченко，1904—1986）不仅在

---

① ［俄］亚·维谢洛夫斯基：《历史诗学》（А. Весeловский, Историческая поэтика. Москва: Высшая школа. 1989.）。

② ［苏］日尔蒙斯基：《比较文学与文学影响问题》（В. Жирмунский, Сравнительное литературоведение и проблема литературых влияний.），见于《科学院通报（社会科学分部）》（Изв. АН СССР, Отеление обществ. наук, 1936 №3, с. 384.）。

《作家的创作个性和文学的发展》(1970)中运用比较文学及类型学方法研究作家创作特性和文学发展规律问题,并因其研究的深入而提升了比较文学和类型学研究实践的方法论意义,而且在《艺术创作、现实、人》(1982)和《文学的类型学研究》中着重探讨类型学理论问题。在他看来,世界上所有重要文学现象都不是孤立发展的,要理解这样的文学现象就必须采用历史比较方法,如果不同其他文学尤其是与之相近的文学进行比较,是不可能揭示具体民族国家文学的独特性的,也不能说明文学在民族意义上的艺术价值。①具体的"文学的比较研究,多半被理解为对各种不同的文学之间的关系进行考察,揭示其影响和相互作用",而"对文学的分类研究主张,需要阐明的不是文学现象的个别特性,也不单单是这些文学现象的相似特征、这一类的关系特点,而是要揭示那样一些原则和原理,由于这些原则和原理的解释,使人有可能讲到某种文学的、美学的共同性,讲到某一现象对一定的类型、种类的从属关系。即使这些文学事实相互间不发生直接联系的时候,这种从属关系也会显露出来"。②

这种类型学研究,除在俄国外,在欧美其他国家和地区至今仍然是比较文学学科所特别关注的主题。

### 2. 类型学的基本理论:"借用"与"影响"

类型学的主要理论基础来自俄国比较文学派所提出的"借用"(заимствование)与"影响"(влияние):所谓借用说指的是不同民族的神话、传说、故事、歌谣中的类似现象,有的因为它们出于同一渊源,由于情节流传而被另一民族采用。对德国语文学家宾非(1809—1881)提出的这一理论,维谢洛夫斯基作了进一步的补充和深化:首先,他认为借用不是毫无根据的,总是以借用一方的特殊需要为基础,借用的前提条件不是接受者方面的空缺,而是相近的思想流派和类似的艺术形象的汇流;其次,借用不是消极被动

---

① [苏]米·赫拉普钦科著:《艺术创作、现实、人》(М. Храпченко, Творчество искусства. Реальность. Человек. Москва:Советский писатель,1982,с.386-387.)。

② 《作家的创作个性和文学的发展》,[苏]米·赫拉普钦科著,上海人民出版社1977年版,第302—303页。

的,而是一个积极的再创造的过程。外来的被借用的材料要想融入另一个民族的文化传统,就需要对其进行一番重新理解和加工改造。这里说的"借用"相当于一般比较文学所说的接受与影响。所谓影响说,是指有些文学现象彼此之间存在有间接或直接的、起源上的依存关系和相互联系,在发展过程中呈现出某种相同或相似的特点。①

当时流行的神话学观点认为,欧洲各民族的民俗学和古代文学之所以存在着共同点,就是因为它们共同起源于人类祖先的共同的原始宗教观念。维谢洛夫斯基对此提出了异议,认为处于人类社会同一发展阶段上的不同民族,由于"心理过程的一致性",会出现相同或相似的文学现象,尽管他们在时间及空间地域上并无任何关系,例如在荷马时代这个社会发展阶段上,希腊诗歌和古日耳曼人、北美印第安人的诗歌,《伊利亚特》与芬兰民族史诗《卡勒瓦拉》等彼此间存有相似性,之所以如此是因为文学发展过程是广阔的社会历史过程的一部分,它必然会与社会历史发展的总规律相一致。②

这一基本思想显示了维谢洛夫斯基的历史诗学研究的特色。维谢洛夫斯基使比较文学研究有了更大空间,他认定所谓"比较方法"完全不限于文学事实上的关系研究,历史比较研究方法是一种历史归纳,这种归纳在于对"一系列平行的相似事实"进行对比的基础上,探求"它们之间的因果关系",找出其规律。这实际上与后来美国学派大力提倡的平行研究非常相近。也就是说,西方所倡导的平行研究,从时间上看已经比维谢洛夫斯基晚了许多,而且缺乏俄国类型学研究扎实的理论基础。因而,使得立足于这一基础的日尔蒙斯基研究在比较文学理论研究上有更大的长进。其中,重要方面是提升"比较"和"可比性"在比较文学研究中的普遍性意义:

在文学史中,也像在其他社会科学中一样,比较即确定不同现象之

---

① [苏]日尔蒙斯基:《亚·维谢洛夫斯基与比较文学》(В. Жирмунский, В. Веселовский и сравнительное литературоведение //Сравнительное литературоведение. Восток и запад. Ленинград:Наука, 1979, с. 84.)。

② Ibid., с. 98-102.

间的相似与差别,这在过去和当下都是科学研究的基本方法。比较并不是取消所研究现象(个人的、民族的、历史的)的特殊性;相反,只有借助比较才能判明它所包含的特性。①

这意味着,比较作为所有人文学科和社会科学研究中的共同方法,比较文学作为重要的人文学科研究是要特别运用这种方法的,要为探求文学的共性与个性做出专门的努力,因为"人类社会历史发展总进程的共同性和规律性是对各民族文学进行比较研究的基本前提,而文学艺术是对现实的形象化认识,它反映在社会的人的意识中;文学艺术合乎规律的发展是由这一总进程决定的,因此,对于从社会学的角度概括在民族学范围内进行专门研究的成果的历史学家来说,封建时代在欧洲最西部的无论哪个地方,比如西班牙,和在近东或中亚都具有类型相似的社会结构:土地所有制和行会手工业的封建形式的发展,社会和国家的官阶等级机构,封建教会的统治作用,骑士阶层和僧侣团以及其他许多大大小小的组织形式。封建时代的文学,不管有无直接接触,也有这种共同特点:它表现为各种文学体裁和风格的类似系列,这些体裁和风格的合乎规律的更替,取决于人类社会和人的社会意识按规律性的发展,而后者不过是前者的反映而已"。②

如此一来,就确定了日尔蒙斯基关于类型学研究的基本理念:社会是按照一定的客观规律依次演进的,这种规律是普遍有效的,而文学作为一定社会的特殊意识形态,必然有与社会一般意识形态相同或相似的规律,因此也必然地按一定的规律演进。他进而提出:

> 文学现象之间的历史类型学的类似特征表现在思想内容和心理内容中,表现在主题和情节中,艺术形象和情境中,体裁结构和艺术风格的特点中。③

他曾举出三种类型学的类似例证:

---

① [苏]日尔蒙斯基:《对文学进行历史比较研究的问题》(Проблемы сравнительно-исторического изучения литератур),见于《比较文艺学:东方与西方》(В. Жирмунский, Сравнительное литературоведение. Восток и запад. Ленинград:Наука, 1979, с.66-67.)。
② Ibid., c.138.
③ Ibid.

A. 民间英雄史诗（中世纪西欧的日耳曼和拉丁语系民族的史诗,俄罗斯的壮士歌,南方斯拉夫民族的"英雄史诗",突厥族和蒙古族的史诗创作等）；

B. 西欧的法国普罗旺斯抒情诗人的骑士抒情诗,德国游吟歌手的骑士爱情诗（12—13世纪）以及在时间上更早些的古典阿拉伯爱情诗（9—12世纪）；

C. 西欧的诗体骑士小说（12、13世纪）和11—13世纪伊朗语文学中的所谓"爱情史诗"（特洛亚和尼扎米,关于特利斯坦的小说和古尔加尼的《维斯与拉明》等）。①

从地域上看,这里所列举的三种类型学的相似,包括欧亚大陆的大部分地区;从时间上看,它们相隔几个世纪;从它们所涵盖的民族文化来看,它们包括了地跨欧亚大陆的众多民族的不同文化;从表现形式上看,似乎仅涉及类似的体裁问题。类型学研究的全部理想在这里都已经表现了出来:文学,作为一种社会意识形态,在不同的地域、不同的民族文化中,都经历了相同或相似的历程,不管这些文学类型在地域上相隔多么遥远,也不管它们在时间上相隔多么漫长的岁月。同一类型的文学有相同或相似的审美特征,这是不同民族文学之间相互理解的关键。进一步看,要理解文学,首先应该理解与其相联系的社会,相同或相似的社会结构成为类型学解释不同民族文学之间关系的关键。

对以上所列的三种类型不能用文学流派的眼光去看待。事实上它们也没有一个能够称得上是当今人们所说的文学流派。它们所反映的仅仅是:在一定的历史阶段上存在许多国家都经历过的文学体裁发展的类似现象。这些体裁的序列具有规律性:在封建主义形成阶段和发展前期的英雄史诗之后,是封建盛期的诗体骑士小说和骑士抒情诗;旧的史诗情节（《罗兰之歌》,在费尔道乌西的《沙赫—纳梅》中的英雄题材和其他）部分地改造成为新的长篇小说的情节。在这以后则是城市文学特有的体裁的发展（短篇故事诗、诙谐故事和东方的"希卡亚特",教诲和讽刺）等。

---

① ［苏］日尔蒙斯基:《对文学进行历史比较研究的问题》(Проблемы сравнительно-исторического изучения литературы),见于《比较文艺学:东方与西方》(В. Жирмунский, Сравнительное литературоведение. Восток и запад. Ленинград:Наука, 1979, с. 138.）。

类型学并不以追求对文学的共同性的解释为其唯一的目标。各民族文化之间虽然有其阶段性的相似特征,但由于不同民族所处的特殊地理位置和独特经历,常常造成不同文化之间的差异。中国社会与欧洲社会所经历的封建阶段显然存在着重大的差异,这种差异必然要反映在不同民族的文化心理中,反映在不同民族的文学艺术中。对不同民族文化、文学之间存在的这种差异的理解同样是类型学研究的重要任务。因此,类型研究还面临如何处理同一类型的文学现象之间的相同、相似与差别、相异的问题。

当然,同一类型内部的部分与部分之间存在着差异是不可避免的。日尔蒙斯基曾以文学思潮的相似性为例说明这个问题:

> 文学思潮之间虽有某些差异,但我认为并不重要,它们的这种发展序列已为欧洲文学史家不同程度地公认,只要他们不执着于唯名主义的观点看待一般历史的和文学史的概念(封建主义或者浪漫主义),并倾向于区分个别事实之后不再注意联结这些事实的共同规律和思想。①

其实不仅是同一类型在不同文化中的表现存在着差异,即使是同一类型内部的前后不同时期,如新古典主义的早、中、晚不同时期之间都存在着一定的差异。正是类型内部存在的这种空间和时间上的差异性,才为类型学的研究提供了参照系,才使得类型学的研究显示出立体感。差异并不排斥同一性与规律,相反差异更充分地显示出同一文学类型内部所包含着的内容的丰富性。

### 3. 形成类型的两种基本途径

在类型学视野中,文学类型的形成有其相应的原因。首先,每一种文学类型都代表着文学和社会发展过程中的一个阶段,它的出现总是有所开拓,对现实有新的领悟和艺术再现。这些历史性的"开拓"到后来又可以适用于过去的类似现象,它们并不通过历史的相互影响而与新的开拓发生联系。也就是说,一定的文学类型与一定的社会历史进程相联系,按人类历史进步的规律,世界上所有民族大致都要经历相同或相似的发展阶段。不同民族在其发

---

① [苏]日尔蒙斯基:《文学流派是国际性现象》(В. Жирмунский, В. Литературные течения как явление международное. //Сравнительное литературоведение. Восток и запад. Ленинград:Наука, 1979, с.141.)。

展的相同或相似阶段,便形成了一定的文学类型。这是文学类型形成的主要原因及主要方式。

其次,文学类型之间的相互影响也是文学类型形成的重要方式之一。相同文学现象之间的相互影响并不是通过偶然的方式发生的,影响对文学类型的形成往往意味着相似或相同的社会条件,特别是文学思潮之间的影响更能表现出这种类型学的特征。比如欧洲浪漫主义文学对中国现代文学的影响就包含着某些十分隐秘的社会动机。欧洲浪漫主义文学与欧洲的民族意识的觉醒相互联系着,而在近代中国社会的各种思想运动中,民族解放的思想都占有十分突出的位置。中国的浪漫主义运动由于所受的影响不限于欧洲浪漫主义运动而显得比较复杂,不过自始至终都包含了民族解放的思想因素。因此,在类型学看来,影响总是有某种机缘的,而不是偶然的。在这一前提下,类型学研究者认为,相同或相似文学现象之间更容易发生影响,这种影响被类型学称为"汇流"。

汇流不仅表现在文学思想、文学运动方面,同时还表现在某些文学类型的形成上。比如中国文学中小说文类的形成,就包含了文学史上的几次文学汇流。佛经故事与中国传统小说的汇流以及近现代西方小说文体与中国传统小说的汇流等。今天的中国小说在小说观念、叙述技巧以及取材等方面,都已经深受印度文学及西方文学的影响。

影响还存在着另一种情况,即当某一文化中的文学缺少某一文学现象时,比如某一文类,这时一种既有的文学类型完全可能被借用,从而在某一文化中形成一种新的文学类型,这种情况特别表现在某些文体的形成过程中。比如中国现代文学中出现的"十四行诗"体及话剧等。

## 4. 类型学研究的一般理论背景

类型学研究的总体情况向人们显示出,其理论的内在实质实际上是运用社会学方法来研究民族间文学的关系和国际文学的总体现象。正像日尔蒙斯基所说的:

> 人类社会发展的共同过程具有一致性和规律性的思想,是历史比较研究各民族文学的基本前提,而这一过程决定着作为意识形态的上层建

筑的文学艺术的合乎规律的发展。①

整个 19 世纪的欧洲是各种新兴科学发展的时代,但在这些科学理论中,达尔文的进化论对当时人们思维的影响可以说是首屈一指的,这种理论被广泛运用于各门学科的研究。社会是按照一定的规律进化的,这一观点被运用于类型学研究,就使学者们得出了如下的结论:文学现象的类型是相似的,文学现象之间是按照一定的规律先后更替的。

康拉德提出:

> 在比较文学研究的领域里应该做的头一件事——甚至在西方研究者所划出的时间范围上(即 17 至 19 世纪),——要断然扩大空间的界限(решительно расширить пространственные границы),要把整个文明人类的文学之间的联系纳入研究轨道。在研究这样一些联系并在更宽泛的方面研究各种文学的相互关系时,应该注意到各国的政治关系,它们的文化水平,以及在思维方式和世界观、信仰、生活方式、甚至在各民族的趣味上的差异。必须经常考虑每国的阶级关系、政治和思想上的斗争。离开这些是不能了解各种文学相互关系的真正性质的。②

赫拉普钦科同样认为,文学类型学研究必须与对社会的研究联系起来,即使在对一个单一的文学文本进行研究时也是如此:"必须从社会历史的角度考察文学现象的结构,不能把结构同创作上掌握生活的过程、同文学和艺术的审美影响分隔开来。这种处理方法与对结构关系的形式主义理解有所不同,可以称之为社会结构原则和文学类型学的研究方法。"不仅如此,他还试图建构作家世界观与文学类型之间的关系,在他看来:"在文学发展的一定时期语言艺术家当中形成的统一体,首先来源于对待现实的态度、对现实的审美感受和创作方法上的共同性。其次,作为这种统一体的根源的,是那些引起属于这一文学流派作家浓厚兴趣的生活问题和创作问题的相似性。我们在谈到对现实的态度、谈到创作方法

---

① [苏]日尔蒙斯基:《对文学进行历史比较研究的问题》(Проблемы сравнительно-исторического изучения литератур),见于《比较文艺学:东方与西方》(В. Жирмунский, Сравнительное литературоведение. Восток и запад. Ленинград:Наука, 1979, с. 68.)。

② [苏]康拉德:《现代比较文艺学问题》,见于[苏]康拉德:《东方与西方》(Н. Конрад, Проблемы современного сравнительного литературоведения // Запад и восток. Москва:Главная редакция восточной литературы, 1966. с. 318.)。

时,当然也指世界观立场,但是在这里也与考察一部作品的结构时一样,世界观立场不是与生活的艺术揭示隔绝的。"[①] 从社会学的角度、运用社会学的方法研究文学现象,无论在19世纪还是20世纪都是一种潮流。所以即使在一些新的文学研究方法与观念出现后,类型学研究者依然运用社会学的方法进行文学研究,并取得了突出的成绩。

从类型学研究中我们还可以看出,在这种理论及研究方法的深层次中还有结构主义的思想因素。俄国有深厚的结构主义的土壤,如普罗普的《俄国民间故事研究》和雅各布逊的语言学理论等。其实早期的结构主义是建立在这样的信念上的:人类意识的一切表现形式都是可以共同理解的。关于这一点,我们只需提及被称为结构主义思想先驱的维科和摩尔根的学术理念及被誉为结构主义大师的列维-施特劳斯的研究实践就足以说明问题了。不管是早期还是晚期结构主义都有一个共同的思想,即认为作为意识形态的文学艺术必然反映了与它相联系的社会意识结构,而且这种意识结构是普遍的,是可以在任何地方、任何民族中出现的,是可以被普遍理解的。

不过,值得注意的是,虽然类型学受到结构主义的影响,但类型学对结构主义又往往是以批判的态度出现的。赫拉普钦科说:

> 有人认为,为了使特有的文学特征——同时又不是局部的特征——成为类型学对比的基础,必须求助于结构性质的特征和特点。这个论点仅仅由于下述原因就使人觉得是有争议的,即恰恰是在文学的比较研究和类型学研究方面,现代结构主义方法的运用没有产生明显的结果。然而研究结构特点完全不意味着一定要从结构主义者提出的原则出发和利用他们的方法。[②]

赫拉普钦科主要反对的是结构主义的抽象性,即结构主义在研究文学文本时那种只研究作品内在的结构,而忽视作品内容的倾向。很显然,这只不过是今天人们说的严格的、狭隘意义上的结构主义。实际上正如前文所说,在今天的结构主义思潮形成之前,结构

---

[①] 《赫拉普钦科文学论文集》,[苏]米·赫拉普钦科著,张捷等译,人民文学出版社1997年版,第184—187页。

[②] 同上书,第181页。

主义的先驱者,诸如维科、摩尔根及马克思等在这方面已经进行了相当深入的研究与论述,特别是马克思对社会深层的经济结构的分析,企图从经济角度创立一种解释世界资本主义社会结构的思想体系,这其中的确包含着丰富的结构主义思想。如果我们注意类型学研究的理论方法,就会很容易发现其所包含的早期结构主义思想。

类型学研究方法又与一般的社会学对文学研究的方法有所不同,一般的文学社会学研究往往从作者、作品、时代等因素之间的关系入手,对文学现象进行传记性的、近乎于索隐似的研究,而且这种研究往往是作为社会学研究的补充出现的。在这种类型的研究中,对文学独特的审美特性的研究、对文学的自身规律性的研究被忽视了。相反,类型学研究找到了一个独特的、而且统一的角度,即从文学类型与社会关系的演变入手。这种研究方法既突出了文学的主体,又扩大了文学研究的容量。

类型学在对各种文学现象进行研究时,往往采取多种研究手段,特别当它研究一种文学类型的形成时,总是一方面坚持认为一定的文学类型与一定的社会结构相联系,同时也不排除文学类型形成过程中存在的相互影响的事实。这显示出类型学研究中既包含法国学派的影响研究,也包含了后来美国学派提倡的平行研究。类型学研究文学现象时,特别强调那些没有影响关系的相同或相似文学现象之间所反映出来的结构性特征,并希望借此建立起对理解世界文学普遍有效的理论体系。类型学认为每一个时代都有自身的形式,每一个民族的历史发展都要经历相同或相似的时代,社会结构的相似决定了文学结构的相似。由于这种结构性的类似,世界各民族之间的文学是可以相互理解的。

## 5. 类型学研究的目标:通律

通过以上介绍我们很容易看出,类型学研究的根本目标是寻找文学的共同规律。类型学研究的理论背景——无论是结构主义还是社会学——都追求对文学理解的普遍有效性,而不是只针对某一个单独的作品。社会学方法对文学的研究本身就是把社会理解为一个整体,把社会学原则作为一种普遍的理解世界一切现象的原则。这里需要特别提出来的是,结构主义对文学的研究看上去是对个别文本的研究,实际上这研究却是建立在对通律的基本信念之上的。

赫拉普钦科指出:"文学的类型学研究与文学史的比较研究不同,它要求弄清的不是文学现象的个人独特性,不单纯是它们的相似特点,也不是联系本身,而要求揭示那些能够使人们谈论某种文学的和审美的共同体,谈论某一现象属于一定类型和种类的原则和因素。这种从属关系经常也在文学事实之间不发生直接的联系时表现出来",进而还提出了类型学研究文学的两条原则:(1)全面考虑整个文学以及它的各个方面的特点;(2)运用同一的研究原则。① 这两种原则基本上体现了类型学研究的目标:揭示文学的通律。

**思考题:**

    1. 什么是比较文学的类型学研究?
    2. 类型学研究的基本理念是什么?
    3. 简述类型学研究产生的理论背景。

**参考书目:**

    1.《对文学进行比较研究的问题》,[苏]日尔蒙斯基著,见于《比较文学研究译文集》,干永昌等选编,上海译文出版社1985年版。

    2.《现代比较文艺学问题》,[苏]康拉德著,见于《比较文学研究译文集》,干永昌等选编,上海译文出版社1985年版。

    3.《赫拉普钦科文学论文集》,[苏]米·赫拉普钦科著,张捷等译,人民文学出版社1997年版。

    4.[苏]日尔蒙斯基:《文学流派是国际性现象》(В. Жирмунский, В. Литературные течения как явление международное. //Сравнительное литературоведение. Восток и запад. Ленинград:Наука, 1979.)。

    5.[苏]康拉德:《现代比较文艺学问题》,见于[苏]康拉德:《东方与西方》(Н. Конрад, Проблемы современного сравнительного

---

① 《赫拉普钦科文学论文集》,[苏]米·赫拉普钦科著,张捷等译,人民文学出版社1997年版,第172、174页。

литературоведения // Запад и восток. Москва: Главная редакция восточной литературы, 1966.)。

6. [俄]亚·维谢洛夫斯基:《历史诗学》(А. Вселовский, Историческая поэтика. Москва: Высшая школа. 1989.)。

# 第六章 范 例 论

## 第一节 互动:中国文学与欧美文学的比较研究

**1. 比较文学研究中的欧洲中心主义倾向与互动研究的意义**

从第二章《本体论》的第二节关于比较文学的学科定位中我们已经清楚地看到,比较文学作为一门独立的学科,其学理意义所指向的不是文学的"硬性比较",而是在某一层面上指向文学研究与文化研究的交叉层面。① 简言之,比较文学的学科基础在于其超乎于纯文学研究和纯事实联系研究之上的"跨文化—跨学科"(trans-cultural/trans-disciplinary)特性。本节所关注的焦点在于其前一个特性上,即通过对中国文学与欧美文学之互动的实例研究来论证比较文学学科的跨文化性。

乐黛云曾认为 21 世纪比较文学研究的新发展无疑将以异质、异源的东西方文化为活动舞台,"在文化多元共存的基础上,必将实现多种文化的互看、互识、互补、互利……"②异质文化之间的文学碰撞和对话首先会促进不同文化的相互认识和理解,进而促使其相互参证——证实其共同性,反证其不同性,最后为每一种文化引入某种异质性因素,从而推动文化的发展,达到互补的目的。显然,互识—互证—互补的过程就是一个文化的互动过程,它不仅使得不同文化通过文学的对话和交流而达到"主体间际"(intersubjective)的相互认识,还促进了各自的发展和更新。比较

---

① 参见本书第二章《本体论》的第二节《比较文学重要概念的介绍及其定义分析》。
② 《文化相对主义与比较文学》,乐黛云著,见于《跨文化之桥》,乐黛云著,北京大学出版社 2002 年版,第 53—54 页。

文学的研究重点之一就在于这种以文学为媒介的文化互动过程。

比较文学这门学科诞生于欧洲。由于眼界、学养的局限以及欧洲中心主义的心理痼疾，比较文学的开创者们曾经在相当长的一段时间里将这门学科限定在印欧语系之内，从而忽略了非西方文学的存在以及东西方文学交流互动的价值和意义。

在世界上第一本直接以《比较文学》命名的专著中，H. M. 波斯奈特虽然憧憬比较文学研究将会使人类的社会生活逐渐扩展，从氏族到城邦，从城邦到国家，从这两者再到世界大同，然而他却明显将比较文学研究的重点放在西方文学发展的内部而非外部。在《比较文学论》中，梵·第根出于实用的原因将焦点集中在西方文学上，而对东方世界不予考虑。直到20世纪70年代，西方的一些比较文学研究者仍然还死抱着西方中心主义不放，抹杀东西方文学的交流和互动的历史事实，如美国学者昆斯特在一篇介绍亚洲文学的文章中便告诫其西方同仁，比较文学研究的注意力应集中在"欧洲对现代亚洲文学的影响之上而非相反"，昆斯特说：

> 坦率地说，亚洲文学对欧洲文学几乎一向没有任何影响。如果有什么影响的话，那也只是对小作家而言，如小泉八云曾采用过日本文学的材料；或者说，这种影响在大作家的作品中是微不足道的，如能剧在叶芝创作中所处的那种地位。[①]

昆斯特对亚洲文学的轻视十分露骨地反映出欧美比较学者的西方中心主义心态以及他们对比较文学的跨文化互动研究特性的认知盲点。然而，另外一些西方学者对比较文学貌似客观公允的态度后面所隐藏的相同的心态和认知盲点却往往被人忽略，如战后以韦勒克为代表的美国学派对"文学性"的强调。本来，对不同文化体系内各种文学所表现出的共同的文学性的发掘应当有助于纠正法国学派拘泥于（西方）文学之间的事实联系之流弊，从而真正凸显出比较文学研究的跨文化性，然而，我们仔细检视一下韦勒克等人对所谓"文学性"研究的实际例子便可以看出，韦勒克的文学性仍然是西方文化"想象共同体"（imagined community）内部的

---

[①] 《亚洲文学》，[美]亚瑟·E. 昆斯特，见于《比较文学译文集》，张隆溪选编，北京大学出版社1982年版，第172页。

文学性,而且,对这种"特指"文学性的追求后面的动机是旨在整合四分五裂的西方现代文化,而非与非西方文化进行平等交流对话以促进世界大同。这明显地反映在韦勒克的浪漫主义研究中。博克(Richard Bourke)便一针见血地指出,韦勒克对欧洲浪漫主义的比较文学研究"作为一种盟约,将美国批评理论与欧洲文化遗产,将一种历史的方法论与某种文学意识形态联系了起来"。① 这种"文学意识形态"在本质上就是西方中心主义。

西方比较文学界这种根深蒂固的西方中心论对异质文化、文学之间的互动视而不见,使它偏离了从跨文化的角度入手寻求文化互动和文学共性的比较文学学科的本质特征。正是在这样一种历史背景之下,东西文化和文学之间的互动研究便显得十分迫切和必要。事实上,西方学术界一些有识之士也清楚地意识到了这一点。法国著名的比较文学学者艾田伯曾指出,西方的比较文学研究都局限在印欧语系以内,而且缺少地球上四分之三的地区。为了纠正这种流弊,艾田伯号召学习汉语、孟加拉语和阿拉伯语,以建立一门比较诗学,对世界文学进行全球范围的研究,认为没读过《西游记》就像没读过托尔斯泰和陀思妥耶夫斯基的作品,不能奢谈小说理论。他自己还身体力行,经过数十年寻幽钩陈、探赜索隐的艰苦努力,终于在1989年出版了关于中西文化交流互动的巨著《中国之欧洲》。他明确指出,写作这部著作的目的"无非是想给陷入高卢中心论、欧洲中心论而难以自拔的比较学科注入一点活力,指出一个方向"。② 美国学者克劳迪奥·纪延也认为:

> 在某一层意义上来说,东西方比较文学研究是,或应该是这么多年来(西方)的比较文学研究所准备达致的高潮,只有当两大系统的诗歌互相认识、互相观照,一般文学中理论的大争端始可以全面处理。③

这些来自西方学者的论断充分说明,从跨文化角度对异质文学之

---

① [美]理查德·博克:《浪漫主义话语和政治现代性》(Richard Bourke, *Romantic Discourse and Political Modernity*, New York: St. Martin's Press, 1993, p.136.)。
② 《〈中国之欧洲〉译文序》,钱林森著,见于《中国之欧洲》,[法]艾田伯著,许均、钱林森译,河南人民出版社1992年版,第3页。
③ 《寻求跨中西文化的共同文学规律》,叶维廉著,北京大学出版社1986年版,第25页。

间的互动进行考察和研究对于打破由来已久的欧洲中心主义、凸显比较文学的学科特性具有十分重要的意义。事实上,为此目的,中国老一辈比较文学学者早已在这个领域内进行过大量筚路蓝缕的艰苦垦拓工作,比较有代表性的有钱锺书的《十七世纪英国文学里的中国》《十八世纪英国文学中的中国》、方重的《十八世纪的英国文学与中国》、范存忠的《威廉—琼斯爵士与中国文化》《〈赵氏孤儿〉杂剧在启蒙时期的英国》以及杨周翰的《密尔顿〈失乐园〉中的加帆车》,等等。① 这些研究成果均集中在中国对西方早期启蒙文化的影响之上。80年代以来,随着年青一代比较文学学者的成长,人们的注意力开始投向了中国文化和文学对西方现代文学的影响这一新的领域,这方面的代表作首推赵毅衡关于中国古典诗歌对20世纪初美国新诗运动之影响的专著《远游的诗神:中国古典诗歌对美国新诗运动的影响》。

下面我们将从20世纪中西文学相互影响的两个个案分析入手,来阐述中西文化—文学互动的事实以及互动研究之于比较文学的学科意义:比较文学"主体间际"的跨文化视野使得我们能够在两种文学的碰撞中不仅看到一方对另一方的影响,还能够从被影响者中反观到输出方文化自身所缺失的东西,从而避免任何形式的文化中心主义倾向。

## 2. 中国古典诗歌与美国现代诗歌的现代性

中国古典诗学对20世纪初美国新诗运动的影响已经是一个人所共知的事实,在此我们不用对其进行全面详细的介绍。我们所关心的是这样一个问题:新诗运动对中国因素的吸纳是出自于什么样的目的或考虑呢?根据赵毅衡的分析,是为了促进美国诗歌的民族化和现代化。本节将着重讨论后一个问题,即中国古典诗歌的影响与美国现代诗的现代化问题——因为正是对这个看似矛盾

---

① 钱锺书的这两篇英文论文见 *Quarterly Bulletin of Chinese Biography*,1940年12月号,1941年7月号和12月号;其原文已难以看到,内容概况可参见 Zhang Longxi, "The Myth of the Other: China in the Eyes of the West", *Critical Inquiry*, Vol. 15, No. 1, Autumn 1988, pp. 108-133;其他几篇论文分别见于《比较文学论文集》,张隆溪、温儒敏编,北京大学出版社1984年版,以及《中国比较文学研究资料》,北京大学比较文学研究所编,北京大学出版社1989年版。

的问题的回答最为典型地体现出了比较文学的跨文化学科特性。

如果说,新诗运动民族化的敌人是英国维多利亚文学传统的话,那么,新诗运动现代化所要颠覆的对象则是19世纪欧洲文学中的两大主要的文学思潮——浪漫主义和象征主义。正如赵毅衡所总结道:

> 20世纪美国诗歌理论和实践中一个不断再现的原则,是强调诗歌语言能直接表现。因此,现代美国诗的基本倾向不仅是反浪漫主义的,而且是反象征主义的。在现代美国诗中占主导地位的庞德—威廉斯—奥尔森传统,是用对物象的临即感(immanence)来代替浪漫主义的直抒胸臆,也代替象征主义的替代暗示。有论者说,他们"努力用一种新的对现代作出反应和描写的原则,来代替一种出了毛病的文明的整个体系"。①

而正是在语言的直接表现力方面,新诗运动的诗人们在中国古典诗歌美学中找到了其所需要的理论支撑。

新诗运动首先认为中国古典诗歌简约的旨趣体现了与夸饰的欧洲浪漫主义完全不同的美学思想,因而是"充分现代化的",这主要体现在题材和风格两方面。

就题材而言,新诗运动的诗人们早就意识到中国古典诗歌的"简朴"与西方浪漫主义的"崇高"是完全不同的:"我们感到(中国诗与英语诗)最重点的差别是所选择的主题。我们的主题,不管用怎样简朴的或口语化的风格写出,都很可能崇高化(sublimated),'文学化',这多少已成了我们的传统。而中国诗人的主题也是传统化的,同一个主题再三写于诗中,但是他们本质上是简朴的。"②因此,中国古典诗歌没有欧洲浪漫主义文学中那些半人半神似的浪漫主义英雄,有的只是友谊、离愁以及日常事物和自然景色,其中最根本的原因就是中国诗人所追求的是"普通人性"的显现:

> 中国大诗人所讲的东西与荷马相同,只是他们并不对宇宙作道德判断,他们并无天神要斗。人与人的美德只是宇宙的一部分,就像流水,像岩石,像飘雾。③

---

① 《远游的诗神:中国古典诗歌对美国新诗运动的影响》,赵毅衡著,四川人民出版社1985年版,第293页。
② 同上书,第195页。
③ 同上。

在风格方面,中国古典诗歌的含蓄和克制更是使美国新诗人们感到"现代得出奇"。庞德指出,19世纪欧洲浪漫主义诗歌最大的毛病就是"滥情主义"和"装腔作势",而中国诗人却不同,他们仅仅"满足于把事物表现出来,而不加以说教或评论"。庞德用"化简诗学"(reductionist poetics)这个术语来描述中国古典诗歌的简约风格,其特征就是减少比喻等修辞而直接描写事物,这与西方文学总是要用一个"它物"来定义事物的修辞思想是截然不同的,因此,现代诗歌应当追求的就是一种像中国诗那样的"超越比喻的语言"(language beyond metaphor)以写出现代诗人自己的现代感受和现代体验。由此可见,中国诗的影响对于新诗运动反抗浪漫主义的滥情主义从而写出现代诗人的现代敏感具有十分重要的意义。正如蒙罗所总结的,"中国诗那种新的表现法,那种出奇的现代性,使它们完全有资格在一本20世纪诗选中占有一席之地"。[①] 的确,正是出于对现代性的追求使得新诗运动避免了浪漫主义为刻意追求异国情调的装饰而将东方"东方主义"化的流弊;新诗运动的诗人们在中国诗中找到的 他们作为现代诗人的"终极自我",是相同(kindred)而非相异(strange)的审美经验。在这种思想的指导下,新诗运动的现代化追求产生了一系列结果,这主要体现在诗歌形式与诗学思想两方面。

在诗歌形式方面,新诗运动为美国现代诗歌全面确立了自由诗的地位并引发了以意象并置(juxtaposition)为特色的句法结构革命。在美国文学史上,自由诗这种诗歌体裁虽然肇始于惠特曼,但它一直要等到新诗运动普遍采用非格律形式来翻译中国古典诗歌,才开始被美国现代诗人们广泛认可,从而使其成为美国现代诗歌形式的一大特征。至于新诗运动的开创者们为什么要用自由诗形式来翻译中国诗,这里面的原因很复杂,如译者的汉语水平的限制以及中西语言体系的巨大差异等,但其中也有新诗运动的诗人们基于反传统追求而刻意误读的因素,如赵毅衡所分析的:

> 绝大部分的中国古典诗,比起欧洲诗歌传统来说,的确给人最鲜明的印象是干练简朴,因此,英语格律诗很容易把中国古典诗歌中亚化或

---

[①] 《远游的诗神:中国古典诗歌对美国新诗运动的影响》,赵毅衡著,四川人民出版社1985年版,第202页。

维多利亚化。这就是为什么中国古典诗歌虽然严格格律化却宜于译成非传统的英语自由诗的缘故。①

而新诗运动的诗人们自己讲得更清楚,那就是,自由诗代表着不同文化中的诗人们对共同的"简朴的人性"的追求:"我希望把中国诗译成人性的语言,这样西方人就可以学到更多的东西。要是他们注意到我们的努力,他们会看到中国人简朴的人性,也看到我的精神中虽然有那么多恶毒的东西,也有与人类相同之处。"②由此可见,新诗运动对中国古典诗歌形式的刻意误读在本质上与他们的审美现代性追求是一致的,这就是以"简朴的人性"来对抗现代化的物质主义对人心的纷扰。也正是出于同样的考虑,新诗运动的诗人们还引入意象并置和意象叠加的概念对英语诗歌的句法结构进行了革命。在新诗运动诗人们的翻译和创作中,英语中传统的句法组织原则,如人称的性数、动词时态的区分以及定冠词、指示代词的使用均被打破,大量的名词并置构成的句法结构给英语诗歌带来了一种全新的视觉效果。与自由诗的概念一样,新诗运动的诗人们对中国古典诗歌中意象并置结构的理解在一定程度上也存在着误读的成分,但是,恰恰是这种误读使他们认识到一种与西方诗学完全不同的诗学思想,这就是人与自然、象征与意义之间的关系存在着某种不可离析的圆融性——这种圆融性只有简练的意象并置结构才能言说出来,如威廉斯的《诗》("The Poem")所表达的:

It's all in / the sound, A song. / Seldom a song. It should / be a song——made of / particulars, wasps, / a gentian——something / immediate, open / scissors, a lady's /eyes——waking / centrifugal, centripetal. ③

在这首诗里,威廉斯用了四个并置的意象来说明:诗歌的本质在于

---

① 《远游的诗神:中国古典诗歌对美国新诗运动的影响》,赵毅衡著,四川人民出版社 1985 年版,第 208 页。

② 同上书,第 208—209 页。

③ 赵毅衡译文:"一切都在/声音里,一首诗。/很少只是一首歌。它必须/是一首歌——由具体细节组成/黄蜂/龙胆草——直接/的东西,打开/剪刀,女人的/眼睛——醒着/离心,向心。"见于《远游的诗神:中国古典诗歌对美国新诗运动的影响》,赵毅衡著,四川人民出版社 1985 年版,第 248—249 页。

将事物仅仅作为事物本身,而非作为传达某种外在意义的媒介来呈现;在这种呈现中,意义从物象中自动涌现,并反过来敞亮物象,二者之间的关系是互为指涉、互相交融的。

有的新诗翻译家将这种他们所认为属于中国古典诗歌本质特征的表现手法称为"脱体性"(bodilessness)。如华曾(Burton Watson)便这样来分析王维的《竹里馆》这种人称时态都十分模糊的诗:"王维有意识地安排他的自然意象,以创造出一种神秘的气氛,一种'脱体性',这样就取得了一种抽象度,以使象征意义能清楚地表现出来。用这种办法,这首诗,就像王维的许多其他诗一样,虽然表面上是用最简单的语言写成,却是利用了古典汉语那种经济和含混结合的敏锐性以暗示表面之下潜藏着的哲理。"①基于这样一种对中国古典诗歌的认识和接受,新诗运动的诗人们直接引发了现代美国诗歌的句法革命:大量的意象并置和意象叠加,冠词、系动词和连词的减少或取消,这些十分中国化的句法结构在现代美国诗歌中非常普遍,以至于有的批评家惊呼道:

> 美国语言正离开其印欧语源,它离开拉丁语那种曲折的微妙细腻已经很远,相形之下更靠近汉语那种句法逻辑了。②

除了诗歌形式之外,新诗运动借鉴中国古典诗歌促进美国诗歌现代化的另一个更为重要的成果在于其诗学思想方面,这就是反象征主义的现代美国诗学。

美国新诗运动的推动者们最初认为中国古典诗歌与法国象征主义有着相同的美学追求,如庞德早年便误以为法国象征主义"追求中国象形字的力量而不自知"。③ 但后来,他们终于认识到,中国古典诗歌中的意象与象征主义的象征是完全不同的。庞德后来指出,"象征主义主要靠联想,也就是说,靠暗指,几乎类同寓言……使用固定意义的、有意加上意义的象征写出来的不会是好作品";而中国古典诗歌中的意象"不代替除自己之外的任何东西",它是

---

① 《远游的诗神:中国古典诗歌对美国新诗运动的影响》,赵毅衡著,四川人民出版社1985年版,第254页。王维原诗如下:"独坐幽篁里,弹琴复长啸。深林人不知,明月来相照。"
② 同上书,第228页。
③ 同上书,第285页。

"呈现(presentation)而不是表征(representation)",因此在中国诗歌中"你无法分开事物与意象"。也就是说,象征主义的象征仍然是一种符号,它"表征"的是超乎于语言符号之上的某种神秘意义,而中国古典诗歌中的意象就是物象本身赤裸裸的"呈现",它不指涉任何抽象的概念,但却是最高意义的还原和敞亮。对于这个问题,新诗运动的诗人们从中国的自然山水诗中得到了更深的体会,如宾纳在分析韦应物的《秋夜寄邱二十二员外》时说:

> 诗人在此选择了自然界发生的事中一个准确的笔触,使友人的亲切感油然而生——这是一个神秘的时刻,但不至于过于神秘以至失去真实感。他并没有作表面上的比附,没有说松子落下的声音像友人的脚步声。只有当你把自己放入诗境时,这个比喻才出现。①

这即是说,在韦应物的诗中,对友人的挂念并不是作为一种依附于自然的象外之义而存在,松子也不是作为一种传达意义的象征物而存在;这是一个意义与物象自然涌动、圆融和谐、相互敞亮的、宾纳无以名之的"神秘时刻",这种神秘在本质上便是因坐忘而达致心斋的道家审美之境。② 基于这样的认识,新诗运动的发动者们反观西方语言传统,不仅发现了中西文化的巨大差异,而且也抓住了现代西方文化的症结所在。费诺罗萨最先指出了这一点。他认为欧洲中世纪的"逻辑暴政"将思想概念化、条块化、模式化,从而将语言符号化、象征化,使词语机械而武断地对应于一种事物,事实上便斩断了人、语言、事物、意义之间活泼的交融关系。因此,费诺罗萨便提出要通过(中国)诗的思来"返回事物"本身。在此基础上,庞德主张借鉴中国古典美学建构反象征主义的现代美国诗学,"这种诗学信任语言直接表现物象本身的意蕴的能力",③它既是简朴的又是复杂的;既是静止的又是动态的;既是时间性的,又是空间性的;既是音乐式的,又是雕塑式的。这种诗学思想影响了几乎

---

① 《远游的诗神:中国古典诗歌对美国新诗运动的影响》,赵毅衡著,四川人民出版社1985年版,第303页。

② 叶维廉对这个问题有十分深刻的分析。参见《中国诗学》,叶维廉著,生活·读书·新知三联书店1992年版,第83—98页。

③ 《远游的诗神:中国古典诗歌对美国新诗运动的影响》,赵毅衡著,四川人民出版社1985年版,第276页。

所有的英美现代诗人的创作,包括后来趋于保守、回归英国国教传统的艾略特。

综上所述,中国古典诗歌的影响对于美国新诗运动所致力的现代化目标的实现起到了决定性的作用:正是中国诗这个异质因素使得美国现代诗人们在一定程度上认识到了现代西方文化的本质特征及其症候,从而构建出了一种既反浪漫主义又反象征主义的现代诗学,促进了美国诗歌的现代化。

### 3. 西方浪漫主义和象征主义与中国现代诗歌的现代性

从上面的分析我们已经看到,中国古典诗歌对于美国新诗运动的确产生了具有决定意义的影响。然而,对这个事实的历史还原并非本节所关注的焦点。我们所关心的是这个历史事实本身所蕴涵的有关比较文学学科意义的定位问题。"中国古典诗歌对美国新诗运动具有决定性影响"这一命题之于比较文学研究的一个明显意义在于,它是对长期以来主宰西方比较文学界的西方中心主义倾向的一个有力回击。昆斯特关于"亚洲文学对欧洲文学几乎一向没有任何影响"、因而比较文学研究的注意力应集中在"欧洲对现代亚洲文学的影响之上而非相反"这一盲目草率的断言如果不是对基本历史事实的愚昧无知,就是因西方中心主义的心理作祟而故意对此视而不见。这种视域的学理缺陷在于它遮蔽了比较文学应关注异质文化之间的互动性之学科本质。

但是,如果从一个极端走向另一个极端——仅仅为了凸显中国的重要性而企图以中国中心主义来代替西方中心主义的话,我们则会犯与昆斯特同样的错误。从"文化互动性"这一学理视域我们应该看到,在中国古典诗歌与美国新诗运动的关系中,费诺罗萨和庞德等人所发现的西方文化的弊病——如所谓浪漫主义的激情、逻辑的"暴政"、思想的概念化明晰化、语言对神秘本体意义的象征,如此种种在某种程度上不正是中国文化所缺失的吗?而他们所认为的中国古典诗歌的魅力所在——简约的风格、语言和意义的互相敞亮、人与自然圆融状态,不也正是中国古典诗歌(如明初的"江右诗派")后来所丧失的吗?正是因为这些缺失和丧失,才有"五四"以来中国新文学运动的开拓者们以拿来主义的胸襟,积极引进异质的西方因素以促进中国文化自身的革命和更新,如章太炎所说,由此而产生了中国文化"三千年来未有之大变局"。比如美国新诗运动的理论资源虽然来自中国古典诗歌,但它反过来又对中国的文学革命产生了一定的影响。①

当然,与其他西方文学思潮相比,意象派对中国现代文学的影响是十分有限的。然而,正如上文所指出的,从比较文学的学科视域出发,我们从庞德等人对西方文化文学的批判中所看到的更多是我们自己的文化中所缺失的——在西方文学影响下所产生的中国现代文学在本质上就是对这些我们所缺失的异质因素的认可和接受,从而促进了中国文学的现代性转型。具体就美国新诗运动所反抗的欧洲浪漫主义和象征主义而言,以郭沫若、郁达夫等人为代表的创造社对"普罗米修斯式"和"维特式"两种浪漫个人主义精神的引入不仅摧垮了"温柔敦厚"的儒家诗学传统,而且加深了中国文学对情感、主体性等审美现代性原则的探索;而以穆木天、王独清和冯乃超等后期创造社成员以及李金发、戴望舒等人对法国象征主义的接受则不仅丰富了中国现代诗歌的形式,而且全面刷新了中国诗学关于诗歌语言的功能、艺术的颓废主义、形而上的神秘等问题的理解。

创造社对以自我扩张为特征的欧洲浪漫主义美学精神的引入最为典型地体现在郭沫若的《女神》中所塑造的一系列夸张的"开辟洪荒的大我形象":"我是一条天狗呀!/我把月来吞了,/我把日来吞了,/我把一切的星球来吞了,/我把全宇宙来吞了。/我便是我了!/我是月底光,/我是日底光,/我是一切星球底光,/我是X光线底光,/我是全宇宙底Energy底总量!/…………我便是我呀!/…………/我的我要爆了!"②在这首题为《天狗》的诗中,一连串急遽地出现了39个情感汪洋恣肆的"我",这与庞德所津津乐道的中国古典诗歌对"简朴人性"的追求是截然相反的。和郭沫若不同,创造社另一位成员郁达夫为中国现代文学所引入的不是这种"普罗米修斯式"的激昂和狂放,而是一种雪莱式的忧郁和维特式

---

① 如周策纵就认为,胡适的"八不主义"在某种程度上可视为意象派和浪漫主义影响的产物。虽然这个判断在严格的学理意义上仍有商榷之处,但"八不主义"的"不用典""不用陈套语""不对仗(文当废骈,诗当废律)"等有关文学形式的主张的确与美国新诗运动所推崇的意象并置和自由诗形式有些相似。参见《五四运动:现代中国的思想革命》,周策纵著,江苏人民出版社1996年版,第378页。

② 《天狗》,郭沫若著,见于《女神》,郭沫若著,人民文学出版社2000年版,第50页。

的自怜：

> 人生百年,年少的时候,只有七八年的光景,这最佳最美的七八年,我就不得不在这无情的岛国里虚度过去,可怜我今年已经二十一了。
> 槁木的二十一岁！
> 死灰的二十一岁！
> 我真还不如变了矿物质的好,我大约没有开花的日子了。
> 知识我也不要,名誉我也不要,我只要一个能安慰我体谅我的"心"。
> 一副白热的心肠！从这副心肠里生出来的同情！
> 从同情而来的爱情！
> 我所要求的就是爱情！①

这个孤独、敏感、脆弱、自卑、自恋,具有强烈的内省倾向的"零余人"身上所体现的"滥情主义"和"装腔作势"不正是庞德所批评的19世纪欧洲浪漫主义文学的毛病吗？而这种"毛病"也恰恰是崇尚温柔敦厚、含蓄简约的中国古典诗歌美学所缺失的。

如果说创造社对欧洲浪漫主义自我意识和情感流溢等现代性因素的引入填补了中国古典诗歌美学中一方面的缺失的话,那么,以李金发和穆木天为代表的象征主义诗人则为中国现代文学引入了语言的音乐性、创造性及其对美的神秘、绝对、无限的"表征"等异质因素,从而从另一个方面丰富和发展了中国现代诗歌的现代性。

作为中国20世纪象征主义诗歌的先驱,李金发的创作和诗学思想深受法国象征主义诗人,尤其是魏尔伦和波德莱尔的影响(而后者恰恰是庞德等美国新诗运动诗人们为构建美国现代诗歌所要力图摆脱的"影响的焦虑"),对此,李金发自己明确地予以承认：

> 那时因为多看人道主义及左倾的读物,渐渐感到人类社会罪恶太多,不免有愤世嫉俗的气味,渐渐地喜欢颓废派的作品,鲍德莱(即波德莱尔)的《罪恶之花》以及Verlaine的诗集,看得手不释卷,于是逐渐醉心象征派的作风。②

那么,魏尔伦和波德莱尔所代表的法国象征主义诗学对李金发的

---

① 《沉沦》,郁达夫著,人民文学出版社1998年版,第9页。
② 《飘零闲笔》,李金发著,台北侨联出版社1964年版,第5页。

影响最明显的体现在哪些方面呢？这就是诗歌语言的隐喻和象征功能及其对无限、未知、形而上等神秘意义的传达。对于象征主义诗学的本质,凡尔哈伦(Emile Verharen)曾明确指出,"它追求具体事物的抽象化"而非抽象观念的具体化:"象征总是通过思想的联想达到纯净;它是认知与感觉的升华;它绝非确指,它是暗示;它摧毁一切琐碎,一切实际,一切细节:它是艺术最高的表现,现存的最高形而上。"①这就是说,通过诗歌语言的暗示、联想等功能,象征主义诗歌能够将具体事物抽象化,从而创造出一个经验和逻辑难以把握的神秘的形而上世界——这与中国古典诗歌美学注重"物象的临即感"、将抽象观念具体化、从而还原人与自然的圆融状态的思路是完全相反的。

对象征主义的这个特征,李金发是十分清楚的。在《诗问答》一文中,李金发阐述了他的对象征主义的理解:"诗是一种观感灵敏的将所感到的所想象用美丽或雄壮之字句将刹那间的意象抓住,使人人可观感的东西;它能言人所不能言,或言人所言而未言的事物。诗人是富于哲学意识,自以为了解宇宙人生的人:任何人类的动向,大自然的形囊,都使他发生感叹,不像一般人之徒知养生送死而毫无所感。有时,诗人之所想象超人一等,而为普通人所不能追踪,于是诗人为人所不谅解,以为他是故弄玄虚。"②这种思想彻底贯彻在李金发自己的创作中,如著名的《有感》:"如残叶溅／血在我们／脚上,／生命便是／死神唇边／的笑。／半死的月下,／载饮载歌,／裂喉的音／随北风飘散。／呀！／抚慰你所爱的去。／开你户牖／使其羞怯,／征尘蒙其可爱之眼了。／此是生命／之羞怯／与愤怒么？／如残叶溅／血在我们／脚上。／生命便是／死神唇边的笑。"③在这首悲秋诗里,出现了残叶、冷月等中国读者所熟悉的意象,然而它们所传达的显然不再是物象本身的"临即感"或人与自然的圆融（天人合一）状态,而是一种典型的世纪末的焦虑和颓废:生命的意义仅仅是"死神唇边的笑",它是短暂和偶然的;个体生命最终被某

---

① 见于《文学接受与文化过滤:中国对法国象征主义诗歌的接受》,金丝燕著,中国人民大学出版社1994年版,第8页。
② 《诗问答》,杜灵格、李金发著,《文艺画报》1935年2月15日,第1卷,第3期。
③ 《有感》,李金发著,见于《李金发诗集》,李金发著,四川文艺出版社1987年版,第535—536页。

种神秘幽暗的终极力量所主宰,因而在本质上是无意义的。既然如此,与其歌颂生命的意义和自然的美丽,不如沉溺于枯骨、坟茔、死亡等否定性力量中所蕴涵的颓废美——而后者也的确是李金发经常表现的主题。显然,李金发对法国象征主义的接受不仅从诗歌形式上、更在诗学思想上丰富和发展了中国传统诗学所缺失或薄弱的方面:他的象征主义诗歌不再像中国古典诗歌那样追求物象赤裸裸的呈现和抽象思想的具体化,而是通过其特有的象征符号,探索和追问超乎于现象世界之上的神秘的本体意义,从而促进了20世纪中国诗歌的现代化——就异质文化—文学的互动而言,这与庞德等人接受中国古典诗学思想、从而推动美国现代诗歌的现代化具有同等重要的意义。

### 4. 互动研究与比较文学的学科意义

以上两个中西文学相互影响的个案中充分说明了文化互动之于各民族文学发展的重要性:没有中国古典诗歌的影响,美国现代诗歌当然也会走上民族化和现代化之路,但却可能因为缺乏中国诗这个异质参照系而仍然局限于西方传统固有的认知盲点之中,从而呈现出另一种面貌;另一方面,如果没有浪漫主义和象征主义等西方近现代文艺思潮的冲击和影响,中国文学可能仍然沾沾自喜于"天人合一"和"兴观群怨"的儒道传统之中而难以企及主体的想象、情感的夸饰、语言符号的象征性以及美的神秘性等审美现代性因素。正是由于中西文学之间的这种主体间际的双向交流和对话,促进了两种文化之间的互识、互证、互补以及互动。而对这些事实的认识和研究则体现了比较文学学科视野的跨文化性:没有这样一个从自我出发观照他者、同时又以他者的眼光来反观自我的跨文化视角,我们是难以真正把握到文化的多样性和类同性的。因此,"互动研究"是比较文学所关注的主要焦点之一,它构成了比较文学学科意义的一个重要方面。

**思考题:**

1. 简述互动研究与比较文学的学科意义。
2. 中国古典诗歌在哪些方面对美国新诗运动产生了影响?

3. 美国新诗运动对浪漫主义和象征主义的反叛反映了中国文化中的哪些相应的缺失？中国现代文学是如何弥补这些缺失的？

**参考书目：**

1.《中国之欧洲》，[法]艾田伯著，许均、钱林森译，河南人民出版社1992年版。

2.《寻求跨中西文化的共同文学规律》，叶维廉著，北京大学出版社1986年版。

3.《远游的诗神：中国古典诗歌对美国新诗运动的影响》，赵毅衡著，四川人民出版社1985年版。

4.《文学接受与文化过滤：中国对法国象征主义诗歌的接受》，金丝燕著，中国人民大学出版社1994年版。

## 第二节 接受：中国文学与俄苏文学的比较研究

### 1. 中国对俄国"虚无党小说"的接受

接受（Reception/восприятие）作为比较文学中的重要现象，通常指的是接受者从外国文学或文化中汲取某些成分用于自己的创作或其他文学活动的行为。而有影响也就有接受，因而对接受者的研究显然是比较文学研究中的一个重要部分。

由于社会、历史和文学等因素使然，20世纪是俄苏文学日益深刻地影响中国的时期。中国知识分子强烈地感觉并接受了俄苏文学中所蕴含的鲜明的民主意识、人道精神和历史使命感。尽管中俄两国间的国家关系几经曲折，但俄苏文学对中国的影响力却历久不衰。当然，对于任何一种外来文化的倾斜性接纳都会导致不良后果，过于浓厚的政治倾向和功利色彩也阻碍了人们对俄苏文学较为全面和客观的了解。① 在此，我们将从比较文学对外域民族

---

① 参阅《20世纪中俄文学关系》，陈建华著，学林出版社1998年初版、2002年再版；[苏]施奈德：《俄国文学在中国》(М. Е. Шнейдер, Русская литература в Китае, М. 1977.)等。

文学与文化接受的角度,就中国文学与俄苏文学作个案性研究,①分别探讨接受的期待视野、群体接受和个体接受、接受中的误读等现象。

在清末,中国一度对俄国的虚无党小说情有独钟。这是一个涉及接受中读者的期待视野问题。因为清末戊戌变法失败,导致维新思潮更不可遏制,一些有识之士公开主张变"师古"为"师夷",由学"西洋之长技"到引入"政事之书"。一时间,译介包括文学作品在内的西方书籍成为一种时尚。在梁启超看来,译书中小说最为重要,因为"欲新一国之民不可不先新一国之小说",②而小说中又以政治小说与社会联系最为密切,欧美日"各国政界之日进,则政治小说为功最高焉"。③ 最初译介到中国来的外国作品中风行一时的是侦探小说和所谓虚无党小说。其中,虚无党小说当属政治小说之列,阿英曾将之纳入俄国文学的范畴。虚无党乃俄国信奉无政府主义的一种青年政治力量。19世纪70年代末俄国民粹主义者组成民意党,奉行无政府主义、大肆开展恐怖活动,并于1881年3月将亚历山大二世刺杀,也因而遭到沙皇政府血腥镇压,许多人被杀害、流放,或被迫亡命海外。把民意党(乃至俄国一切反对专制制度的政治力量)称为虚无党并不十分贴切,但在清末已成为约定俗成的称谓。

从中国清末虚无党小说的内容看,确实与俄国民意党人的活动十分接近。俄国民意党人的斗争虽遭致惨败,但这些激进知识分子中有许多具有献身精神的优秀青年,产生过大量可歌可泣的

---

① 由于作为《比较文学概论》的教材题旨所限,本节主要介绍、分析20世纪中国文学对俄苏文学接受的个案。实际上,在中俄文学的相互关系中,接受历来是双向的,俄国对中国文学和文化的接受可参阅[俄]瓦西里耶夫著:《中国文学概论》(A. Васильев, Очерк истории китайской литературы, 1900.);[苏]斯卡其科夫著:《俄国汉学史》(П. Скачков, Очерк истории русского китаеведение, 1977.);B. W. MAGGS 著:《18世纪俄国文学中的中国》(1977);李福清著:《中国古典文学研究在苏联》(1988);李明滨著:《中国文学在俄苏》(1990)和《中国文化在俄罗斯》(1993);陈建华和汪介之著:《悠远的回响——俄苏作家与中国文化》(2002)等著作。

② 《论小说与群治之关系》,梁启超著,见于《饮冰室合集》,梁启超著,中华书局1989年版,第2册,第6页。

③ 《译印政治小说序》,梁启超著,见于《饮冰室合集》,梁启超著,中华书局1989年版,第1册,第34页。

动人故事,这使那些具有新思想的中国读者非常钦佩。虚无党小说的译介高潮与旨在推翻清朝统治的资产阶级民主革命高潮的同步出现,并非偶然。在清末的报刊上常常可以见到将中俄两国的革命运动进行对比的文字。

清末的一些重要刊物,如《新新小说》《月月小说》《新小说》等都刊过这类小说。其中,《虚无党奇话》重点描写一个犹太人家庭的悲剧和主人公走向虚无党的曲折道路,揭示"官逼民反,民不得不反"的道理,并颇有"壮士一去兮不复还"的悲壮之气。而《八宝匣》则描写虚无党人的暗杀活动,文末译者反专制的评语使人想起发表于同一时期的严复的《原败》,严复认为俄国在日俄战争中失败"非因也,果也。果于何?果于专制之末路也"。① 这些评语和文章都是将俄国作为一面镜子来比照中国,语意双关。至于《女虚无党》在情节之曲折惊险和主题之鲜明尖锐等方面更胜于前者,小说以女虚无党人为主要描写对象,突出了她们在行动中所起的重要作用。这些译作表明,清末中国文坛对俄国虚无党小说的接受主要是基于反对清朝专制统治的热情。问题是,这类小说之所以流行是不是纯属政治原因?为什么清末尤看重以女虚无党人为主人公的虚无党小说?对此,当时的文学家和虚无党小说的主要译者冷血如是说道:

> 我爱其人勇猛,爱其事曲折,爱其道为制服有权势者之不二法门……我喜俄国政府虽无道,人民尚有虚无党以抵制政府。②

姑且不论政治原因,"爱其事曲折"显然是不容忽视的因素。一些比较成功的虚无党小说,其布局大多悬念迭生,情节往往惊险曲折。对习惯于鉴赏情节的中国读者而言,在艺术上确实有一定的魅力。清末报刊上把虚无党小说分成四种:政治小说、历史小说、侦探小说与传奇小说。其中后两种尤其值得重视,如《女党人》就被置于"侦探小说"栏下,不少虚无党小说带有传奇色彩。

至于为什么清末尤为看重以女虚无党人为主人公的这类小说的问题,可从对与虚无党小说有关的《东欧女豪杰》的分析谈起。

---

① 《原败》,瘉埜堂稿,见于《外交报》上海商务印书馆印,光绪三十一年八月初五(1905.9),第120期,第8页。

② 见小说集《虚无党·叙》,开明书局1904年版,第1页。

《东欧女豪杰》描写的也是俄国虚无党人的故事,虽说言明是创作,但不排斥有一定的编译成分,作者为岭南羽衣女士(罗普),当时影响很大,同年《新民丛报》第14号有评论称:

> 此书专叙俄罗斯民党之事实,以女豪杰威拉、苏菲亚、叶些三人为中心点,将一切运动的历史皆纳入其中。盖爱国美人之多,未有及俄罗斯者也。其中事迹出没变化,悲壮淋漓,无一出人意想之外,以最爱自由之人而生于专制最烈之国,流万数千志士之血,以求易将来之幸福,至今未成,而其志不衰,其势且日增月盛,有加无已。中国爱国之士,各宜奉此为枕中鸿秘者也。①

由此可见出当时的评论者已有跨民族、跨语言、跨文化与跨国界的比较视域。这部俄国小说对俄国本土专制主义的猛烈攻击,在当时华夏大陆引起了中国读者强烈共鸣,在 1904 年的《觉民》《政艺通报》《女子世界》和《民国日日报》等报刊上都出现过关于这部小说的唱和诗。很有意味的是,该小说虽没写完(仅五回)但脉络已很清晰,它着力描写的是苏菲亚等虚无党人为国献身的故事。苏菲亚(即索菲娅·里沃夫娜·彼洛夫斯卡娅)是俄国民意党女英雄,历史上实有其人,她参加了 1881 年民意党人刺杀沙皇亚历山大二世的行动,其名声在当时中国进步青年中如雷贯耳。后来巴金还曾为她作传,鲁迅也曾明确地谈到她:

> 那时较为革命的青年,谁不知道俄国青年是革命的,暗杀的好手?尤其忘不掉的是苏菲亚,虽然大半也因为她是一位漂亮的姑娘。②

以女虚无党人为主人公的俄国虚无党小说在清末大受欢迎,除了与此有关外,也与当时女权思潮的兴起有联系。此时中国有人开始倡导女权思想,如马君武关于译介西方女权思想的文章《弥勒约翰之学说》认为男女间之革命是导致欧洲"今日之文明"的"二大革命"之一。从俄国的女豪杰到中国的女豪杰(如清末《中国新女豪》《女子权》和《中国之女铜像》等作品中的女豪杰形象),中俄文学形象双方内在的契合已显而易见。

---

① 《中国唯一之文学报〈新小说〉》,载于《新民丛报》,新小说报社 1902 年出版,第 14 号。
② 《祝中俄文字之交》,鲁迅著,见于《鲁迅全集》,鲁迅著,人民文学出版社 1981 年版,第 4 册,第 459 页。

可见，俄国虚无党小说在清末的流行只是一种特定环境中出现的特殊的译介现象，虚无党小说虽有反对专制制度的热情和曲折惊险的情节，但是文学价值大多不高，随辛亥革命的完成其使命也告结束。从这一个案中可以清晰地看到，读者的期待视野是中国接受俄苏文学和文化影响的一个重要前提。

## 2. 中国现代作家对俄苏文学的艺术接受

比较视域涉及比较文学影响研究中群体接受与个体接受的区别与联系问题，不同的读者因在审美趣味、艺术追求、创作个性和精神气质等方面的差异，在接受外来作家和作品时会做出不同的选择，构成不同的接受心理。

中国现代文学在艺术形式上发生过一次脱胎换骨的变化，在这一艺术形式现代化的进程中，俄国文学的跨文化推动作用是不容忽视的。在苏联著名汉学家和比较文学专家康拉德看来，"没有注意到俄国苏联文学的创作经验对于人民中国文学的意义，是不可能充分说明其发展的"。① 的确如此，19世纪俄国文坛人才辈出、著作如林，果戈理式的犀利、屠格涅夫式的抒情、冈察洛夫式的凝重、陀思妥耶夫斯基式的深邃、托尔斯泰式的恢弘和契诃夫式的含蓄等，无不显示出俄罗斯文学撼人的艺术魅力。正在进行艺术探索的中国作家把眼光投向俄国，诚挚地称俄国作家为自己的重要老师。鲁迅就接受了不少俄国作家的艺术影响，其中最重要的是果戈理、契诃夫和安德烈耶夫。关于果戈理，已有人指出两位作家的同名小说《狂人日记》在作品体裁（日记体小说）、人物设置（狂人形象）、表现手法（反语讽刺，借物喻人）和结局处理（"救救孩子"的呼声）等方面的相似性。当然，鲁迅对果戈理小说艺术的吸收和融汇远不止这部作品，他多次说到契诃夫也是他最喜爱的作家，在鲁迅的小说中我们也的确能够见到契诃夫那种在浓缩的篇幅里透视人类的灵魂，在平常的现象中发掘深刻的哲理的特点，这两位作家在接受与影响中的确呈现出一种艺术精神上的默契，郭沫若也是在这一层面意义上把他们称之为孪生兄弟的。至于安德烈耶

---

① ［苏］康拉德：《东方与西方》(Н. Конрад, Запад и восток. Москва: Главная редакция восточной литературы, 1966. с.308.)。

夫,在鲁迅小说中现实与象征手法的交融、冷峻悲郁笔法的运用在一定的程度上与接受安德烈耶夫的影响是分不开的。

与鲁迅早期"顶喜欢"契诃夫相比,巴金早期却不能接受契诃夫,因为他觉得他们彼此间在小说的美学色调上是不一样的。对巴金影响最大的是屠格涅夫:巴金不仅是屠格涅夫作品的主要译者,而且也在自己的作品中自觉地借鉴了屠格涅夫的艺术经验。按巴金的说法:

> 据说屠格涅夫用爱情骗过了俄国检察官的眼睛。……我也试着从爱情这个关系上观察一个人的性格,然后来表现这样的性格。①

巴金正是和屠格涅夫一样,通过爱情的考验充分显示了周如水的怯懦、吴仁民的矛盾、李佩珠的成熟等人物性格的主导面。

从比较视域寻求两个不同民族作家共通性的高度来看,《利娜》的女主人公几乎可以称为叶琳娜精神气质和性格上的孪生姐妹,其性格之美也是在把爱情与革命者波利司的命运相连接时才充分反映出来的。进而,巴金说:

> 我学写短篇小说,屠格涅夫便是我的一位老师……我那些早期的讲故事的短篇小说很可能是受到屠格涅夫的启发写成的。②

巴金这种直言不讳的表述,是中俄比较文学研究者寻找巴金接受屠格涅夫影响的有力证据。巴金酷爱屠格涅夫的散文诗,两位作家的散文诗都具有抒情、哲理和象征相结合的审美特色,并且都喜欢运用梦幻手法。比较屠格涅夫的《门槛》和巴金的《撇弃》就会发现,这两篇作品从主题、艺术构思到表现形式在美学表现价值上有着共通性。前者叙述一个俄罗斯女郎与大厦里传出的声音对话,后者则是"我"与黑暗中的影子对话,都用象征的手法塑造坚定但又孤独的革命者形象,赞颂了为追求光明不惜献身的崇高精神。

与巴金相反,茅盾断然否认处女作《幻灭》在艺术上受了屠格涅夫的影响。茅盾曾明确表示:"屠格涅夫我最读得少,他不在我

---

① 《〈爱情三部曲〉作者的自白——答刘西渭先生》,巴金著,见于《巴金全集》,巴金著,人民文学出版社1988年版,第6册,第472页。

② 《谈谈我的短篇小说》,见于《巴金选集》,巴金著,四川人民出版社1982年版,第10册,第252页。

爱读之列",①关于契诃夫我"最多读……但我并不十分喜欢他"。②然而,茅盾却说:

> 我爱左拉,我亦爱托尔斯泰。……可是到我自己来试作小说的时候,我却更近于托尔斯泰了。③

这种"更近于托尔斯泰"的倾向既表现在茅盾的小说创作中遵循的现实主义的创作方法,也表现在他把托尔斯泰的艺术表现手法作为自己创作的楷模。茅盾认为:"读托尔斯泰的作品至少要作三种功夫:一是研究他如何布局(结构),二是研究他如何写人物,三是研究他如何写热闹的大场面。"④这三个方面正是茅盾从托尔斯泰那里得益最多的地方。托尔斯泰的长篇小说有一种盘根错节、绿荫遮天的气势,而这又是建筑在作家"致力以求"并"感到骄傲"的"天衣无缝"的结构布局的基础之上的。这种艺术处理手段使茅盾感到一心灵上的吻合。他承认小说《子夜》"尤其得益于托尔斯泰的《战争与和平》"。⑤

从比较视域观察,跨民族的艺术影响是复杂的,这不仅表现在影响源的各不相同,或一个作家可能同时受到许多外国作家的综合影响,而且表现在即使同样对某个外国作家感兴趣的中国作家,其接受影响的角度和深度往往也是大相径庭的。比较文学研究应该是多元视点的,如郁达夫、巴金、沈从文、艾芜等作家都对屠格涅夫产生过浓厚的兴趣,但是郁达夫主要是在感情上与其相呼应,并在塑造"零余者"形象时接近屠格涅夫;而沈从文更多的是从《猎人笔记》中获取艺术灵感,他曾多次赞扬和力图效法《猎人笔记》,在《新废邮存底二十三——一首诗的讨论》中谈到这部作品对自己的

---

① 《谈我的研究》,见于《茅盾全集》,茅盾著,人民文学出版社1991年版,第21册,第62页。

② 《我阅读的中外文学作品》,见于《茅盾全集》,茅盾著,人民文学出版社1991年版,第26册,第426页。

③ 《从牯岭到东京》,见于《茅盾全集》,茅盾著,人民文学出版社1991年版,第19册,第176页。

④ "爱读的书",见于《茅盾文艺杂论集》,茅盾著,上海文艺出版社1981年版,下册,第105页。

⑤ 《走访茅盾》,[法]苏珊娜·贝尔纳著,见于《茅盾研究在国外》,湖南人民出版社1984年版,第569页。

创作的影响时说:

> 用屠格涅夫写《猎人日记》的方法,揉游记散文和小说故事而为一,使人事凸浮于西南特有明朗天时地理背景中,一切还都带点"原料"意味,值得特别注意。13 年前我写《湘行散记》时,即有这种意图,以为这个方法处理有地方性问题,必容易见功……这么写无疑将成为现代中国小说之一格。①

确实,沈从文的《湘行散记》在艺术形式上、在艺术精神上(如对质朴的自然形态的赞美,对扭曲的美好人性的悲凉)与《猎人笔记》有着共通的美学价值。

由此可见,单从社会历史原因是无法解释为什么有的作家倾心于果戈理和契诃夫,有的则师承于屠格涅夫或托尔斯泰。作家间的文学接受在很大程度上取决于他们在审美趣味、艺术追求、创作个性和精神气质上的接近,这正如植物的种子只能在它们适宜的土壤中生根发芽一样,巴金与屠格涅夫的关系便如此:他们都出身于封建专制大家庭,在那样的家庭里从小目睹了专制者的暴虐和弱小者的不幸,因此秉有深厚的人道主义思想和激烈的反农奴制倾向的屠格涅夫,才会跟具有反封建的民主主义思想的青年巴金一拍即合,他在读到屠格涅夫带自传性的小说《普宁与巴布林》时引起了强烈共鸣,像掘开了他自己记忆的坟墓一般。同时,两位作家都善于体察知识分子的复杂心理,善于把自己的热情化作或炽烈、或抒情的文字倾泻出来。同样,茅盾一再表示对托尔斯泰的艺术经验的倾慕,这与两位作家在创作个性上所具有的共通性不无关系。托尔斯泰认为"史诗的体裁对我是最合适的",②茅盾也曾一再表示喜欢规模宏大、文笔恣肆绚烂的作品,这两位作家都是长篇小说家,长篇体裁的广阔领域更适合于他们的创作个性,所以茅盾才会对托尔斯泰长篇的艺术经验产生一种自觉追求与接受的强烈愿望。

这些个案显示出了文学接受中个体接受与群体接受的区别和

---

① 《新废邮存底二十三——一首诗的讨论》,见于《沈从文文集》,沈从文著,花城出版社 1984 年版,第 12 册,第 67—68 页。

② [俄]拉克申:《列夫·托尔斯泰》,见于《简明文学百科全书》(Л. Толстой // Краткая литературная энциклопедия. Т. 7, с. 548.)。

联系复杂性:中国现代作家在寻求新路的时候发现了俄苏文学,并且也在一种内在需要的制约下与它保持了持续的结合。这种群体接受导致了中国作家潜在力的勃发,从而不断地推进中国文学现代化的进程;同时,外来艺术经验经过个体接受中的扬弃、变形,成为中国作家各具个性的艺术创造的有机组成部分。

### 3. 普希金在中国的接受

普希金在中国的接受是中俄文学比较研究中的一个典范个案。这一个案包含着中俄文学接受中的误读现象与时代变迁的关系:中国对普希金的接受有过几次调整,变化中的普希金形象蕴含着诸多误读的成分。而这种跨民族、跨语言、跨文化与跨国界的接受中出现的这种调整和误读,是有深刻的时代因素和文化内涵的。

第一,小说家普希金?

在普希金的名字自1897年被译介中国后的将近三十年间,人们只是见其小说不断被译介出来而未见其诗歌,以诗人著称的普希金为何却首先以小说家的身份出现在中国读者视野中呢?这个设问已经跨越了两个民族的文化,不是纯粹民族文学研究或国族文学研究所回答的问题了。从比较文学研究的跨文化视域究其原因,大概不外乎以下几个方面:

首先,是当时中国文学界对小说的重视超过诗歌。晚清维新派人士梁启超等人曾大力鼓吹"小说界革命",他们的倡导有力地推动了当时的小说创作和翻译。黄和南为戢翼翚译介《俄国情史》所写的《绪言》认为:

> (该译作)非历史,非传记,而为小说,……夫小说有责任焉。吾国之小说,皆以所谓忠君孝子贞女烈妇等为国民镜,遂养成一奴隶之天下。然则吾国风俗之恶,当以小说家为罪首。是则新译小说者,不可不以风俗改良为责任也。①

可见,译者与评价者在译介这部作品时受当时中国社会思潮的左右,都是有明确指向性的。

---

① 《俄国情史·绪言》,黄和南著,见于《俄国情史》,[俄]普希金著,戢翼翚译,上海大宣书局1903年版,第1页。《俄国情史》是普希金的小说,后来也被中国译介者翻译为《上尉的女儿》。

其次,是当时中国文学界对富有人道色彩的俄国现实主义作品的重视超过浪漫主义作品。鲁迅在20年代回忆他当年对拜伦和普希金等浪漫主义诗人的介绍时说:"他们的名,先前是怎样地使我激昂呵,民国告成以后,我便将他们忘却了。"①鲁迅的这种喜好上的变化其实正反映了辛亥革命以后文坛审美趣味的变化,如耿济之在为安寿颐所译介的小说《甲必丹之女》撰写的对话形式的序言中,先以友人的口吻强调介绍外国文学"当以写实派之富有人道色彩者为先",②而后指出在写实派和浪漫派之间虽然不能截然划出一条鸿沟,但特别肯定这部小说的现实主义精神:"能将蒲格撒夫(即普加乔夫)作战时代之风俗人情描写无遗,可于其中见出极端之写实主义。"③

再次,是当时中国文学界对普希金诗歌的魅力缺乏足够的了解。在那个时代,不少人把普希金仅仅看作一个"社会的诗人",对他的诗歌丰富的思想内涵和卓越的艺术价值了解不多。同时,译介形神兼备的诗歌又具有相当的难度,当时的中国翻译界在总体上尚不具备这样的实力。诗歌译介中的这类问题并非局限于普希金一位诗人,其他外国诗人作品的译介也有相似的现象。

这种情况直到20—30年代之交才稍有变化。《文学周报》1927年第4卷第18期发表了孙衣我翻译的普希金诗作《致诗友》,1933年哈尔滨精益书局出版的《零露集》收入普希金《致大海》和《一朵小花》等9首诗歌(译者为温佩筠)。但是,诗人普希金真正为中国读者所了解一直要到30年代中后期,即中国文坛首次大规模纪念这位俄罗斯诗人之时。

第二,革命诗人普希金?

如果说,翻译界最初提供给中国读者的是小说家普希金的形象的话,那么,评论界对普希金的诗人身份一开始就十分明确,在相当长的一段时间里他们为中国读者描绘的更多的是革命诗人普希金形象。

---

① 《坟·题记》,见于《鲁迅全集》,鲁迅著,人民文学出版社1981年版,第1册,第3页。
② 具体观点参见《甲必丹之女·序言》,耿济之著,见于《甲必丹之女》,[俄]普希金著,安寿颐译,上海商务印书馆1921年版。
③ 同上。

应该说,普希金的这种形象在"五四"时期的介绍中已初露端倪。李大钊的《俄罗斯文学与革命》(1918)作为较早谈到普希金的文章,仅提及其《自由颂》一篇,所强调的是诗歌的思想内涵。对其他几位诗人,李大钊列举的也大抵是一些为自由而呐喊的诗篇,如莱蒙托夫的《诗人之死》、雷列耶夫的《沉思》和奥加廖夫的《自由》等。李大钊之文反映了当时进步知识分子对普希金的基本认识,其褒贬的尺度与他们的政治观和文学观是一致的。从比较视域追寻共通性的层面上来看,他们对普希金诗歌的接受是在双方共在的审美价值点上完成的。当然,当时有些研究者在强调普希金是"社会的诗人"的同时,也注意到他在艺术方面的成就,如田汉在《俄罗斯文学思潮之一瞥》中称:

> (普希金的伟大)首在表现俄国之社会倾向与要求,次在造出能活现国民思想感情之用语。①

瞿秋白当时关于普希金的一些评述在审美的价值衡量尺度上也与田汉有着共通性。

接受普希金在经过自1925年至1936年的相对沉寂后,在30年代后期至40年代进入了活跃期,而且随中国局势变化、左翼文化运动的迅速发展,对普希金的评价开始出现逐步拔高的趋势。这时期举办的三次纪念活动:1937、1947年纪念普希金逝世100、110周年,1949年纪念普希金诞辰150周年。期间,出现了很多纪念专刊或纪念集,这是普希金作品跨越了民族、语言、文化与国界在中国的一次大普及。与此同时,"革命诗人"普希金的形象也开始凸现出来,其被反复译介的是《致西伯利亚的囚徒》《致恰达耶夫》和《自由颂》等反暴政、争自由的诗篇,茅盾认为"诗人的一生就是一首革命的史诗",②郭沫若称普希金有几点最值得中国读者学习:

> 第一是他(普希金)的为人民服务的精神;第二是他的为革命服务的志趣;第三是在两种生活原则之下,他发挥尽致了"富贵不能淫,贫贱不

---

① 《俄罗斯文学思潮之一瞥》,田汉著,见于《民铎》杂志1919年第1卷第6号。
② 取自1947年2月茅盾为苏联普希金博物馆题字的首句,见于《茅盾全集》,茅盾著,人民文学出版社2001年版,第33册,第559页。(该文最初发表于1947年2月10日《时代日报·普希金逝世一百十周年特刊》)

能移,威武不能屈"的大丈夫的气概。①

从研究的比较视域看,郭沫若对普希金诗歌的审美评价大有比较文学中国学派的阐发研究性质,他把孟子的话语恰如其分地带入对普希金作品的批评中,使孟子的话语与俄国普希金的诗歌在共通的审美价值层面上整合在一起,完成一次崭新的诗学批评表达。

这时期拔高普希金作为革命诗人的形象是普遍现象,如胡风对普希金的评价基本上限于"革命诗人"。在《A. S. 普希金与中国》中,他称普希金是"一个反抗旧的制度而歌颂自由的诗人,一个被沙皇俄国虐待、放逐、以致阴谋杀害了的诗人",是"民主革命运动底诗人,旗手"。② 革命诗人普希金形象在中国文学批评界的出现,与当时中国社会和文学自身的时代语境有关。胡风在上文中这样解释中国左翼文坛只接受"革命诗人"普希金的原因:

> 新的人民的文艺,开始是潜在的革命要求底反映,因而推动了革命斗争,接着也就因而被实际的革命斗争所丰富所培养了。中国新文艺一开始就秉赋了这个战斗的人民性格,它底欲望一直是从现实的人民生活和世界的人民文艺思想里面争取这个性格底发展和完成。从这一点上,而且仅仅只能从这一点上,我们才不难理解为什么普希金终于被当作我们自己的诗人看待的原因。③

中国左翼文坛过于浓厚的政治倾向和功利色彩,阻碍了对这位诗人更为全面和客观的了解和接受。这种情况在50年代同样存在。也由于这一点,当60—70年代政治风向发生逆转时,普希金在中国地位也才会一落千丈,从被偶像化的"革命诗人"变为遭唾弃的"反动诗人"。

从80年代开始中国对普希金接受走上了健康发展的道路,为读者备感真实而亲切的普希金形象出现了。这一个案表明,一方面文学接受中的误读现象(不管是有意识的误读还是无意识的误

---

① 《向普希金看齐》,见于《郭沫若全集》,郭沫若著,人民文学出版社1992年版,第20册,第232页。该文为郭沫若1947年在上海普希金逝世110周年纪念会上的演说词。

② 参见《A. S. 普希金与中国》,胡风著,见于《普希金文集》,普希金著,时代出版社1947年版。

③ 《A. S. 普希金与中国——为普希金逝世一百十年纪念写》,胡风著,见于《胡风全集》,胡风著,湖北人民出版社1999年版,第3册,第391—392页。

读)与时代的变迁有着不可分割的联系,另一方面文学创作与文学批评在跨文化的接受中所产生的误读现象,与两个民族、文化、时代的变迁息息相关。

**思考题:**

1. 什么是接受的期待视野?请以中俄文学交往的实例说明文学接受中的"期待视野"现象。

2. 在中国现代文学史上,诸多中国作家对俄国文学的接受有什么相同点和不同点,并说明原因。

3. 怎样认识理解接受中的误读现象,试以普希金在中国的接受说明之。

4. 思考一下,关于中国现当代文学对俄苏文学的接受,你还可以发现哪些个案值得研究;反过来,俄苏文学对中国现当代文学接受,你还可以发现哪些个案值得研究。

**参考书目:**

1.《20世纪中俄文学关系》,陈建华著,学林出版社1998年版,高等教育出版社2001年再版。

2.《悠远的回响:俄罗斯作家与中国文化》,汪介之、陈建华著,宁夏人民出版社2002年版。

3. [苏]施奈德:《俄国文学在中国》(Шнейдер,М. Е. Русская литература в Китае, М.,1977.)。

## 第三节 影响:中国文学与日本文学的比较研究

### 1. 从日本汉文学看中国对日本文学的影响

从近代以来,世界绝大多数民族和国家的文学发展都处在一种潜移默化的多元影响状态。从比较文学跨民族、跨语言、跨文化与跨学科的视域来看,任何民族的文学总是与外域民族的文化、文学不断碰撞、交融,并以本民族文化传统为过滤器接受、融合与改造他者的文化、文学,以此在一种矛盾、平衡(暂时的)的状态中创造新质(to make something new),创新自己的文学。因此从拥有

"一个本体""两个学贯""三个关系"与"四个跨越"比较视域出发，透视各民族文学间的影响关系，便能为文学研究者提供了一个科学而开放的文学研究平台。上一节我们着重探讨了中国文学对俄苏文学的接受现象，本节我们着重介绍中国文学对日本文学的影响现象，为比较文学的学习者从接受与影响两种视域提供一些关于比较文学原理的个案研究基本知识。但需要提及的是，在不同民族文学的碰撞与交融中，往往民族与民族文学之间的接受和影响是并行的，不是一种单一的、线性的过程。

论及比较文学的影响问题，中日文学关系具有相当的典型意义，它既涵盖了比较文学历来关注的许多影响研究中的规律问题，其中有的论题又具有独特性。在这里我们侧重分析中国文学对日本文学的影响，按日本文学历史发展的脉络，分别阐述不同的时期中国文学对其影响的不同轨迹和程度。

中日两国文学交往有着悠久的历史，就文字记载已有两千年了，如果加上口承文学（如神话），历史则更为久远。虽然中日神话交往的具体途径、态势还有待进一步深入研究，但中日两国学者都认为这两者之间一定存在着相互的影响关系。①

神话是每个民族最为早期的文学。中日两国都有创世神话，如中国神话中的"女娲造人"，日本古代也有伊耶那歧命与伊耶那美命的造人神话。在日本的创世神话中所体现的"数"的理念显然受到中国文化的影响，如"天孙降临"神话中有两处极关键的情节都采用了"三"这个数的概念，天照御大神启用第三代皇孙，辅以三神器，下降苇原中国，这是开创万物的象征。在中国哲学里"三"有至高无上的意义，是两性和合、开创万物的哲理体现，老子在《道德经》中说："道生一，一生二，二生三，三生万物。"②以此观之，日本神话中出现"三"的数字概念决非杜撰，正如有的学者所说：

> 中国古典哲学中关于"三"这一圣数概念在日本神话中被摄取并被

---

① 这一观点参见《中日文化交流史大系·文学卷》，严绍璗、中西进主编，浙江人民出版社1996年版，第6册。也参见《中日民间故事比较研究》，于长敏著，吉林大学出版社1996年版。

② 《老子》，见于《二十二子》，上海古籍出版社1986年缩印浙江书局汇刻本，第5页。

恰当地使用了。①

一般来说,不同民族文学(文化)之间的影响都存在一种流势,即传播的一方一般处于文化的高势地位。从日本古代至明治维新(1868),中国文学占绝对优势地影响了日本文学,这种影响往往从模仿开始,随着接受的深入,逐渐被改造成接受者的本民族文化的组成部分,进而转化成本民族文化精神的一个要素,"日本的汉文学"就是最典型的范例。我们主要以日本著名学者神田喜一郎的著作《日本の汉文学》为蓝本,看看"日本的汉文学"如何反映出中日的文学影响关系。

日本汉文学是指日本人在本土语境下用汉语或汉字创作的文学作品。神田喜一郎指出:"所说的'日本汉文学'乃是在世界文学史上绝无仅有的独特存在。"这位研究者认为"'日本的汉文学'从本质上当然属于日本文学",②它产生的原因就在于"日本人在中国文学刚开始传入日本以后,出于对先进文化的崇拜,追逐新倾向,只顾模仿拟作而致"。③ 由于它与中国文学的这种特殊密切关系,甚至有人把它看作中国文学的一个分支。

在中国历史上,魏晋史书已有中日交流的记录,如陈寿的《三国志·倭人传》,而在《宋书·夷蛮传》中又有倭王武上宋顺帝的表书,但是,史学界认为这篇漂亮的骈体文"封国偏远,作藩于外。自昔祖祢,躬擐甲胄,跋涉山川,不遑宁处……"④乃出自于"归化人"之手。即使如此,"也足以表明中国文化对倭人的影响"。⑤ 但是,从文学关系来说,日本文学史界认为推古朝(593—629)是中国文学影响日本文学的肇始。在这一过程中从朝鲜半岛和中国大陆到日本落户的"归化人"成为最重要的传播媒体。《怀风藻》是现存的日本最早的汉诗集,成书于天平胜宝三年(751)11月,据《日本文学鉴赏辞典·古典编》载:

---

① 《中日文化交流史大系·文学卷》,严绍璗、中西进主编,浙江人民出版社1996年版,第6册,第50页。
② 《日本の汉文学》,[日]神田喜一郎著,岩波书店1959年版,第3页。
③ 同上。
④ 《宋书·夷蛮传》,见于《二十五史》上海古籍出版社、上海古籍书店1986年影印乾隆四年武英殿本,第3册,第1899页。
⑤ 《中日关系史》,张声振著,吉林文史出版社1986年版,第46页。

《怀风藻》收录了近江奈良王朝120篇左右汉诗,包括有大友皇子、大津皇子、文武天皇、官吏、文人、僧侣等64人的作品。有少数七言诗,多为五言,尤以八句者最多。从中国文学影响角度来说诗中含有"儒教、老庄、神仙"等中国思想,诗句从汉籍借用很多……除六朝诗外受初唐诗特别是初唐四杰之一的王勃(王子安)的影响很大。……范本乃是昭明文选无疑。①

　　从比较文学影响研究强调的渊源学追溯,从桓武天皇延历十三年(794)定都平安京至源赖朝于镰仓开设幕府四百年间的平安时代是日本汉文学的昌盛期,也是中国文学影响日本文学的第一个高峰期。其时,许多日本文人、僧人都与中国诗人过从甚密,如阿倍仲麻吕与李白、王维的交往成为中日文学交流的佳话。嵯峨天皇年代编纂的汉诗集《凌云集》、小野岑守编的《文华秀丽集》、藤原冬嗣编纂的《经国集》是中国盛唐诗对日本文学影响后产生的结晶。在这一时期还出现僧空海的《文镜秘府论》(820),这是日本最早的诗文论著,在这部著作中他引用了梁沈约《四声谱》、隋刘善经《四声指归》、唐王昌龄《诗格》、皎然《诗式》《诗评》《诗仪》、崔融《唐朝新定诗体》、元兢《诗髓脑》《古今诗人秀句》、佚名《文笔式》《帝德录》、晋陆机《文赋》、梁刘勰《文心雕龙》等大批中国诗论典籍,有些在我国已佚失。日本学者认为《文镜秘府论》是除刘勰的《文心雕龙》之外绝无仅有的大作,这说明日本文坛对中国文学的学习已渐趋成熟。需要对初涉比较文学者提示的是,如果把上述中国古代文学中直接对日本文学有影响的事实做一次材料上的整理,这就是比较文学影响研究中很好的个案课题。

　　任何民族在接受域外文化(文学)时都有自己的选择机制,本民族文化传统、不同时代的文化都会成为接受的滤器与标尺。随着中国文学在日本由贵族间的小范围传播向平民的扩大,对中国文学的接受取向发生了变化。在平安朝,"日本的汉文学"几乎被白居易涂成一色,白居易的诗文具有内容充实和平民化的特色,是对六朝贵族文学的骈体文的一种反驳,他对日本的影响推动日本汉文学形成了语言平易、思想表达自由的特点。

　　从日本文学发展看,平安朝这段历史时期可分前后两期,以宇

---

① 《日本文学鉴赏辞典·古典编》,[日]吉田精一编,东京堂1960年版,第121页。

多天皇宽平六年(894)正式废止遣唐使为界。承继奈良朝,前期的中日文学交流由于遣隋、遣唐使和留学僧的大量派遣,特别在嵯峨天皇时代,达到前所未有的顶峰,此时的日本汉文学十分繁荣。在后期,官方的交往转为民间交往,"与中国文学发展隔绝的日本汉文学,逐渐趋向日本化,开拓出一种新的独自的境地"。①

经过平安朝之后,"日本的汉文学"表面看似消沉,但也孕育了一种消化、融合和新的昌盛,进入镰仓时代,中日两国的禅僧往来交流,新的宋元文化对日本文学再度产生很大的影响,其成果乃是五山文学。

在日本人看来,中国文学可以大体分为骈体与散体,从六朝至唐骈体文学格外发达,日本的飞鸟、奈良朝至平安朝的汉文学是承继骈体文学的,中国从唐中叶开始逐渐地兴起散体,至宋,发展成盛势。日本的五山文学即是承继散体文学,虽然都冠以汉文学,但与前代迥异。日本散体文学以唐李白、杜甫、韩愈、柳宗元为先导,至宋代,欧阳修、梅尧臣、苏轼、黄庭坚、陈师道、陆游、范成大等大家辈出,五山文学即以这些大家为榜样,开拓出新局面。

五山文学当以虎关师炼为鼻祖,他的诗话《济北集》被推为不逊于中国宋代诗歌理论的著作。② 在诗歌方面以雪村友梅为代表。禅林文学力主散体,开一代新风,"是日本汉文学的一场大革命"。③ 这足以说明日本在受中国文学的影响时也是"变"字当头,永远处于发展的动态中。

进入江户时代,日本汉文学再次形成高潮。不少日本文学史家认为汉文学无论在量上还是质上,最突出的、成就最高的是江户时代。正如中村真一郎所说:

> 认真地说,江户时代人们所营造的文学的中心并非是净琉璃、俳谐和庞大的随笔类作品,甚至不是人情本、洒落本,而是用汉文写成的著述。④

藤原惺窝、林罗山奠定了江户时代汉文学的基础。江户时代日本

---

① 《日本の汉文学》,[日]神田喜一郎著,岩波书店1959年版,第15页。
② 同上书,第24页。
③ 同上书,第26页。
④ 《近代文学としての明治汉诗》,[日]入谷仙介著,研文出版1989年版,第13页。

汉文学的复兴是与袁宏道诗文的影响密切相关的。在日本正德初年(1711)至天明末年(1788)近80年时间里,新井白石、荻生徂徕等一反五山汉文学的风格,使日本汉文学出现新的转机。五山文学主要以中国宋诗为范本,而江户时代则力主学习盛唐。江户文人认为宋诗重理,唐诗重格调。江户时代初期的木下顺庵认为,中国明朝中期的李梦阳、何景明、李攀龙、王世贞等前后七子所倡导的"古典主义"——即文学秦汉,诗仿盛唐——别有用意,这种以"复古"面貌出现的口号,其实质是如何适应新时代,解决继承与创新的问题。在这点上,江户时代的日本文坛的理解是正确的。以李梦阳为例,他倡言复古"实是对创作上要有一个完美境界的刻意追求。他鼓吹古诗必汉魏,近体必盛唐,实是要求诗歌创作应具有两方面的内涵:一是重情韵,认为诗歌应有自然、真挚的情感活动;二是重视和谐,认为诗歌应该情质宛洽、诸种因素混融一体"。① 日本江户时代汉文学的变化实乃是适应日本市民社会的发展,把日本汉文学向更宽广的世庶普及的结果,也是日本近代文学产生前在思想和形式上求新的一个征兆。从这一过程不难看出,一个民族成熟地接受外来影响,首先是适应本民族社会发展形势的需要而不断调整、变化,取他山之石为己所用的。

明治维新使日本步入近代社会,日本的中国文化观发生逆转,因此,"日本的汉文学"开始衰微。但是,从明治初年直到明治中期,日本的汉诗坛却比江户时代还隆盛,其原因一方面在于,不论经历任何时代,汉文学都是对社会"参与的文学",这是中国儒学文学观的影响所致。明治时代的一些维新志士也通过汉诗文来叙怀他们的政治理想。② 另一方面也显示了中国文学对日本文学的影响之深,它已成为文人学士的精神组成和一种教养。经过百年后,今天日本汉文学何去何从仍然是一个事关重大的问题,这不仅是文学的课题,也是社会文化的大问题,它的趋向值得瞩目。

---

① 《中华文学通史》,张炯等主编,华艺出版社1997年版,第3册,第482页。
② 关于这一观点请参见《近代文学としての明治汉诗》,[日]入谷仙介著,研文出版1989年版,第13页。

## 2. 从物语文学看中国对日本文学的影响

中国文学对日本文学的影响渗透到方方面面，不仅体现在诗歌上，也体现在散文作品方面，而且后者显示了接受外来影响的成熟，即被接受者已水乳交融地把中国文化转化成日本文化传统的因素。这方面《源氏物语》所接受的中国文学影响是最具说服力的。

其一是《源氏物语》有时原封不动地引用中国古代典籍中的诗文，如"为雨为云今不知"（《葵姬》卷）一句，是葵姬去世，源氏公子于左大臣邸内为之守丧，伤心时吟出的一句诗，取自刘禹锡"有所嗟二首"中的一句。① 其二是援引典故，其三是运用当时的俗谚俚语（也有从文中引用之可能），如多处用"烂柯"故事写人世沧桑，感慨系之。

《源氏物语》与《白氏文集》关系之深切"实出预想之外""占压倒优势"，②而且已经达到"顺手拈来"之功。"作者掌握了《长恨歌》的主题和本质，因而能充分摘引、借用词意上的类似等手法，使物语的世界具体化，形象化……因此作者对《长恨歌》的吸收，并不限于针对个别场面断章取义地加以摘引和借用，而是在主要人物的主要情节上以同一情调反复地加以利用。我想这也是《长恨歌》这一外来的先行文学，以其新颖生动给予《源氏物语》以影响的表现。"③在日本文学史上，《源氏物语》首先揭示并形成了"物哀"的审美理念。这当然是日本本民族文化沉积的结果，但也不能不说与中国文学有着密切关联。川端康成亦说过：

> 倘若没有前一个时代早就引进唐代文化，并一直延续下来，就不会产生《源氏物语》。④

---

① 原诗为"庚令楼中初见时，武昌春柳似腰支。相逢相笑尽如梦，为雨为云今不知。"据说此诗为刘禹锡丧偶所作之诗。见于《源氏物语与白氏文集》，[日]丸山清子著，国际文化出版公司1985年版，第8页。

② 《源氏物语与白氏文集》，[日]丸山清子著，国际文化出版公司1985年版，第66页。

③ 同上书，第140—141页。

④ 《我的思考》，[日]川端康成著，见于《川端康成谈创作》，叶渭渠译，生活·读书·新知三联书店1992年版，第234页。

中国文学对日本的"物语文学"的影响还体现在对江户时代各种物语作品之中。比如对江户时代文学产生重大影响的小说《剪灯新话》(包括《余话》),由于它的影响开创了日本假名草子中的怪异小说;再就是《古今小说》,由都贺庭钟的翻案(改编),出现了《英草子》《繁野话》的初期读本;尤其值得提出的是《水浒传》的影响,以改编《水浒传》为契机出现了泷泽(曲亭)马琴的《南总里见八犬传》。

《八犬传》是《水浒传》影响下的产物是毫无疑问的,但是,这种影响并非是突如其来。日本江户文学研究家中村幸彦认为,《水浒传》于宽永十六年(1639)传入日本,在日本引起大的反响是在享保到宝历年间(1716—1762),接着在文政末年至天保(1820—1840)又形成第二次高潮,"在第一次水浒热的高潮中就已经出现了取材于《水浒传》或模仿《水浒传》所创作的初期读本"。① 这给曲亭(泷泽)马琴创作《八犬传》奠定了基础,马琴此作面世后,出现了洛阳纸贵的局面。

《八犬传》不仅受《水浒传》的影响,同时也吸收了《三国演义》《搜神记》中的有关情节,而且作品中有许多中国典故是顺手拈来,显示了马琴生活的时代"汉学"在日本的深厚基础(当然他是其中的佼佼者),但即便如此,作品中仍有独创性的一面。正如有的学者所说:"它不是把整个段子端过来,生搬硬套,而是把它掰开揉碎了穿插其间,不显山也不露水,使之浑然成为一体,"②由于中日两国历史迥异,"它没有出现过像水泊梁山那样的农民起义,为此,作品的大团圆结局和《水浒传》根本不同,这也是不同民族文化独特的改造的结果"。③ 从比较文学考察中国小说对日本江户文学的影响,我们同样可以看出,影响是一个动态的过程。

### 3. 影响的积淀:中国对日本近代文学的影响

两个民族之间的文学关系是比较文学研究的客体,谈起中日

---

① 《中国典籍在日本的流传与影响》,陆坚、王勇主编,杭州大学出版社1990年版,第169页。
② 《南总里见八犬传·译序》,李树果著,南开大学出版社1992年版,第8页。
③ 同上。

文学关系时,一般的看法认为明治维新前是中国文学影响日本文学,而明治维新后则逆转为日本文学影响中国文学或借日本这个"桥",中国文学受到西方文学影响,这种说法有合理的一面,但是,同时也是中日文学关系认识上的一大误区。

实际上,明治维新之后,中日上千年的文化交往在日本文化中形成的中国文化、文学影响的丰厚沉积已深入到人的精神领域,世代相传,这种影响的积淀虽然不像以往那样从表面显现出来,但是,在深层次上却依然发挥着强韧的影响力。日本文学史家吉田精一指出:

> 日本近代文学乃至近代思想的最大问题之一是东洋与西洋如何调和或者说交融的。①

可以说这一问题至今仍不可忽视。

明治维新以来的日本文学发展也经历过多次"全盘西化"与"国粹主义"的矛盾,斗争此消彼长,但占据主流的仍是以森鸥外、夏目漱石为代表的博采东西文化熔为一炉的选择。森鸥外于明治四十四年(1912)在《鼎轩先生》一文中写道:"新日本是处于东洋文化与西洋文化交融的漩涡的国家。这里既有立足于东洋文化的学者,也有立足于西洋文化的学者。但是,他们都属于一条腿的学者",②他认为时代需要的是两条腿走路的学者。他的这一认识不仅体现在他的文学理论、文艺批评中,而且在创作中亦是如此。他于1890年发表的成名作《舞女》显然受屠格涅夫《春潮》和其他欧美作家有关作品的影响,但同时又深受中国明清小说的影响,小说里呈现的近代思想既超前又不得不作出抑制。这和森鸥外身处德国受西方文化洗礼,而在骨子里从小接受汉文化教养所形成的复杂结构关系密切。

对同一个问题夏目漱石也作了相同的论断。这位出身古江户草分名主之家的文坛巨匠,从少年时代起就受到良好的汉学教育,后来去英国研究英国文学,是当时兼通东西的精英人物。他初登文坛时,正值"脱亚入欧"的口号盛行,对此夏目漱石认为明治三十

---

① 《漱石における东洋と西洋》,[日]吉田精一著,见于《夏目漱石全集·别卷》筑摩书房1979年版,第15页。

② 关于森鸥外与夏目漱石的论述由本节作者根据作家全集载文译出。

四年的日本人大多是以维新以来的日本之西洋化努力而暗自庆幸，甚至对于西洋人的奉承话也满心欢喜，对于急于脱亚入欧的日本人来说，自己现在所要舍弃的旧物正是支那及其文化，一改过去的尊敬之心而以蔑视的目光相观，特别是对于在西洋错把日本人当成中国人而生气。其实，我们认为这是当时一种相当普遍的日本人的中国文化观。但是，从少年时代就倾心汉籍的夏目漱石对于这种浅薄之见不以为然。他在明治三十四年3月15日的日记中写道：把日本人错当是支那人而讨厌，其实支那人是相当有名气的国民，不幸的是眼下衰落，沉沦而已罢了。正是这一反思使他既积极吸收西方最新成果，又能在东西两种文学融合上下功夫去探讨文学，他的《文学论》即是这一努力的产物。

《文学论》是力图使西方文学观与中国文学论相结合的开创之作，他对当时处于学术前沿的霭理士的心理学十分欣赏，把它作为探测人的内心世界的武器应用于文学，但是他的主旨在于把握人的复杂心理，使文学发挥教育作用。为此有的学者认为：

> 漱石的汉学成果使之有德义的观点，而且在漱石的作品之中具有浓厚的伦理色彩，这一方面是他的天性使然，更重要的是他的汉诗文趣味对成为他创作的养分使然，这是无人怀疑的。我想作为漱石的汉文学观的结论来说也是可以的。①

中国文化（文学）的影响在日本近代作家身上的沉积已积淀成一种"乡愁"。由于"西化"引起本民族文化传统的危机感，这种过激的反弹形成一种向日本古典和中国趣味的回归，特别是在日本战败以后，这一倾向非常明显。连过去被称作唯美主义作家的谷崎润一郎也是如此。谷崎润一郎经历明治、大正、昭和年代，在东西文化激烈碰撞时期也曾醉心于西洋文化，并深受影响，他曾在1910年在《新思潮》上发表了短篇小说《麒麟》《文身》，都是受西方王尔德为代表的唯美主义作家影响的"唯美主义"之作。但他的文化根基仍然是日本文化传统，如日本文学史家加藤周一所说："谷崎有作为他自己东西的日本文化传统。"②因此，在昭和年间的日本

---

① 《漱石と汉文学》，[日]古久见著，有精堂1983年版，第6页。
② 《日本文学史序说下》，[日]加藤周一著，筑摩书房平成三年版，第418页。

文学向传统回归阶段,他写出了一系列有深刻反思意味、见解独到的文章;并且其作品也有回归的倾向,如《阴翳礼赞》中所反映的是平安朝的和歌、室町时代与镰仓时代的《平家物语》中所形成的日本文学传统美的乡愁。在《谈中国趣味》一文中,谷崎润一郎直接谈到回归传统:

> 当下我们日本人几乎对全部的西欧文化兼收并蓄,看起来像是被其同化了。但是,我们的血管的深处被称作中国趣味的东西,仍然是意想不到的使人吃惊的根深蒂固。①

因为这些人"都是从孩童时代就从他们的祖辈开始学习中国学问,受其哺育而长大的,就是在一崇洋媚外的时代,随着年龄的增长也再次向祖先传下的思想复归了"。② 这番话是中国文化对日本近代文学影响的深刻阐释,也是对中日文学关系研究意味深长的论述。

许多日本近代作家从小就有浓厚的汉学功底,有深厚的中国文化沉积,但是,他们的中国文化观都来源于中国古代文化典籍。进入现代以后,由于历史的原因中国社会落伍了,日本作家没有跟踪中国文化的发展,所以他们对中国文化的认识产生了一种断裂,现实的中国与他们头脑中的中国文化观形成一种反差,他们接触中国现实后自然容易产生"误读",产生失落感,对中国现实的认识难免比较片面。这一方面说明文学(文化)影响具有意识形态性,即某一民族、国家文化的影响是与它的综合条件相关的,同时也说明只有不间断的交往才能更切近接受的对象。

芥川龙之介曾在 1921 年以大阪每日新闻社特派员身份访问中国,在归国写成的《支那游记》中可以看出他从现实里寻找中国古代文学中的对应物的心态。他在南京看见秦淮河,马上产生一种失落感,从桥上眺望,秦淮河不过是一条平平常常的水沟,其宽窄不过与本所的竖川(东京的一条小河)差不多而已。两岸鳞次栉比的人家据说是小饭店、妓院……古人云"烟笼秦淮月笼纱",这般景色已荡然无存。可以说今日的秦淮河只不过是充溢粉臭的柳桥而已。接着他又联想起《桃花扇》中的秦淮名妓李香君,然而,

---

① 《谈中国趣味》,[日]谷崎润一郎著,见于《谷崎润一郎全集》,[日]谷崎润一郎著,中央公论(社)1975 年版,第 21 卷,第 121—123 页。
② 同上。

眼前的一切都大相径庭,他也意识到爱豪门贵公子侯方域而用鲜血染红桃花扇的李香君,想象她会出现在 20 世纪的秦淮河上确实是过于浪漫了。但是,这种失落的心态倒如实地表现了日本近代作家的中国文化观的变迁,对此日本学者也注意到了,尾崎秀实指出:

> 对于中国古典的汉文学,日本人从少年时代开始就有很深的接触,但是通过这些汉文学我们所想象描绘的中国社会,与现实的中国社会几乎是不具任何联系地隔断。而且上千年的事实上的飞跃,忘记这种隔断,还把它作为理解现实中国的唯一尺度,就不断地产生错觉和误读,这是最大的问题所在。①

从第二次世界大战到 20 世纪 80 年代,正常的中日文化交流几乎被阻断了。改革开放后,两国文学的双向交流逐渐繁盛,中国许多现当代作家作品被译介到日本,鲁迅、郭沫若、巴金与莫言等现当代作家都是日本读者所熟知的。日本当代作家、诺贝尔文学奖得主大江健三郎曾多次谈及鲁迅对他的影响,鲁迅的战斗精神、"杂文"的独特品格、鲁迅人格的魅力都在这位作家身上产生了深刻的影响。

本节在介绍比较文学的基本研究方法时,注重讨论中国文学对日本文学的影响,以此为比较文学的学习者提供一种研究范例;对比较文学基本研究方法的掌握应该举一反三,思考一下是否还可以从互动、接受等的其他视点讨论中国文学与日本文学之间的关系,并且还能够提出怎样的研究命题?需要提及的是,在本节讨论中国文学对日本文学的影响时,并没有把"比较"两个字频繁地带入讨论的话语之中,也就是说,比较文学在于对两个民族文学之间的关系做汇通性研究,而不是说只要把"比较"带入研究的陈述中,其就是比较文学研究。

**思考题:**

1. 以"日本的汉文学"为例,试分析"影响"的不同阶段接受者的选择和接受他者文化的基本规律。

---

① 《现代支那论》,[日]尾崎秀实著,劲草书房 1964 年版,第 8 页。

2. 为什么说日本的物语文学显示了接受外来文化的成熟？

3. 明治维新以后,中国文学对日本文学影响的特点是什么？

4. 思考一下在比较文学的研究中还可以从怎样的视点讨论中国文学与日本文学之间的关系？

**参考书目：**

1.《中日文化交流史大系·文学卷》,严绍璗、中西进主编,浙江人民出版社1996年版。

2.《中日关系史》,张声振著,吉林文史出版社1986年版。

3.《中国典籍在日本的流传与影响》,陆坚、王勇主编,杭州大学出版社1990年版。

4.《源氏物语与白氏文集》,[日]丸山清子著,国际文化出版公司1985年版。

5.《比较文学视野中的中日文化交流》,周阅著,复旦大学出版社2013年版。

## 第四节 身份:海外华文文学与中华母体文化的比较研究

### 1. 海外华文文学的文化身份与比较文学研究

海外华文文学是指栖居海外的华裔在异域民族语境与异质文化景观下的汉语文学创作。在19世纪末,除了日本、越南、朝鲜等少数东亚文化圈的国家存在着海外华文文学之外,世界其他地区还罕有华文作家。而到了20世纪末,随着中国走向世界和海外华人作家的大力创作,海外华文文学已从较单纯的留学生文学和侨民文学中脱颖而出,成为全球拥有作家和读者最多的语种文学之一。旅美作家陈若曦认为：

> 海外作家不是中国的特产,但中国却是最大的出口地。中国作家离开本土而移居海外,数量之多,居世界之冠。[①]

海外华文文学大致由东西两大板块构成。东方板块以东南亚华文

---

① 见于《海外华文文学概观》,赖伯疆著,花城出版社1991年版,第193页。

文学为主体,其中包括日本、朝鲜、韩国等国家的华文文学;西方板块则以北美华文文学为主体,包括欧洲华文文学、澳洲华文文学、南美洲华文文学等。

华文文学在文化渊源上是与历代华人在海外的流寓、拓展紧密维系在一起的,也是与以儒家文化为代表的中国文化在海外的传播紧密维系在一起的。从跨民族、跨语言、跨文化与跨国界的比较视域来看,海外华文文学的创作是华裔操用汉语在中国本土之外的异域民族语境和异质文化景观下完成的,所以他们的汉语书写截然不同于在中国本土创作的中国文学,海外华文文学在创作中既融合了中国文化传统与外域文化传统,又同时表现了整合在创作主体心理结构中的中华意识、中华情结以及他们居住国的社会生活景观、人文景观、自然景观。总的来说,海外华文文学创作主体的心理特征是中国文化与海外异域文化的汇通性整合。

正如饶芃子所说的,海外华文文学"虽然都出自同一源体,具有炎黄文化的基因,彼此有文化上的渊源关系,但是他们已经分别与各个国家的本土文化相融合,各自成为所在国文化的组成部分"。① 因此,从比较文学的视域研究海外华文文学必然为海外华文文学研究拓宽了思考的空间。

值得注意的是,在第二章《本体论》的第四节《五种相关学科的概念界分及比较文学的定义》中,我们曾给比较文学这一学科概念下定义,认为比较文学是以跨民族、跨语言、跨文化与跨学科为比较视域而展开的文学研究。在这个定义中,"跨语言"是指比较文学研究者对两种语言书写的文学现象进行汇通性研究,如把英语文学与汉语文学进行汇通性比较研究,但是,在从比较文学对海外华文文学进行研究的关系中,我们对"跨语言"的理解应该有一个例外的解释。因为海外华文文学是指栖居海外的华裔在异域民族语境与异质文化景观下操用汉语所进行的文学创作,我们从比较文学的比较视域对海外华文文学进行研究时,所面对的文学读本仍是用汉语书写的,也就是说,在这里并没有把汉语书写的海外华

---

① 《中泰华文文学比较》,饶芃子著,见于《台湾香港澳门暨与海外华文文学论文选》(第五届台湾香港澳门暨与海外华文文学国际学术讨论会专辑),海峡文艺出版社1993年版,第41页。

文文学作品直接与另外一种语言书写的文学作品进行比较研究。但是,由于海外华文文学是华裔在创作意识上挟带汉语跨越了中国本土之外,在异域民族、异域文化与异域国界语境下的创作,并且这种创作自觉而不自觉地融汇、整合了异域民族、异域文化、异域国界及异域其他学科的种种风情与人文,在这个意义上,我们也可以认为海外华文文学的创作是华裔持用汉语在跨民族、跨语言、跨文化与跨国界的条件下完成的。①

上述是我们对海外华文文学创作跨民族、跨语言、跨文化与跨国界的理论解释,所以当我们从比较文学的视域对海外华文文学进行研究时,尽管面对的研究作品仍是汉语书写,我们已经把自己的研究视域纳入海外华文文学的"四个跨越"中,并且我们的比较研究也无法回避海外华文文学创作主体与他们居住国的民族、语言、文化及国家的关系。因此,比较文学在学科上安身立命的本体——比较视域,仍然是比较文学研究海外华文文学的理论基点。

近十几年来,在中国本土学术界关于海外华文文学的研究已经形成了一个独立的研究方向,但是我们认为由于海外华文文学这种在创作上跨民族、跨语言、跨文化与跨国界的独特文化身份,研究者在学术意识上可以明确而自觉地从比较文学的比较视域对其进行深入的研究。也就是说,海外华文文学创作在文化身份上本来就是中国文化传统在外域民族、异质文化语境下与外域风情、人文的一种汇通、整合,那么,如果我们仍然驻留在民族文学或国族文学研究的一元视域上来研究海外华文文学,这势必与海外华文文学创作的多重文化身份相悖。

在当下国际学术界日益活跃的文化研究中,文化身份问题是一个受到广泛关注的热门课题。在关于海外汉诗的讨论中,有的学者认为:

> 随着当下东西方文化的碰撞与交融,在国际诗坛上,文化身份成为海外诗人证明自己的护照;而一直在中国大陆本土歌唱的诗人,由于没有直接进入东西方文化的对话态势中,他们缺少一种显在的文化身份认

---

① 当然在某种意义上也存在着跨学科的性质,在本节我们对海外华文文学的跨学科性质不展开讨论,这样也是给比较文学的学习者留下自己思考与研究的空间。

同感。①

文化身份(cultural identity)又被译介为文化认同,在比较文学面对海外华文文学的研究中,这种对文化身份追问的一个主要方面就是诉诸海外华文文学创作中的民族本质特征和带有民族印记的文化本质特征。因为就进行比较文学研究的比较视域来看,华裔越是在远离中国本土的文学创作中,越是容易在外域民族语境和异质文化景观下凸显出自身中华民族的印记以及中国文化的本质特征。1994年在埃德蒙顿举行的国际比较文学学会第十四届年会上,成立了直接隶属于学会的专门委员会——文学和文化身份研究委员会,此后该委员会先后在德国、荷兰和中国等国家召开学术研讨会,这大大促进了国际比较文学界学者对文学创作之文化身份研究的交流和对话。

从总体上来看,在海外从事文学创作的华裔在文化身份上有两种主要的可能性:一是移民到海外,二是从小生活在海外,虽然他们大都获有在侨居国的永久居住权,但在血缘的民族身份上他们是中国人。实际上,他们在外域侨居国接受过很好的本土知识教育,都有着很好的操用侨居国语言的书写能力,但是,当他们在外域语境下持用汉语进行文学创作时,在审美意识上和文化价值上,他们在强调自己的文化身份是中国人。因此可以说,在外域民族语境和异质文化景观下,华文文学本身就是一种文化身份的宣告和张扬。但是当我们带着比较视域走进华文文学这一大概念的内部,我们不难发现,其中还存在着不同文化身份的差异性。

## 2. 比较:海外华文文学内部的文化差异性

由于政治、经济、地理、历史等诸因素的差异,海外各地华文文学又呈现出不同的文化差异性及文化特色。

东南亚华文文学的历史最为悠久,发展道路也最为坎坷。中国与东南亚各国的文化交流,开始于西汉时期,后来随着一批批中国人出洋谋生,华文文学创作也伴随他们流传到了各个华人聚居的地区。但是,东南亚各国本土的华文文学则是在中国"五四"新文学运动的影响下成长起来的,在八十余年的发展过程中,经历了

---

① 《诗者与思者:海外漂泊诗人林幸谦及其现代汉诗书写》,杨乃乔著,见于《人文杂志》2001年第10期,[马来西亚]张景云主编,马来西亚华社研究中心出版,第130页。

三个历史阶段:华侨文学阶段,从华侨文学向华文文学过渡阶段,成熟的华文文学阶段。最终在东南亚各国出现了各自成熟的华文文学,如马华文学、新华文学、泰华文学、越华文学、菲华文学、印(尼)华文学等。其中,新加坡华文文学已"构成新加坡国家文学之一环",①自1965年独立建国以来,华文文学便一直被纳入新加坡国家文学之中。

在某种程度上说,海外华文文学是一个总体概念,由于具体的华文文学创作是在不同的外域民族与不同的外域地区展开的,创作主体把中国文化传统与各自栖息的居住国文化整合在一起,以此形成了海外华文文学内部的差异性,在海外华文文学的共性中追寻这种差异性关系,可以成为比较文学研究的客体。

在东南亚华文文学的整体格局中,新马华文文学的发展道路具有典型性,它鲜明地体现了20世纪不同历史阶段华文文学的多样性和差异性。新加坡和马来西亚是华人比例最高的两个海外国家,其中,马来西亚华人占总人口的30%以上,新加坡的华人更高达80%左右;因此,一方面这两个国家的华文文学创作立足于本土,反映了新马华人社会不同时期的历史面貌,另一方面它们又与中国文学保持着密切的关系。

马来西亚和新加坡的华文文学诞生于20世纪20年代,是在中国"五四"新文学运动风潮的激荡下成长起来的,而后长期深受中国新文学的影响,同样具有反封建、反传统的精神。尤其是20年代后期,由于中国国内形势急剧变化,许多青年流亡南洋,他们与当地的文学青年一起组织文学社团,创办文学刊物,开展文学创作活动,使东南亚华文文学获得迅速发展。从20年代到40年代第二次世界大战结束为止,新马华文文学基本上与中国文学同步发展,其发展轨迹明显呈现出受中国新文学的辐射和影响。其实,我们从比较文学影响研究的视域透视新马华文文学与中国的关系,可以初步认为,这种关系是建构在两个层面上完成的,一是创作主体在异域文化的汉语创作过程中把中国文化传统渗透在汉语的书写

---

① 《从中国文学传统到海外本土文学传统》,[新加坡]王润华著,见于《台湾香港澳门暨与海外华文文学论文选》(第五届台湾香港澳门暨与海外华文文学国际学术讨论会专辑),海峡文艺出版社1993年版,第13页。

中，二是主体在具体的创作过程中又接受了与其同期的中国新文学发展的影响，历史与当下正是在创作的接受与影响中汇合了。

中国爆发全面抗战后，一批著名的中国作家如郁达夫、巴人等来到南洋，在华侨中从事抗日文化宣传活动，中国的抗日救亡文学对新马华文文学更产生了直接的影响，新马华文文学固有的现实主义传统得到了大大的强化。文艺工作者从"抗日卫马"的文艺实践中深刻认识到文艺作品一定要与社会实践密切结合，真正为新马社会和人民群众的利益服务。不过，从文化身份上来看，这一时期新马华文文学在本质上属于侨民文学，从比较文学研究所追寻的文化关系上来说，我们也可以把新马华文文学视为中国新文学在海外的一种延伸。

第二次世界大战结束后，马来西亚成为一个新兴的国家，而后新加坡宣布独立。这时马来西亚和新加坡华族经历了由华侨社会向华人社会进而向居住国国民社会的转化。这一转化给新马华文文学带来了重大的影响。人们意识到，新马华文文学应该脱出呼应中国文学的格局而形成自己的特色，应该以落地生根的心态去寻求对南洋社会及其文化的认同。从跨文化的比较视域来审度，新马华文文学的创作在调整着自身的文化身份，其实文学创作在文化身份上的微小调整，也必然呈现出审美价值上的差异性。

在这一背景下，新马华文文学同中国新文学在接受与影响的直接联系上大为削弱，取而代之的是对中国文化传统及其艺术方面的借鉴。华文文学工作者在致力于文学的本土化进程中，他们开始关注小人物的命运，努力开掘有着浓厚南洋色彩的题材，追求语言的乡土情韵，创作了大量表现为民请命并展现社会良心的作品，这些作品洋溢着浓郁的热带乡土风情。苗秀的《火浪》《长夜行》等长篇小说将书中人物置于日寇入侵新加坡这一特殊的历史时期，描写了新加坡华人的历史命运和感情世界，呈现出鲜明的南洋地域特色。方北方的《马来亚三部曲》通过对几代华人命运变迁的状写，描绘了马华社会的历史和现状，探讨了马来西亚华族的艰难拓展及华族文化所面临的困境。其他如赵戎的小说以浓重的笔触描述了茫茫热带雨林和醉人的椰子花香，作品弥漫着南洋风情和马来情调。而姚拓的小说则更多地显示了马华文学在本土化的进程中仍保持着与中国文化传统的血肉维系，作品展现了东南亚华裔虽漂泊异乡但不失中华民族乐天幽默气质的历史。

严格地讲,当我们在比较文学的研究中把栖居于马来西亚的华侨称之为"华族"时,已经在比较的视域中把他们与中国本土的中国人及马来西亚的本土居民在文化身份上界分开了。由于海外华文文学在文化身份上呈现出的多元性与复杂性,所以我们无法仅从民族文学研究或国族文学研究的一维视角来对其进行研究,所以比较文学研究的跨民族、跨语言、跨文化与跨国界的比较视域可以成为研究海外华文文学的有效基点。在这里需要递进一步说明的是,新马华文文学的本土化,并不是使新马华文文学在关系上脱离中国本土文化,而是使中国本土文化在新加坡与马来西亚本土化。

马华诗人陈大为在《马华当代诗选 1990—1994·序》中曾这样声称:

> 对世界华文文坛而言,马华文学一直是个寂静的存在。身为马华的一分子,我们有责任让国外的学者和诗人认识当代马华文学,从诗开始。①

其实,从 80 年代以后,新马华文文学在众声喧哗中呈现出开放的发展态势,表现对华族命运的现实关怀的作品在这一时期占相当大的比重,即使是离传统较远的新生代作家,他们对多元化格局中的华文文化也表现出很大的热情。诚如有的评论者所指出的:"他们把华文不只是看作一种媒介的工具、一种身份的认同,他们写作也不只是承担起传承文化香火、维系华族血脉的使命。他们用华文创作,是在汲取着历史,又守着未来。"②从比较文学去研究海外华文文学,的确是以一种多元而开放的研究视域与多元而开放的文学创作对话,比较文学是一门具有国际性的文学研究,而海外华文文学也是一门具有国际性的文学创作,这两者的同构对应无论使比较文学还是使海外华文文学都可能在相互的契合中找到一种崭新的存在位置。

美国普林斯顿大学比较文学系客座教授厄尔·迈纳在《比较

---

① 《马华当代诗选 1990—1994》,[马来西亚]陈大为主编,台湾文史哲出版社 1995 年版,第 7 页。

② 《新马百年华文小说史》,黄万华著,山东文艺出版社 1999 年版,第 28 页。

诗学》一书中曾就比较诗学与比较文学的关系给出自己的陈述:

> 一个学术领域,就像一个家族,对其界定可从整体特征着眼,也可从具体组成部分入手。比较诗学兼属诗学与比较文学两大家族。①

这里给我们启示的是,海外华文文学是一个家族,比较文学既可以从整体特征入手对其进行研究,也可以从具体的组成部分入手对其进行研究,同时我们也可以从比较诗学的视角对其进行研究,研究栖居于海外的华裔对海外华文文学创作与研究所总纳出的理论。从具体的组成部分看,与华文文学东方板块相比,以北美华文文学为主体的西方板块则呈现出更多的西方文化影响的痕迹。

中国人侨居美洲大陆有着悠久的历史。尤其在 19 世纪,大批中国劳工来到美国,为美国的建设作出了重大的贡献。1882 年,中国驻旧金山总领事黄遵宪便创作了歌颂在美华工的长诗《逐客篇》;20 世纪初,出现了一批反映旅美华侨被压迫、受侮辱生活的作品,如:《苦社会》《劫后余烬》《黄金世界》等,这些作品在国内发表和出版后,产生了一定的影响。

40 年代是美国华文文学较为活跃的一个时期,在《新苗》等文艺刊物及《中美周报》《美洲华侨日报》《民气日报》等报纸的文艺副刊上,发表了大量的华文作品,华文文学创作日益繁荣。60 年代,台湾出现了留学热潮。白先勇、陈若曦、欧阳子、张系国、非马、许达然、叶维廉、郑愁予与杨牧等许多当今在美华文坛上颇负盛名的作家大都在这时来到美国留学,进入了他们创作的黄金时期,也开拓了北美华文文学的繁荣局面。

这些作家是怀着对西方现代文明的崇尚来到西方世界的,而一旦真正置身于西方社会,他们却产生了文化认同的危机。面对异域文化的强力冲击,作家们对先前忽视了的中国民族文化产生了新的认识,他们在两种文化的碰撞中深感到孤独和困惑。於梨华的《又见棕榈,又见棕榈》,白先勇的《纽约客》,张系国的《游子魂组曲》等作品,都突出地表现了他们对异域文化难以认同的困惑,状写出留美无根一代的哀歌。80 年代以后,美国华人文学迎来了

---

① 《比较诗学》,[美]厄尔·迈纳著,王宇根、宋伟杰等译,中央编译出版社 1998 年版,第 342 页。

又一个高潮。钱歌川、董鼎山、纪弦等文坛前辈笔耕不辍,时有新作问世;聂华苓、於梨华、陈若曦、喻丽清、张系国等中老年作家也显示了旺盛的创作活力,成为美国华文文学的主力军。此外,还有一批新锐作家开始在文坛崭露头角,他们深入美国社会生活,不仅探索和表现包括唐人街在内的华人社会,还将艺术触角伸向整个美国社会现实,思考和回答现实生活中的诸多问题,使美华文文学呈现出鲜明的本土性特征。

加拿大华文文学自80年代以来也呈现出蓬勃发展的势头。尽管加华作家队伍没有美华作家队伍那样整齐、壮大,在创作成就和影响方面也有较大的差距,但近年来加华文学活动相当活跃,且成立了全国性作家团体——加拿大华裔作家协会,显示出较强的创作后劲。

欧洲华文文学起步较晚,20世纪40年代由于国内外各种社会政治因素的影响,我国大陆和台港地区大量移民欧洲,欧洲华文文学才正式发展起来。欧洲华文文学的地区分布较为均衡,不少国家都有华文报刊,如《欧洲时报》《欧洲日报》《龙报》《西德侨报》等。并且许多国家都有较大影响力的华文作家,如瑞士的赵淑侠,德国的龙应台,法国的马森,英国的凌叔华、韩素音等。欧洲华文文学总的特点是生动地描写了欧洲各国的社会生活、自然风光和民间风俗,真实地表现了侨居者的感受体验,写出了生活在中欧文化夹缝中的海外游子的苦乐人生。

从比较文学的比较视域,我们可以在海外华文文学的共同性下对美国华文文学、加拿大华文文学与欧洲华文文学做更为细致的差异性研究。

### 3. 比较文学对海外华文文学的多种研究角度

文学创作与文学批评的文化身份问题,往往在一元视域的民族文学研究或国族文学研究中不会凸显出来,而海外华文文学创作及批评的多元文化身份问题,在这里已成为一种鲜明的特征与风格,如果我们习承一种研究思维的惯性,仅从民族文学或国族文学的视角批评海外华文文学,势必把其多元文化身份的特征与风格压制了下去。而从比较文学的多元开放视域研究海外华文文学,可以满足从多元文化身份的视域对其进行审视,从而探寻其丰富且深刻的内涵。

第一,海外华文文学反映了中外文化相互碰撞、相互渗透的过程,海外华文文学是中华文化在外域的延伸,同时又蕴含着世界各地区、各国家固有的文化因素,她不仅是中国文学在国际地域空间上的一种延展和渗透,而且是与异域民族、异质文化碰撞最敏感的部分。如果说,中国古代文学曾受外来佛教的影响,中国现当代文学接受了西方现代主义与后现代主义思潮的渗透,因此在宏观意义上说,中国文学与外域文化的关系可以成为比较文学研究的客体,而海外华文文学的创作主体把中国文化传统带向世界各华侨栖居地,这种走出中国本土的汉语文学创作在外域把中国文化传统与各华侨栖居地的本土文化整合在一起的关系,更应该成为比较文学研究的客体。

第二,20世纪上半叶,移民于海外尤其是移民于欧美的老一代华侨为了融入主流社会,努力接受欧美强势文化,这一时期的海外华文文学侧重于书写移民如何适应、融入西方主流文化,同时对母体民族文化(弱势文化)又流露出依依难舍的情怀。关于海外华文文学在创作中表现出的对西方强势文化的接受及对母体弱势文化依依难舍的恋情关系,这也是比较文学研究的课题。20世纪上半叶以来,随着全球化进程的加速发展,具有双重文化身份的移民在全球经济文化交流中发挥着越来越重要的作用,新一代移民开始重新审视和认知自己的文化身份。因此,这一时期的海外华文文学由先前的对民族文化的排斥转向对民族文化的认同。从总体上来说,在海外华文文学作家中,中华母体文化意识与居住国文化意识处于既相冲突又相融合的状态,我们还可以从比较文学的学科视域对这种既相冲突又相融合的状态做细读式的研究。

第三,从比较文学的研究视域来看,海外华文文学的东西方两大板块在中国文化的承传和延展方面呈现出不同的风貌。东南亚各国文学与中国文学同属于东方文化的大系统,华文文学的文化意识与各国的文化意识较为容易融合,因此当地的华文文学作家对他们居住国文化也较容易产生认同感。这些作家把本地区的生活经验及其他文学传统吸收进去时,便形成了一种"本土的文学经验"。东南亚华文文学现已被当地社会认同,成为用华文来反映当地各民族人民信仰、习俗、感情的具有浓郁本土色彩的文学,而新加坡华文文学更已成为新加坡国家文学的重要组成部分。相比之下,西方的华文文学作家对西方文化则很难产生认同感。尽管这些作家大都已经定居下来并加入了外籍,但他们并没有真正地植根于所在国,实际上处于精神流浪的侨居状态。

於梨华的《傅家的儿女们》、白先勇的《谪仙怨》、袁则难的《不设防的中国城市》等作品中的华人与西方人的两性交往最终都未有好结果,正从一个侧面反映了中国文化与西方文化的冲突。这种反映在海外华文文学中的东西方文化冲突也是比较文学研究的客体。但是,由于这些作家作为中国人普遍受过良好的西方高等教育,他们学贯中西,具有那种两脚踏东西文化、一手著天下文章的气魄,因此他们的一些作品也显示出整合东西方两种异质文化的胸襟。这也是比较文学对海外华文文学进行研究的很好的课题。

第四,我们还可以从个案研究的角度,把海外华文文学作家带入比较文学中进行有效的研究。如在对文化身份的表现方面,旅美作家白先勇的小说取得了较大的实绩。

白先勇 1963 年赴美留学,此后一直在美国任教。长期置身于西方社会,面对美国主流文化的冲击,白先勇产生了难以排遣的文化上的乡愁和明显的认同危机。马华学者林幸谦在《生命情结的反思——白先勇小说主题思想之研究》一书中认为:

> 白先勇站在历史的转换上,写下中国人的失落和心灵上的创伤。把大陆以外中国知识分子在精神上的痛苦,展现在历史和时代的背景上,不仅描绘中国人漂泊的命运及其哀痛,也刻画人类所共有的人生哀痛和内心矛盾,为中华民族个体和集体潜意识欲望的受挫与创伤记下一笔。①

这促使白先勇对民族、文化、中西价值观念等进行深刻的思考,他也因此写作了一系列以留学生生活为题材的作品,其中有:《芝加哥之死》《上摩天楼去》《安乐乡的一日》《火岛之行》《谪仙记》《谪仙怨》等。

在白先勇的某些作品看来,从中国移居海外,便意味着原有文

---

① 《生命情结的反思——白先勇小说主题思想之研究》,[马来西亚]林幸谦著,台湾麦田出版有限公司 1994 年版,第 11—12 页。

化身份的丧失。在《安乐乡的一日》中，依萍来到美国，面对的是一种全新的文化，家住纽约市郊的富人区，室内全按着美国最新的设计陈列，生活在美国人中间，依萍也曾想融入主流社会，她与美国太太一起打桥牌，参加她们的读书会，星期天上教堂。因为小城里只有他们这一家是中国人，美国太太们便都把依萍当作稀客看待，"对她十分友善，十分热心"，努力"尽到美国人的地主之谊"。① 这更使依萍感到自己是一个与众不同的中国人。在这个自己的母体文化（中国文化）处于弱势的社会里，依萍和其他移民一样只能把对母体文化的依恋局限在家中。她对独生女儿宝莉唯一的期望就是把她训练得像自己一样，成为一个规规矩矩的中国女孩，但女儿在家庭内部的中国弱势文化和无所不在的美国强势文化之间，自然而然地选择了后者。6 岁以前，依萍坚持要宝莉讲中文，但才上小学不久，宝莉便不肯讲中文了；依萍费尽心机，宝莉却连父母的中国名字都记不住；依萍要女儿永远牢记住自己是一个中国人，女儿矢口否认："不！我不是中国人！"对本民族文化缺乏了解也不想去了解的女儿，对中国只能越来越陌生疏远，最终导致文化上的断裂。

马华学者林幸谦在讨论海外华人的漂泊文学时，曾这样认为：

> 海外华人的往事和现代人的心事，盘结成迷离的神话。②

其实在这里每一个"神话"都可以成为从比较文学研究海外华文文学的个案。从个案研究角度讨论海外华文文学作品中人物形象因受西方强势文化的影响产生与中华母体文化的断裂，这也是很好的比较文学研究课题。作为世界文学的有机组成部分，海外华文文学已形成了自己的体系，它与英语文学、法语文学、中国现当代文学一样，正受到国际上越来越多读者的重视和关注。把海外华文文学带入比较文学的研究中来，这样更能充分地凸现海外华文文学的国际性文化、文学及美学价值。

**思考题：**

1. 怎样理解比较文学研究与海外华文文学的"跨语言"问题？

---

① 《寂寞的十七岁》，白先勇著，上海文艺出版社 1999 年版，第 249 页。
② 《狂欢与破碎——边陲人生与颠覆书写》，[马来西亚]林幸谦著，台湾三民书局 1995 年版，第 57 页。

2. 怎样理解海外华文文学的文化身份与比较文学研究的关系?

3. 为什么说从比较文学来研究海外华文文学在学理上拓宽了海外华文文学的研究视域?

4. 思考一下从比较文学研究海外华文文学还可能有哪些切入点?

5. 如何从国际文化交流的角度来认识海外华文文学的价值?

**参考书目：**

1.《本土以外——论边缘的现代汉语文学》，饶芃子、费勇著，中国社会科学出版社1998年版。

2.《文化转换中的世界华文文学》，黄万华著，中国社会科学出版社1998年版。

3.《世界华文文学的多元审视》（第七届世界华文文学国际学术讨论会论文集），杨振昆等主编，云南大学出版社1996年版。

4.《期望超越》（第十一届世界华文文学国际学术讨论会论文选），汕头大学台港及海外华文文学研究中心亚洲华文作家文艺基金会编，花城出版社2000年版。

5.《比较文学与海外华文文学》，饶芃子著，复旦大学出版社2011年版。

# 第七章 翻 译 论

## 第一节 翻译研究的名与实

### 1. 什么是翻译？

在本教材中，我们使用"翻译研究"这个术语指称这门研究翻译的学科，而不再使用"译介学"这个术语。我们的选择基于两个原因。首先，"翻译研究"这个中文术语在学科观念的理解上对应于英文的"Translation Studies"。在下面的介绍中，读者可以清楚地看到"翻译研究"（Translation Studies）是西方学界对这门学科的普遍命名。其次，在研究范围、方法、理念等许多基本方面，翻译研究和译介学都有重要的区别，而本教材介绍的是翻译研究的历史、现状和发展。

翻译活动应该从人类一出现就存在了，但是翻译研究（Translation Studies）作为一门独立的学科却很年轻。1972年，美国学者詹姆斯·霍尔姆斯（James S. Holmes）在第三届国际应用语言学大会上宣读了题为《翻译研究的名与实》的论文，这篇论文被称为翻译研究领域的"奠基宣言"。[①]如果以这篇论文作为翻译研究这门学科的开端，翻译研究只有40年的历史。

顾名思义，翻译研究就是以翻译活动及其结果作为研究对象的学科；那么，到底什么是翻译呢？《现代汉语词典》（第五版）中"翻译"词条下有两个解释：

---

① ［美］爱德文·根茨勒：《当代翻译理论》（Edwin Gentzler, *Contemporary Translation Theories*, Rev. 2nd ed., London and New York: Routledge, 2001, p.92.）。

  1. 把一种语言文字的意义用另一种语言文字表达出来(也指方言与民族共同语、方言与方言、古代语与现代语之间一种用另一种表达);把代表语言文字的符号或数码用语言文字表达出来。
  2. 做翻译工作的人。①

这个定义值得注意的地方首先是,尽管翻译被看作两种语言之间的转换,但方言和共同语以及古语与现代语之间的转换也被看作翻译,这就意味着后两组中的语言被当作两种语言,而不是同一语言。另外,作为名词的"翻译"只包括译者,不包括翻译的成品。《韦氏大辞典》把"translation"(翻译)定义为"翻译的行为、过程和例子"。② 从中英文两种权威词典的定义来看,翻译这个概念包括两种语言或者语言和非语言之间的转换,既指这种转换的行为,也指它的结果。

  中西对翻译的两种定义可以从各自的翻译史中得到确认,所以这里有必要简单介绍一下翻译在两种文明史上的早期记录。

  可以想象,翻译至少与语言一样古老。有文字记载以前的翻译活动我们只能推想,不可能清楚地了解具体的情况。有了文献资料之后,人类早期的翻译活动就有迹可寻了。比如据史料记载,公元前 18 世纪的古巴比伦城就是一座多民族、多语言的城市,国王需要借助翻译的工作才能把政策传达给说不同语言的臣民。考古的证据也显示,巴比伦那时已经有了词汇对照表。无疑,这是一种翻译的工作。就笔译来说,从公元前 3 世纪开始,西方翻译活动大量增加。一方面,罗马开始大规模地翻译古希腊的文学、政治和法律文本;另一方面,关于《圣经》的翻译也开始了。《圣经》翻译在西方文化史及其翻译史上占有相当重要的地位,英国著名学者苏珊·巴斯奈特(Susan Bassnett)就认为,《圣经》翻译史就是"缩微了的西方文化史"。③ 把《圣经》从希伯来文翻译为希腊文、拉丁文,

---

  ① 《现代汉语词典》(第五版),中国社会科学院语言研究所词典编辑室编,商务印书馆 2005 年版,第 374 页。
  ② 《韦氏大辞典》(Frederick C. Mish, *The Merriam-Webster Dictionary*, International Edition, New Edition, Springfield, Massachusetts: Merriam-Webster Incorporated, 2004, p.760.)。
  ③ [英]苏珊·巴斯奈特:《翻译研究》(Susan Bassnett, *Translation Studies*, Rev. ed., London and New York: Routledge, 1991, p.46.)。

再到从拉丁文翻译成西方主要的民族语言,最后从西方语言翻译到东方的各种语言,《圣经》翻译是西方翻译活动的重要组成部分,也是西方翻译方法和思想的重要来源。

在中国,翻译首先是作为一种职能和职业被记录下来的。《礼记·王制》中记载:

> 五方之民,言语不通,嗜欲不同。达其志,通其欲,东方曰寄,南方曰象,西方曰狄鞮,北方曰译。①

唐朝贾公彦在《周礼注疏》中进一步诠释道:"云'北方曰译'者,译即易,谓换易言语使相解也。"②也就是说,居于不同地方的先民有着不同的语言,因为语言交流的需要而出现了现代意义的译员,只是东、南、西、北不同的地方对译员有不同的称谓,比如在东方,他们被称之为"寄";在南方,他们被称之为"象";在西方,他们被称之为"狄鞮";在北方,他们被称之为"译"。《周礼·秋官》也有记载:"象胥,掌蛮夷闽貉戎狄之国使,掌传王之言而谕说焉,以和亲之。若以时入宾,则协其礼,与其辞,言传之。"③所以,象胥就相当于现在的外交部礼宾司的官员,负责接待朝见周王的使节和宾客,担当宾主之间的翻译。

中国古籍还记载了翻译中的一种有趣现象,就是转译。《韩诗外传·卷五》载有"重译献雉"的故事:"比期三年,果有越裳氏重九译而至,献白雉于周公。道路悠远,山川幽深,恐使人之未达也,故重译而来。"④从周朝前后以来,古代江南之地均被称为百越,越裳是周朝时期百越的一个古国。越裳离中原路途遥远,语言相异而不通,所以越裳国的人来给周公献白雉时,他们的语言要经过多次的翻译才能为周公所理解。这些材料记载的都是口译活动,翻译的内容并没有被记录下来,而《越人歌》可能是记载下来的第一个笔译实践。刘向在《说苑·善说》中记载:春秋时期,楚王母弟鄂君

---

① 《礼记正义》,(汉)郑玄注、(唐)孔颖达等正义,见于《十三经注疏》中华书局1980年影印世界书局阮元校刻本,上册,第1338页。

② 《周礼注疏》,(汉)郑玄注、(唐)贾公彦疏,见于《十三经注疏》中华书局1980年影印世界书局阮元校刻本,上册,第869页。

③ 同上书,第899页。

④ 《韩诗外传》,(西汉)韩婴著,见于《汉魏丛书》,(明)程荣纂辑,吉林大学出版社1992年据明万历新安程氏刊本影印并用他本补缺,第47页。

子皙坐船在河中,摇船的越人抱双桨用越语唱了一支歌,鄂君子皙听不懂,就请通越语的人译成楚语。刘向不仅记录下了越人歌的汉语记音,还记录下了译为汉语的歌词:

> 今夕何夕兮搴舟中流,今日何日兮得与王子同舟,蒙羞被好兮不訾诟耻,心几顽而不绝兮知得王子,山有木兮木有枝,心说君兮君不知。①

这种零星的早期翻译活动在史书上还有一些记载,然而中国大规模的笔译活动是从东汉翻译佛经开始的;明末清初的西学东渐和清朝末年大规模对西书的翻译,则形成了中国翻译史上另两个翻译的高潮。

20世纪以前,尽管翻译活动每天都在世界各地进行着,尽管中西学界对翻译也有不少的思考和总结,但是,翻译一直没有被纳入系统的科学研究之中,所以作为学科的翻译研究一直处在缺失状态。一个例外就是《旧约·创世记》中著名的巴别塔故事,这个故事把翻译的起源解释为上帝对人类的嫉妒:

> 那时,天下人的口音言语,都是一样。他们往东边迁移的时候……他们说,来罢,我们要建造一座城,和一座塔,塔顶通天,为要传扬我们的名,免得我们分散在全地上。耶和华降临要看看世人所建造的城和塔。耶和华说,看哪,他们成为一样的人民,都是一样的言语,如今既作起这事来,以后他们所要做的事,就没有不成就的了。我们下去,在那里变乱他们的口音,使他们的言语,彼此不通。于是耶和华使他们从那里分散在全地上,他们就停工,不造那城了。因为耶和华在那里变乱天下人的言语,使众人分散在全地上,所以那城名叫巴别。②

关于巴别塔对当前翻译研究的意义,我们后面还会继续讨论,这里只想提醒大家注意这个故事与翻译相关的几个问题。首先,人类历史被分为了前巴别塔和后巴别塔两个时期,也就是无翻译和有翻译的时期;其次,在前巴别塔时期,不仅人类的语言是相同的,人类之间的交流是直接的,而且人类与上帝似乎言说着同一种语言。而到了后巴别塔时期,人类不仅听不懂上帝的语言,并且人类之间也需要翻译才能够进行交流;最后,翻译是对人的一种惩罚,如同

---

① 《说苑校正》,刘向著,向宗鲁校正,中华书局1987年版,第278—279页。
② 《圣经·创世记》11:1—9,简化字新标点和合本,中国基督教两会2002年版,第14页。

亚当和夏娃被逐出伊甸园一样,所以在一些思想家看来,翻译是人类的债务。

进入到20世纪后,瑞士语言学家费尔迪南·德·索绪尔(Ferdinand de Saussure)的《普通语言学教程》开启了现代语言学的大门,推动了从语言学角度对翻译进行系统的研究。1959年,俄裔美国学者、著名语言学家罗曼·雅各布森(Roman Jakobson)发表了《论翻译的语言学问题》一文,从现代语言学的角度讨论了翻译,这篇文章奠定了以后的学者讨论翻译的基础。索绪尔的语言学将词语看作一个符号,语言就是一个符号系统,所以在雅各布森看来,翻译就是符号之间的转换。而这种转换有三种形式:1. 语内翻译(intralingual translation)或者重写(rewording)是用同一语言中的其他符号解释词语符号。2. 语际翻译(interlingual translation)或者真正的翻译(translation proper)是用其他语言中的符号解释词语符号。3. 符际翻译(intersemiotic translation)或者变形(transmutation)是用非词语系统的符号解释词语符号。①

语内翻译指的是,目标语言(target language)和源语言(source Language)为同一种语言时的翻译,比如用白话文翻译文言文,用普通话翻译方言。语际翻译就是我们通常所说的翻译,目标语言和源语言不是同一种语言,比如中译英,俄译德。符际翻译则是指用音乐、绘画、戏剧与电影等非文字形式翻译文字符号,比如电影《简·爱》是对英国女作家夏洛蒂·勃朗特的同名小说的翻译,米开朗琪罗的大理石雕塑《摩西像》是对《圣经》中的相关记载的翻译。雅各布森的翻译分类是翻译研究上的一个重大突破。

在讨论"语言"这个概念的时候,奥地利哲学家维特根斯坦在《哲学研究》中指出:"我要说的是这些现象没有一个共同点,却让我们用同一个词称呼他们全部——但是,他们以许多不同的方式互相联系在一起。正是因为这种关系,或者这些关系,我们把它们

---

① [美]罗曼·雅各布森:《论翻译的语言学问题》(Roman Jakobson, "On Linguistic Aspects of Translation"),见于[美]劳伦斯·韦努蒂编:《翻译研究读本》(Lawrence Venuti, Ed., *The Translation Studies Reader*, London and New York: Routledge, 2000, p. 114.)。

都称为'语言'。"①维特根斯坦所说的关系或者联系,其实就是所谓的家族相似性。作为一个集群概念,语言是由许多只有家族相似性的现象构成,并没有一个共同的特征。美国著名翻译研究学者玛丽亚·提莫志克(Maria Tymoczko)认为,翻译这个概念也是一个集群概念,不可能有一个定义能概括翻译的全部特征。学界对翻译做的每一个定义,都是在描述一种现象,所以在用雅各布森的定义理解翻译时,我们最好把它当作一种描述和分类,使其成为我们思考翻译的一个起点和框架。因此,我们避免一开始就对翻译下一个定义,而是希望在下面的讨论中去理解翻译的种种定义背后的意义。然而这并不妨碍我们在这里说明翻译的范围:我们所说的翻译既包括口译(interpreting)、也包括笔译,既指翻译行为(translating)、也指翻译结果。这样看来,翻译无时无刻无所不在地发生在我们身边。

## 2. 作为学科的翻译研究

1964年,美国著名翻译理论家尤金·奈达(Eugene Nida)出版了他的名著《走向翻译的科学》。书名中的"科学"一词显示出作为语言学家的奈达研究翻译的角度,同时,它也反映了那个时代的许多学者试图将研究翻译提升到科学和学科高度的野心。1970年,霍尔姆斯创办了杂志《翻译研究的诸种方法》(Approaches to Translation Studies),从这开始,他把这门还没有成形的学科称为"翻译研究"(Translation Studies)。这个命名明显与英语世界语境下学科命名的流行方式一致,比如英文中还有区域研究(Area Studies)、妇女研究(Women's Studies)与文化研究(Cultural Studies)等等,但是这个名称不是没有竞争对手。1968年,一些学者和译者试图在比利时首都布鲁塞尔建立一个研究翻译的国际中心,在用法语写成的宣言中,他们创造了一个法语词"traductologie"来命名对翻译的研究活动。1973年,加拿大学者布莱恩·哈里斯(Brian Harris)创造了"translatology"这个英文词来

---

① [奥]路德维希·维特根斯坦:《哲学研究》(Ludwig Wittgenstein, *Philosophische untersuchungen*, *Philosophical Investigations*, Trans., G. E. M. Anscombe, New York: Macmillan.)。

对应"traductiologie"。英国著名翻译学者彼得·纽马克(Peter Newmark)认为,尽管"Translatology"这个术语是"希腊语和拉丁语的结合",[1]然而它要比"Translation Studies"更适合作为学科的名称。

无论如何,"翻译研究"这个学科名称从一开始就流行起来,并为学界广泛采用。这种现象的产生一方面是由于英语以及美国的强势,另一方面是由于霍尔姆斯提供了比名称更多的学理信息,那就是这个学科的总体构架和蓝图。1972年,霍尔姆斯在丹麦哥本哈根的一个学术会议上宣读了他的论文《翻译研究的名与实》。在这篇论文里,他指出以前研究翻译的人员来自各个学科,他们都是用各自的学科方法来研究翻译,没有形成统一的力量。所以他呼吁集合各种学科及各种知识背景的研究者,共同在一个新的学科中对翻译进行多方面及多层次的系统研究。遗憾的是,这篇具有前瞻性的论文只在会议上引起了一些反响,而没有受到广泛的重视。当这篇论文的修订版在1988年发表之后,以色列学者吉迪恩·图里(Gideon Toury)对霍尔姆斯的学科蓝图做了一些修改,以更直观且清晰的图表展示出翻译研究这门新兴学科的性质、研究领域、问题和范围。具体见下图:[2]

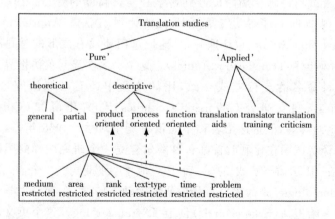

---

[1] [英]彼得·纽马克:《今日翻译》(Peter Newmark, "Translation Now-60", *The Linguist* 48:6 (2009): pp. 25-27.)。

[2] [英]杰瑞米·曼德:《介绍翻译研究》(Jeremy Munday, *Introducing Translation Studies*, 2nd ed., London and New York: Routledge, 2008, p. 10.)。

在霍尔姆斯看来,翻译研究应该包括两大部分:纯研究和应用研究。作为一门实证学科,纯研究的目标主要包括两个方面:首先是描述翻译现象,可称为描述翻译研究(descriptive translation studies);其次是要总结出翻译规律来解释和预测翻译现象,这可称为翻译理论(translation theory)。霍尔姆斯之所以强调"描述",是因为以往的研究倾向于从规定性的(prescriptive)立场提出翻译应该有的特征和要求。比如中国学者严复提出的著名的"信达雅"标准,就是对好翻译的规定。莫纳·贝克(Mona Baker)也提到,从德莱顿到蒲伯,从泰勒到阿诺德,英国研究翻译的传统就一直是规定性的。就描述翻译现象来说,研究可能会集中在以下三个方面:翻译的成品、翻译的过程和翻译的功能。

(1) 研究翻译成品就是要研究古往今来所有的翻译文本,它既可以是对一个翻译的描述,也可以是对几个翻译的比较研究。这种比较研究可以是共时的,比如研究《哈利·波特》的中译本、法译本和西班牙语译本;也可以是历时的,比如研究《共产党宣言》不同时期的中文译本。这些个案研究最终会成为一部翻译通史的材料。

(2) 霍尔姆斯所说的研究翻译的过程,并不是要研究译者遣词造句的过程,也不是要研究译者从接受任务到翻译、出版的过程,而是要描述译者在翻译时的脑力活动过程。所以他希望把这种研究称为翻译心理学(translation psychology)或者心理—翻译研究(psycho-translation studies)。事实上,这已经不是我们通常认为的翻译研究的工作了,而是认知心理学要从事的研究。

(3) 功能研究在霍尔姆斯看来就是语境研究,就是要描述翻译在目标文化中的功能。比如研究在某个时间或地方什么书被翻译了,什么书没有被翻译,翻译在社会上产生了怎样的影响。比如1899年林纾翻译出版了《巴黎茶花女遗事》后,造成了"可怜一卷茶花女,断尽支那荡子肠"(严复诗)的影响。这个现象毫无疑问是霍尔姆斯预想的社会学翻译研究(socio-translation studies)的课题。

翻译的纯研究中除了描述研究外,还有理论研究。尽管霍尔姆斯承认理论家的目标当然是建立一套普遍的理论,但是,他认为现在的翻译理论都还是贫乏的,根本不是普遍的。为了今后能建构一种翻译的普遍理论,他提出要从以下六个方面进行部分理论研究,它们是媒介、区域、层次、文类、时间和问题。

(1)媒介方面。20世纪40年代开始,研究机器翻译在西方(尤其是在英美两国)成为一个热点,这个研究高潮一直持续到60年代。因此霍尔姆斯认为翻译的媒介有人和机器两种,媒介翻译理论就是要讨论机器翻译与人的翻译之间的关系,以及人译所采用的媒介(口译还是笔译)及其问题。

(2)区域方面。这一方面就是要关注特定区域里的语言或者文化问题,比如"法语和德语之间的翻译(关于一对语言的理论),与之相对的是斯拉夫语内部的翻译(关于语言族群的理论),或者从各种罗曼语言翻译成各种德语(关于一对语言族群的理论)。"①

(3)层次理论。其实层次理论来自语言学,是指研究语言的几个层次:词、句子和篇章。在霍尔姆斯看来,过去对翻译的研究主要集中在词和词组的层次上,最多是在句子的层次。因此,他呼吁要走出句子的层次,在文本的层次上研究翻译。

(4)文类方面。这一方面关注的对象是翻译的文类或者体裁,比如文学文本、商业文本和技术文本的翻译问题。在历史上,文学文本和宗教文本一直受到翻译者和翻译研究者的注意,比如诗歌的翻译、佛经和《圣经》的翻译。从这种特定文类得出的翻译理论构成了传统读者的阅读期待。现在,商业文本和技术文本在翻译中的角色越来越重要,因此有必要研究这些文类的翻译问题。

(5)时间方面。这一方面就是研究特定时间里的翻译问题,比如新中国成立以来的英美文学翻译就是从时间的角度去研究翻译。

(6)问题方面。除了上述五个角度研究翻译之外,霍尔姆斯还提出可以研究一些专门问题,比如对等问题、专有名词的翻译问题等。

在霍尔姆斯的蓝图中,翻译的应用研究主要包括译者的培训、翻译辅助、翻译政策和翻译批评四个方面。培训方面主要的工作

---

① [美]詹姆斯·霍尔姆斯:《翻译研究的名与实》(James S. Holmes, "The Name and Nature of Translation Studies"),见于[美]劳伦斯·韦努蒂编:《翻译研究读本》(Lawrence Venuti, *The Translation Studies Reader*, Ed., London and New York: Routledge, 2000, p.179.)。

是教学教法、考核方式和课程安排等。翻译的辅助大致有两类,一是词典,一是语法。翻译政策的研究是要向公众介绍翻译在社会中的位置,同时指导和规范翻译活动。翻译批评则是对翻译实践的评价和检讨,这是培训和出版的需要。

我们之所以要花大篇幅介绍霍尔姆斯的蓝图,是因为它为作为学科的翻译研究廓清了方向与划定了范围。图里认为,这个蓝图最大的优点就是其"令人信服的区别的概念",这种"与相邻的学科,最主要的就是语言学的区别"使得霍尔姆斯坚信"翻译研究应该作为一门经验性的科学发展起来"。[①] 众所周知,一门独立的学科必须有自己专门的研究对象,或者范围,或者手段。霍尔姆斯设计了翻译研究内部各个部分的研究对象和任务,从而改变了以前研究翻译的人员来自各种不同学科的混乱局面,为建立一个新学科奠定了基础。当然,翻译研究后来的发展也在不断修正、发展霍尔姆斯最初的设想,但是,这个设想既是作为学科的翻译研究建立的重要基础,也是后来翻译研究发展的起点。

### 3. 翻译研究的历史与现状

翻译研究作为一门学科还很年轻,但是它的发展速度之快,连身在其中的一些参与者都感到震惊。美国学者爱德文·根茨勒(Edwin Gentzler)就回忆说,当 20 世纪 80 年代末他开始研究翻译时,这个领域还是被传统的原文中心论所统治。即使在他撰写第一版《当代翻译理论》这部著作时,很多人还认为他讲了太多的理论,可能这部著作根本就找不到一个出版社出版。然而,这部著作在 1993 年出版后,就立即销售一空。作者在 2001 年就又出版了一个修订版,因为他感到翻译方面的新理论太多,而他的著作的第一版所涉及的理论太少了。出修订版的现象在翻译研究领域很常见,反映出这门学科发展的速度非常快。巴斯奈特的开创性著作《翻译研究》、玛丽·斯奈尔-霍恩比(Mary Snell-Hornby)的《翻译研究:一种整体的方法》、莫纳·贝克主编的《劳特利奇翻译百科全书》、杰瑞米·曼德(Jeremy Munday)的《介绍翻译研究》等,几乎都

---

[①] [以]吉迪恩·图里:《描述翻译学及其他》(Gideon Toury, *Descriptive Translation Studies and Beyond*),上海教育出版社 2001 年版,第 9 页。

在不到 10 年的时段内有了修订版。

与翻译研究的飞速发展形成鲜明对比的是,许多学者都认为,此前两千年西方对翻译的思考一般都是以原文为中心的,人们总是纠结在几个有限问题上讨论,比如直译与意译之争,比如忠实的问题。乔治·斯坦纳(George Steiner)在他的名著《巴别塔之后》中将西方的翻译思想史分为四个阶段。

第一阶段从西塞罗和贺拉斯对翻译的看法一直到赫尔德林对自己翻译的评论。这一阶段的成果主要是翻译者对翻译的经验性总结。

第二阶段以英国学者亚历山大·弗雷泽·泰勒(Alexander Fraser Tytler)于 1791 年出版《论翻译的原则》为标志,到德国神学家施莱尔马赫于 1813 年发表的论文《论翻译的不同方法》再到法国作家拉尔波于 1946 年出版《在哲罗姆的祈祷下》;在这一阶段,阐释学的方式开始被应用到翻译研究中来,学者们试图从意义的角度来研究"理解"原作意味着什么。

第三阶段从 20 世纪 40 年代开始,以关于机器翻译的讨论为标志。这一时期,形式逻辑和语言传播之间的关系受到重视。斯坦纳认为,在他写作的那个时候(20 世纪 70 年代)还处在第三阶段。

第四阶段开始于 20 世纪 60 年代,由于瓦尔特·本雅明(Walter Benjamin)于 1923 年撰写的论文《译者的任务》被重新发现,以及海德格尔和伽达默尔的影响,阐释学的方法又重新受到关注,不少学者开始对翻译做完全哲学的及形而上学的思考。在对西方漫长的翻译思想史做了分期和梳理之后,斯坦纳认为,在这么丰富的材料中却鲜有原创的和意义重大的思想,"在两千来年的争论和训诫中,关于翻译本质的信仰和异议几乎一直是相同的。从西塞罗和昆提利安到现在,同样的议题和相似的论证和反驳在辩论中反复出现,几乎没有例外"。① 这个"一直是相同的"问题就是意译(literary translation)和直译(literal translation)孰优孰劣的问题。

巴斯奈特认为斯坦纳的分期存在不少问题,比如第一个分期包括了 1700 年,而第三、四个分期只包括 30 年,所以她对西方翻译

---

① [美]乔治·斯坦纳:《巴别塔之后:语言和翻译面面观》(George Steiner, *After Babel: Aspects of Language and Translation* London: Oxford UP, 1975, p.239.)。

史的描述与斯坦纳的并不一样。不过她与斯坦纳有相同的发现，那就是，不同时代对翻译的思考都有一个基本的角度："在罗马时期建立起来的直译（word for word）和意译（sense for sense）之间的差异，直到现在一直以这样或那样的方式成为争论的一个主题。"①

在《最好的那种演说家》一文中，古罗马著名的政治家和演说家西塞罗谈到了他对两位古希腊演说家的翻译。他认为：

> 我不是作为一位直译者（interpreter）而是作为一位演说家来翻译的，保留着同样的思想和形式，或者是人们所说的思想的形状（figures），但是使用符合我们用法的语言。这样，我不认为必然要一字一句地翻译，而是保留基本的风格和语言的力量。②

西塞罗把直译者与演说者区别开来的提法在当时是很新颖的，因为当时的读者或多或少地都有一些希腊语能力，所以流行的翻译方法是一字一句地直译。而所谓演说者的翻译方式，就是为了要克服当时罗马与古希腊之间越来越大的语言和文化的差异。西塞罗希望用罗马人的语言习惯来翻译古希腊演说家，使得其译本对罗马读者具有演说独特的说服力和感染力，就如同古希腊演说家对古希腊读者所具有的修辞力量一样。在美国翻译理论家道格拉斯·罗宾逊（Douglas Robinson）看来，西塞罗的这个区分影响深远。直到20世纪，奈达提出的形式对等和动态对等的区别也继承了西塞罗的二分法。所以很多学者认为，西塞罗是第一个提出直译和意译的区别的理论家，尽管他并没有使用过"意译"（free translation）这个词。

《圣经》翻译对西方的翻译活动有着持久和深刻的影响。《圣经》分为《旧约》和《新约》，其中《旧约》最初是用希伯来文写成，是犹太教的经典。由于犹太人长期流浪各地，慢慢地操起了外族的语言，比如希腊语。公元前3世纪，72名犹太学者聚集在埃及的亚

---

① ［英］苏珊·巴斯奈特：《翻译研究》（Susan Bassnett, *Translation Studies*, Rev. ed., London and New York: Routledge, 1991, p.39.）。

② ［美］道格拉斯·罗宾逊：《西方翻译理论：从希罗多德到尼采》（Douglas Robinson, *Western Translation Theory: From Herodotus to Nietzsche*, Manchester: St. Jerome, 1997, p.9.）。

历山大图书馆,集体将《旧约》由希伯来文翻译成希腊文。在这些犹太学者和翻译者看来,翻译必须要准确传达神的话语。据传说,这 72 人在翻译中受到了上帝的感召,在各自的翻译中都不约而同地使用相同的字词。这个传说暗示着,神的话语是清楚的,是可以直译的。相反,如果改变了《圣经》原文的字词结构,就一定会曲解上帝的话语。在这种情况下,直译就成了必然的选择,《圣经》翻译应该是对原文一字一句的完全模仿。但是,哲罗姆(St. Jerome)在用拉丁文翻译《圣经》时对直译有不同的理解。公元 4 世纪,应教皇达马苏一世的要求,哲罗姆开始准备标准的拉丁文《圣经》。由于他通希伯来文、希腊文和拉丁文,他能够通过比较希伯来原文、72 人的希腊文翻译和其他众多的拉丁文翻译,从中找到自己的翻译原则。在回应对他的指谪时,哲罗姆认为:

> 现在我不仅承认而且自由地宣布,在翻译希腊文的过程中(只有翻译《圣经》除外,因为它的句法都是一个谜),我不是直译,而是意译(sense for sense)。①

在哲罗姆看来,翻译《圣经》应该采用直译的方法,然而这种直译不是一字一句的完全对应,而是有时应该使用意译。因为翻译者应该考虑到读者,采用易于理解的方式翻译。他不相信"上帝的感召"的说法,而认为译者的知识和语言能力才是翻译的关键。

由于罗马教廷一直强调对《圣经》的正确理解,在哲罗姆以后的上千年中,直译和意译的问题始终是大家讨论的主要问题。

西方翻译思想的重大转变应该说是从它的文化转向开始的。1990 年,巴斯奈特和安德烈·勒菲弗尔编辑出版了现在著名的《翻译、历史和文化》一书。在书中,两位编者认识到了文化研究对翻译的影响,明确提出要研究翻译的文化因素,从而推动了翻译的文化转向。他们认为,以前的学者总是将翻译看作语言学习的手段,因此看不到翻译与更大的文学、文化和社会结构之间的复杂关系。为了克服这种偏见,勒菲弗尔提出翻译就是一种改写,它受到诗学和意识形态的影响。翻译研究的文化转向打破了束缚翻译的语言

---

① [美]道格拉斯·罗宾逊:《西方翻译理论:从希罗多德到尼采》(Douglas Robinson, *Western Translation Theory: From Herodotus to Nietzsche*, Manchester: St. Jerome, 1997, p. 25.)。

学的牢笼,为翻译研究开辟了一个崭新的空间。从此以后,翻译研究表现出了极强的活力,这不仅表现在它作为一个学科已经得到了学界广泛的承认,更重要的是,翻译研究学者能够保持着不断创新的锐气,其中最重要的一个表现就是翻译研究领域产生了很多的转向。在提出翻译研究的文化转向之后的20年,翻译研究者还提出过意识形态转向、社会学转向、语言学转向与社会—心理转向等。

  在曼德看来,从两个方面就可以看出翻译研究在当下国际学界的繁荣景象。一方面,大学里翻译研究和实践的课程激增。有统计表明,世界上60多个国家一共开设了至少250门翻译研究方面的课程,在英国,一个学年就有至少20门研究生水平的翻译课程。另一方面,翻译研究方面的国际会议、书籍和期刊大量出现,除了老牌的翻译期刊外,如荷兰的《巴别塔》(Babel)和加拿大的《元》(Meta),不少国家都创办了新的期刊,比如以色列和比利时的《目标》(Target)、英国的《译者》(The Translator)和法国的《视角》(Perspectives)等。以前很少有出版社愿意出版翻译研究方面的专著,而现在出现了不少专门出版此类书籍的出版社,如本杰明出版社(John Benjamins)、哲罗姆出版社(St. Jerome)和多语言问题出版社(Multilingual Matters)等。① 总之,翻译研究在过去40年的发展中逐步取得了独立的学科地位。

**思考题:**
  1. 你认为什么是翻译?你有没有在方言与普通话之间相互转换的经历?这种行为是翻译吗?
  2. 你每天在生活中都会遇到翻译事件吗?
  3. 请列举中国古籍中类似《越人歌》这样的文学翻译作品。
  4. 你所在的学校有翻译(研究)专业吗?它被设置在哪个系?何时成立的?能授予什么学位?它的教学和科研重点是定位在霍尔姆斯说的纯研究方向,还是定位在应用研究方向?
  5. 你上过翻译实践或者翻译研究方面的课程吗?

---

① [英]杰瑞米·曼德:《介绍翻译研究》(Jeremy Munday, *Introducing Translation Studies*, 2nd ed., London and New York: Routledge, 2008, p.6.)。

6. 你怎么看直译和意译的关系？
7. 什么是翻译的"文化转向"？
8. 你认为中文系应该开设翻译研究方面的课程吗？

**参考书目：**

1. [美]爱德文·根茨勒：《当代翻译理论》(Edwin Gentzler, *Contemporary Translation Theories*, Rev. 2$^{nd}$ ed., London and New York: Routledge, 2001.)。

2. [英]苏珊·巴斯奈特：《翻译研究》(Susan Bassnett, *Translation Studies*, Rev. ed., London and New York: Routledge, 1991.)。

3. [美]罗曼·雅各布森：《论翻译的语言学问题》(Roman Jakobson, "On Linguistic Aspects of Translation")，见于[美]劳伦斯·韦努蒂编：《翻译研究读本》(Lawrence Venuti, *The Translation Studies Reader*, Ed., London and New York: Routledge, 2000, pp. 113-118.)。

4. [美]詹姆斯·霍尔姆斯：《翻译研究的名与实》(James S. Holmes, "The Name and Nature of Translation Studies")，见于[美]劳伦斯·韦努蒂编：《翻译研究读本》(Lawrence Venuti, *The Translation Studies Reader*, Ed. London and New York: Routledge, 2000, pp. 172-185.)。

5. [以]吉迪恩·图里：《描述翻译学及其他》(Gideon Toury, *Descriptive Translation Studies and Beyond*)，上海教育出版社2001年版。

6. [美]乔治·斯坦纳：《巴别塔之后：语言和翻译面面观》(George Steiner, *After Babel: Aspects of Language and Translation*, London: Oxford UP, 1975.)。

7. [美]道格拉斯·罗宾逊：《西方翻译理论：从希罗多德到尼采》(Douglas Robinson, *Western Translation Theory: From Herodotus to Nietzsche*, Manchester: St. Jerome, 1997.)。

8. [英]杰瑞米·曼德：《介绍翻译研究》(Jeremy Munday, *Introducing Translation Studies*, 2$^{nd}$ ed., London and New York: Routledge, 2008.)。

## 第二节 翻译研究的范围和内涵

### 1. 翻译与旅行

一般来说,翻译研究包括两种研究范式:一种是语言学的研究,一种是文化和意识形态的研究。巴兹尔·哈迪姆(Basil Hatim)和曼德在《翻译:高级资料》一书中指出,翻译研究具有真正的跨学科性质,与其他很多学科都有着交集,所以可以利用其他学科的研究方法来研究翻译。他们提到了语言学、文学研究、文化研究、哲学和语言工程这五个学科。

珍妮·威廉斯(Jenny Williams)和安德鲁·切斯特曼(Andrew Chesterman)则提出了更详细的研究领域,包括文本分析和翻译、翻译质量评价、文学和其他文类的翻译、多媒体翻译、翻译和技术、翻译史、翻译伦理、术语和词汇、翻译过程、训练译者、翻译职业的特点。[①] 在"翻译研究范围和内涵"一节,我们不打算详细介绍翻译研究的所有领域,而是想介绍翻译研究中人文学者可能会关心的几个问题。

交往(Verkehr)是翻译的文化本质属性,这里的交往是言指跨语际旅行的文学交往,而这种跨语际文学交往实践的动力正是来自于翻译。

从近代以来,世界各国文学之间的普遍联系是借助于交往实践而完成的,这种交往实践促使"国族文学史"进一步向"世界文学史"移动与转化,渐次实现了世界文学的全球化传播过程。在此期间,翻译促成的文学交往实践跨越了国家、民族与区域的语际界限,使近代世界文学在相互传播与接触中逐步衔接成一个整体,促使国族文学的相互交流进一步国际化,并渐次造就出崭新的世界文化、世界文明和具有新型文化品格及全球眼光的世界性民族。

可以说,翻译因其文学交往实践所实现的历史正是这样一种

---

[①] [北爱]威廉斯和[芬]切斯特曼:《地图:研究翻译的初学者指南》(Williams, Jenny and Andrew Chesterman, *The Map*: *A Beginner's Guide to Doing Research in Translation*, Manchester: St. Jerome, 2002, pp. 6-27.)。

"世界历史",即世界文学的全球性交互影响、相互接受与交相熔铸的历史。这种"世界历史"是世界文学存在的总体方式,也是世界文学中每一种国族文学体系互为成立的总体存在样态。由翻译推动的文学交往实践使全世界的国族文学遥相唱和,因而促进了国族文学在总体文学的层面上达向了世界性文学思潮的汇通与对话,实际上,诸种具有国际性的文学思潮首先是由翻译在文学交往的实践中所推动而产生的。

一个典型的例子即是见于18世纪末的英国作家刘易斯(Matthew Gregory Lewis)。刘易斯出生于伦敦,曾在英国牛津和德国魏玛接受教育,并在魏玛与德国大文豪歌德相识。刘易斯在欧洲文学史上的主要贡献是借助于翻译活动推动了恐怖小说在欧洲的跨国旅行,[①]他的创作灵感源于当时英国流行的"哥特体恐怖小说",他尤其醉心于霍勒斯·沃波尔(Horace Walpole)的《奥特朗托堡》[②]和拉德克利夫夫人(Mrs Radcliffe)的《乌铎尔佛之秘》两部作品。前者杂糅着科学理性、实证精神以及因怀古之幽情牵引而出的迷离幻想,后者幻境迭出且环境疏朗,英国诗人柯勒律治曾给予很高的评价。

后来在德国,刘易斯又接触到了另外一种恐怖小说,其中的恐怖王国既不同于沃波尔小说的迷离,也不见于拉德克利夫夫人作品的疏朗,这种恐怖小说是以现世、外界和他界之三界的叠合而胁迫世人。刘易斯将这类小说的各种译本汇编成册,并将其母题等用作素材,创作出《安布罗西奥,又名僧人》这部小说;刘易斯正是借助于翻译的路径将德国浪漫传奇文学中的一些重要文学元素引进英国,开辟了一种新的恐怖小说文体,并以此深刻地影响了当时英国的文学趣味及创作传统。

---

① 参见[德]K. S. 古特克:《英国前浪漫主义文学与德国狂飙突进运动:M. G. 刘易斯在德-英文学关系史上的地位》(K. S. Guthke, *Englische Vorromantik und deutscher Sturm und Drang: M. G. Lewis' Stellung in der Geschichte der deutsch-englischen Literaturbeziehungen*, Göttingen, 1958.)。

② 其实,沃波尔的《奥特朗托堡》本身即是文学文本跨国旅行最成功的例子。由于此书的影响,"哥特体小说"在当时的欧洲风行一时,曾随之产生了一大批同类小说。即使在后来狄更斯的《荒凉山庄》《远大前程》以及美国作家布朗、霍桑以及诗人爱伦·坡的某些作品中,也都可以看到此书的影响。

刘易斯的影响除见诸于英国诗人华兹华斯等,也见诸法国,<sup>①</sup>并在德国大为风行,其创作特点曾经反复出现在德国作家霍夫曼(E. T. A. Hoffmann)《魔鬼的仙丹》这部小说中。随之,霍夫曼从刘易斯那里接受到的跨语际文学元素又一路地旅行到法国和俄罗斯,成为19世纪这两个国家翻译与阅读的热点作品。而在陀思妥耶夫斯基作品中常见的"哥特体小说"元素,其除了受到巴尔扎克和狄更斯的影响以外,也曾受到霍夫曼的影响。当然,这种文学作为创作思潮的跨语际旅行及其相互影响,主要是借助于翻译而完成的。

翻译是国族文学在跨语际的旅行中而完成文学交往实践的重要动力。

通过上述对刘易斯及恐怖小说思潮在欧洲的跨界旅行来分析,翻译推动文学的跨国旅行具有如下特点。1. 异质性:这种文学旅行往往意味着让源语文本脱离熟悉的母语环境,通过翻译进入另外一个相对陌生的语言世界,转换为目标语文本,以形成翻译文学。2. 跨越性:这种文学旅行其实质在于语际之间的传播性跨越,这种传播性跨越是一个动态耦合调适的过程,源语文学与目标语文学(翻译文学)必须通过多元文化的各种交流方式以达向两相适应。3. 体验性:这种文学旅行是源语文本通过跨语际的传播向目标语文本生成,说到底,这更是一种文化移位,其常常意味着两种不同文化的碰撞与交流。就介入交流的双方而言,文学跨语际旅行的过程,就是一次借助于翻译所产生的非同寻常的文化体验。4. 间际性:这种文学旅行揭示了文学翻译活动的主要功能,即是在推动文学跨语际旅行的传播过程中,可以让不同的文学主体借助于翻译而永远动态地处于异质文化交流的中间地带。大卫·达姆罗什作为哈佛大学比较文学系教授,在《什么是世界文学?》一书中,他也界定了以翻译推动的具有普世性的国族文学在跨语际传播中所形成的世界文学。

---

① 刘易斯对法国文学曾有直接的影响。1810年的《巴黎日报》认为:"在小说史上,还没有谁的名字比M. 刘易斯更著名的了。"参见[德]K. S. 古特克:《英国前浪漫主义文学与德国狂飙突进运动:M. G. 刘易斯在德-英文学关系史上的地位》(K. S. Guthke, *Englische Vorromantik und deutscher Sturm und Drang: M. G. Lewis' Stellung in der Geschichte der deutsch-englischen Literaturbeziehungen*, Göttingen, 1958, p. 178.)。

同时，文学借助于翻译的跨国旅行还涉及交往主体间的心理期待及各种利益策略。例如泰戈尔当年之所以选择"自译"这条文学创作道路，是因为文学翻译可以"模仿"强势语境，其中隐藏着很深的心理期待及文化策略。回顾泰戈尔的文学创作过程，我们可以看出英文和孟加拉语是他的两种创作语言，但是，他的两种语言创作风格却大相径庭，而他之所以选择英文创作是因为他十分清楚，自己能否在英国、美国或者欧洲大陆博取声名，或者说这些英语国家是否会承认他是一位伟大的诗人，其主要的前提是看他在多大的程度上能够用英文"自译"他的创作，并以此契合于英语国家的文化权利结构，然后在其中发挥应有的作用。

事实上是，泰戈尔作为一位伟大的诗人其声誉是"丰于名薄于遇"，因为他"自译"的英文作品能够深契于英语国家的文化权利结构中，并以此认同英语文化，因而他的英语作品在英语国家得到了广泛的承认；但是，一旦他在第一次世界大战期间挺身而出并公开发表演讲，激烈抨击当时在欧洲盛行的国家民族主义潮流之时，他在英语国家的声誉便很快下降。而更为严重的是，泰戈尔基于欧洲文化帝国主义的文化范式上调整自己的英文文学创作（抑或译作），这便使自己的才智发挥受到严重的阻碍，从而失去了一位天才诗人应有的睿智、情致和诗感。

考察文学借助于翻译的跨语际旅行，还应注意以下三点。1. 作者将自己的文化经验寄寓于作品，在旅行中，这个文本世界会与接受者所建构的文本世界迥然不同。文本内含的世界在旅行中浪迹天涯，其已与母语文化的家园有着疏离，而包括译者在内的接受者却要还原这一切。2. 文学文本借助于翻译从源语向目标语传播，这种文本的语际旅行必然使其超越了自身的文化局限，不断向外扩展，所到之处必然会与彼时彼地的语言、历史、文化与文明相作用，并产生新的意义与新的影响。所以在某种程度上，翻译是创造性改写，也是异质民族之间的话语转述和文化对话。3. 译本读者也必然会拥有自己的文化接受策略与阅读建构反应，而译本也会影响并改变接受者、译入语文化及接受效果。在某种持续不断、不可分割的交往过程中，译本与接受者创造出一个历史时代的影响与接受的文化语境，这是一个双向作用的反馈圈，圈内的任何成分都是依凭源语文化与目标语文化的交汇与对话而存在。我们可以把下面的例子带入上述三个方面给予分析。

1928年,美国作家海明威的作品首次借助于翻译把这位美国人陈述的文化世界带入法国,并广受法国人的好评。1932年,海明威的《告别吧,武器》由法国当时最有才华的翻译家柯文德罗(M. E. Coindreau)译出,柯文德罗的翻译使海明威在法国的声誉臻至顶峰。然而,出于法国国家利益及自身文化策略的考虑,这位翻译家却在第二次世界大战期间猛烈抨击海明威及其作品,使其声誉大受影响,直至1945年以后,海明威及其作品在声誉上才得以逐渐恢复。海明威及其作品旅法命运的浮沉,其原因包括多种社会与文化因素,如当时法国小说形式的创新、文学趣味的变化、社会及文化生活的更易对新艺术形式油然而起的心理期待,当然,其中也包括法国人基于自身国家利益对新兴美国所产生的强烈兴趣等。

在《什么是世界文学?》一书中,达姆罗什就"世界文学"的本质给出了这个时代一位前沿比较文学研究者的崭新理解,他强调了翻译推动优秀的国族文学在跨语际的旅行中所呈现出来的普世性与世界视域。翻译是国族文学在跨语际的旅行中而完成的文学交往实践,这种文学交往实践在传播的时空中铸就了世界文学的形成。

## 2. 翻译与文化

1990年,为了描述翻译研究从文本转向文化和政治这一现象,斯奈尔-霍恩比提出了翻译的文化转向的概念。勒菲弗尔和伊塔玛·埃文-佐哈(Itamar Even-Zohar)是文化转向的代表人物。

勒菲弗尔一般被认为是"操控学派"的代表人物之一。1985年,西奥·赫曼斯(Theo Hemans)编辑出版了题为《操控文学》的论文集,里面收录了图里、巴斯奈特、勒菲弗尔等人的文章。这些学者的一个共识就是:就目标文学而言,所有的翻译都会为了一定的目的而操控原文。赫曼斯是这样总结他们对翻译的新理解的:

> 简单地说,这些人都认为:文学是一个复杂的、动态的系统;理论模式和实证研究之间应该有持续的互动;研究文学翻译的方法应该是描述性的、以目标文学为主导的、功能性的和系统的;应该关注那些制约翻译生产和接受的准则和限制,关注翻译和其他类型的文本处理,关注翻译

作品在既定文学内部和文学之间的交流。①

"描述性""以目标文学为主导""功能性"和"系统的"这几个特征，使他们和当时占主导地位的、将翻译作为语言训练手段的翻译研究有极大的区别，这也昭示着翻译研究在方法论上的重大突破。所以后来人们通常把他们称为"操控学派"。

勒菲弗尔是比利时著名的翻译理论家，后来长期在美国高校执教。他从系统理论出发，提出翻译和历史编纂、选集、批评与编辑一样，是一种改写（rewriting）活动，一般都会受到意识形态和诗学的制约。作为文学系统中的一个小系统，翻译受到系统内的专家、系统外的赞助人（patronage）和诗学的制约。专家主要由批评家、评论者、教师和译者组成，他们负责翻译作品的诗学质量，有时候还要负责翻译的意识形态问题。赞助人指的是能够影响到文学阅读、写作和改写的力量，其可以是一个有势力的人或者人群，也可以是控制文学传播的机构。

比如在梁实秋和鲁迅关于硬译的争论中，两人都是译者，但也都是专家。关于翻译"顺与不顺"的争论，他们先是在诗学范围内的批评和反批评，然后又进入到了意识形态的争论。再比如，20世纪50年代中国大陆出版了大量的苏联翻译文学作品，而英美翻译文学的出版则骤减，这是因为当时已经没有了私人的出版机构，国家出版机构（如人民文学出版社等）担负起了外国文学传播的任务。国家出版社必然受到当时国家外交政策和意识形态的控制，因此这也就影响到了文学翻译的取向。赞助人可以在三个方面影响译者：首先，在意识形态上，赞助人保证作品的内容和思想符合主流的或者公众的要求；其次，在经济上，赞助人为作者提供资金、稿费、薪酬与职位等，以保证他们的生活问题；再次，在文学地位上，赞助人可以提供文学的声名、社会地位和荣誉等。这三个功能可以由不同的人担任，也可能集中在一个人身上（比如伊丽莎白一世）。而诗学的制约主要指文学的手段和文学的作用。

林则徐就是晚清翻译活动的重要赞助人。他被派往广州禁烟

---

① [英]西奥·赫曼斯：《操控文学》（Theo Hemans, *The Manipulation of Literature. Studies in Literary Translation*, ed., London: Croom Helm, 1985, pp.10-11.）。

后,为了"知夷"进而"制夷",开始组织人翻译西方的报纸。他一到广州就设立译馆,招聘懂外文的翻译。当时懂外语的人才不多,大多是为外商工作的,社会地位低下,受同胞的排斥。林则徐把这些人招入译馆,提高了他们的社会地位。而他被撤职后,还向继任者推荐他的译者。在翻译内容上,林则徐的目标很明确,就是要翻译外国人对中国的言论,了解他们如何理解中国问题,从而找出应对之策。林则徐还组织翻译了一部《万国律例》,这是第一部被翻译到中国的国际法,其比人们熟知的《万国公法》还早了25年。林则徐作为"天朝"的官员,主动要求了解"蛮夷"的法律,表明了他以洋制洋的斗争策略,也反映出他对僵化固死的"华夷大防"的不同态度。①

埃文-佐哈是以色列著名的翻译理论家,是"多元系统"理论(Polysystem theory)的提出者。他深受俄国形式主义者,尤其是受迪尼亚诺夫的影响。与其他的俄国形式主义者不同,迪尼亚诺夫认为文学性不是外在于历史的抽象概念,而是存在于关系之中。文学的各种因素和超文学的因素并不是孤立存在的,而是相互影响,组成不同的系统。这些因素在不同时间与不同地点的作用并不相同,文学的发展就是文学大系统中的不同小系统的"变异"。埃文-佐哈在迪尼亚诺夫的基础上提出,社会是由政治、经济与文化等众多的系统构成的。这些系统相互交叉、相互影响、相互依存,各个系统功能不同,但是能够组成一个整体在运行。这些系统并不是静态的、固定不变的,而是动态的、互相竞争的,因为它们地位不同,这其中可能是中心与边缘的对立,也可能是创新的一级模式和保守的二级模式的对立,还可能是经典与非经典的对立。在某些内在或外在因素的影响下,对立双方的地位可以发生转化。多元系统理论将翻译文学看作系统中的一个因素,在某些时期也可能形成一个独立的次系统。翻译文学系统的地位取决于它与其他系统的关系,但一般都处在边缘地位。埃文-佐哈认为,在下列三种情况下翻译文学可能处于中心,成为创新性的力量:1.当某种文学系统还没有成型,处于幼稚、形成的时期;2.当文学处于边缘或者弱势地位时,或者两者兼有;3.当文学出现转折、危机或者真空的

---

① 《翻译与文学之间》,王宏志著,南京大学2010年版,第44—55页。

时候。处于创新位置的翻译能给文学的形式库(repertoire)带来新的样式。翻译文学地位的变化会影响到翻译规范、翻译行为和翻译政策。

晚清的翻译小说可以从多元系统理论的角度来考察。在中国文学这个系统里,诗歌一直处于中心,而小说一直处在边缘,翻译文学更是处在边缘。而在晚清,由于中国的政治、经济等系统发生了重大变化,影响到文学系统,促使它也发生变化。小说开始向中心移动,其背后的动力就是以林译小说为代表的翻译小说的引进。这是因为(白话)小说系统还处于幼稚、形成期,中国文学系统则处于转折和危机时期,翻译小说带来了新的文学样式、文学手段和文学观念。中国文学形式库里的这些新样式,比如小说、第一人称叙述、风景的出现、个人主义等,在"五四"时期开始明显地表现出来。

推动翻译研究文化转向的这批学者主要来自于低地国家(比利时和荷兰)、以色列与英国等,这可能与这些国家的社会和文化环境有关系。这些国家都是小国,语言和文学都受到其他(重要)语言和文学的影响,翻译文学长期在他们的文化生活中占中心地位。同时,这些国家的政治、经济也比较依赖国际交流,因而翻译活动在他们的社会中产生了重要影响。这些现象都帮助学者们认识到翻译有语言学之外的文化和社会的意义。当然,对他们来说,文化更多的是指目标文化的整个系统,包括影响翻译的标准、惯例、意识形态和社会价值。所以,翻译的文化转向就是放弃以前的语言学研究模式,从研究文本(text)到研究上下文(context),翻译研究由此进入了社会学的研究模式。

## 3. 翻译与政治

随着翻译研究的文化转向,以前规定翻译的种种因素被重新审视,曾经被人们忽略的一些因素则受到了注意。后殖民主义和女性主义理论家们就很快就注意到翻译中复杂的政治问题。

1992年,美国学者玛丽·路易丝·普拉特(Mary Louise Pratt)出版了她著名的《帝国之眼》。这本书讨论了旅行文学和欧洲帝国主义的主体形成的关系,其中提出了不少重要的翻译研究观点,比如"文化转化"(transculturation)、"接触区"(contact zone)、"自我民族志"(autoethnography)、"星球意识"(planetary consciousness)等,这些翻译研究观点都深刻地影响了后来的后殖民主义理论家。文化融合是古巴社会学家费尔南多·奥提兹所提出的一个术语,这个术语被用来指少数民族或者弱势文明在遭遇到强势文化后,是怎样选择和创造强势文化里的材料的。接触区是指不同的文明相遇和碰撞的社会空间,在那里通常权力都是极度不平衡的,如殖民主义和奴隶制。自我民族志是指被殖民者使用殖民者的术语来再现自己,希望以此挑战殖民者对他们的再现。星球意识指的是 18 世纪中后期以后,随着自然史的建立和对大陆内部的探索,欧洲形成了对世界的全面控制和占有的意识。普拉特使用这些术语的目的是要回答这样的问题:"欧洲人写的在非欧洲地区旅行的游记是怎样创造出欧洲帝国主义的'内部主体'(domestic subject)的?在扩张带来的物质利益只能被很少人获得的时候,他们是怎样将扩张主义的事业与大都会的阅读群联系在一起的?"①如果把游记换成翻译,普拉特的这个任务也是后殖民主义翻译理论家的课题。翻译和游记有着很大的相似性:翻译可以被看作文本从一个时空到另一个时空的旅行,而游记往往涉及翻译的问题。最主要的是,两者都是跨界(地理的、语言的、文化的)行为。所以普拉特在讨论旅行文学中遇到的权力不平等问题,翻译理论家们也一定会碰到。

印度学者马哈斯维塔·森古帕塔(Mahasweta Sengupta)就讨论了泰戈尔诗歌的一次跨国旅行。在一篇题为《翻译、殖民主义和诗学:两个世界中的泰戈尔》的论文中,森古帕塔分析了泰戈尔的诗歌《吉檀伽利》的孟加拉语和英语的区别。泰戈尔自己把原作翻译成了英语,在翻译中他有意改变了原作的风格、意象、语调,使之更适合英国文学的诗学惯例。泰戈尔之所以这么翻译,是因为他生活在一个接触区,他选择去适应统治者的文化和美学口味。森古帕塔认为:

> 在翻译原文时,泰戈尔住在两个不同的世界里;在源语言里,他是独立的,没有陷入异文化和词汇的陷阱中,他用日常说的大白话写作。当

---

① [美]玛丽·路易丝·普拉特:《帝国之眼》(Mary Louise Pratt, *Imperial Eyes: Travel Writing and Transculturation*, London and New York: Routledge, 1992, p.4.)。

他翻译时,他进入到另一个语境中,在这个语境中他的殖民自我找到了表达。①

尽管泰戈尔想跨越殖民者和被殖民者之间的界限,但是他的这个殖民自我正好符合殖民者对东方人的刻板印象,所以,他在西方一下成了东方的圣人,也因此获得了诺贝尔文学奖。等到第一次世界大战后,欧洲的美学思想发生了变化,泰戈尔不再符合欧洲对东方的想象,泰戈尔便被欧洲遗忘了。

以后结构主义思想为武器,另一位印度学者特佳斯维尼·尼南嘉娜(Tejaswini Niranjana)批判了西方在研究、编撰与翻译东方时的再现观,揭示出这些活动背后的不平等的权力关系。在尼南嘉娜看来,翻译不只是跨语际的语言转换过程,也是一个权力斗争的场所,是被殖民者抵制殖民权力运作的实践。在她的名著《定位翻译》的开始,尼南嘉娜引用了西方人对印度小孩的一段记录:恒河边上的一群孩子每天向船上的西方人乞讨,但他们热切乞讨的东西不是食物和钱,而是书籍。就像这些印度小孩一样,被殖民者始终处于这种被记录、被再现的地位。这促使尼南嘉娜思考翻译在再现印度人民时的作用。她追寻的不是翻译忠实与否的问题,而是翻译背后的权力关系:即谁在翻译?如何翻译?为什么翻译?等等诸如此类的问题。通过分析著名的翻译家及殖民地高级官员威廉·琼斯的翻译活动,比如《沙恭达罗》和《摩奴法典》,她发现了琼斯的三个信念:

  1.因为印度人不是自己法律和文化的可靠的阐释者,所以需要欧洲人的翻译;2.成为一名立法者的欲望,给印度人他们"自己的"法律;3.净化印度文化并成为其代言人的欲望。②

所以在翻译中,琼斯把印度人建构成一个逆来顺受、懒惰成性的民

---

① [印]马哈斯维塔·森古帕塔:《翻译、殖民主义和诗学:两个世界中的泰戈尔》(Mahasweta Sengupta, "Translation, Colonialism, and Poetics: Rabindranath Tagore in Two Worlds"),见于[英]苏珊·巴斯奈特、[美]安德烈·勒菲弗尔:《翻译、历史与文化》(Susan Bassnett and André Lefereve, *Translation, History and Culture*, eds., London: Pinter, 1990, p.57.)。

② [印]特佳斯维尼·尼南嘉娜:《定位翻译》(Tejaswini Niranjana, *Siting Translation: History, Post-structuralism, and the Colonial Context*, Berkeley: U of California P, 1992, p.13.)。

族,把英国人看作专制暴力的终结者。通过这个翻译事件的分析,尼南嘉娜要指出的是,翻译建构了殖民主义里的不对称的权力关系,强化了殖民者对被殖民者的偏见。因此,印度的译者需要在翻译中积极介入,抵抗西方对印度人的刻板的、负面的与非历史化的再现。

巴西的食人主义翻译观就为被压迫民族的翻译活动提供了一种思路。20世纪20年代,为了找回一直被欧洲殖民者压制的土著传统,巴西兴起了一场名为"食人运动"(the Anthropophagy Movement)的现代艺术运动。巴西当地印第安人认为,吃人是一个高贵的、英雄式的宗教行为,被吃的人的精神和力量会保留在食人者的身体里,并使食人者重新获得力量。"食人运动"就是要把工业化的巴西被土著文化吃掉,从而使巴西土著文化重新获得活力。20世纪60年代起,诗人和翻译家坎波斯兄弟接受了这种思想,发展出了一种食人主义的翻译理论。在他们看来,食人不是如西方人理解的那样是肢解、残害、吞噬,而是尊重,是通过血肉的交换以汲取德行、精神和力量。所以翻译是一种注力、哺育的行为,保证了原文的再生,因为它将原文和译文带入了第三空间,在那里,两者既是给予者也是接受者。比如庞德的《神州集》就是一种食人行为的结果,那是对异域文化的爱和尊重。①

如果说食人主义是弱势文化在翻译时的一种伦理,那么劳伦斯·韦努蒂(Lawrence Venuti)提倡的异化策略,就是强势文化在翻译时的伦理要求了。归化(domestication)和异化(foreignization)是翻译活动中的两种策略。所谓归化,就是在翻译时尽可能地接近本土读者,多用符合本民族的语言表达方式来翻译;相反,异化就是在翻译时尽可能地远离本土读者,多保留源语言的表达方式。

韦努蒂之所以要提倡异化,是因为一部翻译史就是一部译者的隐身史。通过梳理17世纪以来欧洲的翻译史,韦努蒂发现翻译的通顺原则慢慢地从其他各种翻译原则中凸显出来,成为翻译最重要的标准。因此译者更多地采用归化的方式来翻译,结果造成译者消失在通顺的译文里了。韦努蒂希望译者通过异化的翻译显

---

① [美]爱德文·根茨勒:《当代翻译理论》(Edwin Gentzler, *Contemporary Translation Theories*, Rev., 2<sup>nd</sup> edition, Clevedon: Multilingual Matters, 2001, pp. 196-197.)。

示出译者的价值,彻底颠覆译者从属于作者、译文从属于原文的等级观。更重要的是,在将弱势文学翻译到强势语言中的时候,异化策略是译者政治正确性的要求,是一种翻译的伦理诉求。这是因为西方的强势语言在翻译东方文学时,大都是采用归化的手段,抹杀了东方文学的特性和特色。

身份问题也是韦努蒂观察翻译的一个重要视角。比如他研究了英译日本小说的变化及其背后的身份塑造问题。在20世纪50年代,英译的日本小说主要集中在少数几位作家身上,比如谷崎润一郎、川端康成与三岛由纪夫。这是因为他们代表了西方人眼里的日本特色:难以琢磨、迷雾一般及无法确定。这个刻板印象是由英语世界里的日本文学专家塑造出来的,他们构建起了一个第二次世界大战前的日本形象。而到了20世纪80年代后期,新一代的英语读者开始质疑旧的日本文学经典。他们开始在非大学出版社翻译、出版带有喜剧色彩的日本小说,这些小说中的日本形象高度美国化,而具有朝气和活力。

殖民主义已经成为了历史,但殖民主义的幽灵仍然在缠绕着过去被殖民人民的现在。在后殖民主义理论家看来,要彻底清除殖民主义的梦魇,就必须深刻解剖殖民主体身份。而翻译恰恰提供了这样一个场所,可以使人们了解主体身份是如何在这个权力极端不平等的条件下形成的,同时,翻译也为抵抗、协商与消除霸权提供了可能性。所以,翻译和政治就如此紧密地交织在一起了。

## 4. 翻译与哲学

古希腊传说中有个忒修斯之船的故事:忒修斯从克里特岛安全返航时乘坐的是一条30只桨的大帆船,雅典人把它保存了很久。一旦旧船板有朽坏后,雅典人就换上新的船板。西方哲学家后来用这个例子来讨论逻辑问题,一方认为换上新船板的船还是以前的那条船,另一方则认为它已经是条新船了。这个著名悖论可以帮助人们思考翻译的本体论问题:比如哪一条船才是真正的忒修斯之船?换了新船板的船一定和旧船一样吗?对旧船而言,是新的船板重要还按原样拼贴重要?本雅明和雅克·德里达(Jacques Derrida)对这些问题给了自己深刻的答案。

德国批评家本雅明是20世纪最重要的思想家之一。他的《译者的任务》可以说是翻译研究中最重要的一篇文章,引来了众多理论家,比如德里达、布朗肖、保罗·德曼及尼南嘉娜等,都曾撰文给予讨论。保罗·德曼甚至断言,在理论这个行当里,"如果你没有对这个文本说点什么,你就是无名之辈"。[①]

　　写于 1921 年的《译者的任务》是本雅明为他翻译的波德莱尔诗集《巴黎画景》(Tableaux Parisiens)所写的序言。在这篇文章里,本雅明提出了他对翻译的独特理解。译者的任务是什么?这对人们来说似乎不是问题,因为翻译的目的就是要转达原文里的信息,那译者的任务自然就是准确地把原文里的信息传达出来。但是,本雅明开篇就提出,翻译不是为(不懂原文的)人而存在的,如果翻译只是为了传达信息,那是低等的翻译。那么翻译应该翻译什么呢?本雅明的回答是:可译性。可译性不是指原文能不能找到一个合适译者的问题,而是原文有没有纯语言的碎片、有没有对上帝的记忆的问题。这里的纯语言就是指上帝的语言,或者说是巴别塔之前的语言。这样,可译性就是这些文本的本质,就是它们的生命。翻译就是要使这个生命获得再生/来生/后生(afterlife)。再生并不仅仅意味着翻译使得原文在另一种语言中获得了生命,对本雅明来说,更重要的是在翻译中这个纯语言的种子成长了,获得了更为完美的生命。

　　之所以用这种活力论的比喻,是因为纯语言就像是一只完美的古希腊花瓶,当它被打碎之后,每一种语言就是其中的一块碎片,都包含有纯语言的种子。碎片之间仿佛是一种亲属关系。翻译就如同拼贴碎片的工作,正是通过这一工作,完美的花瓶就被模糊地暗示出来,语言之间的亲属关系也就呈现出来。这样,一个碎片里的种子通过翻译在另一个碎片里成长与完美。而拼贴是怎么可能的呢?本雅明认为,不同语言的语言单位(字、词、句子、连接方式)是相互排斥的,但是它们的意指方式是互补的。比如说,"龙"和"dragon"指的是同一种东西,但是"龙"是与高贵、威严与水等联系在一起,而"dragon"是与邪恶、阴险与火等联系在一起的,所以它们的意指方式不同,但却是互补的。这样,翻译不是为了传

---

[①] [美]保罗·德曼:《抵制理论》(Paul De Man, *The Resistance to Theory*, Minneapolis and London: U of Minnesota P, 1986, p. 73.)。

达意指的内容,而是要使不同的意指方式互补,而意指的东西就在语言中不断地游移,就像纯语言的碎片在语言中不断地再生、生长与完美。当所有的意指方式都和谐地互补起来时,破碎的花瓶就拼贴完整了,因此纯语言就出现了。在本雅明看来,这个时刻就是弥赛亚时刻。

译者的任务就是要把原文带向这个最后的、不变的、各种语言完美互补的境界。而任务的完成,需要的是拼贴的工作,所以在本雅明看来,一一对应的隔行翻译是翻译的典范:

> 正如在《圣经》中语言与神启和谐地结合在一起那样,翻译应当和原文以隔行对照的形式出现字面意义与自由翻译得到统一。因为在某种程度上,一切伟大的作品在行与行之间已经包含了它们潜在的翻译。所有的神圣文本中《圣经》尤其如此,《圣经》的隔行对照版本是所有翻译的范本或理想。①

雅克·德里达是20世纪法国最重要的哲学家之一,是解构主义思想的代表。对翻译的思考贯穿了德里达的整个学术生涯。在"Des Tours de Babel"(巴别塔)一文,他通过讨论巴别塔的故事和本雅明的《译者的任务》,以解构主义的方式回答了翻译是什么的问题。

德里达在文章里首先讨论了专有名词的翻译问题,他的企图在文章的名称上就得到了显示。在很大程度上,这个文章题目是无法翻译的,因为每个词的意义都有多重含义。比如其中的专有名词"Babel"是指巴别塔,然而它又是由两个有意义的词构成的:"Ba"在一些东方语言里是"爸爸"的意思,而"Bel"是"上帝"或"神"的意思。所以"Babel"就是"上帝之城"的意思,因为古代的一些民族都用"Babel"指称自己的首都。巴别塔的建造者用父亲的名字来命名他们的建筑,所以这个词成为了一个专有名词。因为专有名词是给定的,是源头,所以它是不可译的。但是,"Babel"这个词还有"混乱"的含义,代表了语言间和语言内的混乱,这使得它又成为了一个普通名词,又是可译的。所以"Babel"在巴别语言起源时就发生了混乱。命名成为一场争夺命名权的战争。

---

① [德]瓦尔特·本雅明:《译者的任务》(Walter Benjamin,"The Task of the Translator", In *Walter Benjamin: Selected Writings*, Vol. 1. Cambridge, Mass, and London, Eng.: Harvard UP, 1996, pp. 262-263.)。

德里达由这个例子想说明,不存在本雅明所说的纯语言,因为没有一个纯粹的本源,任何本源都已经是被翻译过了的,都是一种再生/在生(living-on)、劫后余生(sur-vival)。这样,德里达巧妙地用他"延异"的观点改写了纯语言观,将纯语言解释为一个延异的结构。"延异"(différance)是德里达精心创造出的一个法语词,用来描述在场的不在场。简单地说,由于时间和差异(延—异),意义就是一个缺席的在场,总是处于在与不在之间。所以原文的意义总是要再生,不断地再生,所以才能在生,才能余生,可译性就是指这样一个原文不断召唤翻译的结构。德里达在这里显示出了他与本雅明的不同。在本雅明看来,翻译是不能被再翻译的,就像碎片不能用碎片解释一样,只有原文(纯语言)才能被翻译。而德里达从根本上否认了纯语言的存在,那一切都是翻译,因而翻译也能被翻译,而且一再被翻译。

从专有名词可译与不可译的问题出发,德里达试图回答本雅明的问题:译者的任务是什么？巴别塔的故事说明,上帝变乱了人类的语言,并让人类分散居住,所以他在把翻译强加给了人类,但同时,他变乱人类语言的目的是要争夺命名权,从而使"Babel"成为一个不可翻译的专有名词,所以他又禁止了翻译。所以在德里达看来,翻译就是一个债务,译者的任务就是要通过必须而又不可能的翻译,去偿还这无法解除、又永远还不尽的债务。

> 当上帝强加并反对他的名字时,他打破了理性的透明性,但同时也阻断了殖民暴力或语言帝国主义。他使他们(闪族人)注定与翻译相连。他使他们受制于翻译的法律,而翻译是必须的又是不可能的。在用他可译/不可译的名字做出的一击之中,他传达了一个普遍真理,(它将不再受制于一个特定民族的统治),但同时他又限制了这个真理的普遍性:禁止的透明性和不可能的单义性。翻译成了法律、职责和债务,这个债务是人们无力解除的。①

本雅明和德里达对语言、翻译的哲学反思深刻影响了人们对原文与译文、可译性与不可译性的认识,在翻译研究领域产生了深远的影响。

---

① [法]雅克·德里达:《巴别塔》(Jacques Derrida, "Des Tours de Babel"),见于[美]约瑟夫·格雷厄姆:《翻译中的差异》(Joseph Graham, *Difference in Translation*, ed., Ithaca: Cornell UP, 1985, p. 226.)。

## 5. 翻译与性别

大约在 1654 年，法国人吉尔斯·梅内日（Gilles Ménage）生造了一个术语"les belles infidels"（不忠的美人）。梅内日想要表达的是，和美人一样，翻译要么是美丽的，要么是忠实的，不可能既美丽又忠实。这种思想与《道德经》中"信言不美，美言不信"的思想是相通的，但是老子的话中并没有性别的隐喻。翻译和女性的这种联系是基于忠实这一信念：妻子要对丈夫忠实，而翻译要对原文忠实。在这个比较中，原作被看作本源的、强壮的丈夫，而译作则是次生的、弱小的妻子。

直到 20 世纪，女性和翻译的这种隐喻还出现在不同理论家的论述里。法国诗人和翻译家杰奎琳·里赛（Jacqueline Risset）就把翻译比作助产士和母亲。比作助产士是因为译者将外国的语言送到了另一种语言，比作母亲是因为译者为一种语言生下了一个文本。斯坦纳把翻译的过程分为四步，其中第二步就是要"进入"（penetration）原文，打破语言的外壳，把思想内核提取出来。在女性主义者看来，斯坦纳使用的"进入"这个术语是一语双关的，它把译者对原文的理解与男性进入女性的身体联系起来，带有强烈的男性中心色彩。这种男性的暴力在 16 世纪的英国人托马斯·德兰特（Thomas Durant）那里有最直接的表白。在翻译贺拉斯的作品时，他在前言里这样说明他的翻译方法：

> 首先，我现在做的是上帝命令他的子民在处置美貌的女俘时要做的：我剃掉她的头发，修剪她的指甲，也就是说，我剥掉她虚荣心和奢侈品……我不是根据得体的拉丁风格，而是根据她粗鄙的语言把作品英语化的……我补缀她的逻辑，修补她的比喻，柔和她的僵硬之处，延长她的话语，极大地改变她的语词，但不改变她的句子，至少是（我敢说）不改变她的原意。①

---

① 引自[加]劳丽·钱伯伦：《性别与翻译的隐喻》（Lori Chamberlain, "Gender and the Metaphorics of Translation"），见于[美]劳伦斯·韦努蒂编：《翻译研究读本》（Lawrence Venuti, *The Translation Studies Reader*, ed., London and New York: Routledge, 2000, p.318.）。

德兰特文中所说的上帝的命令指的是《圣经》里说，将女俘变成妻子的方法就是让她剃掉自己的头发，修剪自己的指甲。德兰特把这个故事与翻译联系起来，恰恰凸现出翻译中隐含的性暴力和殖民暴力。所以，随着女性主义在20世纪60年代西方的兴起，翻译立刻成为女性主义者的重要研究领域。

西方女性主义发展与翻译研究的成长是同步的。加拿大魁北克地区的一群女性译者最早把这两种思想联系在一起。她们把翻译作为一种女性主义的实践，用女性主义的思想重新认识翻译中二元对立的等级制度，如原文/译文，第一性/第二性，书写/重写等。她们发现，语言是性别斗争的场所，因此妇女解放首先应该从语言开始。这样，在翻译中她们用语言学的方法突出文字中的性别特征，比如把单词"one"（人）中的字母"e"写成黑体以显示它是阴性词，将术语"HuMan Rights"（人权）中的字母"M"用大写以显示这个术语隐含的性别歧视，将单词"author"（作者）改写成"auther"以强调其性别。此外，她们在翻译中还希望建构女性主义话语，将以前受男性压抑的女性特征表现出来。比如，"Ce soir, j'entre dans l'histoire sans relever ma jupe"是一部戏剧中的台词，一名男性译者将它直译为"今夜，我没有撩起裙子就进入了历史"，而女性主义翻译家琳达·加伯里奥（Linda Gaboriau）则大胆地译为"今夜，我没有劈开双腿就进入了历史"。

加拿大女性主义翻译理论家路易丝·冯·弗洛托（Luise von Flotow）将女性主义的翻译策略总结为三点：增补（supplementing）、前言和脚注（prefacing and footnoting）、劫持（hijacking）。增补就是操纵原文，目的是要打断流畅、透明的男性语言，凸显出女性的主体性，使这种差异性在译文中获得快乐的张扬；前言和注脚就是女性译者揭示出原作者的创作意图，说明自己的翻译策略和方法，将读者引入女性主义的阅读方式中来；劫持就是女性主义译者对原文的挪用。用加拿大著名的翻译家苏珊娜·德·洛特比涅尔-哈伍德（Susanne de Lotbinière-Harwood）的话来解释，就是："翻译实践就是旨在让语言为女性说话的政治行为。所以我在译作上的签名意味着：这个翻译用了各种翻译策略以使女性在语言中显现。"①

　　女性主义者的这些翻译主张受到了来自女性主义内部和外部的批评,其中女性主义者、后殖民主义理论家加亚特里·C.斯皮瓦克的批评最深刻,也最值得思考。斯皮瓦克来自印度的西孟加拉地区,是德里达的名著《论文字学》和印度女作家玛哈丝维塔·黛维(Mahasweta Devi)的英译者。对西方女性主义者希望促成全球女性大团结的目标,斯皮瓦克保持了相当的警惕,认为这极可能造成白人女性话语以及西方话语对东方(女性)的再殖民;因为,她们对第三世界(女性)文学的浓厚兴趣并没有促进对第三世界的理解,而只是繁荣了西方的学术事业和理论。

　　在著名的论文《从属阶级能发言吗?》中,斯皮瓦克讨论了印度下层人民的殖民经验的表达问题。由于下层人民处在经济、政治和文化上的边缘地位,他们必须由知识分子代替他们述说痛苦与争取权利。而知识分子对他们的再现和翻译又影响了他们的身份形成。如果我们把翻译看作一个透明的与纯洁的过程,我们就无法进入到下层人民的经验中去。所以,在翻译第三世界文学时,斯皮瓦克强调不仅要学习这种语言的历史和作者的背景,更要进入到第三世界作家的语言中去,真正掌握作家语言中的修辞性。由于受到福柯和德里达思想的影响,斯皮瓦克把修辞性主要理解为文本中的断裂、沉默与矛盾。这些特征赋予了文本对作者和时代的独特价值,也显示出作者的反抗性和独特体验。通过阿尔都塞式的症候式阅读,(西方的)译者才能发现东西方主流叙事之外的另一种经验,一种被压抑的、下层人民特有的经验。但是,印度进行从属阶级研究的历史学家犯了西方(女性主义)理论家同样的错误,就是希望寻找到一个真实的、本源(土)的从属阶级意识(subaltern consciousness)。斯皮瓦克认为,不可能找到、也不可能存在着这种意识,所以,翻译第三世界文学的目的是要去理解殖民主义对从属阶级意识在特定历史条件下的影响效果。在这种翻译策略下,翻译既不是建构一个符合西方标准的第三世界文学,也不

---

① 引自[加]谢里·西蒙:《翻译中的性别》(Sherry Simon, *Gender in Translation: Cultural Identity and the Politics of Transmission*, London and New York: Routledge, 1996, p. 15.)。

是建构一个所谓的真正的第三世界主体,而是尽可能地进入到在不断建构中的主体的特定环境中去。

斯皮瓦克的翻译实践可以帮助我们理解她的翻译思想。斯皮瓦克不认为出身于第三世界的译者就天然地具备了翻译第三世界文学的资格。在她看来,西方世界里的第三世界文学翻译大都带有翻译腔(translatese):译者为了迎合西方的语言习惯和对东方的想象,抹杀了第三世界文学在艺术和政治上的独特性,结果是在翻译中,巴勒斯坦女作家的作品读起来和某些男作家的一样。所以斯皮瓦克要求译者必须对源语言有亲密的了解,并在翻译中使用异化的手段。比如在翻译德维的一篇题为《奶娘》的小说时,她没有像以前的译者那样选择英文里的熟语"wet nurse"来翻译,而是译为"送奶者"(the breast-giver)。这种陌生化的译法造成了强烈的震惊感,体现了作者和译者的马克思主义影响:那就是第三世界妇女的身体是作为商品的劳动力而存在的。斯皮瓦克在翻译中还有意识地使用美国英语,希望以此打断受英国教育的印度知识分子阅读习惯,使他们注意到语言中的修辞性。

总之,在斯皮瓦克看来,第三世界人民早就生活在翻译之中,他们的语言、文化、政治、身份都与殖民主义有着千丝万缕的联系。所以翻译第三世界(女性)文学比翻译西方文学的要求高,因为译者一方面要"有能力在语言上区分好的和坏的女性作品、抵抗的和屈服的女性作品",另一方面还必须有这样的理论认识,那就是"在英语世界看似抵抗的东西在原文的世界里可能是反动的"。①

**思考题:**

1. 怎样从达姆罗什关于"世界文学"的定义理解翻译是文学在跨语际的旅行中完成交往实践的重要动力?
2. 举例说明翻译推动文学跨语际旅行的四个特点。
3. 翻译研究研究对象和方法包括哪些?
4. 勒菲弗尔为什么被归入"操控学派"?

---

① [美]加亚特里·C.斯皮瓦克:《翻译的政治》(Gayatri C. Spivak, "The Politics of Translation"),见[美]劳伦斯·韦努蒂编:《翻译研究读本》(Lawrence Venuti, *The Translation Studies Reader*, ed., London and New York: Routledge, 2000, p.404.)。

5. 按照埃文-佐哈的设想，翻译在哪些情况下能占据文学系统的中心位置？
6. 后殖民主义理论家是怎么看待翻译的作用的？
7. 对本雅明来说，翻译为什么是再生（afterlife）？
8. 德里达为什么认为翻译是"法律、职责和债务"？
9. 请说明"不忠的美人"中翻译与性别的关系。
10. 你怎么理解斯皮瓦克所说的翻译腔（translatese）？

**参考书目：**

1. ［英］珍妮·威廉斯和［芬］安德鲁·切斯特曼：《地图：研究翻译的初学者指南》（Jenny Williams, and Andrew Chesterman, *The Map: A Beginner's Guide to Doing Research in Translation*, Manchester: St. Jerome, 2002.）。

2. ［英］西奥·赫曼斯：《操控文学》（Theo Hemans, *The Manipulation of Literature. Studies in Literary Translation*, ed., London: Croom Helm, 1985.）。

3. 《翻译与文学之间》，王宏志著，南京大学出版社 2010 年版。

4. ［美］玛丽·路易丝·普拉特：《帝国之眼》（Mary Louise Pratt, *Imperial Eyes: Travel Writing and Transculturation*, London and New York: Routledge, 1992.）。

5. ［印］马哈斯维塔·森古帕塔：《翻译、殖民主义和诗学：两个世界中的泰戈尔》（Mahasweta Sengupta, "Translation, Colonialism, and Poetics: Rabindranath Tagore in Two Worlds"），见于［美］苏珊·巴斯奈特、［美］安德烈·勒菲弗尔：《翻译，历史与文化》（Susan Bassnett and André Lefereve, *Translation, History and Culture*, eds., London: Pinter, 1990, pp. 56-63.）。

6. ［印］特佳斯维尼·尼南嘉娜：《定位翻译》（Tejaswini Niranjana, *Siting Translation: History, Post-structuralism, and the Colonial Context*, Berkeley: U of California P, 1992.）。

7. ［美］爱德文·根茨勒：《当代翻译理论》（Edwin Gentzler, *Contemporary Translation Theories*, Rev., 2$^{nd}$ edition, Clevedon: Multilingual Matters, 2001.）。

8. ［美］保罗·德曼：《抵制理论》（Paul De Man, *The*

*Resistance to Theory*, Minneapolis and London: U of Minnesota P, 1986.)。

9. [德]瓦尔特·本雅明:《译者的任务》(Walter Benjamin, "The Task of the Translator", In *Walter Benjamin: Selected Writings*. Vol. 1. Cambridge, Mass. and London, Eng.: Harvard UP, 1996.).

10. [法]雅克·德里达:《巴别塔》(Jacques Derrida, "Des Tours de Babel"),见于[美]约瑟夫·格雷厄姆:《翻译中的差异》(Joseph Graham, *Difference in Translation*, ed., Ithaca: Cornell UP, 1985.)。

11. [加]劳丽·钱伯伦:《性别与翻译的隐喻》((Lori Chamberlain, "Gender and the Metaphorics of Translation"),见于[美]劳伦斯·韦努蒂编:《翻译研究读本》(Lawrence Venuti, *The Translation Studies Reader*, ed., London and New York: Routledge, 2000, pp. 314-329.).

12. [加]谢里·西蒙:《翻译中的性别》(Sherry Simon, *Gender in Translation: Cultural Identity and the Politics of Transmission*, London and New York: Routledge, 1996.).

13. [美]加亚特里·C. 斯皮瓦克:《翻译的政治》(Gayatri C. Spivak, "The Politics of Translation"),见于[美]劳伦斯·韦努蒂编:《翻译研究读本》(Lawrence Venuti, *The Translation Studies Reader*, ed., London and New York: Routledge, 2000, pp. 397-416.).

14. [法]雅克·德里达:《什么是确当的翻译?》(Jacques Derrida. "What is a 'Relevant' Translation?" Trans., Lawrence Venuti. *Critical Inquiry*. Vol. 27, No. 2 (Winter, 2001), pp. 174-200.)

## 第三节 翻译研究的未来

### 1. 比较文学与翻译(文学与研究)

1993年,英国著名的比较文学学者巴斯奈特在她的新书《比较文学导论》中提出：比较文学已经死了。更具争议的是，她认为："从此以后，我们应该把翻译研究当作一门主要的学科，而比较文学只是其中一个有价值的附属领域。"①从比较文学作为一个学科出现开始，比较文学危机论就不绝于耳。在这个意义上说，巴斯奈特的比较文学死亡论也许并不那么出乎学界的意料。但是，她将比较文学的未来放置在翻译研究这一新兴学科的肩上，这确实在当时引起了很大的争论，使人们不得不去认真地思考比较文学与翻译研究之间的关系。

比较文学从定义上说就与翻译有着千丝万缕的联系，因为比较文学的基本要求就是要研究两种以上语言的文学作品之间的关系。但是从一开始，翻译（文学和研究）在比较文学的领域中就处在边缘的地位，因为能够阅读外域国族文学的原文是比较文学研究与单一国族文学研究的基本区别，国族文学研究是一个国家、民族或区域的本土文学研究者使用本土语言对本土文学进行研究。一般认为，建立在翻译作品上的文学研究通常不被认为是地道的比较文学的研究。就像精通近十种语言的比较文学大师韦勒克在《文学理论》这部教材中所言：

> 如果仅仅用某一种语言来探讨文学问题，仅仅把这种讨论局限在用那种语言写成的作品和资料中，就会引起荒唐的后果。②

这种对语言的严格要求使得很多学者认为比较文学是一门更为高级且精英的学问，在比较文学的研究领域中，通过翻译研究文学是不能被接受的，只有在国族文学系所（如英美高校的英文系、中国高校的中文系）研究翻译文学才是可以原谅的，而比较文学系则要求文学研究者除了母语之外熟通一门或两门以上的外语及相关古典语言。法国比较文学学者保罗·梵·第根是较早讨论翻译与比较文学关系的学者，但是，在1931年出版的《比较文学论》这部教材中，他也只是在"媒介"的章节下简略地讨论了研究翻译文本的问题。

---

① [英]巴斯奈特：《比较文学导论》(Susan Bassnett, *Comparative Literature: A Critical Introduction*, Oxford: Blackwell, 1993, p.161.)。
② 《文学理论》，[美]雷纳·韦勒克、[美]奥斯汀·沃伦著，文化艺术出版社 2010 年版，第 47 页。

比较文学对翻译的歧视直到20世纪末也没有完全消除。1993年,以伯恩海默为首的专家组为美国比较文学学会提交了题为《世纪之交的比较文学》的报告。尽管这份报告提出要消除对翻译的敌视,然而它也坚持精通外语对学科的必要性:

> 懂外语仍然是我们学科的一个根本的存在理由。比较学者总是那些对外语特别感兴趣的人,他们通常具备掌握外语的技能并有本事时刻享受使用外语的乐趣。这些素质应该继续在我们的学生中培养,而且,应当鼓励他们开拓语言视域……有些系现在仍然要求三门外语和一门古典语言。许多系要求三种文学知识。[①]

而在此前的列文提交的报告和格林提交的报告中,对翻译的使用都被视为对比较文学的威胁。1965年,列文提交的报告就批评比较文学的教师越来越多地使用翻译,提出"应当区别对待比较文学专业的学生和仅阅读翻译文本的学生"。[②] 1975年,格林提交的报告更是把比较文学与翻译文学的关系看作最令人不安的趋势,并指出"许多今日在比较文学名下教授的课程其实名不副实",[③]因此强调真正的比较文学学者应该使用原文。

正是因为翻译(文学与研究)一直在比较文学学科领域认同的边缘,所以巴斯奈特对这二者关系的颠覆性再定位就极具争议性。而巴斯奈特之所以敢于提出这种石破天惊的论断,一方面是因为翻译研究的蓬勃发展,另一方面是因为比较文学在冷战之后所遭遇的巨大危机。从前两节的介绍,我们已经看到,翻译研究的兴起得益于对翻译的重新理解。翻译不再被看成传播固定意义的媒介,而是一种受文化、政治、社会与制度等各种因素影响的重写。在这种理解的定位下,翻译在文学和文化中的影响与作用无处不在,因此翻译研究的领域就变得无限广阔了,结果是,比较文学研究就必须要把翻译(文学与研究)置于中心的地位,这门同样强调跨民族、跨语言、跨文化与跨学科研究范式的年轻学科因而获有了

---

① [美]伯恩海默著:《美国比较文学学会的三个报告·伯恩海默报告》,见于《比较文学与世界文学》,杨乃乔、伍晓明主编,商务印书馆2004年版,第一辑,第23页。
② [美]列文著:《美国比较文学学会的三个报告·列文报告》,见于《比较文学与世界文学》,杨乃乔、伍晓明主编,商务印书馆2004年版,第一辑,第7页。
③ 同上书,第15页。

挑战比较文学的信心。

而此时的比较文学正面临着巨大的危机。简单地说,这场危机有两个主要原因,首先一个原因就是文化研究的巨大冲击以及后来理论的退潮。作为一种高级且精英的文学研究和一个有着根深蒂固的欧洲中心主义思维的学科,比较文学一般只关注(欧美的)文学作品,尤其是那些已经经典化了的作品,欧美之外的作品只是作为欧美文学的影响和补充而存在的。而文化研究首先打破了(上层)精英文学和(下层)大众文学之间的界限,接着打破了文学与其他文化媒介之间的界限,其结果就是文学这个概念松动了,文学研究的边界急剧扩大。在这种变化中,作为学科的比较文学所必需的独特的研究对象、范围和方法变得不再那么独特了,因此它的学科基础受到了文化研究、翻译研究等新兴学科的质疑和挑战。

就美国而言,从20世纪60年代末以来,理论的兴起是比较文学存在的重要原因。这里的理论指的是结构主义、后结构主义、后现代主义、后殖民主义与女性主义等,这些思潮首先是来自于欧陆学界,其主要与本雅明、巴尔特、拉康、福柯、德里达、克里斯蒂娃和保罗·德·曼等学者的名字联系在一起。由于语言的优势,比较文学学者能更早地接触和了解欧洲的理论发展,及时地将其介绍到美国学界。所以在一段时间里,比较文学是理论的温床,是推进文学研究发展的主要策源地。而到了90年代,一方面是越来越多来自单一国族文学系所的学者转向理论研究,另一方面是理论的热度开始降温,比较文学就慢慢地失去了它特有的研究对象和活力。

比较文学面临危机的另一个原因就是冷战后美国区域研究的范式受到了广泛的质疑,比较文学的欧洲中心主义和(后)殖民主义色彩集中地突显出来。所谓区域研究是指冷战之后,美国为了国家战略利益的需要,将世界(尤其是其对手)划为不同的区域来做整体的研究。这些研究受到了私人基金会、联邦政府和科研机构大量的资金支持,其目的是要用跨学科的方法研究对手,其研究成果作为美国政府政治、经济、文化和军事策略的依据。在提出"世界文学"这个概念时,歌德是希望有一个超越了民族和语言界限的、为人类所共享的文学,但是,欧美比较文学的发展始终受到民族主义的影响,一直有着强烈的欧洲中心主义倾向。正如赛义

德在《文化与帝国主义》一书中所指出的:

> 比较文学的学术工作伴有一种观念,认为欧洲和美国共同构成了世界的中心,不仅由于它们的统治地位,而且由于它们的文学是最值得研究的。①

20世纪90年代以来,随着区域研究的殖民倾向和比较文学研究的欧洲中心主义倾向一起受到了国际学界的强烈批判,比较文学则陷入了一场深刻的道德危机之中。

但是,随后的历史证明翻译研究对比较文学的挑战并不是致命的。2006年,在一篇题为《21世纪比较文学反思》的文章中,巴斯奈特承认她在1993年提出的论点是故作惊人之举,目的是为了提高翻译研究的地位,而现在,她意识到当初的说法是有问题的,因为"翻译研究在过去30年的发展并没有大的进步,比较还是翻译研究学术的中心"。② 所以,她悲观地认为,比较文学和翻译研究都不应该当作学科,而只是研究文学的方法和阅读的方式。在她看来,由于一些学者,如斯皮瓦克、艾米丽·爱普特(Emily Apter)等的努力,比较文学现在开始重新塑造自己,已经在走出20世纪90年代的那种危机。虽然翻译研究在学术上进展很慢,但不少学者也在从比较文学(尤其是世界文学)中汲取理论资源,这可以使翻译研究能够保持持久的活力。这样看来,比较文学和翻译研究的未来就在于两者的相互依存与互动发展。

## 2. 翻译研究的未来

在预测翻译研究的未来走向时,斯奈尔-霍恩比在《翻译研究的诸种转向》一书中再一次讨论了歌德致托马斯·卡莱尔的一封信。在这封写于1827年7月20日的信中,歌德高度评价了翻译(者)在人类文明中的作用以及德国对各民族之间的相互理解所做出的巨大贡献。在斯奈尔-霍恩比看来,歌德的这个评价是正确的,只是我

---

① 《文化与帝国主义》,[美]萨义德著,李琨译,生活·读书·新知三联书店,2007年版,第62页。

② [英]苏珊·巴斯奈特:《21世纪比较文学反思》(Susan Bassnett, "Reflections on Comparative Literature in the Twenty-First Century", In *Comparative Critical Studies* 3.1 (2006): p.6.)。

们现在所处的时代变化了,所以翻译面临着新的问题。在歌德的时代,德国正在走向一个统一的民族国家,在整个欧洲,民族国家的理念也非常盛行。歌德因而强调既要尊重各个民族国家和人民的独特性,又推崇超越民族国家的、属于全人类的文明价值,所以翻译的沟通价值就得到了他的高度评价。

而现在,我们已经进入到了一个全球化的时代,出现了一种歌德所期待的国际通行语言——英语(尽管歌德希望的是德语)。随着英语帝国的形成,英语成为国际学术界的唯一语言,国际翻译会议和翻译期刊都使用英语,其结果就是研究方法和角度极度欧美化,非英语的研究因为翻译的问题而不能走向国际学界,因此英语和非英语的权力差别扩大化了。即使是欧洲内部的国际化组织(比如欧盟),语言和文化的多样性也被标准化和综合化。斯奈尔-霍恩比希望翻译研究今后要做区分化的工作,要更注重差异性和多样性。

除了英语帝国的问题,翻译研究的另一个问题是后设语言(metalanguage)。在斯奈尔-霍恩比看来,翻译研究已经取得了巨大的成绩,但是由于很多基本的概念没有被精确定义,所以造成了很多混乱,影响了翻译研究成果的传播和接受。因此,她提议"翻译研究史"应该成为翻译研究者的必修课,以便使研究者了解翻译研究的跨学科性,以增强他们对自己所面临的任务的理解。斯奈尔-霍恩比对翻译研究的发展趋势的预测实在而具体,带有较强的语言学色彩。这可能和她对翻译研究的语言学转向的理解有关。

美国比较文学学者爱普特并不认同这种语言学转向,她认为这样的语言生态学倾向可能会"将有地方色彩的语言因素异国化,如粗喉音、语义转借和个人化表达,从而加强了语言的文化本质主义,将方言的自然流动和变异置于语法规则的标准语言模式之下"。[1] 她希望在保持翻译研究的语言学方向的情况下,把注意力更多地放在语言政治的美学和理论问题上,而"翻译区"(translation zone)的概念是她思考翻译研究未来的理论框架。

9.11事件之后,美国进行了一场反恐战争。爱普特发现,在这

---

[1] [美]艾米丽·爱普特:《翻译区》(Emily Apter, *The Translation Zone*: *A New Comparative Literature*, Princeton and London: Princeton UP, 2006, p.5.)。

场战争中翻译的错误导致了生命与财产的损失,甚至导致了战争的爆发。所以战争不仅是政治的继续,而且是翻译失败的继续。所以翻译是政治行为,在反恐战争、政治斗争与种族冲突中都发生着巨大的作用。所以翻译区不仅是一个地理概念,而且是一个政治概念和心理概念。

从这三个层面入手,她希望注重思考 21 世纪的重要语言现象,如语言的夹心化(creolization)、诗人和小说家的语言多元化、边缘人群的新语言等等,并且主张将它们与全球化、战争、反恐、互联网与虚拟技术等联系起来;在这个意义层面上,翻译成了"人文学科商讨过去和未来传播手段的代名词",[1]因此爱普特所预测的新的比较文学,其实就是翻译研究的新方向与新发展。

在《美洲的翻译和身份认同:翻译理论的新方向》这部著作中,美国学者根茨勒认为爱普特的"翻译区"的概念代表了翻译研究的新方向,因为它将翻译的地理、社会和心理因素完整地表达了出来。但是,根茨勒本人的研究所关注的是身份认同的问题,因为,他认为翻译研究的下一个转向将是社会—心理转向。通过研究美国的多元文化主义、加拿大女性主义剧作家的翻译、巴西的食人主义翻译观以及加勒比地区的文化适应(acculturation)和文化转化理论,根茨勒发现翻译是观察美洲人民身份认同的绝佳场所,因为翻译以各种形式扎根到每一位美洲人的心理之中;所以翻译不是美洲人民建构身份的环境和条件,而是他们身份的组成部分。

根茨勒借用法国精神分析学家吉恩·拉普朗虚(Jean Laplanche)的理论,将翻译与无意识、压抑等概念联系起来考察,试图挖掘出美洲人民被压抑的、创伤性的历史和文化记忆,并将翻译作为通过重新记忆以获得身份认同的手段。因此,对于根茨勒而言:

> 翻译与其说是对书写文本的翻译,不如说是一种记忆和再历史化的形式,它超越了任何一种单一语言的限制。阅读这些历史标记就像是在破解一个密码,精神分析的手段(释梦、口误、笑话、愤怒的爆发以及矛

---

[1] [美]艾米丽·爱普特:《翻译区》(Emily Apter, *The Translation Zone: A New Comparative Literature*, Princeton and London: Princeton UP, 2006, p.11.)。

盾)或许被证明是有帮助的。①

翻译研究的未来也就在于翻译为研究社会心理打开了通向世界的各种可能性。翻译不再是被动的、消极的、创伤性的活动,而是一种主动的、积极的、解放性的力量,帮助人们积极地理解过去,勇敢地面向未来。

巴斯奈特曾经提到,身份问题是翻译理论家们开始不断讨论的问题,但是很多这样的讨论都是在非文学的领域进行的。在《世界标靶的时代》这部著作中,美国著名的华裔理论家周蕾(Rey Chow)在文学领域思考了身份政治与比较文学的关系。区域研究是第二次世界大战后美国人文社会科学的主要的研究模式,周蕾通过分析区域研究、后结构主义和比较文学的运作方式,发现这三者都受到自我指涉性的制约,共同构成了美国的知识生产体系。因而从一开始,比较和文学就不是中性的词,而是有很强的意识形态性。比较文学的范式其实就是"欧洲及其他者"。

在西方学者看来,比较就是欧美和东方的关系,在这个关系中,欧美一直处于主导的、中心的地位,而东方则需要以这个中心确定自己在世界中的位置。就好比 novel(小说)这个术语就专指英国的(有时也包括法国的)小说,而其他地方的小说一定要在前面加上一个限定词,如日本小说、中国小说及阿根廷小说。在周蕾列举的对传统比较工作的反抗方式中,有一种可以看作翻译研究的发展方向:那就是东方单一语言、单一文化和单一民族的文学研究应该被看作比较文学的工作,因为它们往往带有跨语言、跨民族与跨文化的历史痕迹,这些痕迹是它们在与西方痛苦的交流和斗争中遗留下来的;所以语言不能被看作区分比较文学工作的唯一标准,是否是比较的标准应该是看它有没有"批判不同语言间文化资本的不平等分配"。② 这个创见促使人们重新思考雅各布森定义的"语内翻译",也让人们对德里达在"他者的单语主义"中体现的

---

① [美]爱德文·根茨勒:《美洲的翻译和身份认同》(Edwin Gentzler, *Translation and Identity in the Americas: New Directions in Translation Theory*, London and New York: Routledge, 2008, p. 164.)。

② [美]周蕾:《世界标靶的时代》(Rey Chow, *The Age of the World Target: Self-Referentiality in War, Theory, and Comparative Work*, Durham and London: Duke UP, 2006, p. 86.)。

身份问题有了更深刻的理解,并帮助文学研究者从翻译研究的角度对待单一的国族文学研究。需要说明的是,我们也可以把"国族文学"这个概念称之为"国族文学"。

一个有意思的现象值得学界注意,上面的提到的多位学者要么是取得了比较文学的博士学位,要么是在比较文学系任教,而他们都在翻译研究上有着很大的成就,也都对翻译研究的未来有着深刻的思考。这从某种意义上说明,翻译研究与比较文学血脉相连,翻译研究的未来在很大程度上取决于比较文学研究的突破,反之亦然;但是,不管未来的走向如何,我们应该对翻译研究的未来抱有充分的信心。

**思考题:**

1. 你认为比较文学与翻译研究是什么关系?它们可以互相取代吗?
2. 你所在高校的比较文学专业要求学会几种语言?你认为比较文学的课程与外国文学、中国文学的课程有着怎样的区别?
3. 你认为文化研究是怎样影响比较文学研究和翻译研究的?
4. 你认为存在着英语帝国吗?使用一种世界通用的语言是否可能?为什么?
5. 战争会是翻译失败的继续吗?翻译有那么重要吗?你是怎么理解翻译区作为一个政治概念被诠释的?
6. 什么是身份认同?翻译在身份认同中有着怎样的作用?
7. 如何从比较文学的角度研究鲁迅的小说《狂人日记》等?
8. 你认为翻译研究的发展趋势是什么?

**参考书目:**

1. 《美国比较文学学会的三个报告》,见于《比较文学与世界文学》,杨乃乔、伍晓明主编,商务印书馆 2004 年版,第一辑,第1—28页。
2. [美]艾米丽·爱普特:《翻译区》(Emily Apter, *The Translation Zone: A New Comparative Literature*, Princeton and London: Princeton UP, 2006.)。
3. [英]苏珊·巴斯奈特:《比较文学导论》(Susan Bassnett,

*Comparative Literature*: *A Critical Introduction*, Oxford: Blackwell, 1993.)。

4. [英]苏珊·巴斯奈特:《21世纪比较文学反思》(Susan Bassnett, "Reflections on Comparative Literature in the Twenty-First Century", In *Comparative Critical Studies* 3.1 (2006): pp. 3-11.)。

5. [美]爱德文·根茨勒:《美洲的翻译和身份认同》(Edwin Gentzler, *Translation and Identity in the Americas: New Directions in Translation Theory*, London and New York: Routledge, 2008.)。

6. [美]周蕾:《世界标靶的时代》(Rey Chow, *The Age of the World Target: Self-Referentiality in War, Theory, and Comparative Work*, Durham and London: Duke UP, 2006.)。

7. [奥]玛丽·斯奈尔-霍恩比:《翻译研究的诸种转向》(Mary Snell-Hornby, *The Turns of Translation Studies: New Paradigms or Shifting Viewpoints?*, Amsterdam and Philadelphia: John Benjamins, 2006.)。

# 第八章 诗学论

## 第一节 比较诗学崛起的中西学术背景

### 1. 比较文学不可遏制地导向比较诗学

据雷纳·韦勒克在《比较文学的名称与实质》一文中所言，德国学者莫里茨·豪普特（Moriz Haupt）的理论实践已具有"比较诗学"（comparative poetics）的性质。法国比较文学学者雷纳·艾田伯（René Etiemble）敏锐地捕捉到这一迹象，在《比较不是理由：比较文学的危机》（*Comparaison n'est pas raison：la crisede de la littérature comparée*）一书的《从比较文学到比较诗学》（"De la littérature à la poétique comparée"）一节中，他预测到比较文学将不可遏制地导向比较诗学：

> 历史的探究（enquête historique）和批评的或美学的沉思（réflexion critique, ou esthétique），这两种方法认为它们自己是直接相对立的，而事实上，它们必须相互补充，如果把这两种方法结合起来，那么比较文学就会不可遏制地导向一种比较诗学（une poétique comparée）。①

客观地分析，比较文学在那个时代不可遏制地导向比较诗学，其有着自身发展的学术逻辑。

法国学派曾以实证主义作为比较文学研究的方法论基础，强调对不同国族文学之间、文学与相关学科之间的比较研究，必须追求文献的实证考据，从而拒绝比较文学研究的美学内涵。梵·第

---

① René Etiemble, *Comparaison n'est pas raison：la crise de la littérature comparée*, Paris, Éditions Gallimard, coll. «Les Essais», 1963, p. 101.

根主张比较文学研究的范围应限于两种国族文学之间,认为超出两种国族文学以上的研究便属于总体文学,因此总体文学被排除在比较文学研究之外了。我们认为,这一现象真正的理由并非是总体文学超越了两种国族文学的边界,根据梵·第根的解释来分析,总体文学是发生在一段历史短期的横断面上,限制于一种命题下的多个民族与多个国家的共同文学现象,这种共同的文学现象是作为理论思潮而呈现的。因为总体文学在学理上从属于文学理论思潮,所以它必然是理论的综合。就法国学派崇尚比较文学研究的实证主义立场来,理论一定是不可靠的。这也是早期法国学派几位大家的共同见解。在这种观点的支配下,比较诗学在当时由法国学派一统的学术时代,可谓毫无产生的可能性。然而,后来崛起的美国学派由于在理论上强调比较文学研究的共同美学原则,因此在很大程度上说,比较诗学的产生应归功于美国学派的独特贡献。当然,比较诗学崛起的学术背景远远不止于这一单向度的因素。

下面我们来对比较诗学在西方产生的学术背景做一次简要的介绍。

构成比较诗学崛起的第一要素便是 16 世纪开其端绪的世界化潮流,其中又以政治、经济、军事等因素为重要基础。当然,仅仅有了这个基础仍然是不够的,这一不断壮阔的世界化潮流在 19 世纪可以催生出比较文学,却不足以催生比较诗学。究其原因是因为 19 世纪是一个以实证主义、唯历史主义与唯科学主义为其时代学术精神之根本特征的时代,实证是衡量一门学科是否科学的主要依据,而历史又往往是其他人文学科得以成立的主要背景,故比较文学在早期被视为通向民族文学史或国族文学史的一门辅助学科。① 在法国学派看来,比较诗学(文艺理论)的研究方法不是实证主义的,因而是不可靠的。

---

① 梵·第根在《比较文学论》中已明确指出"比较文学是文学史的分支",故"要对于比较文学有一个清楚的观念,那么必先对于文学史有一个清楚的观念"。见于《比较文学论》,[法]梵·第根著,戴望舒译,商务印书馆 1937 年版,第 21 页。这一见解牵涉到对比较文学的学科定位,因此至为关键。在 20 世纪 60 年代以前,法国学派一直坚持了这一定位,所以基亚在谈到"比较文学工作者的装备"时,认为首要的一点就是"成为文学的历史学家",即研究"各国间文学关系的历史学家"。见于《比较文学》,[法]基亚著,颜保译,北京大学出版社 1983 年版,第 4—5 页。

美国学派之所以向法国学派发难,其实正是为了在比较文学领域内为世界文学现象中的共同美学原则赢得合法性,所以美国学派吻合了那个时代新的学术精神原则。20世纪,一方面唯科学主义在人文知识领域的合法性地位受到反思性的质疑,另一方面注重外在事实演变的历史研究也日益被关注文学内在品格的"理论综合"所置换。如果说,19世纪可被称为历史的世纪,那么,20世纪便可被命名为理论的世纪,理论的天性就需要综合判断。而美国学派的倡导者韦勒克、雷马克等人正是被那个新时代所挑选出来的前沿学者,也因此成为新学术精神的代言人。

韦勒克认为,艺术品是一个个整体,如果把它们分为来源和影响,以机械的实证因果论来解释其生成过程,这必然会使艺术品成为零散破碎、互不相关的片断,从而会破坏它的完整性及其相对完整的审美系统性意义。实际上,"艺术家从别处获得的原材料在艺术作品的整体中已不复僵死的外来物,而是被消化在一个新的结构之中"。① 韦勒克要求打破比较文学研究中的唯实证主义的人为限定,让比较文学从文献的考据中解放出来,成为涵盖全世界的文学研究,而雷马克更是大声疾呼:

> 我们必须综合,除非我们甘愿让文学研究永远处于可憎的支离破碎状态。如果我们有雄心参与世界的精神生活和情感生活,我们就必须随时地把文学研究中得出的洞见和成果集中起来,把有意义的结论贡献给别的学科,贡献给全民族和全世界。②

比较文学的美国学派要求拓宽研究视域,将研究范围扩大到并无事实联系的多种国族文学现象之间,并以文学性为核心进一步扩大到文学与其他知识领域之间,这实际上便已开启了比较诗学的大门。所以,正当法国学者与美国学者还在热烈论争彼此研究方

---

① [美]雷纳·韦勒克:《比较文学的危机》(René Wellek,"The Crisis of Comparative Literature"),见于[美]雷纳·韦勒克:《批评的诸种概念》(René Wellek, *Concepts of Criticism*, New Haven and London: Yale University Press, 1963, p.285.)。

② [美]亨利·雷马克:《比较文学的定义和功用》(Henry H. H. Remak,"Comparative Literature, Its Definition and Fuction"),见于[美]牛顿·P.斯多克奈茨和[美]霍斯特·弗伦茨合编:《比较文学:方法与视域》(Newton P. Stallknecht and Horst Frenz, eds., *Comparative Literature: Method and Perspective*, Carbondale: Southern Illinois University Press, 1961, p.5.)。

法论的合法性时,艾田伯却已敏锐地道出了"比较文学将不可遏制地导向比较诗学"的预言。

艾田伯认为,通过对全世界文学中的思想和形式给予平行研究,人们可能会发现全人类在文学上所共有的文学类型、主题、原型与美学原则等;通过努力对无数混乱的具体材料进行连贯的、明晰的分类,可以满足人类从多样化中求取一致性与共同性的普世主义精神。艾田伯认为,上述努力必须是通过按其本来面目重新组织材料,对其进行历史的综合,而不是以象征和诸如"时代精神""西方世界""内在依据"之类抽象、思辨、主观的术语为基础,进行直观的、已预先定向的综合。简而言之,美学上的比较研究也必须基于审慎的历史探寻或细致的本质思索,这样才能够避免武断的教条和空泛的虚论。①

70年代以后,西方学者开始普遍地把文学理论方面的课题当作比较文学研究的重点,需要提及的是,在欧美、中国港台地区高校,那些从事文学理论研究的学者大都是在比较文学系或比较文学专业任教;这一点不同于中国内地高校,在中国内地高校的外国语学院,一般很少有学者从事文学理论的研究,而从事文学理论研究的学者都云集在中文系的文艺理论教研室。而文艺理论教研室往往整合了从事西方文论与中国古代文论研究的学者,以组成这个专业的学术梯队,实际上,这种学术梯队与研究方向的综合性构成就是比较诗学。比较诗学就是中外文艺理论的汇通性研究。

## 2. 西方"poetics"的四个层面意义及误读的可能性

下面让我们来具体介绍比较诗学及其相关术语产生、发展的学理性。

在西方学术文化传统上,"poetics"是一门具有两千多年的独立学科,正如法国学者沙维坦·托多罗夫(Tzventan Todorov)在《诗学概论》(*Introduction to Poetics*)中所评价的那样:"亚里士多德的《诗学》,有两千五百年的历史,是全面地对'文学理论'有所贡

---

① [法]雷纳·艾田伯:《比较文学的危机》(René Etiemble, *The Crisis in Comparative Literature*, Translated, and with a Forword, by Herbert Weisinger and Georges Joyaux, East Lansing: Michigan State University Press, 1966, pp. 54-55.)。

献的第一部著作,也是经典中最为重要的著作之一。"①在上个世纪 60 年代初期,当西方学者使用"comparative"来修饰"poetics"形成一个新的术语给一种研究方向命名时,"comparative poetics"作为一个新的学科诞生了。

我们要准确地理解和把握比较诗学这个学科的内涵,就必须首先从这个学科概念的中心词"诗学"展开我们的讨论。

我们已经知道,"诗学"作为一门学科的命名在西方学术文化传统上最早是由亚里士多德提出的。早在古希腊时期,亚里士多德在学科意识上就把"诗学"与伦理学、形而上学、政治学、修辞学与动物学等其他独立的学科区分开来,把"诗学"视为一门有着自主性的独立学科。在《比较诗学:文学理论的跨文化研究文集》(*Comparative Poetics: An Intercultural Essay on Theories of Literature*)一书中,美国普林斯顿大学比较文学系教授、前国际比较文学学会会长厄尔·迈纳(Earl Miner)在讨论"诗学"这一术语的原创性时,曾阐明了这一点:

> 但完全明显的是,在亚里士多德的著作中,他的《诗学》被视为一门独立学科,以区别于伦理学、形而上学、政治学、修辞学、动物学以及他所命名的其他学科。进而言之,把人类知识区分为不同的范畴是任何文化中诗学产生的基本首要步骤。就我们所知,亚里士多德的《诗学》是我们所拥有的对人类一个独立分支的文学的性质进行明确且有独立性研究的最为完美的典范。其篇幅可能短了点,但《诗学》是在诸种文化体系里形成的种种诗学中最为持久者。从原则上讲,他的诗学具有足够的独立性,并摆脱了其他种种关系的沾染,尽管(正如我们对它的反思)我们可以揭示出它隐含的意义,揭示出它与社会及其他意识形态的深刻联系。我们也注意到他那种把描述性和规范性的理解混合起来,这种理解似乎表现了对文学解释的全部尝试的特征。但至少在假定的意义上,亚里士多德着手描述了什么是文学,并界定了文学的构成成分,展示了文学的手段和目的。②

---

① [法]沙维坦·托多罗夫:《诗学概论》(Tzventan Todorov, *Introduction to Poetics*, Translated from the French by Richard Howard, University of Minnesota Press,1981, p. xxiii.).

② [美]厄尔·迈纳著:《比较诗学:文学理论的跨文化研究文集》(Earl Miner, *Comparative Poetics: An Intercultural Essay on Theories of Literature*, Princeton University Press,1990, p. 12.).

从厄尔·迈纳这段陈述的最后一句表述中,我们可以看出,"诗学"在学科的本质上也就是文艺理论,因为在他的《诗学》一书中,"亚里士多德着手描述了什么是文学,并界定了文学的构成成分,展示了文学的手段和目的"。

在古希腊时期,由于文艺的主要构成是戏剧(主要是悲剧)、史诗与抒情诗三种文类,因此在学科研究的外延与内涵上,亚里士多德的"诗学"是以批评戏剧这一文类为主兼涉诗歌与批评的文艺理论话语。在《剑桥文学批评史·第一卷·古典批评》(*The Cambridge History of Literary Criticism*: Volume I *Classical Criticism*)中,英国伯明翰大学教授史蒂芬·海利威尔(Stephen Halliwell)在讨论亚里士多德的诗学时也指明了这一点:

> 把《诗学》作为一部理论的或哲学批评的著作来看的一个深刻的原因是,《诗学》始终在关注文类的概念及其内在的本质,而不是在关注个体诗人及其作品。①

此后,在西方漫长的学术文化传统中,"诗学"这一学科概念的外延与内涵无论在怎样的程度上进一步发展与丰富,"诗学"是指文艺理论,这种学理性表述在国际与国内学术界已经约定俗成,并且被普遍认同与接受。

需要强调指出的是,无论是在印欧语境下还是在汉语语境下,"poetics"和"诗学"都存在着从字面上被误读的可能性,并且对于这种误读的可能性如果不给予学理意义上的介绍与纠正,这无疑会给比较诗学的教学与科研带来很大的迷误与困扰。

需要提及的是,绝大部分英语辞典关于"poetics"的释义几乎都把"poetics"定义在"关于诗的研究"这一文体分类方向上。关于"poetics"在英语语境下的定义,我们需要注意的是,一般的读者或学者把"poetics"理解为是"关于诗的研究",这也是正确的,在这里我们把它称之为"狭义的诗学"概念。但是,当研究主体走进亚里士多德指涉的"poetics"空间中,或走进当下比较诗学研究的空间

---

① [英]史蒂芬·海利威尔:《亚里士多德的诗学》(Stephen Halliwell, "Aristotle's Poetics"),见于[英]乔治·A. 肯尼迪:《剑桥文学批评史·第一卷·古典批评》(George A. Kennedy, *The Cambridge History of Literary Criticism*: Volume I *Classical Criticism*, Cambridge University Press, 1989, p. 152.)。

中,把"poetics"理解为是"关于诗的研究",这无疑是对"poetics"的误读。

还有一种现象在这里需要提及,西方学界有的学者也把"poetry"这个术语理解为"poetics",在《比较文学的危机》(*The Crisis In Comparative Literature*)一书的《从比较文学到比较诗学》("From Comparative Literature to Comparative Poetry")一节中,法国比较文学研究者雷纳·艾田伯(René Etiemble)那段关于比较文学研究的理论化倾向必然导向比较诗学的著名论述,从法文翻译为英文的译者就是把"比较诗学"翻译为"comparative poetry"。其实专业学者都知道,这里的"comparative poetry"在学理的意义上指称的是比较诗学,而不是比较诗歌。刘若愚在他的《中国文学理论》一书中也指出,艾田伯著作中关于这一术语的翻译是错误的:"他说的'Poétique comparée'一定是指'Comparative Poetics'(比较诗学),而不是他的英译者所谓的'Comparative poetry'(比较诗歌)。"①

由于西方学界对"poetics"与"poetry"的确也存在着术语界限比较宽泛的互用,并且这种宽泛的互用可能会给初学比较诗学者带来理解的困惑,为了在教学与科研中进一步明晰"诗学"这一术语的学科边界与内涵,我们在这里明确地规定,从普泛的意义上来讲,在比较文学、比较诗学、文艺理论及美学研究领域中,当我们使用"诗学"这一概念时,无疑主要是指亚里士多德的"诗学",这个"诗学"指涉的就是文艺理论,在这里我们把它称之为"广义的诗学"概念。

并且,指涉诗歌研究的"poetics"与指涉文艺理论研究的"poetics"的差异在于,狭义的诗学只是在文体分类的前提下对诗歌研究的一种方向性称呼,而广义的诗学是一门具有独立性与自主性的学科,广义的诗学的研究范围不仅要比狭义的诗学宽阔得多,并且也涵盖从总结理论的角度来完成的关于诗的研究。

在这里需要说明的是,我们在定义诗学或讨论比较诗学的学科性质及其研究视域时,往往关涉到文学理论这一相关概念的使用。从汉语字面上来看,文艺理论这个概念的外延要比文学理论

---

① 《中国文学理论》,[美]刘若愚著,杜国清译,江苏教育出版社 2006 年版,第 14 页。

大一些,其不仅包含文学理论,并且也可以涉及音乐、绘画、雕塑、舞蹈、建筑与影视等其他艺术门类的理论和批评问题。我们在这里介绍比较诗学的学科理论时,不再对文艺理论与文学理论这两个概念进行细微的区别与界定,而是因比较诗学学科体系建构的需要把文艺理论与文学理论认同为学理意义基本相关的概念来使用,这样做主要是为了摆脱烦琐而无意义的概念区别和纠缠。因为从事比较诗学研究,在跨文化的语境下主要是对中外文学理论进行汇通性研究,同时,在跨学科的语境下也必然涉及中外文学理论与相关学科理论的汇通性研究,如音乐、绘画、雕塑、舞蹈、建筑、影视、哲学、宗教、心理学与文化学等其他学科门类的理论与批评问题。因此把诗学认同为文艺理论,在学术的外延上更合乎比较诗学的学理要求。

需要强调的是,在比较诗学的学科理论体系建构中,无论我们使用文艺理论还是文学理论,两者都是指以文学研究为中心关涉到其他相关学科门类的理论研究。

### 3. 中国"诗学"的四个层面意义及误读的可能性

让我们从汉语语境来介绍与纠正初学者关于"诗学"误读的四个方面。在思维方式与审美心理上,中国古代文学批评与西方文艺理论有着较大的民族与文化的差异性,西方文艺理论的大部分术语受西方哲学的影响,一般倾向于理性、思辨性与逻辑性,而中国古代文学批评的诸多术语,如比兴、意象、风骨等偏向于悟性、体验性与鉴赏性,因此许多术语在文学批评的不同使用语境中有着相当宽泛的互文意义,术语的互文意义是指几种术语意义之间的交叉性;如"诗学"这个术语在中国传统学术语境中的提出与发展就是在四个层面的互文意义上被交叉使用的,每个层面的意义相互之间因存在着意义的互文,从而没有明晰的逻辑界限。需要说明的是,国内学界一般认为,在中国古代文学传统上,没有产生过自觉的、体系化文学理论,但是有着丰富的文学批评,因此学界往往更多地使用"中国古代文学批评"这个术语,当然也有学者愿意使用"中国古代文论"这个术语。

在第一个层面上,把"诗学"用作为"学习作诗",用当下文艺理论的表述来解释就是"诗的创作"。"诗学"作为词语的第一次使用

在中国学术史文献上见诸唐代,其始见于唐人郑谷《中年》一诗:

> 漠漠秦云澹澹天,新年景象入中年。
> 情多最恨花无语,愁破方知酒有权。
> 苔色满墙寻故第,雨声一夜忆春田。
> 衰迟自喜添诗学,更把前题改数联。①

从郑谷这首诗的整体语境来看,这里的"诗学"一词其意义较之于亚里士多德的"poetics"概念完全是另外一个术语。从"更把前题改数联"这一句来审读,诗人郑谷寄于"诗学"的内涵是指人到中年后,以学习作诗而排遣"愁"中的多情与苦涩;因此,郑谷的"诗学"这一个概念的意义是指涉"学习作诗",在这里"诗学"就是"学诗"。

在第二个层面上,把"诗学"用作为"关于诗的创作与诗的批评的学问"。明代学者周晖在《金陵琐事·卷四》中专立《诗学》一节,曾记载了顾华玉率几位门下士在清溪倡导"诗学":

> 嘉靖中司寇顾公华玉,以浙辖在告,倡诗学于清溪之上。门下士,若陈羽伯凤、谢应午少南、许仲贻谷、金子有大车、金子坤大舆、高近思远,相从以游。讲艺论学,绰有古风。②

在这一段材料的语境中,顾华玉及几位门下士在倡导"诗学"之时是"讲艺论学",实际上他们的行为已经从诗的创作涉及诗的批评,因此这里的"诗学"较之于郑谷的"诗学"于意义的外延与内涵上在扩大。

在第三个层面上,把"诗学"用作为"关于诗话及诗话学研究的学问"。诗话是中国古代文学批评史上重要的理论现象,是"求其实系教人作诗之言"。③ 从当下文艺理论的视角来解释,中国古代诗话是从体悟、评点与鉴赏的审美心理对诗的创作进行批评的理论性文本。中国古代第一部诗话文本是欧阳修的《六一诗话》,清代学者梁章钜在《退庵随笔·学诗》中对诗话与诗学之间的相互关系有一段凝练的概述:

---

① 《中年》,(唐)郑谷著,见于《全唐诗》上海古籍出版社 1985 年影印扬州诗局本,下册,第 1701 页。
② 《金陵琐事》,(明)周晖著,江宁傅春官刻本(1644 年),4 卷本,第 4 卷,第 27 页。
③ 《退庵随笔》,(清)梁章钜著,道光十七年福州梁氏刻本(1837),22 卷本,第 21 卷,第 31 页。

> 诗话莫盛於宋，今四库所录，自《六一诗话》以下二十餘家，求其实系教人作诗之言，则不可多得。国朝吴景旭撰《历代诗话》至八十卷，嗜奇爱博，而尚非度人金针。余尝欲就宋人各种中，精择其可为诗学阶梯者，益以明人及我朝名流所著，都为一编，庶几为有益之书。未知此愿何日酬耳！①

可以见出，《退庵随笔》把"诗话"概述为"可为诗学阶梯者"。在中国古代文学批评史上，不仅有许多批评者把自己撰写的关于诗的创作与诗的批评的著作冠名于"诗话"给予称谓，也有一部分批评者冠之于"诗学"给予称谓，《明史·卷九十九》在著录当时诸种诗话时，其中就有《诗学体要类编》三卷："……宋孟清《诗学体要类编》三卷，朱承爵《诗话》一卷，顾元庆《夷白斋诗话》一卷，陈霆《渚山堂诗话》三卷。"②从这里我们可以见出，《明史》是把《诗学体要类编》与诸种"诗话"作为同类性质的批评文本存放在同一目类下的。

由于在现代汉语学术语境下，中国古代诗话作为诗的批评的理论性话语基本上已经退出了使用空间，因此成为现当代学者专门研究的对象，所以当下学术界往往把关于诗话的研究作为一个方向来设定，即诗话学，因此学术界也习惯把"诗话研究"或"诗话学"总称为"诗学"。

在第四个层面上，把"诗学"用作为"关于诗的一门独立的研究学科"提出。在中国学术文化传统上，儒家的"五经"本身就包含"诗经"，在学科的指称上，古代学者把"诗经"从"五经"中提取出来作为一门独立的研究学科称之为"诗学"，如唐代学者李行修在《请置诗学博士书》一文中记："近学无专门，经无师授，以音定字，以疏释经，是能使生徒由之中才，不能使天下由之致理明矣。大率五经皆然，臣独以诗学上闻，趋所急也。"③在这段材料的语境中，"诗学"所指涉的就是关于"诗经"或"诗三百篇"的研究，并在学科分类的意识上把其称之为一门独立的研究学科。在这里，李行修所提及的诗学是指专门对诗经进行研究的独立学科而提出的。

---

① 《退庵随笔》，(清)梁章钜著，道光十七年福州梁氏刻本(1837)，22卷本，第21卷，第31—32页。
② 《明史》，(清)张廷玉等著，上海商务印书馆1949年影印本，第99卷，第27页。
③ 《请置诗学博士书》，(唐)李行修撰，见于《钦定四库全书·集部·总集类·唐文粹·卷二十六上》台湾商务印书馆1983年景印文渊阁本，第17页。

从上述四个层面关于"诗学"的释义中,我们可以见出,在中国学术文化传统中"诗学"指涉的是"关于诗的创作""关于诗的创作与诗的批评的学问""关于诗话及诗话学研究的学问"与"关于诗的一门独立的研究学科"四个层面的意义,并且这四个层面的意义之间有着一定的互文交叉。我们从整体的意义上可以给出一个概括,在中国学术文化传统上,至少在近代以前,"诗学"这个术语的外延与内涵还是被限定在"关于诗的研究"这一总体意义上使用,没有包含文艺理论的意义在内,因此是一个狭义的诗学概念。比较诗学的初学者很可能会从中国古代文学批评的狭义诗学概念来误读比较诗学,错误地得出"比较诗学"是一门对中外诗歌进行"比较"研究的学科。

### 4. 关于"poetics"与"诗学"两个概念的汇通性学理分析

如果我们把在英语语境下对"poetics"所提取的意义与在汉语语境下对"诗学"所提取的意义,作一次双向汇通性的互通、互比、互照与互识,我们从双方均可以收获一种互为参照的澄明理解。

关于"诗学"这个概念在汉语学术文化传统中生成与积淀下来的定义,我们需要注意的是,一般的初学者很容易从字面上把"诗学"理解为是"关于诗的研究",当然这也是正确的;因为在中国学术文化传统上的确存在过把"关于诗的研究"总体地称之为"诗学"的现象,这一点与西方一般读者或学者把"poetics"理解为是"关于诗的研究"一样。罗根泽在《中国文学批评史·反诗格的言论》中就把"诗格"与"诗话"称之为"诗学":

> 五代前后的诗学书率名为"诗格",欧阳修以后的诗学书率名为"诗话",也显然的说明了"诗话"是对于"诗格"的革命。所以诗话的兴起,就是诗格的衰灭,后世论诗学者,往往混为一谈,最为错误。①

但是,当研究主体走进亚里士多德指涉的诗学空间,走进当下比较诗学研究的空间,或文艺理论指涉的诗学空间,把"诗学"理解为是"关于诗的研究",这无疑是对特定语境下"诗学"的误读。从普泛的意义上来讲,在比较文学、比较诗学、文艺理论及美学研究领域

---

① 《中国文学批评史》,罗根泽著,上海古籍出版社1984年版,第2册,第220页。

中,当我们使用诗学这一概念时,主要是指称亚里士多德的"诗学",这个"诗学"指涉的就是文艺理论,即广义的诗学概念。

叶维廉在《东西方比较文学中模子的运用》("The Use of 'Models' in East-West Comparative Literature")一文中曾认为:

> 因此,一个模子是一种结构行为,通过这种结构行为可以把手中的材料铸造成一种形式。这样一种行为在一种文类作用于诗人与批评家的过程中,可以最为鲜明地看到。①

实际上,我们把西方的"poetics"与中国的"诗学"这两个术语做比较研究,就是力图通过一种结构行为把中西关于"poetics"与"诗学"的材料汇通在一起,寻找两者之间内在的本质的模子,即范型。

关于对"诗学"这一概念的理解与使用,还有两种现象我们在这里介绍一下。

首先,从上个世纪 90 年代以来,也有少数从事中国古代文学研究的学者把自己关于中国古代诗歌及诗话的研究称之为"诗学",如南京大学中文系的张伯伟等学者正是在这一命名的层面上从事中国古代诗歌及诗话的研究,并且还编撰了与之相应的刊物《诗学》;在这里特定的学术语境下,这个"诗学"主要是沿用中国学术文化传统上关于诗学的释义,指涉的是关于中国古代诗歌、诗话及诗话学等研究,是狭义的诗学。因此我们必须在学理上能够区分,这里的狭义诗学与指涉文艺理论的广义诗学是两个不同的概念。需要注意的是,张伯伟等学者在解释他们所使用的"诗学"这个概念时,又多少受广义诗学概念的影响,使他们操用的狭义诗学概念表现出一定的文艺理论色彩。从这里我们也可以看出中西两种诗学观念在当代学者研究中的逐渐汇通与整合。

其次,所以特别要注意的是,当我们走进诗学或比较诗学这两个研究空间中来,一定不能把这里的"诗学"误读为是"关于诗的研究",如果在理解的前提上误读了这里的"诗学",这可能会产生一

---

① [美]叶维廉:《东西方比较文学中范型的运用》(Wai-Lim Yip,"The Use of 'Models' in East-West Comparative Literature"),见于[美]叶维廉:《距离的传播:中西诗学之间的对话》(Wai-Lim Yip, *Diffusion of Distances: Dialogues Between Chinese and Western Poetics*, University of California Press, 1993, pp. 8-9.)。叶维廉把"model"这个术语也称之为"模子"。

系列的误解,很可能错误地把"汉代文人五言诗研究""关于艾青诗歌创作背景研究""莎士比亚十四行诗研究"与"普希金爱情诗研究"等命题误读为关涉文艺理论的诗学研究,准确地讲,我们应该把上述选题置放在文体分类的诗歌研究方向下或置放在作为国族文学研究的中国古代文学、中国现当代文学、英国文学与俄国文学的方向下,这才吻合上述选题的学科方向性。"柏拉图的迷狂说与文艺创作的发生""欧洲批判现实主义及其叙事学原则""《文心雕龙》创作论研究""王国维文学批评思想对德国古典美学的接受"等关涉文艺理论的研究选题才属于诗学领域。

为了在比较诗学的教学与科研中使"诗学"这个概念不再引起误读而减少争议,我们在一种相对严格的学术约定俗成上强调:诗学就是指涉文艺理论而不是"关于诗的研究",而比较诗学就是指涉对中外文艺理论在跨民族、跨语言、跨文化与跨学科中所进行的汇通性比较研究。再度需要说明的是,我们在比较诗学研究中介绍与讨论中外文艺理论汇通性研究的视域与诸种方法时,把文学理论、文学批评、国别文论与文艺理论作为基本共通的概念来使用。

**思考题:**

1. 试述比较诗学在西方崛起的学术背景。
2. 怎样理解亚里士多德所提出的"诗学"在学科本质上就是文艺理论?
3. 怎样陈述在印欧语境下,对亚里士多德"poetics"误读的可能性。
4. 怎样理解"诗学"这个概念?什么是狭义的诗学?什么是广义的诗学?
5. 综述中国学术文化传统对"诗学"所赋予的四个层面意义。
6. 怎样理解在汉语语境下,"诗学"存在着从字面上被误读的可能性?
7. 对"poetics"与"诗学"这两个概念进行汇通性学理分析,指出两者之间的共通性与差异性,并举例分析哪些选题属于诗学研究领域,哪些选题是误读或属于诗歌研究领域?

**参考书目：**

1. ［古希腊］亚里士多德：《诗学》(Aristotle, *Poetics*, Translated by S. H. Butcher, http://www.sdau.edu.cn/dushu/ewjd/a/aristotle/po1/.)。

2. 《诗学》，［古希腊］亚里士多德著，陈中梅译，商务印书馆1996年版；罗念生译本，人民文学出版社1984年版。

3. ［美］厄尔·迈纳著：《比较诗学》(Earl Miner, *Comparative Poetics*, Princeton University Press, 1990.)。

4. ［美］叶维廉：《距离的传播：中西诗学之间的对话》(Wai-Lim Yip, *Diffusion of Distances: Dialogues Between Chinese and Western Poetics*, University of California Press, 1993.)。

5. ［英］史蒂芬·海利威尔：《亚里士多德的诗学》(Stephen Halliwell, "Aristotle's Poetics")，见于［英］乔治·A. 肯尼迪：《剑桥文学批评史·第一卷·古典批评》(George A. Kennedy, *The Cambridge History of Literary Criticism: Volume I Classical Criticism*, Cambridge University Press, 1989.)。

6. 《退庵随笔》，（清）梁章钜著，道光十七年福州梁氏刻本(1837)，22卷本。

7. 《中国诗学》，［美］刘若愚著、杜国清译，台北幼狮文化公司1977年版。

## 第二节　比较诗学与国别文论的学科身份差异性就在于比较视域

### 1. 对比较诗学产生误读的四种可能性分析

上述从修辞的视角分析了中西学术语境下对"poetics"与"诗学"产生误读的可能性，讨论到这里，初入比较诗学领域者必须明确地认识到比较诗学是研究主体以跨民族、跨语言、跨文化与跨学科的比较视域对中外文艺理论所进行的汇通性研究，所以比较诗学的研究主体是间性主体，这里间性也就是互文性。在这里，我们把上述两种误读的可能性整合起来，在下述四个层面上对

"comparative poetics"与"比较诗学"的可能性误读做出个案分析,以便初入比较诗学领域者能够具体地对比较诗学这一学科概念有一种明晰的科学认识和把握。

第一个层面的可能性误读,即把比较诗学理解为中外诗歌比较研究。

第一种误读的关键点在于,初学者往往首先从字面的意义上把"诗学"误读为是关于诗的研究,其次从日常用语的视角把"比较"误读为纯粹"找类似点"或"差异点"的"比较",即为了"比较"而"比较"。例如下述在比较诗学名义下成立的选题就是在这样一种误读的思路上形成的:"李贺与济慈诗歌的比较研究"与"泰戈尔与郭沫若诗歌的比较研究"等。严格地讲,这两个选题在学理上均无法归属于比较诗学,是最为普泛地对比较诗学产生误读的典型范例。

如果一定要给上述两个选题划定一个学科归属的话,可以把其划归到作为文体分类的诗歌研究领域,因为诗歌是文学现象中诸种文体分类的一种,所以这是可以成立的;如果再作进一步划分的话,还可以把其归属于诗歌研究方向下的中外诗歌比较研究领域,从这里可以看出,这一领域已经是作为文体分类的诗歌研究与比较文学研究的交叉地带了,所以我们也可以把上述两个选题划归于比较文学的研究领域,因为在比较文学的研究领域中,研究主体可以对中外诗歌、中外小说、中外戏剧等进行跨民族、跨语言、跨文化与跨学科的汇通性比较研究。也就是说,中外诗歌比较研究既可以被划归于作为文体分类的诗歌研究领域,也可以划归于比较文学研究领域,但是,其一定不属于比较诗学研究领域。

需要注意的是,即使把上述两个选题划归于比较文学领域,这些选题能否成立还有一个对"比较"如何理解的问题。如果从比较文学法国学派影响与接受的研究视域对泰戈尔与郭沫若的诗歌进行汇通性比较研究,这是可以成立的。因为郭沫若的诗歌创作其中有一部分作品带有一种泛神论的审美风格,这种审美风格不仅是受荷兰哲学家斯宾诺莎泛神论哲学的影响,同时也的确受泰戈尔诗歌及其泛神论的影响。这个选题之所以可以成立,是因为在两位作者的诗歌创作之间存在着从材料上可以给予实证的渊源关系,郭沫若在《泰戈尔来华的我见》《我的作诗的经过》《序我的诗》

《诗作谈》与《论诗三札》等文章中都不同程度地提到了泰戈尔对自己创作诗歌的影响,这种实证材料的渊源关系为研究主体对两位诗人的诗歌进行汇通性研究提供了实证的可比性与学理性。尽管如此,这个选题还是不能划归于比较诗学领域。在这里我们不是重复地介绍比较文学的个案研究如何可能,而是在讨论比较诗学这一学科概念时就如何正确地把握"比较"而再度给出一个深入的、延续的讨论。

第二个层面的可能性误读,即把比较诗学理解为同一民族、语言及文化体系中的诗歌比较研究。

这一误读现象也的确在学术界发生过,如"李白诗歌与杜甫诗歌的比较研究""屈原楚辞与李白诗歌的浪漫主义审美风格比较研究""雪莱与拜伦诗歌的浪漫主义情愫:两位英国诗人的比较研究"和"美国后现代主义诗潮'黑山派'与'垮掉派'的比较研究"等关于诗歌研究的选题。从学理上来讲,上述这四个选题应该划归于作为文体分类的诗歌研究领域,而不能划归于比较诗学领域,并且也不能划归于比较文学领域。比较文学与比较诗学不同于国族文学与国别文论的最鲜明的学科意识,就在于研究主体的研究视域必须是跨民族、跨语言、跨文化与跨学科的比较视域。

"李白诗歌与杜甫诗歌的比较研究"仍然是局限在同一民族文化体系的汉语语境下,对盛唐同期两位诗人进行"比较"研究的;这里的"比较"与比较文学研究、比较诗学研究所操用的比较视域的"比较"完全是两个不同的概念,前者只是一个日常用语,从事这种"比较"研究的学者并没有在其所属学科的性质上给出一个准确的界定,而后者是一个有着特定学理内涵的学术用语。研究者通过对李白与杜甫的"比较",寻检李白诗歌中的浪漫主义精神和杜甫诗歌中的现实主义精神,这种把研究的视域置放在同一民族语言的文化体系内部,在对李白诗歌与杜甫诗歌的类比中寻找差异或在差异的比较中寻找类似点,这种研究方法显得过于粗浅,仍然只是把研究的视域滞留在具有共同民族文化身份、以同一语言写作的诗人及其作品的表象上,缺少比较诗学的学术要求;即以研究主体的比较视域对中外文艺理论进行整体的、深层结构的互照、互省、互识与互证,以追问能够揭示具有世界性或国际性文学本质现象的普遍性学理及其各自的民族诗学特色。

叶维廉在《〈比较文学丛书〉总序》曾就如何展开比较文学研究有一段准确的表述：

> 我们在中西比较文学的研究中，要寻求共同的文学规律、共同的美学据点，首要的，就是每一个批评导向里的理论，找出他们各个在东方西方两个文化美学传统里生成演化的"同"与"异"，在它们互照互对互比互识的过程中，找出一些发自共同美学据点的问题，然后才用其相同或近似的表现程序来印证跨文化美学汇通的可能。①

"印证跨文化美学汇通的可能"在学理的陈述上，也应该是学术界对从事比较诗学研究者所提出的基本要求。

另外，我们也可以把上述四个选题划归于国族文学研究领域，"李白诗歌与杜甫诗歌的比较研究"和"屈原楚辞与李白诗歌的浪漫主义审美风格比较研究"属于中国古代文学研究领域，"雪莱与拜伦诗歌的浪漫主义情愫：两位英国诗人的比较研究"和"美国后现代主义诗潮'黑山派'与'垮掉派'的比较研究"属于世界文学方向下的英国文学研究和美国文学研究领域。总之，第二个层面的误读较之于第一个层面的误读在学理上离比较诗学更远。

第三个层面的可能性误读，即把比较诗学理解为诗学比较。

如果说，前二个层面误读的根本点在于，首先把"诗学"错误地理解为是"关于诗的研究"，其次把"比较"错误地理解为"X＋Y"的表面类比，那么，第三个层面的误读在于把"诗学"正确地理解为文艺理论的前提下，还是从日常用语的视角把"比较"误读为是从中外文艺理论的范畴、思潮、著作与作者的表象上硬性地寻找双方的类似点与差异点。关于这一现象，我们在上述的讨论中已经多次初步提了。其实，第三个层面的误读也是比较诗学界内部最容易产生的错误，也是初入比较诗学领域的学者比较难以回避及辨析的现象，因此，这也是当下学术界对于整个比较诗学学科体系建构中需要重点讨论与解决的问题。

一部成功的比较诗学研究著作或一篇成功的比较诗学研究文章，其绝不在于这部著作或这篇文章在题目上是否拥有"比较"与"诗学"这两个术语，钱锺书的《谈艺录》、宗白华的《美学散步》、刘

---

① 《〈比较文学丛书〉总序》，叶维廉著，见于《现象诠释学与中西雄浑观》，王建元著，台湾东大图书公司1988年版，第16页。

若愚的《中国文学理论》、王元化的《文心雕龙创作论》、王建元的《现象诠释学与中西雄浑观》与鲁迅的《摩罗诗力说》、叶嘉莹的《对传统词学与王国维词论在西方理论之观照中的反思》、叶维廉的《寻求跨中西文化的共同文学规律》都是比较诗学方向下优秀的典范著作与文章,并且在题目的字面上并没有"比较"与"诗学"这两个术语。而在比较诗学的名义下,有些选题仅从字面上一眼看上去,似乎是很好的比较诗学题目,如"中国文论的表现主义与西方文论的再现主义之比较研究""荷马与屈原诗学思想的比较研究""德谟克利特与墨子的诗学观比较研究"与"老舍《猫》与夏目漱石《我是猫》两部小说的诗学思想比较研究"等选题,如果这些选题的研究主体在研究视域上还是滞留表象上硬性寻检双方的类似性与差异性,或者上述选题的成立本身就存在着可比性的缺席,最终可能还是落到"X+Y"的"诗学比较"的窘境。关于这种"X+Y"的硬性类比现象,在《古代中国的思想世界》(The World of Thought in Ancient China)一书中,美国汉学家本杰明·I. 苏瓦茨(Benjamin I. Schwartz)就中西思想史进行汇通性的比较研究时,也指出必须对这种曾在国际学术界流行的、粗糙的类比形式进行深刻地怀疑:

> 不像一些文化人类学家那样,思想的历史学家必须对那种竭力就全部文化提供一种永恒的、没有疑问的解答保持深刻的怀疑,这个解答即关涉这种形式的、粗糙的、全球化的陈述——"西方文化是 X 和中国文化是 Y"。①

需要注意的是,这种把比较诗学误读为诗学比较的现象绝不仅是纯粹的研究方法论问题,而是比较诗学研究主体在对中外文艺理论进行研究时,究竟应该把自己的研究视域定位在怎样的本体论上安身立命的问题。如果只把比较诗学研究视为一种不同于国别文论研究的纯粹方法论,忽视了研究主体在汇通与整合中外文论的学养背景上所形成的研究眼光——比较视域,并且忽视了比较视域就是比较诗学研究主体安身立命的本体,那么在比较诗学名义下发生的研究行为很可能跌向诗学比较的误区。

---

① [美]本杰明·I. 苏瓦茨:《古代中国的思想世界》(Benjamin I. Schwartz, *The World of Thought in Ancient China*, The Belknap Press of Harvard University Press, 1985, p.14.)。

第四个层面的可能性误读,即把比较诗学理解为兼容性(compatibility)混杂的学科领域。

比较诗学是比较文学的下属学科,过去一百年以来,在比较文学那里所发生的种种学科弊病在比较诗学这里完全都有可能再度出场,特别是由于对"比较"与"诗学"的双重性误读,很容易把比较诗学理解成为一门兼容性混杂而无所不包的学科。季羡林在《当前中国比较文学的七个问题》一文中谈到比较文学的可比性界限问题,应该引起我们的重视:"我看过不少的国内大学或师范学院的学报,里面刊载了一些比较文学的文章。给我的印象是:题目大同小异。总是 A 国的 B 同 C 国的 D 比较。我们这次研讨会上的文章也有类似的情况。光是泰戈尔同什么人比的文章就有四篇之多,过去有一个同志曾使用过'无限可比性'这一个词儿。比是可以的,但到了'无限'的程度,恐怕就有了问题。一门学科总应该有一定的界限,一定的范围。'无限'了,就失去了一个学科存在的可能性。"① 如果研究主体把对"诗学"的理解模糊于文艺理论和诗歌研究两种可能性之间,并表现出似是而非;再如果研究主体从日常用语的视角对"比较"及其四个跨越性给予无边际的夸大理解,于是诗歌研究(中国古代诗歌研究、中国现当代诗歌研究、外国诗歌研究等)、中外诗歌比较研究、文化研究(女性文化研究、生态文化研究、新媒体与视觉文化研究、企业形象与文化研究等)等都可以划归到比较诗学的研究领域中来,结果导致比较诗学研究的开放性与兼容性过于宽泛,最终酿成比较诗学研究的杂混现象,从而导致这一学科的本质与学科的边界模糊和缺席。

需要指出的是,这种现象不仅初步存在于中国汉语学术界,在国际学术界也是已经存在着的现象,所以国际学界需要逐渐地给予学理上的规范。如埃及开罗的美国大学(American University)其英语与比较文学系出版的刊物《艾利夫:比较诗学期刊》(*Alif: Journal Comparative Poetics*)就显出种类杂混的现象。我们在这里只要列举出《艾利夫:比较诗学期刊》2003 年第 23 期目录上的五篇文章,就可以捕获到这样的感觉:迈克尔·夫瑞考卜(Michael

---

① 《当前中国比较文学的七个问题》,季羡林著,见于《比较文学与民间文学》,季羡林著,北京大学出版社 1991 年版,第 319 页。

Frishkopf)的"Authorship in Sufi Poetry"(《苏菲诗歌中的作者身份》),塞拉·卡米尔·赛利姆(Salah Kamil Salim)的"New Poetry and Sacred Masks: A Reading in Medieval Poetic Discourse"(《新诗与宗教的面具:对中世纪诗歌话语的一种读解》),安沃·穆罕默德·阿伯拉黑姆(Anwar Mohamed Ibrahim)的"Dostoevsky: The Dialectic of Skepticism and Faith"(《陀思妥耶夫斯基:怀疑与信仰的辩证法》),斯科特·库格(Scott Kugle)的"Pilgrim Clouds: The Polymorphous Sacred in Indo-Muslim Imagination"(《朝圣者的玄想:印度穆斯林想象中的多形之神者》),赛义德·塔乌费克(Said Tawfik)的"The Beautiful and the Sacred in Art and Religion"(《艺术与宗教中的美与神圣》)。在这里,我们不妨给上述五篇文章划出各自的学科归属,为初学比较诗学者提供一种划分的学科视域:第一篇文章应该归属于诗歌研究,第二篇文章应该归属于比较文学研究方向下的跨学科研究,第三篇文章应该归属于国族文学研究,第四篇文章应该归属于宗教学研究,第五篇文章应该归属于比较诗学中的跨学科研究。[①]从严格的比较诗学学科眼光来审查,这部在阿拉伯文化背景下出版的比较诗学期刊的确是在努力营造与国际学术界接轨的多元语境,并在出版宣言上注重所发表的文章能够接纳不同传统与语言之间的彼此冲突与互补:

> 《艾利夫:比较诗学期刊》是一部涉及多种语言的刊物,并在每年春天出版。这部期刊主要是用阿拉伯语、英语或偶用法语发表学术性文章。每一期关注于一个特定的主题。这部期刊的多元学科性质在其所有的文章中接纳不同传统和语言的彼此冲突与互补。[②]

毫无疑问,后现代工业文明的高科技发展使人类栖居的地球空间在相对缩小,但是学术界适应于全球化态势下所遭遇的开放性与兼容性,往往使比较诗学研究者忽视了这一学科的本质与边界的

---

[①] 这五篇文章见于《艾利夫:比较诗学期刊》2003年第23期的目录(Alif: Journal Comparative Poetics,http://www.jstor.org/journals/11108673.html,© American University in Cairo Press,2004.),"Alif"是阿拉伯文的第一个字母,在这里标识着这部比较诗学期刊是在阿拉伯文化语境下编辑与出版的文化身份,我们以音译的方式译出。

[②] 见于《艾利夫:比较诗学期刊》网络版首页(Alif: Journal Comparative Poetics,http://www.jstor.org/journals/11108673.html,© American University in Cairo Press,2004.)。

明晰性,学科本质与学科边界的模糊和缺席给比较诗学的学科定位及研究带来了很大的困惑。其实,语言的多元性更需要学科本质及边界的明晰。当然,这种现象也不仅仅是比较诗学这一学科所存留的问题,在全球化时代,似乎许多学科都存在着学科本质与边界解体和缺席的危机。

对于成熟的比较诗学研究者来说,他们可以操用准确的、职业化的学术眼光在比较诗学研究的开放性与兼容性中游刃有余地进行汇通性研究;但是作为教材,我们必须对初学者给出一种相对严格的学科本质与学科界限的要求,使他们锁定在学术的职业性与规范性中走进比较诗学研究领域,从而在学科本体论上获取一种准确的比较视域。

### 2. 时间与空间:国别文论与学科身份定位

比较诗学作为一门独立学科的成立,它与文学理论的学科身份差异性就在于比较视域。在本节我们讨论比较诗学与文学理论的学科身份差异性及比较诗学所秉有的比较视域,这有助于我们充分地了解与把握比较诗学的学科性质。

第一,不同于比较诗学这个学科概念,在文学理论这个学科术语下,我们可以成立中国古代文学理论、中国现当代文学理论、印度文学理论、日本文学理论、韩国文学理论与西方文学理论等下一级的独立学科概念,并且在西方文论这个术语下,我们还可以成立古代西方文学理论与当代西方文学理论等再下一级的独立学科概念。在这里,我们也可以启用另外一个术语来指称上述诸种研究方向,即国别文论(national literature theory)。需要注意的是,上述在文学理论领域中所成立的诸种下属学科——国别文论,他们都有着一个共同的特质,即这些学科性质的定位在于其学科身份所秉有的时间与空间的限定。如"中国古代文论"这个学科概念,"中国"这个术语限定了这门学科的地域范围,这是一个不因研究主体介入而改变学科身份的客观存在的空间概念,"古代"限定了这门学科的时段范围,这也是一个不因研究主体介入而改变学科身份的客观存在的时间概念,因此,研究主体所面对的中国古代文论这一研究客体是指,历史上在中国这方地理空间从先秦历经古代在余绪上大约延伸到近代王国维所发生的文学批评或文学理论现象。也就是说,研究主体所面对的研究客体——中国古代文论,其学科身份的定位不在于研究主体的介入,而在于其自身所秉有的时、空两个方面的客观条件。

当代西方文论也是如此,"当代"限定了这门学科的时段范围,是一个不因研究主体介入而改变学科身份的客观存在的时间概念,"西方"这个术语限定了这门学科的地域范围,也是一个不因研究主体介入而改变学科身份的客观存在的空间概念,因此,研究主体所面对的当代西方文论这一研究客体是指历史上在西方地理空间于当代所发生的各国诸种文学理论现象。因此,当研究主体把当代西方文论作为自己的研究客体时,研究客体的学科身份定位不在于研究主体的介入,而在于研究客体自身所秉有的时空两个方面的客观条件。印度文学理论、日本文学理论与韩国文学理论等虽然在学科的字面上并没有表现出厘定时间的术语,但它们作为研究客体,其学科身份的定位仍在于自身所秉有的客观地域条件,而不在于研究主体的介入。因此,我们从学理上把上述学科的学科身份定位称之为客体定位。

第二,由于上述诸种学科身份的成立在于客体定位,所以当研究主体面对客体定位的诸种国族文学理论学科时,在研究的视域上表现出一元性。

当研究主体把中国古代文论作为自己的研究客体时,主体的研究视域是限定在"中国"与"古代"这两个空间与时间的条件下成立的;不同于比较诗学,主体的研究视域一般不从跨民族、跨语言、跨文化与跨学科的多元视域去完成中国古代文论研究。如罗根泽的《中国文学批评史》,朱东润的《中国文学批评史大纲》,王运熙、顾易生主编的《中国文学批评史》,蔡钟翔等的《中国文学理论史》,张少康的《中国文学理论批评史教程》等,上述著作在题目上虽然没有使用"古代"这个时间概念,但还是研究从先秦到古代终结期延伸于近代的文学理论、文学批评与文学思潮诸种现象,因此这是中国古代文论研究。

在这里需要说明的是,国家教委在指称中国古代文论的教学内容时所使用的是"中国文学批评史"这个概念,由于我们是把文学理论这个术语作为参照系来讨论比较诗学的学科身份及其研究视域——比较视域,为了论述的方便我们在这里保留使用"中国古代文论"这个概念。

在学术身份上作为客体定位的中国古代文论研究，在研究成果上有着自身的重要学术意义，从近代以来到当下，中国古代文论研究者所做出的重要学术贡献主要表现在三个客观方面：首先是对潜在于相关作家、文本中的文学思潮、文学批评与文学理论进行了基本的客观性挖掘与评价，在这个层面上主要表现为中国古代文论的个案研究；其次是对中国古代文论发展史进行客观的脉络性梳理，这呈现为中国古代文论发展史的研究；再次是对相关中国古代文论原典材料进行有效的梳理，这表现为中国古代文论的文献整理研究。上述三个研究方面的显著特色即在于，研究主体以"实事求是"的态度保持对中国古代文论研究的客观性，尽量减少研究者从主体的角度对其所做出的理论性美学评价，因此在研究视域上表现为遵守"中国"与"古代"这两个空间与时间概念所限定的一元性与研究的客观描述性。

第三，古代西方文论与当代西方文论也是如此，在基本的意义上，无论是在西方学术语境下还是在中国汉语学术语境下，古代西方文论与当代西方文论研究主体一般把自己的研究视域限定在"古代"或"当代"的时间概念与"西方"的空间概念范围内，主张以一元的研究视域对其进行客观性研究。

由于在中国汉语语境下，很少有学者在所出版的著作与教材中专门从事类似英国文论、法国文论、德国文论等具体的国别文论研究，实际上，在"西方文论"这个总体概念下，研究主体大都还是以一元的研究视域就英国文论、法国文论、德国文论、美国文论与俄国文论等进行分章节的国别文论研究，在研究视域上没有自觉地把跨民族、跨语言、跨文化与跨学科作为自己研究所追寻的目标。如袁可嘉的《欧美现代派文学概论》，胡经之、王岳川的《西方二十世纪文艺理论名著教程》，朱立元主编的《当代西方文艺理论》，郭宏安等的《二十世纪西方文论研究》，张秉真、章安祺、杨慧林的《西方文艺理论史》，马新国主编的《西方文论史》等都是在这个层面上完成的撰写。其实相对于亚洲与中国这两个文化地理概念来观审，"欧美"或"西方"也可以宽泛地被理解为是覆盖于基督教文化共同体下的相对独立的地域概念。显而易见，古代西方文论与当代西方文论作为一门独立研究的学科成立，其学科身份也在于客体定位。

但是需要说明的是,中国学者在汉语语境下从事外域文论研究,如从事西方文论研究、印度文论研究,其研究视域已经呈现出跨语言与跨文化的他者性,他们是用中国学者的视域来介绍与研究外域文论。因为,中国学者在汉语语境下所从事的西方文论研究,在学术身份与学术视域上,不同于西方学者在印欧语境下所从事的西方文论研究,其中存在着中国学者的翻译、误译、理解、创造性诠释、过度诠释与误读的诸种元素。因此,从某种意义上讲,这也可以被纳入比较诗学的空间中来。

### 3. 比较学者的视域:比较诗学与学科身份定位

第一,比较诗学研究则不同于上述国别文论研究,比较诗学研究主体则是自觉地把两种以上国别文论之间的互文关系作为自己的研究客体,把两种以上的国别文论及其历史、文化背景整合在一起,在"四个跨越"的多元透视中对其进行汇通性比较研究。如蒋孔阳的《中国古代美学思想与西方美学思想的一些比较研究》、王元化的《刘勰的譬喻说与歌德的意蕴说》、张隆溪的《道与逻各斯:东西方文学阐释学》(*The Tao and The Logos Literary Hermeneutics, East and West*)、杨乃乔的《悖立与融合:中西比较诗学》。

在这里需要指出的是,当比较诗学研究主体同时把两种以上国别文论的互文关系作为研究客体时,这两种以上的国别文论各自本身所秉有的时间与空间两个客观因素,在这里已不再构成限定其学科身份的客观条件了。

例如,比较诗学研究主体对中国先秦两汉文论与古希腊罗马文论进行汇通性比较研究时,由于比较诗学研究主体把两种国别文论的互文关系同时作为自己研究的对象——客体,在研究主体的介入下,这两种国别文论自身所秉有的客观条件——时间与空间因此淡去了对各自学科身份定位的理论意义,所以,被进行汇通性研究的两种国别文论开始摆脱各自学科身份的客体定位,不再按照自身所秉有的客观时空条件分别被称之为中国先秦两汉文论和古希腊罗马文论,而是在学科身份上转向比较诗学研究者介入的主体定位,因此学术界把这种对两类以上国别文论的汇通性研究称之为比较诗学研究。

比较诗学研究与国别文论研究的根本差异点在于双方研究主体的研究眼光——视域不一样。从学理上来分析,国别文论研究主体的研究视域是定位在研究客体——国别文论自身所限有的时间与空间的客观因素上的,比如对中国先秦老庄诗学思想的研究、对古希腊亚里士多德诗学的研究、对古典德国康德诗学的研究、对现代印度纳盖德拉的诗学研究、对当代法国德里达解构主义诗学的研究等,研究主体主要是把自身的研究视域定位在上述各种诗学思想及各位理论家所生存的时空条件下,对其进行单一的国别文论研究,所以国别文论的研究视域在本质上是一元的。需要强调的,我们在上述所列举的外域国别诗学研究,主要是指外域本土研究者所从事的本土国别诗学研究。

而比较诗学研究主体则是对两种以上国别文论之间的互文关系进行汇通性研究,其所秉有的研究视域是多元的,这种多元的研究视域使研究主体可能在"四个跨越"下对两种以上的国别文论进行汇通性比较研究,在学理上,我们把这种在"四个跨越"中所形成的多元文学理论研究视域称之为比较视域。比较视域在比较诗学的研究中有着重要的意义,我们在学理上说明比较诗学学科身份的成立在于主体定位,就是为了把比较诗学研究主体的研究眼光——比较视域突显出来,以区分国别文论研究。

第二,王元化曾撰写过《刘勰的譬喻说与歌德的意蕴说》一篇文章,为了方便初学比较诗学研究者的理解,我们可以尝试着在国别文论研究与比较诗学研究的两个学科层面上对这篇文章进行选题的拆解与整合。研究者可以把"刘勰的譬喻说"作为中国古代文论的选题进行一元的单向研究,也可以把"歌德的意蕴说"作为德国文论的选题进行一元的单向研究,这都是很好的国别文论研究选题。

刘勰在《文心雕龙·比兴》中曾提出"称名也小,取类也大"的诗学理论表述,[①]在历史上,这一表述可以追溯到《周易·系辞下》:

---

① 《文心雕龙》,(南朝梁)刘勰著,(清)黄叔琳注,(清)李祥补注,杨明照校注拾遗,中华书局1962年版,第240页。

> 其称名也小,其取类也大,其旨远,其辞文,其言曲而中。①

晋人韩康伯在此句下注言:"托象以明义,因小以喻大",②刘勰在《文心雕龙·物色》也提出"以小总多,情貌无遗"与韩康伯注类似的诗学思想。③ 从诗学理论上来看,刘勰的观点在这里涉及中国古代文论中比喻的问题。

一个成功的比喻是由能指与所指的逻辑关系构成的。在刘勰提出的比喻的逻辑关系中,"名"是能指,"类"是所指,在能指与所指之间存在着一种个别与一般的逻辑关系,也就是说,在比喻中,能指是以一种个别的形式来表达具有一般普遍意义的所指。如《周南·关雎》的《诗小序》中的"关雎,后妃之德也",④再如《召南·鹊巢》的《诗小序》中的"鹊巢,夫人之德也",⑤其就是两个典型的诗学批评的比喻例证。在诗学批评的表述中,两篇《诗小序》的作者以"关雎"来比喻"后妃之德",以"鹊巢"来比喻"夫人之德",在这个比喻中,"关雎"与"鹊巢"是个别的能指,"后妃之德"与"夫人之德"是具有一般普遍意义的所指。"关雎"与"鹊巢"作为能指在"称名"上虽小,只是一种个别现象,但是,其所指的"后妃之德"与"夫人之德",在普遍意义的"取类"上则完成了一种宏大意义的比喻。这种比喻的诗学逻辑关系正是韩康伯所指出的"因小以喻大",也是刘勰所指出的"以小总多"。在此我们不难见到比喻涉及了个别与一般的逻辑关系的构成问题。《诗小序》的作者正是在这样一个比喻中完成对诗经《关雎》的批评。刘勰在《文心雕龙·比兴》中正是以"称名也小,取类也大"涉及了中国古代诗学"比兴"的审美批评的内涵问题。

这就是刘勰的"比喻说"。从本土文化的一元语境下来观审,这是一个很好的关涉中国古代文论研究的问题。

---

① 《周易正义》,见于《十三经注疏》中华书局1979年影印世界书局阮元校刻本,上册,第89页。

② 同上。

③ 《文心雕龙》,(南朝梁)刘勰著,(清)黄叔琳注,(清)李祥补注,杨明照校注拾遗,中华书局1962年版,第294页。

④ 《毛诗正义》,见于《十三经注疏》中华书局1979年影印世界书局阮元校刻本,上册,第269页。

⑤ 同上书,第283页。

歌德在《自然的单纯模仿、作用、风格》一文中提出了"意蕴说",以此讨论艺术究竟是为一般而找特殊,还是在特殊中显示一般的问题,"意蕴说"在德国诗学理论上涉及了艺术的形式与内容之逻辑关系的问题。在《西方美学史》一书中,朱光潜在讨论歌德的"意蕴说"时曾指出其基本的内涵:"诗人心里先有一种待表现的普遍性的概念,然后找个别具体形象来作为它的例证和说明;至于'在特殊中显现一般'则是从特殊事例出发,诗人先抓住现实中生动的个别具体形象,由于表现真实而完整,其中必然要显出一般或普遍的真理。"①艺术是以审美的感性形式来显现审美的内容的,从索绪尔的语言学理论上来看,艺术的形式相当于能指,艺术的内容相当于所指,一个成功的艺术作品其形式与内容的逻辑关系也就是能指与所指的逻辑关系。歌德认为在艺术的形式与内容之间存在着一种个别与一般的逻辑关系,艺术作品是以一种个别的形式来表达具有一般普遍意义的内容,王元化把其理解为:"外在方面是艺术直接呈现出来的形状,内在方面是灌注生气于外在形状的意蕴。他(歌德)认为,内在意蕴显现于外在形状,外在形状指引到内在意蕴。"②

在《论德国建筑》一文中,歌德认为斯特拉斯堡教堂的形式灌注着生气,呈现出来自于生命——审美主体的整体意蕴:

> 艺术要通过一种完整体向世界说话。但这种完整体不是他在自然中所能找到的,而是他自己的心智的果实。或者说,是一种丰产的神圣的精神灌注生气的结果。③

歌德援引建筑的例子来说明他的"意蕴说",在研究视域上已经表现出跨学科的性质。

这就是歌德的"意蕴说"。从本土文化的一元语境下来观审,这是一个很好的关涉西方德国文论研究的问题。

的确,刘勰的"譬喻说"与歌德的"意蕴说"作为国别文论研究

---

① 《西方美学史》,朱光潜著,人民文学出版社 1964 年版,下册,第 416 页。
② 《刘勰的譬喻说与歌德的意蕴说》,王元化著,见于《文心雕龙创作论》,王元化著,上海古籍出版社 1979 年版,第 143 页。
③ 《歌德谈话录》,[德]爱克曼辑录,朱光潜译,人民文学出版社 1978 年版,第 137 页。

的问题是以其本身秉有客观时空条件所定位的,研究者在研究的过程中呈现出限定于客观时空条件所定位的一元研究视域。

而王元化正是以跨民族、跨语言、跨文化与跨学科的多元视域,把两者整合在一起进行汇通性研究,从而使用刘勰的"譬喻说"与歌德的"意蕴说"在双向的互通、互比、互照与互识中,鲜明地突显出各自诗学理论的共通性与差异性。在研究主体比较视域的整合与透视下,我们可以明确地发现刘勰"譬喻说"中的"名"与"类"与歌德"意蕴说"中的"形式"与"内容",是在不同的历史阶段与不同的文化地域中所形成的具有共通性的诗学思考,两者都可以统摄在个别与一般、能指与所指的逻辑关系下,给予共通的诗学解释,从而在中德诗学理论中检寻出双方关于文学艺术思考的普遍性原则,表现出人类诗学的普遍主义精神。

并且王元化在刘勰与歌德诗学思想的共通性中还追问了两者之间的差异性。在比喻的能指与所指关系中,刘勰对个别与一般的逻辑关系理解,是受儒家诗教影响的,因此"作家不是通过现实的个别事物去表现从它们自身揭示出来的一般意义,而是依据先入为主的成见用现实的个别事物去附会儒家的一般义理"。[①] 在这里,作者"先入为主"的成见就是儒家诗教,现实中的个别事物就是"后妃",在比喻中表现出来的一般意义就是儒家思想的普遍原则。而王元化认为:"歌德的'意蕴说'并不像刘勰的'比喻说'那样夹杂着主观色彩",[②] 歌德的"意蕴说"在艺术的形式与内容之间主张追问个别与一般、特殊与普遍的整体逻辑关系,因此,把作者及其先入为主的成见从"意蕴"的形式与内容、能指与所指中清理出去,回避了刘勰在"比喻"中用个别事物附会一般普遍原则的主观成见。

以研究主体的比较视域对两种国别文论进行汇通性研究,的确使双方诗学理论的共通性与差异性呈现得更加澄明与醒目,但此刻两种国族文学已淡去他们各自学科身份成立的客观时空条件,在学科性质与身份上转向比较诗学。也正是研究主体的比较

---

[①] 《刘勰的譬喻说与歌德的意蕴说》,王元化著,见于《文心雕龙创作论》,王元化著,上海古籍出版社1979年版,第143页。

[②] 同上书,第144页。

视域使这种具有"四个跨越"的比较诗学研究在学科身份上得以成立,这就是比较诗学在学科身份成立上的主体定位,理解了这一点我们不难发现比较视域在比较诗学研究的工作中有着极为重要的意义。

**思考题:**

1. 请举例说明为什么不能把比较诗学误读为中外诗歌比较研究?

2. 请举例说明为什么不能把比较诗学误读为同一民族、语言及文化体系中的诗歌比较研究?

3. 请举例说明为什么不能把比较诗学误读为诗学比较?

4. 请举例说明为什么不能把比较诗学理解为一门兼容性混杂的学科?

5. 请到图书馆查阅相关的书目与期刊目录,了解哪些著作与文章是准确意义上的比较诗学?

6. 请举例说明国别文论研究与比较诗学研究在学科身份上呈现的差异性?

7. 请举例把两种国别文论研究整合在一起,以说明国别文论研究从客体定位向比较诗学研究主体定位的转型。

**参考书目:**

1. 《文心雕龙创作论》,王元化著,上海古籍出版社 1979 年版。

2. 《歌德谈话录》,[德]爱克曼辑录,朱光潜译,人民文学出版社 1978 年版。

3. 《道与逻各斯:东西方文学阐释学》,张隆溪著,冯川译,凤凰出版传媒集团江苏教育出版社 2006 年版。(Zhang Longsi, *The Tao and The Loges: Literury Hermeneutics, East and West*, Duke University Press, 1992.)

4. 《悖立与融合:中西比较诗学》,杨乃乔著,福建教育出版社 2013 年版。

## 第三节 比较诗学与互文性

### 1. 汇通性：比较诗学的内在学理原则

比较诗学是一门在研究视域上敞开而借助于异质文化照亮自己的学科，其不仅是作为比较文学方向下发展出来的一门学科，同时在研究领域上也兼跨文艺理论，从上个世纪60年代以来，比较诗学即成为比较文学研究的主流方向，国际学术界许多优秀学者在讨论比较文学的研究走向时都在强调比较研究学者的视域问题。在《一种跨美洲视域中的美洲西班牙语与巴西文学：比较的走向》一文中，美国范德比尔特大学（Vanderbilt University）比较文学系教授厄尔·E.费茨（Earl E. Fitz）认为："历史地说，比较文学已经把自己定义为来自于一种国际视域（an international perspective）的文学研究。从方法论上来说，这已经意味着真正的比较研究必须包括由一种语言以上所书写的文本，这一原则已经自成为一种不可缺少的原则（即使是在跨学科研究的时代）。"① 从这段表述中我们可以看出视域在比较研究中的重要性，并且费茨强调比较文学研究的视域是一种国际视域，同样，比较诗学在学科成立的原则上也必须把自己定义为来自于一种国际视域的研究。

实际上，当比较诗学研究者对跨两种文化以上的中外诗学或中外诗学与其他相关学科进行汇通性（intercomprehensibility）研究时，就是以自己的学术思考对中外诗学之间的互文性、中外诗学及其相关学科之间的互文性进行透视，以追问两种互文性之间的材料事实间性、美学价值间性与学科交叉间性。在这里，"间性"就是互文性，其指涉的就是双方之间的"关系"。

在比较诗学的研究中，我们把比较视域理解为是国际的、全球

---

① [美]厄尔·E.费茨：《一种跨美洲视域中的美洲西班牙语与巴西文学：比较的走向》("Spanish American and Brazilian Literature in an Inter-American Perspective: the Comparative Approach")，见于[美]史蒂文·托托斯·德·司普特奈克《比较文化研究与拉丁美洲》(Steven Totosy de Zepetnek, *Comparative Cultural Studies and Latin America*, West Layayette, Indiana: Purdue University Press, 2004, pp. 69-70.)。

的、宽阔的、包容的、多元的、开放的,这还是一种外在的总体描述,为了使比较诗学研究在本科生与研究生的教学中秉有一种可以遵循且明确的学科规则,我们把跨民族、跨语言、跨文化与跨学科这"四个跨越"的汇通性带入关于比较视域的讨论中,作为规定比较诗学能否成立的内在原则。

比较诗学是对中外诗学之间的互文性、中外诗学及其相关学科之间的互文性进行汇通性研究,所以"四个跨越"的汇通性在这里有着重要的意义。

如张伯伟的《"以意逆志"法与西方诠释学的若干比较》就是一篇在比较诗学方向下展开研究的典范文本。张伯伟把自己的研究视域跨越在中国古典诠释学思想与西方诠释学两者之间,进行汇通性比较研究以澄明两者之间的互文关系:

> 西方诠释学起源于对《圣经》的解释,至十九世纪范围逐步扩大,并涉及普遍性的理解与解释的问题。"解释"与"理解"遂成为一种哲学上的范畴。一般认为,是施莱尔马赫开始系统地创立了诠释学的原则。诠释学在二十世纪后期,成为西方哲学、文学及史学研究中讨论得极为热烈的话题之一,至今仍处在不断发展之中。这里将诠释学的起源和发展划作三个阶段,与中国传统的"以意逆志"法稍作比较,藉以看清"以意逆志"法的发展走向。①

在西方中世纪,诠释学是为了对《圣经》文本所蕴含的上帝之意图进行解释,诠释学作为一门学科在这个时代的成立是为了满足宗教信仰上意义获取的目的,后历经德国的施莱尔马赫、狄尔泰到20世纪德国的海德格尔与伽达默尔、法国的保罗·利科、意大利的艾柯,逐渐形成了本学科的系统化理论体系。在西方学术文化传统中,诠释学也是于德、法、意、英、美等民族与国家的学者思考中逐渐走向成熟的,并整合为西方学术语境下的一门完整的学科,所以西方诠释学本身就是在"四个跨越"的语境下所形成的一门国际性学科,因为诠释学在西方学术文化传统中曾是回答宗教与哲学的问题,后来推动了文学批评与文学理论的发展。

张伯伟把西方诠释学作为自己从事比较研究的背景,使自己

---

① 《"以意逆志"法与西方诠释学的若干比较》,张伯伟著,见于《中国古代文学批评方法研究》,张伯伟著,中华书局2002年版,第92页。

的研究视域透过西方诠释学来发掘潜在于中国传统诗学"以意逆志"论题中的诠释学思想,并且从西方诠释学发展的三个历史阶段来分别透视与解释潜在于"以意逆志"论题中的阐释思想:"诠释学的起源与'以意逆志'法的比较","传统诠释学与'以意逆志'法的比较"与"本体论诠释学与'以意逆志法'的比较"。① 这种大幅度跨中西民族、跨中西语言、跨中西文化及跨学科的汇通性文论研究就是比较诗学研究。从研究展开的眼光上来看,这种比较诗学研究的视域既不同于纯然的中国古代文论研究,不同于纯然的西方文论研究,也不同于纯然的哲学阐释学研究,在这里,"四个跨越"的汇通性构成了比较诗学研究主体视域中的重要内在原则。

解释循环(hermeneutical circle)是西方诠释学中的一个重要理论,一般认为最早是由施莱尔马赫提出的;解释循环说明了中西诗学理论关于诠释过程中一个共通的普遍性原理,揭示了诠释主体对一部作品文本的理解关涉到局部与整体的逻辑关系问题。因为一部作品文本自身就是一个自足的整体,这个整体的文本是由局部的词句所构成,H. G. 伽达默尔在《真理与方法》(*Truth and Method*)中讨论"时间距离的阐释学意义"时,曾对解释循环给出一个明确的学理性表述:

> 所以,理解的运动经常是从整体到部分,再从部分返回到整体。我们的任务就是要从中心向外扩大被理解的意义的统一性。所有部分与整体的统一性就是正确理解的标准。没有达向统一性即意味着理解的失败。②

也就是说,诠释主体对文本整体的理解要从局部的词句开始,而对局部的词句理解又受制于整体的文本,整体与局部相互依存,各以对方为展开自身理解的前提,诠释就是在这样一个从局部到整体,从整体到局部的循环中达向理解的统一性,这种统一性就是潜含在中外诗学中共通的普遍性原则。一如狄尔泰所言:"整体只有通过

---

① 这三个论题见于《"以意逆志"法与西方诠释学的若干比较》,张伯伟著,见于《中国古代文学批评方法研究》,张伯伟著,中华书局 2002 年版,第 92—99 页。

② [德]H. G. 伽达默尔:《真理与方法》(Hans-Georg Gadamer, *Truth and Method*, Translated by Joel Weinsheimer and Donald Marshall, The Crossroad Publishing Company, 1989, p. 291.)。

理解它的局部才能得到理解,而对局部的理解又只能通过对整体的理解。"①如果比较诗学研究主体把研究的视域架设在中西诗学两个大文本之间,把西方解释循环的原理作为研究东方孟子诗学思想"以意逆志"的透镜,就不难澄明地发现《孟子·万章上》的"故说诗者,不以文害辞,不以辞害志,以意逆志,是为得之"的表述,②其中富含着丰厚的解释循环的诗学思想。

在《孟子·万章上》的表述中,"说诗者"是指称诠释主体,"文"是指称文字,"辞"是指称词句,"志"是指称文本的意义;"文"与"辞"的关系是局部与整体的逻辑关系,"辞"与"志"的关系又是局部与整体的逻辑关系,这三者之间递进的逻辑关系是相互制约的;诠释主体对文本整体意义——"志"的理解要从局部的词句——"辞"开始,不能以词句干预对文本意义的理解——"不以辞害志",而对词句——"辞"的理解又要从局部的文字——"文"开始,不能以文字干预对词句的理解——"不以文害辞";反过来,对"文"的理解又受制于"辞",对"辞"的理解又受制于"志"。"说诗者"——诠释主体对诗的理解正是在这样一个从局部到整体,从整体到局部的循环中达向理解,这样才能做到诠释主体以自己对文本意义的准确理解去追寻作者的本意,即"以意逆志"。

"意"是诠释主体对文本准确理解的意义,《说文》:"逆,迎也",③在这里引申为追寻与理解,"志"是文本的意义,也是作者所赋予的意义。"以意逆志"正是要求诠释主体在"文""辞"与"志"的局部到整体、整体到局部的解释循环中,以自己对文本准确理解的意义追寻作者的本意。当比较诗学研究者在互文性中把自己的研究视域透过西方诠释学的"解释循环"反照、看视中国古代诠释学的"以意逆志",可以澄明地发现朱熹在《孟子章句集注》中所落笔的注释是那样地富含中国古代诠释学思想:"文,字也。辞,语也。逆,迎也。……不可以一字而害一句之义,不可以一句而害设辞之

---

① [德]狄尔泰:《狄尔泰全集》(*Gesammelte Schriften*, Göttingen: Vandenhoeck and Ruprecht, 1913—1967, vol. 7. pp. 232-233.)。

② 《孟子注疏》,见于《十三经注疏》中华书局1980年影印世界书局阮元校刻本,第2735页。

③ 《说文解字注》,(东汉)许慎著,(清)段玉裁注,上海古籍出版社1981年影印经韵楼藏版,第71页。

志,当以己意迎取作者之志,乃可得之。"①

中国古代诗学在对诗文的批评过程中着重体验性与描述性,往往不刻意从思辨性与逻辑性来成立自己的理论体系,但是,其中潜在地富含着具有思辨性与逻辑性的理论思想,比较诗学研究者正是把自己的研究视域置放在"四个跨越"的汇通性上,正如张伯伟所说的"这里将(西方)诠释学的起源和发展划作三个阶段,与中国传统的'以意逆志'法稍作比较,藉以看清'以意逆志'法的发展走向",以比较视域透过西方诗学来"看清"中国诗学,从而借助于西方诗学的理论自觉把中国诗学的潜在理论照亮、激活,呈现为一种理论的明晰,反过来,中国诗学的个案及其体验性又丰富了西方诗学的理论及其抽象性。中西诗学理论的普遍性原则也正是在比较视域的汇通性思考中可能澄明地显现了出来。

当然,比较视域在"四个跨越"的汇通性研究中不仅追问双向的普遍性理论原则,同时也力图呈现出两方的审美差异性,正如张伯伟在比较视域的汇通中所"看清"的:

"以意逆志"法和西方诠释学,就其起源来看,一个是人文的,一个是宗教的;一个是人学的,一个是神学的;一个认为理解与其对象是相通的,因而是可解的;一个认为理解与其对象是隔绝的,因而是难解的。②

比较诗学研究作为比较文学研究的提高性阶段,我们在这里强调比较学者研究的汇通性,是为进一步讨论比较诗学研究在"四个跨越"中所产生的互文性的问题。

## 2. 比较诗学与互文性等概念的梳理

比较诗学是在跨文化与跨学科的语境下对中外诗学之间的互文性、中外诗学及其相关学科之间的互文性进行汇通性研究,比较诗学研究之所以不同于一般文学理论研究和国别文论研究,就在于比较诗学这一学科所安身立命的基点——本体是比较视域。在学科理论体系的建构上为了进一步突显比较视域,我们在介绍比

---

① 《孟子章句集注》,(南宋)朱熹集注,见于《四书五经》,中国书店1985年据世界书局影印本影印,上册,第71页。
② 《"以意逆志"法与西方诠释学的若干比较》,张伯伟著,见于《中国古代文学批评方法研究》,张伯伟著,中华书局2002年版,第94页。

较诗学的研究对象——研究客体时,把研究客体的成立置放在对比较视域的讨论中来完成,以此讨论比较诗学及其研究客体的问题。

任何学科的科研研究都有自身的研究对象——客体,比较诗学的研究客体就是呈现在研究主体之比较视域中两个层面理论的互文性,即建立在中外诗学关系上的互文性、建立在中外诗学与其他相关学科关系上的互文性。在讨论"两个层面理论的互文性"之前,让我们先来介绍这个表述的中心词——互文性——"intertextuality"。

第一,"Intertextuality"这个概念最早由法国文艺理论批评家朱莉娅·克里丝蒂娃(Julia Kristeva)在 20 世纪 60 年代创造与使用,在文献学的追寻上,法国学者蒂费纳·萨莫瓦约曾在《互文性研究》一书对此做出了系谱学的考据:"是朱莉娅·克里丝蒂娃在刊登于《如是》(*Tel Quel*)杂志的两篇文本中正式创造和引入了互文性这个概念,继而在她 1969 年的著作《符号学,语意分析研究》(*Séméiotiké, Recherches pour une sémanalyse*)中又重新提到。第一篇文本发表于 1966 年,名为《词、对话、小说》(*La mot, Ledialogue, Le roman*),其中第一次出现这个概念;第二次在《封闭的文本》(*Texts clos*)(1967 年)中,她又进一步明确了定义:'一篇文本中交叉出现的其他文本的表述','已有和现有表述的易位……',互文性是研究文本语言工作的基本要素。"[①]可以说,在当下全球化多元文化碰撞、对话、交流与整合的年代,互文性这一理论概念的提出,对比较诗学研究者驻足国际学术平台讨论多元文化语境下的文学理论产生了重要的推动作用。

从中国汉语诗学思想发展史的历程来看,印度佛教曾于汉代末年传入中国,18 世纪以来欧美及俄罗斯(含苏联)等外来文化曾在更大的范围上对汉语文化产生了接触与影响,当然,同时汉语文化对海外诸种民族及其文化也有着渗透,千年来汉语诗学思想的确是在互文性的语境下发展着,最终形成了中国汉语诗学思想史的传统,也形成了当下 21 世纪中国汉语诗学理论及研究的多元整合态势。千年来,中国诗学与外域诗学正是在中外文化的互文性接受与影响中交往着、生成着、互动着与发展着,中外诗学在各自

---

[①] 《互文性研究》,[法]蒂费纳·萨莫瓦约著,邵炜译,天津人民出版社 2003 年版,第 3 页。

理论体系的建构上你中有我、我中有你,两者在跨民族、跨语言、跨文化与跨学科中不可分割、不可剥离,浑然汇通为一个整体,从而形成了合而不同的互文性关系。正如克里丝蒂娃在《封闭的文本》("The Bounded text")一文中所指明的

> 在这种关系中,语言处在一种重新分布的境遇(破坏的或建设的);其次,这种文本是一种诸种文本的置换,是一种互文性(intertextuality):在一个被给定的文本空间中,来源于其他文本的几种叙述彼此相交、彼此整合。①

简言之,中外诗学你中有我、我中有你的互文性就是比较视域所指向的研究客体。

第二,什么是互文性?克里丝蒂娃首先是在法语的写作中创造及使用互文性这个概念的——"intertextualité",法语"intertextualité"与英语"intertextuality"同属印欧拼音语系下的两种语言之同义概念,这两个概念在语言的意义分析上没有差异性。从英语的构词条件及英汉翻译的构词条件来分析,把"intertextuality"翻译为"互文性",在语义上应该有三个层面意义的整合,"inter"作为英语构词的前缀具有"互相""在……中间""在……之间"与"在……之内"的意义,"text"是"文本","textual"是形容词,"-ity"作为英语构词后缀其汉语意义往往被翻译为"……性质","互文性"就是从"互相"——"inter""文本"——"text"与"……性质"——"-ity"三个层面的意义中整合而来的一个外来诗学概念。从这里我们可以看出这一概念在翻译的跨文化旅行中所行走的轨迹。当比较诗学研究者在使用"互文性"这一概念时,应该从其汉语、英语的构词及翻译旅行的轨迹来准确地提取这三个层面的意义,否则特别容易从汉语或英语的字面上对"互文性"这个概念给予望文生义的误读,以致影响比较诗学研究者对比较视域的理解。格雷厄姆·艾伦(Graham Allen)在《互文性》一书

---

① [法]朱莉娅·克里丝蒂娃:《封闭的文本》(Julia Kristeva,"The Bounded text"),见于[法]朱莉娅·克里丝蒂娃:《语言中的欲望:一种走向文学与艺术的符号学》(Julia Kristeva, *Desire in Language: A Semiotic Approach to Literature and Art*, Translated by Thomas Gora, Alice Jardine, and Leon S. Roudiez, Columbia University Press, 1980, p. 36.)。

中就指出:"在当代的批评词汇表中,互文性是最为通常使用或误用的术语之一。"①

在《互文性研究》一书的《引言》中,萨莫瓦约曾就欧洲学术界关于互文性这一概念的含混理解给出自己的描述与清理:

> 互文性(intertextuality)这个词如此多地被使用、被定义和被赋予不同的意义,以至于它已然成为文学言论中含混不清的一个概念;比起这个专业术语,人们通常更愿意用隐喻的手法来指称所谓文中有文的现象,诸如:拼凑、掉书袋、旁征博引、人言己用,或者就是对话。但互文性这个词的好处在于,由于它是一个中性词,所以它囊括了文学作品之间互相交错、彼此依赖的若干表现形式。诚然,文学是在它与世界的关系中写成,但更是在它同自己、同自己的历史的关系中写成的。文学的历史是文学作品自始至终不断产生的一段悠远历程。如果说文学作品是它自己的源头(即其个性,originalité),那它同时又是一个大家族的一员。而它又多多少少反映了这一存在。文学大家族如同这样一棵枝繁叶茂的树,它的根茎并不单一,而是旁枝错节,纵横蔓延。因此无法画出清晰体现诸文本之间相互关系的分析图:文本的性质大同小异,它们在原则上有意识地互相孕育,互相滋养,互相影响;同时又从来不是单纯而又简单的相互复制或全盘接受。借鉴已有的文本可能是偶然或默许的,是来自一段模糊的记忆,是表达一种敬意,或是屈从一种模式,推翻一个经典或心甘情愿地受其启发。②

从萨莫瓦约的描述来分析,互文性是一个中性词,其囊括了文本与文本之间互相交错、互相孕育、互相滋养、互相影响、互相指涉与彼此依赖的意义关系。

文本是由文字记录意义的物质话语表达式。的确,从人类使用文字交流思想与表达感情以来,从人类使用文字叙述历史与记录文化以来,一部文本及其所负载的意义不可能是绝对不与其他文本及其意义发生交往关系的孤立文本,同时,也不可能是不与文本之外的社会、历史和文化发生交往关系的封闭语意系统。在两部以上文本的语义系统之间,相关的文本总是存在着互相交往的

---

① [美]格雷厄姆·艾伦:《互文性》(Graham Allen, *Intertextuality*, Routledge Press, 2000, p.2.)。

② 《互文性研究》,[法]蒂费纳·萨莫瓦约著,邵炜译,天津人民出版社2003年版,第1页。

语义逻辑关系,有着相互的接受与影响,你中有我、我中有你。这就是互文性。

《早期出土文献与经典诠释的几个问题》一文在讨论"经典系统:和而不同"的原则时,曾涉及中国先秦两汉时期多部重要经典文本的互文性问题:"较之于其他的学派,经典对于儒家的意义是异乎寻常的。司马谈《论六家要旨》说'儒者以六艺为法',班固《汉书·艺文志》说儒家'游文于六艺之中,留意于仁义之际',都强调儒家与经典的密切关系。就早期儒家而言,所谓的经典,主要就是指司马谈和班固所说的'六艺',即《诗》《书》《礼》《乐》《周易》和《春秋》'六经'。对于汉代人来说,'五经'或者'六经''六艺'是作为一个既成的概念接受下来的,同时接受下来的还有普遍的对这些经典意义的认识。但这其实是一个在历史中形成之物。如果我们把目光追溯到先秦,会发现'六经'系统有一个形成的过程。并且,这个概念的出现并不只是几部书简单的相加或者拼凑,而是一个诠释过程的结果。在这个诠释的过程中,每部经典分别被赋予某些特殊的意义,然后与其他经典连接为一个意义的整体。"①司马谈的《论六家要旨》和班固的《汉书·艺文志》两部文本在"强调儒家与经典的密切关系"时,本身也与儒家及其"六经"文本之间建立了我中有你的互文性关系;实际上,儒家的六部经典在历代的诠释过程中,"每部经典分别被赋予某些特殊的意义,然后与其他经典连接为一个意义的整体",从而形成"六经"文本诠释系统中的互文性,经、传、注、笺、疏与正义之间的意义关系本身就是中国古典诠释学上的互文关系。②

从下定义的角度来看,互文性是指涉多部相关文本及其语义

---

① 《早期出土文献与经典诠释的几个问题》,王博著,见于《文献及语言知识与经典诠释的关系》,叶国良编,台湾乐学书局2003年版,第33页。

② 经、传、注、笺、疏与正义之间的意义关系,是历代注经家在对"六经"文本进行诠释所形成的互文关系。汉代古文经学家力图追寻"六经"文本的原初意义,主张"注不驳经,疏不驳注",其必然导致"六经"文本原初意义在自己注释中的延伸,宋代注经家崇尚好以己意改"六经"之风,形成对"六经"文本的过度诠释;其实每一个朝代的注经家——经典诠释者都无可回避地把"六经"文本的部分原初意义在诠释中延伸到自己的时代及其注释文体中,并且也无可回避地驻足于自己生存的时代及其文化背景,把自己的先见与前理解附会到对"六经"文本原初意义的诠释及其注释文体中。因此,一部中国古典经学发展史就是一部中国古典诠释学建构互文关系的发展史。

系统之间意义的交叉性或交互性,如克里丝蒂娃所说的"一篇文本中交叉出现的其他文本的表述"及"已有和现有表述的易位……",互文性标志着多部相关文本之间存在着互相接受与互相影响、互相开放与互相整合的语义系统,因此在这个语义系统中形成了你中有我、我中有你的意义交往关系。再如《庄子·天运篇》在文本中载录了儒家代表人物孔子与道家代表人物老子的对话:

> 孔子谓老聃曰:"丘治《诗》、《书》、《礼》、《乐》、《易》、《春秋》六经,自以为久矣……"老子曰:"幸矣,子之不遇治世之君也!夫六经,先王之陈迹也,岂其所以迹哉?"①

在这里"六经"是"已有"的文本,《庄子》是"现有"的文本,《庄子》在自身文本的构成中把儒家"六经"作为意义的接受纳入自己的语义系统;实际上,《庄子·天下篇》也对儒家"六经"进行了价值判断性的诠释:"《诗》以道志,《书》以道事,《礼》以道行,《乐》以道和,《易》以道阴阳,《春秋》以道名分。其数散于天下而设于中国者,百家之学时或称而道之。"②这种诠释行动把《庄子》与"六经"之间的意义整合在一起,形成了我中有你与你中有我的互文性,即两种以上文本意义之间的相互指涉性。需要指明的是,《庄子·天下篇》本身也把儒家的"六经"定义为"其数散于天下而设于中国"的"百家之学",认为"六经"在影响上并非是受限于儒家思想系统自身的纯粹文本;同时《庄子》把孔子与老子的对话载录于文本时,铸就了儒家思想与道家思想两位代表人物交互在一个文本中的互文性,最终在诠释与对话中形成了一个新的意义系统。在我们理解了互文性的现代理论内涵后,不难发现《庄子》是一部存在着互文性的开放文本。这也是中国文化传统中儒道互补的最早迹象。

从上述分析我们可以看出,从互文性的视角研究《庄子》及其与相关文本所发生的意义关系,对从事作为国别文论研究的中国古代文学批评有着重要的启示性。对互文性的理论内涵之把握,可以使国别文论研究者从《庄子》的文本中看视到儒家"六经"及其价值评判的意义踪迹,从《庄子》的文本中看视到孔子与老子对话

---

① 《庄子》,见于《二十二子》,上海古籍出版社1986年缩印浙江书局汇刻本,第48页。
② 同上书,第84页。

的意义踪迹,从而使中国古代批评研究者的视域进一步通透与敞亮起来。但说到底,这种通透与敞亮的研究视域还是受限于汉语语境下对两部以上相关汉语文本之间意义关系的透视与评价。在比较诗学的研究中,比较视域所指向的互文性是更为开放的必须包含"四个跨越"的互文性,这种含有"四个跨越"的互文性在研究的视域上把比较诗学研究与国别文论研究界分开来。

第三,需要说明的是,在国内汉语学术语境下,"intertextuality"也被翻译为"文本间性"。在汉语字面上,这个概念的译入强调了"inter"和"-ity"在翻译旅行中的意义组合,因此产生了"间性"这个汉语概念,但是,"间性"这个汉语概念很难被直接还原到英文语境中找到与其相匹配的原初术语,因为在英语学术界目前还没有人使用"interity"这个术语,所以如果不对"文本间性""间性""互文性"和"互文"等概念作跨语言与跨文化的概念还原和清理,使用者直接从汉语字面上提取意义,很容易在比较诗学的具体研究中产生误读与误用。格雷厄姆·艾伦在《互文性》一书中曾介绍与使用过六种相关的概念:text(文本)、textual(文本的)、textuality(文本性)、intertext(互文、互文本)、intertextual(互文的)与intertextuality(互文性),实际上,其中没有任何一个概念可以在字面上被直接翻译为"文本间性",尤其是"间性"。

从汉语概念字面上来分析,"文本间性"是指涉两种以上具有互涉意义文本之间的关系性质,其学理内涵就是"互文性"——"intertextuality",这是一个抽象概念;需要说明的是,在汉语比较诗学研究界,也有学者使用"间性文本"这一概念,"间性文本"是指涉两种以上具有互涉意义关系性质的文本,相当于"互文"或"互文本"——"intertext",这是一个指称具体文本的具象概念;"间性"是指涉两种以上具有互涉意义之间的关系性质,这个汉语概念无法直接还原到艾伦在《互文性》一书中使用的六种相关英语概念中,"间性"更多的是汉语比较诗学研究者,在翻译的跨文化语境下依据汉语"间"的意义所整合出的一个贴合于汉语文化思维的归化翻译概念。在《说文解字注》中,许慎释义曰:"间,隙也,从门月",[①]

---

① 《说文解字注》,(东汉)许慎著,(清)段玉裁注,上海古籍出版社1981年影印经韵楼藏版,第589页。

段玉裁注：

> 隙者,壁际也。引申之,凡有两边有中者皆谓之隙。隙谓之间。间者,门开则中为际。凡罅缝皆曰间。其为有两有中一也。①

其实,段玉裁的注释恰如其分地吻合于"间性"及比较视域的基本内涵,"有两边"是指中外文论各为一边,"有中者"是指中外诗学两边中间的关系,"有两边有中者"的关系,就是比较视域的研究客体——中外诗学两边之中间的关系,在汉语学术界具体的中外诗学与中外文化的研究中,"间性"这个概念在意义上就是指涉"关系"——"relations"。因此,港台学者也把"intertextuality"翻译为文本际性,同时,也把"间性"称之为"际性",因为"间"与"际"可以互训。

在跨文化的译入、旅行与使用中,学术概念有着归化(domestication)翻译与异化(foreignization)翻译的约定俗成性,从翻译研究的视角考察,"intertextuality"等六个英文概念是在印欧原初语境下所使用的源语(source language)概念,"互文性"与"文本间性"等是在汉语语境下所使用的目的语(target language)概念,即译入语概念。译入语概念在跨民族、跨语言与跨文化的译介中又可以被区分为归化翻译与异化翻译两种方法。

首先,归化翻译注重体现译入语表述的优势,使译文符合于译入语文化的规范与思维习惯,"文本间性"这一概念的译入就是在尊重汉语文化规范的条件下所译出的概念;如保留"文本"这样一个在汉语学术界使用的习惯,在汉语的思维中对"inter"和"-ity"进行意义的组合,重新构成一个贴合于汉语语境且易于理解的概念——"间性",使之作为"文本"的定语,而构成"间性文本"。这个概念的翻译对汉语文化的思维习惯与语言表述特色有着趋同性与归化性,因此称之为归化翻译。

其次,异化翻译注重保留源语及其文化的思维习惯与表述特色,译者有意识地对译文作陌生化处理,使译文在表述的字面上呈现出源语的思维习惯与文化特色;如上述我们对"互文性"翻译的分析。在汉语学术语境下,"互文性"保留着相当的源语特色,因此

---

① 《说文解字注》,(东汉)许慎著,(清)段玉裁注,上海古籍出版社1981年影印经韵楼藏版,第589页。

这个概念在汉语语境下的使用,有着陌生化的外来语色彩。

总之,无论汉语比较诗学界把"intertextuality"等六个英文概念翻译为互文性等还是翻译为文本间性等,都是指涉在"四个跨越"条件下中外诗学两边之中间的意义关系,因此中外诗学你中有我、我中有你的互文性或文本间性就是比较视域所指向的研究客体,同时,互文性或文本间性也构成了比较视域的内涵,所以比较视域也是间性视域。因此,比较视域的互文性是指在"四个跨越"条件下建立起来的文本间性。从这一条学理要求来看,钱锺书的《通感》《诗可以怨》《中国诗与中国画》与《读〈拉奥孔〉》四篇是比较诗学研究方向下含有互文性的典范研究文章。①

### 3. 互文性的扩大化理解:从比较诗学为比较视域下定义

在比较诗学的研究中,我们可以把文本及其与之相关的一系列概念进行扩大化理解,如互文、互文性或间性文本、文本间性等。上述我们曾指明文本是由文字记录意义的物质话语表达式,无论是在印欧语境下还是在汉语、日语、韩语等东亚语境下,文本首先都是指称一部具体的形而下的纸介读本。比较诗学研究也可以把文本进行扩大化理解,把一种相对独立的文学运动视为一部相对独立的文本,如中国唐代以韩愈、柳宗元为代表的古文运动、18世纪德国的"狂飙突进"运动与拉美的魔幻现实主义运动;把一种相对独立的文学理论思潮视为一部相对独立的文本,如20世纪下半期在西方崛起并曾经影响中国诗学理论的后现代主义思潮、后殖民批评思潮与女性主义批评思潮等;比较诗学研究还可以把中华民族文化、日本大和民族文化与日耳曼民族文化等视为各自相对

---

① 钱锺书的《中国诗与中国画》一文,从该篇论文命题的字面上看是对中国诗与中国画进行跨学科的汇通性研究,这种跨学科研究似乎是没有跨民族、跨语言与跨文化。但是钱锺书在这篇文章的具体研究中,把西方诗学及西方画论的思想作为一种异质文化带入,以此照亮他本人对中国诗学与中国画之间互文性的思考,这种思考在西方诗学、西方画论与中国诗与中国画之间又建构起诗学的互文性。因此,这篇文章是一篇地道的比较诗学研究典范。需要说明的是,一篇文章能否在学理上归入比较诗学研究,往往不在于从选题上来完成判断,更多地要考查研究主体是否以一种跨文化与跨学科的比较视域在具体的研究中来追问中外诗学的互文性,《通感》《诗可以怨》与《读〈拉奥孔〉》这三篇文章也是如此。

独立的文本,也可以把基督教文化系统、佛教文化系统与伊斯兰教文化系统等视为各自相对独立的文本。克里丝蒂娃在《结构语言学》一文中,把文本及对文本之间关系的阐释视为一个动态的过程:"在这样一种方法中所定义的语言学把其所研究的客体——文本认定为是过程,这个过程必须借助于前后一致的精心阐释和详尽的描述得以理解,或者换言说,这个过程能够通过描述来发现语言的系统。但是,这个过程是由各种结合中的多种元素所组成,或由独立的关系所组成,语言学的唯一目的就是描述这些关系。"①

由于国际学术界把文本的具体概念在实际的学术操作中进行扩大化理解,因此互文、互文性或间性文本、文本间性等一系列概念也相应地从两部具体的文本之间的意义关系中扩大化出来,比较视域的互文性能够在中外两种文学运动这样两部大文本之间建立研究的互文关系,在中华民族文化与日本大和民族文化两部大文本之间建立研究的间性关系等。最终,互文性也被赋予一种超出两部纸介文本之间意义关系的扩大化理解,比较诗学研究者甚至可以把比较视域追寻的互文性定位在中西文化这两部大文本之间,以透视双方诗学的间性关系。互文性的扩大化理解也为比较诗学研究的展开营构了更为宽广且有益的比较视域。

克里丝蒂娃在《封闭的文本》一文中也指出历史与社会就是一个相对独立的文本:

> 作为意识形态的文本的概念决定了一种符号学的程序,通过把这种文本作为互文性(intertextuality)来研究的方法,这一符号学把互文性看作为在社会与历史(的文本)中的文本。一种文本的意识形态是一种视域的聚合,在这里认识(knowing)的合理性把叙述的交往理解为一种整体(文本),同时把整体的插入理解为历史的与社会的文本。②

---

① [法]朱莉娅·克里丝蒂娃:《结构语言学》(Julia Kristeva, "Structural Linguistics"),见于[法]朱莉娅·克里丝蒂娃:《语言:未知数,语言学入门》(Julia Kristeva, *Language: The Unknown, An Initiation into Linguistics*, Translated by Anne M. Menke, Columbia University Press,1989, p.233.).

② [法]朱莉娅·克里丝蒂娃:《封闭的文本》(Julia Kristeva, "The Bounded text"),见于[法]朱莉娅·克里丝蒂娃:《语言中的欲望:一种走向文学与艺术的符号学》(Julia Kristeva, *Desire in Language: A Semiotic Approach to Literature and Art*, Translated by Thomas Gora, Alice Jardine, and Leon S. Roudiez, Columbia University Press,1980, p.37.).

任何一种具体的文本都必定是交互在社会与历史这样的大文本中生成的，因此，社会与历史这样的大文本又是比较诗学研究者从事中外诗学研究的思考背景。在具体的比较诗学研究中，一些学者把自己的研究视域置放在中外诗学两部具体的文本之间，以追寻两者之间的互文性，如把亚里士多德的《诗学》与刘勰的《文心雕龙》进行比较研究，而大多数比较诗学研究者更多的是把自己的研究视域投放在扩大化的文本概念与扩大化的互文概念中，对中外诗学进行汇通性研究。

郁龙余的《中印味论诗学源流》一文，把中印诗学源流上各自关于"味"的诗学思想作为相对独立的文本进行比较研究，因此把研究的比较视域置放在两者的间性关系上。在《中国现代浪漫主义文学思潮与日本浪漫主义》一文中，王向远把中国现代浪漫主义文学思潮与日本浪漫主义文学思潮视为各自相对独立的文本，因此把研究的比较视域置放在双方的互文性上。余虹的《中西传统诗学的入思方式及其历史性建构》一文把研究的比较视域架设在中西传统诗学这两个大文本之间，以追问中西传统诗学"入思方式"两者之间的互文关系。在《20世纪大陆文学评论与西方解构思维的撞击》一文中，郑敏把20世纪大陆文学评论与西方的解构主义哲学作为两个具有间性关系的文本，分析西方解构主义理论对中国当时大陆文学评论的撞击。余宝琳的《汉语诗学与象征主义诗学》是一篇具有典范性的中西比较诗学研究论文。这篇论文汇通性地讨论了中国古代形上批评家与西方象征主义批评家在诗学观念中所呈现的具有共通性的象征审美心理。余宝琳把波德莱尔、马拉美、瓦莱里等关于以意象和象征传达审美意义的论述作为思考中国形上诗学的参照背景，分析了司空图、严羽、王夫之与王士禛的诗学观念，指出他们浸润于本土道家思想的体道心理，形成了忘我冥道的文学批评思想，崇尚以虚静推于天地的审美境界，同时他们又接受了外来佛教的影响，把禅宗的直觉领悟融汇于自己的诗学批评的审美观念中。上述四位中国形上批评家及其诗学观念正是在道家之忘我冥道和佛教之直觉领悟的暗示性中，以唤起文学对事物的本质性象征，其与西方象征主义诗学与后象征主义诗学有着审美心理的遥相呼应。

上述论文的选题都具有比较诗学研究的典范性，从这些论文的选题及研究视域上来分析,作者都是把大于一部具体文本的中外诗学现象纳入自己的思考中,并且以此追寻双方之间扩大化的互文关系。这种扩大化的互文性也就是比较视域的研究客体,不同于国别文论研究的是,这种扩大化的互文性也呈现出比较视域在中外诗学研究中所呈现出的广度与深度。

当澄明了互文性是比较视域研究的客体后,我们必须递进一步给比较诗学的学科研究范围划界,把比较视域的研究客体规限在一定的范围之内,以避免导致比较诗学像比较文学那样,由于研究客体的过于宽泛而表现出学科边界的泛化问题,结果出现"比较诗学是个筐,乱七八糟往里装"的现象。

在比较诗学的研究中,进入比较视域的互文性无论是设定在中外诗学两部具体的文本之间,还是设定在中外诗学与其他相关学科诸种扩大化的文本之间,我们主张把中外诗学的互文性规限在两个层面理论的互文性上,即建立在中外诗学关系上的互文性、建立在中外诗学与其他相关学科关系上的互文性。从上述文章的选题我们可以看出,《中印味论诗学源流》《中国现代浪漫主义文学思潮与日本浪漫主义》和《中西传统诗学的入思方式及其历史性建构》三篇文章都是把研究的比较视域置放在中外诗学的间性关系上的,而《20世纪大陆文学评论与西方解构思维的撞击》《汉语诗学与象征主义诗学》这两篇文章则是把研究的比较视域从中外诗学跨向了哲学研究、美学研究与宗教研究三个相关的学科,这种跨学科研究也是在跨民族、跨语言与跨文化下所成立的,并且比较诗学的跨学科研究是借助其他相关学科来照亮自己,而不是一厢情愿地解决相关学科的问题,最终是为了回答与解决诗学的问题。格雷厄姆·艾伦在《互文性》一书中以反讽的语态来陈述文本之间的互文关系与研究的比较方法:

> 文学作品不仅被认为是意义的载体,也被认为是大量关系(relations)可能被整合的一个空间。词与句子的位置被意义的多种可能性所遮蔽,现在,文学作品只能用一种比较的方法(a comparative way)来理解,当读者从作品的外在结构深入诸种关系时,这一行为带着其他作品与其他语言的结构支配了这些关系。由于我们对一部作品与其他作品关系的替换讨论的很少,并且对在意义的系统中作品与符号之关系位

置的记录讨论的很少,也许在这里,比较(comparison)是一个错误的字眼。①

这的确是一个反讽的表述姿态,只要文本与文本之间存在着跨文化与跨学科的互文关系,对文学作品的理解只能使用比较的方法,所以"比较"在这里不是一个错误的字眼,恰恰是一个恰如其分的研究"方法",这种比较的研究"方法"其实就是比较诗学研究主体在研究中所秉有的视域——比较视域。

思考到这里,我们不妨可以从比较诗学研究的角度给比较视域下一个定义,比较视域是比较诗学在学科上成立并且得以展开学术研究的基点——本体,是比较诗学研究者对中外诗学及其相关学科进行汇通性研究所秉有的一种眼光,不同于国别诗学研究的是,比较视域决定了比较诗学在学科上的成立以研究主体定位,把跨民族、跨语言、跨文化与跨学科作为自觉展开研究的前提条件,以中外诗学之间的互文性、中外诗学及其相关学科之间的互文性为自己的研究客体,追问包容在两种互文性之间诗学理论的普遍性原则与差异性原则,从而使比较诗学研究者能够在一个国际的、全球的、宽阔的、包容的与开放的研究视域中有效地回答和解决中外诗学的诸种理论问题。

比较诗学在国际学术界的发展一如威利·凡毕尔(Willie van Peer)在《文学理论的世界性成分》("Universals in Literary Theory")一文中所宣称的:"从这个层次来看,东西文学理论的比较便成了支持共通性主张的一个有趣的示例。"②

**思考题:**

1. 请举例说明比较诗学与"四个跨越"的内在学理性原则。
2. 什么是互文性?什么是文本间性?什么是互文?什么是间性文本?什么是间性?

---

① [美]格雷厄姆·艾伦:《互文性》(Graham Allen, *Intertextuality*, Routledge Press, 2000, p. 12.)。

② [德]威利·凡毕尔:《文学理论的世界性成分》(Willie van Peer, "Universals in Literary Theory",见于张汉良:《文学理论的概念:东方与西方》(Han-ling Chang, *Concepts of Literary Theory*: *East and West*, CLAROC and National Taiwan University in cooperation with Bookman Books, Ltd. 1993, p. 285.)。

3. 请举例说明互文性或文本间性是比较诗学的研究客体。
4. 请举例说明比较视域是间性视域。
5. 举例说明为什么比较视域的互文性是指在四个跨越条件下建立起来的文本间性?
6. 举例说明比较视域与互文性的扩大化理解。
7. 怎样从比较诗学研究的角度给比较视域下定义?

**参考书目:**

1.《通感》《诗可以怨》《中国诗与中国画》与《读〈拉奥孔〉》,钱锺书著,见于《钱锺书集·七缀集》,钱锺书著,生活·读书·新知三联书店2001年版。

2.《"以意逆志"法与西方诠释学的若干比较》,张伯伟著,见于《中国古代文学批评方法研究》,张伯伟著,中华书局2002年版。

3.《20世纪大陆文学评论与西方解构思维的撞击》,郑敏著,《当代作家评论》1992年第4期。

4.《中印味论诗学源流》,郁龙余著,《天津师范大学学报》2000年第5期。

5.《中国现代浪漫主义文学思潮与日本浪漫主义》,王向远著,《文艺研究》1997年第3期。

6.《中西传统诗学的入思方式及其历史性建构》,余虹著,《文艺研究》1997年第6期。

7.《汉语诗学与象征主义诗学》,余宝琳著,张梅译,见于《比较诗学读本》(中国卷),杨乃乔主编,首都师范大学出版社2014年版。

8.《比较诗学读本》(西方卷),杨乃乔主编,首都师范大学出版社2014年版。

9.《比较诗学读本》(中国卷),杨乃乔主编,首都师范大学出版社2014年版。

10.《互文性研究》,[法]蒂费纳·萨莫瓦约著,邵炜译,天津人民出版社2003年版,第3页。

11.[法]朱莉娅·克里丝蒂娃:《封闭的文本》(Julia Kristeva, "The Bounded text"),见于[法]朱莉娅·克里丝蒂娃:《语言中的欲望:一种走向文学与艺术的符号学》(Julia Kristeva, *Desire in*

*Language*: *A Semiotic Approach to Literature and Art*, Translated by Thomas Gora, Alice Jardine, and Leon S. Roudiez, Columbia University Press, p. 1980.).

12. ［美］格雷厄姆·艾伦:《互文性》(Graham Allen, *Intertextuality*, Routledge Press, 2000, p. 2.).

## 第四节 他者视域与第三种诗学

### 1. 他者与异质文化、非我因素三个概念的相关理论

我们在本节将讨论比较诗学研究中的他者、他者视域、视域融合、交集理论、重构、"to make something new"及第三种诗学的问题。

第一,在比较诗学的研究中,他者(other)与他者视域(other perspective)是两个非常重要的术语。他者作为一个术语是从胡塞尔及其以来的现象学理论中生发出来的,他者是指称不同于主体和自我的一个对立面的存在,米切尔·舍尼森(Michael Theunissen)在《他者:胡塞尔、海德格尔、萨特与布博的社会本体论研究》一书中指出:

> 对于思者来说,他者(other)最初仅是作为第二人称代词在你(the Thou)中所呈现,对于思者来说,他者的原初存在(the original being of the other)能够在一个被言谈的人中发现,在话语的对象或对话的对象中发现。①

比较诗学研究要求研究主体把中外诗学理论及其语言、文化背景作为自身知识结构的整体装备,比较诗学研究的行为展开,实际上就是比较诗学研究主体自身知识结构内部中外诗学的互动对话与互动诠释。一般来说,汉语语境下的比较诗学研究者首先应该站在自身知识结构内部的本土诗学立场上,来展开自己的研究

---

① ［美］米切尔·舍尼森:《他者:胡塞尔、海德格尔、萨特与布博的社会本体论研究》(Michael Theunissen, *The Other*: *Studies in the Social Ontology of Husserl, Heidegger, Sartre, and Buber*, translated by Christopher Macann, The MIT Press, 1986, p. 2.).

工作,而把外域诗学及其语言、文化背景作为来自于异质文化(Heterogenous culture)的他者因素,然后,以此对本土诗学与外域诗学进行汇通性研究,因为本土诗学及其母语、文化背景构成了比较诗学研究主体知识结构的主要方面,外域比较诗学研究者反之,双方互为他者。

第二,如果我们对中国古代诗学的比兴和西方诗学的隐喻这两个范畴进行汇通性研究时,在研究者的知识结构内部,中国诗学的比兴是"我",西方诗学的隐喻是"你",研究主体作为汉语学者是栖居在汉语语境下对中西诗学这两对范畴进行汇通性思考的,由于西方诗学的隐喻是被研究主体带入到汉语语境下,作为跨文化的思考、言谈与对话的异质文化因素,所以较之于研究主体的汉语学术身份来说,隐喻是他者因素,他者的原初存在正是在隐喻这个范畴中呈现。因此,研究主体关于比兴与隐喻的思考也就是在跨文化语境中"我"与"你"的互动对话与互动阐释,如果我们借用于米切尔·舍尼森对他者的学理性分析,他者最初是在作为第二人称代词的"你"——隐喻中所呈现出来。

什么是比较诗学研究中的他者? 他者是不同于主体和自我的一个对立面的存在,比较诗学研究主体在对中西诗学进行汇通性研究时,其实就是研究主体知识结构内部关于中国诗学——"我"与西方诗学——"你"之间的相互镜照与互动诠释,简而言之,比较诗学研究就是"我"与"你"之间的跨文化相互镜照与跨文化互动诠释;由于"四个跨越"中的跨文化与跨学科在比较诗学研究中有着重要的意义,他者正是在第二人称"你"中呈现出来的异质文化与非我因素(non-ego factor)。

异质文化是比较文学研究者以及国际汉学家所使用的一个专用术语,以语言与民族血亲关系的本质差异性而言,广义地讲,东方文化与西方文化在本质上互为异质文化,中国文化与印度文化在本质上也互为异质文化,即两者互为异类,对方都是自己的非我因素。注意,在这里,"异类"是一个中性概念,没有褒贬之意。德国波恩大学的学者顾彬就是站在西方学者的文化立场上,把东方界定为相对于西方的"异类":"西方人把视线移向东方的目的是想通过东方这个'异'来克服他们自身的异化之处。"①顾彬作为比较文学研究者与国际汉学家,他的一系列学术写作就是立足于西方本土学术领域,把东方中国及其语言、文化背景作为异质文化与非我因素,来展开他的跨文化与跨语际的学术思考。在《德国的忧郁和中国的彷徨:叶圣陶的小说〈倪焕之〉》这篇文章中,顾彬把德国的现代性与中国的现代性作为"我"与"你"两种异质文化下的非我因素,在双向的互通、互比、互照与互识中进行诗学意义上的讨论,顾彬立足于本土语境,以德国文化为透镜围绕着中国小说《倪焕之》,讨论德国的忧郁和中国的彷徨及其双方美学因素的共通性与差异性,认为"当他们的素朴意识认识到空幻的理想和政治现实之间的冲突的时候,中国的现代性开始靠近西方的现代性。至少在这种意义上如此:两者都产生了对现代性的失望。在20世纪20年代的中国,两个来自西方思想史的概念,'无聊'(ennui)和'忧郁'(melancholy)变得特别重要,它们共同缩小了1919年反传统运动的自由"。②从顾彬这段表述的理论分析中,我们不难见出哪些话语因素是本土文化的"我"与哪些话语因素是异质文化的"你"——他者,也不难见出中国小说《倪焕之》是顾彬学术思考中的非我因素——他者形象。

需要提及的是,当我们把英语的"other"翻译为汉语的"他者"时,我们把汉语第三人称的"他"带入到译入语中,因此在汉语语境下会产生"他者"是第三人称的误读现象;所以在学理上,我们应该澄清的是,他者是"我"与"你"在跨文化的相互镜照与跨文化的互动诠释中,相对于第一人称——"我"呈现在第二人称——"你"——诠释客体上的异质文化与非我因素。

第三,叶嘉莹曾撰写过《从中西诗论的结合谈中国古典诗歌的评赏》一文。不同于上述我们提及的德国比较文学研究者顾彬的是,叶嘉莹是中国学者,是以中国学者的文化身份从中西诗论的比较视域来谈中国古典诗歌的问题,这是一种汇通性的比较研究。

---

① 《关于"异"的研究》,[德]顾彬著,曹卫东编译,北京大学出版社1997年版,第47页。

② 《德国的忧郁和中国的彷徨:叶圣陶的小说〈倪焕之〉》,[德]顾彬著,肖鹰译,见于《比较文学与世界文学:乐黛云教授七十五华诞特辑》,杨乃乔、伍晓明主编,北京大学出版社2005年版,第302页。

在这篇文章中,叶嘉莹所涉及的中国诗论与中国古典诗歌是"我",所涉及的西方诗论是"你",中西讨论是比较诗学研究者知识结构中共同存在的中西学术知识背景,而他者作为异质文化与非我因素正是在叶嘉莹所持有的西方诗论中呈现出来。也正是他者界分了比较诗学研究与国别诗学研究的学科身份,使两类研究主体在知识结构与研究的眼光——视域上区别开来。

理解了他者在比较诗学研究中的定位后,对叶维廉的《语法与表现:中国古典诗与英美现代诗学美学的汇通》和蒋述卓的《佛教境界说与中国艺术意境理论》这两篇文章,我们仅从命题上就可以见出作者关于比较诗学研究的视域不同于国别文论研究者,并且能够澄明地界分出这两篇文章中的他者身份。

叶维廉把英美现代诗的美学思想作为他者,来镜照中国古典诗的美学思想。叶维廉认为:"西方对存在现象概念化,没有把存在现象显出,而是将它隐蔽",①并以此为自己思考中国古典诗之美学的参照系,在汇通的比较研究中推出中国古典诗的美学原则:

> 中国诗的艺术在于诗人如何捕捉视觉事象涌现及演出于我们的眼前,使其超脱限制的时空而从浑然不分的存在中跃出。②

蒋述卓把印度佛教的境界说作为他者,以此来反观中国艺术的意境理论。蒋述卓认为:"(印度)佛教所说的'境'既包括客观外境,也包括人的内心之境。佛教是把一切物质现象和精神现象都称之境",并以此为其透视中国艺术意境的参照背景,③在汇通的比较研究中得出中国艺术境界的美学原则:

> 中国古代文艺美学家讨论意境的审美特征时,显然从佛家所论的虚空之境那里得到了启发。他们认为,由于艺术意境是由艺术家心为与客观物境相融彻之后而产生的一种精神产品,它的性质只能是一种心象。

---

① 《语法与表现:中国古典诗与英美现代诗学美学的汇通》,[美]叶维廉著,见于《寻求跨中西文化的共同文学规律:叶维廉比较文学论文选》,温儒敏、李细尧编,北京大学出版社 1987 年版,第 57 页。

② 同上书,第 59 页。

③ 《佛教境界说与中国艺术意境理论》,蒋述卓著,见于《宗教文艺与审美创造》,蒋述卓著,暨南大学出版社 2005 年版,第 137 页。

> 这种心象,既是艺术家从客观物境那里获得的,又是经过艺术家心灵所陶铸的,其特征也便具有既虚而实,虚实结合的二重性。①

中西诗学与中印诗学正是在"我"与"你"的对话中相互澄明且通透起来;在这里,西方诗学与印度诗学是透视与思考中国诗学问题的他者——异质文化与非我因素,也是作者知识结构内部中外文化的一个组成部分。

### 2. 他者视域及其在比较诗学研究中地域政治色彩的淡化

第一,我们理解了比较诗学研究中他者的学术定位后,也把自己带入对他者视域进一步理解的惯性中。需要强调的是,他者视域在比较诗学研究中可以有两种文化立场。用"other"来修饰"perspective",更加强调了比较诗学研究主体在中外诗学的互动透视中,能够使自己跳出国别文论研究的一元化本土立场,清楚地认识到当研究主体站在汉语语境下研究西方文论时,西方文论是汉语研究主体的非我因素——他者,这是他者视域的第一种文化立场。反过来,也可以使研究主体站在对面的异质文化语境下,以非我因素的他者眼光来审视与思考本土民族的文学理论,这是他者视域的第二种文化立场。如果说,比较视域这个概念旨在强调中外文论研究的跨文化与跨学科性质,及其研究视域的全球性、宽阔性、包容性与开放性;那么,他者视域更在于强调比较诗学研究主体在跨文化与跨学科的诗学研究中,自身能够自觉地站在自己知识结构内部的本土立场上看视异质文化与非我因素语境下的外域诗学,也能够站在异质文化与非我因素的立场上自觉地以他者的眼光来看视本土诗学。其实,这种他者视域必然就是比较视域,秉有这种学理性质的诗学研究也必然就是比较诗学研究。

什么是他者视域?他者视域是比较诗学研究主体所获有的学术研究眼光,这种学术眼光是由研究主体知识结构积累的中外诗学理论及其相关语言、文化背景知识所组成,他者视域拥有比较视域的全部内涵,只是他者视域更强调比较诗学研究主体能够站在异质文化语境下,以非我因素的他者眼光来从事中外文学理论的

---

① 《佛教境界说与中国艺术意境理论》,蒋述卓著,见于《宗教文艺与审美创造》,蒋述卓著,暨南大学出版社 2005 年版,第 146 页。

研究,因此跨文化与跨学科下的异质文化与非我因素是他者视域的重要内质。

第二,从20世纪80年代以来,他者视域在国内汉语学术界对从事中外文学理论研究、中外文学批评研究与中外文学思潮研究有着重要的意义。在比较诗学研究领域中,我们使用他者与他者视域这两个术语时,主要强调它们的异质文化与非我因素的学术意义,而淡化它们的地域政治色彩。

早在17世纪以来,他者就是在国际跨文化交流中的一个重要因素,但是他者作为一个主流术语在比较文化与比较文学研究中的使用,肇始于20世纪70年代末巴勒斯坦裔美国学者爱德华·W. 赛义德在《东方学》一书中讨论后殖民理论及后殖民文化。赛义德认为欧洲的东方学研究者总是把东方看视为与自己相对立的"文明",并以一种发达国家研究者猎奇的眼光来看视东方:

> 一位博学的东方学家到他的专业所研究的国家去旅行,他对于他所研究的"文明"总是以一种固定的、抽象的普遍真理来看视;东方学家除了通过应用这些陈腐的"真理"以证明它的正确性与本土人的愚笨、退化,他们对其他事情很少感兴趣,尽管做得很不成功。最后,东方学的权力与范围不仅产生出大量关于东方的精确和确定的知识,并且产生出第二类知识——这些知识作为东方自身的生活隐藏在"东方"的故事、神秘的东方神话、亚洲不可思议的观念中,V. G. 基尔南(V. G. Kienan)把其恰当地称之为"欧洲对东方的集体白日梦"("Europe's collective daydream of the Orient")。①

的确,东方在欧洲人集体的白日梦中被贬损地想象为一方神秘的地域。较之于西方,被想象的神秘东方地域完全是与西方不同的非我因素的异质文化——他者,赛义德认为:"'东方'(the Orient)是学者的一种词语,它意味着现代欧洲近来所创造的那个依然异质的东方(the East)。"②西方的东方学研究者以一种猎奇的眼光来看视东方,这就是他者视域,在东方学研究及后殖民批评的讨论中,这种他者视域潜在着强烈的地域政治性色彩,比如东方是落后

---

① [美]爱德华·W. 赛义德:《东方学》(Edward W. Said, *Orientalism*, Random House, 1979, p. 52.)。

② Ibid., p. 92.

的弱势文明与西方是发达的强势文明,东方是经济、文化的从属国与西方是经济、文化的宗主国,"东方是非理性的,颓废的,幼稚的,'不正常的';而欧洲则是理性的,道德的,成熟的,'正常的'"。①

需要强调的是,在比较诗学研究中我们强调他者及他者视域,不是说要突显中外文学理论、中外文学批评与中外文学思潮比较研究中神秘化与敌视的地域性政治色彩。在比较诗学学科理论建设中,我们强调他者及他者视域,更多的是从比较诗学研究的技术层面上来设置的,强调比较诗学研究者能够跳出本土学术领域的单边文化主义,以一种异质文化与非我因素的开放眼光来从事普世性的、整体性的、国际性的中外诗学研究,从而走出本土文论研究的一元性和惟民族性。因为当下是一个全球化的时代,任何国家与地域的诗学研究,几乎均无法把研究主体囿限在封闭的本土语境下,在完全不接受外域文化及外域诗学的影响中,从事那种纯粹的本土诗学研究。在这个层面的意义上,从比较诗学的纯粹学理上来判定,东方与西方应该是互为他者的。理解这一点,是非常重要的。在比较诗学研究中,"他者"是一个不带政治偏见性的中性学术术语。

### 3. 互为他者的文化相对主义与和而不同的原则

我们把他者与他者视域带入到比较诗学学科理论建设中来,旨在强调本土诗学与异域诗学之间的互动研究应该互为他者和互为他者视域,反对以一方为中心的单向度他者研究心态,葛桂录在《他者的眼光——中英文学关系论稿》一书中曾讨论了这一观点:"至于本土与异域的关系,任何民族起初都会表现出一种自我中心意识。所谓'非我族类,其心必异'。夷狄禽兽的异域形象曾经帮助我们确立华夏中心主义的本土意识。同样,19 世纪西方中心主

---

① [美]爱德华·W. 赛义德:《东方学》(Edward W. Said, *Orientalism*, Random House, 1979, p.40.)。其实这种文化贬损性的歧视也显在地体现在学科的成立与分类上,西方学者把非洲历史的研究称之为人类文化学,认为那里的历史及文明停滞在早期人类的原始荒蛮期;把亚洲历史的研究称为东方学,认定那里是一方介于非洲的落后及西方的发达之间的过渡地域,在人类文明发展史的意义上只承认西方有历史,因此把西方历史的研究称之为史学。这种学科的成立与分类,把同期的人类历史潜在地划分为"野蛮时代""蒙昧时代"与"文明时代"。

义的形成,也决定其视野里中国形象观念的变化。在文化交流中,这些都是一种单向度的对待他者的观念心态。"①中外诗学的汇通性比较研究应该在平等的文化立场上以和而不同为原则,回避以一方为中心的单向度他者视域,中外诗学双方应该平等地互为他者,双方都以他者视域来互动观审,在中外诗学的比较研究中,我们不强调以西方中心主义为单向度的诗学研究,也不强调以华夏中心主义或任何本土中心主义为单向度的诗学研究。

在互为他者的语境下,我们可以对比较诗学研究展开的可能性界分为下述八种。我们把一位本土学者在本土语境下研究本土文论称之为国别文论研究,如我们上述提及的罗根泽、朱东润、王运熙、顾易生、蔡钟翔与张少康等,这几位前辈学者都是把他们研究视域设置在汉语语境下,从纯粹的汉语学术视角对汉语文论进行研究,在研究中对中国古代文学批评的材料与文献梳理起到了不可估量的学术作用。国别文论研究是比较诗学研究展开的基础之一。但是,只要研究主体的研究视域在跨文化与跨学科的语境下投向异质文化,诗学研究就必然不可遏制地导向比较诗学研究。比如,1.中国学者跳出本土语境站在外域诗学的语境下研究中国诗学,2.外域学者跳出本土语境站在中国诗学的语境下研究外域诗学,3.中国学者把中外诗学进行比较研究,4.外域学者把外中诗学进行比较研究,5.中国学者用外域诗学来批评中国文学现象,6.外域学者用中国诗学来批评外域文学现象,7.中国学者在本土语境下研究外域诗学,8.外域学者在本土语境下研究中国诗学。在比较诗学研究展开的八种可能性中,中国诗学与外域诗学互为他者,互为异质文化,互为非我因素,双方都可以借用他者的视域来互相透视、互相镜照,在双向的互通、互比、互照与互识中进行比较诗学意义上的对话与阐释。

我们从下述两个研究案例就可以感受到这一点,在《印度与中国》一书中,印度学者拉达克里希南(Sarvalli Radhakrishnan)在讨论儒道释三脉思潮时,认为孔子对于神学问题的缄默如同佛陀一样,是出于对伦理的忧虑;在《印度古典诗学》一书中,中国学者黄

---

① 《他者的眼光——中英文学关系论稿》,葛桂录著,宁夏人民教育出版社2003年版,第5—6页。

宝生在讨论梵语诗学时提出："基于这个想法,我发愿要写一部印度古代文学理论专著,全面介绍梵语戏剧学和诗学,供国内比较文学家参考,也供国内文学理论家参考。"①在这里,印度学者与中国学者双方都把对方文化思想及其诗学理论视为他者,并且较之于两位学者所看视与思考的对方——中国文化与印度文化而言,自己也是对方文化背景的他者。正是在这种互为他者的研究关系中,在国际学术界,比较诗学研究得以成立其和而不同的平等性学科理论原则。

每一种文化都拥有自身存在的相对独立性,这就是文化相对主义。在《文化相对主义与比较文学》一文中,乐黛云认为用一种文化来吞并或"统一"另外一种文化,其结果从来都是灾难性的。西方文化不可能同化东方文化,也不可能"统一"各种文化形成所谓新的"世界文化","文化相对主义超越了对别种文化高低优劣的划分,从而超越了文化等级的偏见,也超越了所谓开化与不开化、蒙昧与文明的对立"。② 因此,比较诗学研究主张的是和而不同的多元文化主义,主张一种互为他者的和而不同的汇通性研究;不同民族、地域的诗学及诗学研究应该互为他者,没有文化及理论高低优劣的划分。在这个意义上,在国别诗学研究中固守文化部落主义和原教旨主义,或在跨文化的中外诗学研究中用一方诗学"统一"其他民族与地域诗学的文化普遍主义,都不是比较诗学所赞同的研究眼光。

### 4. 他者视域与"旁观者清,当局者迷"

国别文论是研究主体以自己的本土眼光来看视自己,这是一种不可或缺的研究方法。但比较诗学研究更注重本土诗学与外域诗学之间的相互看视、相互照亮、相互发现与相互定位。关于这一点赛义德在关于后殖民理论与后殖民文化的讨论中也曾经指出:

> 东方不仅与欧洲相毗邻;它也是欧洲最强大的、最富硕的、最古老的

---

① 《印度古典诗学·序言》,黄宝生著,北京大学出版社1993年版,第2页。
② 《文化相对主义与比较文学》,乐黛云著,见于《跨文化之桥》,乐黛云著,北京大学出版社2002年版,第49页。

殖民地,是欧洲文明和语言的来源,是欧洲文化的竞争者,是欧洲最深刻的、最多复现的他者(the other)形象之一。另外,东方也有助于欧洲(或西方)把自己定义为与东方相比较的形象、观念、个性和经验。然而,这些东方形象不仅都是想象的。东方是欧洲物质文明与文化的一个完整组成部分。①

也就是说,西方文化的品格不仅靠西方学者与西方文化自己来检视、定位,在某种意义上,可以借助东方学者与东方文化的品格在互为参照中来为其检视、定位。在本土诗学研究的某一方面,研究主体可能用自己的眼光无法发现自己诗学的精彩,关于这一点,钱锺书在讨论比较文学时也给予重点的强调:"中国老话说:'旁观者清,当局者迷',又说'不识庐山真面目,只缘身在此山中',西洋人说'A spectator sees more of the game',贵国一定也有相似的话。而最能旁观清楚,具有适当 perspective(眼力)的,无过于日本研究中国文学的学者。"②的确,人对自己的认识往往因自我认识的偏见有着遮蔽性,所以在某种意义状态下,人对自己优缺点的分析不如旁观者对自己分析地更客观、更清楚、更理性,因为旁观者是作为局外人来看视被认识者的,少有对自己过分褒扬与过分贬斥之先入为主的偏见。所以,一种民族文化的品质在本民族文化之外的文化镜照下能够被参照、看视得更为清楚、更为通透,一个民族的诗学在外域诗学文化传统的参照与诠释下可能激发、生成、释放出崭新的学理意义,即第三诗学。比较诗学研究就是如此。

如《文心雕龙》作为中国古代诗学传统上第一个完整的文学理论体系建构,由于其"体大思精"且撼人心魄的理论气质,一直是中国诗学研究史上被历代汉语学者所关注的热点问题。在明代诗学研究史上,有杨慎对《文心雕龙》的评点,梅庆生对《文心雕龙》的音注,王维俭对《文心雕龙》的训诂,曹学佺对《文心雕龙》的研究;在清代诗学研究史上,有黄叔琳对《文心雕龙》的辑注,纪昀对《文心

---

① [美]爱德华·W. 赛义德:《东方学》(Edward W. Said, *Orientalism*, Random House, 1979, pp. 1-2.)。
② 《粉碎"四人帮"以后的中国文学情况》,钱锺书著,见于《钱锺书集·写在人生边上的边上》,钱锺书著,生活·读书·新知三联书店 2001 年版,第 151 页。

雕龙》的批评,郝懿行对《文心雕龙》的评述;在近现代诗学研究史上,又有刘师培、刘永济、郭绍虞、王利器、杨明照、陆侃如、周振甫、詹锳、王运熙、王元化与张少康等学者作为"龙学"研究的专家。在上述本土诗学研究者中,除王元化启用西方诗学思想带入他关于《文心雕龙》的研究之外,其他学者都是在汉语语境下从事"龙学"研究的国别文论研究者,他们的研究与思考定位在朴学、小学与国学的基础上,在汉语文化体系的内部对《文心雕龙》进行评点、音注、训诂、辑注、评述与批评,他们启用的是中国古代文论研究的传统思维路数与方法论,他们研究的诸种结论表现出中国古代文论在汉语语境下被研究的纯粹性,他们没有把汉语文化系统之外的诗学原则及批评观念带入他们的研究视域中。上述学者的成果为"龙学"研究奠定了重要的基础。

但是,从20世纪50年代以来,关于《文心雕龙》的研究已经超越了汉语语境,呈现出研究的国际化学术倾向,在全球化的意义上为来自日本、韩国及欧美等国家、地域的诸多外域学者所关注,这些国际性"龙学"研究者栖居于汉语语境之外,以异质文化的他者视域来研究《文心雕龙》,并推出了在非我因素语境下的关于"龙学"研究的丰硕学术成果,在这些国际性学者的参与下,《文心雕龙》研究成为一种被外域学术界所瞩目的国际性学术现象。不同于国别文论语境下的"龙学"研究,这些国际性学者采用他者视域来研究《文心雕龙》,用他者的眼光来照亮、发现、诠释与激活《文心雕龙》,取得了汉语学者在本土语境下所无法获取的结论,陈允峰在《文心雕龙研究史》一书中对"龙学"研究的国际化学术现象曾做出了这样的总结:

> 浦安迪则通过对《文心雕龙》中《丽辞》篇的分析,特别提出了刘勰在"对偶美学"上的贡献。但是,宇文所安在他的《刘勰和他的话语机器》一文中,认为刘勰所采用的对偶骈文有如一部不听人指挥的"话语机器",它经常为了牵就对偶的需要而制造出一些失误的言辞,所以《文心雕龙》的文本中还存留了不少自相矛盾的话语。孙康宜的文章《刘勰的典律观》中,指出了刘勰重建文学传统的特殊贡献。她认为刘勰为了把文学提升到儒家经典的崇高地位,不惜篇幅地指出圣人言论中那种"辞富山海"的美学特质,一旦把文学中的"文"和儒家经典中的"文"划上等号,就无形中给了"文学"一种"典律化"的洗礼仪式。蔡宗齐在他的文章中,则

全面地讨论了《文心雕龙》所具有的"有机性"的整体文学观,特别是刘勰如何把诗歌从音乐的附庸提升到"诗为乐心"的崇高地位。他认为刘勰《文心雕龙》文学理论体系的奠定是一个不断形成的渐进过程。雷迈伦在她的文章中提出用一种新的分析方式来研究《文心雕龙》,她主张用米歇尔·傅柯(Michel Foucault)在《知识考古学》一书中所提出的"话语形成"方法论来重新探讨《文心雕龙》多层面的意义。傅柯企图打破传统历史的概念;对他来说,文学史不再是连续性的、渐进的演变过程,而是各种不同"话语对象"的综合再造。雷迈伦认为只有采取这样的新的批评角度,才能真正从当代眼光来看《文心雕龙》。北美的这些著名汉学家用西方的思维方法,从西方的文学观念和批评标准来研究《文心雕龙》,确实对多方位、多角度地研究《文心雕龙》开辟了一条新路,是很富有启发意义的。①

在这里,汉学家于某种意义上也可以被称之为比较文学研究者或比较诗学研究者,他们的"龙学"研究在视域上跨越了民族、语言、文化与学科,在研究的性质上已经不可遏制地进入了比较诗学的研究领域。

钱锺书用苏轼的诗来隐喻比较诗学研究中研究主体视点的转换与调整,有着深刻的理论意义。"横看成岭侧成峰,远近高低各不同,不识庐山真面目,只缘身在此山中",中国古代诗学就如同秀美的庐山一样,是丰富多姿的,它是由远近高低不同的岭与峰所组构的;但是如果鉴赏者仅立足于庐山内部的某一点来观赏它,纳入其眼界的景致只能是庐山的一个局部或一个侧面,而不是庐山的整体形象,因此"不识庐山真面目,只缘身在此山中"。如果鉴赏者从庐山的内部空间跳出来,站在庐山的外部以崭新的、宽阔的或全方位的视角来观览庐山,一定能够比守护在庐山内部的鉴赏者收揽到更多、更新与更全面的景致。这就是比较诗学研究的视点由于他者视域而不同于国别诗学研究的本质问题。比较诗学研究与国别文论研究的根本差异点,就在于眼光——视域不一样。

正是由于上述北美"龙学"研究者的眼光不一样,他们的研究视点是置放在西方文学观念和批评标准的语境中,以异质文化的他者视域来研究中国诗学文化传统中的《文心雕龙》,所以普林斯

---

① 《文心雕龙研究史》,张少康、汪春泓、陈允锋、陶礼天著,北京大学出版社 2001 年版,第 585—586 页。

顿大学的浦安迪(Andrew Plaks)能够看视到《文心雕龙》的"对偶美学"问题,哈佛大学的宇文所安(Stephen Owen)可以提出《文心雕龙》的"话语机器"问题,耶鲁大学的华裔学者孙康宜沉思在《文心雕龙》中发现了"辞富山海"的美学特质问题,伊利诺伊州立大学的华裔学者蔡宗齐总纳了《文心雕龙》具有的"有机性"整体文学观的问题,爱荷华大学的雷迈伦(Maureen Robertson)用傅柯的理论分析《文心雕龙》解决了"话语形成"的问题。上述学者对这些问题的发现、提出与解决,在某种程度上都是基于汉语语境国别文论已有的《文心雕龙》研究基础上,但是又驻足于欧美学术语境下来研究《文心雕龙》,发现了在中国汉语文化传统中研究《文心雕龙》所无法看视到的问题,正如钱锺书所引用的汉语典故:"旁观者清,当局者迷。"在比较诗学研究中,这些都是成功且富有启示性的典型范例。

### 5. 镜与灯:比较诗学研究的双向互惠关系

比较诗学研究中的比较视域主张中外诗学研究之间的相互看视,也就是说,中外诗学双方之间互为他者,一个民族的诗学及其文化背景相对于另一个民族诗学及其文化背景来说,两者之间就像镜与灯一样,可以相互镜照与相互照亮。

第一,一个民族文化相对于另一个民族文化来说,就是一面镜子,这也就是我们所说的"文化之镜"。因为民族文化与民族文化之间的语言、审美形态与道德伦理在本质上有着共通性与差异性,文化与文化之间相互为镜,当一个民族文化的形象投射在另一个民族文化之镜上,正是由于异质文化之间的差异性所在,一方投射在另一方文化之镜上的形象立刻在反差中呈现得更为本真、通透与明澈,这个本真的文化形象往往在自己的文化场域内无法被看视得如此清晰。当然,文化与文化之间之所以可以相互为镜的前提是因为两者之间有着类的共通性。

比较诗学研究是一种双方以他者视域相互为镜的互览,这种互览的眼光其渊源可以追寻到东方老子所倡导的"玄览":"涤除玄览,能无疵乎!"[①]汉代学者许慎在《说文解字》中把"览"释义为

---

[①] 《老子本义》,见于《诸子集成》,上海书店1980年影印版,第3卷,第7页。

"观":"览,观也",①在这里,"览"是一种观视的态度;清代学者段玉裁把"览"释义为我与物之间、主与客之间的互看:"以我观物曰览,引申之使物观我亦曰览。"②高亨在《老子正诂》一书中把"玄览"解释为"形而上之镜":"'览'读为'鉴','览''鉴'古通用。……玄者形而上也,鉴者镜也,玄鉴者,内心之光明,为形而上之镜,能照察事物,故谓之玄鉴。"③注意,在这里"形而上"与"形而上学"是两个完全不同的概念,"形而上"是一个中性学术术语,比较诗学研究主张在学理上把两个民族以上的诗学及其文化背景带入到研究中相互观览——相互镜照,即以他者视域互看、互识;由于这种互看、互识是在形而上的学理层面所完成的,是研究主体内在积淀的多元知识结构的对话,形而上之镜就是比较诗学研究中的文化之镜,因此我们认为各国的比较诗学研究主体在跨文化与跨学科中,以他者视域的相互看视就是互览——玄览。

从比较诗学的具体研究来分析,无论是外域学者驻足本土语境看视中国诗学,还是中国学者驻足本土语境看视外域诗学,在本质上是两种异质文化之间以他者视域的相互看视——相互镜照。

美国哈佛大学比较文学系教授宇文所安栖居在欧美学术语境下操用汉语阅读中国诗歌与中国文论,用英语进行研究与写作,他用西方学者的视域来诠释中国诗歌与中国文论,其研究行为在本质上是他的知识结构内部的西方文化与中国文化之间的相互镜照。宇文所安在对现代汉诗进行批评时,认为现代汉诗在创作上表现出两个层面的缺憾,一方面其不如中国古典诗歌,一方面其又不如欧美诗歌。宇文所安认为现代汉诗在中国文化传统上失去了根基后,只能是对欧美诗歌的模仿,所以现代汉诗变成不中不西的赝品,因此他在中西文化之镜的互照中设问:现代汉诗到底是中国文学?还是以中文作为起点的对西方模仿的文学?对一位用外域之他者眼光来研究汉诗的西方学者而言,宇文所安的答案当然是后者。

---

① 《说文解字注》,(东汉)许慎撰,(清)段玉裁注,上海古籍出版社1981年影印经韵楼藏版,第408页。
② 同上。
③ 《老子正诂》,高亨著,古籍出版社1956年版,第24页。

跨文化与跨学科的文学批评也是比较诗学研究中的一个层面,当宇文所安把现代汉诗投影在欧美诗歌的文化之镜上时,不难看视到现代汉诗创作因模仿在创作风格上所表现出的与欧美诗歌的共通之处。如果研究者把现代汉诗研究仅局限在汉语文化背景下,不以欧美诗歌文化之镜来透射、参照,那就很难透彻地看视到现代汉诗对欧美诗歌接受的模仿。中西文化之间的镜照在宇文所安的比较诗学研究中起到了重要的作用。另外,从《他山的石头记:宇文所安自选集》这部著作的命名上,我们也可以见出他者视域与外域文化之镜的闪光,也可以见出宇文所安作为一位比较诗学研究者其不同于国别诗学研究者的学理风格。

而宇文所安对中国文论的研究也是把生成西方文论的文化背景作为参照中国文论的文化之镜。关于中国文论的研究,我们知道宇文所安是在英语语境下用中文阅读与英语写作的优秀比较文学研究者与汉学家,他的英文专著《中国文学思想读本》一书在国际比较诗学界有着重要的里程碑意义。在这部专著中,宇文所安以西方学者的眼光透视了《诗大序》、曹丕的《典论·论文》、陆机的《文赋》、刘勰的《文心雕龙》、司空图的《二十四诗品》、严羽的《沧浪诗话》与叶燮的《原诗》等,他的研究把上述中国文论现象投射在西方文论的文化之镜上,也把西方文论投射在中国文论的文化之镜上,正是在中西文论文化之镜的互照中,宇文所安提出了以下不同于国别文论研究者关于中国文论研究的见解。

首先,追寻定义是西方文论在理论上表现出的一个深层且持久的工程,而这种对定义的追寻在中国文论中则是缺席的,如果说中国文论在文学批评发展史的后期表现出对定义的追寻,但也少有系统性。其次,现代学者认为中国文论的概念具有"模糊性"(vagueness),但是宇文所安认为:"事实上,它们一点也不比欧洲语言中的绝大部分概念词汇更模糊;只不过在中国传统中,概念的准确性不被重视,所以也就没有人需要保持这个合意的错觉,其实确实存在着一套精确的技术词汇。"[①]在这里,宇文所安在中西文论的双向镜照中纠正了过去认为中国文论概念具有模糊性的偏见。再

---

① [美]宇文所安:《中国文学思想读本》(Stephen Owen, *Readings in Chinese Literary Thought*, Harvard University Press, 1992, p.5.)。

次，中国文论在批评的传统中对文学现象解释不了的若干层面，这可能正好是西方文论在批评的传统中占有优势的层面。最后，宇文所安认为"从总体上看，中国文学思想史似乎在追随一种与西方文学思想史相似的模式"，①中西文论最初都是对早期那些被普遍认为是文论的话语进行阐发而形成各种理论的变体，然后走向百家争鸣，每一家文论分别代表着一个从传统的文论话语中所发展出来的立场，最后形成自己的独立理论。

在宇文所安的比较诗学研究中，中国文论与西方文论正是在相互的镜照中呈现出各自在本质上的共通性与差异性，宇文所安认为中西文论："双方都是正确的。在下文的评论（作者的研究）中将会进行比较，但比较的目的是为了理解而不是为了比较价值的高下；每一个传统都伴随着自己的一系列问题，并且在解释一个非常不同的文学文本传统。"②宇文所安的比较诗学研究告诉我们，比较诗学研究的目的不是为了评判中国诗学与西方诗学谁的价值高低，而是为了达向更为深度的理解。这才是比较诗学的目的。在这里需要强调说明的是，比较诗学研究是在一个更为广阔的深度中追寻中外诗学的普世性与差异性，而不是以一方民族诗学系统对另一方民族诗学系统进行孰高孰低的价值评判。在比较诗学研究看来，越是民族的越是世界的，每一个民族的文学传统与诗学传统都有着自己的审美个性，有着与其他民族文学传统和诗学传统相呼应的审美共性，所以文学与诗学无优劣高下之分。

宇文所安的中国文论研究作为比较诗学研究的典范，其宽阔、深刻而独到的见解是国别文论研究者在纯粹的本土语境下所无法看视到的。宇文所安的 *Readings in Chinese Literary Thought* 被翻译为汉语读本《中国文论：英译与评论》后，曾在汉语比较诗学界产生了巨大的影响，乐黛云曾在汉语读本的《序言》中认为：

> 此书本身就是一个中西文论双向阐发、互见、互识、互相照亮的极好

---

① [美]宇文所安：《中国文学思想读本》(Stephen Owen, *Readings in Chinese Literary Thought*, Harvard University Press, 1992, p. 6.)。

② Ibid.

范例。①

跨文化与跨学科是比较诗学展开研究的两个必要条件,而不同学科之间的学术文化背景相互为镜,也为比较诗学的研究展开了宽阔的视域,如文论与乐论、画论、舞论、影评、心理学、哲学、人类学等学科之间交汇研究。

第二,从比较诗学的学科理论建设来看,在我们把两种异质文化定位于可以相互比照的文化之镜时,同时,在学理上也应该进一步把双方释义为可以相互照亮的文化之灯。

在1983年中美双边比较文学讨论会闭幕式上,普林斯顿大学比较文学系厄尔·迈纳教授表达了参加此次会议的文化感受就如同《西游记》中所描述的那样:我们东游带回了经典,并以灯塔下面是黑暗的为启示,认为只拥有本土国家的文学现象是不充足的,研究者需要另外一座灯塔来照亮自己,他认为中国的灯塔能够为美国的文学研究带来光明。②

厄尔·迈纳曾经以《比较诗学:文学理论的跨文化研究文集》一书名震国际比较文学界,在比较文学与比较诗学的学科理论建设中,这是一个闪光的隐喻性表述。的确,灯塔下面是黑暗的,当灯塔照亮远方时,却无法照亮塔基之下的区域,我们把这方区域称之为灯塔下的盲区。同样如此,每一个民族的诗学文化传统就像一座灯塔,这座诗学灯塔所透射出来的光芒是本民族诗学业已自觉且澄明的理论之光,而诗学灯塔脚下的区域往往是这个民族诗学在理论上所表现出来的盲区,在这一理论盲区中潜在着丰富的理论因素,而本土诗学理论之光却无法照亮这一潜在的理论盲区。也就是说,本土诗学研究者凭借自己在本土语境下所获取的研究视域往往无法看视到这一理论盲区中潜含着的丰富的理论因素,如汉语诗学语境下中国古代儒家诗学中潜含的诠释学思想及道家诗学中潜含的解构主义思想等。

---

① 《中国文论:英译与评论·序言》,乐黛云著,见于《中国文论:英译与评论》,[美]宇文所安著,王柏华等译,上海社会科学院出版社2003年版,第5页。该书英文版原名为:"Readings in Chinese Literary Thought",汉译版由于译者保留了英文原文与汉语译文,因此书名由译者改为《中国文论:英译与评论》。

② 参见于《中国比较文学年鉴,1986》,北京大学出版社1987年版,第364页。

每一个民族的诗学理论都存在着自身的理论盲区,这方理论盲区也是国别文论对自身研究所未开垦的处女地,对国别文论理论盲区问题的有效解决,我们可以从本土的诗学文化传统中跳出来,借用另外一个民族的诗学理论或另外一种相关的学科理论来照亮这方理论盲区,这种照亮也是一种激活。张隆溪在哈佛大学比较文学系所做的博士论文《道与逻各斯:东西方文学阐释学》,就是比较诗学研究在这一方面推出的范本。

在《道与逻各斯:东西方文学阐释学》这部著作中,张隆溪把中国古代哲学的本体范畴"道"与西方哲学的本体范畴"逻各斯"从各自的哲学背景中提取出来,置放在中西文学理论——比较诗学的层面上进行汇通性研究;值得细腻玩味的是,在架构这部比较诗学专著的理论体系时,由于张隆溪是在美国英语学术语境下展开思考及用英语写作的,并且主要是启用西方诗学照亮中国诗学,把中国诗学在理论的澄明中介绍给欧美英语学者阅读的,所以中国古代诗学的"道"在命题的成立上被置放在"逻各斯"之前——"道"与"逻各斯",以此突显了张隆溪华裔学者的文化身份;反之在汉语学术语境下,这个课题的命名可能会是"逻各斯与道"。

在具体的研究路数上,张隆溪把西方古典哲学中的逻各斯中心主义及西方后现代哲学中的解构主义作为其照亮东方中国道家诗学的灯塔(注意在这里"灯塔"是一个中性词),以此澄明遮蔽在道家文化传统中富含的诗学思想。张隆溪接受了钱锺书在《管锥编》中提出的一个重要的观点,认为"道"与"逻各斯"在很大程度上是可以比较的:

>"道可道,非常道";第一、三两"道"字为道理之"道",第二"道"字为道白之"道",……古希腊文"道"(logos)兼"理"(ratio)与"言"(oratio)两义,可以相参……①

从上述表述中我们可以见出,钱锺书用东方中国道家哲学的本体范畴"道"来翻译西方哲学的本体范畴"logos",进而对道家诗学之"道"的分析又是启用逻各斯这个本体范畴两个层面的内涵来"相参"的,这种翻译与相参已经构成了中西诗学理论之间的汇通性

---

① 《管锥编》,钱锺书著,中华书局1986年版,第2册,第408页。

互照。

　　张隆溪对中国的"道"及潜在于道家文化传统中的诗学思想进行分析与激活时,也是启用西方诗学的理论自觉之灯来照亮的。具体地说,张隆溪用"希腊词'逻各斯'既有理性(ratio)的意义,又有言说(oratio)的意义"①来透析东方道家哲学的"道",最终认为:"在这个奇妙的字中,思想与言说在字面上融合为一体。值得注意的是,汉语"道"这个字不仅包含着思想与言说的二重性,也同样呈现为最为重要的中国哲学概念。"②这里的"思想"也就是"理性"。在这样一个思考的逻辑进程中,张隆溪以西方形而上学的意义统辖着言说、言说统辖着文字的等级序列,来照亮潜在于道家哲学中丰富的诗学理论内涵,认为道家诗学文化传统中也存在着这样一个与西方相同的形而上学等级序列:"显然,不仅在西方的逻各斯中,并且在中国的'道'中,我们都能够发现一个字竭力为不可命名者命名,并且竭力描述思想与言说之间充满问题的关系:即一个单独的字,其不仅具有明显的双重意义,并且具有于内在现实和外在表达之间的等级序列关系。'道'与逻各斯惊人的共通性吸引且激励着我们进一步探索。"③

　　张隆溪的《道与逻各斯:东西方文学阐释学》这部比较诗学论著最鲜明的学术特色就是,作者在讨论道家哲学及其文化传统中的诗学思想时,是启用西方哲学理论之灯来洞悉与激活其内在理论的潜在性与丰富性,使道家诗学思想的潜在性澄明为一种显在的丰富性。用一种外域诗学的灯塔照亮本土诗学领地的理论盲区,用一种相关学科的灯塔照亮诗学领地的理论盲区,这是比较诗学研究者的视域不同于国族文学研究者之处,借用中国古代经典《诗经·小雅·鹤鸣》的诗句来表达:即"他山之石,可以为错……他山之石,可以攻玉"。④ 东汉经学家郑玄对此诗句的注释应该引起我们关于比较诗学研究中的跨地域思考:"错,石也,可以琢玉。……他山喻

---

① 张隆溪著:《道与逻各斯:东西方文学阐释学》(Zhang Longsi, *The Tao and The Logos*: *Literary Hermeneutics*, *East and West*, Duke University Press, 1992, p. 26.)。
② Ibid., pp. 26-27.
③ Ibid., p. 32.)。
④ 《诗经·小雅·鹤鸣》,见于《十三经注疏》中华书局 1979 年影印世界书局阮元校核本,第 433 页。

异国。"①在诗学的研究中,用他者视域借助于异域文化之光来照亮本土的研究客体时,也可以摆脱本土学者对本土诗学评价的主观性、偏执性与遮蔽性。

需要说明的是,比较诗学所强调的在跨文化与跨学科的汇通性研究中用一个民族诗学来镜照或照亮另外一个民族诗学,不应该理解为是单一性的,而是双向互惠的,也如《周洛京佛授记寺法藏传》所载佛家对佛性追求采用的互为镜照法:在十面八方上下各悬一镜,"中安一佛像,然(燃)一炬以照之,互影交光,学者因晓刹海涉入无尽之义",②也即《大佛顶首楞严经》所言:"使其形影,重重相涉。"③其实,我们反观中印文化的交流,其在内质上本身即存在着相互汇通与相互镜照的无可回避性,一如季羡林在《中印文化关系史论文集·前言》所言:"中印文化交流的特点,确实是互相学习,各有创新,交光互影,互相渗透,而且到了难解难分的程度。"④当张隆溪用西方诗学的显在理论来照亮、发掘、阐释和激活中国古代诗学丰厚的潜在理论时,中国古代诗学的理论盲区从遮蔽走向澄明、从不自觉走向自觉,同时也反过来进一步修改与丰富了西方诗学,两者正是在互惠中共同构成了总体诗学(general poetics)的理论普世性,所以双方之间是在相互的镜照与照亮中进行着互补和互证,构成了具有相对普世性的第三种诗学。也如乐黛云所言:"比较文学在与他种文学的交往中,以'互为主观''互为语境''互相参照''互相照亮'为己任,是沟通各民族文化的重要途径。"⑤比较诗学即是如此。

## 6. 视域融合、交集理论、重构及 to make something new

比较诗学不同于国别诗学的终极点就在于研究主体的眼光不

---

① 《诗经·小雅·鹤鸣》,见于《十三经注疏》中华书局 1979 年影印世界书局阮元校核本,第 433 页。
② 《宋高僧传·周洛京佛授记寺法藏传》,(宋)释赞宁撰,见于《文渊阁四库全书》上海古籍出版社 2003 年影印版,第 1052 册,子部,释家类,第 55 页。
③ 《大佛顶首楞严经·第七卷》,见于《释氏十三经》,中国佛学院与中国佛教协会编,书目文献出版社 1989 年版,第 505 页。
④ 《中印文化关系史论文集·前言》,季羡林著,生活·读书·新知三联书店 1982 年版,第 7 页。
⑤ 《比较文学简明教程》,乐黛云著,北京大学出版社 2003 年版,第 25 页。

一样,比较视域是比较诗学在学科研究上得以安身立命的本体。从王国维以来到当下后现代高科技主控文化传播的全球化时代,诗学研究在一个从封闭走向开放的百年进渐过程中,越来越无法回避用多元的、整体的与普世的学术眼光来看视这个敞开的国际学术界,所以视域融合也成为比较诗学研究及国别诗学研究的必然趋势。

视域融合(Horizontverschmelzung)是德国学者伽达默尔在《真理与方法》一书中讨论诠释学与历史前理解时所操用的一个重要概念及诠释学理论:"事实上,当下视域是在持续的过程中形成的,因为我们也在持续地检验我们的前见。这一检验的重要部分就是对过去的遭遇及对我们所经历的传统的理解。所以,没有过去,当下视域就不能够形成。正如没有孤立的当下视域,也没孤立的获得性历史视域。理解总是由这些独自存在之视域的融合。"① 视域融合这个概念被转用到比较诗学研究领域中有着重要的意义。诗学研究主体作为诠释者对一个文本进行理解与解释时,必然把自己的解释意义带入其中,这样就构成了两种知识背景的融合:即诠释者的知识背景与文本作者的知识背景的融合,也即当下视域和历史视域的融合。诠释者自己的解释意义不是凭空而来的,而是过去的历史作为前理解(pre-understanding)所赋予诠释者依据的知识背景,诠释者的知识背景构成了自己的理解视域;文本的原初意义也不是凭空而来的,而是过去的历史作为前理解所赋予文本作者依据的知识背景,文本作者的知识背景也构成了自己的理解视域。正如伽达默尔一再解释的:"如果历史的问题自为地显现出来,这就意味着它不再把自己提升为一个问题。这必然导致理解的终止:我们陷入一个理解的迂回困境中。但是,真正理解的部分是我们重新获取了一个关于历史之过去的概念,这个概念也包括我们自己对历史之过去的理解。在前面,我把其称之为视域融合。"② 所以,当诠释者在理解与解释一部文本时,其必然把自己的理解视域与这部文本的理解视域融合在一起,以此构成了视

---

① [德]伽达默尔:《真理与方法》(Hans-Georg Gadamer, *Truth and Method*, New York: Crossroad Publishing Company, 1989, p.306.).
② Ibid., p.374.

域融合。当然需要强调的是,在比较诗学领域中,我们所启用的视域融合是指跨文化与跨学科的两种视域融合。

在《美国学者对于中国文学的研究简况》一文中,钱锺书关于介绍美国比较文学界简况的表述揭示了比较诗学研究视域融合的学理性:

> (美国的中国古典文学与比较诗学)研究的方法和态度也和过去不同;纯粹考据当然还有人从事,但主要是文艺批评——把西方文评里流行的方法应用在中国古典文学研究上。例如 Plaks 有名的《红楼梦》研究是用法国文评里"结构主义"(structuralism)(Levi-Strauss, R. Barthes 等的理论和实践)来解释《红楼梦》的艺术。Owen 有名的韩孟诗研究是用俄国文评里"形式主义"(formlism)(Victor Shklovsky 派的著作六十年代开始译成法文和英文,也听说在苏联复活)来分析风格。①

美国英语学者在本土从事中国古典文学研究,实际上已经进入了比较诗学研究的学科领域。从钱锺书上述所举两例,我们可以见出浦安迪对中国古典小说《红楼梦》艺术思想及美学的研究是启用法国列维-施特劳斯和巴特等结构主义理论来完成的,在浦安迪的研究文本中,《红楼梦》文本的理解视域和浦安迪的理解视域构成了视域融合;宇文所安启用俄国什克洛夫斯基等形式主义理论来透视中唐韩愈、孟郊诗歌的审美风格,在宇文所安的研究文本中,韩愈、孟郊诗歌的理解视域与宇文所安的理解视域构成了视域融合。

这种视域融合就是比较诗学研究所强调的比较视域的内质。在学科的本质上,比较视域的视域融合是比较诗学研究主体其知识结构内部两种以上跨文化与跨学科知识的丰厚性与汇通性积累,及在具体比较研究中的外在显现,如刘若愚的《中国文学理论》、钱锺书的《谈艺录》、叶维廉的《比较诗学》、厄尔·迈纳的《比较诗学:文学理论的跨文化研究文集》、张隆溪的《道与逻各斯:东西方文学阐释学》等。因此,通过上述成功的比较诗学研究读本,我们可以见出比较诗学研究主体跨文化与跨学科的研究眼光——比较视域的内质,也可以见出融合在比较视域内部的学贯中外及学贯古今的厚重知识积累。其实,学术视域不仅关涉到学术思维

---

① 《美国学者对于中国文学的研究简况》,钱锺书著,见于《钱锺书集·写在人生边上的边上》,钱锺书著,生活·读书·新知三联书店 2001 年版,第 145 页。

方式的问题,也更关涉到学术知识结构及其积累的问题;严格地讲,一位学者是否拥有融合中外与古今的比较视域,这取决于他的知识结构的积累。

在比较诗学研究领域,为什么比较研究主体其跨文化与跨学科的视域进行融合得以可能?是因为在两个以上民族诗学文化传统之间、诗学与相关学科之间存在着一个相对的普世性理论得以展开的交集(intersection)。

交集理论是比较文学与比较诗学在学科理论建设上简明及有效回答视域融合及比较研究如何可能的方法。在《文学理论的普世性》一文中,威利·凡毕尔系统地介绍了交集理论在比较文学研究中的学理性及适用性。在这里我们把威利·凡毕尔的交集理论进行了调整、重构并给予介绍。我们可以把现存的世界文学理论作为"T组",把东方文学理论作为"E组",把西方文学理论作为"W组","E组"与"W组"是"T组"的子集合,"E组"与"W组"在"T组"的圆周中又有着相互交叉(overlap),威利·凡毕尔认为:"这个交叉部分,用集合理论的术语来说就是E和W的'交集'(intersection),其提供了一个检视普世性的有趣领域。"①我们在这里进一步把"E组"与"W组"在"T组"的圆周中交叉的部分称之为"U组",这个"U组"就是东西文学理论在世界文学理论圆周中交叉且融合的具有普世性的共通成分。比较诗学研究主体的视域融合就是在"U组"中生成的,而在交集之外的"E组"与"W组",就是东西文学理论的民族性与差异性所在。

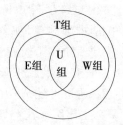

诗学与相关学科的跨学科研究也可以用这个交集理论来解

---

① [美]威利·凡毕尔:《文学理论的普世性》(Willie van Peer,"Universal in Literary Theory"),见于张汉良主编:《东西文学理论观念》(Han-Liang Chang, *Concepts of Literary Theory East & West*, National Taiwan University, 1993, p.286.)。

释。比较诗学研究意味着研究主体以自身的多元文论知识使两种视域在交集中融合,这种视域融合就是一种意义的重构(reconstruction),也就是比较诗学研究主体在视域融合中重构出一种崭新的意义——to make something new,即第三种立场与第三种诗学。

在中国比较诗学发展史上,王国维的《〈红楼梦〉评论》第一次自觉地启用西方的悲剧美学思想来透析《红楼梦》,王国维把德国古典美学大师康德的"优美""壮美"和德国现代美学大师叔本华的"眩惑"(dasreizende)——"媚美"这三对诗学范畴作为自己的分析视域,以此透向《红楼梦》,把德国两位哲学家的美学视域与曹雪芹书写在《红楼梦》文本中的美学视域在自己的思考、研究中交融、整合在一起,以德国美学理论的自觉来澄明、呈现《红楼梦》文本中潜在美学思想的丰厚,以此给出崭新的观点,也以此不同于以往及同期学者对《红楼梦》的考据性研究。正是如此,西方德国的悲剧美学理论与东方中国《红楼梦》的悲剧美学思想在王国维的中西视域融合中重构出崭新的阐释意义,并且这种重构的、崭新的阐释意义是跨越在德国古典美学理论与中国《红楼梦》美学思想两个领域中的交集——U组,并表现出适应于上述两个领域的普世性美学原则,这就是钱锺书所说的"打通"。也正是如此,王国维的《〈红楼梦〉评论》成为中国比较诗学发展史上早期比较诗学研究的典范文本。

在20世纪80年代,以比较诗学的跨学科研究铸造中西文化视域融合的典范文本是刘小枫的《拯救与逍遥——中西方诗人对世界的不同态度》。刘小枫认为中西诗学之间的比较研究应有相互欣赏与相互宽容的态度,他把西方文化的神性拯救精神与中国文化的道德——超脱精神进行汇通性比较研究,从而追问中西诗学背景下其文化价值形态的共通性与差异性:

> 从比较文化进到比较诗学的路程,并不十分遥远。在比较诗学中,中西文化素质的离异性显得尤为明朗。中国文化的道德——超脱精神由无数杰出的中国诗人的具体存在体现出来,屈原、陶渊明、王维、李白、杜甫、苏东坡、曹雪芹、鲁迅……西方文化的神性拯救精神同样由一系列杰出的诗人的历史存在体现出来:鲍埃蒂、但丁、莎士比亚、荷尔德林、雨果、陀思妥耶夫斯基、托尔斯泰、艾略特、卡夫卡……历史文化的价值形

态规定了诗的活动,诗的活动又突显文化的价值形态。①

"拯救"是指认西方基督教的救世精神,"逍遥"是指认中国文化之道德的超脱精神,在刘小枫的研究文本中,基督教文化视域与中国诗学文化视域整合在一起,铸成了视域融合,也正是在两种文化视域的碰撞与整合中,刘小枫的研究在他所推动的视域融合中重构了历史,给出了崭新的、不同于以往学者的价值评判。这种崭新的价值评判也正是比较诗学研究在两种视域融合的交集中所生成的新的意义——to make something new。这个交集也就是宗教与诗学的对话空间。

比较诗学研究的一个基本理论点就在于,视域融合必然形成交集,多元文化在交集中重构必然铸成新的诠释意义,学术史正是在这样一种逻辑序列上生生不息地延展,正因为有视域融合,学术研究才不可能停滞在原初意义上一味守护着静止的历史时空。也正是在这个意义上,较之于国别诗学研究,比较诗学研究是一门在跨文化与跨学科的层面上整合与汇通多元视域而不断创新的学科。这也是比较诗学研究为什么在跨文化与跨学科的视域融合中特别容易产生新观点与新思想的本质学理原因。

什么是比较诗学研究的视域融合?比较诗学研究的视域融合是比较诗学研究主体整合、汇通外域学术文化视域与本土学术文化视域,整合、汇通诗学文化视域与相关学科的文化视域所形成的交集,并以此构成了比较视域;交集是在全球化时代具有国际学术眼光的比较诗学研究者汇通世界诗学的理论场域;比较视域不在于"比较",而在于汇通的融合中整合出崭新的学理意义,这种崭新的学理意义具有跨文化与跨学科的普世性,比较诗学研究主体也正是在两种视域的交集中重构一个新的诗学体系,即第三种立场与第三种诗学;因此比较诗学研究者也是语际批评家(interlingual critics)。

**思考题:**

1. 怎样正确理解比较诗学研究中的他者身份?

---

① 《拯救与逍遥——中西方诗人对世界的不同态度》,刘小枫著,上海人民出版社1988年版,第32页。

2. 什么是异质文化与非我因素？举例谈谈这两个概念在比较诗学研究中的学理意义。

3. 什么是他者视域？谈谈他者视域与比较视域的逻辑关系。为什么说他者视域就是比较视域？

4. 怎样理解他者视域在比较诗学研究中可以有两种文化立场？请举例说明。

5. 为什么要淡化比较诗学研究中他者视域的地域性政治色彩？

6. 为什么必须强调比较诗学研究中互为他者的文化相对主义？

7. 从"旁观者清，当局者迷"的中国古代谚语来解释他者视域在比较诗学研究中的重要意义？

8. 以宇文所安的研究个案为例，请谈谈中西文化之镜的互照在比较诗学研究中的重要意义。

9. 为什么说比较诗学研究不是对一个民族诗学传统进行审美价值高低的评判？

10. 什么是诗学的理论盲区？

11. 怎样理解比较诗学研究是一种互为照亮？

12. 举比较诗学个案研究为例，请谈谈比较诗学研究互为照亮的学理意义。

13. 什么是视域融合？怎样理解比较诗学研究的视域融合？

14. 在比较诗学研究领域，为什么比较研究主体跨文化与跨学科的视域进行融合得以可能？

15. 什么是交集理论？

16. 怎样理解比较视域中的意义重构和 to make something new？

17. 怎样理解比较诗学即是第三种诗学？

**参考书目：**

1.《语法与表现：中国古典诗与英美现代诗学美学的汇通》，叶维廉著，见于《寻求跨中西文化的共同文学规律：叶维廉比较文学论文选》，温儒敏、李细尧编，北京大学出版社1987年版。

2.《道与逻各斯：东西方文学阐释学》，张隆溪著，冯川译，江苏教育出版社2006年版。

3.《他者的眼光——中英文学关系论稿》,葛桂录著,宁夏人民教育出版社2003年版。

4.《佛教境界说与中国艺术意境理论》,蒋述卓著,见于《宗教文艺与审美创造》,蒋述卓著,暨南大学出版社2005年版。

5.《文心雕龙研究史》,张少康、汪春泓、陈允锋、陶礼天著,北京大学出版社2001年版。

6.《文化相对主义与比较文学》,乐黛云著,见于《跨文化之桥》,乐黛云著,北京大学出版社2002年版。

## 第五节 路径与窗口:西方学术语境下的华裔族群比较诗学研究

### 1. 华裔学者在西方学术语境下使用英语展开的比较诗学研究

比较诗学要求研究主体把自己的研究视域置放在跨文化与跨学科的学术语境中展开,因为全球化态势下学术研究的国际化是比较诗学这一学科得以成立的学术文化背景;但是,比较诗学研究的展开无论是在怎样一种开放的国际化学术景观下行进,对于每一位具体的比较诗学研究者来说,其必然要在学术文化身份与学术文化语境两个层面上归属于一个特定的民族、国别、地域,操用一种特定的学术语言从事比较诗学研究,因为在本土学术文化语境下所颐养的本土学术文化身份是比较诗学研究者走向国际学术平台的起始点,"学术文化身份""学术文化语境"与"学术操用语言"是比较诗学研究者必须获有的三种不可或缺的学术文化资本。这正如我们对民族文学与世界文学的辩证关系理解一样:只有民族的才是世界的;对于比较诗学研究主体来说:只有本土的才可能是走向全球的。

从不同的本土学术文化身份与不同的本土学术文化语境走向共同的国际学术平台,这也决定了不同学术文化身份的比较诗学研究者,操用不同的学术语言以达向对普世性与世界性诗学原则的追问,这也正是放大在国际学术景观下诸种文化身份比较诗学研究者的殊途同归。

在法国比较文学研究者艾田伯看来,比较诗学是从比较文学研究走向历史的批评与美学的沉思这种理论化倾向中不可遏制地产生出来的一种研究方向,是跨文化与跨学科的汇通性文艺理论研究,这也是一个具有国际性学术眼光的文艺理论研究方向。在这里,我们主要介绍一批华裔学者在西方学术语境下操用英语展开的比较诗学研究。

多年来,在美国学界崛起了一个重要的华裔比较诗学研究族群,如刘若愚、夏志清、高友工、梅祖麟、叶维廉、李欧梵、孙康宜、张错、张隆溪、王德威、刘禾、唐小兵、刘康、张英进等学人。在这个学术族群中,最为显赫且最早具有国际影响的首席学者就是刘若愚。

首先让我们来考查一下刘若愚的学术文化身份、学术文化语境与学术操用语言。刘若愚 1926 年 4 月 14 日出生于北京的一个书香门第,1948 年毕业于辅仁大学西语系,1952 年获英国布里斯多大学硕士学位;获取学位后,他曾经在英国伦敦大学,中国香港新亚书院,美国夏威夷大学、匹兹堡大学与芝加哥大学任教;刘若愚 1967 年任美国斯坦福大学中国文学教授,1969 年至 1975 年任该校亚洲语言学系主任,1977 年任中国文学和比较文学教授。作为在 20 世纪前半叶出生的中国人,刘若愚深受传统国学的浸染,因此作为一位美籍华裔学者,尽管他可以操用一口流利的英语进行准确的学术思考与写作,但美国学者所看重的是刘若愚华裔学者的汉语学术文化身份及其知识结构所承载的中国文化传统资源,所以他在美国高校讲授的课程是中国文学,并任美国斯坦福大学亚洲语言学系主任及比较文学教授。其实,对于上述华裔比较诗学研究族群来说,在西方学者的眼中,他们在学术文化身份上首先都是中国文化传统的负载者。

刘若愚一生写作了八部英文专著 *The Art of Chinese Poetry*(《中国诗学》,1962)、*The Chinese Knight Errant*(《中国之侠》,1967)、*The Poetry of Li Shang-yin*(《李商隐的诗》,1969)、*Major Lyricists of the Northern Sung*(《北宋六人词家》,1974)、*Chinese Theories of Literature*(《中国文学理论》,1975)、*Essentials of Chinese Literature Art*(《中国文学艺术精华》,1979)、*The Interlingual Critic: Interpreting Chinese Poetry*,(《语际批评家:中国诗歌的阐释》,1982)、*Language-Paradox-Poetics: A Chinese Perspective*

(《语言·悖论·诗学：一种中国的视域》，1988），从上述专著的命题我们不难看出，刘若愚是在美国学术文化语境下操用英语进行思考与写作的，是一位从语际的比较研究视域向西方学界介绍中国诗学的语际批评家与语际理论家。这也正如曾在美国哥伦比亚大学东方语言文化系任教的另一位同期华裔比较文学研究者夏志清所言：

> 在美国教文学理论的教授们，说起来只有在"新批评"全盛期，大家相安无事。"新批评"失势后，新兴的文学理论派别也就愈来愈多。像刘若愚这样专教中国文学的理论家、批评家，要专教西洋文学的理论家对他感兴趣，且受其影响，谈何容易？即在专研中国文学的小圈子里，要人人听从你的话，按照你的理论去认识文学，也是大难事。但若愚兄不止是用英语讲述中国诗学的"语际的批评家"，他更想把我国传统的同二十世纪欧美的文学理论综合起来而自成一家言的"语际的理论家"（an interlingual theorist）。真的雄心不小。①

需要提及的是，在这里的"语际"就是"跨语言"，因此语际批评家与语际理论家也就是比较诗学研究者。实际上，夏志清本人也是一位显赫的在比较文学或汉学方向下从事比较诗学研究的华裔语际批评家与语际理论家。

不同于中国汉语语境下的比较诗学研究，虽然刘若愚有很好的汉语写作能力，但在《语际批评家：中国诗歌的阐释》一书的《序言》中，他明确地宣称他的比较诗学研究是写给西方学者阅读的："来到美国后，我曾在夏威夷大学、匹兹堡大学、芝加哥大学和斯坦福大学讲授中国文学，并出版了六部中国文学研究专著和若干学术论文，颇具嘲弄意味的是，其中一些作品被译成了中文（包括被误译、授权的或未经授权的）、日文与韩文。我没有用中文写作并不意味着我不能再用中文写作了；只不过是时间不允许我把英文写下的文章再用中文全部重写一遍。再说，我的大多数作品是专门写给西方读者的。"②这也决定他必须操用西方学术界所通行的

---

① 《东夏悼西刘——兼怀许芥昱》，[美]夏志清著，载台北《中国时报》1987年5月26日第八版。

② [美]刘若愚：《语际批评家：中国诗歌的阐释》（James J. Y. Liu, The Interlingual Critic: Interpreting Chinese Poetry, Bloomington: Indiana University Press, 1982, p. XV.）。

国际公共语言——英语进行写作。

由于华裔比较诗学研究族群的阅读者是西方学者,这就决定他们的比较诗学研究是在美国学术文化语境下操用英语把中国诗学介绍给西方学界的,那么,怎样用英语来准确地陈述和介绍中国诗学? 怎样用英语把中国古代诗学长于直觉批评的感悟式话语转换为一种有效的、思辨性的英语学术理论话语出场?① 华裔比较诗学研究族群是在一种颇具相当难度的汉英诗学理论话语的转换中,使中国诗学思想及中国诗学研究走向国际学术界的。这不仅是比较诗学研究不同于国别诗学研究的基本点,也是英语语境下比较诗学研究不同于汉语语境下比较诗学研究的基本点。在刘若愚的学科理念中,他的比较诗学研究所达向的"第一个也是终极的目的"是为了追问"世界性的文学理论":

> 在撰写这部书的时候,我心里有三个目的。第一个也是终极的目的,是介绍历史悠久大体上独立发展的中国批评思想传统中的诸种文学理论,并使这些文学理论能够与来自于其他诸种传统的理论进行比较,从而达向一种最终的世界文学理论(an eventual universal theory of literature)。②

的确,中国诗学思想及中国诗学研究也只有走向国际学术界,与世界上其他理论体系相通,其才可能获有世界性文学理论的学术身份。这一点也正如哈佛大学的另一位华裔学者李欧梵在《我的盲点和偏见——纪念刘若愚先生》一文中所言:"从一个主观印象的角度来揣测,我觉得刘先生(若愚)从第一本重要著作——《中国诗的艺术》——开始,就想建立一个关于中国古典诗词的理论架构,希望以中诗英译为桥梁,和世界上其他理论体系相通。"③从全球化的角度来定位,在世界文学理论的家族谱系中,中国诗学应隶属其

---

① 这里为什么特指"中国古代诗学"而不是泛指"中国诗学",因为中国古代诗学是一种感悟式与直觉式的批评,而在"中国诗学"这个概念中除去中国古代诗学之外,还包括"中国现当代诗学",中国现当代诗学受西方诗学的影响,在批评、理论与思潮三个方面具有相当的思辨性与学理性。

② [美]刘若愚:《中国文学理论》(James J. Y. Liu, *Chinese Theories of Literature*, Chicago and London: The University of Chicago Press, 1975, p.2.)。

③ 《我的盲点和偏见——纪念刘若愚先生》,[美]李欧梵著,载于台北《中国时报》1987年5月26日第八版。

中的一个重要成员,其不应该是一位富含诗学思想但又不为国际学界所了解的无言缺席者。

我们必须承认这样一个历史事实,从 20 世纪以来,国际学术界实际上是由西方中心主义的权力话语操控的学术空间,西方学术文化往往总是以一种原教旨主义的心态来越过自己的文化领地弥漫于国际学术界,以一种强式理论的权力话语来遭遇和审视进入国际学术界的他者理论,即第三世界的诗学理论及其研究者;仅从语言的选择上就是如此,要走向国际学术界,英语是诗学研究者必须选用的语言。这种情况是多年来在国际学术界所沉积的一个历史问题。然而我们转换一个视角来评审,也正是因为英语被国际化后,其作为一种能指不断地使来自于第三世界的异域文化作为所指而出场,英语也逐步在某种修辞的表述上失去他的民族性、本土性与地域性,在某种程度上成为一种杂混的语言。也正是在这种杂混的英语表述中,东西方文化获得了一种重新整合的见证,比较诗学研究也因此成为可能。

从某种程度上来考量,华裔族群的比较诗学研究就是一种杂混的学术英语,其中浸润着来自于中国诗学文化传统的诸种信息。严羽在《沧浪诗话》中讨论"诗道"与"妙悟"时有一句最为经典的理论表达:"大抵禅道惟在妙悟,诗道亦在妙悟。且孟襄阳学力下韩退之远甚,而其诗独出退之之上者,一味妙悟而已。惟悟乃为当行,乃为本色。"①让我们比较一下刘若愚在《中国文学理论》一书中的英语书写:

> In general, the way [tao] of Ch'an lies in miraculous awakening alone, and so does the way of poetry. Moreover, Meng Hsiang-yang [Meng Haojan] was far inferior to Han T'ui-chih [Han Yü] in learning, and the reason why his poetry nevertheless surpassed the latter's was nothing but his complete reliance on miraculous awakening. Only through awakening can one "ply one's proper trade" and "show one's true colors".②

---

① 《沧浪诗话校释》,(宋)严羽著,郭绍虞校释,人民文学出版社 1998 年版,第 12 页。
② [美]刘若愚:《中国文学理论》(James J. Y. Liu, *Chinese Theories of Literature*, Chicago and London: The University of Chicago Press, 1975, p.38.)。

在这里,英语为了适应于中国古代诗学思想的准确出场,其必须解构自身原生态的陈述方式,在这里我们不考量刘若愚的这段英译是异化的翻译还是归化的翻译,莎士比亚以来的经典英语表述风格在这里全然不见了。在海外华裔比较诗学研究族群中,这种因中国诗学文化传统的信息介入所产生的杂混性学术英语,在夏志清的《中国古典小说史论》,高友工的《中国叙事传统中的抒情境界》,孙康宜的《六朝诗歌》,张隆溪的《道与逻各斯:东西方文学阐释学》、王德威的《20世纪中国小说的现实主义:茅盾、老舍与沈从文》等英语读本中,也成为显在的语际整合性文学批评与文学理论的表达方式。从20世纪以来,海外华裔的学术研究使中国学术文化传统对英语写作的学术性底层渗透是不可遏制的,中西文学理论思想也正是在这种语际整合性的英语表达中进行着深层的对话与互动。

### 2. 刘若愚和艾布拉姆斯:中西诗学体系适配的路径与窗口

不同于国别诗学研究,比较诗学展开研究的学术目的是为了达向世界性文学理论。华裔比较诗学研究族群在美国学术文化语境下从事学术研究,是为了把中国诗学准确地介绍给西方学者,在同步的意义上,也是为了使中国诗学走出汉语学术语境,融入世界文学理论的家族谱系,这就决定他们必须把中国诗学汇通与整合到西方学者所熟悉的西方诗学体系中,以此让西方学者透过自己所熟悉的本土诗学理论来接受与研究中国诗学。理解这一点对从事比较诗学研究的学者来说是极为重要的,因为比较诗学研究是两个不同以上的民族、国家及地域诗学之间的互文性对话,及诗学与其他自成体系的相关学科之间的跨文化互文性对话,这种对话就双方来说都必须要有一个自己所熟悉的沟通路径和对话窗口,而对于中西学者来说,这个路径和窗口就是他们各自所熟悉的本土诗学理论。也正是在这个意义上,刘若愚启用艾布拉姆斯(Meyer Howard Abrams)在《镜与灯:浪漫主义文论及批评传统》一书中所建构西方诗学体系,作为一个沟通的路径和对话的窗口来汇通与整合中国古代诗学思想。

刘若愚于20世纪70年代撰写《中国文学理论》时,艾布拉姆斯的诗学体系正是当时流行于西方学界的主流艺术理论。艾布拉姆斯曾在剑桥大学受业于 I. A. 理查兹,1940年在哈佛大学获取博士学位,《镜与灯:浪漫主义文论及批评传统》正是从他的博士论文中打磨出来的影响那个时代的经典诗学理论。因此,刘若愚把艾布拉姆斯的诗学体系作为他向西方学界介绍中国古代诗学思想的路径与窗口,这是一个非常有效的学术决策与学术选择。但是,如果我们孤立地从作为国别文论的中国古代文学批评来看,可能对刘若愚的学术决策与学术选择是比较难以理解的。

艾布拉姆斯在这部著作的《导论:理论批评的总趋向》章中设定了他自己建构的诗学体系坐标图:

从宏大理论的叙事角度来检视,这的确是一个能够涵盖西方艺术史上诸种艺术理论、艺术批评与艺术流派发展总趋向的坐标图。值得注意的是,艾布拉姆斯对这个诗学体系坐标图给出了一个总体思维上的解释,他认为:

> 一件艺术作品在总体上有四个要素,几乎所有力求理解的理论总会在一定程度上对这四个要素给予辨别,使之澄明出来。第一个要素是作品,即艺术产品自身。由于这是一个人工产品,第二个共同要素就是发明者,即艺术家。第三,作品有一个主题,这个主题直接或间接地来源于现实的事物——并且涉及、表现或反映事物的客观状态或者与之有关的现象。第三个要素是由人物和行动、思想和感情、材料和事件或者超感觉的本质所构成的,通常用"自然"(nature)这个通用词来表述,让我们用一个更为中性且容易理解的词来替换,即宇宙(universe)。最后一个要素是观赏者,即听者、观众、读者,作品是为他们而撰写的,或至少会引起他们的关注。①

在艾布拉姆斯的诗学体系中,他用作品、艺术家、宇宙与观赏者四

---

① [美]M. H. 艾布拉姆斯:《镜与灯:浪漫主义文论及批评传统》(M. H. Abrams, *The Mirror and the Lamp: Romantic Theory and the Critical Tradition*, Oxford University Press, 1953, p. 6.)。

要素来总括西方艺术史上诸种艺术理论、艺术批评与艺术流派对艺术现象所进行的学理性分析与解释。在艾布拉姆斯的思考中，诗学理论对任何一件艺术作品的解释在其批评的意义上必然关涉到这四个要素及其相关的四个层面问题，因此，这一坐标图在艾布拉姆斯的诗学体系中秉有一种宏大的普世主义理论的有效性。艾布拉姆斯把作品设置为艺术理论及其批评的中心，以此构成了作品与宇宙、作品与观赏者、作品与艺术家的前三个层面的学理关系，然后，又以作品存在方式的内在标准把作品视为一种独立的自足体，这也是他的诗学体系的第四个层面。总而言之，在艾布拉姆斯的构架中，西方诗学理论无论怎样丰富与烦琐，任何西方诗学体系的建构者必然无法回避把自己的批评指向上述四个层面或四个层面之一来完成自己的诗学体系建构。

从下述四个层面的精简分析，我们可以见出艾布拉姆斯的诗学理论的确昭示了一位西方学者力图走向世界性文学理论的宏大叙事。其一，诗学理论在作品与宇宙关系之间所展开的批评及思考生成了西方诗学史上的模仿说（mimetic theory），即从柏拉图的《理想国》、亚里士多德的《诗学》到 17 世纪新古典主义美学一脉承继下来的模仿说，这一脉诗学理论认为艺术是对自然的模仿。注意，在这里"宇宙"的另外一个可替换术语是"自然"，作品与宇宙的关系也即作品与自然的关系。其二，诗学理论在作品与观赏者关系之间所展开的批评及思考生成了西方诗学史上的实用说（pragmatic theory），艾布拉姆斯认为："……因为这种理论把艺术品主要视为一种达到某种目的的方法，是一种从事某件事情的工具，并且是根据达到目的成功来判断其价值。"[①]这种实用主义批评的视角在基本语汇上源自于古典修辞学，因为修辞是劝说听众的工具，"实用说把艺术家和作品人物的目标归结为观赏者快感的本质、需要和源泉，这是从贺拉斯时代到 18 世纪绝大部分批评理论所具有的特征。"[②]其三，诗学理论在作品与艺术家关系之间所展开

---

① [美]M. H. 艾布拉姆斯：《镜与灯：浪漫主义文论及批评传统》（M. H. Abrams, *The Mirror and the Lamp: Romantic Theory and the Critical Tradition*, Oxford University Press, 1953, p. 15.）。

② Ibid., pp. 20-21.

的批评及思考生成了西方诗学史上的表现说(expressive theory)，艾布拉姆斯认为:"表现说的中心倾向可以概述为:一件艺术作品本质上是内心世界的外投,是激情操控下的一个创造过程,是诗人之感受、思想与情感的共同表现。"① 在西方诗学史上从朗吉努斯到华兹华斯,一直弥漫着一脉艺术作品是艺术家内在心灵外在表现的艺术批评理论思潮。其四,诗学理论把作品从宇宙、观赏者与艺术家三种要素的关系中分离出来,作为一个独立的自足体来看视,以形成诗学对艺术作品自身批评的客观说(objective theory)。艾布拉姆斯认为是亚里士多德的《诗学》最早开启了对艺术形式进行既客观又全面的独立性分析,这种初步对作品形式主义的批评延续到了18世纪末,进一步受康德美学"无目的之合目的"的影响,最终生成了"为艺术而艺术"的形式主义诗学理论,西方20世纪的新批评形式主义诗学是西方诗学客观说的集大成者。

　　上述是我们对艾布拉姆诗学体系的一个总纳性概述。刘若愚正是把艾布拉姆斯的诗学体系坐标图作为西方学者看视与接受中国古代诗学思想的路径和窗口,其实这一"路径"和"窗口"也就是刘若愚从事比较诗学研究的视域,这一视域结合他本人中国古代诗学修养的积淀,构成他本人学贯中西与学贯古今知识结构所颐养与整合出的学术眼光——比较视域。但是,问题在于艾布拉姆斯所总纳的西方诗学体系在理论圆周的外延上与中国古代诗学思想究竟有着多少重合处和适配性？这也是比较诗学研究中交集理论所关注的问题。中国古代诗学体系又有多少潜在的思想可以被纳入艾布拉姆斯总纳的西方诗学体系给予合理与合法的互见与互证？中西比较诗学所递进一步展开研究的关键点也就在这里,这也是比较诗学学科理论所需要回答的可比性问题。

　　由于中西诗学在思想体系的深层结构中有着审美的共通性与差异性,因此,刘若愚不可能生硬地把中国古代诗学表面化地硬性塞置于艾布拉姆斯诗学的四要素理论中,让中国古代诗学思想削足适履地为艾布拉姆斯诗学体系的四要素理论作注。用中国诗学

---

① [美]M. H. 艾布拉姆斯:《镜与灯:浪漫主义文论及批评传统》(M. H. Abrams, *The Mirror and the Lamp: Romantic Theory and the Critical Tradition*, Oxford University Press, 1953, p. 22.

思想给西方诗学理论体系削足适履地作注,这一点是比较诗学研究中必须回避的最大忌讳。刘若愚正是在调整自己透视中西诗学理论的视域,以此来寻找两者之间的互适性与交集性;为了自洽地阐释中国古代诗学思想,他重新修整了艾布拉姆斯的诗学体系坐标图。他在《中国文学理论》一书中提出:

> 曾有几位学者把艾布拉姆斯这一值得钦佩的图表应用对于中国文学批评的分析,但是我自己的研究表明,有些中国理论与西方理论极为相似,而且可以用同样的方法分类,但另外一部分不容易置入艾布拉姆斯四种界分的任何一类,因此我把这四种要素重新排列如下:①

从上述两个坐标图,我们不难看出刘若愚在其中西比较诗学的研究中还是驻足于艾布拉姆斯诗学体系的四要素上以调整中西诗学的差异性,存留了中西诗学思想体系上的共通性。

刘若愚的诗学体系坐标图不同于艾布拉姆斯之处在于,他依据于中国古代诗学的审美本质为四要素重新排序:宇宙——作家——作品——读者——宇宙。② 在这里,我们可以见出刘若愚调整了艾布拉姆斯诗学体系的作品中心论模式,因为,在中国古代诗学思想的发展历程中,从先秦到王国维没有派生出来一脉在理论上自觉地以作品为中心的"为艺术而艺术"的纯粹形式主义诗学批评。在与上述艾布拉姆斯诗学体系坐标图的比照下,刘若愚诗学体系坐标图的理论含义应该给予这样的解释:其一,宇宙对作家有

---

① [美]刘若愚:《中国文学理论》(James J. Y. Liu, *Chinese Theories of Literature*, Chicago and London: The University of Chicago Press, 1975, p.10.)。

② 注意在刘若愚依据中国古代诗学的审美本质为四要素给出的重新排序中,第一个术语"宇宙"与第五个术语"宇宙"是同一个概念,这样形成一个从宇宙到作家、作品、读者再到宇宙和从宇宙到读者、作品、作家再到宇宙的双向循环。

着影响从而作家反映宇宙；其二，作家反映宇宙从而创造作品；其三，作品被读者所接受从而影响读者；其四，读者对宇宙的反映因读者阅读作品的经验而改变。并且刘若愚指出："虽然这个图表可以用于其他艺术形式以及文学形式。但是，由于我所关注的仅是文学理论，因此我用'作家'替换'艺术家'，用'读者'替换'观众'。"①众所周知，中国古代诗学是一种感悟式和零散式的直觉评点，没有西方诗学体系中那种以作品为中心所形成的作品与宇宙、作品与观赏者、作品与艺术家之间的直线性逻辑演绎关系。因此，在艾布拉姆斯诗学体系四要素的基础上，刘若愚把中国古代诗学那种感悟式和零散式的评点总纳为形上论、决定论、表现论、技艺论、审美论及实用论六种文学批评理论，并且进而阐明在这六种文学批评理论中，你中有我我中有你，以四要素为基点构成了一个循环往复的圆环："我进一步希望表明，我对六种理论的区分，并不意味存在着六种不同的批评学派。事实上，中国批评家通常是折中派或综合主义者；我们经常可以发现一位批评家把表现(expressive)理论与实用(pragmatice)理论整合在一起。"②

这就是刘若愚以西方诗学体系为透镜，在适配与调整中所完成的对中国古代文学理论的分类，在中国古代文献典籍中所蕴涵的丰沛的文学批评思想与文学理论思想，也正是在中西比较诗学研究的互见与互证中澄明起来，且走向逻辑化与体系化。从上个世纪90年代以来，国内学界在讨论中国古代文论的现代转换问题时，有多位学者曾批评用西方文论对中国古代文论进行现代读解的转换是一种过度性诠释的误读，并以刘若愚用艾布拉姆斯的诗学体系硬性套解中国古代诗学为典型例证。实际上，刘若愚用艾布拉姆斯的诗学体系为透镜诠释与适配中国古代诗学思想时，对中西双方诗学体系均给出了互动的自洽性调整。

在刘若愚的比较诗学研究中，艾布拉姆斯的诗学理论体系为适配于中国古代诗学，其也没有在原创的意义上被刘若愚不动声色地使用。正是在刘若愚对中西诗学进行汇通与调整的适配性

---

① [美]刘若愚：《中国文学理论》(James J. Y. Liu, *Chinese Theories of Literature*, Chicago and London: The University of Chicago Press, 1975, p. 10.)。

② Ibid., p. 14.

与交集性中,他的《中国文学理论》英文版作为华裔比较诗学研究者在欧美学界推出的经典著作,为西方学者准确地了解与研究中国古代诗学思想打造了一个重要的沟通路径与对话窗口,同时,也为中国古代诗学思想走向西方学界成为世界性文学理论营造了一个敞开的学术语境。当然,在刘若愚的比较诗学研究中,他也启用了柏拉图、亚里士多德、克罗齐、胡塞尔、海德格尔、杜夫海纳、梅洛·庞蒂等西方学者的理论来汇通与配适他对中国古代诗学的介绍与研究,使西方学者更加便捷且有效地从自己所熟悉的本土理论走进中国古代诗学这样一方异质的他者审美批评领域。

沟通需要路径,对话需要窗口。夏志清的《中国现代小说史》也正是在这个意义上收获了自己享誉国际学界的成功。

韦勒克把文艺学界分为文学理论、文学批评与文学史三个研究层面,而诗学以亚里士多德的经典命名囊括了文艺学的这三个研究层面。夏志清的《中国现代小说史》作为文学史的研究,其在语际的批评中充溢着丰沛的诗学思想,由于夏志清是作为华裔学者在美国学界操用英语进行学术思考,他在中国现代小说史的汉语文脉上,对鲁迅、郭沫若、茅盾、老舍、沈从文、张天翼、巴金、张爱玲、钱锺书与师陀等相关作家进行了美学批评,在学理的构成上,夏志清的《中国现代小说史》是一部从文学史研究走向比较诗学研究的读本。夏志清毕业于耶鲁大学英文系,是专攻英国文学的博士,因此西方诗学是他知识体系中的一个优势构成部分。毫无疑问,夏志清也是把西方诗学理论作为他所洞视中国现代小说对其进行批评的路径与窗口,哈佛大学东亚系的比较文学研究者王德威在《重读夏志清教授〈中国现代小说史〉》一文中曾强调地申明了这一点:"夏志清在批评方法学上的谱系还可以加以延伸,包括二十世纪中叶前后的名家,如艾略特(T. S. Eliot)、屈灵(Linoel Trilling)、拉夫(Philip Rahv)、豪尔(Irving Howe)、泰特(Allen Tate)、以及史坦纳(George Steiner)。"① 其实,在这部专著的英文与汉语两个读本中,夏志清对中国现代小说及其背景现象批评所给出的美学价值判断之所以引起了西方学界与汉语学界的互动性

---

① 《重读夏志清教授〈中国现代小说史〉》,[美]王德威著,见于《中国现代小说史》,[美]夏志清著,刘绍铭等译,复旦大学出版社2005年版,第35页。

关注,即在于双方读者均可以通过夏志清学贯中西的比较研究找到自己所熟悉的本土知识及其诗学思想,并以此为路径与窗口达向对他者文化及其文学现象的解读。夏志清是一位优秀的比较文学研究者,他于美国学术语境下所投诸在中国现代小说批评中的学术思考,一直迂回与游走在中西文学现象批评之间而寻找着两者的适配性与整合性,关于这一点王德威曾给予很高的学术评价:

> 不论如何,当年夏志清熟读西方理论,并将之印证到非西方的文本批评上,而且精彩之处不亚于李维斯或布鲁克斯,已经可记一功。更何况他并未将西方理论照单全收;《中国现代小说史》毕竟推出中西文学颇有不同的结论。①

我们可以启用夏志清在其《中国古典小说史论》的《第一章·导言》的第一句表述来给他的语际批评家身份定位:他是"一个曾多少接触过西方小说的专治中国传统长篇小说的研究者"。② 一位世界性语际批评家的身份在此尽显无遗。

栖居在美国学界的华裔比较诗学研究族群所持有的这一整合中西古今的比较视域,对西方学者走进中国诗学有着重要的引导性,如张隆溪在哈佛大学比较文学系撰写的博士论文"*The Tao and The Logos: Literary Hermeneutics, East and West*"(《道与逻各斯:东西方文学阐释学》);在这部论文的英文读本中,作者把以逻各斯为统摄的西方哲学本体论作为一个路径与窗口,把西方学者所熟悉的关于从赫拉克利特以来在宇宙终极信仰上安身立命的本体论思考,在学理的逻辑意义上链接到中国道家诗学,从而推动了东方之道与西方之逻各斯的对话与互动,西方学者也正是在这样一个跨文化与跨语言的本体论互识与互见中,体验到中国道家诗学在无言的沉默中"喧哗"的精彩与博大,洞察到在西方由逻各斯中心主义构建的声音使意义出场的形而上学之外,还存在着一种汉语文字使意义出场的形而上学,这两种形而上学也决定了

---

① 《重读夏志清教授〈中国现代小说史〉》,[美]王德威著,见于《中国现代小说史》,[美]夏志清著,刘绍铭等译,复旦大学出版社2005年版,第36页。
② 《中国古典小说史论》,[美]夏志清著,胡益民等译,陈正发校,江西人民出版社2003年版,第1页。

东西方获有两种不同审美品质的诗学系统。比较诗学研究在跨语言、跨文化与跨民族的景观下所给出的中西诗学差异性在这里也呈现了出来。

如果缺少张隆溪作为一位比较诗学研究者这种汇通中西古今的世界性文学理论研究,在某种程度上,西方学者则缺少进入中国道家诗学潜在体系进行研究的路径和窗口;需要提及的是,当这部英语读本被翻译为汉语读本《道与逻各斯》以后,张隆溪对道与逻各斯进行汇通性研究的比较视域,反过来也成为中国学者进入西方诗学本体论的路径,成为洞视西方诗学逻各斯中心主义及其形成语言暴力性表达的窗口,即如张隆溪自己所言:

> 显而易见,不仅在西方的逻各斯而且在中国字"道"中,我们均可以发现一个字,这个字力图给不可命名物而命名,并且力图描述思想与文字之间颇具疑问的关系,即:一个单独的词以其明显的双重意义指涉内在现实与外在表现之间的等级关系。"道"与逻各斯两者鲜明的相似性鼓励着人们进一步探索。①

当然从本质主义的层面上来说,诗学的根本问题还是哲学的问题。东西方诗学在对话与互动中共同走向世界文学理论这方国际平台,华裔比较诗学研究族群在印欧语境下的跨语言、跨文化、跨民族与跨学科的思考,对此给予极大的推动。

### 3. 华裔比较诗学研究族群英语著作的两种接受现象

华裔比较诗学研究族群的著作是在西方学术语境下操用英语为西方学者介绍中国诗学的研究读本,如果我们沿着从陈钟凡、罗根泽、朱东润、郭绍虞、顾易生、王运熙与张少康等前辈学者所形成的中国古代文学批评史研究路数,来检审华裔学者撰写的比较诗学研究汉译读本,我们不难发现他们对中国诗学的介绍与研究是在比较基础的层面上展开的,并且思考的路数完全不同于中国学者在汉语本土语境下所从事的中国古代文学批评研究。研究路数不一样,说到底,也就是研究视域的不同。问题在于,我们不能把

---

① 张隆溪:《道与逻各斯:东西方文学阐释学》(Zhang Longxi: *The Tao and The Logos: Literary Hermeneutics, East and West*, Duke University Press Durham and London, 1992, p. 32.)。

汇通于比较诗学研究中的中西诗学在互见与互识的自洽性思考中剥离开来,分别给予国别文论研究的原教旨主义批评。比较诗学与国别诗学的学科理念在研究的视域上的确存在着差异性,倘若把整合于比较诗学研究文本中所涉及的中西诗学各自剥离出来,中西学者在各自的美学价值分立中检视其所属的本土诗学,都可能会感觉其比较基础且浅显,然而当比较诗学研究把基础的中西诗学整合在一起给予汇通性思考时,其所形成的第三种诗学在整合中西的基础上则大大增加了学术的难度。

的确,在跨语言、跨民族、跨文化与跨学科的学术视域下,用英文(或德语、法语等)思考与研究中国诗学思想,并使自己的思考与研究在英文的书写中学理化、逻辑化、准确化与文本化,使基础的中西诗学理论在多元汇通性思考中整合起来成为具有普世性的世界文学理论,这种汇通性的比较诗学研究在思路的展开及其研究的过程中大大提高了这一学科的学理难度,无论是从知识的整合性还是语言的操用性来评价,比较诗学——第三种诗学无疑是一种相当具有难度的学术挑战。并且中西诗学的比较研究也必然要经历一个从拓荒的基础研究迈向深度研究的历史过渡期,这一历史过渡期随着中西学界的进一步对话与交流会逐渐走向中西诗学整合性的深度思考。耶鲁大学东亚系主任孙康宜在回顾她于上个世纪 80 年代初撰写的"*Six Dynasties Poetry*"(《六朝诗歌》)这部著名比较诗学读本时,还认为:"现在回顾起来,对拙作自然有些不甚满意的地方。然而,在当时这本书毕竟还是一部拓荒之作。"①

我们反对西方宗主国从其经济的全球化弥漫且夸张为宗主国文化的世界一体化,在当下,比较诗学研究领域中西双边诗学理论操用的深度化与难度性,已铸成一种不可阻拦的现象,比较诗学作为一门国际学术平等对话的学科成立,在意识形态领域为阻止西方宗主国文化的世界一体化也起到了主流的阻挡作用,因此走向汇通与整合的比较诗学研究无疑越发不可遏制地成为一门精英学科了。

在刘若愚从事比较诗学研究的盛年时代,由于当时欧美学者

---

① 《抒情与描写:六朝诗歌概论·中文版序》,[美]孙康宜著,钟振译,上海三联书店 2006 年版,第 1 页。

对中国古代诗学的了解还处在一个启蒙的时段,因此刘若愚把潜藏于文献典籍中的中国古代诗学思想介绍给西方学界的是比较基础的批评范畴、批评思想及批评思潮。如在《中国文学理论》一书中第二章《形上理论》中,刘若愚用英语讨论了"道"与"文"这两个范畴,描述了这两个范畴在"*Book of Changs*"(《周易》)、"*Record of Music*"(《乐记》)中的"*Book of Rites*"(《礼记》)、挚虞的"*Records of and Discourse on the Ramification of Literature*"(《文章流别论》)、陆机的"*Exposition on Literature*"(《文赋》)及刘勰的"*The literary Mind：Elaborations*"(《文心雕龙》)、萧统的"*Literary Anthology*"(《文选》)等文本中的历史演变,并以此把中国古代诗学的形上理论与西方诗学模仿理论、表现理论进行整合性比较研究。刘若愚关于"道"与"文"发展历程的介绍,从汉语学术界的单边学术文化视角来检视的确是比较基础与浅显的,但是,从比较诗学的研究视域来看视,刘若愚关于跨文化与跨语言的中西诗学汇通性思考是具有相当难度的,也给予中西学者无尽的启示性。我们不建议简单地使用国别诗学研究的单边文化主义之路数来评判比较诗学研究的著作及其多元文化的研究视域,但是,国别诗学研究无疑是从事比较诗学研究的基础,而比较诗学研究给予国别诗学研究的启示又是令人深省且撼人心魄的。

需要进一步阐明的是,华裔比较诗学研究族群的英语著作其在被接受的阅读过程中可能会遭遇两种现象。

第一是西方学者在印欧语境下对华裔比较诗学研究族群英语读本的接受及学术信息的提取。如对于西方本土学者来说,在张隆溪的比较诗学研究中,德里达以解构主义策略抵抗逻各斯中心偏见对西方哲学及其诗学的弥漫,这是他们所熟悉的本土理论,因此在阅读的过程中,西方诗学体系对于他们来说不具有一定的学术难度。但是,他们对张隆溪比较诗学讨论的道家诗学及"Laozi makes it clear that the totality of the *tao* is kept intact only in knowing silence; hence this famous paradox that ' the one who knows does not speak ; the one who speaks does not know. '"(老子明确地指出:道的全部只有在沉默中保持其完整性,因此才有这一著名的悖论:知者不言,言者不知),①是有一定的理解难度的,因为中国道家诗学对他们来说是东方中国异域文化空间中他们所陌生且充满兴趣的异质诗学理论,是由英语在翻译式的思考中转换过来的一种崭新的他者诗学批评现象;他们对《道与逻各斯:东西方文学阐释学》学理意义的阅读是通过德里达的解构主义诗学体系等,而达向对中国道家诗学思想的基本理解与初步接受的。

当然,在文献的片断性汇通上,张隆溪关于道与逻各斯的比较思考还关涉到《周易》、孔子、孟子、《陌上桑》、陆机的《文赋》、陶潜、刘勰的《文心雕龙》、王维、白居易的《琵琶行》、李商隐的《锦瑟》、司空图、辛弃疾、仇兆鳌等和柏拉图、亚里斯多德、莎士比亚的《十四行诗》、席勒、施莱尔马赫、马拉美的纯诗、里尔克的《哀歌》、厄内斯特·费诺洛萨、埃兹拉·庞德、路德维希·维特根斯坦、米歇尔·福柯、保罗·德·曼、伽达默尔的《真理与方法》、斯皮瓦克、宇文所安等,张隆溪正是在他所捡选的经典性与片断性中西文献中诉求着具有普遍性的世界文学理论。而西方学者的阅读兴趣与学理诉求也正是定位于张隆溪投入在这部比较诗学研究读本中的关于中国道家诗学的思考与研究,以及定位于张隆溪在中西诗学的汇通性研究中所营造的那种具有互文性与普世性的国际性研究视域。

西方学者对中国古代诗学那种感悟性与直觉性的批评心理充满着跨文化与跨语言的研究兴趣,除去少数汉学家能够凭借他们所掌握的汉语直接阅读中国古代文献典籍之外,如浦安迪(Andrew H. Plaks)、宇文所安(Stephen Owen)、史景迁(Jonathan D. Spence)、顾彬(Wolfgang Kubin)等,大多数西方学者还是要凭借华裔比较诗学研究族群的英语著作进入对中国诗学的了解与研究。

第二是中国学者在汉语语境下对华裔比较诗学研究族群汉语译著的接受及学术信息的提取。华裔比较诗学研究族群的英语读本是写给西方学者阅读的,刘绍铭在夏志清的《中国现代小说史·再版序言》中则认为:"中国学者用外文写的研究中国学术的著作,

---

① 张隆溪:《道与逻各斯:东西方文学阐释学》(Zhang Longxi: *The Tao and The Logos: Literary Hermeneutics, East and West*, Duke University Press Durham and London, 1992, p.27.)。

早晚都应该有个中文本藏诸名山的。"① 其实当学界把这些著作翻译为汉语读本,介绍到中国汉语学术语境扩大其影响后,中国汉语学者便成为这些著作的主要阅读族群。华裔学者比较诗学英语读本的汉译及其在汉语学界的影响是比较诗学研究领域中的一个重要现象。

华裔比较诗学研究者把有关中国诗学的诸种学术信息翻译成英语后,并在英语思考与写作的比较研究中,把这些学术信息汇通到相关的西方诗学语境中形成英语文本,当学界把这些文本作再度翻译回汉语后,交汇在相关西方诗学中的中国诗学思想及其学术信息已经历经了从汉语翻译为英语,又整体地从英语翻译为汉语的双重语言译介过程。赛义德曾讨论了跨语际文学理论的旅行问题,而比较诗学研究其中一方的诗学至少要经历过双重跨语际的学术思想旅行,也正是这种双重语言翻译的旅行过程使这种国际多元对话的文学批评与文学理论问题复杂起来。其中汉语学术思想的创造性增益与递减、误读与过度性诠释不仅表现在华裔比较诗学研究族群的英语写作中,也呈现在从英语读本译回的汉译文本中,同时也更突显在汉译文本读者的理解中。孙康宜的比较诗学专著 *Six Dynasties Poetry* 其在命题上就是这样被国内中国古代文学研究者翻译为汉语读本《抒情与描写:六朝诗歌概论》的。关于汉译华裔族群的比较诗学研究文本在汉语学术语境下的阅读与接受,对中国汉语学者的知识结构提出了进一步的挑战,他不仅在其学术知识结构的准备上必然首先是一位功底厚重的国别诗学研究者,其次必须是一位掌握一门以上相关外语的外域诗学研究者。在这一点上,他应该与一位地道且优秀的比较诗学研究者是平起平坐的,否则他无法有效且准确地借助华裔比较诗学研究族群所提供的外域诗学作为路径与窗口,理解他们对中国诗学的研究与读解。即如孙康宜在美国学界以英语思考与讨论六朝诗歌所言:

> 我把"表现"与"描写"用作两个既对立又互补的概念来讨论,一方成为了配合现代美国文化思潮的研究需要,另一方面也想利用研究六朝诗的机会,把中国古典诗中有关这两个诗歌写作的构成因素仔细分析一

---

① 《中国现代小说史·再版序言》,刘绍铭著,见于《中国现代小说史》,[美]夏志清著,刘绍铭等译,复旦大学出版社 2005 年版,第 27 页。

下。现代人所谓的"表现",其实就是中国古代诗人常说的"抒情",而"描写"即六朝人所谓的"状物"与"形似"。我发现,中国古典诗歌就是在表现与描写两种因素的互动中,逐渐成长出来的一种既复杂又丰富的抒情文学。……我尽力把其中的复杂关系用具体的方式表达出来,并希望能给古典诗歌赋予现代的阐释。①

的确,如果我们在西方诗学理论的准备上不足以理解现代美国文化思潮所操用的两个主流术语"表现"(expression)与"描写"(description),我们很难以此为路径与窗口走进孙康宜以这两个术语来汇通的关于六朝诗歌讨论的"抒情"与"状物""形似"的学理问题。因此,中国诗学研究的本土学者对比较诗学研究所给出的关于中国诗学研究的结论大都可以从其获得一定的启示,但是,往往也可能给出不同理解、不完全理解及不理解的表述,这也在于他们是优秀的本土国别诗学研究者,相关的外域诗学并不是他们知识结构中的一个组成部分。

从20世纪70年代以来,国际比较文学研究的理论性倾向加重,因此这一态势制导着比较文学走向比较诗学,关于这一倾向美国比较文学学会主席查尔斯·伯恩海默(Charles Bernheimer)曾在《伯恩海默报告(1993):世纪之交的比较文学》一文中指出:"关于对比较文学基本评估的第三个主要威胁可以在格林(Greene)报告的字里行间阅读到:文学理论研究在作为竞技场的七十几个比较文学系中有显著增长的态势。虽然最好在英语系与法语系鼓励理论的繁荣,但是比较文学研究者的外语知识不仅提供了一个直接阅读有影响的欧洲理论家原初文本的路径,并且也提供了一个直接阅读他们所分析的哲学、历史与文学著作的原初版本的通

---

① 《抒情与描写:六朝诗歌概论·中文版序》,[美]孙康宜著,钟振振译,上海三联书店2006年版,第2页。《抒情与描写:六朝诗歌概论》是孙康宜在美国耶鲁大学东亚系任教时,于1986年出版的用英语思考与研究中国六朝诗歌的优秀比较文学专著。孙康宜在阐释中国六朝诗歌时借用了大量的现代美国文学理论的术语与思想,如表现(expression)、描写(description)、自我传记(self-biography)、自我认知(self-realization)、写实(factuality)、虚构(fiction)、自我实现(self-fulfilling)、自我意识(self-consciousness)、视觉经验(visual experience)、共同描写(synchronic description)、描写的现实主义(descriptive realism)等,因此孙康宜关于陶渊明、谢灵运、鲍照、谢朓和庾信五位诗人及其诗作美学思想的批评与研究获有相当厚重的理论色彩及文学批评的素养,所以我们也可以把这部读本定义为优秀的比较诗学专著。

道。这一发展中的问题对于比较文学的传统观点而言,在于文学的历时性研究已受到威慑,蜕变为下一步的大规模的理论共时性研究。格林对理论覆盖这个领域的潮流进行暗示性指责时写道:'比较文学作为一门学科不可变更地被搁置在历史的知识上。'"[1] 在这里,文学的历时性研究是指涉文学发展史的研究,而共时性研究是指涉理论研究;正是如此,在比较的汇通性研究上,孙康宜的英语读本"*Six Dynasties Poetry*"也有着相当强的共时理论研究化倾向。

此外,对中国汉语学者来说,这些汉译比较诗学研究读本中关于中国诗学的某些学术信息可能是比较基础的,反过来,这些基础的中国诗学思想也成为中国学者步入西方诗学体系的路径与窗口了,中国汉语学者也正是借助于这一路径与窗口,可以递进一步深化地透视与透析西方诗学理论。作为比较诗学研究展开的一个阿基米德点在于,中国汉语学者以此能够使自己跨出本土诗学研究,可以持有一种敞开的学术心理接受外域的西方诗学理论,再反过来用他者的视域重新透视自己所熟悉的中国诗学思想;此刻,中国汉语学者对自己所熟悉的中国诗学思想获有一种崭新的理解,这种理解构成了中西诗学的互动与对话,这种理解与国别诗学研究者的眼光所给出的评价与结论,可能在双边诗学共通的审美价值评判中呈现出不尽相同的文化差异性。汉语学者在汉语语境下阅读华裔比较诗学研究族群的汉译读本,实际上,是从比较诗学研究中获得了启示。曹普在《抒情与描写:六朝诗歌概论》这部著作所属丛书的《总序》中也明视到这一点:"六朝诗歌的研究在中国有相当丰富的成果,但海外汉学家的见解对国学研究仍是弥足珍贵的

---

[1] 《伯恩海默报告(1993):世纪之交的比较文学》("The Bernheimer Report, 1993: Comparative Literature at the Turn of the Century"),见于[美]伯恩海默:《多元文化主义时代的比较文学》(Charles Bernheimer, ed., *Comparative Literature in the Age of Multiculturalism*, Baltimore and London: The Johns Hopkins University Press, 1995, pp.41-42.)。托马斯·格林(Thomas Green)是伯恩海默上一任美国比较文学学会主席,格林曾提交《格林报告(1975):关于标准的报告》("The Green Report, 1975: A Report on Standards"),格林再上一任美国比较文学学会主席哈利·列文(Harry Levin)曾提交《列文报告(1965):关于专业标准的报告》("The Levin Report, 1965: Report on Professional Standards")。这三篇报告在国际比较文学界有着重要的影响。

借鉴,同样的题材,西方汉学家的论述与切入点会别开生面。"①

又如中国汉语学者在阅读汉译《中国文学理论》时不难发现,刘若愚认为对艾布拉姆斯关于柏拉图的评论稍加修正即可以适用于对孔子诗学思想的批评,并且我们可以顺沿着艾布拉姆斯关于柏拉图的评论再度发现刘若愚启用西方诗学的实用主义理论为透镜,从《诗大序》开始追问中国古代诗学发展历程上儒家实用主义的文学批评思想,从"故正得失,动天地,感鬼神,莫近于诗。先王以是经夫妇,成孝敬,厚人伦,美教化,移风俗"的文献中,②挖掘且澄明出《诗大序》富含的儒家诗学实用主义精神所崇尚的审美功利性、道德感与政治性;并把儒家诗学的实用主义从《诗大序》历经王充、郑玄、曹丕、陆机、刘勰、韩愈、周敦颐、程颢、程颐及沈德潜,一直追溯到国立北京大学的中国诗学教授黄节,刘若愚在基础且准确的陈述中透视与追问了儒家诗学实用主义精神发展的脉络。中西诗学各自的基本理论在刘若愚的比较视域中升华为一种汇通中西的学术难度与学术高度。实际上,比较诗学研究所展开的基本要求就是:对中外诗学作为国族文学理论知识的各自摄取,应该是在没有争议的基本知识上所完成的,倘若提取中外诗学各自最为前沿且充溢着相当争议性的双边文学理论问题进行整合性比较研究,这样所给出的结论很少具有稳定性与普世性,比较诗学所追问的世界性文学理论及其相对性放之四海皆准的审美批评原则,在学理上必须逻辑地建立在中外诗学各自少有争议的基础理论汇通

---

① 《当代女学者论丛·抒情与描写:六朝诗歌概论·总序》,曹普著,见于《抒情与描写:六朝诗歌概论》,[美]孙康宜著,钟振振译,上海三联书店2006年版,第3页。
② 《诗大序》,见于《十三经注疏》中华书局1980年影印世界书局阮元校刻本,上册,第270页。刘若愚关于《诗大序》这一引文的译文如下:"Therefore nothing approaches the Book of Poetry in maintaining correct standards for success or failure (in government), in moving Heaven and Earth, and in appealing to spirits and gods. The Former Kings used it to make permanent (the tie between) husband and wife, to perfect filial reverence, to deepen human relationships, to beautify moral instruction, and to improve social customs."实际上,无论是西方诗学研究还是中国诗学研究者都很难从《诗大序》的英译字面上,提取《诗大序》的原始批评意义及其原创的美学原则。他们在阅读拼音文字翻译而书写的中国古代诗学文献时,完全是另外一种语言的感觉。所以中西诗学被不同的外域语言表叙且置放在国际学术平台后,问题即复杂且丰富起来了,语际间的学术启发及其误读、合法化的创造性误读也正是从翻译开始走向互动。

的比较研究层面上。

需要强调的是,倘若中国汉语学者没有顺沿着刘若愚陈述的西方诗学实用主义理论并以之为透镜来检视儒家诗学传统,作为一位纯粹的汉语本土国别诗学研究者无法看视与提取到蕴涵在儒家思想中这脉丰富的实用主义文学批评思想。理解了这一点,也就可以接受普林斯顿大学的比较诗学研究者高友工是怎样以结构主义文学批评的视域来诠释中国唐诗的美学思想,也就可以理解他的专著《唐诗的魅力》其中精彩的诗学批评思想。

华裔比较诗学研究族群在西方学术语境下操用英语从事的比较诗学研究,他们栖居在美国学术界,操用英语所撰写的关于中国诗学、中国文学思潮及中国艺术思潮的读本对西方学者看视和了解中国学术有着巨大的影响,并且其中一些读本被翻译为汉语,带着西方异质文化的眼光回馈于中国学界并产生了很大的影响。无疑,他们是一批在欧美留学后栖居在国际学术界的比较诗学研究者。

作为中国汉语学者在汉语语境下从事比较诗学研究,由于"学术文化身份""学术文化语境""学术操用语言"及研究成果的阅读者不一样,华裔学者在西方学术语境所操作的路数是不可以完全被中国汉语比较诗学研究者所重复和仿效的。无论是国别诗学研究还是比较诗学研究者,他们双方各有千秋,应该互通有无。

**思考题:**

1. 什么是西方印欧语境下的华裔比较诗学研究?
2. 在"学术文化身份""学术文化语境""学术操用语言"及研究成果的阅读者四个方面,海外华裔比较诗学研究者与中国汉语比较诗学研究者有什么不同?
3. 怎样理解欧美华裔比较诗学研究者的阅读族群是西方学者?
4. 怎样评价华裔比较诗学研究者在西方学术语境下关于中国诗学的介绍与研究?
5. 谈谈华裔比较诗学研究者用英语书写的读本被翻译为汉语在中国学界所产生的影响。
6. 举例说明华裔比较诗学研究的汉译读本可以为中国汉语学

者提供一个异质文化的学术语境,以此使自己以他者的视域来研究中国诗学。

7. 为什么不能简单地使用国别诗学的研究方法来看视比较诗学的研究成果及其汇通中西的研究视域?

8. 为什么说比较诗学研究是一种相当具有难度的学术挑战?

**参考书目:**

1. [美]M. H.艾布拉姆斯:《镜与灯:浪漫主义文论及批评传统》(M. H. Abrams, *The Mirror and the Lamp*: Romantic Theory and the Critical Tradition, Oxford University Press, 1953.)。

2.《镜与灯:浪漫主义文论及批评传统》,[美]M. H.艾布拉姆斯著,郦稚牛等译,北京大学出版社1989年版。

3. [美]刘若愚:《中国诗学》(James J. Y. Liu: The Art of Chinese Poetry, The University of Chicago Press, 1962.)。

4. [美]刘若愚:《中国文学理论》(James J. Y. Liu, *Chinese Theories of Literature*, Chicago and London: The University of Chicago Press, 1975.)。

5.《中国文学理论》,[美]刘若愚著,杜国清译,江苏教育出版社2006年版。

6. [美]刘若愚:《语际批评家:中国诗歌的阐释》(James J. Y. Liu, *The Interlingual Critic*: Interpreting Chinese Poetry, Bloomington: Indiana University Press, 1982.)。

7.《中国现代小说史》,[美]夏志清著,刘绍铭等译,复旦大学出版社2005年版。

8.《中国古典小说史论》,[美]夏志清著,胡益民等译,陈正发校,江西人民出版社2003年版。

9.《抒情与描写:六朝诗歌概论》,[美]孙康宜著,钟振振译,上海三联书店2006年版。

10. 张隆溪:《道与逻各斯:东西方文学阐释学》(Zhang Longxi: *The Tao and The Logos*: Literary Hermeneutics, East and West, Duke University Press Durham and London, 1992.)。

# 第九章 思潮论

## 第一节 接受与过滤:中国现代文学与西方现代主义

### 1. 现代主义的概念界说

中国现代文学对西方现代主义的接受是比较文学研究所关注的一个重要领域。现代主义是 19 世纪末到 20 世纪前半叶在西方出现的一种文学运动和文学思潮。现代主义是一个总称,它包括形形色色的各种主义,诸如象征主义、表现主义、未来主义、达达主义、超现实主义、意识流等。这些流派在 19 世纪末到 20 世纪初前半叶,在西方崛起后涌现出了一大批举世公认的文学艺术大师。代表性人物有象征主义流派的叶芝、瓦雷里、里尔克、艾略特等;表现主义流派的卡夫卡、奥尼尔、斯特林堡等;未来主义流派的马利内蒂;超现实主义的阿拉贡、艾吕雅等;意识流派的普鲁斯特、乔伊斯、福克纳、伍尔芙等。

现代主义虽然是一个由诸多流派松散组合而成的结合体,诸流派之间在文学主张和艺术倾向上也有不一致的地方,然而,由于它们都生长于相同的现实生存境遇和文化心态之中,因而,现代主义诸流派依据的哲学理论,都是非理性哲学思想。其中主要包括叔本华、尼采的唯意志论,克罗齐的直觉主义,柏格森的生命哲学,弗洛伊德的精神分析学说。这些学说尽管有着较大差异,但都存在着许多相同特性:首先,在世界观上,它们都强调世界本质的非理性特性;其次,在认识论上,它们都认为人类依靠理性或逻辑思维是不可能认识世界本质的,只有意志、本能和直觉才是认识世界的正确途径。在这种哲学理论和思想影响下产生的西方现代主义文学也不能不带有非理性的特性,非理性哲学对西方现代文学的影响,也为比较文学的跨学科研究提供了学术背景。一方面,现代主义文学极力挖掘人的非理性潜意识因素,突出人物内心的孤独迷惘、动物性和疯狂性;另一方面,现代主义文学又以艺术表现论为内质,衍化出了许多审美原则和表现方法,如非理性的生命感悟、直觉、唯美主义的形式感,语言的非逻辑性和非规则性,等等。现代主义文学就这样以它在文学观念和文学母题上的突破和创新,在西方文学发展史的交会点上,完成了一次伟大的过渡——从现实主义向现代主义、从理性文学向非理性文学的过渡;在这个过渡的进程中,实现了一次审美价值的蜕变。

西方现代主义形成之后,很快跨越了民族与国界,对整个世界文化发展产生了渗透与影响。正是在这样的背景下,发展中的中国现代文学也接受了这一潮流的影响,从而为比较文学研究中国现代文学对西方现代主义的接受与过滤奠定了学术基础。

## 2. 中国现代文学对西方现代主义接受的动因与实质

中国现代文学兴起于 20 世纪初期,虽然这一时期的中国社会生活还不能达到现代主义文学要求的工业化和市场化的程度,但是,与西方现代主义作家一样,中国现代作家同样处于一个现状与历史和未来断裂的时期,面临着同样是传统价值体系崩溃后的历史文化的废墟。站在这种历史文化的废墟之中,他们充满着强烈的危机意识和怀疑精神。中国现代作家这种危机意识和怀疑精神与西方现代主义所表现出来的那种怀疑、反叛的心声,发生了心灵的共鸣,从而为他们跨民族、跨语言、跨文化自觉地接受西方现代主义而提供了心理背景。正如田汉所说:

> 恶魔之可贵,贵在反叛……恶魔主义者之波陀雷尔公然扬"反叛"之声,此波陀雷尔的恶魔主义之所以有生命也。(所以)我们不为艺术家而已,……欲为大乘的艺术家,诚不可不借波陀雷尔的恶魔之剑,一斩心中的执着。①

中国现代文学接受西方现代主义文学的影响,也源于一种现

---

① 《恶魔诗人波陀雷尔的百年祭》,田汉著,见于《少年中国》1921 年第 3 卷第 4—5 期,第 29、30 页。

实的需要。20世纪初的中国虽然还没有完全成为一个工业化国家,然而,在上海、北京等少数大都市中,物质文明已经获得了较大的发展。物质文明积累的厄难以及中国社会的转折带来的重压,造成了中国知识者心理的孤独和迷惘,在孤独和迷惘中,他们苦苦寻求着精神解放与自由的良方,而将情感与本能抬到万物之源地位的西方现代主义文学,就理所当然地成为了他们选择的精神药剂。茅盾在《我们现在可以提倡表象主义的文学么?》一文中谈及为什么要接受和倡导现代主义时指出:"现在的社会人心的迷溺,不是一味药可以医好,我们该并时走几条路,所以表象该提倡了。"①

此外,中国现代作家之所以接受西方现代主义文学的影响,也与中国现代文学的文学运动有关。至20世纪初,中国古代文学已经基本上失去了自我转换、自我更新的能力,而西方的现代主义文学,又恰恰是被他们视为最先进的、最现代的"新浪漫主义文学"加以接受,这种把接受的视域跨向西方大大促进了中国文学的转型及走向现代化的进程。谢六逸将现代主义称为新浪漫主义,强调新浪漫主义与古典主义之后浪漫主义的差异,认为:"开拓诗美的新领土,就算这派。"②田汉也将新浪漫主义看作欧洲最新的文艺思潮,主张中国文学应该朝着这"光明的方向飞去"。③ 显然,由于西方现代主义的"新",切合了东方中国现代文学的自我转换、自我更新的要求,西方现代主义文学才得以在双方共求的美学价值层面上进入东方中国现代作家的期待视域。

美国学派主张把两个或两个民族文学以上的美学价值关系作为比较文学研究的客体,中国现代文学与西方现代主义文学在美学价值关系中的这种契合,不仅为中国现代文学的全面更新和发展提供了有利的契机,也使比较文学研究者从东西方现代文学的共同美学价值关系中进行互看和透视成为可能。自此以后,在长达三十多年的历史中,中国现代文学对西方现代主义文学的接受

---

① 《我们现在可以提倡表象主义的文学么?》,茅盾著,见于《小说月报》1920年第11卷第2号,第6页。

② 《文学上的表象主义是什么?》,谢六逸著,见于《小说月报》1920年第11卷第6号,第7页。

③ 《新罗曼主义及其他》,田汉著,见于《少年中国》1920年第1卷第12期,第24页。

时起时伏,留下了一条时断时续的曲线轨迹,形成了三次接受高潮:第一次高潮是20年代以李金发、穆木天、王独清等为代表的初期象征派对西方的接受;第二次高潮是30年代以戴望舒、卞之琳、何其芳为代表的现代派和以施蛰存、刘呐鸥、穆时英为代表的新感觉派对西方的接受;第三次高潮是40年代以穆旦、郑敏、辛笛、袁可嘉等为代表的"新生代"对西方的接受。在这三次高潮中,中国现代文学一次又一次地接受了西方现代主义文学的震动与启发,在震动和启发中中国现代文学的创作视域已不再是中国古代文学创作视域的一元性与封闭性,而开始走向了多元与开放,这种多元与开放的视域潜移默化地深化着中国文学从价值观念到文学母题、由传统向现代的转型与革命。

西方现代主义文学在文学观念与文学母题上的革命是从多层面展开的,中国现代文学对西方现代主义文学的观念、母题、语言技巧的接受也是从多方面展开的。在这里,我们仅选择中国现代文学在接受西方现代主义文学的观念、母题、技巧的几个主要方面来进行介绍。

首先是对文学观念的接受带来的转换和革命。西方现代主义者从波德莱尔到魏尔仑、韩波,再到马拉美、瓦雷里,都以对"纯诗"的倡导来强调文学艺术的独立性。波德莱尔指出:

> 如果诗人追求一种道德目的,他就减弱了诗的力量。诗不能等于科学和道德,否则诗就会衰退和死亡。①

受波德莱尔等西方现代主义作家的影响,象征诗派诗人对新文学运动初期关于文学的独立性地位注意不够的倾向极为不满,因而发出了"艺术独立"的呐喊,要求改变文学对政治的依附状况和地位,穆木天则把自身的视域跨向西方,在《谭诗》中接受西方现代主义文学观,更为明确地提出了"纯粹诗歌"的理论主张,他指出:"我们要求的是纯粹的诗歌(the pure poetry),我们要住的是诗的世界,我们要求诗与散文的清楚分界。"②30年代,纯诗论到梁宗岱那

---

① 《论泰奥菲尔·戈蒂耶》,[法]波德莱尔著,见于《象征主义·意象派》,黄晋凯主编,中国人民大学出版社1989年版,第5页。
② 《谭诗》,穆木天著,见于《中国现代文论选》,王永生主编,贵州人民出版社1982年版,第1册,第80、81页。

里有了新的阐释。梁宗岱指出："所谓纯诗,便是摒除一切客观的写景、叙事、说理以至感伤的情绪,而纯粹凭借那构成它底形体的元素——音乐和色彩——产生一种符咒似的暗示力,以唤起我们感官与想象底感应"①,"纯诗是一个绝对自由、比现世更纯粹、更不朽的宇宙"。② 如果说穆木天的"纯诗"主要是指涉着文学的形式层面,那么,梁宗岱的"纯诗"则已经指涉着一个绝对的纯粹世界,它重视的是诗的意义与它的语言、形式的整体的纯粹性的美。40 年代,以袁可嘉等为代表的新生代诗派诗人既反对将文学当作与现实绝缘的孤立体,也反对将文学看成政治的奴仆和工具。袁可嘉认为:

> 我们必须重复陈述一个根本的中心观念:即在服役于人民的原则下我们必须坚持人的立场、生命的立场;在不歧视政治的作用下必须坚持文学的立场、艺术的立场。③

如果说梁宗岱对文学艺术地位的纯粹性的阐述更多是停留在理论层面上,那么,袁可嘉对文学艺术地位独特性的阐述就具有更大的实践性和现实性。他对文学地位纯粹性的追求并未单纯着眼于文本层面,而是将文学返回本体与作家的主体精神联系起来进行综合论述。

法国学派主张在具体的比较文学研究中,研究主体的视域应该跨越民族、跨越语言、跨文化寻找一个民族文学放送者与另外一个民族文学接受者的经过路线,法国学派主张影响研究,而我们在这里反过来采用接受研究的方法,把自身的比较视域从中国李金发、穆木天、梁宗岱、袁可嘉透向欧洲的波德莱尔、魏尔仑、韩波、马拉美与瓦雷里,这样我们不难见出中国诗人在"纯诗"观念上的追求对欧洲诗人的接受,形成了一条从接受者追溯放送者以求取影响之渊源的经过路线。

其次是对文学母题的接受带来的转换和革命。跨学科是比较文学研究主体之比较视域内质的一个重要层面,因为在从西方古希腊与中国先秦以来的漫长历史进程中,哲学与文学一直处在混

---

① 《谈诗》,梁宗岱著,见于《人间世》,1934 年第 15 期,第 22 页。
② 同上。
③ 《"人的文学"与"人民的文学"》,袁可嘉著,见于《论新诗现代化》,袁可嘉著,生活·读书·新知三联书店 1988 年版,第 124 页。

生与互渗的状态中,所以西方哲学思潮的转型与渗透,必定给西方现代主义文学带来了新的创作母题。在西方现代主义哲学时期,理性被认定是扼杀个人感情的冷漠刽子手,信仰是欺骗,那么,西方现代主义作家在接受了哲学的转型与渗透之后,理所当然要将被理性和信仰幻化出来的一切虚假面具统统砸碎,还事物以它们本来的真实面貌。于是,歌德《浮士德》中浮士德永不止息、执着追求的"人生意义",对于卡夫卡《城堡》中的主人公来说已成为虚无缥缈的神秘之物。罗密欧与朱丽叶心目中男女之间神圣崇高的爱情,在阿拉贡的《巴黎的土包子》中成了动物出于本能的相互追逐。在启蒙主义者那里还是鲜花宝石的"黄金国",在波德莱尔的《恶之花》中已到处是腐尸、坟墓、骷髅。漂泊、本能、死亡,就这样成为了被西方现代主义作家不断反复采用的母题。

　　西方现代主义文学的漂泊母题,在中国现代文学中获得了大量的接受和沿用。对于中国现代作家来说,生命的漂泊极大地源于他们对传统文化之"家"的叛离。李金发在《屈原》一诗中,便对被传统文化之"家"供奉如神明的屈原大为不敬,称他为"老迈之狂士,简单的心"。① 这种对传统文化的叛离,使中国现代知识者失去了几千年来所依恃的传统文化之家,成为游离于家庭、游离于传统秩序之外的漂泊者。郁达夫在《题辞》中称自己是"一个顽迷不醒的游荡儿",②戴望舒在《夜行者》中则以"夜行人"的意象,来寄托漂泊者的痛苦情思。这种漂泊的母题,在 40 年代的中国新生代诗人那里得到继承和发展。漂泊,仍然是这一时期知识者无法摆脱的命运。郑敏在《寂寞》中觉得自我"单独的对着世界",生活在"一群陌生的人里",因而感叹"我永远是寂寞的"。③ 穆旦站在这个荒凉的世界上,悲凉地发现:"我们有机器和制度却没有文明/我们有复杂的感情却无从归依。"④

---

① 《屈原》,李金发著,见于《中国新诗库》,周良沛主编,长江文艺出版社 1993 年版,第 3 册,第 530 页。
② 《鸡肋集·题辞》,郁达夫著,见于《郁达夫文集》,郁达夫著,花城出版社 1983 年版,第 7 册,第 172 页。
③ 《寂寞》,郑敏著,见于《九叶集》,辛笛等著,江苏人民出版社 1981 年版,第 138 页。
④ 《隐现》,穆旦著,见于《穆旦诗全集》,穆旦著,中国文学出版社 1996 年版,第 242 页。

然而，与 30 年代的戴望舒等现代派诗人不同，40 年代的中国新生代诗人不仅展示了人的生存困境，也显示了人突破这种生存困境的强大毅力和意志。在郑敏看来，即使寂寞的漂泊在所难免，"我也将在寂寞的咬啮里/寻得'生命'最严肃的意义"。① 正是这种对漂泊与孤寂的困境的积极抗争，使得同是写漂泊，他们笔下的漂泊少了 30 年代作家作品中的那种软弱无奈感，而多了一种乐观的祈盼。

美国学派主张比较文学研究所面对的客体是两个或两个以上民族文学之间的美学价值关系，上述我们所提及的中国现代主义作家大都曾在欧美留过学，他（她）们大都直接浸融在欧美的本土文化语境下，领受过西方现代主义文学思潮。其实我们用法国学派材料实证的方法也可以查找到上述作家许多接受西方现代主义影响的实证材料，而从美国学派所追寻美学价值关系来看，中国现代主义作家与西方现代主义作家在审美心理上也存在一拍即合的共同"文心"与共同"诗心"。正是如此，西方现代主义文学的性本能母题也在中国现代文学中获得了广泛的接受和沿用。

弗洛伊德理论以及西方现代主义文学不仅为中国现代作家提供了向传统禁欲主义宣战的武器，而且也为他们提供了一个从更深的层次重新确立和把握自我的视域。在中国现代作家的作品中，我们常常可以见到一种类似于波德莱尔等西方现代主义者作品中经常出现的人的"兽性化"意象。如"一个个舞女在跳舞，一条条鱼儿在游"，② 正是女性的这种原始的野性美，使得女人的一切活动已"成为野兽之蹄"，③ 每一举止都搅得他们心痴神迷。在传统中被视为丑恶的性本能，就这样在中国现代作家这里得到了前所未有的坦诚、真实和充满血性的暴露。当我们以比较的视域来透视东方中国现代主义文学中的性母题时，我们就会发现，中国现代主义文学在表现性母题的意象上烙烫着接受于西方欧美的印迹。

---

① 《寂寞》，郑敏著，见于《九叶集》，辛笛等著，江苏人民出版社 1981 年版，第 142 页。
② 《永远想不到的日子》，邵洵美著，见于《中国新诗库》，周良沛主编，长江文艺出版社 1993 年版，第 4 集，第 845 页。
③ 《巴黎之呓动》，李金发著，见于《微雨》，李金发著，北新书局 1925 年版，第 44 页。

如果说 20 年代的作家更多地侧重于以道德上的虚无主义态度来强调性爱的绝对自由,那么,30 年代的作家对性本能世界的探究则更显神秘、幽玄,性欲望的展示也更细腻、曲折。穆时英的《咱们的世界》、施蛰存的《将军底头》将思考探向人的深层心理,从人的原始本性中去寻找行为动机的方法,使人性的复杂性、动态性得到了立体性的展示。到了 40 年代,性本能母题虽然不如 30 年代那样被广泛沿用,但是在一些作家的笔下,性本能母题的深度却获得了较大的掘进。在穆旦的《野兽》《童年》《在旷野上》《诗八首》等诗中,野兽意象的不断出现,不仅给予人以感性的刺激,而且也启发人以理性的思考。根据弗洛伊德的观点,在人的无意识领域除了性本能与自保本能合而为一的生殖本能以外,还存在着死亡的本能。中国现代作家把自己视域跨向西方,接受了弗洛伊德死亡本能的理论和西方现代主义文学,突破传统的审美观念,不再将死亡看成一个忌讳的问题,他们开始从不同的角度、不同的方位对死亡进行思考,借此寻找生的意义与价值。与此相关,浮现在他们作品中的是坟墓、地狱、枯骨、死尸等意象,这些死亡意象不再是作为一种将来时态的存在形态出现,而是人从降生到这个世界开始,就无时无处不与它们相伴而行。不仅"往昔过处",有着"死神般之疾视",[1]就是"在我的眼下",也有"死叶的声音而战栗了";[2]不仅夜色成为了"新丧者的殓衣",[3]而且"天真的少女陂覆着灰色的丧服夭殇"。[4] 如果说二三十年代的中国作家更多的是从个体生命体验的方位出发,对人的必死性进行唯美及快乐主义的展示的话,那么,40 年代的郑敏、唐祈等作家的《时代与死》《墓旁》《圣者》则更多地将对死亡的吟唱从个体生命的范围拓展到更广大的社会历史领域。他们的诗总是将个体生命的死亡与民族的兴衰紧密地联系在一起,表现出了作者深厚的忧患意识。

---

[1] 《手杖》,李金发著,见于《中国新诗库》,周良沛主编,长江文艺出版社 1993 年版,第 3 集,第 563 页。

[2] 《幽怨》,李金发著,见于《微雨》,李金发著,北新书局 1925 年版,第 161 页。

[3] 《新丧》,姚蓬子著,见于《象征派诗选》,孙玉石编选,人民文学出版社 1986 年版,第 222 页。

[4] 《冬夜》,冯乃超著,见于《中国新诗库》,周良沛主编,长江文艺出版社 1993 年版,第 3 集,第 451 页。

当我们以一种比较的视域来透视中国现代文学对西方现代文学接受的踪迹时,其实,我们已经把自己的研究自觉不自觉地定位在比较文学的领域中了。

### 3. 中国现代文学对西方现代主义接受的过滤机制

比较文学法国学派的影响研究曾被美国学者韦勒克批评为把文学关系的研究蜕变为"贸易交往",的确,如果采用法国学派的影响研究在方法论上容易把西方现代主义放送者的文学提升为"文化功劳簿",把东方中国现代主义接受者的文学的成功记录在放送者的"文化功劳簿"上。在这里我们栖居于中国文化本土,是作为中国本土的汉语学者从接受的视域来对中国现代主义文学与西方现代主义文学进行比较研究的,这样就可以使用接受研究的方法来回避影响研究的"贸易交往"问题。并且从比较的视域来看,中国现代主义文学对西方现代主义文学的接受并不是完全拿来的,中国现代主义文学有着自身的过滤机制。

任何一种接受都不是在白纸上写字,在面对施加影响的放送者时,接受者并非将自己先行具有的"前理解"及"接受视野"消弭干净,而是必然受到本土民族文化及其时代审美心理的制约,这种制约作为接受主体的内在心理机制是接受主体在接受西方现代主义时的过滤器,它制约着中国现代作家对西方现代主义的选择与转化,催生了中国现代主义文学独特的风貌。

中国现代作家筛选西方现代主义文学第一个方面的文化过滤机制,是中国传统的文化审美心理。在西方现代主义诸流派的文学中,中国现代作家之所以偏爱象征主义文学而相对冷淡未来主义文学,就在于后者那种彻底否定人类以往的艺术传统的文学观念与中国现代作家既有的心理图式的冲突。郁达夫在《诗论》中就说:"未来派的主张,有一部分是可以赞成的,不过完全将过去抹杀,似乎有点办不到。"[①]

中国现代作家不是不赞成反传统,但他们反对的传统一般限定在思想、制度、习俗、道德等社会政治方面,而在审美心理上,他

---

① 《诗论》,郁达夫著,见于《郁达夫文集》,郁达夫著,花城出版社 1982 年版,第 5 册,第 222 页。

们仍然难以完全摆脱传统文化对他们的潜在制约。如果说西方现代主义文学更多地喜爱对生命的意义和价值进行一种形而上的哲学思考,将人的悲剧命运更多地归结于人的本性,把人的拯救的希望寄托于人的灵魂对遥远而又神秘的彼岸天国的皈依,那么,中国由于一直匮乏对超验世界和终极价值的向往和追求的宗教精神传统,因而,西方现代主义文学中那种将人的理想归宿指向神秘的彼岸世界的思想,一直未能得到中国现代作家的完全认同。穆木天在《什么是象征主义》中说:

> 零畸落侣的象征主义的诗人们,是要给自己创造一个神秘的境界,一个生命的彼岸,去到那里去求灵魂的安息的……然而,他们的创造,结果,是达到了暗夜般的空虚和幻灭……对于真实的文学的前途,大的帮助可以说没有的。①

正是源于这种对神秘的彼岸天国的批判性接受态度,穆木天等中国现代作家才没有像西方现代主义作家那样,因过于相信彼岸天国的万能性而陷于对它的疯狂迷恋之中。一旦现实世界中有家可归,他们作品中的个体生命就会由形而上世界向形而下世界回返。这种对形而下世界的眷恋,虽然在现实情感的羁绊中弱化了对宇宙本体、对人类安身立命之家园归宿的深邃思考,但同时也因为少了这一份形而上的思考,他们的作品少了一份波德莱尔等西方现代主义者作品中的那种浓烈而又彻底的悲剧意味和绝望色彩。

中国现代文学筛选西方现代主义文学的第二个方面的文化过滤机制,是时代的文化审美需求。如果说西方现代主义文学的演变表现为使文学日渐疏离社会的非社会化进程,那么,中国现代主义文学则表现为使文学日益与社会接近的趋向。从中国现代主义文学发生的那一天起,种种社会现实和人生问题就一直挤压在中国现代作家面前,使他们不可能像西方现代主义作家那样,将个人本位的观念张扬到极致,使个人与社会绝对对立起来,而对民族的危亡和人民的灾难漠不关心。郁达夫就在《诗论》中批评表现主义

---

① 《什么是象征主义》,穆木天,见于《穆木天文学评论选集》,陈惇等编,北京师范大学出版社2000年版,第96页。

"尤其是他们的作品的奇矫,难解的地方太多,一般人不能够同样欣赏,实在与他们所说的为民众的意趣相背"。① 在时代精神的要求和制约下,中国现代作家只能在强调个人主体性的同时,又注重文学的社会性与民族性。穆木天在《谈诗》中不惜误读"交响"在象征主义诗学中的本义,企图在象征主义核心范畴的"交响"中注入个人性与社会性融合的全新内涵,他说:"国民的生命与个人的生命不作交响(Correspondence),两者都不能存焉。"②至40年代,在作品中将个人性与社会性有机融合的理论主张,已成为一种新的美学观念被中国新生代诗人集体加以认同。他们主张,在作家表现的社会与个人的关系中,"绝对强调人与社会、人与人、个体生命中诸种因子的相对相成、有机综合"。③ 虽然在实际的创作中,除了中国新生代诗人的作品能够较好地将个人性与社会性有机地融合在一起以外,在二三十年代大部分中国现代主义作家作品中,个人性与社会性的结合都不可避免地存在着不尽如人意的裂缝,这种裂缝有时导致了审美性的淡薄,有时则导致了社会性的稀少。然而,不可否认,正是中国现代主义文学这种在整体上无奈地在个人性与民族性、社会性之间的不断摇摆,生成了中国现代主义文学独特的品格。

中国现代文学筛选西方现代主义文学的第三个方面的文化过滤机制,是浪漫主义精神。在西方,现代主义与浪漫主义之间虽然也存在着承继关系,但它们毕竟是产生于不同历史时期的性质截然不同的文艺思潮,现代主义的一些特性,正是在它对浪漫主义的反叛和超越中获得的。然而,在中国的这两种文学间划一条界线却是困难的,因为中国现代主义作家往往兼有浪漫主义和现代主义两种倾向。在现代中国的接受者这里,浪漫主义不仅不是与现代主义水火不相容的,而且往往成为了他们筛选西方现代主义文学的文化过滤器。在西方现代主义文学的两个核心观念"表现"与

---

① 《诗论》,郁达夫著,见于《郁达夫文集》,郁达夫著,花城出版社1982年版,第5册,第222页。
② 《谈诗》,穆木天著,见于《中国现代文论选》,王永生主编,贵州人民出版社1982年版,第1册,第82页。
③ 《新诗现代化》,袁可嘉著,见于《论新诗现代化》,袁可嘉著,生活·读书·新知三联书店1988年版,第6页。

"形式"中,他们之所以更为偏爱前者,却相对冷淡和疏远后者,就在于前者在本质上更为接近浪漫主义精神,而后者则与浪漫主义精神背道而驰。穆木天主张,诗是"内生活的真实的象征",认为"一首诗是表现一个思想。一首诗的内容,是表现一个思想的内容"。① 王独清列出的理想中最完美的"诗"的公式为:(情+力)+(音+色)=诗。显然,王独清、穆木天都没有像西方现代主义作家那样用形式兼并和消融内容,而是仍然将内容与形式明确区分开来,并给予了内容较为重要的位置。

在中国现代作家看来,美不只在于对主观心灵的抽象化表现,而且也在于人与自然、形式与内容的完美结合。中国现代作家这种对西方现代主义文学的修正性接受态度,使得中国现代主义文学成为了一个开放的体系,其中既有现代主义的因子,又有浪漫主义精神的沉淀。在中国现代文学史上,现代主义正是在与浪漫主义这种彼此交融、渗透以至互补之中,拓展了自身的艺术形态,开辟出了一条泛化的现代主义文学之路。我们以比较视域来研究中国现代主义文学与西方现代主义文学,我们不仅可以发现这种两种文学之间因影响与接受所产生的共同性,还可以发现在这两种文学共同性中延留的差异性,这种延留的差异性也正呈现了中国现代主义文学与西方现代主义文学两者各自的民族性。

诚然,从总体上看,由于受到独特的传统文化、政治和经济环境的影响,中国现代主义文学的发展并没有像西方现代主义文学那样形成系统的理论或者严格意义上的流派,也没有像西方现代主义文学那样取代过现实主义文学和浪漫主义文学的地位而以主流形态占据文坛盟主的位置,并掀起一个具有连续性的波澜壮阔的运动。然而,它对西方现代主义文学的接受和过滤仍然具有不可低估的价值和意义。在经历了三十多年的对西方现代主义文学的接受影响历程之后,中国现代文学不仅实现了在文学观念与文学母题等方面由传统向现代的革命和转型,从而使中国现代文学与世界现代化的文学思潮成功地进行了汇合;而且,它在立足本土的基础上,对西方现代主义文学进行了改造,从而丰富和发展了现

---

① 《谈诗》,穆木天著,见于《中国现代文论选》,王永生主编,贵州人民出版社1982年版,第1册,第82页。

代性的内涵和外延,开启了一条开放性与内生性相融合的、无限敞开的现代性意义生长之路。从比较视域对中国现代主义文学与西方现代主义文学进行跨民族、跨语言、跨文化之比较研究的意义也正在于此。

**思考题:**

1. 从比较视域来分析中国现代文学对西方现代主义文学的接受。

2. 从比较视域来分析中国现代文学是如何对西方现代主义进行文化过滤的。

3. 从比较文学接受的视角讨论中国现代文学对西方其他文学思潮的接受及过滤。

**参考书目:**

1.《尼采与中国现代文学》,乐黛云著,见于《比较文学论文集》,张隆溪、温儒敏编选,北京大学出版社1984年版。

2.《爱伦·坡与中国现代文学》,盛宁著,见于《比较文学论文集》,张隆溪、温儒敏编选,北京大学出版社1984年版。

3.《鲁迅前期小说与安特莱夫》,王富仁著,见于《比较文学论文集》,张隆溪、温儒敏编选,北京大学出版社1984年版。

## 第二节　影响与重构:后现代主义与中国当代文学

### 1. 建构后现代主义:中国的视角

对于后现代主义这个问题,不少学科的学者都曾给予过极大的关注,而在比较文学界,则有着比其他任何学科都更为众多的学者,他们或者以极大的热情投入理论争鸣,或者以冷静的科学态度对其进行经验研究。从国际学术界的视角来看,经过三十多年来关于后现代主义问题的争论,东西方学者大概已经获有一个基本的、相对的共识:即后现代主义虽然产生于西方后工业社会,但它并非西方社会的专利品,随着他们对后现代主义及其不同变体的深入研究,越来越多的事实证明,在西方崛起的后现代主义有可能在某些局部先行进入后工业社会的东方，或进入第三世界国家以变体的形式产生。这一现象的出现，一方面是文化交流和文化接受的产物，另一方面也是某一东方或第三世界民族文化自身的发展内在逻辑所使然。弗雷德里克·杰姆逊①和杜威·佛克马②两位西方学者曾一度片面地认为西方后现代主义不可能出现在第三世界国家，但后来他们也一改初衷，认为这是一种国际性的文化现象或一场国际性的文学思潮。

由于崛起于西方的后现代主义走向国际化，向东方及第三世界渗透，所以从比较文学的视域讨论后现代主义对中国当代文学的影响，及这种影响在当代中国汉语语境下所产生的诸种变体，在比较文学研究中有着重要的意义。

国际后现代研究理论刊物《疆界2》(Boundary 2)主编保尔·鲍维(Paul Bove)曾给出这样的总结，尽管后现代主义的历史有待于学者们去编写，但大家都公认，这场运动始自建筑领域，如杰姆逊所言：

> "后现代主义"一词正式启用大约是在60年代中期，它出现在一个很特定的领域，那就是建筑。③

这场运动很快跨出了学科并迅速波及文化界和文学界，"在弗雷德里克·杰姆逊的权威性著述中达到高峰，这样批评家们便将这一建筑学界的用法发展成为广泛复杂的后现代主义文化形式、'晚期资本'的'逻辑'的叙述"。④ 按照鲍维的解释：

---

① 这方面的一个最近例子便是杰姆逊于1996年12月7日在澳大利亚佩斯的一次公开演讲，题为"后现代主义再识"(Postmodernism: Revisited)，在那次演讲中，他显然改变了自己过去的观点，认为："我越来越感觉到，我们今天描述这一现象，应当用'后现代性'，而非'后现代主义'，因为在我看来，它已经成为了一个全球性的现象。"

② 佛克马在出版于80年代初的著述中曾断然宣布："在中华人民共和国赞同性地接受后现代主义是不可能的。"但自90年代初以来，在得知后现代主义已经在包括中国在内的一些东方国家和地区产生出变体之后，便承认后现代主义并非只有一种模式，也并非西方所独有，它可以以不同的形式在一些东方和第三世界国家的文化和文学中产生出变体。

③ 《后现代主义与文化理论》，[美]杰姆逊著，唐小兵译，北京大学出版社1997年版，第163页。

④ [美]保尔·鲍维：《早期后现代主义：奠基性论文集》(Paul Bove, ed., *Early Postmodernism: Foundational Essays*, Durham: Duke University Press, 1995, p.1.)。

杰姆逊同时也向我们提供了对关于后现代主义的诸多思潮流派的仔细辨析,从而将这些流派与后现代主义之内部的各种意识形态观念和立场相联系。①

显然,杰姆逊的研究之所以有着广泛的影响,不仅是因为他把自己置放在马克思主义文化批判的高度,同时,他也承认了参加后现代主义论争的各种思潮流派的合理性,在这一基础之上,杰姆逊作出了自己的独特描述和分析。

杰姆逊的方法论是一种启迪,本节首先在以往研究的基础上对后现代主义作出概括,以此作为本节从比较文学的视域介绍后现代主义与中国当代文学影响与重构的学术背景。

第一,从以"四个跨越"为内质的比较视域来透析后现代主义,后现代主义是高度发达的资本主义国家或西方后工业社会的一种文化现象,但它也可能出现在一些发展中国家内的经济发展不平衡的地区;第二,后现代主义在某些方面也表现为一种世界观和生活观,在信奉后现代主义的人们看来,世界早已不再是一个整体,而是走向多元取向,并显示出断片和非中心的特色;第三,在文学艺术领域中,后现代主义曾是现代主义思潮衰落后西方文学中的主流,但是,它在很多方面与现代主义既有着某种相对的连续性,同时又有着绝对的断裂性,这主要体现在两个极致:先锋派的激进实验及智力反叛和通俗文学的挑战;第四,此外,后现代主义又是一种叙事风格或话语,其特征是对"宏大的叙事"或"元叙事"的怀疑和对某种无选择或类似无选择技法的崇尚,文本呈现出某种"精神分裂式"(schizophrenic)的结构特征,意义正是在这样的断片式叙述中被消解了;第五,后现代主义是一种既可用于西方同时又可用于非西方文学文本的阅读和阐释的符号代码;第六,在文学批评领域中,后现代主义实际上是结构主义衰落之后的各种批评风尚和阅读策略的总和。②

为了介绍的方便,本节将使用后现代主义的宽泛用法——后

---

① [美]保尔·鲍维:《早期后现代主义:奠基性论文集》(Paul Bove, ed., *Early Postmodernism: Foundational Essays*, Durham: Duke University Press, 1995, p. 1.)。

② 参阅王宁:《中国后现代性的发展轨迹》(Wang Ning, *The Mapping of Chinese Postmodernity*),见于《疆界 2》(Boundary 2, 24.3, 1977, pp. 19-40.)。

现代性,并将其限定为一种可用于阐释、分析中国语境下出现的种种后现代变体的阅读和阐释代码,以便通过对中国的文学文本的阅读和分析,再返回它的原体,从而形成与西方后现代主义的一种对话态势。比较文学主张在研究中展开东西方的互动对话与阐释,这正是比较文学从多元学术视域来考察、研究后现代主义可取得的独特成果。

### 2. 中国当代的诸种后现代变体

从比较视域来考察、分析西方后现代主义在中国当代文学中的种种变体,必须首先对于这一来自西方的理论思潮和文学是如何渗透于中国文化语境的,作出简略的描述。根据现有的研究成果,西方后现代主义对中国学术界的影响最早可以追溯到20世纪80年代初。法国学派主张从实证的角度进行比较文学研究,使这种研究有据可言,如果我们从材料上追溯最早对中国当代文学界产生影响的西方后现代文献,当首推美国小说家兼批评家约翰·巴思。1980年1月约翰·巴思曾在《大西洋月刊》发表了论文《补充的文学:后现代主义小说》,这篇论文很快被译介到中国,发表在同年的《外国文学报道》第三期(1980年9月),此后,下列中国文学刊物便发表了大量介绍后现代主义作家作品的译文:如《世界文学》《外国文艺》《外国文学通讯》《国外文学》《外国文学》与《当代外国文学》等,其中介绍的作家有加西亚·马尔克斯、博尔赫斯、罗伯—格利耶、纳博柯夫、伊塔洛·卡尔维诺、约瑟夫·海勒、库尔特·冯尼戈特、托马斯·品钦、唐纳德·巴塞尔姆、J. D. 赛林格、塞缪尔·贝克特、威廉·戈尔丁等。

发表评价后现代主义文学的论文和译文的刊物有《中国社会科学》《北京大学学报》《外国文学评论》《外国文学》《文艺研究》《文学评论》《文艺报》《国外文学》《当代电影》《人民文学》《上海文学》《钟山》《花城》等。翻译的西方理论著作主要有这两本:杰姆逊著的《后现代主义和文化理论》[①]和佛克马、伯顿斯主编的《走向后现

---

① 《后现代主义和文化理论》,[美]杰姆逊著,唐小兵译,陕西师范大学出版社1987年版,北京大学出版社1997年再版。

代主义》①等。此外,袁可嘉等主编的《外国现代派作品选》第4卷的主要作家都可列入后现代主义作家的范围。

后现代主义在中国的译介和传播还得助于西方后现代主义研究学者和批评家频繁来中国高校和科研机构的演讲,这些主要理论家包括:伊哈布·哈桑、特理·伊格尔顿、杰姆逊、拉尔夫·科恩、乔纳森·阿拉克、希利斯·米勒、佛克马和伯顿斯。这些西方学者跨越民族、语言、文化、国界来东方中国本土讲学,使得中国的学者有机会与国际学术界进行直接的对话,使得东方中国本土的后现代主义研究从一开始就依循了一条国际化的路线,可以说,其学术水平大大超过当年中国学者在本土对现代主义的那种单向度的"封闭式"研究。比较文学的学科成立在于主体定位,并且把两个、两个以上民族文学及文学与其他相关学科的关系作为研究的客体,西方后现代主义与中国当代文学之间的关系之所以能够成为比较文学研究的客体,这与西方后现代主义对中国当代学术界的渗透与影响,以及中国当代学术界的开放和接受有着密切的联系。

如上所述,后现代主义显然是一个来自于西方欧美的"舶来品",而不是在东方中国本土文化场域中产生的现象,这便为我们从比较的视域来研究其在中西方异质文化场域中的不同形式奠定了基础。西方后现代主义被译介到东方中国来之后,迅速在中国当代文学中的先锋派作家那里产生了共鸣,随即便应顺着文学形势的发展而呈现出不同形式的变体。

就中国的情况而言,在80年代后期以来的中国文学和文化语境下也出现了四种形式的后现代性,也即四种后现代变体。除了先锋派的激进实验之外,还包括新写实小说对先锋派实验的反拨,消费文化和议价文学的滥觞,以及以德里达和福柯的后结构主义理论为武器以及解构性思维为特征的理论批评。除了后两种后现代变体外,前两种已成为历史,虽然在中国文坛产生最大冲击力并且持续时间最长的当推先锋小说家在文学主题、叙述技巧和话语等方面的实验,但由于其发展盛期已过,因而本节仅将其当作一个

---

① 《走向后现代主义》,[荷]佛克马和伯顿斯主编,王宁等译,北京大学出版社1991年版。

刚刚过去的与当下有着一段距离的历史现象或文本来进行比较研究,以便通过这一个案的分析来集中于考察其叙述话语上的创新。

### 3. 个案研究:先锋小说的后现代话语分析

先锋小说现在已经成为一种历史现象,因而完全可以进入比较文学研究者的经验研究视域。

第一,中国当代文学的先锋小说在叙述方面的特色表现在反对现存的语言习俗和成规,从而破坏了源自于西方现代主义文学话语的"纯洁"和高雅境地。这一点尤其体现在80年代后期崛起于文坛的马原、莫言、格非以及其后的孙甘露等作家的创作中。众所周知,在西方现代主义作家那里,"为艺术而艺术"的唯美倾向十分明显,例如,艾略特的长诗《荒原》和《四个四重奏》就追求某种与交响乐乐章相平行的和谐和优雅。这些西方作家往往以自己理想化的形式来表达特定的内容。而到了后期的乔伊斯,西方现代主义小说在写作技巧上则发展到了极致,出现了同传统的现代主义离经叛道的现象,在《尤利西斯》和《芬内根的守灵》(Finnegans Wake,1939)等已经初具后现代特征的小说中,西方后现代主义崛起后反抗既定语言习俗的倾向逐步占了上风,现代主义终于演变成了后现代艺术家们试图超越的"现代经典"或传统。

从某一层面上来讲,比较文学研究主张从两个民族、两种文化的差异性中追寻双方的共同"文心"与共同"诗心"。由于西方后现代主义对中国汉语文化的渗透,这种现象在中国当代文坛也有复现。在一些先锋派诗人的作品中,反语言习俗的倾向甚为明显,他们高喊着要超越在他们以前成名的一些具有现代主义倾向的诗人(如北岛、舒婷、江河与杨炼等),以使得诗歌成为用语言符号来倾诉自己内心情感并宣泄被压抑的自我的文本,而不管读者大众的欣赏或接受趣味如何。他们的大胆实验和激进做法甚至可以和当年西方的达达主义、超现实主义等历史先锋派相比,同时,其实验与激进的程度也不亚于五六十年代活跃于北美诗坛的奥尔森(Charles Olson)、金斯伯格(Allen Ginsberg)等具有后现代倾向的先锋派诗人。

还有一些中国当代诗人,则公开打起西方后现代主义的旗号,试图标榜自己与有着现代主义的唯美倾向和精英意识的前代诗人之不同。① 他们公开标榜自己创作的先锋性和反现代性,这在小说创作领域似乎并不多见。在小说界,这种狂欢无度的实验似乎有所抑制,因为较之于诗人,小说家往往更多于理智和思考,并带有更多的现实感和读者意识,他们更多地着眼于叙述技巧和话语层面上的实验。莫言的《红高粱》系列中的同语重复和叙事视角的变换,以及《欢乐》中的断片式乃至精神分裂式的第二人称意识流叙述和心理描写,都不同程度地打破了现代汉语的一些语法规则,同时,也丰富了当代汉语口语和文学语言的词汇。但是,莫言的语言实验毕竟较为粗犷,并且无所节制,有时甚至显得粗俗,因而失去了文学语言的高雅特征,也许这正是他从反语言着手向现代主义的等级制度发难的反文化和反语言尝试,这也正是他的作品备受后现代批评家青睐的原因所在。在他的小说《丰乳肥臀》中,这种以粗俗的语言使传统的高雅文学语言变得"不纯"的尝试更是被推到了新的极致,从而在叙述话语层面上实现了高雅艺术与通俗艺术之界限的模糊。

而格非等较为年轻的几位先锋小说家在语言实验方面的解构性、对精英文化的审美意识的颠覆性以及符号化倾向则更为明显。较之于莫言的叙事风格,格非的叙事往往在最后的一刹那才显示出其内在的颠覆性。相比之下,苏童的《1934年的逃亡》在描写死亡主题时,则较为隐晦,他用了一条半圆的黑色曲线来勾勒人生道路上从出生到死亡的经历,这条黑色曲线的起点和终点分别设置在一个相互对应的平面的两端,实际上把复杂的人生图解了。余华的《世事如烟》在叙事编码方面则走得更远。在这个类似"元小说"(metafiction)文类的文本中,作者实际上隐匿其中,充当了叙事者的角色,其语言实验的策略是,把一些诸如算命、婚丧嫁娶等方面的荒诞丑恶事情拼凑在一起,运用话语和叙事的暴力,将其强行编入密码,人物的姓名均由阿拉伯数字的顺序来标示出,从而使得其性格特征全然淹没在数字符号的无端游戏和排序中,这在当代

---

① 这批诗人大都活跃在四川、贵州等边远地区,常常自费出版报刊或诗集,而很少在公开刊物上发表诗作,曾有少部分诗作被收入《中国现代主义诗群大观(1986—1988)》,徐敬亚等编,同济大学出版社1988年版。实际其中收入的一些诗作已明显具有后现代倾向。

的后现代先锋小说中也属罕见。

第二，比较视域要求比较文学研究者尽可能把东西方打通，能够以透视的眼光来分析东西方文学与东西方文化。以比较视域为基点，我们可以看到这些先锋小说家的文本还具有某种解构性，其具体表现为类似法国解构主义大师德里达的话语策略。首先在文本中寻找二元对立，然后通过阅读阐释逐步将其消解。在一些先锋小说家的文本中，我们常读到这样一些二元对立：生/死，男人/女人，个人/集体，欲望/压抑，崇高/卑下，高雅/粗俗，美丽/丑恶，嘈杂/宁静，梦幻/现实，自我/他人等。但是，文本的作者往往（也许受无意识所制约）采取了这样一些话语策略：首先在文本中确立一组组二元对立关系，然后在叙述的过程中，诱发能指与所指发生冲突，使其原有的文本性（textuality）转变成互文性（intertextuality），这样便致使能指无限扩张，而所指则无处落脚，造成的结果是意义的不确定和中心意识的自我消解，最后这种二元对立关系便不攻自破，意义也就这样被分解了，读者所能享受到的则是一种阅读文本的愉悦。

当然，文本的意义对后现代读者并不重要，重要的则是这种能够产生愉悦的阅读过程。在这方面，早期的先锋派女作家刘索拉的《你别无选择》和徐星的《无主题变奏》实际上预示了后来的先锋小说中的这一后现代特征：前者旨在展现当代人所面临的两难处境，以说明个人命运无法由自我来选择，后者则开宗明义地勾画出一幅"无中心""无主流""多元共生""众声喧哗"的后现代景观。但在阅读的过程中，叙事的暴力却无情地推翻了作者精心构建的二元对立关系，致使能指处于循环往复的变动状态，而所指则没有明确的终极指向。在马原和格非的小说叙事中，这种二元对立关系往往表现为一系列似乎不甚相干的叙述圈套的相互冲突，但恰恰就在叙事最后行将结束时，这种相干性一下子被破坏了，意义又被放逐到了文本的原初的边缘地带。从这些现象我们可以见出，先锋小说家的文本在美学的价值意义上接受了西方后现代主义的影响，因此在先锋小说与西方后现代主义之间建立了默契的美学价值关系。这种美学价值关系恰恰是比较文学研究中国当代文学所面对的客体。

第三，我们在阅读先锋小说家的文本时，并不难发现其中的戏拟性和反讽式描述，正是在这样的戏拟（parody）和反讽（irony）式描写过程中，原有的价值观念被摧毁了，"新的意义则被建构出来"。① 针对中国当代先锋小说中的这一现象，它究竟会产生什么新的意义呢？其实，先锋小说文本所表现出的这一特征，恰恰是对过去文学作品中的滥用感情、过多说教甚至矫揉造作的一种反拨。正如艾伦·王尔德（Alan Wilde）所划分的，有两种形式的反讽：一般的反讽和绝对的反讽，前者在现代主义那里已经有之，而后者则是后现代叙述所特有的。② 如果说，老一代有着现代主义倾向的作家如王蒙、张洁、张贤亮等常使用前一种反讽，那么，先锋小说家显然使用的是后一种：前者的反讽蕴含着悲剧性的感伤，而后者则充满了喜剧性的轻松和幽默，而人物的悲凉命运恰恰就在种种令人啼笑皆非的举止中显示出来。

确实，这些新一代作家往往不动声色、异常冷漠地充当着叙述者的角色，即使对凶杀、暴力等令人毛骨悚然的事件的描述也是如此，往往使人感到他们对一切均冷漠而无动于衷。这方面一个较早的例子便是格非的《风琴》，主人公冯金山面对日本士兵侮辱自己的妻子却无动于衷。更有甚者，他还异常"激动地"从远处欣赏着她身体的"裸露部分"，这完全是一种病态的、反讽式的描写。刘恒的长篇荒诞小说《逍遥颂》从题目似可看出是对庄子的《逍遥游》的滑稽模仿，但是，实际上却极其夸张地采用了各种讽刺和反讽手法来描写"文化大革命"时期的红卫兵的种种拙劣行径。作者对他们这些自己的同代人的态度显然是矛盾的，一方面讽刺他们，挖苦他们，并夸张地模仿他们的言行举止，另一方面则通过这种近乎"黑色幽默"式的喜剧性反讽激发读者的同情。因此从某种程度上说来，这一失去了意义和目的的艺术却产生出了新的不同意义。

余华的早期作品《世事如烟》中还有这样一段描写：灰衣女人的儿女们为母亲送葬后，"立刻换取丧服，穿上了新衣。丧礼在上

---

① ［美］林达·哈琴：《后现代主义政见》（Linda Hutcheon, *The Politics of Postmodernism*, London & New York: Routledge, 1989, pp. 93-94.）。

② 参见［美］艾伦·王尔德：《一致的视野：现代主义、后现代主义和反讽的想象》（Alan Wilde, *Horizon of Assent: Modernism, Postmodernism, and the Ironic Imagination*, Baltimore: The Johns Hopkins University Press, 1981, p. 34.）。

午结束了,而婚礼还要到傍晚才开始"。① 作者——叙述者所关心的并不是故事本身所传载的意义,而他更关心的却是如何驾驭叙事言说,把一个故事推向其结局,一旦故事结束,一切也就完了。在这里,作者——叙述者俨然用一种反讽、戏拟的口吻来超然地叙述着一个又一个故事,作者的情感好恶隐匿得完善至极,因而读者简直难以猜透作者本人在故事中究竟处于什么地位。

这就是这些有着后现代倾向的先锋小说家的反讽叙事话语和戏拟的惯用手法,这在苏童、洪峰等小说家的叙述中也不难看到,至于惯以反讽和戏拟而见长的王朔,则更是走到了极端。在他的笔下,一切具有理想、崇高、审美、严肃甚至正经的东西统统难以逃过他的反讽笔调,而在对当代文学语言的革命性反拨方面,王朔的写作实践则把叙事话语的颠覆性推向了极致。进入 90 年代以来,随着王朔的创作越来越与商业性接轨,他在小说话语方面的反讽大师的位置便自然地被女作家徐坤所取代。

第四,也许正是许多当代批评家在论述先锋小说的后现代性时往往忽视的一个方面,也即女性先锋小说家在叙述话语方面的实验。这批可称为先锋小说家的女性作家包括铁凝、陈染、林白、徐坤、徐小斌、虹影、海男、赵玫、池莉、方方与范小青等,而王安忆 90 年代以来的创作也显出在叙述话语方面的实验特色。但从叙述话语方面的先锋性来看,这批作家并不能成为一个群体,而是各有自己的特色和叙事风格。

女权主义是西方后现代主义中的一脉思潮,其跨越了文化走向中国,对中国当代文学思潮有着深刻的影响。铁凝是较早有着坚定的女权主义意识的作家,她的《玫瑰门》可以说是 80 年代中国文坛最重要的女权主义代表作,对颠倒男女等级制度、弘扬女性的性意识有着不可忽视的开拓作用。90 年代初崛起的海男和虹影虽在突破男女两性描写的禁区方面更为大胆,但在后现代叙事话语方面的进展则不那么明显。与这两位作家相类似的还有林白和陈染,她们在对女性的性心理描写方面的大胆甚于铁凝,而对女性个人意识的弘扬则更为内在化和私人化。

相比之下,王安忆是一个不断在叙事风格上进行实验的有着

---

① 《世事如烟》,余华著,新世界出版社 1999 年版,第 139 页。

独特话语意识的小说家,她的早期小说曾为当代文学的现实主义传统的恢复起过作用,而她在80年代的创作则带有鲜明的现代主义意识,进入90年代以来,她也或多或少地受到后现代写作的启发,并在近期的创作中有新的突破,这尤其体现在《叔叔的故事》中。在这部有着解构、元小说、反讽和戏拟等后现代叙述特征的小说中,王安忆似乎在讲述一个故事,但这个故事的结局并不重要,重要的是叙事的过程。"叔叔"这个人物可以是任何一个在历史的剧烈变革中命运多变的普通人,因此其不确定性本身又可升华为某种具有普遍讽喻意义的寓言,也即杰姆逊所说的第三世界的民族寓言。但总的来说,王安忆的叙事话语仍介于现代和后现代之间,虽然同样描写女性的性心理,但较之其他作家却更为优雅和节制。

池莉、方方和范小青的创作可列入"新写实"和"新状态"的范畴,在叙述话语方面往往冷静多于激进,对女性话语的建构也不那么鲜明。素有当代文坛"巫女"之称的徐小斌早期曾以中篇小说《对一个精神病患者的调查》中对精神病患者的变态心理描写而蜚声文坛,进入90年代以来,又以另一部中篇小说《敦煌遗梦》的创作而显示出女作家所特有的纤细惟妙但却充满想象力的描写,她的先锋意识并不表现在叙述话语方面的激进实验,而更在于其对西方当代理论潮流的感悟和超前性把握,她的文本《对一个精神病患者的调查》写于读者刚刚对弗洛伊德理论略有了解之时,而这部文本对德勒兹的"精神分裂分析"(schizoanalysis)涉及则是中国读者闻所未闻的;而《敦煌遗梦》则写于中国学者刚刚涉足对后殖民理论家赛义德的"东方主义"的介绍和讨论,因而为后现代和后殖民批评家提供了难得的可供理论分析的"后东方主义"文本。

赵玫则以《武则天》的写作完成了对宏大叙事的挑战和对"稗史"的弘扬,从而为后现代批评家提供了可从新历史主义视角进行分析的文本。徐坤也许在上述所有女作家中最具有后现代意识,她的反讽和戏拟手法较之王朔也有过之而无不及,但是她的叙述话语并不粗俗,因而对文学语言的冲击力也不如王朔的话语,这可能是女作家所特有的纤细风格和高度理智所致。

总之,这些女作家在叙述话语革命方面的先锋意识主要体现在对女性话语的追求和自觉建构,而这恰恰是男性先锋作家所无法做到的,只是不同的作家采取的策略不同罢了。

### 4. 后现代话语在中国语境下的重构

从上面的初步分析中,我们可以认识到,自从80年代后期西方后现代主义文化理论和文学作品大规模地被译介到东方中国大陆以来,已经不仅仅止于对作家有所影响与启迪,它已经不知不觉地渗入到了作家艺术家的创作思维和叙述话语,并率先在先锋小说家的实践中取得了初步的成果,使得中国的汉语文学逐步在走向世界,进而和西方文学处于发展的同一平面。比较文学是一门具有国际性学术视域的学科,比较视域是比较文学在学科意义上所安身立命的本体,文学研究的跨民族、跨语言、跨文化与跨学科作为比较视域的内质,这决定从比较文学的学科视域——比较视域研究西方后现代主义与中国当代文学思潮,可以清晰地看到中国当代文学思潮在受西方现代主义影响后走向世界的足迹。

然而,中国当代文学思潮中的先锋小说家曾面临着一种难以克服的两难:一方面他们要超越自己的前辈而在一个相对的(汉语文学)层面上有所创新,另一方面又要在一个更为广阔的(世界文学)背景之下达到绝对的创新。因而在这个意义上,他们在先锋小说的叙述话语方面的实验仅仅是一个开始,因此难免模仿的成分较多,而且痕迹也很明显,一旦他们的一些小说被译成英文被反过来介绍到西方欧美国家去,这种模仿的痕迹便自然流露出来了。但不可否认,如果注重文学的内容和对中国当代的时代精神有所把握,那么即使他们的作品被译介为西方文字,也是生活在西方后工业后现代社会的作家所无法写出的,因为他们塑造的人物是地地道道地生活在中国的,虽在某种程度上难免受到西化的染指,但依然是域外作家无法模仿的。用比较文学的话语来解释,因为中国当代文学的先锋小说家把影响他们的西方后现代主义拿来后,破碎在他们的创作中进行再度整合重构了。这种重构就是比较文学要求的把东西方文化及文学汇通后,在整合的重构中产生出一种崭新的观念、崭新的意义、崭新的风格、崭新的书写,即"to make something new",它既不是对西方欧美原创后现代主义的全盘接受,也不是对东方中国当代文学本土传统的全盘承继,而是立足于双方汇通基础上的重新站立。汇通东西方的比较视域就这样在这些先锋小说家的创作实验中生成了,比较视域不仅是比较文学所成立的本体,换一个角度说,也成为这些先锋小说家在创作中走向国际文学舞台时颐养的一种开放的眼光。

因此正是在这个层面上,中西方后现代主义文学写作进入了平等对话的境地,中国作家基于中国汉语语境和传统文化并在想象力方面的发挥完全可供西方作家借鉴并对他们有所启发。我们可以相信,通过这种有意义的实验,至少可以说明,中国当代作家的世界意识和竞争意识已经得到了进一步的弘扬,他们已不满足于自己栖居东方中国狭隘的汉语文学的小圈子,而要在一个更加广阔的世界文学背景下有所创新。

另一方面,他们在经历了对西方的浪漫主义、现实主义和后现代主义文学的模仿阶段后,已进入了与西方后现代文学写作同步的层面,并以第三世界写作实践和话语特色与西方进行对话,进而对产生于西方语境下的后现代理论进行重构。此外,他们通过对西方后现代大师的模仿和自己的实验这两者的结合,最终达到汉语文学后现代话语的自觉建构。在这个层面上,他们依然可以与西方的文学同行进行对话,通过这种对话来消解实际上已经存在于国际后现代主义理论讨论中的"西方中心"意识,从而达到从东方和第三世界视角对后现代叙述话语的真正重构。

最后需要指出的是,中国当代文学批评在学科身份上应该与中国当代文学创作吻合,它们共同归属于民族文学或国族文学,但是正如中国当代文学创作一样,中国当代文学批评也接受了西方后现代主义的影响。我们不难见出,中国当代文学批评在90年代以来所操用的话语,绝大多数都是从西方欧美借鉴过来的后现代理论,也就是说,当中国当代文学批评者自觉不自觉地操用这些西方后现代主义的理论分析中国当代文学现象时,已在批评的视域中把西方的后现代主义汇通到中国当代文学思潮中,从而完成跨文化的整合与重构。可以说,90年代以来的一些中国当代文学批评学者也自觉不自觉地拥有跨民族、跨语言、跨文化、跨国界的比较视域,但对于比较文学研究来说,比较视域是比较文学研究者自觉在学科成立上安身立命的本体,而对于当代文学批评者来说,这种比较视域仅是他们自觉不自觉的一种方法论而已。因为中国当代文学终究还是民族文学或国族文学。这就是当代文学批评与比较文学研究在共同性中呈现出的差异性。

**思考题:**

1. 从比较文学的视角简述西方后现代主义对中国当代文学创作的影响(可以重新举例说明)。

2. 从比较文学的视角简述西方后现代主义对中国当代文学创作的影响是一种整合与重构。

3. 比较文学研究中国当代文学必须拥有比较视域,而90年代中国当代文学批评也拥有比较视域,怎样理解这两种比较视域的差异性?

**参考书目:**

1.《走向后现代与后殖民》,徐贲著,中国社会科学出版社1996年版。

2.《90年代的"后学"论争》,汪晖、余国良编,香港中文大学出版社1998年版。

3.《后现代主义的幻象》,[英]特里·伊格尔顿著,商务印书馆2000年版。

4.《后现代的状况》,[美]戴维·哈维著,阎嘉译,商务印书馆2003年版。

## 第三节 呼应与阐发:西方马克思主义诗学与中国现当代诗学

### 1. 西方马克思主义简介

第四章《学派论》介绍了法国学派与影响研究、美国学派与平行研究、俄国学派与历史诗学研究、中国学派与阐发研究,其实在具体的比较文学或比较诗学研究中,研究主体可以把这四种方法同时带入自身的研究过程,尽可能使研究视域敞开来推动自己的思考。本节将从影响研究、平行研究与阐发研究来讨论西方马克思主义诗学与中国现当代诗学的关系问题,为初涉比较文学者提供一个粗浅的比较诗学个案分析。

西方马克思主义(以下简称为"西马")对中国现当代思想史的发展有着重要的影响。在欧美语境下,西方马克思主义诗学作为一脉文艺理论思潮可以上溯到匈牙利共产党理论家卢卡奇(Georg Lukács)于1923年出版的《历史和阶级意识》(*History and Class Consciousness*)。此后,各种流派的西方马克思主义先后登场,各领风骚,其中以霍克海默和阿多诺为代表的德国法兰克福学派,以法国著名哲学家萨特(Jean-Paul Sartre)为代表的存在主义马克思主义,和以另一个法国哲学家阿尔都塞(Louis Althusser)为首的结构主义马克思主义等最有代表性。随着结构主义的衰落,后现代文化现象日益突出,后现代主义思潮成为西方激进力量的主体逻辑,但此时仍然有一些思想家坚持使用马克思主义哲学话语,其中英国的威廉斯、伊格尔顿(Terry Eagleton)和美国的杰姆逊(Frederic Jameson),以及法兰克福学派第二代领导人哈贝马斯(Jügen Habermas)等人的思想已经成为20世纪最后20年乃至今天的重要理论话语。他们的思想成为活跃在当代西方的后现代主义批评、新历史主义批评、女性主义批评以及文化研究等思潮的重要理论源泉,由于这些西方诗学理论思潮对20世纪最后20年以来的文学批评有着深刻的影响,所以从比较的视域跨文化地讨论中国现当代诗学对"西马"的呼应与阐发在比较文学研究领域中有着重要的意义。

"西马"在七十多年的发展中呈现出许多种不同的形式,各家各派之间有时观点很不相同,研究的路数也多种多样,因此要给这一概念下一个确切的定义相当困难。但总的说来,我们仍然可以找到"西马"的一些共同特征。

第一,西方马克思主义的"西方"性。

从比较的视域观察,西方马克思主义的"西方"并不完全是一个纯粹的地理概念,而更多的是表示这一思潮有别于以马克思和恩格斯为代表的经典马克思主义和苏联模式的"东方"马克思主义的一些特征。需要提及的是,当研究者较之于"东方马克思主义"言称"西方马克思主义"时,已经自觉不自觉地把自己的研究视域置放于"四个跨越"的比较研究中,因为没有"东马"作为思考的参照背景,称言"西马"是没有必要的。

西方马克思主义作为一种特定的理论思潮,是20世纪20年代欧洲一些马克思主义哲学家在反叛第二国际"正统马克思主义"的理论重释中建构起来的。这种理论倾向拒绝任何对马克思主义哲学的教条化、独断化阐释,通过对马克思文本的重新理解,将传统的、经典的马克思主义与当代西方哲学、社会科学、人文科学诸方面的研究成果等整合起来,以摆脱某些教条马克思主义的束缚,正确理解社会危机的根源、寻求解决的途径等等。可以说,"西马"与经典马克思主义的最大不同点就在于,它将批判的中心从政治经济和国家政党方面转移到哲学、文化和艺术方面。[①] 从《历史和阶级意识》开始,"西马"就偏离了历史唯物主义关于经济基础决定上层建筑的科学认识,主张从文化艺术入手,强调人的主观意识,赋予艺术和审美以主体意识革命的重任,以对抗资本主义社会日益严重的异化,"在日常生活中确立解放意识的基础",[②]最终取得人类解放。

无论是卢卡奇对物化现象的批判和对主体意识的强调,葛兰西关于夺取文化领导权的号召,法兰克福学派对工具理性的抨击和对审美感性革命的推崇,还是阿尔都塞对意识形态国家机器的分析、列斐伏尔的日常生活批判理论以及哈贝马斯的交往行动理论等等,都采取从文化、艺术等方面着手对当代资本主义社会的文化、艺术进行了猛烈的抨击。在此,我们不难理解西方马克思主义诗学作为西方马克思主义一个有机组成部分的重要性。

比较文学提倡跨学科研究,西方马克思主义诗学是建立在"西马"哲学平台上的,因此我们就是在讨论西方本土的"西马"诗学时,也必须把讨论的视域跨向"西马"哲学,在"西马"哲学与"西马"诗学的跨学科讨论中,更为深刻而有效地了解"西马"诗学。比较文学的跨学科研究在这里起到了重要的作用。

第二,西方马克思主义的"马克思主义"特征。

尽管西方马克思主义学者对经典马克思主义的学说有所取舍,甚至是歪曲的误读,并且对苏联模式的"东方"马克思主义更是

---

① [英]帕利·安德森:《关于西方马克思主义的诸种思考》(Perry Anderson, *Considerations on Western Marxism*, London: Verso, 1979, pp. 75-78.)。

② [英]保林·约翰森:《马克思主义美学》(Pauline Johnson, *Marxist Aesthetics*, London, Boston: Routledge and Kegan Paul, 1984, p. 9.)。

持批评的态度,但是"西马"始终以马克思主义者自居,以此和当代其他思想流派划清界线。尽管他们反对把马克思主义教条化,但他们信奉马克思主义,认为马克思主义比其他理论学说有着更为深刻的洞见。

纵观西方马克思主义自《历史和阶级意识》以来的发展,可以看出,西方马克思主义依然继承了马克思的一些传统,始终关注艺术、审美与现实社会的关系,坚持对艺术和审美做社会历史的评价和分析,也始终坚持结合美学批判与社会批判,对现代资本主义社会展开毫不妥协的批判,坚持要实现马克思主义关于人类解放的最高理想。这一点是不可否认的。

"西马"内部曾经有过许多分歧和争论,尽管如此,他们在关注发挥艺术和审美活动对现当代资本主义社会的批判作用方面,却始终保持一致。比如,20世纪30年代卢卡奇和布莱希特(Bertolt Brecht)之间曾就表现主义的问题展开针锋相对的论争,但他们的出发点,都是立足于表现主义是否有利于无产阶级革命斗争这一基点上的。在法兰克福学派内部,阿多诺和本雅明之间关于大众文化的分歧,也是在于他们对大众文化于资本主义社会中究竟是起巩固作用还是起破坏作用有着不同的理解。在卢卡奇和阿多诺等人关于现代主义的论争中,虽然他们各自对现代主义文学态度完全相反,前者认为现代主义散布了资产阶级的腐朽思想,而后者认为现代主义揭露、批判了资本主义社会严重的异化现象,但他们关心的都是现代主义在批判资本主义社会的作用问题。

总的来说,虽然"西马"内部流派众多,也一直随着历史的发展而不断发展,但总的来说,在将近一个世纪的发展中,自诩为马克思的思想在当代的解读者和运用者的西方马克思主义者们对现实社会的历史发展始终保持着密切的关注,总是自觉地将当代社会状况与马克思的基本理论联系起来,通过与当代各种思潮流派进行不断的交流和对话,吸收它们的优秀研究成果,以期解答时代提出的新问题,探索人类解放的有效途径。这一切都是非常有益的探讨,值得我们认真研究、分析和借鉴。

## 2. 西方马克思主义诗学对中国现当代诗学的事实影响

从比较文学影响研究的视角来审察,西方马克思主义诗学在中国的传播有两次高潮,一次是在20世纪的30年代至40年代,另一次则是在20世纪的80年代至90年代。

"西马"诗学在中国的第一次传播的时期,也是它在西方欧美刚刚开始发展的时期,因此东方中国学术界对它的接受主要局限于卢卡奇的理论,特别是现实主义的有关论述。这次影响与接受的经过路线主要是通过苏联和日本完成的。卢卡奇是早期"西马"的放送者,直接受其影响的是东方中国的部分左翼理论家,他们中有一些人直接阅读过卢卡奇的有关著作,并直接汲取了卢卡奇的理论养分,尽管在当时的历史条件下这种汲取与接受是十分有限的。在东方中国本土作为早期接受者的典型代表人物即是胡风。

卢卡奇的有关论著主要是在20世纪30年代末、40年代初被译介到中国来的。1935年《译文》第2卷第2期翻译发表了卢卡奇的《左拉与现实主义》(孟十译),1936年胡风在《小说家》中翻译发表了卢卡奇《小说理论》第一部分(据熊泽复六的日译本译出),1940年1月15日《文艺月报》发表了王春江翻译的《论现实主义》,同年胡风主编的《七月》第6集1、2期合刊中也发表了由吕荧译介的《叙述和描写》(1947年由新新出版社出版),1944年周行在《文艺杂志》第3卷第3期上译介发表了《论文学与任务底智慧风格》。这是从法国学派实证的角度对译介材料的追问。

比较文学研究主张对两个及两个以上的民族文学进行跨文化研究,在这里如果我们把研究的比较视域透过卢卡奇、40年代中国跨向苏联时,我们会发现卢卡奇的著作在中国被译介的时候,也正是他在当时的苏联文化背景下横遭厄运之时。由于当时苏联在意识形态上对中国左翼理论家又有着重要的影响,因此,跟随苏联路线的大部分中国左翼理论家在尚未看清卢卡奇理论的真正面目之时,便又投入到对他的批判中去了。这种卢卡奇的理论、苏联的意识形态与中国左翼理论家三方交织在一起的态势,为我们从跨文化的层面进行比较诗学研究提供了可能性。

在对卢卡奇的一片讨伐声中,胡风是中国当时左翼理论家中唯一敢公开赞成他的观点的人。胡风在《七月》杂志上关于吕荧所译的《叙述与描写》的编译后记中是这样评价卢卡奇的这一篇文章的:

> 与其说是抹杀了世界观在创作过程中的作用,毋宁说是加强地指出了它的作用,问题也许不在于抹杀了世界观底作用,而是在于怎样解释了世界观底作用,或者说,是在于具体地从文艺史上怎样地理解了世界观的作用罢。那么,为了理解这一次论争底具体内容,这一篇对于我们也是非常宝贵的文献。①

从胡风本人在 40 年代写作的《现实主义的路》等理论著作来看,他的思想确实接受了卢卡奇的影响。这种影响是如此的明显,以至于解放前后批判胡风的文艺思想的时候,许多文章也同时对卢卡奇的思想进行了否定性的批判。

西方马克思主义在中国的第二次传播高潮是从 80 年代开始的。当时中国学术界正在破除对马克思主义僵化、教条的理解,反思苏联模式的马克思主义文艺学的经验和教训,与此同时,也展开了对西方各种流派的思想理论的大量引进,其中包括西方马克思主义的论著。这一次对"西马"的接受与上一次最大的不同在于它的全面性。

1980 年生活·读书·新知三联书店编译出版了柏拉威尔(S. S. Prawer)的《马克思和世界文学》(牛津大学 1976 年版),该书首次向中国读者开列了一份发展了马克思主义文学理论和文学批评的人的名单,其中包括卢卡奇、布莱希特、本雅明、戈德曼、葛兰西、马歇雷等著名的西方马克思主义理论家。中国学者陆梅林等人对这部著作进行了评价。② 同年,人民文学出版社也出版了伊格尔顿的《马克思主义与文学批评》,这是我国出版的第一部专门介绍西方马克思主义理论家的文学批评专著。以此为契机,从 80 年代到 90 年代,中国学术界开始大量译介西方马克思主义文学批评理论的原著,几乎包括所有重要的理论家的主要著作,与此同时,也有大量研究西方马克思主义思想的论文和专著问世,由于译介与研究的论文、著作数量很多,又限于本节字数的限制,否则我们应该在此从比较文学法国学派的材料统计角度对之一一罗列,以便说明中国学术界第二次对"西马"的呼应。

---

① 《胡风评论集》,胡风著,人民文学出版社 1984 年版,中册,第 190—191 页。
② 《评〈马克思和世界文学〉》,陆梅林著,见于《文学评论》1981 年第 1 期,第 107—112 页。

这次"西马"理论的大规模译介,对中国批评界产生了巨大的冲击。这一点我们从法兰克福学派对中国当代文化批评的影响中可以看出。当80年代文化工业刚刚在中国露面时,以法兰克福学派为主的文化工业批判理论跨越了文化,从西方欧洲向中国渗透,它那反资本主义的政治立场、精英主义的审美趣味与中国文化的当下需求较为一致,对中国知识界影响极为广泛,中国学界一些有关文化工业的批判文章,差不多就是对阿多诺等人的观点在重复和引用中的呼应;当然中国学者在对"西马"的呼应中也带入自己的阐发从而写出不乏精彩之作。[①] 不过,总的说来,和上一次译介不一样的是,这次译介对中国批评界更多的是一种深层次的影响,或者从比较文学美国学派的方法论来说,是一种平行的呼应发展。

### 3. 西方马克思主义诗学与中国现当代诗学的平行发展

比较文学首先承认两种以上民族、语言、文化与国家之间的差异性,主张在差异性中以比较视域寻求双方或多方的共通性,这种共通性可能是双方之间的直接互相影响与接受,也可能是在对立的平行发展中表现出来的人类的共通"文心"与共通"诗心"。也就是说,不同的民族、国家的文学也存在着许多相同或相似的文学规律;面对同样的文学问题,批评家们也很可能有着相同或相似的答案和阐释,因此不同的民族、语言、文化、国家的文学和批评就可能存在着平行的呼应发展。

我们知道,西方马克思主义的诞生和发展,其始终一致的目的,就是要摆脱教条化的马克思主义,通过吸收一些西方当代其他思想流派的观点,来振兴、修正马克思主义,使马克思主义在面对现实急剧变化的时候更加具有阐释的有效性。与此相似的是,中国新时期诗学的探索,也是要纠正"文革"时期对马克思主义的教条化理解,在坚持中力图更进一步地发展马克思主义。正是由于这些共同点,中国思想界的一些思考,出现了与西方马克思主义相

---

[①] 这里仅列举一些文章和著作:《"文化工业"是一种反文化》,章国锋著,见于《文艺报》1998年7月28日;《中国镜像研究:90年代文化研究》,王岳川著,中央编译出版社2001年版。

类似的观点。这表明,由于起点的逻辑一致,中国现当代诗学与西方马克思主义诗学有着一定程度的平行发展。这一点也证明比较文学美国学派的平行研究在方法论上是可行的,反过来,我们也可以从比较文学美国学派的平行研究去讨论中国现当代诗学与"西马"诗学的平行呼应。

虽然新时期中国文学批评与理论的建设有着许多自身的问题和发展逻辑,不一定完全和西方马克思主义有直接的影响与接受关系,但是,不可否认,由于新时期中国现当代诗学在发展过程中为了解释新的文学现象,解决当前的社会文化、艺术审美问题,破除僵化的教条主义,它与"西马"曾经经历过的许多问题都有着平行的呼应和回响。然而,由于深刻的社会、文化差异,再加上中国知识界现代理论基础的薄弱和思辨传统的匮乏,西方马克思主义的问题即使得到中国的回应,也是以简单的姿态出现的。我们下面就以中德两国现实主义/现代主义之争为例来透视一下中国现当代诗学与西方马克思主义诗学之间平行的呼应。

在西方马克思主义诗学中,现实主义的问题始终是一个被关注的焦点。因而在始终关注现实变化的西方马克思主义中,现代主义作为20世纪重要的文学现象也必然是其文学理论中的重要研究对象。事实上,从30年代起,在"西马"内部,已经开始展开有关表现主义的争论了,之后更扩大到其他各种现代主义流派的讨论中。这场讨论主要是关于现实主义与现代主义之间的争论,涉及的理论家包括卢卡奇、布莱希特、阿多诺等人,其中卢卡奇和阿多诺两人可以说是这场争论中代表正反两极的理论家。

在卢卡奇看来,现代主义艺术只是面对发达资本主义社会的一种非历史的焦虑,本质上是一种资产阶级艺术,惟有批判现实主义和社会主义现实主义才组成了一个共同的战线,联手抗拒着资本主义社会的异化力量。阿多诺对此进行了强烈的反击,他指出,现代主义艺术为异化的社会—历史现实提供了一种"否定的知识",因而才是真正的现实主义。而所谓的"现实主义"作品,尤其是苏联的社会主义现实主义,由于展示了一幅乐观的社会图景而被他认为实质上掩盖了社会(无论是资本主义社会还是苏联的社会主义社会)的压迫性,因而比卢卡奇所谴责的现代主义艺术更缺乏现实主义因素。①

潜藏在这场关于20世纪文学艺术的政治价值和社会—历史意义的争论之中的,是阿多诺与卢卡奇之间的方法论差异。② 对于卢卡奇来说,理解艺术的意义关键在于艺术的世界观及其对艺术形式的影响。他攻击现代主义,是因为他认为现代主义持有一种绝望的世界观,并因此导致了扭曲的形式;相反,对于阿多诺来说,艺术意义关键在于具体作品所采用的技巧,社会主义现实主义由于其技巧上的落后而遭到了他的唾弃,落后而过时的技巧所支持的意识形态不适合现代状况。这种方法论上的差异更进一步体现了两种截然不同的关于物化与调和的历史辩证法的建构,以及对现代艺术在这种辩证法中所处的位置的看法。

在发达资本主义社会中,商品形式已经深深地渗透到文化中了。物化的概念表明了这种弥漫一切的商品化的过程及结构,只有真正的艺术才能对抗和超越这种物化。对于卢卡奇来说,现实主义作品因其世界观和形式使我们认识到社会—历史的总体性,从而洞察发达资本主义状况下的物化生活,而现代主义作品只提供了物化的世界观和物化的形式。阿多诺则认为,一些现代主义作品因其足够的体验深度和技术的先进性,足以抗拒意识的商品化和发达资本主义潜在的矛盾,因此他说艺术作品的真理内容是无意识的历史记载。对于他来说,现代艺术既是为物化提供了一种对抗性的、然而又是和解性的表达,也为调和提供了一种片面不完整的然而又是被物化的形象。

比如说,毕加索作品中的那些扭曲的人体在阿多诺看来就是对苦难的表现,是对丑恶社会的无声的抗议,它们以其强烈的视觉效果冲击着、改变着人们的意识,③ 而这一切是现实主义所无法企

---

① [德]阿多诺:《强制的调和》(Adorno, "Extorted Reconciliation", see, *Notes to Literature*, ed., Rolf Tiedmann, tr. Shierry Weber Nicholsen, New York: Columbia University Press, 1991-2, Vol. I, pp. 216-241.).

② 参见[美]兰伯特·丘德瓦特:《阿多诺的美学理论》(Lambert Zuidervaart, *Adorno's Aesthetic Theory*, Massachusetts: MIT Press, 1991, pp. 40-43., pp. 250-254.).

③ [德]阿多诺:《美学理论》(Adorno, *Aesthetic Theory*, tr. Robert Hullot-Kentor, London: Athlone, 1997, p. 237.).

及的。现代主义艺术虽然没有像现实主义艺术那样直接复制现实,但是艺术的真理内容超越了作为它的中介的社会内容,因而艺术不必直接谈论现实的本质,也不必描绘现实或以任何方式模仿现实。

从比较文学美国学派平行研究的视角来看,有趣的是在中国知识界,从20世纪80年代初也出现了一场围绕着朦胧诗、意识流小说等新时期文学而展开的论争。虽然,这场论争与"西马"的现实主义与现代主义之争并没有直接的联系,但是,由于它们都关涉于文学艺术的政治价值和社会——历史意义的论争,都涉及维护或批判现实主义或现代主义的问题,因此两者之间的呼应值得我们研究。下面我们主要以有关朦胧诗的现实主义——现代主义之争为例展开讨论。

从70年代初经过"文革"之后,中国当代诗歌的命运呈现出了一次巨大的变化,舒婷、北岛、顾城、江河与杨炼等青年诗人开创了中国现代朦胧诗,他们的诗风以意象为表现风格,在艺术形式上多用总体象征的手法,抛开传统的诗歌语言体系的羁绊,运用意识流、蒙太奇、印象派、超现实主义与唯美主义等西方现代主义的艺术表现手法,他们的诗歌隐匿作者的意图,具有不透明性和多义性,故而被称之为朦胧诗。

朦胧诗的出现在诗学批评领域中引发了一场激烈的论争。谢冕在《在新的崛起面前》一文中认为,朦胧诗是:

> 一大批诗人(其中更多是青年人),开始在更广泛的道路上探索——特别是寻求诗适应社会主义现代化生活的适当方式。①

在《断裂与倾斜:蜕变期的投影》一文中,他进而认为朦胧诗是"作为五四新诗运动整体的部分进入新诗创作和新诗研究领域","它带着明显的修复新诗传统的性质"。② 老诗人臧克家则认为朦胧诗是:

> 诗歌创作的一股不正之风,也是我们新时期的社会主义文艺发展中

---

① 《在新的崛起面前》,谢冕著,见于《光明日报》1980年5月7日。
② 《断裂与倾斜:蜕变期的投影》,谢冕著,见于《文学评论》1985年第5期,第46页。

的一股逆流。①

孙绍振认为朦胧诗是"一种新的美学原则的崛起",②而程代熙则认为朦胧诗根本不是什么"新的美学原则",而是"散发出非常浓烈的小资产阶级的个人主义气味的美学思想",是步了西方现代主义文学的脚迹;③与程代熙竭力贬斥"现代主义文学"形成鲜明对照的是,徐敬亚在《崛起的诗群》中一文将朦胧诗界定为否定"现实主义"的"人类艺术"之"第四阶段"(即最新发展),即现代主义。④ 他宣称朦胧诗是:

> 带着强烈现代主义文学特色的新诗潮正式出现在中国诗坛,促进新诗在艺术上迈出了崛起性的一步,从而标志着我国诗歌全面生长的新开始。⑤

因此,这场争论其实是传统的现实主义与新潮的现代主义之争(虽然朦胧诗并不就是西方式的现代主义诗歌)。

从比较视域的跨民族、跨语言、跨文化与跨国界角度来透视,这场在东方中国本土的诗学论争与西方马克思主义的现实主义和现代主义论争有着许多的共通之处。

首先,它们都涉及对文学表现手法所具有的政治价值和社会——历史意义的不同看法。在50年代至70年代中国学术界,文学的表现手法常与写作动机、思想意识直接等同起来。"晦涩""难懂"的表现手法常被视为资产阶级没落思想在文学中的表现,因而给作者带来政治上的压力。和卢卡奇将现代主义视为资本主义艺术相同一样,程代熙就因朦胧诗这种"现代主义文学"而把其批评为"散发出非常浓烈的小资产阶级的个人主义气味的美学思想"。

其次,与阿多诺否定简单复制的现实主义相似,孙绍振在总结过去诗歌发展的教训时也批判了简单反映论的现实主义:"到了《讲话》发表以后,许多诗人一下子还来不及严格地区分小资产阶

---

① 《关于"朦胧诗"》,臧克家著,见于《河北师范学院学报》1981年第1期,第65页。
② 《新的美学原则在崛起》,孙绍振著,见于《诗刊》1981年第3期,第55—58页。
③ 《评〈新的美学原则在崛起〉》,程代熙著,见于《诗刊》1981年第4期,第7页。
④ 《崛起的诗群》,徐敬亚著,见于《当代文艺思潮》1983年第1期,第14—27页。
⑤ 同上。

级的自我表现和诗歌创作中塑造自我形象的特殊规律的界限,事情走向了另一极端,普遍存在的情况是以直接表现英勇斗争和忘我劳动的场景的过程为满足。诗人的真实感受被忽视了,甚至产生了一种回避自我的倾向。"①他们批评新中国成立以来的诗歌"用一时一地的政治口号,来糊裱自我,成为普遍的倾向"。②

再次,和阿多诺将现代主义看作真正的现实主义一样,徐敬亚同样认为:"在艺术主张、表现手法上,新倾向主张写自我,强调心理;手法上反铺陈、重暗示,具有较强的现代主义文学特色,但他们的创作主导思想从根上讲,没有超越唯物主义反映论。它们突破了传统的现实主义原则,表现了反写实、反现实性的倾向,但他们反对的只是传统观念中的单纯写实,他们反对的理性只是那种对诗的生硬的政治性附加,他们的主题基调与目前整个诗坛基本是吻合的,有突出区别的只是表现方式和手法。"③

但是,在东西方这些批评话语相同的共通性中,却存在着不可忽视的差异性。

虽然说朦胧诗可能反映了与人们已有的对"革命"的幻灭情绪,然而要说它引发了对西方现代派文学所揭示的严重的社会异化问题,则不免有牵强之嫌。此外,虽然和阿多诺强调艺术不介入政治的独立性一样,新时期的诗歌由充当政治工具的角色转而回归精神家园,成为诗人灵魂和生命的栖居之所,文学理论也转而强调艺术自身特有的价值;但是,实际上,中国当代诗歌始终没有摆脱与政治纠缠在一起的命运。朦胧诗的崛起,在一定程度上解放了诗人的自我,淡化了诗的政治角色,然而,他们最终仍然没有摆脱政治的牵制,因为他们以反现实的姿态出现,所表现的恰恰是一种泛化的社会政治意识。他们对历史感的呼唤和史诗性作品的探求,只不过是这种泛化的政治意识向纵深的延展,他们所思考的中心仍然没有远离现实的政治,只是把现实与历史紧紧地扭结在一起罢了。然而,中国知识分子内部和马克思主义内部中

---

① 《恢复新诗根本的艺术传统》,孙绍振著,见于《福建文艺》1980 年第 4 期,第 61 页。
② 同上。
③ 《崛起的诗群》,徐敬亚著,见于《当代文艺思潮》1983 年第 1 期。

的这两场论争之间的最大差别,除了社会文化等方面的不同之外,恐怕是前者只是简单的就事论事,而后者则具有相当严谨的理论体系。

### 4. 中国当代诗学对西方马克思主义诗学的汇通与阐发

从以上介绍中我们可以清楚地了解到,中国现当代诗学与西方马克思主义诗学之间不仅有着实证意义上的影响——接受关系,而且存在着由于某种双方共有的发展逻辑而形成的平行与呼应关系。但应该指出的是,中国现当代诗学与西方马克思主义诗学之间的关系非常复杂,远不是上述两种关系便能说明白的。事实上,中国学者对西方马克思主义的接受并不是纯粹的拿来主义,而更多的是基于中国自身文学、文化发展的实际情况对外来思想进行融会贯通的阐发应用,或不断加以变通、改造,乃至形成具有本土特征的新的文学思想。

在这里我们恰恰可以找到比较文学中国学派阐发研究的踪迹,中国学派阐发研究的一个重要主张,即对西方文学思想的接受时,还在于背靠本土的语境对其进行重新的阐发,以至于形成一种既汇通双方又适应本土学术景观的新思想,即"to make something new"。当然这种汇通与适应并不仅仅是从中国现当代诗学与西方马克思主义诗学的呼应开始的,其实,在王国维等人的研究中就早已存在着东西方文学、诗学之间的呼应与汇通。正是由于存在着这种汇通,我们才能够总结出比较文学诸如阐发研究这类具有中国特色的研究方法。这种阐发的呼应与汇通在中国现当代诗学与西方马克思主义诗学之间有着更为明显的体现。

虽然胡风的现实主义诗学深受西方卢卡奇的影响,而胡风本人在中国的沉浮又直接影响了卢卡奇的思想在中国的接受情况,但是,正如我们前面所说,中国知识界对外来思想的实用主义态度必然导致外来思想在传播的过程中被有所选择、改造,在这里我们把这种"选择"与"改造"定义为一种源自于比较文学中国学派的研究方法——"阐发";再加上东西方各自文化背景与论战现实需要的不同,因此,胡风并没有全盘接受卢卡奇的观点,而是在此基础上,融合他从厨川白村的理论和鲁迅的创作中得到的启示,形成了自己的理论。从比较文学中国学派阐发研究的方法来解释,胡风在东方中国本土学术背景中所积累的学术思想,是胡风本人在接受与理解卢卡奇的思想时所先在的一种前理解,当胡风操用这种前理解去接受西方的卢卡奇时,东西方思想便在胡风的视域中汇合、碰撞,因此胡风也无法逃避在接受中对卢卡奇原典的"阐发"。

比如说,卢卡奇认为艺术是对现实的"反映",所以他是从形式的客观性来解释艺术反映的特殊性,他着眼于作品与现实的关系,强调艺术对于现实的直接依赖和派生关系。他认为现实的本来面目高于作家的个人意愿,正是在这个意义上,他推崇巴尔扎克、托尔斯泰。因此他认为,作家在创作过程中应该抑制、排除主观意识的干扰,让现实对象以自然的姿态介入主体的实践,主体在接受客体辩证法的同时,应持冷静、顺从与退让的态度,以便它无拘束地发展到底。这样世界观与创作方法的矛盾就可以获得解决。当然,卢卡奇并不就此否定主体的作用,但由于卢卡奇曾深受以德国纳粹主义为代表的非理性主义的苦头,所以他更多的是侧重作家对现实的有理性的反映。

在这方面,中国的胡风走了一条与西方卢卡奇完全不同的路。他认为,艺术是对现实的"反映活动",艺术反映的特殊性,主要是体现在创作主体与现实对象之间复杂的矛盾过程中。他着眼的不是作品与现实的关系,而是作品与作家的关系,并且极端重视作家在创作过程中的"受难精神"。他反复强调作家在创作过程中,必须用强烈的"主观战斗精神",向现实对象"拥抱""突击""搏斗""扩张",通过"相生相克"的"血肉追求"达到主客观的"融然无间"的统一。这可以说是两人在现实主义理论上的最大的差异性。正是通过汇通、改造卢卡奇的思想,胡风建构了自己的"主观现实主义"诗学。

中国学者对西方马克思主义诗学的呼应与阐发并不仅限于胡风式的改造。事实上,中国许多学者往往在接受西方马克思主义诗学主要观点的基础上,往往整合出自己的与"西马"有着差异性的观点。比如,前面我们提到有不少学者在讨论大众文化的时候深受阿多诺等人的影响,但与此同时,也有一些学者提出和阿多诺等人不同的观点,显示了中国学者的清醒意识。

总之,我们从中国现当代诗学与西方马克思主义诗学之间的关系可以看出,不同民族、不同国家之间的文学、文化的关系是非常复杂的,既有事实上的影响与接受关系,也有逻辑上的平行与呼应关系,更有汇通与阐发关系。从这一个案我们也可以看出从事比较文学研究,研究主体不仅可以从法国学派、美国学派或中国学派的单一方法展开,也可以同时从多元方法展开。比较文学的研究视域是开放的,但也有着自己的研究规则。

**思考题:**

1. 西方马克思主义主要有哪些流派和特征?

2. 西方马克思主义诗学内部对现实主义和现代主义有什么样的论争?

3. 西方马克思主义诗学与中国现当代诗学之间主要有什么样的关系?请举例说明。

**参考书目:**

1.《"西方马克思主义"美学研究》,冯宪光著,重庆出版社1997年版。

2. [英]帕利·安德森:《关于西方马克思主义的诸种思考》(Perry Anderson, *Considerations on Western Marxism*, London: Verso, 1979.)。

3. [英]保林·约翰森:《马克思主义美学》(Pauline Johnson, *Marxist Aesthetics*, London, Boston: Routledge and Kegan Paul, 1984.)。

## 第四节 对峙与对话:摆脱西方中心主义和本土主义

### 1. 比较文学研究中的自我与他者的关系

比较视域是比较文学研究在学科成立上安身立命的本体,在第二章《本体论》的第五节《比较文学的本体论与方法论》中,我们介绍了比较视域的内质在于"一个本体""两个学贯""三个关系"与"四个跨越"。每一位比较文学研究者在文化身份上必然是隶属于某一特定民族或国家的学者,那么,如何对待异国文学和异质文化所表现出来的他者文化现象,在比较文学研究中这是一个非常重要的问题。也就是说,由于从事比较文学研究的学者可能是东方人也可能是西方人,而且,他们各自都会拥有与自己相应的文化价值观念,虽然这些观念可能并不一定与研究者自己的自然身份(如民族、国籍等)相一致,但是,他们对待异国文学与异质文化的态度,在很大的程度上决定了比较文学研究的价值。

具体地说,在比较文学研究中,我们究竟应该如何对待异国文学与异质文化?一方面,我们不可能采用一种完全中立的、不偏不倚的姿态,因为每一位比较文学研究者必然有自己独特的视域和看问题的角度。例如,杨周翰曾经指出,每一位比较文学研究者都必然地从自己的角度来看待其他民族的文学和文化,这一点本身并无法非议,所谓"欧洲中心主义"不过是一种从"欧洲的角度思考问题的方法,欧洲人不能不从欧洲的视角去看待他者"①。但是,另一方面,其他民族的比较文学研究者并不一定要附和这种"欧洲中心主义",而且,欧洲人也不要认为他们自己的视角就是唯一正确的视角,倘若如此,这就可能转变为一种唯我独尊的种族中心主义了。正如美国学者保尔·吉尔罗伊所说:

> 在一个种族化的社会中,每个社会集团的成员并不一定要设想自己高人一等:他们仅仅需要坚定地反对法西斯式的种族联合。②

事实上,种族中心主义是一种文化沙文主义。在比较文学研究中,我们既应该充分地维护民族文化的独特性和差异性,拥有特定的视角和观点;又必须保持谦和、平等和友好的姿态,以避免不公平地抬高或贬低本民族或其他民族的文学和文化。

换言之,在比较文学研究中,存在着自我和他者这样一个二元关系。一方面,研究者必须坚定地保存自己的民族身份,从自己民族的独特视角出发去研究其他民族的文学;另一方面,又必须尊重其他民族文学的独特性,避免用自己的观点来曲解其他民族的文

---

① 《欧洲中心主义》,杨周翰著,参见《重读杨周翰先生的〈欧洲中心主义〉》,乐黛云著,见于《中国比较文学》1999 年第 3 期,第 3 页。

② [美]保尔·吉尔罗伊:《抵制种族歧视:关于超越肤色的政治文化的设想》(Paul Gilroy, *Against Race: Imagining Political Culture Beyond the Color Line*, Cambridge: Harvard University Press, 2000.),引自[美]林赛·沃特斯:《不可通约的时代》(Lindsay Waters, "The Age of Incommensurability", Boundary 2, 28:2, 2001, p.144.)。

学。这就是说,在这里,自我和他者的关系并非一种非此即彼的不相容关系,而是某种相互依存、相互尊重的伙伴关系。而要建立这样一种平等和友好的伙伴关系,就要求比较文学研究者具有宽广的胸襟和平和的心态,因为只有这样,真正意义上的"比较"才可能发生。也正是在这个意义上,我们认为,如何处理自我和他者之间的关系,是比较文学获得真正的确立和发展的首要问题。从比较文学史的发展来看,它之所以获得了今天的成就,一个很重要的原因就在于,它已经逐步地意识到应该走出它曾经误入的歧途:西方中心主义和本土主义。

## 2. 西方中心主义和本土主义是比较文学的障碍

在比较文学发展史上,曾经产生过严重的危机和错误的导向,它们的起因都是由于研究者把比较文学研究中的自我和他者的关系,误认为是一种对峙的关系。比较文学研究中出现的这种对峙,实质上体现了研究者以一种极端错误的态度来对待自己的研究对象。具体地说,这种对峙的态度表现为种种文化中心主义,而它们又可以被归结为两种最主要的、相互对立的形态:西方中心主义和本土主义。

第一,关于西方中心主义。所谓西方中心主义是指一种以西方文化为中心来理解他种文化的思想方式。具体地说,西方中心主义呈现为两种形式:一是西方人对于自身文化的扩张,二是其他民族对于西方文化的盲目崇拜。前一种形式表现为,西方比较文学研究者曾经总是以自己为核心来解释其他民族的文学和文化,他们凭借自己在经济上的优越地位,想当然地认为自己的经验能够被普遍化,从而成为整个世界的共同经验。他们曾经顽强地认为西方文化是最优越的,包含最合理的行为模式和思维方式,最应该普及于全世界。在比较文学研究中,他们试图用自己的文化来替代其他民族的文化,丝毫也不重视其他民族对于自身的看法。而后一种形式则表现为,许多受到西方文化影响的人,丢弃了自身的民族属性,自愿地把西方文化视为"中心",从西方人认识世界的视角来审度西方文化和自己的本土文化,一味地谄媚西方文化并唾弃自己的本土文化。

西方中心主义的危害性就在于,一方面,它使得西方人妄自骄傲自大,目中无人,从而被"囚禁在自己的文化囚笼中而不自觉",①失去了认识和汲取其他民族文化精粹的机会。另一方面,在西方中心主义的视角下,其他民族不再拥有他们自己的形象,他们的形象成为一种虚构。如爱德华·赛义德所指出的,西方人为了炫耀和抬高自身,虚构、命名或解说了一个"东方"形象,但是,对于东方人自己来说,这个形象其实是一个遭到极大歪曲的"非我"的形象。

回顾一百多年来比较文学的发展历程,人们不难发现,由于西方中心主义的危害,比较文学的存在和发展受到了极大的影响。西方比较文学曾经以西方文化为中心,把建构一个大一统的"世界文学"作为自己的理想和目标。如著名的法国比较文学家洛里哀就曾在他那部名著《比较文学史》中声明:

> 西方之知识上、道德上及实业上的势力业已遍及全世界。……从此民族间的差别将被铲除,文化将继续它的进程,而地方的特色将归消灭。各种特殊的模型,各样特殊的气质必将随文化的进步而终至绝迹。……总之,各民族将不复维持他们的传统,而从前一切种姓上的差别必将消灭在一个大混合体之内——这就是今后文学的趋势。②

上述错误的思想观念对于比较文学的发展产生了极大的危害作用,这种危害具体地表现为两种形式:一方面,它使比较文学成为狭隘的民族主义者自我张扬的工具,另一方面,它又使比较文学成为殖民主义的帮手。

雷纳·韦勒克曾经嘲笑某些比较文学学者,在狭隘的民族主义思想束缚下,把比较文学研究当作了国家和民族之间的一种相互攀比和竞争的方法。他指出,法、德、意等国的比较文学研究者极力想尽可能多地证明本国对别国的影响,或者更为巧妙地证明本国比任何别国能更全面地吸取并"理解"一位外国名家的著作,想借此把好处都记在自己国家的账上。在这样一种动机之下进行的比较文学研究必然是可疑的、不可信赖的。所以,雷纳·韦勒克认为:"在我看来,这种对题材和方法体系的人为界定,对材料来源

---

① 《中西诗学对话的必要性与可能性》,乐黛云著,见于《中国比较文学》1993年第1期,第5页。

② 《比较文学史》,[法]洛里哀著,傅东华译,上海书店1989年版,第352页。

和影响的机械观念,这种对文化民族主义的促进因素,不管多么气度宽宏,都是比较文学历时长久的危机的症结所在。"①

此外,在比较文学发展的过程中,特别是在中国比较文学产生之前,西方比较文学基本上是建立在一种对峙的态度上的、对其他民族文学和文化的某种歧视和否认。对此,乐黛云曾指出:

> 自从1886年英国学者波斯奈特第一次用"比较文学"命名他的专著到1985年中国比较文学学会成立,这一百多年来比较文学发展的历史,几乎就是以泯灭亚、非、拉各民族文化特色为己任的历史。②

在这里,比较文学其实已经不自觉地成为殖民主义的一种形式,所以基本上失去了存在的学术价值。后殖民批评理论的原创者赛义德就是美国哥伦比亚大学的比较文学教授,他在《文化与帝国主义》一书中明确声明:

> 我认为,在视域与实践上我们首先看一看比较文学原来是什么,其实在反讽的意义上我们看到的是"比较文学"研究刚好诞生于欧洲帝国主义的强盛时期,并无可辩驳地与之联系在一起。③

的确,后殖民批评与比较文学这一学科在学理上有着密切的关系。

第二,关于本土主义。所谓本土主义是指一种与西方中心主义相对立的、狭隘的民族中心主义,或者称为文化保守主义。本土主义主张坚决抵制西方中心主义,力图维护自身本土文化的"纯洁"和"本源"的特色。此外,这种本土主义主张一种危险的"种族分裂论",④它强调民族与民族之间具有所谓的"不可通约性"

---

① [美]雷纳·韦勒克:《比较文学的危机》(René Wellek, "The Crisis of Comparative Literature"),见于[美]雷纳·韦勒克:《批评的诸种概念》(René Wellek, *Concepts of Criticism*, New Haven and London: Yale University Press, 1963, p. 290.)。
② 《比较文学与21世纪人文精神》,乐黛云著,见于《中国比较文学》1998年第1期,第3页。
③ [美]爱德华·W. 赛义德:《文化与帝国主义》(Edward W. Said, *Culture and Imperialism*, New York: A Division of Random House, Inc, 1994, p. 43.)。
④ 关于"种族分裂论"的讨论在小亨利·路易斯·盖茨的文章《超越文化战争:对话中的身份》中有着详尽的陈述。[美]小亨利·路易斯·盖茨:《超越文化战争:对话中的身份》(Henry Louis Gates Jr., "Beyond the Culture Wars: Identities in Dialogue," *Profession*, 93, 1993, p. 8.)。

(incommensurability），并且把它视为现代性的一个重要特征。①但是，在世界文化交流越来越频繁的势态下，在多元文化格局渐趋形成的景观下，本土文化主张的所谓"纯洁"和"本源"特色，根本是不可能存在的。所以，本土主义其实既是一种文化孤立主义，又是另一种文化中心主义。

首先，作为一种文化孤立主义，本土主义的危害性就在于它"不顾历史的发展，不顾当前纵横交错的各方面因素的相互作用，只执着于在一个封闭的环境中虚构自己的'文化原貌'。由此出发，就有可能导致一种文化上的封闭性和排他性：只强调本土文化的优越而忽视本土文化可能存在的缺失；只强调本土文化的'纯洁'而反对和其他文化交往和沟通，唯恐受到'污染'；只强调本土文化的'统一'而畏惧新的发展，以至对外采取文化上的隔绝和孤立政策，对内压制本土文化内部求新、求变的积极因素，结果是导致本土文化的停滞、衰微"。②

无论是从比较文学在中国学术语境下的确立和发展来看，还是从作为民族文学或国族文学研究的中国古代文学、中国现当代文学的发展来看，本土主义的危害是非常大的。本土主义可能会拒绝西方文学研究中值得借鉴的方面，把所有学习和研究西方思想和文学批评方法的行为统统地指责为西方中心主义、洋奴主义等等。它试图拒一切西方文学批评理论于国门之外，坚决反对采用西方文学批评的话语来解读中国文学，即使它们确实在某种意义上具有一定的启发性。它把一切对于西方文学和理论思想的借鉴都斥之为"后殖民主义"，其结果必然是从根本上使比较文学研究丧失可能性，也使中国古代文学研究、中国现当代文学研究处于一种绝对的封闭状态。

其次，本土主义其实也是一种文化中心主义。这就是说，人们在消解西方中心主义的同时，又自相矛盾地把自己的民族文化视为某种"中心"，把自己的民族文化视为其他民族必须效仿的楷模

---

① ［美］林赛·沃特斯：《不可通约性的时代》(Lindsay Waters, "The Age of Incommensurability", *Boundary* 2, 28:2, 2001, p.144.)。

② 《比较文学与21世纪人文精神》，乐黛云著，见于《中国比较文学》上海外语教育出版社1998年第1期，第7页。

和规范。在爱德华·赛义德看来,比较文学学者即是以自己敞开的研究视域来批判本土主义的民族主义:"对于受过训练的比较文学学者来说,对于一个起始和目的是超越僵化性与地域性同时比较地看视几种文化与文学的领域来说,正好用这种解毒剂来降解民族主义和没有批判力的教条,已经有相当的投入了。比较文学的构成及其初衷是为了超越本民族的单一视域(perspective),把眼光投向整体而非本民族文化、文学和历史抱残守缺地提供的那一点点东西。"① 比如在中国当下学术界,一些提倡本土主义的狭隘民族主义者,不加任何批判地炫耀自己的民族文化,倡导民族中心论,并且以保守的、传统的、甚至有封建思想的传统文化,构建所谓的"东方中心"和"自我民族中心"。

这种试图构造一种纯粹的本土话语的意图本身就反映出了一个不正常的心态,即出自"夜郎自大"的傲慢心理和"井底之蛙"的狭隘心理,把文化交流视为某种战争、竞争或比试活动。另一方面,似乎更不可取的是,它也可能是对西方中心主义的谄媚,即试图用某种讨好的姿态来展示给他们一些"有趣"的异国情调,或者是出于一种颠倒了的自卑心理,表面上看是极端地"自尊",其实所遵循的一切指导思想仍然是为了征求西方权威对自身存在的认可,所以,同样是屈服于西方中心主义的威力之下,只不过表现的方式不同。

在中国比较文学的发展历程中,曾经有一些中国学者认为,在80年代末,西方文学理论已经走向了穷途末路,② 这似乎为中国文学理论走向世界提供了某种契机。所以,中国学者应该把握住时机,努力把中国文论推向世界,让中国文论占领世界文坛。这些学者似乎认为,国际学术界就好比一个擂台,各路英雄在此争夺"霸主"的地位。他们从对峙的态度出发,把文学和文化的交流,视为某种"你死我活"的争斗,把文化的变迁视为某种"运道"的改变,因而错误地认为"三十年河东,三十年河西",现在应该是中国文化称

---

① [美]爱德华·W. 赛义德:《文化与帝国主义》(Edward W. Said, *Culture and Imperialism*, New York: A Division of Random House, Inc, 1994, p.43.)。

② 这一观点的提出,其证据据说是因为西方各种文学批评方法都已经被解构主义消解得支离破碎,而且解构主义本身也由于种种原因而变得声名狼藉,不得不退出文坛的霸主地位。事实证明这种对20世纪末西方文学批评的估计不全面。

霸世界的时候了。因此,无论从哪个角度来看,本土主义都是某种文化中心主义。

从上文的分析可以看出,采用对峙的态度来从事比较文学研究必然导致西方中心主义和本土主义,而且,它们从根本上颠覆了比较文学存在和发展的可能性。因此,比较文学的确立和发展必须摆脱西方中心主义和本土主义,这也就是必须从根本上摆脱比较文学研究中的对峙态度。

### 3. 对话是比较文学研究的理论方法

在比较文学研究中,对话应该是与对峙同时出现的一个概念,它构成了替代比较文学研究中的各种文化中心主义的一种有效的方法。

第一,什么是比较文学研究中的对话?对话是一个具有非常丰富内涵的话语形式和理论概念。在比较文学研究的语境下,它主要含有两个层面的意义。首先,对话作为比较文学研究的一种操作方法,它是一种话语形式:即用"非我的"和"他者的"眼光来看待所研究的对象,把不同民族的文学视为各自独立、各具特色的、相互平等的、能够展开对话的双方,对话主张破除一切形式的中心主义,实现各民族文学间的友好交流。其次,对话作为一种具有哲学蕴涵的视角和态度,它是一个理论概念:即对话这一概念具有抽象意义上的哲理意味,它指向平等、开放、无中心、非定型等理论特征。

从哲学思想史上来反思,对话作为一种话语形式产生于柏拉图的《对话录》,在那里,苏格拉底通过与雅典的青年进行对话来思考和传达自己的思想。到了20世纪,海德格尔与伽达默尔分别从哲学的层面阐述了对话这一话语形式的哲理内涵。

对于海德格尔来说,对话就是彼此谈论某物:

> 我们——人——是一种对话。人之存在建基于语言;而语言根本上唯发生于对话中。①

---

① 《荷尔德林与诗的本质》,[德]海德格尔著,见于《海德格尔选集》,[德]海德格尔著,孙周兴译,上海三联书店1996年版,第315页。

在这里,对话主要作为一种话语形式而出现,所以,如何对话以及对话中所涉及的语言问题就成为关键问题了。在《从一次关于语言的对话而来》一文中,海德格尔描述了他本人在跨文化中与一个日本人之间的对话,他指出:"我们的对话的危险隐藏在语言本身中,而不在我们深入讨论的内容(Was)中,也不在我们所作的讨论的方式(Wie)中。"①在这里,海德格尔认为,虽然对话的双方都采用欧洲语言,但是,恰恰是这种统一的、欧洲的语言把他们所谈论的内容——东亚艺术和诗歌的本质——给欧洲化了。而由于欧洲语言与东亚语言不光有差别,而且是根本不同的东西,所以在对话中达到平等的一致是不可能的,在海德格尔看来,语言有着不可通约性。

而伽达默尔从海德格尔的基本观点出发,提出了一种对话的理想模式,他认为在对话中可以达到平等的"一致",对话不是一方把自己的观点强加于另一方,而是在个人或群体真诚地对待一个共同的问题的前提下,通过相互磨合,最终达到一个他们共有的理解。这个共有的理解不再是这一方或那一方最初的理解,而是代表一种对问题的新的理解:

> 在成功的谈话中谈话伙伴都处于事物的真理之下,从而彼此结合成一个新的共同体。谈话中的相互理解不是某种单纯的自我表现(Sichausspielen)和自己观点的贯彻执行,而是一种使我们进入那种使我们自身也有所改变的公众性中的转换。②

从这一点来看,伽达默尔的对话是一种理想的对话模式,它所要求的是谈话双方对真理的共同接近。而且,这样一种对真理的共同接近是以对话双方作为谈话伙伴所采用的合作态度为前提的。这正是我们在比较研究中应该持有的一种对话态度。

对话作为一个文学理论概念产生于苏联文学批评家巴赫金。巴赫金从对话这种人类的语言活动中,明确地提炼出哲理的蕴涵。他认为,作为使用语言进行交流的人,在多种语言与多种话语的对

---

① 《从一次关于语言的对话而来》,[德]海德格尔著,见于《海德格尔选集》,[德]海德格尔著,孙周兴译,上海三联书店1996年版,第1008页。

② 《真理与方法》,[德]伽达默尔著,洪汉鼎译,上海译文出版社1992年版,上册,第486页。

话中构成了人的基本姿态,它建构了人与他人之间的关系。换言之,在巴赫金看来,对话是主体建构自身的主要方式。巴赫金从对话这一话语形式中抽象出了人存在的全部相对性与共同人性。此外,巴赫金还把对话发展为一种文学批评的思维范式和研究模式,从文学理论和批评的角度论述和运用了这一概念。巴赫金的对话概念,基本上就是我们在这部比较文学教材中使用的概念,它包含了比较文学研究在实践上的和理论上的两种含义。巴赫金所强调的类似从他者的文学语言看视、分析自己祖国的文学语言,并且从中获取一种认识的特别自由,已成为推动比较文学研究的经典名论。

第二,对话的必要性和可能性。首先,从广义上看,在比较文学研究中,我们所强调的各民族文化之间的对话的必要性产生于当今世界的种种变化。正如乐黛云所言:"我们正处于一个文化转型时期,……第一,世界进入了信息时代;作为20世纪前半叶帝国主义特征的垄断寡头经济已被当前多元经济所替代;作为帝国主义分割世界势力范围的殖民体系已经土崩瓦解,而代之以独立的亚、非、拉美各民族国家,这些国家构成了从未有过的第三世界。第二,这些事实上的巨大变化引起了思想观念的极大改观。人们认识到一切体系和中心都是相对的,都只是一种人为的设想,都只是从无限的宇宙、无限的时间之流,按照人类现有的认识能力而截取的一小部分。要使一个体系富有活力,就必须在另一参照系的比照中,用一种'非我的''他者的'陌生眼光加以重新审视。这就促成了文化外求和横向开拓的必然性和迫切性。"①

其次,从狭义上看,对话的必要性还体现为,它是比较文学研究摆脱西方中心主义和本土主义之后的必然选择,它关系到比较文学确立和健康发展的根本问题。这就是说,一方面,对话作为一种研究方式,使得比较文学从过去的种种错误中解脱出来,为比较文学真正成为一个学科提供了可能性;另一方面,对话作为一种具有哲学蕴涵的视角和态度,为比较文学学科的存在提供了理论证据。从比较文学发展史来看,这一点已经获得了人们极大的重视。

---

① 《中西诗学对话的必要性与可能性》,乐黛云著,见于《中国比较文学》1993年第1期,第5页。

西方学者也认识到,应该放弃欧洲中心论,将目光转向全球。

总而言之,在全球化的当下,文学研究的对话尤其是比较文学研究的对话是极为必要的。尽管如此,从某种程度上说,对话的可能性却不仅是可疑的,而且还是极端成问题的。首先,从现实意义上看,对话作为一种言语形式,要求对话的双方拥有共同的语言,但是,不同民族的语言之间不仅没有完美的对等关系,而且具有本质上的"不可译性";而且,对话作为比较文学研究的方式,它要求对话的双方使用一种双方都能接受和能够相互解读的话语,但是,在现实中,只存在西方话语或其他民族的话语,绝对意义上的共同话语根本是不存在的。其次,对话所揭示的哲理蕴涵仅仅是一种理想的状态,并不是现实中的常态。例如,加拿大学者克里夫·汤姆逊就对巴赫金的对话诗学提出质疑,他认为:

>……对话不仅仅包含随意发展观点的交谈,而且也包含文化压迫和权力的问题。①

这就是说,作为一种自然的言语形态,对话虽然暗示了自我和他者的关系,但是,这种关系并非必然地是一种平等、对等和友好的关系,它实际上也可能表示某种说服、竞争和征服的关系。如何从普通的对话转变到理想的对话,以真正地实现对话所可能传达的平等和友好关系,仍然需要对话双方主观上的努力。

要使对话在比较文学的研究中成为可能的,最重要的一点就在于,要充分地强调对话的哲理内涵,有意识地把它作为一种视角和姿态,带入实际的研究行动中去。换言之,要想采用对话的视角,而不是西方中心主义或其他文化中心主义的视角来进行比较文学研究,并不仅仅是一个实践的问题,而且同样是一个理论问题,因为它体现了研究者看待世界的态度,而这种态度从某种角度来看又是一种学术修养。也就是说,对话是否是平等的,这要看对话的主体与自我能否主动地把他者也当作主体来看待,并设身处地去理解另一个自我,然后在"我们"这个集合体中寻求"共在"的生存。或者说,这要看进行对话的双方能否抛弃"狭隘虚荣的妄自

---

① 《巴赫金的对话诗学》,[加]克里夫·汤姆逊著,姜靖译,见于《国外文学》1994年第2期。

尊大或唯我中心"。正是在这个层面上,意大利学者阿尔蒙多·尼兹把抛弃西方中心主义、从事真正意义上的比较文学研究这一过程称为一种"苦修":

> 如果对于摆脱了西方殖民的国家来说,比较文学学科代表一种理解、研究和实现非殖民化的方式;那么,对于我们所有欧洲学者来说,它却代表着一种思考、一种自我批评及学习的形式,或者说是从我们自身的殖民中解脱的方式。……我说的学科与西方学院体制的专业领域毫无关系,相反,它关系到一种自我批评以及对自己和他人的教育、改造。这是一种苦修(askesis)。①

综上所述,对话作为一种视角和态度,在比较文学的研究中,不仅完全是可能的,而且是绝对必要的。因此,任何否认对话的可能性的行为,实际上都体现出某种狭隘的"自我中心"观念。

总而言之,我们正在从一个以自我为中心的时代,逐步走向一个相互理解、平等交往和对话的时代。在比较文学研究中,从对峙走向对话,摆脱西方中心主义和本土主义,无论是作为一种期待还是作为一种正在展开的行动,都已经成为历史的必然。

**思考题:**

1. 什么是西方中心主义?
2. 什么是本土主义?
3. 什么是"对话"?
4. 比较文学研究中对话的两个层面内涵是什么?
5. 为什么说摆脱一切文化中心主义是比较文学学科确立和发展的前提?
6. 为什么说"对话"在比较文学研究中是必然的和可能的?

**参考书目:**

1. 《中西诗学对话的必要性与可能性》,乐黛云著,见于《中国比较文学》1993年第1期。

---

① 《作为非殖民化学科的比较文学》,[意大利]阿尔蒙多·尼兹著,罗湉译,见于《中国比较文学通讯》1996年第1期,中国比较文学学会、北京大学比较文学与比较文化研究所主办,第5页。

2.《作为非殖民化学科的比较文学》，[意大利]阿尔蒙多·尼兹著，罗湉译，见于《中国比较文学通讯》1996年第1期，中国比较文学学会、北京大学比较文学与比较文化研究所主办。

3.《比较文学史》，[法]洛里哀著，傅东华译，上海书店1989年版。

4.《陀思妥耶夫斯基诗学问题》，[苏]巴赫金著，白春仁、顾亚铃译，生活·读书·新知三联书店1988年版。

## 第五节　差异与变体：后殖民批评与宗教文化传统

### 1. 后殖民批评崛起的国际学术背景

比较文学在批评的视域方面不同于一维视野的民族文学与国族文学，比较文学是在"四个跨越"的选择中展开自己的研究。20世纪90年代取道于欧美学界在中国大陆崛起的后殖民批评给当下比较文学研究注入了新鲜的学术生命力。后殖民批评的跨民族、跨语言与跨文化内质是当下国内学术界众所周知的，但其批评视域的跨学科性被忽视了，英国伦敦大学教授巴特·穆尔-吉尔伯特(Bart Moore-Gilbert)在《后殖民批评》一书中论及这一批评的多种取向(orientations)时，曾明确地指出了后殖民批评的跨学科性：

> 后殖民主义(postcolonialism)是当下学术研究中最有影响力、扩展最迅速的领域之一。它的源起基地是文学和文化的研究，但却广涉一系列学科，因而具有跨学科性。然而，尽管或正因为后殖民主义近年来曾引发了一些最有挑战性的学术研究内容，它却仍然是一个不十分明晰的、有争议的术语。它曾一度标示了一个纪年意义上的转折关头，同时，也标示了一场政治运动，以及一场知识分子的活动。正由于这种多重性，要给出其确切定义非常困难。值得注意的是，许多后殖民批评采用的是自我定义法——人们划定一个学术的、地域的或政治意义上的圈子，指出在这样的圈子内即会出现某种叫作后殖民主义的东西。①

从吉尔伯特的论述中可以见出，后殖民批评源起于文学并扩大到

---

① [英]巴特·穆尔-吉尔伯特：《后殖民批评》(Bart Moore-Gilbert, *Postcolonial Criticism*, London and New York: Longman Press, 1997, p. 1.)。

文化研究,由于后殖民批评作为一种国际化的理论思潮在"四个跨越"中表现出相当的复杂性与多重性,所以很难给出一个确切的定义。的确,对后殖民主义这一概念的界定应该采用"自我定义法",不同民族、国家、地域的学者应该把这样一脉国际化思潮与本土文学、文化研究汇通起来,给出一个相对自洽的解释,这也吻合比较文学研究者立足于本土把视域投向国际学术界的要求。严格地讲,没有本土学术界,国际学术界的存在毫无意义。

反思 20 世纪学术发展史,在文化批评与文化抵抗的策略上,崛起的后殖民批评(postcolonial criticism)与第二次世界大战之后的新殖民批评(neo-colonial criticism)是一脉相承的,前后两类批评者均是立足于种族、性别与阶级这三个层面上,对西方宗主国的经济侵略与文化侵略进行意识形态的抵抗。在新殖民批评与后殖民批评的原创语境那里,种族、性别与阶级这三个层面反照了从新殖民批评与后殖民批评所扩散出去的在意义与逻辑上相维系的东西方整体文化背景,所以文化成为这两类批评的主要指涉文本。这也是新殖民批评与后殖民批评从文学向文化扩展的内在原因。

从前后两类批评主体的种族与文化身份上来划界,新殖民批评者是以来自于第三世界非洲的齐努瓦·阿切比(Chinua Achebe)、艾梅·赛萨尔(Aimé Césaire)与弗朗兹·法侬(Frantz Fanon)等为代表人物,他们是来自于尼日利亚与马提尼克岛的黑人批评家,而后殖民批评者是以来自于第三世界亚洲中东的爱德华·W. 赛义德(Edward W. Said)、加亚特里·C. 斯皮瓦克、霍米·K. 巴巴(Homi K. Bhaba)与艾贾兹·阿赫默德(Aijaz Ahmad)等为代表人物,他们是来自于巴勒斯坦与印度地区踞守伊斯兰宗教文化传统的批评家。

后殖民批评刻意强调把西方解构主义的"差异"理论带入第一世界与第三世界的文化中,划出对立的鸿沟,从而给出东西方文化相对的差异性界说。在这里,如果我们也把新殖民批评者与后殖民批评者在现象上共属的文化身份置放在"差异"中来考量,我们可以发现虽然新殖民批评者与后殖民批评者他们都来自于第三世界,都是对西方宗主国经济与文化跨越本土对第三世界民族、国家与文化侵略的抵抗,但所不同的,是新殖民批评者大都来自于非洲大陆,而后殖民批评者则来自于亚洲大陆的中东地区,令人深思的是最终他们都以激进的反调之声而获取第一世界白人学者对他们的另类瞩目,并在第一世宗主国大学获取显赫的教席和永久居住权,在这个意义上,以少数族(minority)或非主流(subaltern)的身份从第三世界边缘向第一世界中心的递进是他们的共同策略。在这个意义层面上,无论是新殖民批评还是后殖民批评都不是封闭于本土的理论,而是敞开于国际学术舞台的思潮,这也决定它们必然要进入到比较文学的领域中给人以研究视域上的启迪。

从欧美比较文学发展的溯源来看,如果说20世纪50年代末韦勒克的《比较文学的危机》是对法国学派的强有力挑战,而90年代初赛义德的《文化与帝国主义》一书在《帝国与现世阐释的结合》一章中以整篇的论述批判了后殖民语境下欧美比较文学在研究视域上所形成的霸权主义,他的论述不仅把美国学派像法国学派一样一同打入了过时的比较文学研究的学究气中,同时也为第三世界比较文学研究者走向国际学术舞台拓宽了理论空间:

> 从第二次世界大战很久以前到70年代初期,欧洲和美国比较文学研究的主要传统严重地受到了一种学术形式的统治,现在这种学术形式几乎消失了。这种陈旧的形式主要是学究式的,我们已经无法把其称之为批评。今天已经没有人接受过像艾利克·奥巴克(Erich Auerbach)和利奥·斯皮茨尔(Leo Spitzer)那样的训练,这两位德国比较学者是为了逃避法西斯主义的迫害而到美国来避难的。①

在这里赛义德讽刺了两位德国比较研究者把美国学派作为比较文学研究的避难所。

后殖民批评从西方影响中国汉语学界已经有十多个年头了,中国当代文学批评需要快速的节律调整以适应这个时代文化与知识的膨胀速度,90年代以来由于西方后现代主义理论在中国大陆学术界的家喻户晓而失去了新鲜感,因此众多学者急切地渴望操用一套新的理论话语指向文学批评,因此在西方延留已久的后殖民理论跨越了民族、语言、文化与学科,进入东方中国大陆,最终汇通于大陆文学批评的具体价值需求,变体为一种具有相当防卫性的民族主义文学批评。关键问题在于东方大陆的汉语学界,虽然

---

① [美]爱德华·W. 赛义德:《文化与帝国主义》(Edward W. Said, *Culture and Imperialism*, New York: A Division of Random House, Inc., 1994, p. 45.)。

后殖民批评已成为后现代理论之后的另类热点话语,但很少有人从比较文学的视域在学缘谱系上追问后殖民批评的起源和发展问题,以至把其自觉地视为一脉弥漫于国际学术界的理论思潮。应该提及的是,后殖民批评的原创者赛义德是从第三世界中东走向美国的,并在哥伦比亚大学获取比较文学教授的席位,在某种意义上讲,他在美国学术界的发言代表了来自于第三世界比较文学研究者的声音。如果我们必须从学缘发展的脉络上反思、追问后殖民批评究竟始于何时? 来自第一世界最恰如其分的回答则是吉尔伯特在《后殖民批评》一书《导言》中所给出的两位学者的对话:

> 对于艾拉·肖哈特(Ella Shohat)提出的"'后殖民'究竟始于何时"的问题,阿利夫·德里克(Arif Dirlik)曾不客气地答道:"始于第三世界的知识分子到达第一世界学术圈时。"①

在这里,我们必须注意阿利夫·德里克的回答来自于他所书写的《后殖民氛围:全球资本主义时代的第三世界批评》这篇文章。②

关于阿利夫·德里克"后殖民批评缘起于第三世界知识分子到达第一世界学术圈之时"的表述,我们不认为这是一种纯粹学理意义上的学缘谱系追溯,但德里克的表述的确最为内在地揭示了后殖民批评者(第三世界知识分子),以强硬的反调之声跨越了自己的民族、语言、文化与国界,在西方第一世界发言以获取西方宗主国知识分子对其关注的微妙心理,因为美国是一个接受差异存在的多元种族社会。从跨文化的比较视域来看,后殖民批评是第三世界精英知识分子进入第一世界学术圈,在英语的书写中以西方的解构理论颠覆西方中心主义的理论思潮。所以,后殖民批评必然属于比较文学话语。严格地讲,后殖民批评决然不是从一种文化零度中陡然崛起的新潮理论,在学缘的血脉维系上,后殖民批评与西方帝国主义的殖民主义扩张及第二次世界大战后东西方对峙于冷战状态下的殖民批评、新殖民批评与非殖民化(decolonize)

---

① [英]巴特·穆尔-吉尔伯特:《后殖民批评》(Bart Moore-Gilbert, *Postcolonial Criticism* London and New York: Longman Press, 1997, p. 42.)。

② 阿利夫·德里克的文章《后殖民氛围:全球资本主义时代的第三世界批评》("The Postcolonial Aura: Third World Criticism in the Age of Global Capitalism"),载于《批评探索》(*Critical Inquiry*, 20, 1994, pp. 331-348.)。

有着千丝万缕的关系。如美国学者威斯林所言:"像经济与政治一样,因为欧洲扩张的概念同样把文化与社会的相互影响给予考虑,所以欧洲扩张的概念是所有三个因素最为重要的包含。在论文集《扩张与反动》(Expansion and Reaction)一书的导言中,对于欧洲的扩张,我曾不得不给出一个定义,我认为'欧洲扩张的历史能够被描述为不同文明系统之间遭遇的历史,在遭遇的历史中,他们相互影响,逐渐走向文明全球化的普世系统'。"①殖民扩张必然营造出不同文化系统之间遭遇的历史。

## 2. 殖民文学与后殖民批评的世界性宗教背景

从当代跨文化的比较视域来看,东方中国拥有 5000 年的古老历史,但在走向国际文化舞台时却扮演着一个迟误的他者(other)形象。关于第三世界非洲新殖民批评与亚洲中东后殖民批评中的"迟误性(Belatedness)"理论,霍米·巴巴在《"种族"、时间与现代性修订》(" 'Race', Time and the Revision of Modernity")一文中借用法侬的"暂存性(temporality)"概念,也言及了第三世界文化走向世界的迟误性:

> 这就是法侬所突出的暂存性——他的《黑人的迟误性》(Belatedness of the Black)的感觉——其没有简单地对黑人身份提出一个不恰当的本体论问题,也没有莫明其妙地使本体论的问题不可能理解现代世界中的人类:"你们来得太迟了,迟误得太晚了,将永远只有一个世界——一个在你们与我们之间的白人世界。"②

是的,在东西方文化对话的世纪转折期,中国文化及其历史是以女性形象的扮演者而姗姗迟来,并且在西方强势文化的扩张中表现

---

① [美]H. L. 威斯林编著:《帝国主义与殖民主义:欧洲扩张历史论文集·前言》(H. L. Wesseling, *Imperialism and Colonialism*: *Essays on the History of European Expansion*, Greenwood Press, 1997, p. X.)。

② [美]霍米·巴巴:《"种族"、时间与现代性的修订》(Homi K. Bhabha, " 'Race', Time and the Revision of Modernity"),见于[英]巴特·穆尔-吉尔伯特:《后殖民批评》(Bart Moore-Gilbert, *Postcolonial Criticism*, London and New York: Longman Press, 1997, p. 168.)。我们在引用霍米·巴巴的原文表述时,于注释中我们在他的名字前究竟应该标注"[印]"(印度)还是"[美]"(美国)? 从他本人当下所属的国籍及其现在执教的美国哈佛大学来看,我们还是给他一个美国学者的身份,这一点对于斯皮瓦克来说也是如此。

出接受与退守的弱势;的确,在 80 年代与 90 年代中国大陆汉语文学批评界,只有第一世界的"白人"理论在言说。

其实在比较文学的视域下讨论后殖民批评时,我们在学缘谱系上应该简单地反思一下殖民文学与宗教文化传统,殖民文学的发生与美洲大陆的发现及欧洲人向北美大陆的早期移民、拓荒、传扩基督教教义有着内在的文化维系。17 世纪以来的北美大陆是世界文学史上大规模殖民文学现象的产生地,中国大陆的比较文学与世界文学的研究、教学对世界殖民文学现象的疏忽,这不能不说是一个巨大的缺憾。

美国学者艾默利·艾利特(Emory Elliott)在《北美殖民地作家 1606—1734·前言》(*American Colonial Writers*, 1606—1734, *Foreword*)中曾给出过一段被美国学界认定的综述:

> 从 19 世纪早期以来,当第一批美国殖民文学史与早期美国文学史开始产生时,批评家与历史学家曾经哀叹早期美国文学遗产的贫瘠,把美国文学写作不成熟的窘困与当代英格兰、苏格兰诗歌作品的雅致比较,批评者提供了种种借口以解释为什么美国人作为文学艺术家的失败。其中一个论据是,殖民者一直忙于拓荒,一直忙于法律、政府、学校和商业的建设,没有把时间与精力投入于纯文学(belles-lettres)。另一个论据是清教徒主义(puritanism)在文化中拥有一种强大的势力,以致其种种反对想象放任的规定和走向功利主义(utilitarianism)的限制,压制了美学的成就,仅仅怂恿了呆板与说教形式之文学的产生。接下来的原因是,在新英格兰由于神职人员通常控制着出版业,并且他们又是写作世界的主人,在北部殖民地,传教是唯一达向公众的文学形式。①

目前中国比较文学与世界文学界在学缘谱系上还没有对殖民文学与后殖民文学、殖民文化与后殖民文化、殖民批评与后殖民批评进行一种内在联系的研究。但是我们可以从艾默利·艾利特在上述《前言》中的陈述获取三个启示。

第一,早期北美大陆的殖民者并非完全是掠夺者,他们可能是

---

① [美]艾默利·艾利特:《北美殖民地作家 1606—1734·前言》(Emory Elliott, *American Colonial Writers*, 1606-1734, *Foreword*),见于[美]艾默利·艾利特《文学传记词典·第 24 卷》(Emory Elliott, *Dictionary of Literary Biography*, *Volume Twenty-four*, Gale Research Company, 1984, p. XIII.)。

文盲和穷人，是来自于欧洲的贱民。在早期的殖民拓荒者其诗意的种种形式书写中，我们似乎还找不到那种暴富的殖民者在短期脱贫中傲慢出的经济霸权与话语权力；第二，北美殖民地文学并非是一种纯文学写作，其更多是以书写镜照早期殖民拓荒、殖民经济与殖民商业道德等现象；第三，与殖民拓荒者同步移民于北美大陆的基督教文化，在本体论上对殖民拓荒者给予信仰的控制，以及基督教教义在公共社区的布道对殖民文学写作中的美学成就产生了压制，书写往往是把基督教教义的道德说教固化在文本中。从比较文学跨学科的角度来研究殖民文学与基督教文化传统的密切关系，这是一个很好的课题。

就我们从宗教本体论与生存者安身立命的信仰价值评判来看，对于那些从欧洲向北美大陆移民的早期拓荒者来说，基督教文化传统在信仰安身立命的本体上，为他们在困境中的生存与拓殖提供了强大的凝聚力，基督教文化传统在信仰的本体上成为拓荒者的精神支撑点。甚至在美国南北战争前后，基督教为废除黑人奴隶制和殖民时期的种族主义产生了巨大的推动作用。当下大陆学者一提及"殖民"这个概念，在情感上总是受迫于中国近现代历史在这个概念中所沉积的价值与情感，并且第三世界中东的"伊斯兰东方"建构者——赛义德也在一种贬义的色彩中描述欧洲"殖民"的晦涩：

> 东方学（Orientalism）这个概念很少受到今天专家们的欢迎，不仅因为这个概念它太暧昧及太笼统，也因为它带有19世纪和20世纪早期欧洲殖民主义专横推行的态度。①

其实，从赛义德的后殖民批评由英语控制的西方学界渗透到中国大陆汉语学界后，学术界始终对他的文化身份与学术身份表现出相当的怀疑：赛义德究竟是巴勒斯坦学者还是美国学者？的确当我们进入比较文学的国际视域来审视这一现象时，问题就变得复杂了。无论如何，赛义德把"殖民"这个概念的历史发展情绪

---

① ［美］爱德华·W. 赛义德：《东方学》（Edward W. Said, *Orientalism*, Random House, 1979, p.2.）。的确，在引用赛义德的《东方学》等文献时，于注释中我们在他的名字前究竟应该标注"［巴］（巴勒斯坦）"还是"［美］（美国）"？从赛义德当下所属的国籍及其本人在美国执教的哥伦比亚大学来看，我们还是给他一个美国学者的身份。

化地阻断了,以至让我们忘却了早期从欧洲移民北美大陆之拓殖者为求生而遭遇的种种苦难:"我们发现殖民处在一种悲伤与无法想象的条件中,在拓殖者中有百分之八十以上的人死于冬季之前,他们中有许多人非常虚弱而多病,他们中的谷物与面包几乎不足于支持他们食用两个星期。"①宗教与信仰这两者之间有着不可割舍的意义维系,英文"Religion"这个词本身就有"宗教"与"信仰"的双重意义,生命在苦难中的生存更执求于在信仰上的皈依,所以求助于宗教是早期拓殖者于生存苦难中所命定的劫数,这也必定反映在殖民文学的书写中。

在整体地检索了《北美殖民地作家1606—1734》与《北美殖民地作家1735—1781》这两部著作之后,我们可以说,两部著作共撰述与评价的176位北美殖民地时期的作家,其大多数都是在教会供奉主耶稣的神职人员或基督教信仰的皈依者,其中不乏17世纪与18世纪从欧洲移民于北美大陆而传教的知名主教与神父。

不仅殖民文学与宗教文化传统有着密切的维系,后殖民批评与宗教文化传统也有着内在的关联。需要注意的是,以赛义德、斯皮瓦克、巴巴与阿赫默德为代表的后殖民批评是作为西方理论话语对东方中国大陆学界进行影响的,其在批评话语的文化身份上表现出一种迷误性。其实,后殖民理论的原创者都不是西方本土学者,而是来自于第三世界亚洲的中东学者;从宗教文化传统的底蕴来检视,那两部让赛义德在西方学界成名的《东方学》(*Orientalism*)和《文化与帝国主义》(*Culture and Imperialism*)在思路的整体构成上,是以第三世界亚洲中东伊斯兰教为文化背景向西方及其宗教文化传统——基督教挑战的后现代语境下的宣言书,由于当代中国在意识形态上崇尚无神论,所以一般都没有注意到赛义德在这两部著作中借力于"伊斯兰东方情结"频频地对欧洲基督教文化传统发起的挑战:

> 首先殖民意味着种种利益的认同——实际上是种种利益的创造;这

---

① [美]温迪·马丁:《安娜·布莱特斯惴特》(Wendy Martin, "Anne Bradstreet"),见于[美]艾默利·艾利特《文学传记词典·第24卷·北美殖民地作家1606—1734》(Emory Elliott, *Dictionary of Literary Biography*, *Volume Twenty-four*, *American Colonial Writers*, 1606-1734, Gale Research Company, 1984, pp.29-30.)。

些利益是商业、交通、宗教、军事与文化。比如就伊斯兰教和伊斯兰地区而言,英国感到作为一种基督教的权力有必要捍卫自己的合法利益。为了使这些利益进一步发展从而形成了一种联合的机构。如早期成功设立的那些组织基督教知识促进会(1689)和国外福音传播会(1701),以后又出现了像浸信传教会(1792)、教会传教会(1799)、大英及域外圣经会(1804)与伦敦犹太人基督教促进会(1808)等组织。这些差会"公开参与了欧洲的扩张"。①

当下中国大陆学界对后殖民批评的接受、回应及对赛义德等人学术话语的译介,都忽视了赛义德在信仰终极上所挑战的标靶——西方基督教文化传统,以及忘却了几千年来在本体信仰上支撑西方文化的主流传统——基督教文化。武力、经济与政治的扩张最终必然要转型为文化形态呈现出来,所以哪里有文化扩张,哪里就有殖民文化。正如欧洲文化在基督教教义的普救主义(universalism)思想下向整个世界的延展,殖民文化在敏感的理论中也必然是全球性的。在某种道德概念的替换上来解释,"民族"是一个极为狭隘的概念,一旦一个民族的经济、政治与文化挟带着一种文明的强势,并把这种"民族文明的强势"在道德话语中降解为"种族优越感",再一旦这种种族优越感作为一种发达国家的文明溢出这个民族的地域疆界,挟带一种普救主义的关怀步入其他国度,由于两者之间互为他者(other)的关系形成,"殖民"将被冠置于这个民族的头上,在这个意义下西方强势文化在普救主义理念下所挟带的工业文明与科学技术是否也应该被贴上"殖民"的标签,也就是说,西方后工业文化对第三世界的输出是否也应该被解释为后殖民现象?

在学缘谱系的历史追溯上,我们在全球殖民文化的大概念下,把殖民文学到后殖民批评的发展历程在逻辑上可以划分为五个阶段:第一阶段是北美殖民地文学,第二阶段是第三世界非洲殖民文学,第三阶段是第三世界非洲新殖民批评,第四阶段是第三世界亚

---

① [美]爱德华·W. 赛义德:《东方学》(Edward W. Said, *Orientalism*, Random House, 1979, p. 100.)。"公开参与了欧洲的扩张"一句并不是赛义德自己的表述,而是赛义德有意识援引一位西方学者的观点来支撑自己反基督教文化的表述,该引文见于艾尔伯特·荷诺尼(Albert Hourani)的文章《汉弥尔顿·基伯先生 1895—1971》"Sir Hamilton Gibb, 1895-1971",《不列颠研究院学报》(*proceedings of the British Academy*)1972 年总第 58 期,第 504 页。

洲中东后殖民批评,第五阶段是第三世界亚洲中国大陆的后殖民批评变体。我们可以说,从第一阶段到第四阶段,在"殖民"和"后殖民"这两个概念下的文学现象及文学批评,都与宗教文化传统有着不可剥离的本体论维系。

### 3. 赛义德与"东方"的权力

后殖民批评这套话语对文化身份及文化地域的划定是极为苛求的,并且这套话语是在种族、性别与阶级这三个层面把自己与宗主国在一种情感上界分开来,但后殖民批评从西方语境下假借后现代主义之力影响中国大陆后,中国大陆的后殖民批评接受者在变体中略去了种族、性别与阶级的差异性,使后殖民批评在西方语境下那种激进的原初意义与东方中国大陆语境下其变体的保守主义价值取向产生了距离。从比较的视域来看,所谓后殖民批评的变体是指中国大陆学术界把西方的后殖民批评接受过来后,在使用中赋予自己的二次理解,这种二次理解可能是自觉的误读或不自觉的误读,其较之于原创后殖民批评再度产生一种变体的适用于中国大陆学术批评的后殖民批评理论。

有趣的是,如果此刻我们与国内操用后殖民批评的学者在原初意义上奢谈种族、性别与阶级,反而感到陌生了。大陆近现代的半封建半殖民地性质及新中国成立以来的国家主权的独立性,没有给大陆走向第一世界的学者提供他们成为后殖民批评者的可能性。这是他们的幸运,也是他们的不幸,以至于他们没有可能在美国成为赛义德式的人物。也正是在这个意义上,中国大陆众多在美学者尽管很精英,但也无法成为赛义德、斯皮瓦克及巴巴等。

从后殖民批评话语进入比较文学领域后,在学术地位与身份上的确存在着等级序列,赛义德在《帝国与现世阐释的结合》中认为:

> 因此谈到比较文学就是谈到世界文学之间的互动,但是这个领域在认识论上被组构为一种等级序列,欧洲及其拉丁语基督教文学位于这个领域的中心和顶端。①

---

① [美]爱德华·W. 赛义德:《文化与帝国主义》(Edward W. Said, *Culture and Imperialism*, New York: A Division of Random House, Inc, 1994, p.45.)。

批判比较文学研究中的欧洲中心主义或西方中心主义是赛义德在《文化与帝国主义》一书中的重要思考。但严格地考量，赛义德、斯皮瓦克及巴巴等后殖民批评者也在争夺和巧妙地利用比较文学领域中话语的等级地位，这一点表现在他们含糊不清的文化身份上。其实，从比较文学跨民族、跨文化、跨国界的视域来看，他们在文化身份上既不属于第一世界，又不属于第三世界。首先，他们绝对不愿意返回第三世界那方贫穷的故土定居，如果归返故土做短期的讲学，他们在知识结构及学术身份上所凭借的是西方，他们是受聘于宗主国的西方教授，在本土大学开设学术讲座时颇显一种傲慢，在这个意义上他们是第一世界的代言人；我们早就注意到这一点，往往对第三世界本土学者表现出傲慢的人，大多不是来自于第一世界的西方本土学者，而是在西方宗主国留学获取学位或教职的第三世界学者，支撑他们傲慢的可能不是他们自身的学术功底，而是他们在西方宗主国的文化霸权、经济实力下获取的一点优越感；此刻正是在本土，他们个人的第三世界形象荡然无存，表现出一副来自于西方宗主国之学者的派头。其次，在西方学界，他们又转换身份，摇身蜕变为来自第三世界的非主流人物，是第三世界的代言人，并且非主流得相当彻底，凭借故土的落后、贫穷与边缘化向第一世界挑战；如斯皮瓦克自己在《从属阶级能发言吗？》("Can the Subaltern Speak?")一文中所言：

> 后殖民知识分子认识到他们的特权就是他们的失落，在失落中他们成为知识分子的楷模。①

在西方基督教文化传统的背景及其普世主义的原则下，落后、贫穷与边缘化就是一种充足的理由，他者给予的同情正是在这一充足理由下可以获得。他们是在第一世界与第三世界的夹缝中寻找各种机会的文化精英，文化身份的转换相当复杂。

比较文学研究是一种跨民族、跨语言、跨文化与跨学科的文学阐释，斯皮瓦克在《一种后殖民理性的批评：走向正在消失的在场

---

① [美]加亚特里·C.斯皮瓦克:《从属阶级能发言吗？》(Gayatri Chakravorty Spivak, "Can the Subaltern Speak?"),见于[美]比尔·爱斯柯诺夫特、加里斯·格里非斯、海伦·蒂芬:《后殖民研究读本》(Bill Ashcroft, Gareth Griffiths and Helen Tiffin, *The Post-Colonial Studies Reader*, New York: Routledge, 1995, p. 28.)。

之历史》(*A Critique of Postcolonial Reason：Toward A History of The Vanishing Present*)一书中认为,人是凭借自己的文化身份来建构阐释的,但是要为这种阐释的文化身份划定一个界线是非常困难的,然而不能否认这种界线一直在划定；其实阐释主体的文化身份与文化角色在从大众到学术循环的宏大叙述中一直在转换,这种文化身份划界的困难及文化身份的转换正是表现在"比较哲学、比较宗教,甚至比较文学正在发生的话语中"。① 的确,我们很难给他们频繁转换的文化身份划定一个界线。

在这里还需要介绍的是,赛义德在操用"东方"这个概念时,挟带着一种极端狭隘的"东方"地域独占性,他把西方从事东方学研究之学者所描述的"东方"在表述上仅仅局限于亚洲中东的印度和巴勒斯坦地区：

> 我的观点是,东方学源起于英国、法国与东方之间所经历的一种特殊的亲密关系,直到 19 世纪早期,东方实际上还是仅仅意指着印度和《圣经》诞生之地。从 19 世纪开始到第二次世界大战结束,法国与英国支配着东方和东方学,从第二次世界大战以来,美国也像法国与英国所作所为那样支配着东方。②

在原创后殖民理论中,"东方"被原创后殖民批评者刻意渲染的来自于西方人所猎奇的地域权力,由赛义德等人收归到印度与巴勒斯坦的中东；那么,对于地处亚洲中东之外的中国等来说,东方的权力又在哪里？

无论如何,在赛义德划分的文化等级序列中,中国比较文学研究者的"东方"权力失落了！

一个被西方人作为神话猎奇的"东方"概念,转换为一种走向国际学术界的权力被赛义德等原创后殖民批评者独占了。注意,作为被第一世界西方人所猎奇的"东方",这一概念对于赛义德等人来说是一个极为有利可图的神话。也正是在这一点上,赛义德

---

① [美]加亚特里·C.斯皮瓦克：《一种后殖民理性的批评：走向正在消失的在场之历史》(Gayatri Chakravorty Spivak, *A Critique of Postcolonial Reason：Toward A History of The Vanishing Present*, Harvard University Press, 1999, p.8.)

② [美]爱德华·W.赛义德：《东方学》(Edward W. Said, *Orientalism*, Random House, 1979, p.4.)。

们机智地把伊斯兰文化从第三世界带到国际舞台上,把自己置放在伊斯兰教传统与基督教传统的文化与信仰冲突中,使自己成为越发有争议的人物而显赫起来。理解了这一点,也就理解了赛义德在下面的表述:

> 在总体的意义上,当"东方"这个概念不再简单地是一个作为亚洲东方的代名词时,或不再是从总体上指称遥远、新异的地方时,它在严格的意义上指的是伊斯兰的东方(Islamic Orient)。①

在国际比较文学研究舞台上,还有什么能够比把一个民族、国家或地域之传统宗教信仰带入到学术的冲突中来得更为沉重呢？从比较文学的视域研究后殖民批评,应该从文学跨向文化一直看视到跨出学科的宗教传统深处中去。也正是如此,赛义德抓住了伊斯兰教文化传统与基督教文化在信仰本体上的终极对立与冲突,才得以使他的后殖民批评呈现出反思东西方文化传统的厚重感,并且这种厚重感是固执于宗教与信仰中以至于让国际学界不可不瞩目。反思当下中国大陆学界在后殖民批评的变体中仅把批评的理念转向一种民族保守主义,以此回敬张艺谋等在电影创作中把中国某些丑陋的旧日风情贩卖给西方人视读的某些枝节问题,的确,其所收获的只能是一种粗浅的批评。

当赛义德把"东方"只限定于伊斯兰而成立他的《东方学》时,在《东方学》中刻意营造伊斯兰教文化与基督教文化的对立与冲突时,那么,中国两千多年的儒家文化传统在赛义德的学理构成上,已经被扔弃于第三世界的边缘了。在后殖民批评看来,第三世界本身就是边缘,所以在《东方学》一书中,儒家文化传统被赛义德冷落在边缘的边缘了。理解了这一点,就应该理解到少数国内学者与那些海外华裔学者把基督教文化传统与中国儒教文化传统进行比较研究的重要性,也能够理解这种比较文学研究把中国传统形象及其文化、宗教的厚重性带入国际文化及国际学术中心的必要性。

其实,当下国际社会越走向后现代化及后工业文明的高科技化,宗教及信仰的渴求与困惑越发突兀出来。无论"东方"在西方

---

① [美]爱德华·W. 赛义德:《东方学》(Edward W. Said, *Orientalism*, Random House, 1979, p. 74.)。

人的视界中是否具有猎奇性,无论赛义德等人出于一种怎样的心态使用"东方",在"东方"这一概念的圆周中,中国及其文化传统应该以自身的本色意义在这一概念的圆周中占有一个相当重要的文化扇面。无疑,中国是东方,但她既不是西方眼中的"东方",也不是赛义德等辈的"东方"。在这里,可以援引一位美籍华裔学者林慈信就宗教、比较文学、东方主义与后殖民批评所给出的表述:

> 第一,许多西方人对过去四百年来的帝国主义与殖民主义持有一种内疚感。他们对他们先辈罪过的补偿有些矫枉过正。正是由于这样,一些西方人用慷慨资助的态度来对待第三世界者,他们把第三世界者作为孩子或免费礼物的接受者一样对待。第二,但是,第三世界者从来没有用恩典与尊严来回应这种后殖民形态(当然,如果我们有更高的恩典与安全的话,我们才能够回应恩典与尊严)。伊斯兰是一个很好的仇恨与愤怒的例子。美国的非洲裔(黑人)在看视世界历史时,发展了一种非洲中心论(Africa-centric)的方法(世界历史是从非洲开始的),这是一种与用欧洲中心论看视世界之方法相对抗的批评。第三,必须指出的是,内疚与仇恨、愤怒两者经常结合起来形成民族中心主义(ethnocentrism)的傲慢。民族中心主义与傲慢是中国思想与文化中的两种主要动机。当然,中国人不仅仅是民族中心主义者,而且我们大多数都是如此!在一个不断缩小的世界中,在历史上一个已经全球化了的时段,在对我们自己的文化传统保持一种谢恩感或职责感的前提下,我们必须学会国际化。第四,然而,还有第四种精神:独立自主。这是亚洲的典型(中国、韩国、日本与东南亚国家)。这种姿态就是说:我们将通过走我们自己的路与西方的竞争。我们不需要你们![①]

从比较的视域来看,后殖民批评在中国学术语境下变体为民族主义的保守主义后,在抵抗西方的心态及学理上过于单纯,也就是说,"后殖民"绝对不是一个标签,可以把这个标签在大陆的文学艺术批评中随意张贴,关于中国本土后殖民批评的讨论必须在学术视野上走向本土文化传统的深处及国际化。

总之,我们的后殖民讨论及后殖民文化批判所依据的学理背景,应该是以儒道释文化传统为宗教血脉的华夏东方,而不是赛义德们的伊斯兰情结之东方。

---

① 美国华裔学者林慈信的这段表述是从作者与他关于"宗教""比较文学""东方主义"与"后殖民批评"的网上讨论翻译而来。

**思考题：**

1. 为什么说后殖民批评在研究视域上为比较文学注入了新鲜的学术生命力？
2. 怎样从跨文化的比较视域来理解后殖民批评产生于第三世界知识分子进入第一世界学术圈？
3. 怎样从比较的视域理解赛义德后殖民批评理论的宗教背景？
4. 西方后工业文化对第三世界的输出是否也应该被解释为后殖民现象？
5. 怎样从比较的视域理解后殖民批评的变体？
6. 怎样从比较的视域来理解后殖民批评者是在第一世界与第三世界的夹缝中寻找各种机会的文化精英？
7. 怎样从国际学术视域的角度理解赛义德后殖民批评对"东方"的定义？
8. 怎样理解原创后殖民批评被中国学术界接受后变体为一种捍卫民族主义的保守主义？

**参考书目：**

1. ［英］巴特·穆尔-吉尔伯特：《后殖民批评》(Bart Moore-Gilbert, *Postcolonial Criticism* London and New York：Longman Press, 1997, p.1.)，可参见中译本《后殖民批评》［英］巴特·穆尔-吉尔伯特主编，杨乃乔、毛荣运、刘须明译，北京大学出版社 2001 年版。

2. ［美］爱德华·W. 赛义德：《东方学》(Edward W. Said, *Orientalism*, Random House, 1979.)，可参见中译本《东方学》［美］爱德华·W. 赛义德著，王宇根译，生活·读书·新知三联书店 1999 年版。

3. ［美］爱德华·W. 赛义德：《文化与帝国主义》(Edward W. Said, *Culture and Imperialism*, New York：A Division of Random House, Inc, 1994.)。

4. 《后殖民理论与文化批评》，张京媛主编，北京大学出版社 1999 年版。

5. 《走向后现代与后殖民》，徐贲著，中国社会科学出版社 1996 年版。

# 后记(第四次修订版)

2002年,这部《比较文学概论》由北京大学出版社推出第一版,至今已有13年的时间了。我记得在具体动笔撰写这部教材之前,我们曾召开过两次会议以征求相关方面专家的意见。第一次会议是2001年9月15日在北京大学出版社召开的,这次会议主要是集中了北京大学、清华大学、中国人民大学、首都师范大学、北京语言大学、中国社会科学院等北京高校及科研机构的比较文学研究者,我们在一个较小但相当专业的范围内听取了诸位专家的意见。第二次会议是2001年10月19日在首都师范大学召开的,由于我们要求参加这部教材撰写的全体学者必须到会,并且,必须带着具体的意见走到一起来,就这部教材的成书提出切实的问题,因此这次为期两天的会议召开得非常务实且成功。

参加这部教材撰写的学者梯队具有相当的开放性与专业性,共有来自国内外28所高校、1所科研机构(中国社会科学院文学研究所)的34位学者先后参加了本教材各章节的撰写;我们在撰写与修订这部教材的过程中,充分地接纳了两次会议参加者、参撰者与使用这部教材的教师与学生所提出的有益建议,如果说这部教材有成功之处,其属于集体的学术智慧。

特别需要提及的是,这部教材在出版后,由于在本科生与研究生教学中有着相当的影响及发行量,多年来,海内外高校的教师、本科生与研究生曾多次给我们热情地提出了肯定的评价、修订的建议及印刷方面的错误。我们认为,一部教材必须要在大规模的本科生与研究生的教学使用中才能逐渐地完善起来,在过去的若干年里,我们曾尊重教师与学生反馈过来的建议,对这部教材进行了三次修订;此次,我们对这部教材的第四版进行了多次印刷的大幅度的修订、调整与重写。

可以说,在学术信息与学术资源共享的全球化时代,比较文学研究最为恰切地吻合了这个时代的多元学术文化本质。《比较文学概论》是当下在高校教学与科研中所使用的基础教材，其所承载的知识信息和提供的学术视域应该有着与当下国际学界接轨的前沿性及准确性，我们认为，如果一部《比较文学概论》在当下依然陈述着十几年前或二十几年前落后的学科理论及过时的知识信息，并且一直没有修订、调整与重写，这就非常令人遗憾了。因此，我们一直在努力推动着这部教材于不断的修订中与时俱进，使这部教材能够向本科生、研究生与教师介绍最为前沿且准确的学科理论知识，从而吻合这一学科在全球化时代的多元性发展。

在此次的第四版修订中，我们尊重使用这部教材的教师与学生所提出的建议，在学科理论及相关知识体系上，对第二章《本体论》、第三章《视域论》、第七章《翻译论》与第八章《诗学论》进行了大幅度的修订、调整与重写。

第一，我们对这部教材第二章《本体论》的相关学科理论进行了简化，删减了对西方学术史上"本体论"这个术语发生谱系的词源追溯，以便使本科生能够在较为浅显的学科意识上获得这样一个准确且重要的学科理论：比较视域是比较文学这门学科安身立命的本体。同时，我们在介绍什么是世界文学时，把哈佛大学比较文学系教授大卫·达姆罗什所做出的最新定义，给予详细的介绍，以方便学生与教师能够更为准确地理解比较文学与世界文学、翻译研究之间的关系。另外，在这一章中，我们也强调了区域研究与比较文学研究的关系。

第二，我们对这部教材的第三章《视域论》进行了重写，以大量的、鲜活的比较文学研究个案阐述了比较视域的学理性质，也介绍了比较文学研究在多元视域下所形成的、崭新的多种跨学科研究方向与方法，强调了比较文学的跨学科研究也应该是在跨民族与跨语言的层面上完成的。同时，第三章简明扼要地论述了国际汉学的学科性质，介绍了国际汉学与东方学、比较文学三者之间的关系。

第三，我们对这部教材的第七章《翻译论》进行了重写，并且启用"翻译论"这个术语，以强调翻译研究是一个在国际比较文学界或国际翻译研究界被接受与使用的通行学科术语。第四版教材的《翻译论》在驻足于比较文学学科理论的立场上，介绍了西方与中国历史上一些基本的翻译现象及翻译研究现象,特别是介绍了西方 40 年来翻译研究的基本学科理论概况,陈述了比较文学研究与翻译研究两个学科之间所交集的密不可分的学理关系。需要说明的是,在重写《翻译论》这一章时,我们特别注意到在介绍翻译研究及其相关知识体系时,是以前沿性、准确性、简明性与易懂性为基本要求而完成此章撰写的。

第四,我们对这部教材的第八章《诗学论》也进行了重写,在一个较为提高的学科理论层面上,介绍了从 20 世纪 70 年代以来国际比较文学研究的一个显在现象:即比较诗学是比较文学研究的主流。需要说明的是,第二章《本体论》是在基础的层面上介绍了比较文学研究的相关学科理论,而在第八章《诗学论》中,我们则把国际比较文学界在当下所使用的一些主流理论、相关术语及其研究观念提高性地在这一章中做出了展开性的介绍。特别需要强调的是,虽然《诗学论》主要是介绍比较诗学研究的相关学科理论,但是,这一章的内容是《本体论》所介绍的比较文学研究之相关学科理论的提高性延续。

第五,需要说明的是,我们在对第二章、第三章、第七章与第八章重新进行修订、调整与重写时,尊重了使用这部教材的教师与学生所提出的建议,尽可能地列举国际与国内学界具有典范性的学术个案,以此来说明比较文学学科理论的发展与构成,以便使这部《比较文学概论》在严谨、前沿且准确的学科理论介绍中生动与活泼起来,最终是为了向读者介绍怎样从事比较文学研究。

下面让我们来谈一下怎样使用这部教材及讲好《比较文学概论》这门课。

在讲授与学习比较文学研究的专业知识方面,这部教材兼顾了基础与提高两个层面。首先,在基础知识介绍的层面上,这部教材是为了满足大陆及台港澳地区高校文学院与外国语学院本科生学习使用的;其次,在提高性学科知识介绍的层面上,这部教材也是为满足比较文学专业及相关专业研究生学习使用的。

由于《比较文学概论》这门课程在高校开设时一般仅有 36 课时,我们建议教师在讲授这门课程时,主要为本科生和研究生介绍这部教材的主体理论框架,而不是在有限的 36 课时之内通讲整部教材的内容。需要强调的是,讲授《比较文学概论》完全不同于讲授《中国文学史》或《外国文学史》,"概论"与"文学史"的讲授应该持有两种不同的教学观念。《比较文学概论》是一门关涉学科理论的课程,我们建议教师与学生提取这部教材的学科理论重点,进行"学科理论"与"个案研究"的整合性讲授与学习,最终一定要获取准确的比较文学研究的学科意识。这部教材学科理论的重点是第二章《本体论》及其"世界文学的定义""比较视域的定义"与"比较文学的定义",第三章《视域论》中的"比较视域的基本特征"与"跨学科研究",第四章《学派论》中的"法国学派""美国学派"及"中国学派",第五章《方法论》中四种研究方法的一种或两种,第七章《翻译论》中的相关知识点及第八章《诗学论》中的"比较诗学与互文性"。实际上,在本科生的《比较文学概论》教学中,主讲教师能够把上述学科理论的重点讲述清楚就可以了。

就许多讲授《比较文学概论》的主讲教师向我们建议的具体教学经验来看,在讲授这门课程的一开始,主讲教师首先应该讲授第二章《本体论》的内容,以便把学生直接带入"什么是国族文学""什么是世界文学""什么是比较文学"与"什么是比较视域"的知识介绍中去。我们建议教师在讲授第二章《本体论》的同时,可以让学生自己配合性地阅读与了解第一章《发展论》的相关内容,这样学生会带着基本上把握"什么是比较文学"的学科意识,自觉地走进中外比较文学发展史的历程中自学,从而循序渐进地了解"怎样从事比较文学研究"及"为什么比较视域是比较文学这门学科安身立命的本体"。我们不建议教师在开设这门课时,带着一种必须把整部教材的全部观点讲授给学生的教学意识,这门课程的讲授与学习应该是教师的讲授与学生的自学所进行的互动过程。

关于第三章《视域论》的"跨学科研究",教师在讲授比较视域的多元性及跨学科研究的规限时,只需配合地讲授一两种跨学科的研究个案即可以了,如文学与绘画、文学与宗教等;关于第五章《方法论》中的四种研究方法,也仅需讲授一两种研究方法即可以,如"形象学与'他者'"。因为,在一两种具体的比较文学研究方法讲述清楚之后,我们主张有兴趣的学生以自学的方法走进这部教材,结合这部教材的学科理论与教材内外的具体研究个案进行举一反三的自学。

需要强调的是,这部教材区分了比较文学研究的本体论与方法论。在第二章《本体论》中,教材把研究主体的"比较视域"设定为比较文学研究成立的基点,这一基点就是这一学科安身立命的本体,而第四章《学派论》与第五章《方法论》介绍的即是具体的研究方法论。这部教材最鲜明的学科理论特点,就是要把比较文学研究的本体论与方法论区别开来,以说明比较文学不是"文学比较",不是一种简单的"比一比的方法"。我们认为,如果把比较文学误讲为"文学比较":即"比一比的方法",还不如不开设这门课程,以避免给学生带来学科意识上的误导。

这部《比较文学概论》教材同时给本科生与研究生提供了相应的学科理论与知识体系,第七章《翻译论》与第八章《诗学论》是在相对提高的学科理论介绍中,主要面对研究生及有兴趣的本科生所撰写,在此次第四版《比较文学概论》中,我们对这两章进行了前沿性、准确性、简明性与易懂性的重写。关于研究生的教学,我们建议如下:

首先,教师与学生要能够准确而深化地理解第二章《本体论》的相关学科理论,能够对这一章作展开性的阅读与讨论;其次,接着精读第八章《诗学论》所讨论的关于比较诗学研究的观念与方法,如"比较诗学与互文性""他者视域与第三种诗学""异质文化与非我因素""文化相对主义与和而不同""视域融合与交集理论""华裔比较诗学研究族群"等,在这部教材的学科理论体系上,比较诗学研究是比较文学研究的提高性延续;再次,在精读的基础上对《翻译论》进行扩展性讨论,因为在全球化时代,无论对比较文学研究、外国文学研究或中国文学研究来说,翻译研究及其相关理论在当下有着举足轻重的意义,文化与文学的交流首先是从翻译开始的。

无论是面对本科生还研究生,我们建议在讲授比较文学研究的学科理论时,应该把国内外比较文学界优秀的个案研究带入,进行学科理论与个案研究的整合性与汇通性分析。从这部教材的体例编排上我们可以看出,第六章《范例论》与第九章《思潮论》就是为这部教材的讲授与学习所提供的个案研究;《范例论》的个案分析倾向于比较文学研究,《思潮论》的个案分析倾向于比较诗学研究,而《思潮论》也可以作为比较文学研究的范例,因为从20世纪80年代以来,国际比较文学研究的理论化倾向加重,所以使用本教材的教师与学生应该到这两章中去寻找与阅读比较文学研究的范例。

由于比较文学研究的学科理论是从中外学术史上优秀的比较文学个案研究中总结出来的,所以在讲授《比较文学概论》时,要求教师能够把比较文学研究的学科理论还原到个案研究中给予说明,同时,也要求授课教师能够以典范的比较文学个案研究来证明其学科理论。我们不建议不讲学科理论,而把比较文学研究讲成纯粹对中外两种文学读本进行表面相似性的硬性类比(即"文学比较"),或用纯粹的描述性语言讲成一个个"文学比较"的"故事";同时我们也不建议仅是抽象地讲授比较文学学科理论,这样会让学生听得很深奥且难懂。我们特别欢迎讲授《外国文学史》的老师跨界过来讲授《比较文学概论》这门课,但一定要注意这是一门学科理论课,所以讲者一定要充分地了解这门课程的学科理论,让学生获取一个基本且准确的比较文学学科意识,回避把《比较文学概论》讲成"中外文学故事的比较",以误导学生。

比较文学研究作为一门学科有着自身的学科理论体系,所以《比较文学概论》的讲授与学习是一个"学科理论"与"个案研究"互证的过程。在讲授与学习过程中,教师与学生应该注意使用这部教材每一章节后的思考题及参考材料。

多年来的教学实践证明,开设《比较文学概论》是一门具有一定难度的课程,尤其在后现代工业文明打造的大众文化与视图信息时代,大众叙事与视图叙事为当下的深度性学术阅读与深度性学术信息获取提供了逆向的浅表性心理准备,所以开设《比较文学概论》《文学概论》与《美学概论》等具有思想深度感的理论课程不再像在上个世纪80年代那样,其普遍地为教师与学生在一种具有相当思考深度的人文心理中得以欣喜地接受;但是,我们依然希望讲授与学习这门课程的教师和学生能够在一种深度的学科理论上进行教学的对话与互动,使自己在《比较文学概论》这门课程中坚持一脉持久的秉有思想深度的国际人文主义精神。

这部教材于2002年由北京大学出版社出版后,2003年由教育部研究生工作办公室推荐为全国高校研究生指定用书,2004年被北京市教委指定为北京市高校精品教材,2004年获得北京市教委精品教材奖(2005年颁发),2006年列入全国普通高等教育"十一五"国家规划教材,2007年获上海高校优秀教材三等奖。

考虑到教学的实际与学生的购买力,我们把这部教材的人名、术语与参考书目索引略去,敬请理解。但特别需要强调的是,这部教材在编写的过程中,我们特别注意使用与引用国内外比较文学研究领域及相关交集领域最具代表性与前沿性的文章与著作,并严格地标出了作者名、译者名、出版社、出版时间、卷册与页码;因此,我们建议有志于在比较文学研究方向下深造的读者,请关注这部教材在每一页的注释中与每一章节的"参考书目"中所提供的文献资源。

一部教材在体系、观念、理论、文献、术语、修辞等方面要做到统一和自洽,这决定了这部教材的学术质量,这部教材的体系性统稿工作始终是由我来完成的;尽管我们通力投入了巨大的努力,但是由于诸种客观原因的存在,这部教材还有不尽如人意的方面,这一切均由我个人承担。需要说明的是,我们在第四版《比较文学概论》的基础上还将制作PPT版课件,以方便教学使用。

今后,我们将不断地对这部教材进行修订、调整与重写。在教学的过程中,使用这部教材的教师与学生如果发现其中有学理与印刷方面的错误,请一定与我联系,我们将尊重你们的意见进行修订、调整与重写。海内外任何一位学者均可以对这部教材的任何一个章节提出意见,进行修订、调整与重写时请务必吻合于本教材的学科意识、学科理论体系、基本体例、章节的分布、概念的使用、术语及人名的统一、注释的规范性与书写的语言修辞等,我们一定遵循在学术面前人人平等的原则进行替换。我的联系电邮如下:yangnaiqiao@126.com。在第四版的修订、调整与重写过程中,我们遵循上述原则,接受、邀请了新作者加入,并替换了其中章节,在此我们特别向曾经参加过这部教材撰写的老作者给予诚挚的感谢,由于他们任职后的工作繁忙,或工作调动后的失去联系,所以我们不便再次打扰。需要说明的是,在这部教材未来的修订、调整与重写过程中,我们依然会遵循这个原则,一部教材的学术生命也正是在不断地求新中与时俱进,因此欢迎学界关注这部教材。

感谢这部教材的学术顾问乐黛云教授,她自始至终关注着、推动着这部教材的撰写与出版,在第四版的修订、调整与重写过程中,她对《诗学论》一章关于比较诗学学科理论的修订与撰写提出了有益的建议。这34位学者的先后合作自始至终都是在相互的真诚中表现出学术上的谦卑,他们的行为与人格在合力表达着这样一个真理:学术是天下公器。作为主编,我非常感动,也非常感谢他们,他们的学术谦卑将承领着我在未来的学术道路上走下去。特别感谢在过去的十多年来为这部教材提出意见与勘误的诸多教师与学生,他(她)们的经验与认真是这部教材与时俱进的保证。最后感谢北京大学出版社的乔征胜先生、高秀芹博士和于海冰博士,多年来,他(她)们为这部教材的出版与再版付出了艰辛的劳动。

需要说明的是,在《比较文学概论》2021年的第四版第六次印刷中,我们又对其中相关学理内容与印刷错误进行了多处的修订与勘正,以便使这部教材更加完美起来。

杨乃乔　于福建师范大学外国语学院

2024年5月28日